TASCABILI BOMPIANI   982

EDOARDO NESI
L'ETÀ DELL'ORO

I LIBRI DI
EDOARDO NESI

ISBN 978-88-452-5673-8

www.giunti.it
www.bompiani.it

© 2018 Giunti Editore S.p.A./Bompiani
Via Bolognese 165 - 50139 Firenze - Italia
Via G.B. Pirelli 30 - 20124 Milano - Italia

Prima edizione a marchio Bompiani: 2006
Prima edizione Giunti Editore S.p.A.: settembre 2018
Prima ristampa: settembre 2023

"*Questa parte della verità*
Non puoi vederla, figlio mio,
Re dei tuoi occhi azzurri
Nell'accecante terra di gioventù,
Che ogni cosa è disfatta
Sotto i cieli noncuranti."
Dylan Thomas

AVVERTENZA

CAVALIERE!
(1987)

"Ivo, io... Non è stata una buona idea venire qui."

"Invece sì."

"No, io non mi sento a mio agio, via. Smettila, per piacere."

"Ma perché?"

"Perché... non è il posto adatto, ecco perché."

"La mia piscina di notte non è il posto adatto? Hai paura che ti guardino le stelle del cielo, bambina? Che ti spii l'Orsa Maggiore?"

"No, ma..."

"Ma cosa?"

"Ma scusa, Ivo, io credevo che si andasse a casa tua..."

"Perché, non ti piace qui?"

"Sì, non è questo..."

"E allora?"

"È che siamo... Insomma, non siamo soli, ecco..."

"Come, non siamo soli?"

"Ma scusa, Ivo, ci sono gli operai..."

"Macché operai..."

"Ma come no..."

"Scusa, non è bella? Non è una cosa bella?"

"Sì, è bellissima... Un po' strana, però..."

"Macché strana. Una piscina così bella e grande a Prato non ce l'ha nemmeno il comune."

"Sì, ma insomma, per me non siamo soli... Via, Ivo, c'è un sacco di gente..."

"Io non vedo nessuno."

"Ma io li sento che lavorano, scusa, sotto... E poi, quanta gente c'è?"

"Una ventina."

"Una ventina di operai? Cioè stanotte mi possono vedere con te una ventina di persone?"

"No. Qui non ti può vedere nessuno. Dài, vieni qui."

"Aspetta. Ma che fanno?"

"Stanno provando una macchina nuova. Vieni qui."

"E che macchina è?"

"È una macchina nuova per fare la pelliccetta sintetica. L'ho appena finita di montare. Vuoi sapere la storia?"

"Sì, raccontamela."

"Però vieni qui vicina."

"Sì."

"Brava. Ecco, allora, senti... Sono andato in America a vedere una fabbrica dove c'era questa macchina speciale. L'ho guardata bene, ho capito il procedimento, sono tornato e l'ho fatta rifare uguale, anzi meglio, e ora sono l'unico in Italia che ce l'ha, capito?"

"Ma dài, non è vero... Ivo, tu sei il migliore. Davvero. Io ti ammiro."

"Macché... Ci sto attento..."

"No, sei il migliore. Hai fatto tutto da solo."

"Non lo so... Vieni qua, dài, prendimelo in bocca."

"Smettila. Sii serio. Ti devo dire una cosa importante."

"Dimmela."

"Ivo, io ti amo."

"Ma te sei già sposata, bambina."

"Ma io divorzio... Non mi importa nulla di nulla: della mamma, del babbo, del marito... Io divorzio..."

"Ah..."

"Davvero, io ti amo e voglio vivere con te... sempre... È tanto che te lo voglio dire..."

"E tuo marito?"

"Tanto tra noi è finita..."

"Come, finita?"

"Finita. È finita. E io non sono ancora vecchia, ho ventotto anni, posso ricominciare tutto da capo con te."

"Ah..."

"Fare figli... mettere su una vera famiglia..."

"Ah... ecco..."

"Che ne pensi?"

"..."

"SIGNOR IVO, MI PERDONI..."

"Oh..."

"Che cazzo fa, questo?"

"Oh, mamma..."

"Che cazzo fa, questo imbecille? Scusami un attimo, devo andare giù a vedere... Non vorrei ci fossero problemi con la macchina nuova..."

"Sì. Però mi chiudi dentro, eh?"

"Sì, sì... Ora lo sistemo io..."

"Torna subito."

"Sì. Intanto spogliati e fai il bagno."

"È freddo."

"Ma che dici, ci saranno trenta gradi. Spogliati, torno subito."

"Sì, ma hai capito quello che ti ho detto?"

"Sì, ho capito, ma ora scusa, torno subito. Dove sono le scarpe?"

"Eccole lì."

"Ora lo butto fuori a calci in culo, veriddio."

"Ivo, sta' calmo. Non fare scenate."

"Vado. Aspettami in acqua."

"Sì. Io ti amo, Ivo. Io ti amo. Torna presto."

"Sì. Che cazzo fa questo scemo..."

"Torna prestissimo."

"Sì, ciao, a tra poco."

"Chi cazzo mi ha chiamato all'altoparlante?"

"Noi non si sa, Cavaliere..."

"No, eh? Chi mi ha chiamato all'altoparlante? Carmine! Dov'è Carmine! Tanto ho riconosciuto la voce!"

"Cavaliere, son qua."

"Che cazzo mi chiami all'altoparlante? Io stanotte non ci sono, capito?"

"Lo so, Cavaliere, ma c'è una questione importante..."

"Che c'è, che c'è?"

"C'è uno di Napoli con tre camion a rimorchio."

"E allora?"

"Dice che è venuto a prendere la pelliccetta."

"Quale pelliccetta? Mandalo in culo..."

"Cavaliere, è in ufficio..."

"In ufficio? Chi l'ha fatto entrare?"

"Cavaliere, l'ho fatto entrare io..."

"No, dico, ma che hai perso il capo, stanotte?"

"Ivo, abbia pazienza, mi ha aperto davanti una valigetta..."

"Ho bell'e capito."

"Ho fatto bene o no?"

"Hai fatto bene. Quanti sono?"

"Tanti soldi, tutti nuovi di zecca..."

"No, non dicevo dei soldi, dicevo loro, i napoletani, quanti sono?"

"Ah, è uno, uno solo, e poi ci sono tre camionisti ad aspettare nella strada con tre camion a rimorchio."

"E dov'è? Nel mio ufficio?"

"No, naturalmente no. L'ho fatto entrare in quello del ragioniere..."

"Va bene. Come si chiama?"

"Non l'ha detto."

"Buonasera, signor..."

"Buonasera Cavaliere, sono Lo Turco, di San Giuseppe Vesuviano..."

"Ma noi ci si conosce..."

"Può darsi..."

"Sì, noi ci siamo già visti. Io non scordo mai una faccia."

"Può darsi. In effetti sembra anche a me. Cavaliere, io stanotte mi permetto di disturbarvi perché ho da chiedervi un piacere, e perché mi trovo in uno stato di grande difficoltà..."

"Mi dica..."

"Ho preso un ordine... No, prima vi voglio dire che non sono capitato qui per caso, mi ha mandato da voi vostro cugino Brunero, che è un ottimo cliente e anche un caro amico, e da lui ci compro la flanella per abito. Ne lavoriamo tanta nella zona di Napoli e San Giuseppe."

"Sì, lo so."

"Magari ci lavorate anche voi con Napoli..."

"Sì, infatti."

"Ecco, e quando ho spiegato a Brunero qual era il mio problema, lui mi ha mandato da voi."

"Mi dica."

"Ora, ho ricevuto un ordine per fare quei giubbotti, sapete, quelli da comunista, quelli verdi col cappuccio. Ne devo consegnare ventimila per venerdì prossimo, e ventimila per il venerdì dopo. E li vogliono foderati con la pelliccetta, capisce Cavaliere, e quindi sono qua da voi."

"Ah..."

"Dicono che c'è una grande manifestazione, e vogliono tutti la loro uniforme... Si credono soldati pure loro, Cavalie', vogliono fare la rivoluzione..."

"Sì, la rivoluzione, allora, mi dica..."

"Insomma, io non voglio guardare alla qualità, che tanto di tessuti non capiscono nulla, e voglio guardare poco pure al prezzo, lo dico molto chiaramente, perché la mia prima preoccupazione è farli cucire in tempo, questi giubbotti, e quindi io stasera devo tornare a Napoli con tutto quello che posso portare, e la prossima settimana sono pronto a tornare da voi per un altro viaggio."

"Signor Lo Turco, ascolti, io sono capitato in fabbrica per puro caso... Non è che lavori anche di notte, soprattutto d'estate..."

"No, ma io vi capisco..."

"Mi faccia finire... Ora io chiaramente non mi metto a telefonare a Brunero alle tre di notte per chiedergli se è davvero suo amico o no... E comunque anche se mi pare di averla già vista da qualche parte, e non mi ricordo dove, non posso darle del tessuto così... Insomma, garanzie non ce ne sono, e assegni non ne prendo, quindi... con tutto il rispetto signor Lo Turco..."

"No. Aspetti, io pago in contanti. Guardi."

"Ah."

"Forse non mi ero spiegato, prima. Io pago in contanti. *Cash*, come dicono a Nuova York. Non ve l'aveva detto il vostro uomo?"

"Ah, ecco, sì, va bene, allora... quanti metri vorrebbe?"

"Cavaliere, quello che avete pronto, io lo prendo fino a ventimila, trentamila metri. Anche più. Quanto ci sta nei camion, io lo prendo. Un peso standard, colore chiaro. Bianco-lana. Posso pagare fino a duemila lire al metro. Non di più."

"Attenda un attimo. Vado a parlare con il magazziniere. Torno subito."

"Carmine!"

"Cavaliere..."

"Carmine, quanta ne abbiamo di pelliccetta, tra buona e poco buona?"

"Ci s'ha quei diecimila metri e rotti di prova, sa, quelli sfondati... Però, ora si sta facendo delle altre prove, sembra vada un po' meglio... E poi ci sono quei ventimila metri pronti che sono per la spedizione di domani allo Scalchirati, giù a Lanciano."

"Allora. Senti. Te vieni di là da me con un campione delle pezze sfondate. Gli si fa vedere e approvare. Se gli garba, gli si carica tutto sul camion. E anche i ventimila metri li si danno a lui."

"Come? E allo Scalchirati? Telefona tutti i giorni..."

"Allo Scalchirati gli si rifanno da domani. Gli dici che erano venuti male. Portami in ufficio il campione."

"Eccomi. Signor Lo Turco, lei mi mette in difficoltà... io ho appena controllato, e ho diecimila metri più leggeri, e ventimila più pesanti che sono per un cliente, tutti bianchi, già pronti per la spedizione di domattina. Come faccio?"

"E come facciamo, Cavaliere? Ditelo voi."

"Io vorrei anche venirle incontro, Lo Turco, ma a duemila non vendo. Son macchine nuove che ho messo da poco e che ho solo io, capisce... Devo ammortizzare il costo..."

"Vi capisco, Cavaliere, vi capisco."

"Ecco."

"Dite il prezzo."

"Voglio duemilacinque per le pesanti, e le pezze leggere posso dargliele a millecinque."

"   "
   ...
"   "
   ...

"Cavaliere, che vi devo dire... Son prezzi belli salati, ma sono nelle mani vostre. Vediamo questo campione..."

"Carmine!"

"Cavaliere, è permesso?"

"Entra, Carmine. Fa' vedere il campione al signore."

"Buonasera."

"Buonasera, signor Carmine. Ah, eccolo. Ma così forse può andar bene... Ma sì... sì... può andar bene... Se volete vendere, io sono compratore, Cavaliere... ditelo voi..."

"Mah... va bene, via..."

"Facciamo i conti, Cavaliere..."

"Grazie, Carmine."

"Se c'è bisogno, sono qua 'fuori."

"Non ci sarà bisogno. Comunque Carmine, guarda, dicci quanti metri sono in totale, e preparati per far caricare sui camion del signore i diecimila metri più leggeri..."

"Ah. Sì. Va bene. Vado."

"Ecco, allora. Ora Carmine fa il conto dei metri e ci dice tutto..."

"Comunque, Cavaliere, saranno almeno quindici milioni solo per le pezze leggere. Io comincio a contare, un po' ci vuole."

"Faccia pure."

"Allora... Cavaliere, vi prego di una cosa sola..."

"Mi dica, Lo Turco."

"Con rispetto, vi prego di rimanere in silenzio, che mi posso facilmente sbagliare..."

"Ma certo."

"Allora, uno, due, tre, quattro, cinque, sei, sette, otto, nove, e dieci. Uno, due, tre, quattro, cinque, sei, sette, otto, nove, e dieci. Uno, due, tre..."

"Cavaliere..."

"Mannaggia, devo ricominciare da capo..."

"Carmine, sta' zitto."

"Abbia pazienza, ma non ho capito che vuol dire prepararmi a caricare. O carico, o non carico."

"Carmine..."

"Lo vuol sapere il conto?"

"Mannaggia la morte..."

"Lo Turco, abbia pazienza, ormai glielo chiedo..."

"Fate pure, Cavalie'..."

"Carmine... Carmine, scusa, non entrare."

"Ah, allora le dico il conto da fuori della porta?"

"Sì."

"Mah..."

"Mah una sega, Carmine. Allora, quanto è il conto?"

"Sono ventimilatrecentoventidue metri della più pesante. E quelle leggere..."

"Sì, dimmi..."

"Quelle leggere sono diecimilacentoun metri."

"Bene, grazie."

"Ora che devo fare? Faccio caricare?"

"Carica quando te lo dico io."

"Allora rimango ad aspettare qua fuori."

"Bravo."

"Oh... finalmente... Allora, ricomincio..."

"Guardi, Lo Turco, la lascio solo per un minuto, così conta in pace..."

"Uno, due, tre, quattro, cinque..."

"Carmine, te non ti muovere di costì."

"Non mi muovo, no."

"Rosa, non hai idea che personaggio c'è giù da me... Un vecchiaccio di Napoli, rispettosissimo, con una valigia piena di quattrini... e li sta contando... Vuole comprare tutta la pelliccetta sfondata..."

"Ivo, ma tu ansimi..."

"A forza di fare queste maledette scale..."

"Aspetta, quando torni?"

"Subito. Dammi qualche minuto."

"Fai svelto, perché stare qui da sola non mi piace."

"Torno subito. Subitissimo."

"Ho visto un pipistrello."

"Macché..."

"Davvero, fai svelto. Sennò vo via."

"Rieccomi."

"E un altro, dieci. Ecco, qui ci sono quindici milioni per le pezze sfondate, Cavaliere. Sarebbero quindici milioni centocinquantunmilacinquecento, ma col permesso vostro ho arrotondato. Se li volete ricontare, fate pure..."

"Come, sfondate?"

"So' sfondate, Cavaliere, so' robaccia, ma io le lavoro lo stesso, non c'è problema. E le altre? Quelle buone? Me le date o no? Non è che mi volete dare solo lo stock, Cavaliere, vero?"

"Macché robaccia, via, sono un po' più leggere..."

"Cavaliere, e datemi pure i ventimila metri buoni, su... Vi lascio in mano altri cinquanta milioni e diventiamo amici..."

"Mah, Lo Turco, che le devo dire... se è per conoscerci..."

"Non è che io domattina sparisco, Cavaliere... Non è che mi volatilizzo, ci siamo capiti..."

"Sì, ci siamo capiti... Via, Lo Turco, avvii pure a contare..."

"Bene."

"Uno, due, tre, quattro, cinque, sei..."

"Cavaliere, ma io che fo impalato qua fuori?"

"Gesù Sacripante della Madonna del Carmine!"

"Carmine, non entrare, e sta' zitto."

"Ma che devo fare? Carico o non carico?"

"Aspetta, vengo da te..."

"Allora, che faccio?"

"Fai caricare le pezze sfondate."

"..."

"E non mi guardare così, ha approvato il campione, no?"

"Mah..."

"Carmine, ascoltami. Lo sai che se invece che pratesi si era sumeri e io morivo, ammazzavano anche te e ti seppellivano vestito da guerriero a fare la guardia alla mia tomba?"

"Cavaliere, non avviamo con questi discorsi inutili..."

"Ma te, Carmine, in quanto irpino, non ti senti anche un po' sumero?"

"Io no, Cavaliere. Per nulla sumero. Lei si sente etrusco?"

"No. Anzi, sì! Un lucumone, mi sento."

"Chìe?"

"Nulla. Lascia stare..."

"Ovvia, allora vo."

"Rosa, ne sta contando degli altri..."

"Ma chi?"

"Il napoletano."

"Dài, torna qui, che dobbiamo parlare..."

"Sì, sì, fatti baciare... Ora torno. Rimani calda."

"Se mi raffreddo, è peggio..."

"No, no, aspetta... torno subito..."

"Conto fino a dieci."

"A trenta."

"A venti."

"OK. A venti."

"Dài, fai svelto."

"Lo Turco, rieccomi..."

"OTTO, NOVE, E DIECI. Oh! Ecco fatto. Sono cinquanta milioni."

"Precisi?"

"Sarebbero cinquanta milioni e ottocentocinquemila, ma col permesso vostro..."

"Avete arrotondato."

"E bravo il Cavaliere."

"Svelto a fare i conti, eh?"

"Per la matematica ho sempre avuto il pallino."

"E tutti belli nuovi."

"Li abbiamo stampati proprio ieri sera, Cavaliere."

"Eh, infatti si vede..."

"Non c'è problema, Cavaliere, è roba buona, non vi date pensiero... Lo Turco a San Giuseppe è un nome rispettato, a San Giuseppe come a Prato, come in tutta Italia."

"No, no, io non mi preoccupo. Certo, lavorate forte voi, costaggiù."

"E che vuol dire costaggiù, Cavaliere?"

"Costaggiù vuol dire giù da voi, a Napoli. Costaggiù, cioè lontano da me e vicino a lei, e anche se ora siamo insieme, e quindi non lo potrei usare, diciamo che mi piace usare il costaggiù anche un po' in termini geografici, cioè per indicare un posto più a sud di dove vivo io..."

"Ah... interessante... Ma certo, il toscano è la madrelingua dell'italiano, no? Voi toscani siete tutti un po' maestri..."

"No, macché maestri... Per finire di spiegare, se lei era di Bolzano avrei detto costassù, Lo Turco, ha capito?"

"Ho capito, Cavaliere."

"Se uno sta a Napoli gli dico costaggiù, a Bolzano costassù."

"Ho capito, ma io di Bolzano non sono, grazie a Dio. La montagna mi fa tristezza, con tutta quella neve..."

"Lo Turco, io e lei si andrebbe d'accordo. La montagna non è mai garbata nemmeno a me."

"Bene, ora però ho bisogno di una ritirata, Cavaliere..."

"Eh?"

"Di una toeletta, di un bagno..."

"Sì... venga, di qua..."

"Perché tengo le mani sporche di soldi..."

"Ah... non l'avevo mai sentito dire... Si accomodi, Lo Turco..."

"Grazie, Cavaliere..."

"Ma le pare..."

" "
...

" "
...

18

"Allora io vi saluto, Cavaliere, e torno qua tra una settimana esatta, più o meno alla stessa ora, così non ci sono rompicoglioni della Finanza in giro, va bene?"

"Va benissimo. Abbia pazienza un attimo solo. Torno subito."

"E salutatemi Brunero."

"Certo."

"Pronto? Brunero?"

"Chi è?"

"Brunero, ciao, sono Ivo."

"Ivo? Icché c'è?"

"Brunero, abbi pazienza, scusa l'ora, ma qui da me c'è un certo Lo Turco che dice che l'hai mandato te a comprare la pelliccetta."

"Sì."

"Ecco, dice che... Insomma vuol comprare, e paga in contanti."

"Buon per te."

"Sì, ma, dico, che è uno buono questo, o no? Perché vuol caricare le pezze ora..."

"Ivo, sarà le tre di notte..."

"Lo so, lo so... abbi pazienza, son milioni..."

"Quanti?"

"Saranno una cinquantina..."

"Senti quel figlio di buona donna... a me fa sempre tante storie..."

"Brunero, l'ho di là in ufficio... li piglio i soldi o no?"

"Ma che domande sono?"

"No, è che li ha tutti nuovi di zecca, Brunero, con le fascette e tutto... A me puzza... mi paiono falsi..."

"Eh, o Ivo, ma a te le banche li danno usati?"

"No, ma..."

"Senti, falsario non è falsario."

"Allora garantisci te..."

"Ivo, mi tiri giù dal letto alle tre di notte e tu vuoi che garantisca per un napoletano?"

"Brunero, voglio dire... Via, su... siamo uomini di mondo... e poi tanto lo so che tu hai la famiglia al mare, e sarai tornato ora da Montecatini... Lo so che tu hai le fiche..."

"Bischero tu sei, macché fiche... Dagliele le pezze, vai, non c'è problema."

"Lo so che tu hai le lupe, vecchio cinghiale..."

"Macché... icché tu vuoi che trombi, io..."

"Ovvìa, allora grazie."

"Ivo. Ti chiedo una cosa sola. Non gli dare le flanelle perché quelle le compra da me, va bene?"

"Non c'è problema. Vai sicuro."

"No, lo dico solo per scrupolo, perché è contento della qualità, delle consegne, di tutto, e sicuramente non ti chiederà nulla perché è anche un amico, ma se te lo chiede digli che le flanelle no, va bene?"

"A posto. Grazie e buonanotte. Carmine!"

"Cavaliere..."

"Carica ogni cosa sui camion."

"Bene."

"Eccomi di nuovo, Lo Turco."

"Allora, Cavaliere. È tutto a posto?"

"Tutto a posto, allora grazie. Stanno già caricando."

"Vi ringrazio, Cavaliere."

"Si immagini, sono io che ringrazio lei."

"Allora vi saluto."

"Arrivederci, Lo Turco, stia bene. E torni."

"Settimana prossima, col suo permesso, Cavalie'."

"Lo Turco, la mi chiami Ivo, macché Cavaliere."

"Ci proverò, Ivo."

"Bene. Arrivederci, e buon viaggio."

"Vi saluto, e grazie di tutto. Un'ultima domanda."

"Sì?"

"Perché la passione per le parole ce l'ho anch'io, Cavaliere."

"Mi dica..."

"Se ho capito bene, quando voi parlate con uno di Bolzano usate il costassù, giusto?"

"Sì."

"Perché è più a nord, giusto?"

"Sì."

"Ma questo vale anche per l'altitudine, Cavaliere?"

"Cioè?"

"Cioè se sto in montagna, per esempio..."

"Sì, direi di sì... Vale anche per l'altitudine, sì. È vero."

"Ecco, ma allora..."

"Lo Turco, le dico di più, userei il costassù anche se telefonassi a casa di qualcuno che sta al quinto piano di un palazzo, se è per questo."

"Sì, certo, ho capito, ma se io vado, che ne so, sulla Sila a trovare un amico mio, e vi chiamo da casa di questo mio amico, voi mi chiederete, Lo Turco, come va costaggiù? perché sto in Calabria, o Lo Turco, come va costassù? perché sto in montagna?"

"..."

"..."

"Ecco... Non lo so, ci dovrei pensare..."

"Pensateci e rispondetemi la prossima volta, Cavaliere. Buonanotte."

"Buonanotte, Lo Turco, e buon viaggio."

"Eccomi da te. Scusami per il ritardo, bambina, ma non ti immagini nemmeno... Ecco, m'ha comprato tre camion pieni di pelliccetta un po' così così e ha pagato sull'unghia, guarda..."

"Me l'hai già detto prima, Ivo..."

"Un cliente fantastico. Un personaggio incredibile. Sveglio, arguto. Mi ha anche messo zitto."

"Ivo?"

"Sì?"

"Sveglia! Non posso stare qui tutta la notte..."

"Macché sveglia, sono tutto eccitato..."

"Dai soldi, però, non da me."

"Ma che dici, bambola. Vieni qui."

"E comunque, quanti sono?"

"Sessantacinque milioni."

"Accidenti!"

"Mi ha lasciato in mano sessantacinque milioni ed è andato via..."

"Complimenti."

"Rosa..."

"Dimmi, Ivo."

"Rosa, mi sa che la vita è bella. La vita è meravigliosa."

"Sì, per te sì."

"Sì, ma quanto durerà questa cosa?"

"Non è una cosa, Ivo. È la vita."

"Sì? Ma quanto durerà così?"

"Per te, sempre."

"Non è che un giorno cambierà tutto e diventerò povero e dovrò andare a chiedere l'elemosina e dormire sotto i ponti?"

"Non credo."

"No? Sicura?"

"Sì. Non ti preoccupare."

"Ma non è che un giorno... non lo so... cambia il mondo?"

"Ivo, il mondo è così."

"Allora domani mi compro un Pagoda."

"Un altro?"

"Bianco, stavolta, aperto anche questo."

"Mi ci porti a fare un giro?"

"Sì, certo, quando vuoi."

"E dove mi porti?"

"Come, dove? A Montecarlo!"

"Al casinò?"

"Sì."

"E a dormire?"

"Dormire? Quale dormire? Noi non si dorme mai!"

"Sì, insomma, no, aspetta un attimo, aspetta. In albergo, dove mi porti?"

"All'Hôtel de Paris."

"Sì. Io e te soli."

"Sì."

"Io ti amo, Ivo."

"Sei fantastica. Entriamo in acqua."

"Sì."

"Senti com'è calda."

"È bellissima. Aspetta. Aspetta un attimo. Ivo, aspetta un attimo... Sta' fermo con codeste mani... ti devo chiedere una cosa. Ma tu mi ami, vero?"

"Certo."

"Mi ami o no?"

"Sì che ti amo."

"Allora dimmelo."

"Ma perché vuoi sempre sentirtelo dire?"

"Perché sono fatta così. Dimmelo."

"Ma dài..."

"Non me l'hai mai detto."

"Non l'ho mai detto a nessuno."

"Ecco, allora dillo a me. Ora."

"Ma tu sei sposata con un altro, Rosa, via..."

"E allora?"

"E non con un altro qualsiasi, via, gli ho appena attaccato il telefono... Su, diciamo le cose come stanno. Non è che ci si può innamorare, io e te..."

"Come?"

"Cioè non ci si può innamorare troppo..."

"Che vuol dire?"

"Che innamorarsi troppo sarebbe terribile per tutti e due... Immaginati il casino... Dài, io e te siamo amanti perfetti..."

"Macché amanti. Io ti amo e voglio stare con te tutta la vita."

"Dài..."

"Dài un corno... Sei uno stronzo."

"Ma dài... vieni qua..."

"No, sei uno stronzo..."

"CAVALIERE, ABBIA PAZIENZA."

"No!"

"Che c'è, ora?"

"Ivo, non andare..."

"Come, non andare?"

"Ti prego, non andare... Proprio ora che parlavamo così bene..."

"Rosa, devo andare. Se mi chiamano, devo andare... è nel mio interesse, capisci?... La macchina è ancora in rodaggio, diciamo... Che palle, ora mi devo asciugare... Te però rimani in acqua, mi raccomando..."

"Sì..."

"Dài, arrivo tra poco..."

"Ivo, tra poco devo ritornare a Viareggio... C'è mia madre sola a casa, e se si sveglia e non mi vede..."

"Lo so, lo so... Scusa, scusa... Ma abbiamo ancora un po' di tempo, no? Almeno fino all'alba abbiamo tempo, no?"

"OK. Va bene. Che serata..."

"Scusami. Torno subito. Te lo prometto. E parliamo."

"Davvero?"

"Ma certo."

"Grazie, amore."

"La sai una cosa, Rosa?"

"Cosa?"

"Nessuno ci crederà mai."

"A cosa?"

"A tutto questo... A... a tutte queste cose..."

"Perché, te le volevi raccontare a qualcuno?"

"No?"

"Vai, bischero, e torna subito."

"Carmine! Ora che cazzo c'è?"

"È tornato Lo Turco."

"Eccoci. Dov'è?"

"In ufficio."

"Lo Turco, mi dica."

"Cavalie', perdonate se vi disturbo anche mentre fate la doccia, non ho parole per scusarmi..."

"Non si preoccupi, dica... E poi mi chiami Ivo."

"Sì, Cavalie', Ivo, ma voi flanella ne fate?"

"Flanella?"

"Sì, flanella. Perché sto cercando anche un po' di flanella... e voglia di andare a dormire non ne tengo... e nemmeno di aspettare domattina che Brunero si svegli..."

"Flanella?"

"Sì, Cavalie', flanella. Avrei bisogno di cinquemila metri, tanto per provare la qualità sua... Non è che c'ha un po' di grigio ferroviere?"

"Ha detto flanella?"

"Sì, Ivo, flanella. Ma che, la chiamate con un altro nome, voi?"

"Lo Turco..."

"Dite, Cavaliere..."

"Io, veramente..."

"A Brunero non lo raccontiamo, Cavalie'... Stia tranquillo..."

"Ah. Non gli diciamo nulla?"

"Nulla."

"Allora, sì che la faccio."

"E di che tipo, Cavaliere..."

"Del tipo che vuole lei, Lo Turco. Di certo migliore di quella di Brunero..."

"Con la lana nuova o di straccio?"

"Di lana rigenerata."

"Cioè di straccio."

"Sì. Insomma. Più o meno. Ma c'è anche una percentuale di Nuova Zelanda."

"Quanto c'è, il 5 per cento?"

"Il 10."

"E si può vedere un campione?"

"Carmine!"

"Questo Carmine è proprio il vostro factotum, Cavaliere."

"È un bravo ragazzo."

"Delle terre mie, mi pare dall'accento."

"No, è pratese. Sembra campano, ma è pratese. Cioè, era campano di Ariano Irpino, di nascita, ma ora è più pratese di me. E comunista."

"Addirittura."

"Signor Ivo."

"Carmine, quanta flanella grigio ferroviere abbiamo in magazzino?"

"Devo controllare, ma all'incirca saranno ottanta pezze..."

"Porta un campione."

"No, Cavaliere, non ce n'è bisogno. Mi fido della parola vostra. Fatele pure caricare sul camion."

"Quante? Tutte?"

"Lo Turco?"

"Sì."

"Allora va bene. Tutte."

"Vo."

"E quanto costano, le flanelle vostre?"

"Lo Turco, mi dia... che ne so, a quest'ora di notte... Mi dia ottomila lire al metro, e non se ne parli più... tanto poi l'arrotonda..."

"Ah. Più a buon mercato del cugino vostro, ecco, sì, è un buon prezzo. Ora un po' di silenzio, Cavaliere, che devo contare un'altra volta, mannaggia la morte... Ve l'ho detto che io odio toccare i soldi? E contarli è ancora peggio, che li guadagni o li debba spendere, è uguale, 'sti cazzo di quattrini... so' tutti sporchi... e ogni volta mi devo lavare le mani."

"Eh, sì..."

"È una cosa che proprio non sopporto, Cavalie'. So' zozzi."

"Ognuno ha i suoi problemi, Lo Turco."

"Costaggiù e costassù, Cavaliere. Allora, uno, due, tre, quattro, cinque..."

C'È ANCHE ABDULLAH
(2010)

"Ivo, tutto bene?"

Nello schermo del videotelefonino appare la faccia preoccupata di Carmine Schiavo.

"Oh, Carmine. Ciao."

"Che vieni?"

"Eh?"

"Che vieni? Siamo ad aspettarti."

"Ah. Sì."

"C'è anche Abdullah."

"Ah. Bene. Arrivo."

"Allora siamo davanti alla fabbrica, Ivo. Ti si aspetta."

"Sì."

"Capito, Ivo?"

"Sì, va bene. Ciao."

"..."

"Allora?"

"Ivo, sicuro che va tutto bene?"

"Sì, perché?"

"No, nulla. T'ho sentito un po'..."

"Sono cascato."

"Ti sei fatto male?"

"No. Sono cascato."

"Ah, arriva, vai."

"Sì."

Ivo chiude il videotelefonino. Non si ricorda di nessun appuntamento. E chi è Abdullah?

Se solo riuscisse a vedere qualcosa più di queste quattro amebe nere scodanti. Se non avesse guardato direttamente il sole uscito dal bar e, accecato, non gli fosse venuto un capogiro. Se non fosse caduto col culo per terra in mezzo a Piazza Mercatale. Se il telefono non avesse suonato e, per antica urgenza, lui non avesse risposto subito, lì, così, seduto per terra.

Eppure non è una sensazione spiacevole, e gli viene quasi da ridere perché non cadeva da quando era bambino. Gli balena in mente l'immagine di un salotto invaso dalla luce del sole, un mobile enorme di legno lucido, sua madre con un grembiule a fiori che va verso di lui, lo rialza, lo carezza, lo bacia. Tutti i suoi ricordi di bambino sono bagnati da quella luce forte e onnipresente, e in un attimo ne capisce il perché. È per via dell'angolazione dei raggi solari, e del fatto che ogni tettoia o tenda è pensata per proteggere dal sole gli adulti, e non i bambini – e così la luce che illumina la gonna di tua madre va dritta in faccia a te che sei alto poco più di un metro e dopo settant'anni finisci per ricordare la giovinezza come una gran festa di luce, di splendore, di sole.

Come i pugili ancora integri dopo un *knock down*, decide che non proverà subito a rimettersi in piedi. Aspetterà che le amebe comincino a sfumare e la piazza smetta di girare, poi si rialzerà faticosamente appoggiando a terra la coscia sinistra e facendo leva sul piede destro in quel movimento lento e faticoso epperò necessario perché non c'è nessuno che si offra d'aiutarlo tra tutti i vagabondi di Piazza Merca- tale – una delle piazze più indistinte e grandi d'Italia, tanto che ogni volta che un pratese torna da Pechino e gli chiedono quanto è grande Piazza Tienanmen, risponde sempre in mul- tipli di Piazza Mercatale, cioè dieci volte Piazza Mercatale, o quindici volte Piazza Mercatale, e la mente del pratese si perde nell'immaginare uno spazio così infinito.

Da un negozio di DVD esce un vecchino basso e intabarrato in un antico pastrano grigio e nero a pied-de-poule che lo guarda con sospetto e si nasconde in tasca i dischi appena noleggiati. Gli scivola accanto a piccoli passi stizziti, poi sembra ripensarci; rallenta, si ferma dieci metri più avanti, si volta, torna da lui.

"Vieni, tirati su."

E lo aiuta a rialzarsi. Per via delle amebe, dell'accecamento, per quanto intensamente lo guardi Ivo non riesce a riconoscerlo. In mezzo alla faccia di questo vecchio c'è un turbinio di colori.

"Grazie, signore."

Il vecchio rimane fermo a guardarlo.

"Non mi riconosci?"

Mai Ivo rivelerà una debolezza, qualsiasi essa sia, e mentre attende che il respiro gli torni normale, le mani appoggiate alle ginocchia come i giocatori di pallacanestro, chiede:

"Perché, ci conosciamo?"

Si drizza e tende la mano verso il vecchio, che non la stringe e rimane lì a fissarlo, immobile e incredulo, poi alza una mano caleidoscopica, stende qualche dito.

"Quanti sono, questi?"

A Ivo viene da ridere, e lancia una specie di carezza/scappellotto verso la testa del vecchino che arretra subito veloce e impaurito come fosse un movimento consueto per lui, quell'allontanarsi dal raggio d'azione delle mani di Ivo.

"Sta' fermo con le mani, bischero," dice, e si allontana bofonchiando in uno sfocato vortice di colori che si staglia contro il campanile di San Bartolomeo e diventa un quadro di Gerhard Richter, del sommo pittore Richter.

OGNI IOTA

La luce del sole ammorbidisce i contorni delle cose, e gli autobus elettrici semivuoti che sfiorano silenziosi Ivo scivolando per le stradine del centro di Prato sembrano giganteschi orifiamma arancio, e le loro incomprensibili pubblicità in inglese sulle fiancate ricordano le screziature delle carpe *koi*.

Mentre cammina con gli occhi socchiusi gode della discrezione della luce solare che lo scalda senza accecarlo, della sensazione liquida di non essere ancora del tutto sveglio. Rivede suo padre quando metteva un sasso a contrasto con la ruota posteriore della macchina se la parcheggiava in discesa per essere proprio certo che la Seicento non si avviasse all'improvviso giù per la strada e si tuffasse in un burrone – perché prima c'erano i burroni, le salite ripide e le discese da freno a mano; c'erano le scarpate e i dirupi e tutte le strade erano piene di buche e fango. Suo padre chino sul baule della macchina, la sigaretta in bocca a gettargli fumo negli occhi, il fiato trattenuto mentre sistema una pietra contro lo pneumatico, i calzini bianchi corti scoperti dalla lieve salita dei pantaloni, e quando si rialza, dice, Ecco, si spolvera le mani con una specie di breve applauso, gli sorride.

Solo quando svolta in Via de' Saponai Ivo si rende conto che le amebe sono sparite e la vista gli è tornata normale. Dieci metri avanti a lui una giovane donna nera morbidamente avvolta in un abito di cotone chiaro cammina sul marciapiede sconnesso. Tiene per mano un bambino e parla in qualche dialetto africano fatto di cinguettii. Pare raccontare una storia, e divertirsi un mondo. Il bambino – sei, forse sette anni, anche lui con una specie di tunica indosso – la guarda con un sorriso cortese in attesa che la storia arrivi alla fine. Lei fa come una pausa, si ferma, lo fissa e spara velocemente quello che deve essere il gran finale. Il bambino scoppia a ridere con una risata gorgogliante e contagiosa; anche lei scoppia a ridere china su di lui, una mano davanti alla bocca, lo sguardo fisso sul bambino come a voler captare ogni iota della sua felicità, vederla e assaporarla. A vedere/sentire quelle risate non può fare a meno di sorridere, Ivo, e poi però deve subito rallentare il passo perché madre e figlio africani, ormai solo cinque metri avanti a lui, occupano tutto il marciapiede. Si scopre a sperare che si rimettano a camminare prima che arrivi lì, prima di essere costretto al confronto, insomma, cioè a dover chiedere loro di scendere dal marciapiede o a scendere lui. Se fossero stati bianchi sarebbe sceso e basta, forse, ma *così* non riesce a non pensare che, insomma, anche se per lui non è proprio necessario camminare sul marciapiede perché quella stradina del centro è chiusa al traffico, ecco, è maleducazione fermarsi in mezzo al marciapiede, via, e poi per ridere di cosa, se almeno fosse stato qualcosa di cui poteva ridere anche lui, se fosse stata una barzelletta in italiano e lui l'avesse sentita e potuto capirla e sorriderne, ecco, sarebbe stato diverso, ma *così*...

E poi, cosa sono venuti a fare in questa città morta? Che ci fanno vestiti in quel modo nella duecentesca Via de' Saponai? Da quale epica, orrenda miseria vengono per cercar lavoro oggi *a Prato*? Scuote la testa provando la prima puntura dell'irritazione e si prepara a scendere dal marciapiede dicendo qualcosa d'ironico tipo, Per favore, o, Scusate tanto, e poi vede che il piccolo tiene in mano una grossa cartella di pelle con le fibbie, di quelle che usavano i bambini negli anni settanta, una specie di residuato di qualche armadio patrizio svuotato per fare un piacere alle dame della Croce Rossa e da queste distribuito ai poveri, e allora diventa chiaro che non sono a zonzo: la madre sta accompagnando il bambino a scuola, quella scuola dove chissà quante volte gli avranno già detto *negro* e quante altre glielo diranno ancora, dove ha almeno una ragione in più di ogni bambino bianco della sua età per non volerci andare e invece ci va, per mano alla madre, e ride mentre ci va, proprio come lui sessant'anni prima, che gli garbava molto andare a scuola, e si vergogna di sé e di quei pensieri meschini che non gli sarebbero mai venuti in mente quando era davvero Ivo il Barrocciai e si permetteva di scrivere a Montanelli dopo l'attentato per offrirgli il suo aiuto a tutte le ore del giorno e della notte, sempre e comunque. Perché bloccare il passo agli altri non è poi un gran problema, non siamo mica più ai tempi dei Promessi Sposi! Ma via, poteva benissimo scendere dal marciapiede senza abbassarsi a pensare che quelle due persone, quella madre e quel figlio agghindati in modo ridicolo – su, questo va detto – non avrebbero dovuto essere in Via de' Saponai ma in qualche stereotipo di foresta equatoriale, seduti nella polvere davanti a una capanna di fango, a guardar bollire un esploratore inglese nel pentolone delle barzellette.

Prolunga il sorriso, Ivo, e decide che scenderà volentieri dal marciapiede perché è un gentiluomo, ecco perché, e un gentiluomo cede sempre il passo a una signora. E mentre compie gli ultimi passi prima di sbattere la pancia contro la schiena lievemente piegata della madre (schiena piuttosto ben tornita, a guardar bene) ancora china sul figliolo sorridente, ecco che lei si volta come riscuotendosi da un pensiero e, senza smettere di sorridere, abbraccia il ragazzino appoggiando la schiena al muro in un unico movimento fluido e aggraziato e libera il passaggio sul marciapiede e Ivo, che si era ormai preparato a scendere, deve fare uno scarto improvviso e manca poco che perda l'equilibrio e si storca una caviglia.

"Scusi tanto," dice la donna nera in perfetto italiano, guardandolo per un attimo, e gli sorride, e Ivo si sente improvvisamente infuso di quel naturale, antico buon umore che nella vita lo aveva sempre aiutato tanto, e dice con voce squillante a quella bella e giovane signora di certo eritrea, coi lineamenti fieri della gente di montagna, la versione africana di quelle irresistibili e scontrose donne dell'Appennino tosco-emiliano che aveva lungamente corteggiato in gioventù:

"Non c'è di che, signora mia, buon giorno."

E se avesse avuto in testa il cappello come usava quando ero giovane, per Dio, se lo sarebbe tolto. Questi africani son gente civile – forse in un certo senso *tutti* sono gente civile, si dice, e confortato da questo pensiero confuso si avvia a passo spedito verso la macchina, ché delle persone lo stanno aspettando.

NELLA ZONA INDUSTRIALE

Quando si immette sulla grande tangenziale a tre corsie, per qualche ragione non ci sono altre macchine, né dietro né davanti. Meglio, perché deve guidare a zig-zag per evitare le buche e gli avvallamenti e le pozzanghere che non si asciugano, i cartelli divelti dal vento che nessuno toglie dalla strada, i cani randagi che l'attraversano a caccia dei branchi di daini che vivono nei campi perpetuamente allagati e dichiarati intoccabili ora e sempre dai piani regolatori.

Difficile lasciarsi guidare dai pochi segnali stradali rimasti, che tuttora indicano la via verso ditte fallite dai nomi composti e orgogliosi. Sono ancora miracolosamente attaccati a pali di ferro deformati da urti inspiegabili, come se fossero stati presi a martellate, e ora invece della strada indicano il cielo, e se qualcuno l'ha fatto apposta è un genio. Invece i cartelloni dei centri commerciali poggiano su zampe d'acciaio, insensibili alla tramontana che scende dagli Appennini, e consigliano a Ivo di fare inversione a U perché ha appena superato la rotonda che indica la strada per il Divertimento delle Famiglie, il Super Risparmio, il Grande Cinema, insomma la Felicità.

Avvolto dal silenzio dell'abitacolo, il motore al minimo, la testa vuota, a Ivo pare di sentire forte e continuo il battito di un cuore, ma non può essere il suo: è troppo forte, e allora si chiede se non sia qualcos'altro, forse il battito della sua città morente che si rivela solo ora per non rimanergli segreto per sempre, come quegli amori che ci si sente in diritto di rivelare solo quando non si possono più vivere, epperò quando ci vengono rivelati si sa che è vero e non poteva che essere così, e c'è una gran tenerezza che accompagna sempre queste rivelazioni, una pena che coinvolge chi rivela e chi ascolta, un sentore di vino sfiatato, di vita buttata via. Ma poi si accorge che ha la radio accesa al minimo, e il battito è uno di quei rozzi ritmi da discoteca che picchiano all'infinito, sempre uguali, senza la canzone, e gli viene da ridere per le cazzate sul cuore della città che ha appena pensato. Non esistono cose così. Le città non hanno cuore.

Non gli ci vuole molto per arrivare nella Zona Industriale, son pochi chilometri di stradoni deserti che si incrociano sempre ad angolo retto, un tempo infestati da processioni bestemmianti e gioiose di macchinine coi sedili posteriori abbassati, camion, autotreni, furgoni, Ape, anche calessi ricorda di aver visto, Ivo, carichi di pezze, subbi, filato, balle di lana e nylon e polyester e stracci, quasi tutti guidati da minuscoli imprenditori tessili orgogliosi di esserlo e di votare comunista, convinti che fosse il modo migliore per difendersi da quel sistema che sentivano ingiusto e comunque propellevano spostandosi come termiti da un capannone all'altro nella filiera di lavorazione più frammentata e spontanea e geniale che sia mai esistita al mondo, realizzando senza saperlo il sogno ingenuo dei favoleggiatori americani di quel capitalismo contro cui avrebbero sempre parlato e votato, secondo il quale un dipendente, se bravo, se capace, se volonteroso, poteva con la forza del suo lavoro diventare col tempo imprenditore in proprio, *titolare*, e così ogni Mercedes che li superava diventava un traguardo, e l'invidia legittima e sacrosanta faceva da propellente, e non c'erano né sabati né domeniche, né pranzi né cene, solo lavoro, un mucchio di lavoro, una montagna, un promontorio di lavoro...

Si sforza di non guardare i muri scrostati dei capannoni abbandonati dai pratesi prima e dai cinesi poi. Gli fa male, ancora oggi. Perché se una cosa pubblica in rovina possiede quasi sempre una sua grandezza e riesce a ispirare rispetto, una cosa privata abbandonata – tipo una fabbrica – riesce solo a intristire, ad apparire misera nella tragedia e ridicola nell'ambizione, e il suo abbandono pare meritato, una conseguenza diretta della sua costruzione, la fine del conto alla rovescia iniziato il giorno stesso dell'inaugurazione, tra entusiasmi di autodidatti e battute sciape e spumante dolce versato nei bicchieri di carta.

E se è vero che anche nella decadenza c'è una gloria, a Ivo pareva che a raccontarla fossero soprattutto i muri ingrigiti e feriti di queste decine e decine di stanzoni tutti uguali, dalla forma elementare e quasi buffa, segnati dalle rotondità da cartone animato dei tetti a botte che gli avevano sempre dato l'idea che all'interno qualcosa stesse espandendosi, e gonfiando potesse incurvare mattoni e cemento armato, e cos'altro poteva essere se non i sogni disordinati e potentissimi dei pratesi?

Perché nel fallimento raggiunsero la stessa grandezza dell'intrepida sfida all'entropia che era stata il loro sviluppo: confusi e aspri e mal gestiti, venivano vissuti dagli industriali o con la fuga verso il silenzio e la vergogna e un appartamentino a Firenze, oppure combattendo all'irachena a forza di spintoni ai sindacalisti e agli operai, schiaffi ai giornalisti del *Tirreno*, affrontando occupazioni di fabbriche, picchetti, calci nel culo e sulle fiancate delle macchine, striscioni rossi e lucchetti ai portoni, ulcere e stomaci dilatati ed esaurimenti nervosi e retine distaccate, e poi, alla fine, quell'asprissimo dover andare dal direttore di banca e far mettere alle mogli firme rabbiose come graffi in fondo alle ipoteche sulle case e sui titoli e sui terreni che anni prima gli avevano intestato per pagare meno tasse, e dovevano nelle intenzioni rimanere sacri e intoccabili, l'ultima goccia del patrimonio della famiglia, i soldi per la scuola dei ragazzi e per fargli iniziare una qualche attività, quelli sacri davvero, i libretti al portatore accesi negli anni ottanta con gli incassi in nero, quelli per la vecchiaia, per essere sempre dignitosi nella casa e nel vestire, per non passare mai male, per le cure quando ci si ammalerà, per non andare al povero, ecco, perché andare al povero è sempre una tragedia, ma andarci da giovane è una cosa, e da vecchi un'altra.

Le mogli firmavano, e subito dopo smettevano di misurare il Corso Mazzoni a passi lunghi e orgogliosi con le cappe di cammello col collo di visone, nello zoccolare felliniano dei tacchi: le mogli degli *industriali* – perché bastavano un capannone in affitto e tre telai e il telex e una signorina che sapeva l'inglese a rispondere al telefono per dirsi industriali – coi capelli tirati indietro e la sigaretta accesa e l'eloquio devastato dal raschiare dell'accento, spesso belle di quella bellezza antica e involontaria e duratura che non chiedeva di essere sfoggiata oltre Firenze verso est o Viareggio verso ovest, ma che doveva rilucere splendida nei saloni pietroburghesi del Circolo dei Misoduli, dove ci si recava ai balli ma soprattutto a giocare alle carte fino all'alba e non c'era paura di nulla se non che un giorno arrivassero i comunisti a dire basta e far smettere tutti di essere *industriali*.

Così i capannoni erano passati ai cinesi, che dopo qualche anno di assoluto e silente dominio sulla città se andarono tutti, praticamente da un giorno all'altro, lasciandosi dietro interi quartieri svuotati con le vane scritte sui muri CINESI TUTTI APPESI e VIA I CINESI DA PRATO – vane perché il pratese sarà anche litigioso e attaccabrighe, ma più che qualche ceffone nelle calde notti della Madonna della Fiera i cinesi non presero mai. Eterno fu invece il rimpianto dei loro affittuari, che si ritrovarono con migliaia di stanzoni e miniappartamenti sfitti con il pavimento rigato dalle cucitrici prima portate dentro e poi portate via, fuori, sempre illegalmente, nella certezza che nessuno sarebbe stato punito perché le ditte chiuse oggi dalla Finanza riaprivano domani nel capannone – a volte anche nell'appartamento – accanto e loro si passavano i documenti e poi, come disse un poliziotto intervistato dalla *Nazione* nei primi giorni dell'invasione, Me lo spiegate voi come si fa a riconoscere un cinese da un altro?

Rimasero anche le decine di insegne laccate e illeggibili, nobilitate dalla bellezza e dall'aliena complicazione della calligrafia, appese sopra negozietti pulciosi nei quali era impossibile capire da fuori cosa si vendesse, e così si potevano immaginare traffici ottocenteschi di cose cinesi mai viste prima, tipo quei loro ramolacci contorti lunghi mezzo metro, giade, antiche sete, ossidiane. Certo, si parlava tanto di mafia cinese ma nessuno la vide mai in azione, e anche se un qualche vago sentore di crimine pareva l'unica possibile spiegazione all'arricchimento di certi giovinastri che giravano sulle BMW ricomprate dai fallimenti dei pratesi, c'era invece il mistero totale su come fosse possibile guadagnare in quel modo e così alla svelta a cucire i pantaloni scampanati e le gonne di jeans coi ricami e i top fluorescenti del pronto moda orrendo delle marche di abbigliamento yé-yé che facevano pubblicità in televisione e li vendevano a due lire ai ragazzini e alle ragazzine di tutta Italia. Ma la cosa più incredibile dei cinesi di Prato era che non volevano nessuna integrazione, chiedevano solo di essere lasciati in pace perché ai pratesi non avrebbero dato noia e da loro non avrebbero preso né preteso nulla, non il lavoro e non la rappresentanza politica, non avrebbero mai protestato né fatto cortei, mai chiesto né imparato nulla. Erano del tutto autosufficienti, un mondo a parte, nemmeno il pane e i biscotti di Prato gli interessavano poiché, ecco la verità incredibile per un popolo di migranti, *non avevano bisogno di nulla*, nemmeno della lingua, che impararono solo i bambini a scuola mentre i loro genitori non sembravano interessati che a ripetere gutturalmente qualche parola di gergo tessile e i numeri, quelli sì, che sfoderavano nelle trattative condotte con un'insistenza e una gestualità e una gran canea quelle sì del tutto pratesi. Ma perché fossero venuti proprio a Prato a costituire la comunità cinese più grande d'Europa, più popolosa di quelle di Londra, di Roma, di Parigi, e perché poi un giorno se n'erano andati, ecco, quello non lo dissero mai.

Cerca di non guardare, Ivo, l'asfalto dissestato dal lontano passaggio di camion a dodici ruote, i marciapiedi invasi dalle erbacce, le cancellate arrugginite, le macchine abbandonate trasformate in giacigli per gli ultimi arrivati che ha letto pochi giorni fa essere i pigmei dell'Africa più centrale e profonda, gente della foresta, dalla lingua e dalle abitudini incomprensibili anche per i loro fratelli neri, grandi cacciatori di topi e gatti, adoratori di divinità irrazionali e potentissime.

Ci sono dei vagabondi che barcollano davanti alla vecchia fabbrica diroccata dei Carpini – pareva un castello, con le due ciminiere di mattoni di cui una ancora intatta e l'altra crollata, l'entrata quasi gotica con l'arco di ferro battuto. Difficile dire se sono bianchi o neri. Hanno tutti la barba, e coperte drappeggiate sulle spalle, sulla testa. Quelli che si muovono, lo fanno molto lentamente. Parlano, gesticolano e poi si rimettono a sedere a terra, a farsi riscaldare dal sole tiepido, gli occhi chiusi. Ha letto, Ivo, che c'è stato un caso di cannibalismo, qualche mese fa, proprio nella Zona Industriale. Hanno trovato il corpo di un uomo senza una gamba, e lì vicino i resti di un fuoco e un femore. La Polizia ha fatto una retata, ha arrestato vagabondi che non è riuscita a interrogare perché chi li conosce i dialetti dell'Africa Equatoriale, li ha pestati ben bene e li ha rilasciati. Altri casi di cannibalismo non se ne sono scoperti. Può darsi che il metodo funzioni.

Quando Ivo arriva davanti al cantiere del Nuovo Golf non c'è nessuno – e non è proprio un cantiere. C'è una fila di pali di legno di quel bel colore del pioppo nuovo, lunga una cinquantina di metri, così dritta da intenerire. Un cartello molto grande parla di riqualificazione d'area, e subito sotto un disegno fatto piuttosto bene mostra come al posto della Zona Industriale nascerà un campo da golf a diciotto buche, con laghetti, cascatelle, prati all'inglese, club-house, eliporto. Ci sono numeri di telefono da chiamare nel caso si sia interessati all'iniziativa, di cui è promotrice una srl di nome Fiordaliso. Ivo ferma la macchina, scende, guarda incredulo il progetto. Se riesce a interpretare quell'Arcadia, il progetto prevede la demolizione del suo vecchio capannone, e al suo posto la buca 10. Un bel cambio di *genius loci*. Poi sente un grido, si volta e vede un pigmeo seminudo che gli viene incontro con qualcosa in mano. È una vista straordinaria, quella dell'omino nero che gli cammina incontro agitando una specie di bastone appuntito sullo sfondo della grande insegna tessuti alta moda che troneggia ancora, miracolosamente intatta, sul tetto di un immenso capannone bruciato. Deglutisce ammirato, Ivo, mentre il pigmeo gli urla qualcosa di incomprensibile. Ormai è a quindici metri da lui, alza il bastone come un giavellottista e si mette a correre. I muscoli risaltano sulla pelle lucida delle braccia, delle gambe, del costato di questo ragazzo nero, e Ivo pensa che sarebbe stata un'immagine perfetta per una di quelle costosissime pagine di pubblicità che due volte all'anno acquistava su *Vogue*, tanto tempo fa. Ma non ha paura, sente che per quanto il mondo possa essere cambiato, non morirà per il colpo di zagaglia di un pigmeo, a Prato, nella seconda metà di maggio del 2010. Dev'essere una specie di visione, o un sogno, e chiude gli

occhi certo che quando li riaprirà il pigmeo non ci sarà più.
E quando li riapre dopo qualche secondo il pigmeo non c'è
più davvero: è caduto. Dev'essere inciampato in una specie
di avvallamento del marciapiede ed è seduto a terra e si tiene
un ginocchio. Sanguina. Quando da bambino si sbucciava le
ginocchia cadendo dalla bicicletta sull'asfalto sua madre era
sempre incerta se portarlo all'ospedale a fare l'antitetanica,
perché di tetano *si muore*, e se un cane lo mordeva ci voleva
l'antirabbica, le punture in pancia...

Si lamenta sottovoce, il pigmeo – è un ragazzino, avrà
quindici anni –, e una cosa bella e grande e *occidentale* sarebbe
andare da lui che prima lo voleva uccidere e poi mangiare,
prenderlo in braccio e portarlo all'ospedale, fargli fare tutte
le punture e poi riaccompagnarlo lì, nella Zona Industriale,
risanato. Solo che all'ospedale non danno più nemmeno il
pronto soccorso ai clandestini, Esculapio o no, e lui è un
clandestino di certo. Sarebbe nudo se non fosse per uno di
quei vecchi slip variopinti che qualcuno deve avergli dato un
po' per compassione e un po' per il divertimento di immaginarsi un giovane e orgoglioso pigmeo mangiatore di uomini
che si aggira per la Zona Industriale con un vecchio costume
da nuoto indosso, perché è nell'osservare il cambiar di mano
dei vestiti che si capisce che nel mondo tutto passa. Il pigmeo
lancia un lamento più alto, quasi lacrimoso, sembra sentire
un gran dolore anche se si è appena sbucciato, e Ivo pensa
che alla fine sia un gran pappamolla, questo pigmeo ormai
zoppo, e al tramonto i suoi amici lo arrostiranno di certo
dietro a un capannone, su un fuoco furibondo acceso con
una scintilla e una bracciata di polyester tinto con coloranti
ipercancerogeni preso da una delle tante balle abbandonate,
e allora si intristisce, sale in macchina e riparte senza nemmeno salutarlo.

IN DITTA

Ancora un rettilineo dissestato, tre rotonde di seguito ad agevolare la circolazione di un traffico inesistente, e Ivo può fermarsi e parcheggiare. Non è Via Nicola Tempestini, la via lungo la quale correva la sua ditta, la via in cui ha passato decenni della sua vita. È una strada parallela di cui non s'è mai curato di sapere il nome, una stradacela senza sfondo che finisce in un campo. Ha deciso di arrivare a piedi al suo vecchio capannone, un po' per non far vedere a Carmine com'è ridotta la macchina e un po' per non fare nessuno degli atti che faceva quando era il titolare della Barrocciai Tessuti.

È la prima volta che trova la forza di tornarci dal giorno della consegna delle chiavi dell'immobile all'avvocatino timido e stempiato di Milano, il sicario che rappresentava quella grande impresa edile del Nord che voleva trasformare il suo capannone in un piccolo centro commerciale discount e poi era fallita senza nemmeno avviare i lavori, senza nemmeno togliere la placca con la scritta tutta svolazzi BARROCCIAI TESSUTI, senza nemmeno cambiare le serrature, con la sublime noncuranza dei grandi fallimenti.

Il siriano e Carmine lo attendono davanti al grande portone chiuso che da lontano – ma è impossibile – pare *meno* graffiato e arrugginito del giorno in cui l'aveva visto l'ultima volta, mentre si chiudeva piano lasciando lui fuori in preda alla sua prima crisi nervosa e l'avvocatino coi tre periti dentro, tutti e quattro in giacca blu e cravatta variopinta, offensivamente giovani, pronti a inventariare le poche cose inutili rimaste, salire le sue scale e calpestare i suoi pavimenti, dileggiare le magnificenze/stramberie come la piscinetta sul tetto e la serra rigogliosa di pittandrie, alcune a quei tempi davvero titaniche – l'orgoglio di Ivo –, alte tre metri, con foglie grosse come orecchie d'elefante, sbeffeggiare la sua scrivania di palissandro e le poltrone Frau, ridere del modellino del Titanio e paragonarlo al destino della ditta, rubacchiare i CD di De Gregori, Mina, di Scriabin.

Mentre si avvicina al cancello Ivo vede che qualcuno – di certo i ragazzi del quartiere – l'ha ritinto di un grigio tipo quello delle lavagne quando si è appena cancellato, in un certo senso riparandolo, e poi ci ha tracciato una tremula scritta gialla, TANTO NON RIDE NESSUNO, che lui pronuncia a voce alta presentandosi a Carmine e al siriano.

Ci sono saluti e un abbraccio, perché a Ivo viene d'istinto di abbracciarlo, Carmine, che non vedeva da anni e non era cambiato per nulla. Uno e settanta, folta barba ingrigita da gnomo, strutturalmente sovrappeso, sempre inspiegabilmente vestito da milanese ricco in vacanza (jeans, scarpe da barca, camicia a quadri e maglia blu spesso come quel giorno legata al collo) eppure comunista della prim'ora, Carmine Schiavo arrossisce all'abbraccio di Ivo e non gli viene in mente nessuna battuta per sdrammatizzare una circostanza non sdrammatizzabile, così rimane zitto e si lascia abbracciare. Dopo aver spiegato chi fosse il siriano, constatato dallo sguardo vacuo di Ivo che non sapeva di chi stesse parlando, Carmine taglia corto chiedendogli le chiavi del portone. Ivo sorride, si stringe nelle spalle e dice che, naturalmente, lui le chiavi non le ha più. Non può averle più, aggiunge. C'è una pausa di qualche secondo durante la quale Ivo continua a sorridere, Carmine si morde il labbro inferiore, il siriano dardeggia incerto lo sguardo da uno all'altro, e poi l'ex magazziniere arrossisce di nuovo, si fruga in tasca e tira fuori un bel mazzo di chiavi lucenti. A occhi bassi, senza notare il sorriso regale che Ivo concede al giovane siriano che ricambia il sorriso per pura empatia, Carmine apre la stretta porticina ricavata nella struttura del cancello, e dopo sette anni Ivo rivede la sua fabbrica.

Ma è in ottimo stato! L'asfalto del piazzale si è un po' crepato, e anche l'intonaco dei muri, e due vetri dei finestroni dei soffitti a botte sono scheggiati, forse rotti, ma sono piccolezze. Non vuol dire nulla che una rondine passi sopra le loro teste e si rifugi in un grosso nido accanto al neon della portineria o che un gatto scappi a nascondersi sotto una fila di casse di plastica vuote, perché a primavera le rondini ci avevano sempre fatto il nido, lì, era una tradizione che si rinnovava ogni anno. E comunque, accidenti, l'immobile è ancora in ottimo stato!

Ivo sorride e sta per dirlo a Carmine, che però si piega in una specie di inchino, e allora Ivo capisce che dev'essere lui a rientrare per primo in quello che un tempo era il grande piazzale della Barrocciai Tessuti. Il primo passo è il più difficile, come se oltre la porticina potesse esserci un inganno, un lago perfettamente immoto o uno specchio, e Ivo deve farsi forza per oltrepassare la soglia ed entrare, ma lo fa, ci riesce, e la terra è solida sotto i suoi piedi, e gli nasce un improvviso entusiasmo bambinesco per essere finalmente di nuovo *in ditta*, il pensiero esultante che forse ora la tempesta è passata e qualche giovane pieno di energia potrebbe ricominciare a lavorare lì perché, nonostante tutto, quel posto e quel lavoro *portano bene*. Il cuore gli batte forte, e Ivo non si accorge di Carmine che schiavarda il portone del magazzino e lo tiene aperto per lui mentre il siriano si ferma a guardarsi intorno smarrito da quell'abbandono totale, dalle cartacce che il vento ha accumulato negli angoli, dalle erbacce che spuntano dalle crepe dell'asfalto del piazzale, dal portasubbi arrugginito che pare una forca per giganti, dalle bianche cacate di rondine ovunque.

Carmine chiama sommessamente Ivo, e lui annuisce ed entra in quello che era il magazzino della Barrocciai Tessuti, e mentre oltrepassa le lame di luce che il sole proietta sul lacero impiantito di linoleum, lo rivede vivo, quel magazzino svuotato, con un Carmine più giovane di trent'anni che incrocia il cammino molto più lento del Carmine di oggi e questiona con i facchini degli spedizionieri, i muletti carichi di pallets di pezze scure che sfrecciano a trenta all'ora per portarli alle bocche delle tre gigantesche incartatrici e invece di schiacciare Ivo e Carmine e il siriano li attraversano con un lieve ronzio come se i fantasmi fossero loro, e Ivo sorride e non riesce a non chiudere gli occhi quando il mulo sta per investirlo. Vede le donne con i capelli raccolti e i camici blu che si affannano come infermiere intorno alle pezze arrivate dalla rifinizione per catturare i campioni e portarli in campionario dove sarebbero stati tagliati e spediti con la posta celere ai clienti di tutto il mondo. Sente le risate e le bestemmie e i saluti e i passi e mille altri rumori di lavoro aggrovigliati, e a bagnare tutto la luce bianco cinema della memoria.

Perché oggi sembra una barzelletta, ma a quei tempi c'era sottoproduzione, cioè non si riusciva a produrre tutti i tessuti che il mercato chiedeva, e il magazzino era sempre stato il reparto preferito di Ivo. I giorni più belli erano quelli in cui le pezze rientravano dalla rifinizione tardi, dopo le otto o le nove, spesso il venerdì, e poiché dovevano per forza essere inviate ai clienti quella sera stessa, gli operai rimanevano a lavorare e Ivo telefonava al miglior ristorante di Prato e faceva portare in fabbrica spaghetti alle vongole per venti, e mangiava con gli operai perché voleva andar via sempre per ultimo, esser quello che chiude la porta, così con i ragazzi che rimanevano – lo straordinario essendo qualcosa che a Prato l'operaio, invece di subire, chiedeva di poter fare per guadagnare di più – si creava uno strano legame che per qualche ora faceva a brandelli le teorie di Marx, e circolava l'idea di un lavoro fatto insieme e di ugual dignità, svanivano le differenze, e gli operai comunisti smettevano di sdegnare un padrone che quando c'era bisogno si toglieva la giacca e caricava le pezze sul camion insieme a loro, anche perché non c'era operaio in Italia che guadagnasse quanto un operaio pratese, e non c'era operaio pratese che guadagnasse quanto quelli della Barrocciai Tessuti, che se poi avevano bisogno di soldi glieli prestava il titolare, praticamente senza interessi, e li prestava anche al branco di terzisti che filavano, aspavano, ritorcevano, ordivano, annodavano, rincorsavano, tessevano, rammendavano, trasportavano, carbonizzavano, follavano, tingevano, rifinivano per Ivo e la sua Barrocciai Tessuti. Macché banche, macché banche! Così per anni, per trenta, quarant'anni. Per una vita. Quasi.

Poi Ivo, il passo barcollante per l'assalto dei ricordi, già lievemente ansimante per la microcamminata, la testa leggera, svolta un angolo ed entra in un altro capannone, più nuovo e privo di fantasmi, completamente vuoto se non per un piccolo pallet carico di *navy* che Carmine ha teatralmente collocato a mo' di Sacro Graal nell'esatto centro del capannone, sotto un grande lucernario lercio. Una cosa un po' troppo teatrale per gli ispidi gusti e modi del Carmine Schiavo che conosceva, si dice Ivo, e sbatte le palpebre per essere sicuro che quelle pezze siano davvero lì e non una delle vacue installazioni di quel principe del minimalismo che Elizabeth gli aveva proposto di esporre in ditta, ormai tanti anni fa, in un vano tentativo di inseguire ed emulare l'allora nascente collezione del grande Giuliano Gori.

Invece devono essere vere, quelle pezze, perché Carmine le presenta al siriano con un ampio gesto televisivo, e il siriano si mette a ispezionarle: ne tocca gli orli, strofina il tessuto tra i polpastrelli, lo palpa con la mano aperta senza capire che ne sta toccando il rovescio, la parte rifinita con minor cura, dove spesso la fibra nobile nemmeno c'è, e quando poi conclude il suo esame con una lenta carezza al rovescio della pezza, come se fosse la groppa di un grande animale, Ivo e Carmine sono certi di avere a che fare con un vero incompetente, anche perché dopo qualche secondo il giovane siriano avvia la solita pantomima del compratore mediorientale, smorfie, scuotimenti di testa, domande inutilmente puntigliose sull'altezza del tessuto, sul tipo di rifinizione, su quanti anni sono che le pezze si trovano lì, sulla garanzia della non-esistenza di difetti manifesti ma non verificabili senza srotolare i cinquanta metri della pezza, tipo righe, buchi o mangiature di tarme, od occulti, tipo scarsa resistenza del colore alla luce, al sudore, al lavaggio a secco.

Dopo aver assistito per qualche secondo al metronomico annuire di Carmine e all'immobilità cadaverica del volto di Ivo mentre lo ascoltavano ripetere quelle malfidate domande che la madre gli aveva fatto imparare a memoria, il giovane siriano Abdullah Hamsho – in senso molto lato figlio d'arte, poiché il padre era stato negli anni ottanta il più grosso compratore di tessuti a stock di tutto il Medio Oriente e un buon amico del Barrocciai prima di morire in un'esplosione mai spiegata in uno dei suoi negozi ad Aleppo senza che per questo i pagamenti della sua ditta slittassero di un solo giorno o di una sola lira – decide di astenersi dallo spiegare ai due la sua intima, incrollabile convinzione che nessun bene in offerta può essere davvero prezioso perché altrimenti non sarebbe in offerta, e fa la domanda che voleva fare fin dall'inizio, in un buon italiano imparato a Perugia, all'Università per Stranieri:

"E la composizione?"

E Ivo e Carmine, insieme:

"Cento per cento cashmere."

Il giovane siriano sorride, e sorridono anche i due vecchi pratesi.

Ora, il cashmere è la peluria finissima (o sottovello, o borra o *duvet*) di una razza di capre allevate in Cina, Mongolia, Iran, Afghanistan, Turchia, India, e in molte repubbliche dell'ex Unione Sovietica. Il cashmere ha un diametro medio di 14-16 micron, e il micron è un milionesimo di metro, cioè un millesimo di millimetro, il che vuol dire che per ottenere lo spessore di un millimetro occorre mettere una accanto all'altra settanta fibre di cashmere. Dalla pettinatura di una capra si ricavano dai duecento ai cinquecento grammi di pelo, che dopo le varie operazioni di pulizia – pettinatura, degiarratura, di nuovo pettinatura – si riducono della metà. In sostanza da una capra si ricavano, all'anno, solo duecento grammi al massimo di cashmere lavorabile. Ecco perché costa così tanto. E poi, spregiosamente, più i pascoli di queste capre sono inaccessibili – arrivano fino ai cinquemila metri – e spazzati da venti gelidi e tempeste di neve, più il cashmere sarà fine e morbido. Se si portano le capre in luoghi più confortevoli produrranno sempre meno cashmere, e sempre meno fine, le bastarde.

Chi compra un capo di cashmere, un abito, una giacca o un cappotto, pensa di comprare il meglio del meglio, e per assicurarsene guarda l'etichetta della composizione. Più cashmere c'è in un tessuto e più si è disposti a pagare. Qui però parte la bambola, poiché al di là dell'oggettiva rarità della fibra, la tortuosa e inefficientissima catena distributiva del tessile-abbigliamento e l'ingordigia dei bottegai (cioè i due fattori principali della quasi scomparsa di quel comico fenomeno modernista – l'ultimo a morire – che andava sotto l'ambizioso nome di *stilismo*) rendono pressoché impossibile che un capo di cashmere abbia un prezzo abbordabile dai clienti finali, i quali vogliono sì il lusso del cashmere, ma si rifiutano di pagarlo. E allora la pressione si sposta sui produttori di tessuto, spinti a produrre tessuti in – o molto, molto più spesso *con* – cashmere a prezzi sempre più bassi, finché il livello di prezzo richiesto dal mercato si riduce così tanto da rendere impossibile che nel tessuto ci sia anche solo una manciata di cashmere puro, e allora ci si ingegna in mille modi, soprattutto a Prato, perché di certo l'ordine non si può perdere: si può usare il cashmere rigenerato, e cioè proveniente dalla stracciatura di maglie o giacche di cashmere usate; si può usare il vello dello yak, che essendo un animale himalayano e dunque esposto alle stesse intemperie delle capre sviluppa una borra meno fine del cashmere ma dalla struttura a scaglie piuttosto simile; si può usare lana di grande finezza, e si fa il tessuto.

Ivo Barrocciai era stato per quarant'anni uno dei Gran Maestri di quel giochino delle composizioni, ed era riuscito a vendere in America e in Germania milioni e milioni di metri di tessuti '10% cashmere' senza mettercene mai neanche un grammo. Aveva vinto dodici cause dimostrando l'imprecisione dello strumento di misurazione o l'inadeguatezza dei vari periti dei tribunali o la distribuzione ovviamente non uniforme di una quantità così piccola di cashmere nel tessuto e di conseguenza nel campione esaminato, e sempre senza mai sentirsi un truffatore, perché i suoi clienti confezionisti pagavano così poco i tessuti che dovevano per forza saperlo che di cashmere non ce n'era, e riguardo ai clienti dei suoi clienti, i consumatori, la gente che poi comprava i cappotti, ecco, Ivo si era sempre sentito uno di loro, e accettava di essere stato truffato tante volte anche lui sulle composizioni di certi cappotti di grandi sarti, perché nessuno sa riconoscere al tatto il cashmere dalla lana davvero fine, sia chiaro, e poi, via, un cappotto morbido è un cappotto morbido, non è che siamo a parlare di diamanti.

Quelle pezze, però, erano fatte davvero di cashmere al 100 per cento: nascoste anni prima da Carmine Schiavo nel garage di casa sua su previdente ordine di Ivo, e così scampate per miracolo al fallimento più sanguinoso che Prato avesse mai visto, erano state prodotte alla fine del 1999 col miglior cashmere mongolo per uno degli stilisti italiani più importanti nella fase terminale della Barrocciai Tessuti, quella in cui a causa dell'improvviso crollo del consumo interno tedesco e della conseguente sparizione dei tradizionali ordini di velour misto-cashmere per cappotti, Ivo aveva deciso di salire di qualità e mirare agli stilisti, che per via della natura capricciosa del ciclo economico globale erano al loro zenit. Questo famoso genio le aveva capricciosamente rifiutate per via di una microdifferenza di colore tra il campione e il colore delle pezze, e ogni analisi spettrofotometrica non era valsa a fargliele accettare anche perché, come gli disse in faccia lo stilista, Ivo aveva commesso l'errore imperdonabile di fargli approvare il colore del campione in una giornata nebbiosa di Milano, e si sa che con la nebbia i colori cambiano. Così nella mente di Ivo, che di tessuti di cashmere al 100 per cento non ne aveva mai prodotti prima e non ne avrebbe più fatti dopo, quelle pezze, che in un impeto di voglia di rinnovamento aveva ridicolmente battezzato *Articolo Millennium*, erano diventate la materializzazione dell'Errore, della Strada Sbagliata, perché negli anni d'oro lui degli stilisti e delle loro ridicole pretese da artigiani (fili fluttuanti, disegni *jacquard*, fibre strambe tipo canapa e bambù e lurex e rame e acciaio inox) non aveva mai voluto nemmeno sentir parlare. L'industriale aveva sempre voluto fare ed essere: tessuti semplici e grandi produzioni e rispetto delle consegne e fabbriche come piazze d'armi e tanti operai e tanti terzisti; l'industriale nel più puro senso fordista della parola, il produttore di ricchezza vera per sé e di decine e decine di posti di lavoro per gli operai, per la comunità – insomma, per gli altri. E invece la crisi tedesca improvvisa e nera l'aveva fatto dirazzare, era diventato un artigianuzzo sempre più povero che si sforzava di produrre tessuti sempre più belli per sempre meno persone, inaridendosi nella ricerca di una qualità che ben presto diventò troppa, e che ai clienti non interessava se non in dosi omeopatiche, e poi comunque di mercati non ce n'erano più e lui dove andava a venderli, i suoi nuovi tessuti meravigliosi, su Marte?

Di quelle pezze Millennium si era vergognato così tanto che non ne aveva mai più parlato con nessuno, mai le aveva offerte ad altri clienti, preferendo regalarne ogni tanto qualche taglio di tre metri alle persone che piacevano a lui perché se ne facessero cucire un cappotto; poi nel maelstrom del fallimento se l'era dimenticate, ed era stato Carmine a rammentargliele quando pochi giorni prima lo aveva chiamato per dirgli che era stato contattato a casa sua dal figlio di Hamsho che, accantonato ormai il sogno di passare la vita a cantare il *qawwali*, era arrivato a Prato col fardello della sofferta ma definitiva decisione di occuparsi degli affari della ditta del padre, inviato lì dalla madre che aveva ridicolizzato le sue paure riguardo al viaggio senza naturalmente avere idea che sarebbe stato spogliato e perquisito anche internamente dai soldati americani all'aeroporto di Damasco, il bagaglio aperto e i vestiti gettati a terra e sporcati dalle suole degli anfibi di una specie di gigante lentigginoso in uniforme mimetica che gli aveva riso in faccia e gli aveva detto, Scimmia araba, mentre li calpestava; che sarebbe stato spogliato e perquisito anche internamente dai militari italiani a Fiumicino, il bagaglio preso a calci e aperto e i vestiti gettati a terra e calpestati, il suo Corano lanciato in aria e preso a calci da tre diversi soldati che volevano palleggiarci un po' e si erano messi a ridere e a battersi grandi pacche sulle cosce quando aveva chiesto loro in un ottimo ancorché tremulo italiano se potevano essere così gentili da terminare la perquisizione in tempo utile da consentirgli di prendere la coincidenza per Firenze; che l'autobus su cui lo fecero salire sarebbe stato fermato tre volte tra Roma e Firenze, ogni passeggero barbuto fatto scendere e perquisito anche internamente e il suo bagaglio aperto e sparpagliato in autostrada; che l'ultima perquisizione sarebbe stata la più dura perché un soldato di cinquant'anni lo portò dietro un albero della piazzola di sosta e gli tirò un calcio nelle palle dicendo, Questo è per San Pietro; che arrivato a Prato la prenotazione che aveva fatto da Damasco nell'albergo dove andava sempre suo padre non c'era più e, anche se l'albergo era mezzo vuoto, il portiere aveva detto che non poteva ospitarlo *per legge*, e allora dovette riparare in una specie di ostello per stranieri che costava più dell'albergo e nel quale aveva dormito pochissimo in una camerata insieme a dei giovanissimi, chiassosi spacciatori marocchini. La mattina dopo, Abdullah si era messo a chiamare tutti i vecchi numeri della Barrocciai Tessuti appuntati nella Moleskine nera del padre, anche quello del fax, ma non aveva mai risposto nessuno, e lui si era ormai deciso a ripartire – perché da altre ditte pratesi, le poche rimaste, non si sarebbe fidato a comprare – quando si era ricordato della vecchia cartolina da Capo Nord che Carmine Schiavo aveva solo firmato e spedito a suo padre tanti anni prima, con l'indirizzo scritto in stampatello perché potesse riscrivergli, e per qualche ragione era rimasta in una tasca della Moleskine. Si vedevano un mare gelido, dei pezzi di ghiaccio che galleggiavano e un tramonto fioco. Chissà perché suo padre l'aveva tenuta.

"Allora, signori, quale prezzo?"

"Ventimila."

"Scusa, che vuol dire ventimila? Ventimila euro? Io non capisco..."

"No, ventimila lire al metro. Carmine, quanti metri sono?"

"Saranno duemila. No, millenovecentonovanta, per l'esattezza."

"Ecco, allora sono ventimila lire per millenovecentonovanta metri, che fa... Quanto fa?"

Ivo si volta verso Carmine, che non ha una calcolatrice con sé e non sa di averla incorporata nel videotelefonino, e allora si stringe nelle spalle e fa al siriano:

"Te che ce l'hai una calcolatrice?"

Il siriano si stringe anche lui nelle spalle.

C'è una pausa, e i tre uomini rimangono in silenzio per almeno un minuto, in piedi davanti al pianale di pezze di cashmere, così infinitamente diversi, bagnati dalla gran luce di quella giornata splendida, circondati dal nulla dei muri scrostati, dal vuoto disperante di una fabbrica abbandonata: Ivo col giubbotto di camoscio e la camicia bianca e i pantaloni grigi di fresco di lana, Carmine in maglia blu e jeans e vecchie scarpe da barca, Abdullah in giacca pied-de-poule e cravatta marrone e pantaloni blu di cotone con i tasconi, che stringe in mano una ventiquattr'ore morbida di pelle. E dopo che ognuno di loro si era brevemente posto il problema di fare quel conto senza trovare una risposta, erano già scivolati tutti e tre a pensare ai fatti loro, Ivo alle volte in cui aveva fatto l'amore in quello stesso magazzino, Carmine agli interminabili lavori in casa che aveva avuto la sventura di far avviare e ormai era chiaro che non sarebbero finiti mai,

Abdullah a un certo sublime passaggio vocale del suo idolo morto Nusrat Fateh Ali Khan.

È Carmine a riscuotersi per primo, chiede al siriano carta e penna e si mette a fare il calcolo appoggiato alle pezze.

"Son trentanove milioni e ottocentomila."

E Ivo:

"Facciamo trentanove, vai..."

Abdullah, che fino a pochi giorni prima non s'era mai occupato di niente che avesse a vedere col commercio, trasalisce:

"Quanto?"

"Trentanove milioni."

Il siriano, incredulo, a bocca aperta, si maledice e pensa per l'ennesima volta che ha sbagliato a venire a Prato a comprare tessuti in una fabbrica manifestamente abbandonata, da questi due strani signori che non corrispondono per nulla alle descrizioni di suo padre (Ivo Barrocciai è uno degli uomini più ricchi d'Italia, un ebreo imponente con un sorriso da re e i polsi ornati da bracciali d'oro; il suo braccio destro Carmine è il più onesto degli uomini, con il torace grosso come un barile e la barba da comunista e la risata possente), perché la moneta siriana è appunto la lira, epperò gli pare di ricordare che il cambio tra euro e lira siriana sia 52, gliel'ha detto il contabile, e con i 2.028.000.000 di lire siriane che questi signori gli stanno chiedendo per venti pezze di cashmere, uno si compra mezza Damasco. Non può essere così, si dice, ma è anche vero che io sono un poeta e un cantante, e sono legione le cose che non conosco.

"Ma come? Trentanove milioni? È impossibile, signori..."

"Come, impossibile?" fa Ivo, fissando per un attimo Carmine con il suo vecchio sguardo da padrone, secco come una bastonata. "È possibilissimo, invece..."

"Ma, come, signori..."

Carmine si dà una botta sulla fronte, alla Macario.

"Noo, Ivo, aspetta... Ho capito... Abdullah, si parla di lire italiane. Che bischeri, trentanove milioni di vecchie lire italiane... Scusa, siamo noi vecchi che dopo tutto questo tempo si ragiona ancora in lire invece che in euro, abbi pazienza..."

E si riappoggia alle pezze a vergare altri numeri, bucando diverse volte il foglio di carta con la punta della penna e sortendo dall'impaccio solo dopo qualche minuto imbarazzato, in cui Ivo e Abdullah si erano scambiati dei sorrisi vacui.

"Dovrebbero essere ventimilacinquecentocinquanta-quattro euro."

"Abdullah, aggiungo sconto a sconto. Facciamo ventimila e non se ne parla più."

Il siriano non ha il tempo di rallegrarsi per aver sciolto l'enigma di quel prezzo infinitamente alto che si trova subito di fronte a un altro problema: in ditta gli avevano detto che non poteva e doveva pagare più di due euro e mezzo al metro, qualsiasi tessuto comprasse.

"Mi perdoni, signor Barrocciai, ma quanti euri al metro esso farebbe?"

"Ventimila lire... Saranno un po' di più di dieci euro."

"Signor Barrocciai, mi perdoni, ma io non posso pagare più di due euro al metro, massimo tre," dice tremebondo Abdullah, raggiungendo già un livello di prezzo che a casa gli sarebbe valso un aspro rimprovero da sua madre, lo sbuffare di delusione del vecchio contabile e la definitiva nomea di figlio degenere e incapace.

Ivo sbuffa, guarda Carmine che allarga le braccia e scuote la testa; scuote la testa anche lui, si passa una mano sul volto perfettamente sbarbato, guarda negli occhi il giovane siriano, fa per prendere nei polmoni il fiato per partire con una lunga, calma tirata sul fatto che non sia giusto ed equo e corretto offrire tre euro per quelle pezze di cashmere puro della Mongolia, che se non voleva rispettare lui che era stato grande amico di quell'onesto uomo di suo padre doveva almeno rispettare la qualità di quelle pezze, che a mettergliele dieci euro al metro era già fargli un regalo, ma mentre sta per cominciare a parlare si accorge di non averne più. Nessuna voglia o capacità o interesse a spiegare, convincere, arrabbiarsi, trattare. Nulla. Tutto finito. Li guarda, inspira, espira, sorride e dice, d'improvviso sereno:

"Per codeste pezze dammi quello che vuoi, Abdullah, non me ne importa nulla."

I due lo fissano in un silenzio che si prolunga. Ivo guarda Carmine negli occhi.

"Perché io sto morendo, ragazzi. Ho un [*omissis*]. Mi restano due mesi di vita, forse meno. Anzi, di sicuro meno."

Trenta secondi di silenzio assoluto. Carmine e il siriano lo fissano negli occhi, attoniti e indiscreti, come a voler carpire il segno segreto della malattia, vederlo e riconoscerlo, accorgersene. Le loro bocche si aprono involontariamente, insieme. Ivo stira un sorriso.

"Praticamente sono terminale."

E dopo un battito di cuore:

"Roba da pazzi."

E scoppia a piangere.

Il siriano fa tre passi, lascia cadere la ventiquattr'ore e lo abbraccia stretto, gli dice un mucchio di cose in una confusa, solenne mistura di italiano e siriano, si scioglie dall'abbraccio, riprende la borsa, la apre, tira fuori un rotolo di banconote e lo porge a Carmine, che dall'emozione non riesce nemmeno a tenerlo in mano e così cade sul linoleum. E Carmine, mentre dagli occhi gli cascano lacrimone da bambino e vanno a infilarglisi nel folto barbone castrista che porta dall'età di diciott'anni, si vergogna perché stava per sussurrare a Ivo che per via dei lavori in casa sua quelle pezze in garage non le poteva più tenere e bisognava venderle in tutti i modi al siriano, oggi stesso, a qualsiasi prezzo, perché nel suo garage ormai c'era una betoniera e in quel magazzino naturalmente non potevano rimanere. Si vergogna e arrossisce perché non riesce a sopportare il pensiero di aver organizzato tutto in segreto per liberarsi di un problema pratico, per aver finalmente dato retta a sua moglie che a quelle pezze aveva dichiarato guerra perché da anni la costringevano a parcheggiare alle intemperie, per aver costretto il povero Ivo morente a tornare lì dove aveva sofferto di più e farsi prendere per il collo per l'ultima volta da uno stocchista novellino siriano del cazzo. E così piange, Carmine, silenzioso, immobile, a testa bassa, finché Ivo lo abbraccia stretto, e rimangono abbracciati in quel capannone vuoto, col siriano che intona piano il più struggente dei suoi canti.

VAGELLARE
(1994)

"Pronto?"

"Rosa?"

"Oh... buongiorno, Cipriani. Come sta? È tanto che non si fa sentire..."

"Ciao, Rosa. È... Ecco, è bello risentire la tua voce..."

"È passato del tempo, Cipriani..."

"Troppo?"

"Mah..."

"Troppo?"

"Forse sì, troppo tempo..."

"Non potevi scegliere un altro cognome per non far capire a tuo marito che parli con me? Cipriani non mi garba."

"Mi dica, allora..."

"Dove sono i geni di casa tua? Lì intorno a te, a sentire quello che dici? Attaccati alle tue sottane, come sempre?"

"Se vuole saperlo, Cipriani, il mio augusto marito è in salotto a leggere il *Giornale*, mio figlio a giocare a golf con la fidanzata e gli amici..."

"E allora se non ti sente perché tu mi chiami Cipriani?"

"Non si sa mai, *Cipriani*. Ha qualcosa di più interessante da dire, dopo tutto questo tempo?"

"Sempre attiva, vedo, la tua gente..."

"Glieli saluto, certo, non si preoccupi..."

"Parassiti, Dio bono..."

"Senta, Cipriani..."

"Falliti con i soldi... Il mondo è dei furbi..."

"In effetti, sono dei momenti tranquilli, Cipriani. Si è penato tanto, ma ora siamo tranquilli."

"Quelli che filavano per lui ora sono meno tranquilli, però."

"..."

"E anche quelli che tessevano per lui... e che rifinivano per lui... Tutti poco tranquilli... A leccarsi le ferite, sono, povera gente..."

"Può darsi."

"..."

"Comunque ha fatto bene a chiamare, sennò forse avrei chiamato io... Ci sarebbe proprio bisogno che venisse a sistemare un po' i gerani in giardino, perché con l'inverno hanno patito... E i gelsomini poi vanno potati, mi sembra..."

"Rosa..."

"Mi dica, Cipriani."

"Ti devo dire una cosa. Una cosa molto importante."

"Mi dica..."

"Veramente importante..."

"Mi dica, allora..."

"Rosa, sei ancora arrabbiata con me? Mi odi ancora?"

"No."

"Davvero?"

"Sì. Cioè, no. Sa, è passato così tanto tempo... e il tempo cura tutto..."

"Ah... grazie... Perché io ti volevo chiedere scusa perché... Insomma lo sai... E anche per tutti questi ridicoli anni passati a vedersi... anche spesso... e senza poter mai parlare... e io... Ecco, mi dispiace, mi dispiace tantissimo, scusa..."

"È tutto a posto, Cipriani. Basta potare bene..."

"Sì."

"..."

"Perché io divorzio."

"..."

"Capito? Mi ha lasciato."

"Ho capito..."

"L'americana mi ha lasciato e se n'è tornata in America."

"Ecco..."

"Te lo volevo dire... Non so perché, ma te lo volevo dire... Sei la prima persona a cui lo dico..."

"Ah."

"Ecco... ora lo sai..."

"Sì. Ora lo so."

"..."

"..."

"Rosa, ma io mi ricordo bene? Perché certe volte mi sembra che sia stata tutta una grande fregatura, tanti anni fa."

"Mah, Cipriani. Io non lo so."

"Io dico di sì, invece. Mi ricordo bene, o mi ricordo male?"

"Io non lo so davvero, Cipriani."

"Perché io mi ricordo tutto ancora oggi, di quella sera."

"No, io dico che lei non si può ricordare di nulla, Cipriani."

"Sì, invece. Di me e di te io mi ricordo tutto, ma era meglio se non mi ricordavo niente, se avevo battuto il capo e avevo perso la memoria, era meglio se avevo picchiato nel muro con la macchina, perché da quella sera non ho avuto più pace, Rosa."

"Se dice così ha capito male davvero, Cipriani."

"No, io ho capito bene. E mi ricordo anche di tutti i giorni che ho passato in tutti questi anni, a pensare e a ripensare a quella sera e a smadonnare."

"No Cipriani, mi dia retta, non parli così."

"Perché io vagello, capito Rosa?"

"Ho capito, ho capito."

"No, io vagello tutte le volte che ti vedo e tutte le volte che ti sento al telefono, e a sessantadue anni non posso vagellare, capito?"

"Ho capito, ma cerchi di capire anche lei, però."

"Eh, forse invece non ho capito niente per davvero."

"Mi dia retta, Cipriani. Tutto non si può dire, capisca."

"..."

"..."

"Io vorrei sapere perché mi sono sposato con mia moglie e te con tuo marito."

"Questo non lo so neanch'io, Cipriani."

"Ho capito. Ho capito. Senti Rosa, ora prendo e vo a fare un bel giro per le vetrine, a Firenze. Fo una bella passeggiata, mi svago e vo anche a comprarmi le scarpe."

"Bravo, vada a fare una bella girata."

"Sarà davvero meglio che vada, sennò fa buio. Poi piglio un bel caffè da Giacosa e ritorno a casa in tempo per l'ora di cena."

"Bravo, faccia così."

"Ah, se potessi venire anche te, Rosa, cosa non darei! Basterebbe far due passi in Via Tornabuoni, non chiedo di più."

"Lo sa che non c'è verso, Cipriani. Via, allora arrivederci, stia bene e qualche volta si faccia risentire."

"Lo sai, Rosa, che io telefono sempre. Ciao."

"..."

GOCCE DI MERCURIO

Parcheggio la mia vecchia Mercedes, spengo il motore e, mentre scendo dalla macchina con un grugnito d'affanno, mi cadono dalle tasche i centesimi: li sento tintinnare via, allontanarsi furiosamente come se non mi sopportassero più, veloci come le gocce di mercurio e subito persi perché, un po' per la schiena un po' per l'orgoglio, col cazzo che mi piego a raccattarli. Sono roba da bambini, via, i centesimi, ci si può comprare una spuma o le caramelle, ma per un uomo non è dignitoso, mi pare, andare in giro con le tasche piene di monete, ecco. Poi mi sento prendere per il naso.

Il mio è un naso naturalmente gonfio, sempre lucido: un naso difettato, tormentato da una continua ricrescita di peli sia dentro le narici sia sulla punta, coi pori dilatati e scuri, il setto deviato per un incidente di calcio di cinquant'anni fa, a continuo rischio di herpes; un naso che avvia a gocciolare a ottobre e smette ad aprile, ed è un vero peccato perché quando non si colma di moccico è un organo efficientissimo, forse il mio migliore dopo i denti, in grado di riconoscere davvero i profumi del vino senza bisogno della saccenza dei sommelier; un naso che di profumi corporei ha sempre tollerato solo certe antiche acque di colonia da uomo e poche essenze dolci per la pelle delle donne; un naso tanto suskindiano per capacità quanto inguardabile come aspetto, che troneggia severo sul mio volto equilibrato ed è stato minacciato dai chirurghi estetici fin dai primi anni settanta;

un naso che in questo momento si trova tra l'indice e il medio della grossa mano sgraziata di un giovane a me sconosciuto e intabarrato in un'orrenda cappa di pelle invecchiata, lievemente torto in senso antiorario per farmi sentire la punta di un primo dolore ma soprattutto per farmi indovinare quello più grande che arriverà.

Poiché essere preso per il naso, di notte, è una cosa che non mi era mai successa, rimango immobile senza sapere cosa fare, più stupito che offeso, più sorpreso che dolorante, e mi adatto a respirare con la bocca. Io non ho fatto nulla: per strada non ho sfanculato nessuno degli automobilisti idioti che pure se lo sarebbero meritato, in tutta la serata ho fatto poco più che bere qualche sfiatato calice di prosecco ed esibirmi – benissimo, però, *benissimo* – in due canzoni di Gino Paoli e una di Bruno Martino in un piano-bar di Montecatini, e sono secoli che non insidio donne d'altri, nemmeno per scherzo, eppure mi trovo preso per il naso da questo ragazzaccio sconosciuto, e tre passi dietro di lui ce ne sono altri due più giovani, uno tozzo coi capelli rasati, l'altro magro con un ciuffo sudicio che gli copre gli occhi, infagottati in tute di felpa, muti e così nervosi che sembrano più sul punto di scappare che di picchiare.

Per quasi un minuto nessuno parla, e così alle tre del mattino di una tiepida notte d'aprile, sotto le logge di cemento armato del palazzo di sei piani nel quale abito ospite di mia sorella, io, un settantenne in giacca e pantaloni di flanella grigia, senza cravatta, mocassini ai piedi, gli incisivi distanziati quel che basta a risultare simpatici e non difettati, splendente di un'apparenza che non sopravvivrebbe a un esame ravvicinato (i calzoni sono lisi al cavallo e all'orlo, la giacca ai gomiti e ai polsini e le mancano due bottoni, uno per polsino, le scarpe sono state risuolate già tre volte dall'ultimo calzolaio sopravvissuto in Prato, un novantenne che però l'ultima volta ha rimediato, chissà come chissà perché, suole di sfumature di nero diverse), mi trovo con il naso stretto in una morsa e la schiena incurvata a seguire il profilo della carrozzeria della mia vecchia macchina.

Nessuno parla anche perché evidentemente al ragazzaccio sembra di essere già abbastanza chiaro strizzandomi il naso, mentre io ho paura che se apro bocca mi possa venir fuori la voce di Paperino e questa cosa peggiorerebbe – se possibile – la situazione, poiché non è che si possa dar tanto retta a un vecchio che starnazza. Però il cuore comincia a battermi forte nelle tempie e se non parla il ragazzaccio devo parlare io perché questa situazione è insostenibile, e anche se una vocina da dentro mi dice che nell'immediato futuro potrei anche rimpiangerla, questa situazione insostenibile, decido di provare a dire qualcosa comunque, ma mentre apro la bocca il giovane ricciuto dice, con una voce roca e screziata d'irpino:

"E così facciamo i furbi, eh? E così facciamo i furbi..."

E mi torce il naso fino a farmi letteralmente vedere le stelle, mi fa schizzare lacrime di dolore, e cado in ginocchio gemendo, le mani chiuse intorno alla mano del giovane ricciuto ma timorose di far qualsiasi tentativo di liberarsi per paura che quella mano così infinitamente più forte avvii a torcere ancora di più, e così le mie vecchie grandi mani rugose non fanno che racchiuderla in un gesto che sembra d'affetto, lo stesso gesto che avevo fatto un'infinità di volte con tante donne, mille anni fa, mentre le guardavo negli occhi e dicevo bugie appassionate.

"Qui bisogna smettere di fare i furbi, ci siamo capiti?" vocia, e scopro che è difficile parlare quando si piange di dolore e si ha il naso torto. È difficile anche piangere. Potrei urlare, chiamare aiuto, ma chi mi aiuterebbe? Chi si vestirebbe e scenderebbe le scale e si metterebbe a tu per tu con questi tre diavoli? Chi se la sentirebbe anche solo di aprire la finestra e minacciare di chiamare la Polizia? Chi, in questo quartiere un tempo elegante e ora abitato solo da vecchi impoveriti e impauriti, che di urla ne sentono tutte le notti e la mattina dopo leggono sul giornale di risse furibonde davanti ai loro portoni e vedono le bottiglie di birra rotte e vivono nella paura che i loro bastardini lecchino il sangue che ogni tanto si trova in terra, o le siringhe, o i preservativi usati? Io non lo farei di certo. Mi girerei nel letto alla ricerca della parte fresca del guanciale. E poi se urlo, magari la situazione precipita e questi tre mi pestano a sangue e scappano. Prenderle, le prendo di certo, posso solo scegliere quando, e forse quante. Mi sforzo di piangere per vedere se si impietosiscono.

"Ci siamo capiti?" ringhia ancora il giovane, e mi pare che si aspetti una risposta. Mentre gemo, capisco che devo fare qualcosa, dire qualcosa, subito, sennò in ginocchio come sono è troppo semplice per lui, quasi naturale, mollarmi il naso e tirarmi un calcio in faccia. Allora mi do forza e mi rialzo in piedi, sempre con il naso in quella morsa infernale. Mentre sollevo lo sguardo, pur tra gli appannamenti delle lacrime, vedo che accanto alla testa del ragazzo brilla limpidissima Venere, il pianeta-stella che tante volte ho mostrato con orgoglio alle donne, e prendo quella visione come un microsegnale d'incoraggiamento, così guardo il giovane negli occhi e, mentre lo guardo il ragazzaccio ha un'espressione impegnata, la lingua infantilmente stretta tra le labbra, come se quello che sta facendo gli rimanesse in qualche modo difficile – lo *riconosco*.

"Camputaro," dico con la poca voce da Paperino che riesco a evocare tra i singhiozzi e le lacrime e gli umori nasali e il naso torto. A sentirsi chiamare per nome il ragazzo ricciuto mi molla di colpo il naso e fa un passo indietro, a bocca aperta, come se avesse ricevuto uno schiaffo. Finalmente libero, mi passo una mano sugli occhi mézzi di lacrime, mi massaggio il naso e cerco di rimettere dritta la schiena, riguadagnare un minimo di dignità. Fisso di nuovo il ragazzo e mi accorgo che anche lui mi ha riconosciuto.

"Te... io ti conosco... Te tu sei il giovane Camputaro, il figliolo del mio amico Angelo," dico, e lo rivedo bambino a correre tra i camion nel grande piazzale della fabbrica, quando era un bambino timidissimo alto davvero poco più di un soldo di cacio, coi calzoni corti e le scarpine di gomma, e accompagnava in fabbrica suo padre una volta al mese, la sera tardi, a riscuotere le tele tessute nella mesata, e da quant'era piccolo saltava per scendere dal camioncino del padre e si metteva a giocare con il cane del portiere con la stessa espressione impegnata di quando mi torceva il naso. Mi ricordo anche il nome di quel bambino: Massimo, perché il giorno in cui suo padre me lo presentò disse che in futuro i due telai a campione della famiglia li avrebbe mandati lui ed era bene che il principale lo conoscesse subito, e poi, impettendosi di cristallino orgoglio meridionale, aggiunse che l'aveva chiamato così perché aver avuto finalmente quel figlio maschio, il primo dopo due femmine, per lui era stato veramente il massimo.

"Te sei Massimo. E io sono Ivo il Barrocciai, noi ci si conosce."

Provo una cosa azzardata: gli porgo la mano destra e il ragazzo la stringe, certo, giacché so bene che suo padre a cena mi rammentava sempre e diceva che come me non ce n'era, che ero un benefattore perché gli davo sempre più della tariffa di tessitura, e nella sera di luglio in cui è morto d'embolo era chino sul telaio ad annodare proprio una tela della Barrocciai Tessuti, quella stessa sera in cui la vita di quel ragazzo doveva essersi frantumata, poiché poco tempo dopo sua madre aveva venduto i telai e con me non faceva che piangere e dire che lui si era imbrancato con certe cattive compagnie e via e via e via.

C'è un'altra pausa, e i due guardano immobili il loro capo che all'improvviso ricordo del padre si è sentito sciogliere sia le gambe sia la cattiveria, e a giudicare dalla sua espressione perduta, dalla bocca aperta, dal filo di saliva che gli congiunge le labbra e per un attimo scintilla riflettendo la luce dei lampioni, pare essere lontano mille miglia, perso nella prima e forse unica epifania della sua vita, improvvisamente sicuro che sta sbagliando tutto, che non vuole andare in giro la notte a torcere nasi e spaccare pollici: e mi pare intenerirsi così tanto all'improvviso ricordo del padre e del suo irpino attaccamento al lavoro da essere vicino alle lacrime, epperò naturalmente piangere non può, e sente di dover assolutamente dire qualcosa, ma non sa cosa e così apre la bocca, dice, Però, e si interrompe subito.

Allora io, ancor più lontano di quel giovane dagli anni in cui i tessitori venivano a rendermi omaggio con i figli come si faceva con i signori medievali, sideralmente lontano dalla gloria di quei giorni in cui ero forse l'uomo più ricco di Prato, gli sorrido e forse lo carezzerei anche se lui non si scuotesse e trovasse la forza di dire, la voce rotta dall'emozione:

"Cavaliere, io non lo sapevo che era lei... Mi deve scusare, mi avevano detto che c'era uno che non paga... Mi scusi, io... non so cosa dire..."

"Massimo," dico carezzandomi il naso che un po' mi avvia a sanguinare, "non ti preoccupare."

Mentre Massimo annuisce, guardo anche gli altri due, e sorrido con infinita, regale comprensione. Tiro fuori dal taschino della giacca un antico fazzoletto di seta con le cifre I.B., vi poggio il naso, vedo che ci sono due piccole macchie rotonde di sangue, sorrido. Accetto le loro scuse. Li perdono tutti.

"Massimo, non c'è problema."

"Io... Va bene, Cavaliere, però lo paghi, Capogreco," dice urgente Camputaro, già pensando a cosa raccontare a quelli della finanziaria per ammorbidirli e forse farmi concedere un altro po' di tempo, "perché la prossima volta manda uno duro davvero, non come me."

Gli poggio una mano sulla spalla.

"Massimo, davvero, non c'è problema. Grazie. Di' a Capogreco che lunedì andrò personalmente a pagarlo. In contanti."

"Va bene, Cavaliere. Non si preoccupi, glielo dico io."

Sono anni che qualcuno non mi dice, Non si preoccupi.

"Grazie ancora, Massimo. E digli anche che tra... tra persone di un certo tipo non si fa così... Diglielo, che è un cafone."

"Allora arrivederci, Cavaliere."

È una cosa bella, quest'improvviso discendere di sorrisi e premure e faticose cortesie, perché forse nessuno di questi tre ragazzi voleva davvero pestarmi. Di certo mi avevano aspettato per ore al vento fresco di questa notte di primavera, ma quando ero arrivato sulla mia vecchia Mercedes blu senza cerchioni originali e senza stella sul cofano, stubata e rigata su tutte e due le fiancate da chiavi maligne, in pratica sulla macchina del capo degli zingari, cantando a squarciagola *Fai finta di non lasciarmi mai...* insomma quando mi ero presentato in tutta la mia diaccia miseria, dovevo essergli subito rimasto simpatico ai tre, e per questo Camputaro mi aveva preso per il naso invece di ceffonarmi, che sapevo bene essere il trattamento standard quando chi andava *recuperato* aveva più di sessant'anni e non rappresentava una minaccia fisica.

I due compari si rilassano visibilmente, smettono anche di guardarsi intorno. Quello con i capelli rasati addirittura mi sorride.

"E la mamma? Come sta?"

Camputaro, mettendosi le mani in tasca:

"Come vuole che stia... Da vecchi."

"Salutamela."

"Sì."

È a questo punto che Camputaro fa un cenno e i tre si dileguano sparendo nella notte, lasciandomi solo a carezzarmi il naso con il meraviglioso fazzoletto di seta monogrammato, che comprai trent'anni fa a Parigi, in Faubourg Saint-Honoré, in circostanze – credetemi – infinitamente diverse.

Sopra la mia testa, altissimo, il lampeggiare delle luci di un aereo. I centesimi caduti dalle tasche scintillano a terra, disposti ai vertici di un trapezio scaleno, ai margini estremi di una pozzanghera. La luce del lampione sopra di me inizia a tremolare, e si spegne.

"Mah," dico, e mi avvio verso casa.

UNA GIORNATA BELLISSIMA
(DEANNA)

In una bellissima mattinata di sole e vento durante i giorni della tempesta valutaria del settembre 1992, mentre Carlo Azeglio Ciampi immolava migliaia di miliardi delle riserve della Banca d'Italia per sostenere il cambio della lira contro l'assalto brutale e immateriale dei *futures* e sembrava che lo stato non ce la facesse più a pagare gli interessi su BOT e CCT e BTP e dovesse dichiarare bancarotta e i tassi della lira volavano fino in cielo; solo pochi giorni prima che Giuliano Amato andasse in televisione a rivoltare la giubba dopo aver giurato e spergiurato che mai, mai, mai avrebbe svalutato la lira facendola uscire dal Serpente Monetario e raccontasse stridulo, gesticolando come un cartone animato, che, via, su, alla fine la svalutazione non era poi un gran danno e anzi avrebbe aiutato le imprese e l'economia, Ivo Barrocciai, che alle svalutazioni periodiche della lira doveva gran parte della sua fortuna e alle favole non aveva mai creduto e da lungo tempo aveva investito i suoi risparmi in obbligazioni in lire emesse da enti sovrannazionali di ferrea solidità e nome tipo Banca Europea degli Investimenti, Banca Internazionale per la Ricostruzione e lo Sviluppo, Comunità Economica del Carbone e dell'Acciaio, Euratom, si convinse che l'Italia non poteva fallire perché anche se lo stato era povero, gli italiani stavano bene e quindi se proprio c'era bisogno di soldi i politici li avrebbero presi direttamente dai conti correnti dei cittadini e delle aziende e così, ripetendosi *Inter caecos regnat luscus* perché si schierava contro il parere univoco di operatori di Borsa, direttori di banca e sicofanti vari, decise di prendersi l'unico rischio finanziario della sua vita e trasformò un terzo della sua liquidità – non del suo patrimonio, della sua *liquidità* – in BPT ventennali che quel giorno quotavano 65 lire nonostante avessero una cedola del 12 per cento, e ne donò metà a sua sorella Deanna. Era poco meno di un miliardo.

Uscito dalla banca, andò a vedere un bell'appartamento nella miglior zona residenziale di Prato, e poiché per lui non andava bene ma sarebbe stato perfetto per la Deanna, disse con tono grave all'agente immobiliare di mezz'età in impermeabile che lo accompagnava che, come gli aveva insegnato il suo amico Michael Corleone, per ogni uomo veniva il giorno in cui doveva sistemare gli affari della famiglia, e quello era il suo. Poi tacque, guardandolo fisso. Quando l'agente immobiliare dopo qualche secondo fece, Eh?, Ivo ringhiò che lo comprava, l'appartamento, subito, sveglia, che non lo facesse vedere a nessun altro, e poteva già fissare col notaio per il giorno successivo, la mattina, presto, dicendogli anche di preparare tutte le carte perché dopo averlo comprato lo avrebbe subito donato a sua sorella Deanna.

Perché sul letto di morte suo padre gli aveva detto che la ditta doveva mandarla avanti da solo, senza soci, e che a sistemare la Deanna doveva pensarci lui. Gli aveva ringhiato con la gola devastata, Che ti va bene, Ivo? Perché se non ti va bene gli è lo stesso, capito?

"Donna, fammi il caffè!"

"Ah, eccolo desto finalmente, il principe. La sera leoni, e la mattina coglioni."

"Boccuccia di rosa, vedo che il mattino ti trova di buonumore."

A sapere di tutto quel ben di Dio che le veniva donato la Deanna fece spallucce, ringraziò suo fratello a mezza voce e si insediò nell'appartamento solo dopo averlo fatto rimbiancare e disinfestare perché chissà chi ci aveva portato in quelle stanze quello che ci stava prima di lei. I BTP li lasciò nel conto a salire vertiginosamente di prezzo fino a sfondare negli anni le centotrenta lire e a offrire rendimenti che via via che l'Italia si risanava apparivano sempre più smodati, incassando all'inizio le cedole ogni 1° febbraio e 1° luglio, e poi limitandosi a farle reinvestire quando si accorse che vivendo la vita che viveva non aveva bisogno di tutti quei soldi. E così, senza mai capire cosa fossero i tassi d'interesse o perché esistessero le obbligazioni, per anni la Deanna accettò a denti stretti i complimenti dei gestori che si avvicendarono nella custodia del suo patrimonio, e per non saper né leggere né scrivere li obbligò a non fare assolutamente nulla di nulla, perché Ivo aveva infiniti difetti, ma nei suoi anni d'oro – cioè prima di prender quella moglie disgraziata – era stato il più grande dei grandi, e delle parole e dei fatti di quell'Ivo si sarebbe sempre fidata. Tutto questo, naturalmente, senza mai dirglielo, che un tempo secondo lei era stato il più grande dei grandi, perché la Deanna credeva che i complimenti servissero solo a fare inorgoglire e insuperbire le persone, e a Ivo proprio questo era successo, e invece rimarcare i suoi tanti difetti poteva essergli d'aiuto secondo lei anche oggi, perché non era mai troppo tardi per diventare abbastanza umili da accettare la propria inadeguatezza e rimettersi alla volontà di Dio.

"Che hai fatto al naso?"

"Nulla, perché?"

"È tutto gonfio."

"Nulla."

"Lo vuoi davvero il caffè?"

"Sì."

"Che c'è da guardare?"

Gli era sempre successo, a Ivo, di incantarsi a guardare sua sorella. Anche da bambino gli capitava di ritrovarsi a bocca aperta a fissarla, imbambolato, e sua madre a fargli i complimenti e le carezze perché non s'era mai visto un bambino così bravo e *amoroso* della sorella più piccina. Crescendo, Ivo aveva imparato a farlo senza accorgersene, ma di guardarla non aveva mai smesso. Non perché fosse mai stata bella o aggraziata o per qualche tipo di laida attrazione fisica, ma perché secondo lui gli somigliava tantissimo, la Deanna, e non riusciva a non sorprendersi ogni volta di vedersi come specchiato in una donna.

Condividevano i lineamenti spigolosi purtroppo ereditati dal padre, il naso dritto e severo, la bocca dalle labbra fini, ma mentre gli occhi di Ivo erano due nocciole, lei sfoggiava il più incredibile paio di occhi grigi che si fosse mai visto a Prato – due pozze di ghiaccio che ora si intonavano perfettamente al colore dei suoi capelli e che quando era giovane avevano attratto molti ragazzi, poi scoraggiati sia dall'estrema timidezza e disinteresse di lei per qualsiasi coinvolgimento fisico, sia per le battutacce di Ivo che prendeva molto sul serio il ruolo di fratello guardiano che suo padre gli aveva affidato per paura che qualcuno gliela mettesse incinta prima del matrimonio, la sua figliola, proprio come era successo a lui con la Fosca, la loro madre, figlia di contadini smessi che si era trovato costretto a sposare perché incinta di Ivo, del primo Ivo.

Parlavano con la solita cadenza, camminavano strascicando i piedi allo stesso modo, si vestivano persino degli stessi colori, e i loro frequenti stupori erano espressi con un comune strabuzzare degli occhi, uno schiudersi sorpreso della bocca, un lieve arretramento delle orecchie che tutti e due erano in grado di muovere a comando. Anche le loro schiene erano state incurvate similmente dal tempo. L'unica differenza, che però faceva sì che tutte le somiglianze così evidenti nell'adolescenza si sfarinassero e svanissero agli occhi di chi li vedeva insieme ora, stava nella quarantina di chili che Ivo aveva pervicacemente acquisito nel corso degli anni, e nella decina che aveva invece perso la Deanna grazie alla vita più morigerata del mondo e alla ventennale abitudine di cenare a pinzimonio. Così oggi non glielo diceva più nessuno che si somigliavano, e di quel segreto ormai erano a conoscenza solo loro perché, si sa, i fratelli e le sorelle continuano per tutta la vita a vedersi e parlarsi come quando erano bambini.

"Anche te hai il naso gonfio stamattina, Deanna."

"Bischero."

Finito il liceo col massimo dei voti, sdegnata l'università perché c'era da andare tutti i giorni in treno a Firenze, scartato il lavorare in ditta perché dopo qualche mezzo discorso di suo padre aveva capito che non era aria e comunque di essere sottoposta a suo fratello non le sarebbe mai andato bene, la Deanna si era ben presto assisa in una vita d'altri tempi, fatta di uno shopping discreto ma frequente, partite a carte con la madre e le amiche, messa tutte le mattine, un pacchetto e mezzo di Muratti Ambassador al giorno, la televisione sempre accesa e frequenti pellegrinaggi a Lourdes sul Treno dei Malati, dove conobbe Delfo, un omino dalla bontà cristallina che lì fungeva da barelliere volontario, pratese anche lui, appassionato di filatelia e modellismo, gran lavoratore, e gli piacque così tanto che in tre e tre sei lo sposò con una bella cerimonia in un chiesino minuscolo sulle colline sopra Prato, e per viaggio di nozze una settimana alle Canarie. Sempre sorridente e rispettoso sia dei genitori sia di Ivo, che considerava poco meno di un idolo, quasi sempre in giacca e cravatta non perché volesse apparire elegante ma per dimostrare rispetto ai suoceri e al cognato, Delfo si meritò la piccola filatura che

Ivo gli aprì e fece marciare a tutto fuoco con il lavoro per vent'anni e, ammirato e riconoscente, non fece mai mancare nulla alla Deanna, anzi la circondò sempre delle attenzioni più premurose finché a cinquant'anni, in una bellissima mattina d'aprile, ebbe un infarto in filatura e per non allarmare nessuno obbligò il capomacchina a non chiamare l'ambulanza perché tanto si sarebbe ripreso subito, si sedette all'aperto su una seggiolina davanti al Bisenzio, il sole in faccia, si compiacque del profumo della brezza leggera e dello scintillio di quelle acque inquinate e meravigliose, disse, Mamma, e perse conoscenza per sempre tra le braccia di Ivo che nel frattempo era stato chiamato d'urgenza da un filatore ed era arrivato inseguito a sirene spiegate da una macchina della Polizia che l'aveva visto sfrecciare a duecento all'ora sulla tangenziale.

Solo dopo il funerale Ivo venne a sapere che manteneva da decenni una specie di famiglia minore a Pistoia, Delfo, con una donna che era stata una sua compagna di scuola e un bambino senegalese adottato perché lei non poteva aver figli, e allora si precipitò con un avvocato e una valigetta nel loro appartamentino vicino alla Breda, dove questa donna lavorava, e le offrì duecento milioni in contanti e l'usufrutto perpetuo di una casa a Milano (era la sua *garçonniere* a Brera, e gli dispiacque tanto di darla via, ma altra strada non c'era) purché lei non parlasse mai con nessuno di questa cosa di Delfo e se ne andasse subito da Pistoia, e insomma in Toscana non tornasse più, nemmeno per le ferie. Disse all'avvocato di aprire la valigetta e farle vedere i soldi, le banconote, tutte nuove e belle e fresche e cinte dalle fascette verdi della Cassa di Risparmio di Prato. La donna deglutì, accettò e, onesta come tutti i pistoiesi – oddio, quasi tutti – non si fece più vedere davvero e limitò i suoi contatti con Ivo alle rispettose cartoline d'auguri che gli mandava sempre per Natale e nel giorno del suo compleanno.

"Allora, che l'hai sbattuto da qualche parte, codesto povero naso?"

"Sì, nel guanciale, stanotte."

Certo, la Deanna considerava praticamente una tortura l'atto sessuale, diceva a tutti che vedere Delfo nudo l'aveva sempre fatta più che altro sorridere, e da sua madre aveva ascoltato per anni racconti lovecraftiani di gravidanze orrende, ordalie di morte e dolore infinito e sangue e nessuna riconoscenza e considerazione e amore da parte di suo marito, il loro padre, che mentre lei partoriva era sempre stato via con quella maledetta motocicletta con il sidecar, in casino a Pistoia a brindare con gli amici e con le puttane, un maiale come tutti gli uomini fuorché Danilo, il gigantesco fascistissimo fratello maggiore che non le era tornato dalla Russia, e raccontava sempre di quel commilitone di Danilo, un veneto secco secco che venne fino a Prato, le mostrò delle foto di suo fratello in uniforme mentre faceva il saluto tutto sorridente in mezzo a un'immensa pianura gelata, e disse che l'aveva visto un mese prima in ritirata con degli altri soldati, ci aveva parlato, e lui aveva detto che era felice di tornare. Non era ferito, solo un po' affamato. Disse che il ritorno di Danilo ormai era questione di giorni. Gli offrirono dei soldi, i parenti della nonna, ma lui disse che non voleva nulla. Gli dettero dei tessuti, che a quel tempo erano una cosa di gran valore, lo sfamarono, lo rivestirono da capo a piedi. Gli dettero il meglio che avevano. Lui all'inizio disse di no, che non voleva nulla e per lui era dovere, ma dalla casa della nonna uscì carico di roba, quel testa di cazzo. E da quel giorno, per un anno, per due, per dieci, la Fosca e i suoi genitori avevano aspettato Danilo, trasalendo a ogni arrivo del postino, cucinando sempre una porzione in più a ogni pranzo e ogni cena perché doveva levarsi subito quella fame che aveva, appena arrivato, ma lui non arrivò mai. La

Giuseppina, la madre di Danilo, pensava che fosse morto, e quel veneto fosse uno sciacallo, e lo malediceva sempre. La Fosca invece era convinta che fosse tornato in Italia e, per paura delle vendette, avesse cambiato nome e si fosse sposato da qualche parte, magari nel Norditalia, o si fosse innamorato e avesse preso moglie in qualche villaggio russo e fosse rimasto lì a fare il contadino, perché aveva la forza di un bue, Danilo. Quando poi l'impero russo avviò a sgretolarsi e arrivarono in Italia due o tre mandate di ossa di caduti e il suo nome in quegli elenchi non c'era, la Fosca si convinse che un qualche segreto ci doveva essere per forza, ma suo fratello di certo era ancora vivo e un giorno sarebbe tornato, e sul letto di morte lasciò alla Deanna una lettera per lui. Nelle foto è un uomo bellissimo.

"Ecco il caffè, tieni. Saccarina non ce n'è più. O zucchero, o amaro."

"Amaro, Dio bono."

"Non bestemmiare!"

Mentre negli anni sublimava la somiglianza fisica tra Ivo e la Deanna, andava invece solidificandosi una totale differenza di vedute sulla vita e su come si dovesse viverla, e la capricciosa direzione che nel tempo presero le loro fortune non fece che cementarla definitivamente, lasciandoli a vivere vicini eppure separati dalle loro disapprovazioni. Non avendo nipoti a farli praticare, finirono per scambiarsi telefonate stanche una volta alla settimana. In genere chiamava lei, nel primo pomeriggio, quando Ivo scalpitava per tornare in fabbrica, e ne venivano fuori conversazioni tronche e scortesi che finivano sempre con una punta di tensione, al contrario di quando telefonava Ivo, molto più raramente, in genere il venerdì sera, uscito dalla ditta, dopo le otto, ed era sempre carino e le chiedeva se si ricordava certi fatti minimi di quando erano adolescenti e a volte le svelava i suoi veri pensieri, le sue ambizioni, le speranze per il futuro, senza immaginare che a quell'ora la Deanna cenava preoccupata davanti al telegiornale, intingendo di preferenza sedani e finocchi nell'olio nuovo e nel sale marino, di rado i carciofi e non più di una volta al mese le cipolline fresche, e anche se non aveva il coraggio di dirglielo e nemmeno quello di chiedergli di richiamare più tardi, da parte di lei non c'era quasi mai gran partecipazione a queste telefonate, perché di quegli eventi di cui Ivo aveva conservato memoria, ecco, la Deanna non ricordava quasi nulla, tanto che spesso si chiedeva se quello di Ivo non fosse una specie di scherzo astruso, o una sorta di esame, ma preferiva concludere che lei e suo fratello fossero solo due persone molto diverse.

"Dio bono non è bestemmiare."

"È nominare il nome di Dio invano."

"Allora io Iddio non lo posso nominare, secondo te."

"Non secondo me, secondo le Tavole della Legge."

"Ma quali tavole, quale legge, Deanna..."

"Ateo."

Però a suo fratello lei voleva molto bene, e soffriva ogni volta che doveva mettersi in viaggio – lavoro o piacere che fosse – e prima che si sposasse insisteva per portarlo personalmente all'aeroporto, anche a Milano e a Roma, quasi sempre partendo all'alba, perché degli arrivi no, ma delle partenze aveva una paura puttana e voleva stare con lui fino all'ultimo momento, stringendosi in silenzio e in segreto al pensiero che se Ivo fosse morto in uno di quei suoi viaggi munchauseniani che quando era giovane lo accendevano d'entusiasmo e lo rapivano per settimane – partiva sempre con la solita valigia, Ivo, il sorriso stampato sulle labbra, caninamente felice per gli incontri che avrebbe fatto e i posti che avrebbe visto e gli ordini che avrebbe riportato, all'incessante ricerca della versione tessile del regno del Prete Gianni –, ecco, almeno

era stata con lui fin quando era possibile, aveva fatto il suo
dovere di sorella, perché aveva una paura terribile che potesse
non tornare più, che un colpo di vento o un dirottamento
potessero portarglielo via, e così lo accompagnava al check-in
e non lo mollava fino al controllo passaporti, e gli faceva le
raccomandazioni da mamma sentendosi una stupida, eppure
era incapace di trattenersi, e quando lui spariva borbottando
dietro un poliziotto ingrugnato le veniva sempre da piangere
e risaliva in macchina e tornava a casa, dove rimaneva accanto
al telefono finché lui non chiamava per dirle che era arrivato
in albergo ed era tutto a posto.

"Deanna, complimenti!"

"Che c'è, ora?"

"Complimenti per il caffè."

"Ti è garbato?"

"No, punto."

"Ecco, domattina tu vai al bar, così lo bevi buono."

Negli anni, insomma, i loro rapporti si erano adagiati
sul rumore di fondo della consuetudine e non si erano mai
interrotti neanche per un giorno nonostante i litigi sempre
più frequenti per motivi sempre più futili e la totale, furiosa
disapprovazione che certe volte sembravano divertirsi a
spargere uno addosso all'altra. Per esempio, la Deanna non
aveva mai potuto soffrire Elizabeth, che d'altra parte ci aveva
messo del suo dichiarandosi orgogliosamente protestante
figlia di protestanti al loro primo incontro durante un pranzo
a casa di Ivo che aveva insistito per cucinare lei: un disastroso
pranzo toscano coi crostini per antipasto, le pappardelle
sul papero e la bistecca che però portò in tavola chiaman-
dola *fiorentina* e cosse così tanto da farla somigliare a una
soletta di cuoio, e la pasta sul papero non sapeva di papero
perché – come raccontò improvvidamente, sorridendo – la
carne di papero appena macinata le era sembrata avere un

odore troppo selvatico e temendo che fosse andata a male l'aveva buttata via sostituendola con un vasetto di ragù comprato al supermercato – cosa questa di per sé bastante a squalificarla per sempre agli occhi della Deanna che da ragazza aveva passato pomeriggi interi a far la maglia accanto alla grande pentola dove cuoceva a fuoco lentissimo il ragù come da ricetta tramandatale da sua madre, e a sua madre da sua nonna –, e poi aveva bruciacchiato i fegatini e sventatamente servito il caffè *all'americana*, che Deanna bevve con la boccuccia strinta come un culo di gallina e senza commentare, ma quando si sentì chiedere di spegnere la sacrosanta Muratti Ambassador che aveva appena acceso si alzò di scatto per andarsene, e sulla porta disse a Ivo di non sposare quell'americana, perché era grulla.

Ivo invece non sopportava la fervida religiosità della sorella, e le faceva recapitare a casa capretti arrosto fumanti nel giorno della Vigilia Nera, raccomandava di andare a trovarla a tutti i testimoni di Geova che si presentavano al suo cancello, la faceva chiamare al telefono il giorno prima dell'Immacolata Concezione dai bambini dell'asilo davanti alla fabbrica che prezzolava a lecca-lecca perché le chiedessero con le loro vocine spiegazioni su come fosse fisicamente possibile una concezione immacolata perché, ecco, proprio non capivano, e soprattutto c'era stata quella vecchia storia imperdonabile di aver spacciato per anni come ebrea la loro povera cristianissima madre.

"E non fumare di mattina."

"Fo come mi pare."

"Ma di mattina è una cosa obbrobriosa."

"Pensa per te."

E così, apparentemente disprezzandosi, avevano però superato insieme sia la morte dei genitori sia quella di Delfo, e neppure il fallimento di Ivo e il litigio furibondo che ne seguì erano riusciti a spezzare il loro legame, perché quando seppe che Ivo era appena uscito dalla clinica dove si era piccata di non andare mai a trovarlo e aveva avviato a ciondolare per i residence di Montecatini in compagnia di gente che aveva appena conosciuto, la Deanna inghiottì l'orgoglio e si fece accompagnare da Carmine – mai presa la patente, mai nemmeno provato a guidare un'automobile – in quella città di perdizione nella quale si era sempre rifiutata di mettere piede. Lo trovò a guardare la televisione in un appartamento in affitto che divideva con un cameriere di night-club straordinariamente somigliante a Fredo – non a Michael – Corleone, si impaurì di vederlo con una tuta da ginnastica indosso e gli propose subito di andare a vivere con lei, guadagnandosi così l'ammirazione perpetua della vecchia Prato e della sua cerchia whartoniana di amiche e conoscenti più o meno decadute, ma soprattutto la tregua perpetua con Ivo, che da quando entrò in casa di lei a orecchie basse trascinandosi dietro tre valigie mascettiane piene di cappotti di cashmere e alpaca, camicie di sartoria, meravigliosi abiti su misura e mocassini artigianali morbidi come guanti, tutta roba che non era riuscito a vendere a nessuno, si limitò ad accettare sereno le punture di spillo che ogni tanto lei, più per abitudine che per altro, ancora gli tirava, e si adattò grato a una vita lobotomizzata di passeggiate, televisione e scarpe comode, di pensieri deboli e corti, passioni rare e mercenarie, in cui non poteva esserci spazio per un passato di lontananza e splendore abbacinante.

"Ivo, che c'è stamattina?"

"A parte il puzzo del tuo fumo? Nulla."

"No, Ivo. Ce qualcosa."

"Macché..."

"Invece sì."

Ivo sorride e si mette a guardare fuori dalla finestra. Una nuvola si contorce nel vento di quella che sarebbe stata una giornata bellissima. Si era levato alle sette, la bocca riarsa e gli occhi sbarrati sul soffitto, la mente persa a seguire pensieri caprioleggianti lungo sentieri invasi dai rovi, dopo aver dormito due sole ore disturbate da sogni incomprensibili popolati di amici morti, sveglio come un gallo e carico di aspre energie che appena provava a usare si vendicavano accelerando i suoi movimenti e caricando di forza eccessiva ogni suo gesto, come se il nostro Ivo venisse da un pianeta più grande e denso, tipo il tappo del dentifricio che non si accontenta di svitarsi ma si proietta via dalla filettatura del tubetto roteando sul proprio asse fin sotto il termosifone e atterra nella polvere e si impasta coi capelli e le altre cose innominabili che finiscono sotto i termosifoni, o lo stesso tubetto che aveva strizzato troppo forte e gli aveva vomitato sul pollice un fiotto di dentifricio a strisce bianche, rosse e blu che si era incantato a guardare per quella cosa inspiegabile delle righe perfettamente parallele finché non aveva cominciato a irritargli la pelle, e allora l'aveva in qualche modo trasferito sullo spazzolino, perché i suoi denti li ha ancora, Ivo, quasi tutti, e se li lava ogni mattina e ogni sera come quando era un ragazzino, orgoglioso che nella sua vita siano cambiate tante cose, e tutte in peggio, ma questa no.

"Non c'è proprio nulla."

"Ti fa male il naso?"

"No."

"Vuoi che ti ci metta una cremina?"

"Mettitela te, la cremina. Ma da un'altra parte."

"Bischero tu sei."

Sorride, Ivo, avvolto nel suo meraviglioso accappatoio candido regalatogli vent'anni fa dal direttore del Mark Hotel di New York. La settimana prima aveva compiuto settant'anni e la Deanna aveva invitato qualche lontano parente a stappare una bottiglia di spumante, soltanto che se n'erano andati presto – all'improvviso, gli era parso – lasciandolo in salotto davanti alla televisione, solo, confuso, a guardare il telegiornale della notte mentre la sorella lavava i pochi bicchieri usati, e a sentire quel ciangottio gli era tornata in mente la casa in cui era nato, e aveva pensato che se quel rumore era lo stesso che sentiva da bambino, allora aveva vissuto invano perché non gli era riuscito di cambiare nulla.

"Deanna, forse non lo sai ma ti è appena uscito fumo dal naso."

"Tu sei proprio un gran bischero."

Come fare a inghiottire senza farsi vedere quella pasticca che tiene in mano da un quarto d'ora e sta già cominciando a sciogliersi? Apre la mano e la guarda. È una normalissima pasticca bianca, nemmeno troppo grossa, senza scritte, già velata da un umidore.

"Che cos'è quella?"

"Quella, cosa?"

Sua sorella aveva davvero degli occhi fantastici. Brillavano.

"Quella pillola."

"È la pillola."

"Che pillola?"

"La pillola. La pillola anticoncezionale. Per uomini. È un prodotto nuovo. Sperimentale. La fanno provare a me perché... Lo sai perché?... Hanno fatto un sondaggio ed è venuto fuori che ho ancora oggi il cazzo migliore di Prato."

"Imbecille. Che è quella roba?"

Mentre guarda il volto corrucciato della sorella, Ivo vede il futuro. Sente le esplosioni di forza artificiale dei medicinali. Assapora gli entusiasmi improvvisi a trafiggere depressioni nere e profonde come la Fossa delle Marianne. Vede le albe color della giunchiglia che vedrà. Mangia le decine di arance rosse che mangerà. Si prova i suoi abiti di colpo troppo larghi, ogni cosa intorno a lui diventa ormai troppo veloce e dura. Spezza gli specchi. Attraversa notti infinite e pomeriggi cortissimi. Mette da parte i libri, ormai troppo difficili. Si vergogna per certe inaccettabili incontinenze. Assiste alle eclissi totali del cuore e dell'anima e della memoria e della vita. Della sua vita.

"Ivo?"

"Sì."

Perché non sarebbe arrivato alla fine dell'estate che stava per venire, ecco. Sarebbe morto prima di settembre. Niente Natale, niente Capodanno, nulla.

"Allora? Te la devo levare di mano?

Ivo si alza, e lancia la pillola fuori dalla finestra.

"Grullo, che fai? E se ora la raccatta un bambino e se la mette in bocca?"

Ivo si alza di scatto, vince un lieve capogiro, va in camera, si veste, prende in un'unica bracciata tre o quattro dei suoi vecchi completi, tutte le camicie bianche, mutande e calzini, l'accappatoio candido, ficca ogni cosa in una valigia e torna in cucina ad abbracciare forte la sorella che è rimasta immobile e perplessa, ancora appoggiata all'acquaio, e a sentirsi sollevata da terra nella morsa di quell'abbraccio da orso si sente mancare il fiato e gli dice:

"Grullo, grullo, lasciami stare, grullo."

E quando lui senza dire una parola e senza farsi vedere in faccia la lascia andare, prende le valigie ed esce di casa per non tornarci mai più, gli tira anche un mestolo.

LA STESSA PANCHINA

C'è questo bellissimo cancello antico, slanciato, in ferro battuto, molto somigliante nelle dimensioni e nei ghirigori a quello della vecchia villa di Ivo, e non si capisce se è un vezzo della direzione della casa di cura, quello di avere trovato e installato un cancello così retrò, se è semplicemente un cancello molto vecchio che risale ai tempi in cui la clinica era la villa dei Luconi ed è stato lasciato per una specie di omaggio al passato, oppure se è proprio quello di Ivo, smontato dai cardini e trasferito in qualche elegante bottega di rigattiere a Firenze dopo il fallimento e poi rivenduto a qualche dottorino ambizioso. Ma no, non sarebbe automatizzato. Non si aprirebbe misteriosamente al solo avvicinarsi della macchinaccia di Ivo, senza alcun rumore e con quel goffo mettersi in azione prima di un'anta e poi – almeno cinque secondi dopo – dell'altra, quando la prima è già quasi a metà della sua corsa, come se qualcosa di piccolo e interno (un motorino, un circuito, una fotocellula?) fosse lievemente difettoso.

Mentre gli sfila accanto, Ivo lo guarda e non si accorge della somiglianza col suo vecchio cancello, ma rimane vittima di un fortissimo, brevissimo déjà-vu (è l'immagine di quando rientrava a casa una sera d'inizio estate di vent'anni prima, e mentre il cancello si apriva gli passarono davanti tre daini, lenti, senza fretta, e il sole lanciava le sue ultime lame di luce che trovavano in qualche modo la via tra le fronde degli alberi, e una di queste lame andava a finire sul ciuffetto di peli bianchi sopra il culo del daino più piccolo, e Ivo sorrise e scosse la testa a mimare sorpresa e compiacimento, un gesto inutile ma prezioso che faceva sin da bambino per un pubblico immaginario, come se lui fosse un attore e la sua vita un film, e nello scuotere la testa volse gli occhi verso sinistra e lo sguardo gli finì su un ghirigoro del cancello di casa, ed è quello l'attimo, quello il particolare che torna poi nel déjà-vu, oggi, perché mentre passa accanto al cancello della clinica Ivo non si accorge che l'occhio gli è finito su un ghirigoro, *quello sì* identico al ghirigoro del cancello della sua villa di tanti anni fa, e anche se la luce è diversa, non lo è poi tanto, e il mese dell'anno è lo stesso, e anche se non ci sono i daini e non c'è più il castello, e non c'è più la sua vita, il ricordo in qualche modo rimane, e torna a perseguitarlo, fissato per sempre in qualche ripostiglio del cervello da una sostanza chimica dal nome impronunciabile ed è così che funziona l'assalto dei ricordi, questi bastardi), e Ivo ne è talmente colpito da dover fermare la macchina, strizza gli occhi per cercare di ricordare e non ci riesce, se ne dispiace, dà la colpa alla vecchiaia, batte persino il pugno sul volante ormai liscio, epperò non molla e si concentra, e pian piano qualcosa comincia a proiettarsi sullo schermo nero delle sue palpebre, tipo una specie di ricciolo, una piroetta, ma subito sparisce e si sa che non tornerà più, e così Ivo si ritrova fermo in mezzo al vialetto della clinica, la mente vuota, la gola secca, l'idea sbagliata ma inchiodata in testa che fosse qualcosa di importante, di fondamentale, che una volta sapeva e poi ha dimenticato. Cazzo. Bestemmia sottovoce e riparte con un'impetuosa accelerata che solleva la ghiaia e il cofano della Mercedes e va a sciogliersi insieme all'irritazione in un veleggiare hovercraftesco su per il vialetto bianco che porta al piazzale della clinica. Per antica abitudine manovra in modo da voltare il muso verso l'uscita, parcheggia, fa per scendere dalla macchina e sente una fitta alla pancia. Forte, improvvisa, nuova. Lo punge dentro in profondità, e sparisce subito, lasciandolo senza fiato. Si lascia andare contro lo schienale del sedile. Si accorge di ansimare. Eccoci. Vaffanculo, sussurra, vaffanculo. Osserva la lancetta dei secondi dell'orologio dell'automobile compiere un giro completo, inspira, espira. Forse è passata. Prova a scendere dalla macchina, a mettersi in piedi. Il cielo è del colore della maglia della Nazionale, gli uccellini cantano e schizzano da un cipresso all'altro. Niente nuvole. È una bellissima giornata, di quelle che fanno venir voglia di sfruttarle in qualche modo, di farne qualcosa, insomma, di questo cielo e di questo sole che splende e carezza. Devono aver innaffiato da poco, perché l'aria è satura di odori di campagna. È passata. Controlla che la camicia non sia troppo stazzonata, se la risistema dentro i pantaloni, si dà una rapida mescolata ai coglioni e si avvia per un sentierino laterale, deciso a non pensare nemmeno per un attimo ai giorni e alle settimane e ai mesi da depresso che aveva passato nella camera sull'angolo del terzo piano, alle infinite camminate sedate nel parco vestito di un camice bianco e zoccoli traforati, a stinchi nudi, scortato da un'infermiera albanese truccata e incinta che fumava di continuo e si scioglieva in lunghissime telefonate incomprensibili; alla terribile rabbia dei primi giorni che lo portò a farsi legare al letto e a schiumare dalla bocca e a pisciarsi e a cacarsi addosso, una rabbia che non sapeva di poter provare e alla quale era contento di abbandonarsi perché centomila volte meglio della rassegnazione e dei ricordi e delle lacrime, una rabbia che gli decuplicava le forze e gli faceva stendere a cazzotti infermieri di vent'anni più giovani di lui che poi credevano di vendicarsi durante il turno di notte chiamandolo SPORCO

EBREO DI MERDA e attaccandogli con lo scotch ai peli del torace il cartello ECCO L'UNICO GIUDEO FALLITO DEL MONDO, lasciandolo ore e ore smerdato e iniettandogli roba che lo confondeva e lo faceva parlare senza sosta, di notte. E anche se gli davano ceffoni e gli piantavano luci in faccia per non farlo dormire, lui non se ne lamentò mai, mai aprì bocca coi dottori sul perché aveva le sopracciglia e gli occhi come ustionati e la schiena solcata di piaghe da decubito purulente, e così si guadagnò il rispetto degli infermieri che non avevano mai visto uno con due palle come le sue e dopo un po' smisero di torturarlo e cominciarono a parlarci, a raccontargli i loro problemi, a chiedergli consigli sulle loro vite disgraziate, persino soldi, e tutte quelle palate di mediocrità fecero sì che la rabbia di Ivo pian piano sbollisse e sublimasse in una tristezza tiepida, accentuata dalle giornate intere passate davanti alla televisione: imparava a memoria le pubblicità e le canticchiava tra sé. Televendite, cartomanti, guardava tutto e tutto imparava a memoria finché anche questa fase si sfarinò e finì sciogliendosi in un'accettazione iperpassiva tipo *Qualcuno volò sul nido del cuculo*: volevano farlo dipingere e lui dipingeva (monocromi neri), volevano farlo cantare e lui cantava quello che gli dicevano di cantare, gli davano un flauto e provavano a insegnargli a suonarlo e lui imparava – poco ma imparò – e dopo il flauto ricominciò a guardare le cose, prima il cielo, poi la sua camera, quindi il giardino della clinica e a quanto pare fece le domande giuste e lo mandarono a passeggiare la mattina con l'albanese triste, e così conobbe Caterina, a forza di silenzi, perché si ritrovavano sempre nel parco seduti sulla stessa panchina, e per tre mesi non si dissero nulla finché un giorno lui le chiese dei suoi piedi, che erano buffi, grassocci, a spatola, con le dita piccole e uncinate, tutte lunghe uguali, anche il pollice, una cosa mai vista. Lei lo guardò fisso negli occhi per un minuto e, poiché Ivo non abbassava lo sguardo, gli mostrò le ferite che aveva sui polsi, tipo le unghiate di qualche animale grosso e affamato, e gli chiese se gli piacevano quelle più dei suoi piedi ridicoli. Dopo quell'inizio faticoso non si parlarono per una settimana, sempre seduti sulla stessa panchina, zitti, poi lei un giorno gli chiese perché era finito lì e lui le raccontò la storia della forma rarissima di pseudodepressione infettiva che si era preso nell'unico viaggio di lavoro fuori Italia che aveva fatto negli ultimi anni, quando era andato in Moldavia a vedere una fabbrica di tessuti diroccata rimasta chiusa dai tempi di Ceausescu e lì era stato morsicato da un ragno infetto che gli aveva trasmesso una sorta di malaria mentale. Era stato malissimo. Un mese d'ospedale, aveva fatto. A Chisinau. Lei gli disse, Sì, certo, ma sorrideva, e quando lui il giorno dopo le chiese perché era lì, Caterina gli raccontò di un video di lei e del suo fidanzato che facevano all'amore, di lei che un giorno lo lascia e lui per vendicarsi mette il video su Internet e tutto il mondo si avvia a guardarlo e a farsi seghe su di lei e lei perde la brocca, ed ecco perché è finita in clinica. Ivo disse, Sì, certo, e poi, Certo che sei una ragazzina speciale, te, e le porse la mano. Ciao, disse, sono Ivo il Barrocciai, di professione fallito. Lei guardò la mano rugosa per qualche secondo e gliela strinse. Passarono una settimana a parlare quasi sempre, anche di notte, finché una mattina Ivo venne dimesso e consegnato a un'imitazione di vita che non aveva il coraggio nemmeno di provare a immaginare. Prima di uscire, andò da lei e le chiese quanto tempo ancora sarebbe dovuta rimanere lì, e lei, Non lo so, e allora le disse che un giorno sarebbe tornato a prenderla, e lei, Sì, certo.

Mentre cammina verso la panchina cerca di ravviarsi i capelli. Non vuole che qualche cernecchio grigio gli spunti dietro gli orecchi e lo faccia sembrare spettinato o trafelato:

quei maledetti cernecchi che continuano a crescere con una vitalità animalesca nonostante la resa di tutti gli altri capelli e sarebbero da tagliare subito, ma è sempre nel fine-settimana che decide di dover andare dal barbiere che però il lunedì mattina è chiuso, e allora bisogna rimandare, e durante la settimana per qualche ragione o trova il modo di addomesticarli con il gel (quando lo compra al supermercato si vergogna e dice alla cassiera che non è per lui ma per suo nipote) o si dimentica dei cernecchi finché il problema riappare nella sua indegnità nel week-end seguente, e decide che bisogna tagliarli subito ma di lunedì il barbiere è chiuso e così via, in un nastro di Moebius che non lo irrita più perché ha capito che somiglia tantissimo al modo in cui ha sempre fatto le cose, anche quando era bravo, quando era l'uomo più ricco di Prato. Sarebbe da tagliar via tutto e rimanere pelato come il suo antico idolo Yul Brynner, ora che essere pelati non è più considerata una cosa ridicola, ma l'unica volta che provò a farlo – da solo, a casa, con una di quelle macchinette – lo specchio gli rese l'immagine di un triste, cattivo, vecchissimo skinhead, e allora decise che, come ormai tante altre, per lui non era più cosa.

Gli si allarga un sorriso a vedere che Caterina è sempre seduta sulla stessa panchina, sotto lo stesso albero, con gli stessi piedi. Son cose belle.

ARRIVA IVO

Arriva Ivo, ed è fantastico. Spettinato a bestia, vestito da industriale con la camicia azzurrina e i mocassini, è veramente fantastico. Viene da me e si siede sulla panchina. Sorride.

"Ciao Cate."

"Ciao."

Sembra sul punto di dire qualcosa, poi si cheta. Inspira, espira. Ha già un po' d'affanno a venire a piedi dal parcheggio a qui.

"Come stai?"

"Come sempre."

"Ah."

Mi sorride, mi prende la mano per stringerla appena, poi me la rimette in grembo.

"Allora?"

"Allora?"

Si sta un po' così. Nel cielo passa un airone. Lo vediamo tutti e due, ma nessuno ha voglia di indicarlo all'altro. È incredibile quanti animali selvatici ci siano ora vicino alle città. Volpi, daini, serpi, uccelli di tutti i tipi. Quando ero piccina, non c'erano. Pensavo che entro poco tempo li avremmo ammazzati tutti, gli animali, e saremmo rimasti solo noi uomini e donne sulla terra. E i topi.

"Cate, ti sei profumata d'albicocca?"

"No, perché?"

"È che sento profumo d'albicocca."

"No, niente albicocca."

"Ah..."

"Ivo, ti posso raccontare un film? L'ho visto ieri sera e me lo ricordo perfettamente."

"Dimmi."

"Che hai fatto al naso?"

"Nulla."

"Come, nulla? Non vedi com'è gonfio?"

"Nulla, nulla... I tuoi piedi invece stanno bene, mi pare."

"Sì. Certo. Ho deciso che non mi metto più le scarpe fino a settembre."

"Ah. Ecco. Bene."

"Così li posso sfoggiare."

"Ho capito."

"Allora. Fa parte della nuova terapia che guardi un sacco di film. In genere mi fanno vedere cazzate tipo Spielberg. Sai, i bambini, i neri, le donne, i vecchi, gli alieni buoni, tutti buoni, sai, quella roba lì. Capito?"

"Sì. Spielberg però mi è sempre garbato."

"Di questo si parla dopo. Ieri sera invece mi hanno fatto vedere un film vecchissimo, non di Spielberg... *Il verdetto*, l'hai visto?"

"No, mi pare di no. Però, Cate, aspetta, prima che cominci ti volevo dire una cosa..."

"Aspetta. Prima ti racconto il film, poi mi dici la cosa. Allora. Il film comincia con Paul Newman che gioca a flipper in uno di quei bar americani di legno scuro. Dalla luce si capisce che è mattina e c'è qualcosa che non va in Paul Newman, perché finita la partita a flipper rompe un uovo dentro una birra, e beve tutto. Però è vestito benissimo: cappotto scuro, giacca e cravatta, e anche i capelli sono in ordine. Si capisce che il problema è dentro, non fuori. Fuori sembra tutto a posto. Poi va a un funerale, e ai parenti del morto lascia il suo biglietto da visita e dice sottovoce, In caso le servisse l'aiuto di un legale... Uno, due, al terzo funerale un parente che si ritrova il biglietto in mano lo caccia via rivelandolo per quello che è: una specie di avvocato sciacallo, mezzo alcolizzato. Paul però ha un amico, un vecchio avvocato ganzo che gli affida una causa facile tanto per fargli guadagnare qualche soldo. C'è una ragazza, Deborah M. Kay, che è finita in coma irreversibile per via di un'operazione andata male. Il suo amico gli dice che basta andare a parlare con gli avvocati dell'ospedale dove è stata operata, che è poi l'ospedale dell'arcidiocesi di Boston, e mettersi d'accordo su un risarcimento: non vale la pena di andare in causa, e poi alla sorella della poveretta i soldi servono subito, niente e nessuno potrà riportare Deborah a una vita normale. Allora Paul Newman va in ospedale a fare qualche polaroid alla ragazza in coma, ed è una scena fantastica, Ivo. C'è una camerata di letti bianchi dove ci sono questi vegetali umani, una luce meravigliosa che viene dalla finestra, e Paul Newman si guarda intorno, entra, cerca il vegetale giusto, scatta la prima foto, si avvicina alla ragazza in coma e ne scatta un'altra, più da vicino. Fa per scattarne un'altra ancora e si ferma. Toglie l'occhio dalla macchina, guarda la ragazza, si siede sul letto vuoto vicino al suo, la guarda di nuovo, appoggia la Polaroid sul letto e rimane lì a fissarla. Passa un'infermiera che dice che non può stare lì perché non è orario di visite e lui non si muove, così l'infermiera gli si avvicina, gli ripete che non può stare lì e lui zitto: allora lei gli chiede se è un parente, e lui si volta e ha un'altra faccia. Non è più lo sciacallo di prima, non so come dire, ma nei suoi occhi c'è qualcos'altro, tipo orgoglio, pietà, compassione. E le fa, Sono il suo avvocato."

"Sì, bello, ma Cate, scusa, è che non ho molto tempo, cioè il tempo ce l'ho, non è quello, ma volevo dirti..."

"Ivo, fammi proseguire, per favore. Allora, Paul New-man rifiuta l'accordo extragiudiziale in un incontro con il giudice e l'avvocato dell'ospedale (l'attore è un certo James Mason, uno veramente bravissimo) in cui gli venivano offerti duecentodiecimila dollari, e così si mette subito in contrasto con il giudice che è un bastardo vero. Allora Paul Newman comincia a lavorare senza sosta a questa causa, e si fidanza con un'attrice molto bella che non avevo mai visto (si chiama Charlotte Rampling) che incontra una sera nel bar dell'inizio del film. Si viene a sapere che da giovane era stato un avvocato molto promettente, Paul Newman, ma c'era stato una specie di scandalo che l'aveva affossato e fatto sprofondare nell'alcol. Comincia il processo e le cose gli vanno subito male: l'unico testimone disposto a dire che l'anestesia era stata fatta con negligenza non va a testimoniare perché improvvisamente parte per una vacanza, insomma sparisce..."

"Caterina, scusa, ma..."

"Lasciami finire. Ivo. Cazzo. È parte della terapia. Devo raccontare le cose, insomma i film. Fammi parlare."

"OK."

"Stavo dicendo che si intuisce la mano di Concannon die-tro a questa sparizione. Concannon è l'avvocato dell'ospedale, quello di cui ti ho detto prima, un personaggio fantastico. Non è cattivo. È oltre la cattiveria. È l'avvocato perfetto, e non gli interessa se usa mezzi leciti o no. È un avvocato e deve vincere le cause. Il fatto è che questa ragazza, Deborah M. Kay, è in coma perché ha vomitato durante l'operazione e l'ossigeno ha smesso di arrivare al cervello, capito Ivo? Ora è un vegetale. Solo che chi la assisteva è uno degli anestesisti più esperti e capaci d'America, che lavora in uno degli ospedali più all'avanguardia d'America, e insomma l'ostinazione di Paul Newman ad andare in causa per forza sembra più una voglia di tornare a fare l'avvocato vero che altro. Infatti il marito della sorella della ragazza in coma, alla notizia che ha rifiutato duecentodiecimila dollari, lo prende per il bavero del cappotto e lo strattona. E Charlotte Rampling, che sta sempre con lui e finge di aiutarlo nella causa, non è solo una bella donna triste ma una specie di avvocato fallito, anche lei, e in realtà lavora per Concannon e lo informa in anticipo di ogni mossa di Paul Newman. Il suo amico vecchio però scopre tutto e lo dice a Paul, che incontra Charlotte in un altro bar di legno e le si avvicina: il bar è vuoto, è mattina, e Paul Newman è vestito bene e lei è vestita bene ed è bellissima. Lo aspetta vestita di chiaro in questo bar scuro, e quando lui si avvicina, lei si alza e lui le dà uno schiaffo, forte, senza dire una parola, e lei cade a terra. I camerieri bloccano Paul, chiedono alla donna se va tutto bene, e Charlotte Rampling dice, Sì, lasciatelo andare, e ha un labbro spaccato dal quale le esce un po' di sangue, ed è un'altra immagine fantastica."

"Ho capito. Senti, Caterina..."

"No, aspetta. A questo punto siamo nel disastro più completo: l'unico medico disposto a testimoniare per Paul è un nero coi capelli bianchi di più di settant'anni che praticamente lo fa per mestiere di testimoniare contro altri medici, e quando Concannon lo distrugge durante l'interrogatorio, a Paul non restano altre armi e ormai sta per perdere. Allora rimangono soli nello studio, lui e il suo vecchio amico avvocato, e quando dopo un lungo silenzio lui gli dice, Frank [perché Paul Newman nel film si chiama Frank Galvin], ci saranno altre cause, lui risponde con la testa tra le mani, Non c'è un'altra causa, c'è questa causa, non c'è un'altra causa, c'è questa causa, e lo ripete tante volte, come un pazzo. Poi però Paul ripensa al fatto che un'infermiera che quel giorno era presente in sala operatoria non ha testimoniato per il suo capo, l'unica, e si chiede perché. Va da lei a chiederglielo e questa vecchiaccia non sembra notare il suo fascino e lo ricopre d'insulti e gli sbatte la porta in faccia. Ma dalle sue parole, Siete come le puttane, non vi importa di chi toccate, Paul capisce che sta proteggendo qualcuno e gli viene in mente che per vomitare durante un'anestesia bisogna aver mangiato da poco, e che l'ora dell'ultimo pasto viene scritta sul foglio di ricovero dall'infermiera all'accettazione, capito, Ivo? Mi segui, Ivo?"

"Sì, ti seguo."

"Ora, questa infermiera dell'accettazione si chiama Kaitlin Costello Price e guarda caso – *guarda caso* –, non lavora più all'ospedale dell'arcidiocesi. Con un trucco Paul torna dalla vecchiaccia e riesce a farsi dire che questa Kaitlin Costello Price se n'è andata da Boston e non fa più l'infermiera... Sta a New York dove fa la maestra d'asilo, e allora Paul Newman parte in aereo per New York, va all'asilo dove lavora, e la incontra in un campo da pallacanestro pieno di bambini e coi muri dipinti con le bombolette. E anche questa è una scena veramente fantastica, perché lei è una ragazzotta coi riccioloni e lui è Paul Newman, e le sta chiedendo aiuto. Infatti nella scena dopo siamo nell'aula del processo e la difesa chiama a deporre come teste a sorpresa proprio Kaitlin Costello Price, che entra tutta paurosa nell'aula e si dirige con gli occhi bassi verso il banco dei testimoni, mentre a sentire il suo nome il Grande Anestesista trasalisce. Kaitlin viene interrogata da Paul Newman che le fa dire solo che lei non scrisse, com'è agli atti, che la ragazza, Deborah M. Kay, aveva fatto un pasto completo nove ore prima del ricovero, ma *un'ora*, un'ora sola. Poi Newman lascia la teste a Concannon, che è chiaramente sorpreso dalla presenza in aula di questa Kaitlin, di cui ovviamente il suo cliente non gli aveva detto nulla, e quindi attacca a testa bassa. Si avvicina alla ragazza impaurita e dice che la falsificazione dei referti di accettazione è un reato punibile con il carcere, che è una menzogna uguale a quella che commetterebbe se mentisse in

97

questo momento davanti al giudice, è un reato grave, e Kaitlin crolla e si mette a piangere e dice che sul referto d'accettazione lei ci aveva scritto un 1, ma dopo l'intervento in cui la ragazza era entrata in coma il Grande Anestesista l'aveva chiamata e le aveva detto che aveva avuto dieci parti difficili, che era stanchissimo e non aveva nemmeno guardato il referto prima di operare – e insomma le aveva chiesto di falsificare il referto e far diventare quell'1 un 9. Così la ragazza era diventata un vegetale perché aveva mangiato un'ora prima del ricovero, capito? Il pubblico mormora, e Concannon continua con un sorriso beffardo e chiede a Kaitlin come può provarlo, e lei dice che ha con sé una fotocopia di quel referto, che se l'era fatta perché aveva pensato che avrebbe potuto servirle, un giorno... Apre la borsa e tira fuori la fotocopia! Concannon sbianca, trasalisce, il suo sguardo diventa duro e obietta che non si può preferire una fotocopia all'originale già in possesso della corte, ma il giudice – che era stato veramente un gran bastardo fino a quel momento, sempre contro Paul Newman – lo guarda fisso e dice, *Su questo mi riservo di deliberare*, e ordina che l'interrogatorio prosegua. Concannon torna dalla teste, esita per un attimo, guarda ancora il giudice, sorride infinitamente ragionevole e dice solo, Vostro Onore, ma in realtà vuol dire che, insomma, non si fa così, il processo è già finito, che senso ha ammettere questa testimonianza a sorpresa e senza prove valide, perché, andiamo, una fotocopia è la cosa più falsificabile del mondo..."

"Sì, però io..."

"Fammi finire. Manca poco. Per favore."

"Va bene. Finisci."

"Insomma... Dove ero rimasta? Ah, ecco, sì, il giudice però non risponde nemmeno e lo guarda malissimo, e di colpo le cose sembrano capovolte, no? Dove sono rimasta? Mi hai fatto perdere il filo, cazzo. Ah, insomma, lei grida,

Io volevo essere un'infermiera!, e se ne va e non la vediamo più. Però a questo punto Concannon si riprende e, raggiunto dal suo collaboratore con un libro in mano, cita un precedente secondo il quale non si può accettare in giudizio una fotocopia in luogo di un originale e chiede che il giudice non ammetta come prova la fotocopia della ragazza che voleva essere un'infermiera. Il giudice, che a questo punto ridiventa bastardo, controlla su una specie di codice e dice che, sì, è vero, ha ragione, e ordina che la fotocopia non venga ammessa come prova. L'obiezione di Paul Newman non è accolta, e la sua furiosa *eccezione* viene messa a verbale. Cos'è un'eccezione, Ivo? Lo sai te?"

"No. Mai sentito."

"Va bene, insomma Concannon prosegue e chiede al giudice che *poiché l'unica prova documentale portata dalla signorina Price era la fotocopia ormai rigettata, l'intera deposizione del teste debba essere cancellata dal verbale del processo, come se non avesse mai avuto luogo.* Il giudice si pronuncia a favore, Paul Newman si oppone, ma invano. E ora tutto sembra finito davvero. Paul e il suo amico si accasciano sulle sedie, sconfitti, e con loro è sconfitta la Verità. Concannon è giustamente soddisfatto del suo capolavoro, ma quando il Grande Anestesista lo tocca sulla spalla per congratularsi, lui lo sdegna, come per dire, Io ti difendo ma tu sei un bastardo... Secondo me, Concannon non sapeva davvero di quel 9 scritto al posto dell'1: se l'avesse saputo, sarebbe stato tutto diverso... Non so come, ma tutto diverso. Forse non l'avrebbe difeso, o forse sì ma in un altro modo. Non lo so. Poi il giudice si rivolge ai giurati e dice loro di non tenere in nessun conto quello che hanno sentito dire dalla signorina Kaitlin Costello Price. È stato solo per un suo errore che hanno ascoltato quella deposizione. Non sarebbe dovuto succedere."

"Ho capito, Caterina. Finisce male. Non sopporto i film che finiscono male, non li ho mai sopportati."

"Aspetta..."

"Se finisce male mi deprimo, lo so..."

"Ivo, aspetta... La scena dopo... La scena dopo è l'arringa di Paul Newman, che è illuminato dalla stessa luce di quando è andato a trovare la ragazza in coma, e comincia così, Nella vita perlopiù ci sentiamo smarriti... È una bellissima preghiera che però sappiamo bene sarà inutile. Prega Dio, Paul Newman, perché faccia vedere ai giurati la Verità. Cioè, dopo quello che abbiamo visto e sentito, vaneggia. Poi c'è un passaggio di tempo e un giurato si alza in piedi per leggere il verdetto. E non solo condanna il Grande Anestesista, ma chiede se c'è un limite al risarcimento che la giuria può fissare. Il giudice risponde impettito che, no, non c'è alcun limite *al di là del libero convincimento della giuria basato sulle prove*, e la macchina da presa si alza da terra e sale fino a inquadrare Paul Newman, che ha VINTO! La Verità ha vinto, cazzo, fantastico, contro tutto e contro tutti! E anche se è una cosa da ragazzini, ecco, almeno al cinema è stato ganzo vederla."

"Ecco, sì, ora però ti devo parlare..."

"No, aspetta Ivo, c'è l'ultima scena."

"Un'altra?"

"Allora, Paul Newman è da solo nella penombra, nel suo ufficio, e guarda il telefono che squilla. Ha vinto ma non sembra per nulla un vincente, capito? È questo che mi piace tantissimo: che lui sembra uguale a com'era all'inizio del film, quando era disperato e faceva colazione a birra e uova. È Charlotte Rampling che chiama, disperata, ubriaca, bellissima, dalla sua stanzetta d'albergo, ma lui non risponde. Guarda il telefono che squilla, duro come secondo me dev'essere un uomo. E il film, ecco, finisce così. Bellissimo."

"Ah. Bene. Finalmente. Senti me, ora, Caterina, non c'è molto tempo. Sono venuto a portarti via da questo posto di merda. Dài, andiamo."

Lo guardo e in qualche modo dev'essere vero, perché comincia a voltarsi intorno e si carezza le mani come quando è nervoso. Gli vedo qualcosa nell'orecchio. Dentro l'orecchio. Tipo cerume.

"I particolari te li spiego dopo, ma in pratica ti vorrei rapire, ecco, dice, e sorride."

Ivo è un mito. Mi telefona più spesso lui di mia madre.

"Che ne dici? Eh, Cate, che ne dici? Si va?"

E io penso che il programma della mia giornata è nulla, zero. Non ho nulla da fare. Stasera niente film. Domani, un film. Domani l'altro ancora, forse una visita di mia madre. Forse. L'ultima volta non è venuta e ha mandato una lettera in cui c'era scritto solo: RESISTERE, RESISTERE, RESISTERE.

Gli scompiglio i pochi capelli che ha.

"Ivo..."

Lui si scosta di qualche centimetro e prova a ravviarseli.

"No, aspetta. Dico sul serio. Senti, si fa così. Tu vieni con me così come sei, non ti preoccupare dei vestiti. Te li compro io. Ti compro tutto io. Valigie e tutto. Se non ti vuoi mettere le scarpe fino a settembre, non c'è problema. Per me va bene. Se poi cambi idea, ti compro anche le scarpe. Si va a fare un giro per l'Italia, eh? Si fa un po' di turismo come gli americani, eh? Ci sono tantissimi posti belli che non hai visto e che non ho visto nemmeno io... Dài, Cate, che cazzo ci fai qui..."

Ivo gesticola, sembra aver finito il discorso che si era preparato. Si tocca fuggevolmente il fegato, fa una smorfia, un respirone; poi guarda i platani e riprende, come se gli fosse tornato in mente qualcosa:

"Ah, ecco, è che qui sei prigioniera, e non possono tenerti qui se non vuoi. Ora basta..."

Scappare come nei cartoni animati, mulinare le gambe e filare via così forte da fare le nuvolette di polvere?

"Ivo, senti. Dimmi una cosa. Io lo so che non c'è vento perché le foglie degli alberi non si muovono, giusto?"

"Sì."

"E allora perché *quelle* foglie di *quell*'albero invece si muovono?"

Gliele indico, e Ivo le guarda per un po', ammirato.

"Guarda ganze. Si muovono quando tutte le altre stanno ferme... Dev'essere per via delle correnti..."

"Correnti?"

Sono sinceramente stupita perché, ecco, credevo di vederle solo io, le foglie ballerine.

"Quali correnti?"

"Le correnti d'aria... Qui ci sono e lì no... Le termiche... Sono quelle che fanno volare le mongolfiere..."

"Le mongolfiere?"

"Sì, le mongolfiere."

Le mongolfiere. Le cose più belle del mondo, che volano colorate e gonfie e grasse e lentissime. Le mie cose preferite.

"Ora però bisogna scappare, perché tra poco verrà qualcuno a vedere. Che fai, vieni? Dài, vieni..."

È un vecchio incredibile, Ivo. Da giovane doveva essere bello perché parla ancora come se lo fosse, come se avesse un fascino fisico da spendere, una cosa che proprio non esiste. È un vecchio con pochi capelli spettinati e il naso grosso, una camicia azzurra lisa con le iniziali, i mocassini neri, eppure mi parla come se fosse George Clooney.

"OK," dico, e mi alzo, e allora si alza anche lui e si mette in marcia sul sentiero da dove è venuto, senza nemmeno guardarmi, e io penso che OK alla fine non vuol dire nulla, insomma che non è detto che vada, posso ancora rimanere qui, se voglio – e poi andare dove? Lo guardo camminare con dei passettini corti e veloci per quanto può, la schiena ingobbita e una Gran Bretagna di sudore già disegnata sulla camicia, deciso e vulnerabile e impaurito, e senza decidere nulla faccio un passo e gli vado dietro, quindi un altro, e poi accelero, e inizio una specie di corsettina che mi porta a urtarlo, e lui si gira e ha sul volto un sorriso nervoso, come se potesse temere qualsiasi cosa o persona gli arrivasse alle spalle, anche me, allora gli prendo la mano e si cammina insieme per il sentierino, veloci quanto possiamo esserlo, quindi poco, solo che il sentiero curva e ci troviamo davanti un'infermiera, la più vecchia, la Rosalba, la cicciona, e insomma la urtiamo e lei dice, Uh, e cade all'indietro come al rallentatore, contro una panchina di pietra e forse batte anche la testa, perché comincia subito a lamentarsi e rimane seduta a terra e si guarda le mani dove c'è un po' di sangue. Poco sangue, però, pochissimo. Deve essersi sbucciata da qualche altra parte, mi sa, ma si agita, continua a guardarsi le mani e a dire, Mi sono rotta la testa, e sviene. Ora, la Rosalba lavora in questa clinica perché, anche se è bravissima, è l'unica infermiera del mondo che sviene alla vista del sangue. Lo sanno tutti, e le fanno anche gli scherzi. Basta farle vedere un po' di sangue su un fazzoletto e lei sviene. A qualcuno esce un po' di sangue dal naso, e lei sviene. Vede un film sanguinolento, e lei sviene davanti alla televisione. Ha questo problema, sennò sarebbe in un ospedale vero. Dico a Ivo questa storia del sangue, che non c'è da preoccuparsi, e lui mi guarda e dice:

"Sì, ho capito, ma ora che si fa?"

Poi si sente uno scalpiccio, e dalla porta della clinica escono due infermiere che chiamano la Rosalba. Ivo mi prende per mano e si comincia a correre tutti chini verso la macchina, che è una Mercedes vecchissima, molto sporca. Le due infermiere ci vedono e urlano qualcosa del tipo, Fermi, fermi, ma noi siamo già saliti in macchina, abbiamo già accelerato sul vialetto facendole scomparire in una nuvola di polvere, abbiamo già oltrepassato il cancello che aveva iniziato a chiudersi e siamo scappati!

"Ovvìa, si starà a vedere," fa Ivo, e si parte in una gloriosa giornata da bambini, piena di sole e cielo azzurro e nuvole bianche. Una giornata perfetta per i castelli di sabbia!

LACEDEMONI

"Augusto!"

"Ivo, dove sei?"

"Augusto, sto male."

"Dimmi dove sei."

"Sono in una stazione di servizio."

"Sì, ma dove? Dove sei? Sono ore che ti aspetto, c'è stato anche lo specialista..."

"Io non vengo, Augusto."

"Come, non vieni?"

"Io non vengo. Non la faccio, la chemio."

"Ivo..."

"Ivo nulla. Non la fo, punto e basta."

"Ma dove sei?"

"Sono... in un posto..."

"Dimmi dove, vengo a prenderti."

"No."

"Ivo, ascolta, è una reazione normale, la tua."

"Bene. Allora qualcosa di normale ce l'ho ancora."

"Però devi calmarti un attimo, riflettere... Dimmi dove sei, nelle tue condizioni non dovresti allontanarti..."

"Tanto lo sapevo, basta che mi allontani da Prato e perdo subito le forze. Mi è sempre successo così..."

"Ivo, ascolta. Dove sei?"

"Senti, te lo dico chiaro così non ne riparliamo più: non mi rompere i coglioni. Sono dove sono, va bene?"

"Ascolta..."

"No, ascolta te, invece. Io sto male, forse ho bisogno di aiuto. Mi vengono delle fitte strane. Forti. Cioè, molto forti."

"Potrebbe essere un effetto psicologico."

"No. Lo so che potrebbe essere psicologico, ma non è psicologico: io *sento male*, e da quando me l'hai detto sento più male di prima... Non so come cazzo sia possibile, è come se tu l'avessi svegliato..."

"Allora vedrai che è solo un effetto psicologico. Vai avanti con il Morenol. Prendine una e vieni qui da me."

"Augusto. Io a Prato non ci torno. Se mi vuoi aiutare, bene, sennò vaffanculo anche te."

"Ah."

"Scusa. Scusami, non volevo."

"Va bene."

"Davvero."

"Non ti preoccupare. Ma perché non vuoi fare la chemio, Ivo?"

"Perché no. Dimmi quante ne devo prendere di queste maledette pasticche."

"Una ogni sei ore. Non più di quattro al giorno."

"Forse mi fa più male perché ne ho saltata una stamattina. Può darsi, eh?"

"Ivo. Ascoltami. Non fare cazzate. Ascoltami e fa' come ti dico. Le medicine devi prenderle quando ti dico io, va bene?"

"Sì, ma..."

"Va bene? Ivo, è importante che tu faccia esattamente quello che ti dico io."

"OK. Va bene. Faccio come dici te."

"Allora. Ascolta. Nel caso che questo aumento del dolore non fosse di sola natura psicologica..."

"Non è solo psicologico, cazzo. Io sento male. Allo stomaco, alla pancia, non lo so, lì. Sento un male che non va via, capisci? Cioè va via ma ritorna, capito?"

"Io non so quanto Morenol hai preso, ma forse ne hai preso troppo, e il Morenol va sempre, obbligatoriamente, preso a stomaco pieno, Ivo. L'hai preso a stomaco pieno?"

"Macché stomaco pieno, oh, io ormai mangio pochissimo, non ho più fame, mi fa schifo tutto, non posso neanche guardarlo, il mangiare, perché poi non digerisco nulla, è il mangiare che mi fa male, questo l'ho capito..."

"Ivo. Ivo. Ivo."

"Sì."

"Calma. Tieni conto che il Morenol può darti comunque dolori allo stomaco, come effetto collaterale. Per questo devi mangiare prima di prenderlo."

"Come? Cioè per prendere la pasticca per far passare il dolore allo stomaco devo mangiare, ma se mangio mi aumenta il dolore e la pasticca non mi fa nulla: ma che cazzo di storia è questa, vaffanculo..."

"Ivo, il Morenol è un eff..."

"Cioè io prendo questa cosa per il dolore e lui invece di combattere il dolore me lo fa venire? Oh, ma che cazzo dici!"

"Aspetta. Calma. Calmati. Ivo, il Morenol ti toglie il dolore ma può avere degli effetti collaterali indesiderati, è un analgesico antinfiammatorio non-steroideo, non è un oppiaceo."

"E che vuol dire? Non capisco, non capisco nulla di quello che dici. Da quando me l'hai detto è andato tutto male, tutto nella merda, e io, come faccio, ora, eh? Che faccio? Non posso vivere con questo dolore tutti i giorni, tutto il giorno..."

"Ivo, torna a Prato. Appena cominciamo la chemio starai subito meglio, te lo garantisco."

"NO! Se me lo ridici, riattacco il telefono e non ti chiamo più."

"Ivo, cerca di stare tranquillo... Rilassati..."

"COME FACCIO A STARE TRANQUILLO SE SENTO MALE, CAZZO!"

"Il Morenol non è l'unico farmaco che puoi prendere, capito? Si può passare anche a qualcosa di più forte. Ivo, non sei solo, ci sono io. Il dolore non è un problema, non deve essere un problema. Il dolore te lo tolgo, capito? Non cominciare a pensare che sentirai sempre più dolore perché non è così, capito? Il problema non è il dolore."

"..."

"Capito?"

"OK."

"Ivo, dove sei?"

"Nella merda, credo. No?"

"Perché non vieni qui da me? La chemio potrebbe aiutarti molto. E anche questa cosa del dolore può essere tenuta meglio sotto controllo se sei vicino."

"Cioè se sto a casa a letto?"

"No, non ho detto questo."

"O in ospedale? Vuoi che vada a morire in ospedale?"

"Ivo..."

"Io non vado in nessun ospedale e non torno a casa. Smetti di dirmelo. E ora, cosa devo fare?"

"Io proverei a continuare a prendere il Morenol. Mi sforzerei di mangiare qualcosa prima, di bere, e continuerei con il Morenol."

"Ma no, non mi fa nulla..."

"Ivo, è uno degli analgesici migliori..."

"E allora ne prendo di più, cazzo, ne prendo una cannonata."

"Ivo, ascolta, il picco dell'effetto analgesico del Morenol avviene dopo due o tre ore dall'ingestione della compressa. Non è che se ne prendi di più senti meno dolore. Cioè, se invece di una compressa ne prendi due, l'effetto analgesico si allunga nel tempo ma non aumenta, capito?"

"Ah. Cazzo."

"Hai capito?"

"Ho capito, ho capito, ma se il dolore non si ferma? Che cazzo faccio se continuo a prendere il Morenol ma il dolore non smette, eh?"

"Dovrebbe smettere, Ivo."

"Sì, ma se non smette?"

"..."

"Allora?"

"..."

"Oh, ci sei ancora?"

"Te li ho dati."

"I cerotti?"

"Sì."

"E cosa sono?"

"No, sono... Non sono cerotti, sono patch transdermici."

"Sì, va bene, ma cosa..."

"Rilasciano... Insomma, la rilasciano piano piano."

"Cosa rilasciano?"

"..."

"Morfina?"

"..."

"Devo prendere la morfina? Siamo messi bene..."

"Non è esattamente morfina, Ivo. È un oppioide di sintesi. È più forte della morfina. Molto più potente."

"Cazzo..."

"Te lo metti e l'effetto dura settantadue ore."

"OK."

"Dolore non ne senti più."

"OK."

"Capito?"

"Capito."

"Però, Ivo, niente alcol, niente sonniferi, tranquillanti, sedativi, antistaminici."

"OK."

"Non puoi usarli se hai problemi al fegato, alla cistifellea o ai reni. Se soffri di ritenzione urinaria."

"OK."

"Se hai l'asma, la prostata, l'ipotiroidismo."

"Perché sennò che succede?"

"Fammi continuare."

"Sì. Dimmi."

"O se hai, ma non ce l'hai, l'epilessia, o ferite alla testa o il morbo di Addison."

"Ah, il morbo di Addison. Che cazzo è?"

"Ti daranno assuefazione."

"Ah. Fantastico."

"Stai molto attento a guidare."

"Sì."

"Possono darti nausea e vomito."

"Come tutto, più o meno."

"Non avvicinare sorgenti di calore al cerotto. Comunque evita le alte temperature in generale."

"Sì."

"Applicalo in zone preferibilmente prive di peli che prima avrai pulito ma anche sciacquato con molta cura perché il sapone può impedire l'assorbimento."

"OK."

"E... insomma è un narcotico."

"L'avevo capito."

"Ah, può bloccarti l'intestino. Devi bere spesso e adottare un'alimentazione ricca di fibre, ma questo forse..."

"Sì, questo lo so. Me lo dicono da trent'anni."

"E se poi ti dimentichi di applicare un patch transdermico..."

"Non me ne dimenticherò, ciccio."

"Se ti dimentichi di applicarlo, ascoltami, non pensare di rimediare mettendoti due patch insieme, perché potresti andare in overdose."

"Ganzo. Così sono a posto."

"No, aspetta."

"Sì?"

"Ivo, io... non so come fare a dirti questa cosa, ti prego, aiutami."

"Che devo fare?"

"Non lo so, sta' zitto, lasciami parlare e di' solo, Sì, ho capito, o, Va bene, o qualcos'altro, quello che ti pare, ma lasciami parlare. La cosa che ti devo dire è questa... Ivo, tu mi hai sempre detto che... insomma che... Non lo so, forse è una cazzata, forse non te lo ricordi nemmeno, forse non ci hai nemmeno pensato, ma io questa cosa ce l'ho fissa in testa da quando ci siamo visti, e in quel momento non sono riuscito a dirtela... Ma non mi esce di testa, ecco, e devo dirtela perché se tu facessi questa cosa e io non te l'avessi detto, io non potrei mai perdonarmelo, ecco..."

"Ho capito."

"Ecco, allora se hai capito è tutto più facile."

"Cazzo fai, piangi?"

"Vaffanculo. Vaffanculo, Ivo, non ci pensare nemmeno a metterti due o tre cerotti insieme, se vuoi farla finita, perché sarebbe una morte orribile, ti verrebbe il vomito, un'agitazione incontrollabile, tremori, mal di testa, confusione mentale, tutti insieme, capito? Soffriresti come un cane, Ivo, sarebbe una morte orribile, orribile... Ecco, io non potevo non dirtelo, vero?"

"..."

"Ivo?"

"No, certo. Non potevi non dirmelo."

"..."

"..."

"Ma?"

"Ma non ci avevo pensato, ecco, ad ammazzarmi. Nemmeno una volta da quando me l'hai detto..."

"..."

"E forse dovrei, invece, vero?"

"Ivo..."

"Sì, forse dovrei."

"Aspetta..."

"E allora dimmelo, dài. Perché io non voglio diventare infermo, Augusto, non voglio diventare un vegetale del cazzo che si sbava addosso ma ha il cervello ancora sveglio e quando vuole parlare mugola come un animale, e si caca e si piscia addosso e *ricorda perfettamente* tutto e la gente urla a guardarlo!"

"Calma, Ivo. Sta' calmo."

"No, non sto calmo. E dimmi che devo fare se voglio morire con un minimo di dignità? Tirarmi una revolverata? Saltare da un viadotto?"

"No."

"No, cosa?"

"La morfina."

"Non sono i cerotti, la morfina?"

"No, quelli sono un'altra cosa. Io dico la morfina in fiale."

"In fiale?"

"Sì."

"E muoio bene?"

"Sì."

"Davvero?"

"Sì."

"Chiudo gli occhi e non mi accorgo di nulla?"

"Sì."

"E come si fa? Perché... ecco, a parte che la morfina in fiale non me l'hai data, io le punture non le so fare... E poi... insomma... ho paura degli aghi, Augusto, cazzo..."

"Mi telefoni, e io vengo."

"Ah. E la porti te?"

"Sì."

"Ah. Grazie."

"È solo perché..."

"Dài, non piangere, sei il dottore..."

"Sì, OK, scusa... È solo perché non sopporto l'idea che tu possa soffrire e, da come parli, mi sembra che... Insomma non voglio che tu senta dolore, capisci?"

"Sì."

"Mi capisci, Ivo? Davvero? Oppure sto scazzando tutto e non avrei mai dovuto parlarti così... Forse sto scazzando tutto perché non si dicono queste cose e... Nemmeno tra amici si dicono, ma io non so cosa fare, io questa cosa non la reggo, Ivo..."

"Augusto..."

"Sì."

"Calmati."

"Sì."

"Senti. Ti racconto una barzelletta. Una volta a Firenze avevo un amico che faceva il DJ, va bene, ed era una specie di fenomeno perché aveva una malformazione e gli mancavano diverse dita a una mano, eppure faceva il DJ lo stesso, capito?"

"Sì."

"Ecco, un giorno questo mio amico va al bar, e c'è un po' di ressa, lui chiede un cappuccino e il barista ci mette un sacco di tempo perché ha altri caffè da fare prima, ma questo mio amico è uno che ha un bel carattere, e a un certo punto gli chiede quanto manca, al barista, perché erano già quasi cinque minuti che aspettava, capisci?"

"Sì. E poi?"

"E poi il barista lo guarda e gli fa, Signore, io ho due mani sole. E il mio amico alza la sua mano tutta storta, gli sorride e gli dice, Beato te."

"..."

"Capito?"

"Sì."

"Davvero hai capito?"

"Sì. Credo di sì."

"Allora dimmi solo un'altra cosa. Se decido... Insomma se ho bisogno, ci pensi te davvero?"

"Sì."

"OK. Grazie."

"Grazie un cazzo."

"No, grazie. Davvero."

"..."

"Grazie."

"Ivo, in questo tuo viaggio... Insomma, sei solo?"

"No."

"Con chi sei?"

"Cazzi miei."

"No, perché tua sorella... Quando le ho telefonato ha detto che sei andato a Montecatini a far parte in casa con una russa..."

"..."

"Ah, e comunque gliel'hai detto a questa persona che..."

"No."

"Diglielo."

"Sì. Ciao."

"È importante."

"Sì. Ciao."

"E dalle il mio numero di telefono, e dille che può chiamare quando vuole, a qual..."

"Sì, lo so, a qualsiasi ora del giorno e della notte."

"Sempre e comunque."

"Sì. Ciao, Augusto."

"Allora ciao, buon viaggio, dovunque tu vada. E chiama. Chiamami tutti i giorni, va bene?"

"Ciao."

"Ciao."

"Ah, Augusto, scusa ma è tutto il giorno che ci penso. Com'era quella cosa degli spartani? Non me la ricordo più, ma era... era bella. Molto bella. Insomma, te la ricordi?"

"Me la ricordo, sì."

"E com'era?"

"Era che quando le città vicine chiedevano aiuto militare, il re di Sparta mandava un soldato solo."

"No, non questa. Quell'altra."

"Ah. Che gli spartani non chiedono mai quanti sono i loro nemici, ma dove sono."

"Ah. Ecco, sì, certo. Cazzo. Ganza, no?"

"Sì. È... Sì, è ganza. È veramente ganza."

"Va bene. Ciao."

"Ciao."

"All'ultima telefonata di mia madre, una settimana fa, ho fatto finta di non sentire, tipo: Pronto? Mamma, sei te? Non ti sento bene, pronto? Pronto? Urlavo. La sua voce era calma, mi chiedeva come stavo, se andava meglio. E io, Pronto? Pronto? Chi parla? Chi è? Non sento. E lei, Tuo padre è qui con me, e ti saluta anche lui. Sai, siamo in clinica anche noi. Pronto? Ti volevo dire che gli faranno un piccolo intervento, al cuore, no, non al cuore, alle arterie, con il palloncino, è una cosa non troppo problematica, non c'è da preoccuparsi, ma ti voleva salutare. Te lo passo. E io, Pronto? Ma chi è? Pronto? Non si sente. Poi è arrivata la voce di mio padre, un po' roca, Ciao Cate, spero che tu stia bene, mi opero tra un'oretta e così ti volevo salutare, ecco. Ho un momento, diciamo così, libero. Come stai? E io, Chiunque voi siate non vi sento, non sento nulla. Cambiate telefonino, o chiamatemi da un telefono fisso. E poi quel bastardo è rimasto zitto qualche secondo e mi ha detto, Ti voglio tanto bene, e poi ha riattaccato, e a questo punto non sapevo se piangere o no, ma non ho pianto. Ho fatto bene, Ivo, secondo te?"

Siamo fermi a un distributore deserto dal nome sconosciuto, GAZPROM. Ivo è appena risalito in macchina dopo una lunga telefonata. Non dice nulla, guarda davanti a sé per un minuto almeno, poi scende di nuovo, apre la bauliera, armeggia alla colonnina del distributore per infilare le banconote nel buco dal quale continuano a uscire con un ronzio, scuote la testa, borbotta, continua a proporre alla fessura altre banconote finché non ottiene di fargliene ingoiare quattro, afferra il tubo col beccuccio, torna alla bauliera sparendovi dietro. Sento dei rumori metallici, una bestemmia sommessa, e Ivo torna al distributore riattaccandovi quell'affare, il tubo da cui esce la benzina. Solo che non ho sentito l'odore della benzina. Ho il finestrino aperto e non ho sentito nessun odore. E anche il distributore ha un aspetto strano, pulito com'è. Niente macchie scure, niente cartacce. Sembra un distributore finto, di plastica, e poi è vuoto, ma non vuoto nel senso che non ci sono altre macchine. Non c'è neanche il benzinaio, neanche il negozietto, nulla. Ci sono solo queste pompe futuristiche, slanciate, quasi femminili.

"Che distributore è questo?"

Lui fa un sorriso fuggevole mentre rientra in macchina e accende il motore.

"Sì, l'ho messa a gas."

E parte lentamente.

"Ivo, perché non la apriamo?"

"Aprire? Cosa?"

"La macchina. È caldo, perché non la apriamo?"

Mi guarda come se avessi detto qualcosa di grosso, e passa qualche secondo. Poi frena.

"Già, perché no?"

Ivo allunga la mano verso un pulsante, lo preme, e dopo qualche sconfortante rumore meccanico c'è un ronzio e la capote si ritira da qualche parte dietro, e sopra la mia testa c'è il cielo, ci sono le nuvole, la scia di un aereo che viene tagliata dal volo di qualche uccello. Guardo Ivo, sorride.

"Ai suoi ordini, mia signora. Ora possiamo andare?"

Dobbiamo essere tra Prato e Firenze. Non sono sicura perché è un po' di anni che non faccio queste strade, e siccome i miei non mi hanno mai voluto comprare il motorino non le conoscevo bene nemmeno prima. Siamo usciti dall'autostrada al casello completamente automatizzato di Sesto Fiorentino-Calenzano, dove c'è stata qualche difficoltà perché Ivo non aveva il Telepass e nemmeno gli spiccioli, e la macchinetta al casello non dava il resto perché era rotta e così lui continuava a premere il bottone di richiesta aiuto ma non arrivava nessuno (forse perché era un casello completamente automatizzato), e le macchine dietro di noi suonavano e un camionista nero si è sporto dal finestrino di una gigantesca betoniera gialla e ci ha urlato di *penare poco* – insomma si è pagato cinque euro e siamo usciti dall'autostrada. Ho deciso di fare il gioco di ricordarmi le strade che facciamo, come se Ivo mi avesse rapito davvero, e dopo il casello abbiamo svoltato a destra alla prima confluenza di strade e ci siamo fermati al distributore.

Ora siamo in una grande rotonda, nel senso che ci stiamo girando dentro. C'è poco da fare, le rotonde sono un problema. Nel senso che rappresentano per chi guida un cambiamento di direzione innaturale e continuo, che comincia come una curva ma non è una curva, è una *rotonda*, una specie di trappola circolare nella quale si entra quasi senza accorgersene ed è necessario uno sforzo di volontà per uscirvi perché improvvisamente non si può più andare dritto, cioè avanti, anche se è in quella direzione e solo in quella che si vuole andare, e ci si ritrova a girare intorno a un'aiuola. E Ivo è andato nel pallone, pover'uomo. Ha rallentato e compiuto un intero giro guardandosi intorno con gli occhi sbarrati, complicando molto la situazione perché una volta entrati nella rotonda i punti di riferimento cambiano e diventano irriconoscibili e poi, soprattutto, *girano*, e ad andare in cerchio viene il capogiro, come si impara da bambini, e forse ci siamo davvero persi perché a questo punto di giri intorno alla rotonda se n'è fatti già due e Ivo si è voltato verso di me con un sorrisino e ha sospirato, e insomma ho capito che ci siamo persi, con l'aggravante che siamo su una rotonda a due corsie che nella corsia esterna è percorsa dalle micromacchine di ragazzini velocissimi coi capelli a spazzola, e allora a Ivo non rimane che stare nella corsia interna, quella più vicina all'aiuola, e cercare di orientarsi con tranquillità mentre gira in tondo. A un certo punto dice, senza guardarmi:

"Caterina, va tutto bene, non ti preoccupare, perché anche se non sono più sicuro di dove devo andare, almeno dentro la rotonda non mi posso perdere, no?"

Poi a un certo momento, al quinto o sesto giro, quando comincia a girare la testa anche a me, Ivo urla:

"Qui!"

E svolta a destra tagliando la strada a un ragazzo su una minuscola macchina gialla fosforescente che ci manda in culo.

Superata la rotonda si trova un altro semaforo, poi si segue la larga svolta della strada finché si incontra un ponticino sopra un fiume che in questo momento non c'è e si vedono solo milioni di perfetti ciottoli bianchi rotondi. Si percorre il ponticino stando attenti perché può passare solo una macchina alla volta (mi viene in mente Lancillotto che presidia il suo ponte in *Excalibur*), si svolta subito a destra inerpicandosi su per una stradina fiancheggiata da alti e vecchissimi muri di pietra e poi ci si ferma davanti a un grande cancello di ferro battuto che mi ricorda molto quello della clinica.

Ivo spegne il motore, mi guarda, annuisce, apre il portaoggetti della macchina, tira fuori una chiave di ferro scuro, lunghissima, una cosa medievale, e scende. Si avvicina al cancello, infila questa chiave, la ruota, e il cancello si apre subito. Ivo spinge i battenti che si aprono cigolando, risale in macchina, ed entriamo in un grande spiazzo di ghiaia, dove ci si ferma. Ivo scende, fa il giro della macchina e si affaccia al mio finestrino.

"Ecco, Caterina, vieni. Ti volevo fare vedere una cosa."

"Cosa?"

"Che non dico cazzate."

"Come?"

Sono ancora dentro la macchina perché non capisco dove siamo, che posto è questo, e non so cosa devo fare e cosa vuol fare lui. Insomma, è un posto abbandonato in culo al mondo e non capisco la situazione, e anche se non ho paura, ecco, non capisco che succede. E poi sono scalza e c'è la ghiaia. Lui sorride.

"Questa era casa mia."

Allora scendo dalla macchina e vedo la casa, che è praticamente un castello ed è incredibile che non l'abbia vista prima, quando ero in macchina. Cazzo, è come se potessi vedere solo davanti, come se il mio cervello riuscisse a concentrarsi solo sulle cose di fronte a me, come se avessi i paraocchi! Che vuol dire, che non ci sto più con la testa? Non ho visto un castello, cazzo! Era come se il cancello di ferro battuto si aprisse sul nulla, per me. Ho visto lo spiazzo e non ho visto una casa enorme, incredibile! Chissà che bombe mi davano in clinica per tenermi buona! Non avrò mica delle crisi d'astinenza, non è che comincerò a sbavare e Ivo dovrà portarmi in ospedale come una drogata, e non finirò legata a un letto: cazzo, non voglio ritrovarmi un'altra volta legata a un letto.

"Eh, una casa così non l'hai mai vista. Nessuno l'ha mai vista. Era un castello medievale che feci restaurare spendendo due miliardi nel 1980, non so se mi spiego. A un certo punto nel cantiere ci lavoravano settanta persone, più che in ditta."

Lo guardo mentre annuisce e sorride, l'aria è gonfia degli odori marci del bosco. Un gatto bianco si affaccia a osservarmi, poi scappa quando mi muovo. Chiudo gli occhi, faccio un grande respiro. Non sono più in clinica. Non. Sono. Più. In clinica. Sono libera. Apro gli occhi e vedo la casa, che è proprio davanti a me ed è davvero una specie di castello delle favole, tutta di pietra, con le finestre ad arco e le colonne e i mostri accucciati sul tetto, e delle piccole torri, e sembra sul punto di crollare perché si vede benissimo che non ci vive nessuno da anni. Mi volto verso Ivo e non lo vedo più. È andato ad accostare il cancello.

"Così non verrà nessuno a rompere i coglioni."

Viene verso di me, mi prende sottobraccio, e ci si avvia verso una scalinata di pietra.

"Piano, Ivo, sono scalza."

"Oh."

Si ferma, mi guarda i piedi, immensamente stupito.

"E ora come si fa?"

"Si fa che se si cammina piano. Ce la faccio, ma non posso correre, ecco, e nemmeno camminare veloce su questa ghiaia."

"Ah."

"Ma ce la faccio."

E in quattro passi leggeri raggiungo il primo gradino della grande scalinata.

"Questo è tutto travertino," annuncia Ivo.

Annuisco ma non so cosa sia il travertino, e in cima alla grande scalinata c'è una specie di enorme spiazzo, una specie di prato lungo almeno duecento metri (chi sa giudicare le distanze?), ma comunque enorme, invaso da piante basse, erbacce, alberi torti, foglie e rami, cartacce. Lontani, alberi grandi tipo querce e pini, e due file di cipressi con dei ridicoli rami penduli che ricadono fuori dalla chioma e li fanno rassomigliare a gigantesche banane sbucciate. C'è anche una rete da tennis strappata, e lì accanto i resti di una strana costruzione di legno bianco tipo gazebo, ma altissima, almeno quindici metri, e molto elegante, e non capisco cosa sia, o meglio fosse, perché è in rovina. Ivo fa qualche passo nell'erba, e io lo seguo. Non ci saranno dei serpenti?

"Qui c'erano labirinti di siepi alte tre metri in cui ci si perdeva, e infatti avevo fatto mettere le indicazioni per l'uscita, delle frecce. Per disegnare i passeggiamenti c'era la ghiaia di fiume più bianca e rotonda scelta nel Po. Una domenica al mese i bambini dell'orfanotrofio avevano accesso libero al parco e scavallavano su e giù nelle loro uniformi blu che gli avevo fatto cucire con i tessuti del lanificio, e alle cinque c'era la merenda a pane e Nutella per tutti. C'erano fontane coi giochi d'acqua, il laghetto per le carpe *koi*, gli ombrelloni a dozzine che neanche Christo... Ogni compleanno mio e di Elizabeth, fuochi d'artificio. Alberi di limone alti tre metri e poi file e file di peschi, nespoli e peri. Palme. Un orto di un ettaro. Il campo da tennis in terra rossa sul quale giocarono Panatta e Bertolucci in un doppio a handicap contro Ciardi-Focosi e persero sette a cinque al terzo. La grande voliera con dozzine di uccelli e quella più piccola per l'aquila reale. Il prato all'inglese con le porte da calcio regolamentari, le reti e tutto il resto, anche il tabellone di legno che comprai in Inghilterra, a Huddersfield. La macchina per sparare i piattelli."

Ivo guarda verso quest'ammasso di erbacce e la sua voce non si rompe. Sorride, anzi.

"E le feste che cominciai a dare dopo l'arrivo di Elizabeth, con la casa che si riempiva un sabato sì e uno no; tante persone si innamoravano qui e poi si sposavano e ci mandavano regali. Offrivo le bottiglie di champagne immerse nel ghiaccio tritato in dieci insalatiere d'argento, repliche perfette della Coppa Davis. Caterina, il grande Gatsby ero io. Avevo il calesse da fiaccheraio fiorentino per fare il giro del parco nei dopocena di primavera, la piscina olimpionica con trampolino da tre metri, gli irish wolfhound, i gatti selvatici che una volta liberati nel parco non vidi più, i due bufali e un sardo che li accudiva e portava in tavola tutti i giorni le mozzarelle e le burrate fresche, la torre dove io e Elizabeth andavamo a guardare le stelle con il telescopio, il garage col pavimento in tek e i vetri azzurrati per la collezione di macchine d'epoca, la camera da letto spartana col letto di ferro battuto e il De Chirico metafisico del '16, la sala da pranzo con gli arazzi alle pareti e il soffitto di legno vendutomi alla zitta da un nobile fiorentino ancor oggi famosissimo insieme al tavolo da pranzo di legno per ventiquattro ospiti, un pezzo unico ricavato da una quercia gigantesca, la cucina di quaranta metri quadri col pavimento e le pareti a piastrelle bianche e nere, il maggiordomo inglese che mi abbracciò e pianse quando dovette andarsene, la ghiacciaia, gli odori e i rumori del parco di notte, la cometa Hale-Bopp..."

Ansima, Ivo, a forza di raccontare.

"E si potrebbe anche entrare in casa, ma ora non me la sento, Caterina. Scusami."

"Non ti preoccupare..."

Guardo un po' lui, un po' i miei piedi scalzi. È una bella sensazione quella di camminare sull'erba e sulle foglie e sentire solo fresco, nessun dolore, nemmeno se spezzo un ramoscello. In cielo passa un aereo che non lascia scia.

"Nessun maggior dolore che ricordarsi del tempo felice nella miseria, e ciò sa il tuo dottore, diceva Dante."

Si volta verso di me e vedo che gli scorrono le lacrime su quella faccia da vecchio sorridente, e sono sicura che Ivo dev'essere stato uno che rimaneva simpatico a tutti, da giovane, una specie di beniamino, perché non ho mai visto una faccia illuminarsi così con un semplice sorriso, animarsi dall'interno come se avesse dentro un reattore nucleare che irradiasse allegria e spirito d'avventura e buonumore. Si nota dopo che piange.

"Accidenti anche a Dante."

Lo abbraccio, gli batto tante piccole pacche sulle spalle.

"Forza, Ivo, forza," gli dico, ma lui si scioglie bruscamente dall'abbraccio, si avvicina a un ulivo contorto e vomita. È un conato breve ma forte, di quelli cattivi. Li conosco. Sono quelli bastardi. Tossisce, agguanta delle foglie da un arbusto, si pulisce la bocca e lo sento ansimare. Dopo un po' si volta verso di me con le braccia allargate e il suo sorriso atomico, e dice la stessa cosa che sentii dire una volta a Mastroianni in televisione, quando era molto vecchio e doveva sentirsi vicino alla morte perché mentre era in un teatro, nella sua ultima tournée, a un certo punto si commosse per gli applausi, ora non ricordo bene, ma insomma cominciò a piangere e disse al pubblico, col *suo* sorriso irresistibile, Che volete, sono vecchio, e Ivo, ora, coi capelli che gli si gonfiano sopra le tempie e il vestito stazzonato e le braccia allargate come a dire che, insomma, lui è ancora lì, ne ha prese tante ma è ancora lì perché è uno che può incassare tutto, tutti i cazzotti della vita, dice:

"Sono vecchio, bambina..."

E mi viene di stringere i pugni come fanno i calciatori, dirgli di tenere duro, che se ha bisogno di aiuto lo aiuterò io, contro tutti lo aiuterò io, e si rimane qualche secondo così, io e questo vecchio, in piedi uno davanti all'altra, persi in questa desolazione infinita e bellissima, la rete del campo da tennis piegata a disegnare una di quelle irricordabili curve che ho studiato al liceo (una parabola? Un'iperbole?), i monconi della grande voliera a puntare il cielo come l'ultima armatura in acciaio delle Torri rimasta in piedi, e per qualche ragione mi sento viva e mi viene fame, voglio mangiare una bistecca al sangue con le patatine fritte, e bere vino rosso, cazzo, perché sono viva e godo della brezza fresca che si è alzata e mi carezza la faccia e i capelli, e mi torna in mente una traversata in traghetto verso la Sardegna, quando ero piccola e volevo stare a prua per prendere il vento in faccia, e prima la mamma poi il babbo andarono dentro perché faceva freddo e mi lasciarono lì sola, in mezzo al vento e al mare e al sole, e avevo un freddo cane ma non volevo tornare dentro perché ormai avevo detto che volevo stare lì e non potevo rimangiarmi la parola, e così chiusi gli occhi e fu ancora più bello perché era come quando cammini a occhi chiusi, che non sai cosa ti può succedere ma qualcosa ti succederà di sicuro e c'è quella sensazione di pericolo e attesa e incertezza totale e assoluta.

Passa un minuto, e qualcosa devo dire.

"OK, Ivo. A questo punto diciamocelo. Siamo scappati e forse siamo anche ricercati."

"Ricercati?"

"Sì, perché diranno che abbiamo rotto la testa a un'infermiera, e comunque io non potevo uscire dalla clinica perché per me era una specie di arresti domiciliari, capito?"

Lui continua a guardarmi senza dire nulla, stagliato contro un tramonto malato che dev'essere cominciato adesso perché prima, ecco, non c'era e ora invece abbraccia tutta una parte del cielo e sembra non finisca mai, striato di grigio, di rosa, di arancione. La odio, tutta questa bellezza inutile. Non serve a un cazzo, non vuol dire un cazzo.

"Io sono una specie di pregiudicata perché ho tirato una boccia di vetro con la neve dentro in testa al mio fidanzato bastardo, quello del video, sai... Insomma, quando ho visto cosa mi aveva fatto, sono andata da lui e gli ho rotto la testa, e per poco non rimane paralizzato. Mi hanno fatto anche il processo."

"Come?"

"Sono una pregiudicata, Ivo. Mi hanno dichiarata colpevole. Anche perché io mi sono dichiarata colpevole. Tentato omicidio, certo, ma avevo ragione. Mi hanno dato tutte le attenuanti, ma mi hanno condannata. Cinque anni da scontare in clinica. Me ne mancavano due."

"Ah."

"Hai capito con chi ti sei messo?"

"Ah."

"..."

"Non me l'avevi detto."

Scuoto la testa perché l'ho messo in un grande casino, povero Ivo, come se non ne avesse abbastanza... Un casino gigantesco, ora mi cercheranno, faranno una caccia all'uomo e daranno la colpa a lui, diranno che era mio complice, o peggio ancora che mi ha rapito, lo arresteranno e finirà un'altra volta sui giornali, e io tornerò in clinica e mi daranno degli altri anni, e io non voglio tornare in clinica. Non ci voglio tornare, e se mi prendono, mi ammazzo, mi butto da qualche ponte o palazzo, e vaffanculo.

Ivo si avvicina, con le dita mi asciuga le stupide lacrime che non mi riesce di fermare e mi abbraccia.

"Non c'è problema, bambina," mi sussurra. "Non c'è problema."

UNIONE
(1991)

"Più di tutti in Emilia."

"Parma."

"Reggio."

"Modena."

"E Brescia? E Bergamo?"

"Como, con quelle sete del cazzo."

"Gallarate."

"Varese e Busto Arsizio."

"Carpi."

"Rimini e Riccione."

"Sì, ma non è industria."

"Biella."

"Sassuolo."

"Sassuolo è Reggio Emilia."

"E poi, si guadagna più noi di Sassuolo."

"Pesaro, coi mobili."

"Fanno soldi anche gli aretini con l'oro, roba da matti."

"Civita Castellana."

"Dove?"

"Civita Castellana, vicino a Viterbo. Ho un amico che a fare i piatti, praticamente li stampa, i soldi..."

"Poi a uno gli piglia l'invidia..."

"O Ivo, ma è vero che tu vai in giro a dire che sei ebreo?"

"..."

"Perché l'ho sentito dire al tennis."

"Come?"

"Sì, dice che è ebreo da parte di madre."

"Come?"

"Davvero?"

"No, ma... L'ho detto qualche volta, sì."

"Ma sei impazzito? Ivo, non si scherza su queste cose."

"Tu ridi, ma io l'ho sentito con le mie orecchie da un rappresentante, il Cagnola, sai. E insomma questo ragazzo è disperato perché deve aver fatto una battuta sugli ebrei davanti a te, e ora ha paura di non venderti più un chilo di lana."

"Ivo, ma sei impazzito a dire queste cose in giro? Se lo sa la mia povera mamma, e anche la *tua* povera mamma, le viene un colpo..."

"Lasciamo fare."

"Ma è vero o no?"

"Diciamo che gli ho voluto fare uno scherzo."

"No, che sei ebreo, è vero?"

"Ebreo, Ivo? Ma che scherzi? Siamo di Prato, noi."

"Non c'è mica nulla di male."

"Diglielo che non sei ebreo, bischero, e soprattutto smetti di dire queste stupidaggini in giro. Noi in famiglia siamo tutti cristiani, cattolici romani, e credenti. E da sempre."

"Va bene, non lo rifaccio più. Sei contento?"

"Mah... roba da pazzi, io non so che dire... Ebrei? Ma se siamo sempre stati di Prato, noi, fino dalla notte dei tempi..."

"A proposito di extracomunitari..."

"Gli ebrei non sono extracomunitari."

"Scusate, colgo l'occasione per... Insomma, vi sarete accorti che, come ormai ovunque in Italia, anche a Prato cominciano a esserci i primi extracomunitari, e qualche azienda ha già iniziato a impiegarli. Per capire meglio questo strano fenomeno abbiamo fatto un questionario e l'abbiamo mandato a queste aziende. In pratica, chiedevamo com'era andata con questi extracomunitari, e hanno risposto così. I nomi delle aziende non ve li posso dire. Allora, Azienda Numero 1: 'Uno Marocco, uno Mauritius, l'unico inconveniente che si registra è la debolezza fisica che interviene nella seconda quindicina del mese del Ramadan.'"

"Che vuol dire?"

"Non mangiano, durante il Ramadan."

"E perché?"

"Boh, credo sia roba di religione."

"Numero 2: 'Un albanese, presentato dalla Caritas, senza infamia e senza lode.' Numero 3: 'Uno Marocco, uno Serbia, uno Albania. Questi stranieri sembrano soffrire del complesso razziale. Appaiono oltremodo suscettibili e sospettosi manifestando ingiustificata permalosità. I coniugati appaiono più affidabili dei celibi che spesso sono lavativi e si defilano dal lavoro.'"

"È vero."

"Che ne sai te..."

"Lo so."

"Numero 4: 'Uno, albanese. Giudizio negativo per mancanza di assiduità al lavoro, molte assenze, poi improvvisamente ha abbandonato senza giustificazione. Quando lavorava era sufficientemente capace.' Numero 5: 'Insoddisfacente la preparazione manuale e mentale a seguire il ritmo delle macchine anche dopo un lungo periodo di apprendistato. Il marocchino dopo l'entusiasmo iniziale si è afflosciato. Il costaricano appare più costante e impegnato. Abbiamo comunque constatato che è opportuno impiegare gli immigrati presso macchine non molto impegnative.'"

"Infatti. Non hanno cervello."

"Come?"

"Via, non hanno nemmeno scoperto la ruota!"

"Come, Brunero?"

"Sì. Gli indiani d'America non hanno mai inventato nemmeno la ruota. E neanche gli africani."

"Mah..."

"Non è vero..."

"Certo che è vero."

"Posso continuare? Se non vi interessa, smetto."

"No, presidente, scusa, vai avanti."

"Allora, Azienda Numero 6: 'Il proprietario ha avuto disavventure personali causate da extracomunitari e quindi non guarda con molta simpatia agli stessi.' Azienda Numero 7: 'Un albanese e un marocchino che si sono dimostrati ottimi lavoratori e per loro sono state approntate anche abitazioni più che sufficienti. L'esperienza è giudicata negativamente perché, recatisi in ferie nel loro paese, non hanno più dato segno di vita. Non si sa neppure se sono ritornati a Prato.' L'Azienda Numero 8 sarebbe favorevole a impiegare campionariste cinesi perché molto abili manualmente. La Numero 9 assumerebbe africani ma solo per lavori ausiliari e di movimentazione. La 10... Alla 10 non credono molto negli africani. Nell'Azienda 11: 'Abbiamo un albanese e un somalo. Hanno un ritmo più lento nell'operare rispetto agli operai locali. L'albanese, rifugiato politico da molti anni in Italia, può affrontare anche lavori più complessi. Il somalo è migliore perché più curioso. Sono privi di qualunque cultura meccanica. Soffrono di insicurezza sociale e cercano di nascondere i loro problemi personali.' Nell'Azienda Numero 12 dicono: 'Due marocchini. Nessuna conoscenza tecnica circa il funzionamento di una macchina qualsiasi. Possono essere impiegati solo in lavori molto semplici. Nei giorni festivi si aggirano senza scopo visibile nei dintorni della fabbrica.' L'ultima, la 13: 'In tintoria impiegammo due marocchini. Uno fu licenziato perché risultato malato di TBC, l'altro perché estremamente indigente, privo di qualsiasi aiuto esterno e senza abitazione. Il suo rendimento era nullo.'"

"Ecco."

"Che si fa?"

"Come che si fa? Nulla. Che vuoi fare, presidente?"

"Guardate che questi verranno..."

"Ma no..."

"A camionate, verranno..."

"È vero."

"E che si fa?"

"Che si può fare?"

"Nulla, si può fare."

"Ci penserà il comune, quando sarà il momento, sennò che ci stanno a fare?"

"Mah..."

"Come andare di notte..."

"Ragazzi, ora torniamo a noi. Presidente..."

"Sì, perché sennò qui si fa tardi. Io li farei bollire ancora per un po'... Se mi chiedete però a quanto chiuderei, io chiuderei con un 5 per cento a gennaio, e un altro 5 per cento a marzo."

"Mi pare troppo."

"A Ivo gli ribolle qualcosa. S'è incupito."

"Sì, è vero, perché scusa, Brunero, quando senti uno che offende gli ebrei a te fa ridere?"

"Dipende dalla battuta. Se è buona, sì."

"Ah, sì, eh? Non pensi mai che potrebbero dirlo di te, invece? Che uno potrebbe offenderti così, perché gli gira, solo perché sei ebreo, e tutti ridono?"

"Ma che discorsi, Ivo, io non sono mica ebreo."

"Brunero, a volte parlare con te è come parlare con una fotografia."

"Una battuta è una battuta."

"Anche voi la pensate così? Piero? Presidente?"

"Non che... Ecco... non che mi interessi più di tanto, devo dire la verità... Anche perché io razzista non sono, ma che gli ebrei sono tirchi lo sanno tutti, no?"

"Ivo, io ti posso assicurare che i miei clienti peggiori, cioè, non i peggiori, ma i più duri, i più difficili, sono sempre ebrei. Come tutti voi, anch'io vendo a Irv Nussbaum, il canadese. Ebreo. Allora, ho preso un ordine due mesi fa, con il dollaro basso. Trentamila metri di flanella."

"Ah, allora l'hai preso te..."

"Sì. Poi insomma il dollaro è salito e ora lui mi fa i conti in tasca e mi chiede una riduzione di prezzo. Capito? Cioè, per lui è rimasto tutto uguale, ma mi fa i conti in tasca a me, questo testa di cazzo. Sta' sicuro che gli altri miei clienti americani e canadesi non mi hanno chiesto nulla, non ci pensano nemmeno."

"A me veramente sconti non ne ha chiesti nessuno, eppure di clienti ebrei ne ho tanti."

"Insomma, però, Ivo, se tu permetti, alla fine chi se ne frega. Son cose da politici, queste."

"Giusto."

"Eh, io lo so perché parla così, Ivo, perché ha una fidanzata ebrea, ecco perché..."

"Sentite, ragazzi, lasciamo perdere. Va bene?"

"Sì, ora però riprendiamo la discussione, anche perché comincia a essere tardi. Si chiude stasera o ci si ritrova la settimana prossima? Io la settimana prossima non ci sono. Tutta la settimana."

"Che vai a prendere ordini o a prendere il sole?"

"Sole, sole. A prendere gli ordini mando il mio figliolo."

"Il 5 più 5 mi pare una follia, presidente."

"Si fa come dice il presidente. Si chiude entro stasera. 5 più 5."

"No, io ho detto che si chiuderà al 5 più 5, se ci va bene, ma bisogna fargliela sudare, partire più bassi..."

"3 più 3. Per arrivare a 4 più 4 e firmare stasera."

"Ivo, te che dici?"

"5 più 5, ragazzi, ma chiudere stasera, però. Se scioperano siamo nella cacca, non si consegna più."

"Non si può sempre aver paura, Ivo, però."

"Poi però col sindaco ci parli te. Con il vescovo ci parli te, con il prefetto ci parli te."

"Ora, se si deve prendere paura di due urli e due picchetti..."

"Coi giornalisti ci parli te, allora. Perché vengono tutti sempre a cercare me, non il presidente."

"Per forza, son io a mandarli da te."

"Scusate, ma se non siamo tutti d'accordo, votiamo."

"No, Brunero, non è che non siamo tutti d'accordo. Sono d'accordo anch'io per trattare, che c'entra. Non voglio mica rompere."

"Allora? Piero, di' la tua."

"Sui picchetti c'è poco da scherzare. L'altra volta mi presero a calci la Jaguar e mi fecero cinquecentomila lire di danni. Io la fattura del carrozziere l'ho mandata alla CGIL, ma non l'hanno mica pagata."

"Facciamo un 3 più 3."

"Si rompe, Brunero. Col 3 più 3 si rompe. Chiedono il 12. Il 6 non lo giustificano alla base."

"Vogliamo fare una riunione ristretta?"

"Non capisco perché."

"Io la farei."

"Che dice lo Starna, Piero?"

"Inter nos, mi ha detto che il 6 non lo giustificano. Ma neanche il 10. Vogliono il 12. Hanno già litigato tra loro, in ristretta."

"Perché fare una ristretta quando siamo tutti qui..."

"Perché a volte le ristrette servono, Brunero. Chi è convocato in ristretta si sente più importante... Dico di loro, non di noi, noi siamo tutti importanti uguale, ci mancherebbe..."

"Sì, ma scusa, presidente, siamo in quattro, la ristretta chi è? Uno solo? Due?"

"No, si va io e Ivo. Ti va bene, Ivo?"

"Mah. Veramente la ristretta non è che mi garbi tanto."

"Ivo? Perché Ivo? E poi, scusate, cosa andrebbe a offrire, la ristretta?"

"Facciamo un giro di tavolo. Ognuno dica la sua."

"Allora. Propongo che, se proprio si deve fare la ristretta, si parte dal 3 più 3 per offrire il 4 più 4, cioè 4 per cento a febbraio, 4 per cento a maggio, anzi no a settembre, quando cala il lavoro. Va bene?"

"Facciamo così. Tutti d'accordo?"

"Sì."

"Ivo?"

"Prova pure, ma così non si chiuderà mai."

"Vo a sentire."

"Vedrai che la ristretta non gli va bene."

"Infatti, le ristrette non hanno senso."

"Soprattutto quando non partecipi te, vero Brunero?"

"Che vuol dire codesta cosa?"

"Nulla, nulla..."

"Te pensa a non infangare il nome della nostra famiglia con quei discorsi da bischero."

"Brunero, sta' attento..."

"Attento a che?"

"Allora dice che la ristretta non va. Dice che loro sono già una ristretta."

"Ma se sono otto."

"Ragazzi, non so che dirvi... Dice lo Starna che la ristretta no."

"Allora torniamo di là. Duri. 3 più 3. Al limite si arriva al 4 più 4. Va bene?"

"Va bene."

"Allora, signori, noi ci siamo riuniti di là proprio per vedere di concludere questa trattativa che ormai è durata anche troppo. In deroga alle deleghe date a questa commissione dal consiglio direttivo, io mi prendo la responsabilità di offrire un aumento di tariffa del 3 più 3. 3 a febbraio, 3 a settembre."

"Ecco, ora il presidente dell'Unione ha le deleghe..."

"No, come 3 più 3?"

"Saremmo felici se la vostra commissione venisse in trattativa almeno con la delega di essere realistica."

"3 più 3?"

"Non è nemmeno l'inflazione..."

"Andiamo via, Calogero."

"Vi assumete voi la responsabilità di avere interrotto la trattativa."

"Ma che trattativa è questa? 3 più 3? Via, non è serio. Noi si e chiesto il 12 per cento da dicembre. Noi si è ottenuto dai nostri iscritti la delega a chiudere al 12 dopo che si è fatto di tutto per non farli rompere... Perché a dirla tutta sono molto incazzati... e poi è la struttura stessa delle tariffe a dover essere cambiata, c'è tutto uno studio nostro sulla perdita di produttività che prima o poi andrà discusso, e santo Dio..."

"Sì, sì, discutiamo, discutiamo. Intanto la settimana scorsa ho visto un tessitore che lavora per me a fare shopping sulla Quinta Strada..."

"Non scherziamo, Brunero, per piacere."

"No, l'ho visto davvero. Entrava da Tiffany, il signorino, e non era con la moglie, ma con una stanga bionda che non finiva più."

"Che cos'è la Quinta Strada?"

"Tiffany?"

"O chi è, codesto?"

"Ma Tiffany non è un bar? Che male c'è ad andare a prendere un caffè... Non capisco."

"Sarà uno che gli somiglia."

"No, scusate, ma questo discorso cosa vorrebbe dire, a questo punto?"

"Vorrebbe dire che proprio alla fame non siete, ecco, non c'è una fila di tessitori davanti alla Caritas."

"Perché voi ci vorreste alla fame? Siete sicuri che sia nei vostri interessi?"

"I nostri interessi, se permette, si difendono da noi."

"Anche i nostri, però, anche i nostri."

"A me mi sembrano novelle..."

"Signori, si va allo sciopero. Per il culo non ci dovete pigliare. Vi si dice già quando, il 20 novembre. E poi si farà un calendario di ulteriori agitazioni. Stavolta si scatena l'inferno..."

"Ora uno non può andare a fare colazione dove gli pare... Ma qui s'è perso il capo..."

"Noi con il 3 più 3 si è già fatto un grosso sforzo. C'è la crisi, ragazzi."

"O Brunero, ma non ti vergogni? Ma quale crisi?"

"Ora forse no, ma è all'orizzonte. Potrebbe venire. Bisogna essere prudenti. Il futuro non lo sa nessuno."

"Sì, io lo so come sarà il futuro. Te avrai sempre il Mercedes e io l'Ape."

"Calma, ragazzi..."

"Come, ragazzi? Non siamo più ragazzi da tanto, Ivo. Né io né te."

"E domani leggete i giornali, mi raccomando, perché parleranno di voi."

"Scusate, posso dire una parola?"

"Capito, Brunero? Mentre salite nelle vostre Mercedes da cento milioni, leggete i giornali domattina, vi fischieranno gli orecchi, e poi qualcos'altro..."

"Sentiamo il Barrocciai... Ragazzi... via, un po' di silenzio. Calogero, per piacere! Vai, Ivo, parla."

"Capito, mentre ci superate in tromba sulla tangenziale, a noi che siamo sul camion a portare in giro le vostre pezze, Dio Madonna..."

"Calogero! Via..."

"Allora, ragazzi... Mi rivolgo sia ai componenti della mia commissione dell'Unione sia a voi degli Artigiani... Io credo che nessuno voglia scioperare per sport..."

"Che discorso è codesto? Chi sciopera per sport?"

"Si parte male, Barrocciai."

"Zitto, Moreno. Fallo parlare."

"Grazie, Franco. Credo che per voi lo sciopero debba essere l'arma ultimativa... e che da parte nostra ci debba essere anche un po' di realismo, ragazzi. Anche te, Brunero, via..."

"Che vuol dire codesto discorso?"

"Allora io, davanti al presidente dell'Unione, senza nemmeno averlo informato prima, mi prendo la responsabilità di far compiere un passo avanti alla trattativa. Se l'offerta è accettata, bene. Se no, abbandono la commissione perché sono sicuro che con questa offerta mi sto spingendo oltre a quanto certi miei colleghi, e parenti, offrirebbero."

"Ivo..."

"Fammela fare. Se va bene, bene, sennò vuol dire che sono un imbecille, e allora torno in fabbrica, perché avrei anche da fare."

"..."

"Allora, io offro, come Unione, il 5 più 5, senza ulteriore trattativa. 5 per cento a gennaio, 5 per cento a marzo, anzi ad aprile."

"No! Nemmeno per idea!"

"Eh, no, allora cosa ci si sta a fare, noi, qui... E poi, scusa, cosa credi, che noi non si ha nulla da fare in fabbrica?"

"Come? Il 5 più 5? Non basta!"

"Come Artigiani Uniti noi... Ecco, noi... la nostra posizione non può cambiare, certamente, questo è da escludere... Possiamo riunirci da soli per qualche minuto?"

"Riuniamoci, Starna, ma ti ricordo che si ha una delega per chiudere al 12 per cento da subito, cioè da dicembre, e solo quella... Non è che si sia autorizzati a fare altro."

"Ivo... non si fa così, qui c'è una commissione..."

"Ivo, scusa, ti vorrei parlare... Scusate, noi ci si sposta un attimo di là, voi proseguite pure a discutere qui... Scusate, noi si torna subito. Ecco, venite. Ivo, ascoltami, ragazzo mio, tu hai fatto un passo un po' troppo lungo."

"Presidente, allora ritira la proposta e dimmi che sono un imbecille e buttami fuori dalla commissione."

"No, parla piano, stai calmo, facciamoli cuocere... Io dico che l'accettano... È che tu sei stato un po' impulsivo, si vede che è la prima volta che partecipi a queste trattative... Lo sai che una volta ci volle un mese di riunioni, tutti i giorni?"

"Presidente, ho capito, ma io vedo la soluzione a portata di mano con il 5 più 5."

"Presidente, scusa, io invece non credo... E poi non sono d'accordo con Ivo, lui non mi rappresenta, né me né la mia azienda... Questi aumenti... E poi non erano questi i patti, s'era detto 4 più 4."

"Sei il solito cacadubbi. Tanto lo sapevo. Avessi detto l'1 più 1 sarebbe stato troppo anche quello."

"Ah, perché io allora non sarei obiettivo?"

"Te d'obiettivo non conosci nemmeno quello delle macchine fotografiche, bischero!"

"Ragazzi, non facciamo scenate... Brunero, calmati. Ivo, anche te. Stiamo qualche altro minuto. Via, alla fine il 5 più 5 non è male, forza. Ci si può stare."

"Ma non si fa così a fare le trattative, via..."

"No, perché dire le cazzate sui tessitori che entrano da Tiffany con la ganza è una cosa da grande negoziatore?"

"Chi è quel genio che ha detto che Tiffany è un bar?"

"È uno nuovo, lo Scassolini, di Vaiano, non l'avevo mai visto prima, ma ha messo una bella tessitura in vallata... L'ho vista la scorsa settimana, venti telai Sulzer nuovi."

"Oh, io l'ho visto davvero il Mercatanti, sulla Quinta Strada. Poi, proprio da Tiffany non entrava, e la ganza bionda non ce l'aveva, però i soldi li hanno fatti, eh, i signori tessitori, cosa credi? Qui a Prato i soldi li hanno fatti tutti, capito? Tutti. Il figliolo del mio portiere di fabbrica, del portiere, dico, va in viaggio di nozze in Messico, ad Acapulco, e ci sta due settimane. Non so se mi sono spiegato. Lascia parlare me, Ivo, dammi retta, lo so io come parlare con questa gente."

"Brunero, sia chiaro, te non mi puoi insegnare nulla, capito?"

"Perché? Sentiamo..."

"Perché fo il doppio del tuo fatturato, ecco perché. E te sei un invidioso. Sei sempre stato invidioso."

"Per forza, tu rubi i clienti! Disonesto, Dio bono... È un parente che mi ruba i clienti, neanche i nemici peggiori..."

"Oh..."

"Ragazzi..."

"Oh... oh..."

"No, via..."

"Basta!"

"Ragazzi, basta ora."

"Un'altra parola e ti pigli un ceffone, Brunero. Giuro su Dio."

"Non giurare su quello, insomma, su ciò in cui non credi! Non giurare sulla religione dei tuoi padri, che poi tu sbugiardi per divertimento! Ateo!"

"Imbecille!"

"Piero, mettiti in mezzo... Ragazzi..."

"Cretino, Dio bono."

"Ragazzi, per favore..."

"Io dico che avranno anche sentito. Presidente, che si fa? Io non mi fido a lasciarli soli, questi due."

"Non ti preoccupare, Piero. Non lo tocco nemmeno con un bastone, questo meschino invidioso. Invidioso!"

"Sbruffone! Disonesto! Traditore!"

"Brunero, ora basta, per piacere."

"..."

"..."

"Allora. Si torna di là?"

"Aspettiamo qualche minuto. Rilassiamoci un attimo."

"Presidente, scusami ma bisogna proprio che io torni in fabbrica tra poco."

"No, perché noi siamo dei mentecatti che si ha tempo da perdere, secondo te..."

"Brunero falla finita, sennò si rompe la parentela."

"E rompiamola. Chi se ne frega."

"Brunero, parli sul serio o vagelli come sempre?"

"No, no, parlo sul serio. A me d'essere parente tuo m'è sempre parso un peso sulla testa, è bene che tu lo sappia."

"Brunero, non mi far parlare di pesi sulla testa..."

"Come? Che ha detto?"

"Una parola è poca e due son troppe. Lasciamo stare..."

"No, no, parla, parla..."

"Ragazzi... via... non si litiga così per una trattativa con gli artigiani, su..."

"È lui, presidente..."

"No, sei te..."

"Ragazzi. Siamo all'Unione, non siete a casa vostra. Ora basta. Vi chiedo di farla finita. Per piacere."

"..."

"..."

"Torniamo di là e sentiamo cosa dicono. Se non ci stanno, si aggiorna a domani."

"E se vogliono rompere?"

"Si rompe, e festa finita. Si starà a vedere."

"Mah, io non romperei... Non è nel nostro interesse."

"Andiamo, e vi raccomando, anzi vi prego, di stare tranquilli, tutti e due. Va bene?"

"..."

"Ivo?"

"Sì."

"Sicuro?"

"Presidente, per me non c'è problema. Andiamo."

"Allora, signori? Che ne dite della nostra proposta?"

"Allora noi abbiamo una dichiarazione da fare. Perché Loriano della CTOA è appena arrivato e ci ha portato dei nuovi documenti."

"Ecco, ora invece di otto siete nove, a questo tavolo. Tra poco si fa una squadra di calcio..."

"Siamo quanti si deve essere, signor presidente, lei non si incarichi. Parla, Loriano."

"Ecco, noi vorremmo sapere perché il signor Barrocciai Ivo della Barrocciai Tessuti, come risulta da queste fatture in nostre mani, ha già accordato ai tessitori che lavorano per lui un aumento del 15 per cento a partire da gennaio."

"Come?"

"Perché a questo punto noi non si capisce più la strategia che sta dietro a questo atteggiamento. Perché se l'aumento lo può dare lui, che certo non vende a peso d'oro, allora lo pos-

141

sono dare tutti gli industriali, piccoli o grandi. E proprio per questo è incomprensibile che abbia fatto quella proposta di poco fa, perché di fatto si autodanneggia. Noi non si capisce."

"Roba da ridere..."

"Ivo..."

"Spiegatemi perché tutti i tessitori di Prato dovrebbero avere il 5 più 5, cioè il 10, quando i suoi tessitori, cioè quelli che lavorano per lui, mi correggo, scusate, hanno già in tasca il 15 per cento di aumento."

"Ivo..."

"Forse lei, Barrocciai, mira a indebolire la nostra autorità come soggetti preposti alla trattativa..."

"Ecco, è vero, vuol sempre dare lezioni a tutti, lui."

"Ivo..."

"O forse con questi aumenti oggettivamente fuori mercato cerca di coprire qualche magagna della sua azienda..."

"È il più bravo di tutti, lui..."

"Non vorrei che sotto sotto ci fossero degli interessi di natura... diciamo non propriamente industriale, ecco."

"Che cosa vuol dire codesto discorso?"

"Nulla, nulla..."

"No, spiegati, se hai coraggio."

"Brunerino, non ti scaldare."

"Voglio dire... che ci potrebbero essere delle ragioni diverse, ecco, diciamo di origine... religiosa..."

"Hai visto, è arrivata anche a loro, la voce... bischero! Imbecille! Noi non siamo ebrei! La mia famiglia non è ebrea, e nemmeno la sua! Noi siamo di Prato, capito?"

"Per piacere, torniamo all'oggetto delle nostre trattative... Le differenze religiose non ci devono interessare... Anche te, Loriano, facevi meglio a stare zitto."

"Noi siamo di Prato, come ve lo devo dire, non si può essere ebrei se siamo nati a Prato!"

"Ha ragione lo Starna. Scusa, Ivo, ma almeno le posizioni di chi sta in commissione dovrebbero essere unite, o perlomeno coese, ecco, come si dice, ma se poi ognuno fa come gli pare..."

"Lei, Barrocciai, capirà certo che a questo punto noi, anche volendo, e di certo non vogliamo, la sua proposta di prima, quella del 5 più 5, non possiamo più accettarla."

"Ecco, bravo furbo."

"Con quale coraggio si andrebbe poi dai nostri iscritti a raccontare che si è ottenuto meno di quello che dà lei?"

"Ivo, francamente non ti capisco neanch'io. Ti prego di spiegare a tutti."

"Presidente, signori degli Artigiani, se mi fate spiegare..."

"Ecco, bravo, spiega, perché qui non ha capito nulla nessuno... Il 15 per cento, roba da matti..."

"Allora, prima di tutto io non infrango nessuna legge se do di più ai miei tessitori."

"Lei però non è *legibus soluto*, Barrocciai..."

"Non so icché vuol dire codesto discorso, Starna, fammi finire. Se fo male a qualcuno, fo male a me, anzi ai miei bilanci, perché io credo nella libertà individuale. Sono sempre stato un liberale."

"E questo che c'entra?"

"C'entra, perché se non fo male a nessuno, posso fare come mi pare, no? Se non danneggio nessuno..."

"Ma Ivo, scusa, qui tu rappresenti l'Unione, parli a nome dell'Unione, non della tua ditta."

"Appunto, presidente. Per l'Unione lotto sul 10, nella mia ditta do il 15."

"Ma perché?"

"Come perché? Ma è chiaro, si vede che guadagna troppo, il signorino. Mi paiono discorsi da comunista, codesti."

"Comunista io?"

"Sì, questi son discorsi da comunista."

"Scusi, signor Brunero, e anche se fossero? Perché il Barrocciai Ivo non potrebbe essere comunista come tanti di noi artigiani? Che male c'è? E poi ce n'è tanti di comunisti tra gli ebrei..."

"Lui non è ebreo! Io non sono ebreo! Accidenti a te!"

"No, accidenti *a te*!"

"Qui però viene fuori una pregiudiziale politica da parte vostra... Devo dire che non me l'aspettavo..."

"Ma no, ma quale politica..."

"O Ivo..."

"Macché comunista, io sono un liberale. Sono per Montanelli. Ma davvero non capite? Davvero?"

"..."

"Che c'è da capire?"

"Io... Voi non li conoscete i miei tessitori... È gente che se glielo chiedo lavora anche di notte, anche le domeniche. Li conosco tutti per nome, mi invitano alle comunioni dei loro figlioli, e anche se poi non ci vado mai..."

"Per forza non ci va mai alle sacre comunioni..."

"Che hai detto, te?"

"Nulla."

"Insomma, più che collaboratori siamo amici..."

"Questo è paternalismo puro. Inaccettabile."

"E per forza ti lavorano anche di domenica notte, a codeste tariffe lavorerei anch'io. Povero Ivo..."

"Questo è un tentativo di sostituire ai normali rapporti di lavoro un... Non so come chiamarlo, perché è ancora più del paternalismo, è un qualcosa che... Peronismo, ecco, è peronismo puro."

"Chìe? Che ha detto?"

"Ma come..."

"Qui si cerca di spezzare l'unità della categoria degli artigiani. Qui si parla di figli preferiti e figli negletti. Sembra un atto di riconoscenza il suo, Barrocciai, ma in realtà c'è sotto qualcosa di poco sano, di dirigista, di... di autoritario, di oscuro, lasciatemelo dire, su, di semita, e voglio dirla tutta, anche di protocollare."

"Come?"

"Sì, e vedo che il Barrocciai ha capito."

"Te come ti chiami? Lodano, Doriano, sei un imbecille."

"Come ti permetti! Io ti ho capito, sai? Posso citare a memoria: *Per impadronirci della pubblica opinione dovremo innanzitutto confonderla al massimo grado mediante l'espressione da tutte le parti delle opinioni più contraddittorie, affinché i Gentili si smarriscano nel labirinto delle medesime!*"

"Icché dice, Loriano?"

"Loriano, ma che hai bevuto?"

"No, amici, compagni, io non ho bevuto. Anzi, sono sobrio come mai in vita mia! E ho citato a memoria dal quinto protocollo dei *Protocolli dei Savi di Sion!*"

"Chìe?"

"Icché dice?"

"Te tu sei un nazista!"

"Come? Icché?"

"E te un sionista, Barrocciai!"

"Madonnina santa, guardate ora icché gli ha scatenato, questo cretino... Il nostro nome nel fango..."

"Loriano, ti espulgo... No, ti espello dalla nostra commissione. Noi artigiani non si fa differenze né politiche né religiose. Fuori! Fuori!"

"È una vergogna! Vattene, fascista!"

"Io non ho capito nulla."

"Ma icché succede? Che ha detto Doriano?"

"Mah. Credo fosse una poesia."

"Gente da basto e da galera, gente in cui fa notte avanti sera!"

"Ma chi gli è quello arrivato ora? Questo Doriano?"

"No, Doriano, Loriano. Gli è il figliolo del Settepassi."

"Ah..."

"Quello che bevve l'acetone da bambino."

"Fascista, io? E perché? Perché ho messo in guardia tutti? Non è giusto, non è giusto! E comunque non faccio fatica a chiedere scusa. Scusatemi, ritiro la parola."

"Roba da matti!"

"Se ritira, può rimanere, no?"

"Sì, ma deve stare zitto."

"Ivo, non ti capisco neanch'io."

"Davvero, presidente? Non mi capisci neanche te?"

"Ivo, ci hai un po' messo in difficoltà... Ti parlo apertamente, davanti a tutti: tu sai che questa commissione è stata fatta in questo modo per rappresentare un po' tutta la produzione di Prato. C'è chi fa il prodotto fine, chi gli articoli più ordinari, ma in questa sede noi si tratta per tutti, capisci? C'è anche chi lavora con margini diversi dai tuoi, e un aumento del 15 per cento non lo può dare."

"Ma presidente..."

"Ivo, devi capire che con il successo che hai avuto sei un esempio un po' per tutti."

"Sì, bell'esempio del cazzo."

"A te non ti rispondo neanche."

"Allora, abbiate pazienza, scusate signori, ma a questo punto noi con chi si tratta? Perché con queste pantomime non si sa più a chi guardare. Noi si vuole il 12 per cento da gennaio, come da delega della nostra assemblea del 22 settembre scorso. Altrimenti il tavolo si rompe, e ognuno starà alle conseguenze."

"Ora noi abbiamo un problema al nostro interno che dobbiamo risolvere..."

"Presidente, scusa, ma io credo di essere nel giusto. Nella mia azienda fo come mi pare, e non accetto lezioni da nessuno. E soprattutto i miei telai non si devono fermare, lo dico chiaro a tutti."

"Bischero, non si fa industria col culo strinto."

"Ma vaffanculo."

"Ragazzi..."

"No, presidente, ora parlo io. Signori, il 12 per cento di aumento per noi è inaccettabile. Se volete rompere, rompete."

"Ecco, perfetto, bravo Brunero, allora si rompe, perché per noi a questo punto non è più valido nemmeno il 5 più 5 proposto prima dal Barrocciai."

"Presidente..."

"Non è mai stato valido, Starna."

"Ma che siamo a *Oggi le comiche*? A questo punto, mi chiedo se la vostra commissione non solo abbia titolo ora, ma l'abbia mai avuto, per parlare..."

"La nostra commissione non..."

"Presidente!"

"Ivo, scusa ma..."

"No, presidente, guarda, fammi parlare. Si fa così. Per togliere tutti dall'imbarazzo io mi dimetto da questa commissione, ora, seduta stante, e la mia ditta uscirà dall'Unione oggi pomeriggio: scriverò la lettera appena rientro in fabbrica. Io non mi riconosco più né in quello che dite né in voi né in nessun altro. Da oggi in poi farò come mi pare. Tanto son sempre stato un individualista."

"No, aspetta Ivo..."

"Sai che perdita. Ciao, individualista dei miei coglioni..."

"Madonna di Dio!"

"Non bestemmiare, miscredente!"

"..."

"Ivo!"

"Signor Barrocciai!"

"Aah!"

"Fermo!"

"Ivo, sei impazzito?"

"Non ci credo."

"E ora fammi causa, mentecatto. E becco, Dio Madonna!"

"M'ha rotto il naso!"

"Il naso."

"Un'ambulanza!"

"Chiamate un'ambulanza."

"Bada lì!"

"Brunero, l'hai rotto."

"Lo so, cazzo. Me lo sono già rotto una volta, vaffanculo..."

"Incredibile! Tutto m'aspettavo, fuorché questo... Da quando gli ebrei sono violenti?"

"Si vede tra loro, sì..."

"Eh, ragazzi, ne ho di cose da farvi leggere..."

"Gli ha proprio rotto il naso..."

"A questo punto i lavori sono sospesi... Credo..."

"Non sarebbe stato più normale picchiarsi tra noi e loro?"

"Scusate signori, ma a questo punto ci si aggiorna a domani... Qui, alle tre... Brunero, non te lo toccare. Ti sanguina."

"Mah."

"Parenti serpenti, dicono."

"Come m'ha chiamato, quel delinquente?"

"Qualcuno ha un fazzoletto?"

"Non te lo toccare, Brunero."

FUORI

"Ivo?"

"Sì?"

"Allora, dove sei?"

"Fuori."

"Vanno bene il brodo e la fettina arrostita per cena?"

"No, son fuori a cena."

"Ah."

"E sono fuori anche a dormire."

"A dormire? E dove tu vai a dormire?"

"Deanna, se permetti son fatti miei."

"Ah."

"..."

"E... scusa, ma cosa vorrebbe dire andare via con le valigie?"

"Nulla..."

"Forse è roba da dare alla Croce Rossa, Ivo?"

"Sì."

"Ah, ho capito."

"Allora ciao."

"Ma davvero non torni a dormire?"

"No, te l'ho detto."

"E nemmeno a colazione domattina?"

"Per bere un altro caffè come quello di oggi? Nemmeno per sogno!"

"Mah..."

"Via, Deanna, ora ti devo salutare."

"Allora vuol dire che la fettina te la tengo per domani a pranzo, va bene? Non la voglio buttare via. È anche peccato."

"O brava, tienimela per domani. Via, ciao."

"Ivo?"

"Che?"

"Dimmelo, 'A domani'."

"A domani."

"Va bene. Allora ciao."

"Ciao."

STANOTTE

Mi sveglio perché ho sentito un dolore veramente forte. Non è la fitta di ieri, e non è il bruciore vago dell'altro ieri. È un dolore continuo, in basso, alla pancia. Provo a far finta di nulla e riaddormentarmi, ma non è possibile. Non ho mai sentito un dolore così. È profondo, cattivo. È una cosa aliena. Non c'entra con me e con il mio corpo. È come avere un animale dentro. Si calma, e subito riparte. Mentre trattengo il respiro mi accorgo che non viene fuori da un punto preciso. Parte dalla pancia, sì, ma mi sento come se fosse tutto il corpo a soffrire, e il dolore potesse uscir fuori solo dall'ombelico, come un geyser. Mi ritrovo coperto di sudore freddo, nel buio totale della camera, invaso dal terrore. Deglutisco, respiro con affanno, mi lamento, stringo i pugni, mi metto a piangere, perdo il controllo, dico a voce alta che ho sbagliato a non dar retta ad Augusto e non fare la chemio, anzi devo iniziare subito, domattina, o sentirò questo dolore tutte le notti e poi sarà sempre peggio e lo sentirò anche tutti i giorni, tutto il giorno, mentre la chemio potrebbe rimandarlo o bloccarlo, e un giorno per me è come un anno per un'altra persona, un altro giorno potrebbe essere un tesoro, una benedizione, un giulebbe. Mi esce dalla gola una specie di lungo ringhio che non ho mai fatto prima, forse è questo *il momento*, forse sto morendo, qui, ora... Il sudore mi scende a fiotti dalla fronte e ho un improvviso sbrilluccichio negli occhi, sto morendo, adesso, solo come un cane, senza poter dire più nulla a nessuno, senza poter fare più nulla, sto morendo e non sono pronto e non voglio morire, strizzo gli occhi, mi metto a frignare, mi strappo i capelli, gemo, guaisco, il dolore mi apre la pancia, mi sbrana, mi sforzo di aspirare più aria possibile, a bocca aperta; voglio, debbo riempirmi i polmoni, una, due, tre volte, espiro fiatate forti e lunghe, lo sguardo mi si riempie di amebe, e non vedo nulla, ora muoio, *muoio*, inspiro con tutte le forze, e mi si gonfia il torace a dismisura, espiro così forte da far sbattere come una vela il lenzuolo teso tra le mie ginocchia; mi gira la testa, svengo, ora svengo e muoio, il cuore mi batte nelle tempie come i tamburi dello stadio, non sono mai stato così male in vita mia, muoio davvero, ora; e poi di colpo il dolore cala, rallenta, è un miracolo, sta calando, e mi attacco esultante al ritmo orrendo che mi sfonda i timpani, provo a rallentarlo, a controllarlo, ad allungare il mezzo secondo scarso che passa tra un battito e l'altro, allargarlo, estenderlo, tirarlo con le mani, e sento che sto conquistando spazio e tempo, pian piano, pian piano, non esiste altro, solo questo tamburo che devo allontanare, invisibile, malvagio, e ce la faccio, forse ce la faccio, perché il respiro si calma e le amebe se ne vanno; il dolore c'è ancora ma almeno non aumenta, rimane lì, immobile, allo stomaco, ora è continuo e secco come una colica, non di più, e mi dico che forse posso sopportarlo fino a domattina, quando chiamerò Augusto e mi dirà cosa devo fare; e il tamburo ora è più lontano, bastardo, è tornato nella foresta, se ne sono andati, i selvaggi, sono scappati, li ho fatti scappare; forse è passata perché mi preoccupo di asciugarmi col lenzuolo le lacrime e il sudore sulla schiena, sulla faccia, sulle gambe, forse è passata, mi allungo sul letto e a tentoni trovo l'interruttore, vicino al comodino, lo premo e si accende la luce ed è subito un enorme miglioramento, perché non galleggio più in un orrore nero. Sono nella camera spoglia di quell'agriturismo misero dove siamo finiti per disperazione Caterina e io, ieri sera. Quando mi rimetto seduto sul letto vedo che le coperte sono mézze di sudore e davanti a me, affastellati come bastoncini dello shanghai, una dozzina di capelli grigi che mi sono strappato. Decido di provare ad alzarmi in piedi, e scopro che mi riesce. Il dolore c'è sempre, ma intanto sono in piedi, ecco. Mi piacerebbe aprire la finestra, annusare la notte, ma è troppo lontana. Faccio un passo verso la televisione, la accendo premendo lo stesso pulsante che avevo schiacciato prima di addormentarmi, perché non riesco mai a dormire se vedo nel buio quella lucina rossa. Ci mette un po' di tempo, poi assolve dal nero la faccia di Berlusconi che allarga le braccia benedicente dal suo podio, dietro di lui il cartellone con l'azzurro del cielo e le nuvole, e gesticola, scandisce parole che non sento, aggrotta le sopracciglia severo – certo invece di venderci le cazzate dei miracoli poteva dirci, Guardate ragazzi, voi votate come credete ma noi italiani non si conta un cazzo, mandateci pure a Strasburgo ma quando saremo là non faremo che mangiare tartufi e bere Chateau Margaux e chiavare le puttane perché altro non si può fare, e sappiate che il lavoro andrà comunque dove costa meno, tutto il lavoro, non solo le radioline e gli accendini e le coperte e le ciabatte, entro qualche anno tutto il lavoro di manifattura se ne andrà, e voi industrialini di provincia con le vostre fabbrichette e le vostre villette al mare con le bougainville e i figliolini biondi con le Lacoste, preparatevi, perché tra poco comincerete a perdere soldi e a licenziare gli operai, e poi chiuderete, e voi operai iniziate da subito a guardarvi in giro per un posto da garzone nei centri commerciali, sennò saranno cazzi. Poteva dircelo, invece di tenerci per anni a sentir gente occhialuta in giacca e cravatta che ragionava in televisione di federalismo e delle carriere dei giudici e del conflitto di interessi e delle televisioni. Che cazzo ce ne fregava a noi che diventavamo più poveri giorno dopo giorno, dei giudici e delle televisioni? Zero. Ce ne fregava zero. E anche dell'Europa e dell'euro, Dio Madonna! Subito dal primo giorno si è cominciato a stare peggio, a essere più poveri, e non voglio sentire ragioni, e che nessuno si provi più a salire in cattedra a spiegarmi che invece è stato meglio, l'euro, per l'Italia, perché gli rompo il naso, ver'Iddio, a questi campioni di buonsenso, questi apprendisti stregoni che si sono messi il cappello da mago per creare il Grande Progetto come se il Mondo avesse una storia, come se andasse da qualche parte, come se ci fosse una Via, il Bene, come se ci fosse il Progresso, come se esistesse un Dio. Illusi! Perché nella storia non è mai successo che un popolo si spogliasse della sua ricchezza per darla agli altri! Ah, se potessi tornare nel passato con un branco dei miei operai e andare a pigliarli a bastonate sul groppone, questi ciccioni sorridenti, creatori di un immenso mollusco senza esercito e con migliaia di deputati che va da Capo Finis Terrae a Vladivostok e unisce popoli che non vogliono stare uniti e non hanno nulla in comune e dibattono all'infinito di cazzate e si odiano a morte per ragioni vecchie di secoli e comprano prodotti fatti altrove, perché le nostre industrie sono in rovina, tutte, e noi *europei* non siamo che una massa di consumatori attaccati all'ultimo euro rimastoci dai tempi in cui si guadagnava e lo stato pagava le pensioni: un branco di pacifisti, di persone colte e intelligenti e sensibili, con il ditino alzato, la mente aperta e il culo rotto, perché se c'è una cosa certa nel mondo è che ce l'hanno messo nel culo, e noi zitti, e allora vuol dire che ce la siamo meritata la nostra sorte di merda, se ora i nostri ragazzi sono tutti garzoni di supermercato e custodi di musei e camerieri e DJ, se siamo diventati un popolo di pagliacci e di buffoni e di falliti, noi che s'era l'Italia!

E come ci prendevano per il culo sui giornali con quelle cazzate dei cento milioni di cinesi ricchi e che scemi eravamo a non andare a vendere a loro, suvvia, o a non trasferire in quattro e quattr'otto le nostre fabbriche là. Che babbei, che tonti a piagnucolarci sempre addosso e non sfruttare l'*enorme mercato globale* che si apriva, a non capire le *enormi opportunità*, e mentre ogni giorno si perdevano ordini e quote di mercato ci si sentiva davvero scemi e tonti e poco intelligenti e poco coraggiosi, dei veri uomini di merda, a non indebitarsi fino all'inverosimile approfittando dei tassi d'interesse bassissimi per *aprire una ditta in Cina*, e si pensava molto semplicemente che forse non eravamo mai stati davvero bravi, che ce l'eravamo suonata e cantata, la storia del Made in Italy, che avevamo guadagnato finché era stato facile e poi quando il gioco si era fatto duro avevamo perso, noi italiani, che era finita l'Età dell'Oro, e si ragionava della piccola e media industria come di un impero e ci si struggeva di nostalgia per i bei tempi andati e ci si diceva che gli imperi nascono ma muoiono anche, e ora eravamo in decadenza, c'era poco da fare, vicini alla morte, e si leggeva Carlo Cipolla e ci si sfregava gli occhi perché sembrava che parlasse proprio di noi quando ci ammoniva che *negli imperi maturi erano destinate a svilupparsi le mode e le licenze più stravaganti*, che *più un impero maturo è fiero della propria eredità culturale, più è emozionalmente difficile per la sua gente evolvere verso nuovi modi di essere e di fare le cose, sotto la pressione della concorrenza esterna e di crescenti difficoltà*, che *finché un impero è fiorente, i suoi membri mostrano una forte tendenza a illudersi riguardo alla sua speranza di vita*, e mentre leggevo, di notte, a letto, da solo in quella casa enorme, con il pigiama a righe e gli occhiali da vista – mi mancavano solo la candela e la papalina – annuivo che era vero, verissimo che *mentre c'è un minimo di bisogni umani al*

155

di sotto del quale la vita è impossibile, non esiste praticamente un limite superiore, e che *non appena vengono soddisfatti gli antichi bisogni, la gente si dà a battersi istintivamente e irreversibilmente per maggiori consumi, che a loro volta creano incessantemente nuovi bisogni, non importa quanto artificiali, disordinati o addirittura nocivi essi siano*, e non mi riusciva di prendere sonno e mi rigiravo nel letto e mi dicevo che doveva esserci un modo per tornare indietro, per ricostruire quello che era stato distrutto, bastava fare un passo alla volta, riaccomodare tutto, pian piano, con la colla, le garze, le toppe, e poi ricordavo che questa era una delle cose che si illudeva di fare Gatsby quando voleva ritornare a essere il fidanzato di Daisy, rimettere le cose com'erano prima, e poi pensavo che Gatsby era innamorato di una Margherita e io di una Rosa, eravamo uguali anche in questo, e confuso e cullato prendevo sonno, finalmente. Mentre guardo Berlusconi vagellare senz'audio penso che non ha mai ascoltato né me né la gente come me, ci ha illusi, traditi e poi venduti. Sorride, allarga le braccia, lo applaudono, allora spengo la televisione e rimango qualche secondo al buio, a occhi chiusi. Mi scopro a digrignare i denti per la tensione e mi dico che mi devo rilassare, stare calmo. Il dolore ora è sottile come un taglio. Potrei provare ad andare in bagno, ma mentre mi volto per farlo il dolore aumenta all'improvviso e mi devo rimettere seduto sul letto per vedere se a stare tranquillo si calma, e per qualche secondo mi sembra di sì, cioè se resto fermo e buono il dolore sta fermo e buono anche lui, e allora esiste un modo per venirci a patti, c'è una causa e c'è un effetto, è come le altre cose della vita, insomma, ma non faccio in tempo a rallegrarmene che lui riparte forte, all'improvviso, fortissimo, e in qualche modo si espande dentro il mio corpo fino alla schiena, mi agguanta i polmoni e li stringe, e non respiro più. Poi smette di colpo e mi ritrovo sdraiato sul letto, ripiegato su me stesso, ansimante, gli occhi pieni di lacrime.

Va bene. Ho capito. Ora basta. Mi alzo, barcollo fino in bagno, mi fermo davanti allo specchio. Prendo la scatola dei cerotti. C'è scritto BORAGENIC. La apro e ne tiro fuori uno, solo che non è un cerotto: è qualcosa che non avevo mai visto e che somiglia solo vagamente a un cerotto. È grande, trasparente, con un gel blu al posto della garza dei cerotti normali. È quasi bello. Sembra una cosa del futuro. Bene. Il dolore riparte e ricomincio ad ansimare, poi si ferma di nuovo. Sono davanti allo specchio. Mi guardo. Dall'ultima volta mi sembra di essere sia ingrassato sia dimagrito. Ho la schiena incurvata e irta di peli d'orso, un ventre che pare una palla medicinale, le braccia secche come bacchetti e avvolte da una pellaccia pendula, il fegato così gonfio da sporgere, le mani punteggiate di macchie marrone e solcate da orribili vene scure. Mi torna in mente quando da bambino giocavo con la nonna a tirarle la pelle del dorso delle mani e mi preoccupavo quando la lasciavo e non tornava giù, e lei rideva e mi diceva, Bischero, da vecchio avrai anche te la pelle così, e mentre la sento ridere il dolore riparte, più cattivo che mai, e allora prendo il cerotto e lo attacco subito sotto la clavicola, così domattina la camicia lo coprirà.

Torno a letto a piccoli passi e mi metto seduto con le spalle appoggiate alla testiera, il lenzuolo tirato su fino al mento. Mi chiedo quanto ci metta a fare effetto il cerotto, ma credo poco. Andrà tutto bene. Una volta da bambino avevo la febbre alta e la mamma mi stava accanto sul letto e mi metteva gli impacchi d'aceto sulla fronte, sorrideva e mi carezzava. Brillava l'unico dente d'oro in fondo alla sua bocca. Sento il suo alito di mentine. Come se potessi allungare un braccio e toccarla. Proprio ora. Qui.

MANI DI PIETRA

Se i buttafuori hanno ragione a dire che sei come le scarpe che porti, io cosa sono?

È una di quelle mattine disastrose. Sento di aver bisogno di dormire ancora, ma non ci riesco. Sono sveglia e penso a cose minime e irritanti come i litigi con la mamma di quando ero una ragazzina, e trovo solo ora le parole per risponderle a tono e ferirla come si merita. Penso alla mia camera in clinica, al mio giubbotto di pelle, agli stivali. Spero che chiamino la mamma perché vada a prenderli. Che non li rubino, cazzo. Penso che sono un'idiota e ho sbagliato tutto, ma allo stesso tempo mi dico che non voglio stare qui a letto a guardare il soffitto e dirmi queste cazzate, e così mi alzo. Mi fanno male le gambe, senza ragione. Vado in bagno a lavarmi il viso e sono orribile, bruttissima. Slavata, un'irlandese triste. Lo facessi ora, il video, non avrei tutto quel successo. Il freddo delle mattonelle bianche crepate mi gela la pianta dei piedi. Non ho spazzolino né dentifricio. Non ho nulla. Non ho vestiti, non ho scarpe, non ho nulla di nulla. Ho una maglietta, le mutande e i jeans. Fine. Perché *sono scappata e non ho avuto il tempo di prendere nulla con me*, come si deve fare quando va a fuoco la casa. In bagno c'è una saponetta minuscola. Mi lavo a pezzi: le ascelle, il petto. Non mi dispiace, è una cosa che facevo tutte le mattine, da bambina, prima di andare a scuola. Lavarsi a pezzi perché non c'era tempo di fare la doccia. Mi rimetto i jeans e, nel farmeli scivolare sulla pelle, mi viene un brivido anche se fuori non è freddo. Sarà una mattinata di merda.

Esco dalla camera, scendo per le scale buie rischiando di cadere a ogni passo ed entro in quella che dovrebbe essere la saletta-colazioni dell'agriturismo, ma non c'è praticamente nulla se non posate, tazze e tovaglioli. Una signora grassoccia e anziana sui sessant'anni entra e mi fa segno di aspettare, poi sparisce dietro una porta e non torna più. Ci sono solo due tavoli: uno è il mio, l'altro è occupato da una famiglia di padre, madre e bambino. La madre mi guarda i piedi e scocca un breve sorriso, poi torna a guardare il suo piatto. Il silenzio è rotto solo da certi rumori succhianti che fa il bambino e dal sommesso ma insopportabile cozzare delle posate contro i piattini. C'è un piccolo frigo, issato su un tavolo. Vado lì, lo apro e pesco un vasetto di yogurt magro. Torno al mio tavolo, che è davanti a una finestra mentre quello della famigliola è chiuso in un angolo. È una cosa importante avere sempre una buona visuale, non avere un muro davanti agli occhi. Fuori il cielo è grigio e basso. Tutto è silenzioso, fermo. Ci sono vigneti, campi punteggiati di cornacchie, un bosco lontano. Una specie di castello ancora più lontano, in cima a una collina. Un vero castello, sembra, con una torre, i merli, forse un fossato, i coccodrilli, i maghi e le streghe. Ne ho già visti tre o quattro di questi castelli, ieri. Una cosa incredibile, anche perché non è che il Chianti sia mai stato famoso per i castelli, e invece ce ne sono tanti, mi ha detto Ivo, e una volta gliene offrirono uno, e lui andò a vederlo ma non lo comprò perché era veramente troppo vecchio, *col ponte levatoio*, le feritoie nel muro, e poi era troppo lontano da Prato, circondato da boschi e campi che appena pioveva si allagavano, una cosa davvero malinconica; la sua moglie americana disse che le venivano i brividi al pensiero di passarci anche solo qualche fine-settimana ogni tanto "E poi, Ivo, ce l'abbiamo già un castello!" e allora non lo comprò. Ieri ci siamo passati davanti e, certo, anche a lasciarlo andare in rovina ce ne vuole di tempo perché un castello poi vada effettivamente in rovina. Secoli. Oh, sono fatti *di pietra*. Rimangono lì a sgretolarsi lentissimamente, belli e imponenti da lontano e cadenti da vicino, e tristi. A volte mi sembra impossibile che sia esistito, il passato, cioè che ci fosse della gente come me a vivere in quei castelli, a morire di polmonite. Mi sembra impossibile che il mondo non sia sempre stato così com'è ora.

La signora mi riappare accanto spaventandomi. Chiedo un caffè e lei mi guarda per un attimo di troppo le cicatrici sui polsi, ma quando sto per dirle qualcosa si allontana. Testa di cazzo. I genitori sono seri e il bambino allegro. Mi sa che sono inglesi. Il bambino avrà sette anni: non è bello ma è allegrissimo e lentigginoso, mormora ossessivo *It's a long way to Tipperary*, cambiando ogni volta il nome della città (*Manchester, Sheffield, Newcastle, Dublin*), e invece di mangiare gioca con la forchetta a testare la tensione superficiale dei tuorli delle sue uova fritte. Mi sforzo di ricordare il nome esatto delle stanghette della forchetta, le punte, ma non mi viene. Torna la signora con il caffè, ma scappa subito, prima che possa anche solo ringraziarla o offenderla. Lo bevo, e non è male. Cioè non mi pare male, ma non ne capisco molto di caffè. Sento che mi fa un effetto bello forte. Per qualche strana ragione il caffè del mattino mi dà sempre una bella botta, i pensieri si connettono e io divento me stessa. Pian piano.

Allora. Vediamo. I genitori sono una mediocre coppia quasi quarantenne, col marito che nonostante i capelli radi e la camicia a quadri sembra più giovane della donna di almeno due o tre anni. Devono essere coetanei, magari innamorati a scuola, cresciuti insieme, avviliti da un lungo fidanzamento poi diventato un matrimonio stanco. Di certo hanno convissuto anni prima di sposarsi.

Lo faccio spesso di costruire le storie addosso alla gente che vedo, come se fossero personaggi di un film. Cioè me li immagino attori a recitare nel film che sto vedendo. C'è qualcosa che non va in questi due. Sembrano uniti, ma infelici. Non sono in rotta, non stanno divorziando, ma qualcosa c'è, qualcos'altro, e decido che potrebbero essere viaggiatori del tempo, cioè gente di un futuro infinitamente remoto e progredito che è venuta in vacanza nel nostro tempo – perché non basta dire che sono americani per spiegare certi uomini e donne sovrappeso che vanno in giro per Firenze con l'aria spaesata e ammirata anche davanti a palazzi normalissimi, vestiti così male da innervosire anche i poliziotti che infatti li fermano spesso, controllano i loro documenti nuovissimi, non riescono a parlarci in nessuna lingua conosciuta e alla fine li lasciano andare, delusi e stufi ma convinti d'esser stati in qualche modo gabbati. È gente felice, che assapora l'aria di Via Calzaiuoli come se fosse ambrosia, ama perdutamente la pizza al taglio e non si separa mai da macchine fotografiche e telecamere minuscole, lucenti e prive d'obiettivo.

E a guardar bene il marchio irriconoscibile sulla maglietta del bambino (due cerchi che si intersecano) e la firma mai vista sulla borsetta di nylon della madre (ALTER EGO), potrebbero essere viaggiatori del tempo, magari viaggiatori del tempo americani, toh, nostalgici di un passato che devono avergli raccontato romantico e semplice, e mi viene da pensare che se qualcuno dal futuro viene qui, oggi, in vacanza, nonostante le guerre, allora il futuro deve essere peggiore del nostro presente. Molto più avanzato tecnologicamente e peggiore come vita, cioè il solito incubo dei film di fantascienza, forse anche dei libri, ma io non leggo libri. Mai letti. Non mi piacciono. Mi sembrano una cosa vecchia, un modello sorpassato. E poi vanno tenuti in mano, sfogliati. Quando vengo a sapere di un libro bello, invece di leggerlo aspetto che facciano il film.

Ma se non sono viaggiatori del tempo americani, se sono davvero una famigliola inglese, allora di certo hanno un problema grosso, forse il loro è un viaggio della speranza e il bambino ha qualche malattia rara e incurabile. Da come evitano di guardarsi e non lo forzano a mangiare le uova, lontani mille miglia nei loro pensieri, quei poveri genitori mostrano il segno del loro desiderio di essere sì nel Chianti, sì in quell'agriturismo, sì seduti a quel tavolo, ma per un'altra ragione, per un viaggio tante volte sognato, per la passeggiata mano nella mano in Piazza del Campo a immaginarsi gli zoccoli furenti dei cavalli alla curva di San Martino, per le decine di foto sfocate alla Torre del Mangia, alla città più italiana di tutte.

E ogni mattina si ritrovano a guardare nel vuoto o nello specchio e a desiderare che quel dolore che ringhia dentro di loro non esista o abbia toccato qualcun altro, qualche altro genitore e, Dio li perdoni, anche qualche altro bambino ma non il loro, non a loro. Ah, se il dolore bastardo e vile e crudele col quale convivono da anni senza responsabilità né colpe si fosse abbattuto su qualche altra famiglia, inanimato e noncurante come una tromba d'aria o un fulmine o un'eruzione o un terremoto, se avesse colpito lontano! E nei loro occhi, nei loro gesti lenti, nei loro vestiti scelti senza cura mi pare di vedere l'impossibilità della fuga e la vergogna di averci pensato almeno una volta, a fuggire, perché a un figlio si dà la vita, sì, ma la sua, e non è giusto dargli anche la nostra, tutta la nostra, consacrargliela mentre il tempo passa e non torna, soffrire per lui e per tutti fino ad ansimare e strapparsi i capelli e dare testate nel muro. La vita non doveva essere così, non era scritto da nessuna parte.

Mi pare di sentire questi pensieri fluire nelle loro coscienze proprio ora, al tavolo della colazione, mentre aspetto Ivo, e in quell'istante la donna alza gli occhi come se l'avessi chiamata e mi guarda, ed è un momento davvero incredibile, mi viene un brivido e sento che ora è candida e calma e piena di energie, e non scapperà.

Poi magari mi sbaglio, ed è un altro film, e loro non sono dei viaggiatori del tempo o la coppia più sfortunata del mondo ma turisti annoiati o semplicemente scontenti di quell'agriturismo, della loro vacanza, della loro vita. Ma non credo. Difficile che mi sbagli. A capire gli altri sono la Numero 1.

Mentre Ivo entra splendente nella saletta dovrebbe sentirsi una bella canzone romantica in sottofondo, quel tipo di musica che mettono nei film quando sta per succedere qualcosa d'importante. Ha indossato un completo molto bello, di un colore indefinibile tipo un grigio che sconfina in qualche modo nel beige. Ha anche la cravatta. Irradia ricchezza e fiducia e buonumore e successo. È molto diverso da com'era dieci minuti fa, quando sono entrata in camera sua senza bussare per chiedergli il dentifricio e l'ho trovato nella posizione tipo fenicottero di quando ci si infila le mutande, con solo un accappatoio candido e i calzini addosso, e lui a vedermi irrompere in camera sua ha sgranato gli occhi e si è impaurito e gli si sono impigliate le mutande nel piede destro e ha perso l'equilibrio ed è caduto sul letto, al rallentatore, con le mutande in mano, dicendo, Oh, che succede, oh, oh, Caterina, oh!, e ho dovuto sforzarmi per non scoppiare a ridere perché mentre cadeva gli ho visto il coso, un sigaro raggrinzito circondato di peli ingrigiti, e per un attimo anche il buco del sedere, un cosino piccino tipo una microprugna. E si capiva che era caduto così lentamente, lasciandosi andare sul letto e sparando quell'allarmato 'Oh, che succede!' per via di una grande sorpresa, perché nel mondo di Ivo non si aprono le porte chiuse senza bussare, e se invece per qualche ragione incomprensibile questa cosa succede, allora l'unica reazione possibile è l'incredulità, un po' come quando in un film che ho visto c'erano dei nobili dell'Ottocento che si vedevano i giardini invasi dai rivoluzionari scamiciati, le loro rose calpestate, i barboncini scalciati, e più che chiamarsi a guardare dalle finestre non gli riusciva di fare.

Comunque, ora si siede accanto a me e mi guarda con un gran sorriso. È perfettamente sbarbato. Sembra pronto per andare a comprarsi uno yacht.

"Buongiorno, bambina."

"Buongiorno, Ivo."

"Dormito bene?"

"Sì, grazie. E te?"

"Come un sasso. Ma qui non c'è nessuno? Hai già fatto colazione?"

Gli indico il vasetto di yogurt che non ho ancora aperto, lui mi carezza i capelli e per qualche stupida ragione mi intenerisco e mi torna in mente quella volta che i miei genitori mi portarono a Londra in aereo, a dodici anni, e subito dopo il decollo l'aereo perforò lo strato di nuvole e vidi il sole brillantissimo, molto più brillante di quando lo si vede da terra, e sotto c'erano solo le nuvole candide, gonfie, tutto quel biancore meraviglioso, e poi l'aereo virò lentamente e a un certo punto dagli oblò vidi solo cielo e molto più in alto altre nuvole, lunghe decine di chilometri, sfilacciate e inconquistabili, e pensai che forse quella era la stratosfera, e oltre il cielo diventava nero e c'era lo spazio.

"Buono il tuo profumo d'albicocca."

"Ivo, io non ho nessun profumo d'albicocca."

"No? Sicura?"

"Ma no..."

"OK. Comunque forse non sai, cara bambina che non bussa alle porte, che io sono un uomo incredibile, una specie di caso clinico perché mi sveglio più pesante di quando sono andato a letto..."

"..."

"Perché in genere succede il contrario, no? Non so se lo sai."

"Cioè la mattina siamo sempre più leggeri."

"..."

"Ho sentito dire solo di un altro uomo come me, Roberto Duran, *Manos de Piedra*."

"..."

"Che c'è, Cate?"

"No, nulla."

"Dimmi, bambina. Sei preoccupata?"

Si è anche improfumato. Dev'essere una di quelle vecchie colonie che usava anche mio padre quand'ero piccola.

"No, non sono preoccupata. Non lo so come mi sento."

"Dimmi. Dimmi tutto."

Forse glielo dico.

"È che, ecco, Ivo, io... io sono un *disastro*, sono bruttissima, e sto pensando che forse non sono più adatta a vivere con la gente normale, perché sono orribile, ho dei polsi che sembro Frankenstein, e... e..."

Mi prende la mano destra tra le sue.

"E poi la notte non mi riesce di dormire e faccio dei sogni strani e orrendi, e insomma..."

"Vuoi tornare? Eh, Cate, vuoi tornare alla clinica?"

Scuoto la testa, zitta. Non ho voglia di piangere ma tutto è improvvisamente orribile e infelice, e io non valgo nulla di nulla. Non è una sensazione nuova, le ho sempre avute queste crisi, anche quando ero bambina. Poi passano, ma mentre le vivo è un inferno. Guardo fuori dalla finestra. Tutto è immobile.

"Dài, andiamo."

Si alza in piedi.

"Ma dove? Dove si va? Eh, Ivo, dove si sta andando, noi?"

Ho alzato la voce e me ne dispiaccio subito ma ormai l'ho fatto, e lui abbassa lo sguardo, si rimette a sedere accanto a me e mi fissa negli occhi. Sta per dire qualcosa che gli deve sembrare importante, ma voglio fare un po' la stronza, anzi devo, perché se non la faccio è peggio, lo so, e così ripeto la domanda, con un tono più stridulo e insopportabile:

"Dimmelo, Ivo, dove si sta andando?"

"Prima di tutto, a comprarti le scarpe."

"Non scherzare. Dove cazzo si va, io e te?"

Lui sospira, e c'è una pausa durante la quale abbassa lo sguardo e fissa le sue scarpe per qualche secondo, zitto, finché per empatia non gliele guardo anch'io: sono dei bei mocassini con le stringhe, di un marrone molto scuro. Uno dei lacci deve essersi rotto, perché una scarpa mostra un bel fiocco e l'altra una specie di stizzoso doppio nodo che stasera sarà difficile sciogliere. Sto per farglielo notare, ma quando alzo gli occhi vedo che mi fissa con quello sguardo che vuol dire che è già da un bel po' che mi fissa e dico, Sì? A questo punto lui dice che non c'è più tanto tempo e allora deve dire tutto subito e comincia a dirmi sottovoce, con la famiglia inglese che ora ci guarda fissi perché siamo diventati interessanti – un vecchio apparentemente ricco e una ragazza giovane e scalza, due disgraziati amanti spaiati, lui la paga e lei gli fa i pompini perché è troppo vecchio per chiavarla –, che prima di morire vuole *un figlio* da me, ma senza nemmeno toccarmi, per l'amor di Dio, e stiamo andando in una clinica specializzata dove, se vorrò, mi impianteranno un qualche suo quasi-embrione congelato che hanno lì da quando provò senza successo a mettere incinta sua moglie, anni fa, perché voleva lasciare a un figlio tutto quello che aveva costruito nella vita. Se vorrò, naturalmente, ripete, se e solo se vorrò, perché se non voglio non c'è problema, e lui mi porta subito dovunque voglia andare senza mai più tornare sull'argomento. Dice che anni fa lui e sua moglie hanno congelato due pronuclei, cioè due uova nelle quali hanno inserito uno spermatozoo con una tecnica speciale che si chiama ICSI, e non possono essere considerati embrioni perché sono stati congelati prima della fusione delle cariche genetiche e della mitosi cellulare, ecco. Dunque non c'è offesa a Dio nel caso fossi cristiana, perché di questo non se n'è parlato. Sei cristiana, Cate? No? Meglio così, e comunque basta scongelare il pronucleo, verificare se diventa embrione e poi si può impiantare. Il problema è che non è sicuro che questi pronuclei siano ancora buoni, perché questa cosa è successa diversi anni fa, e se sono scaduti non c'è nulla da fare, ma se non sono scaduti, ecco, si potrebbero ancora... Dice che in pratica non sarebbe proprio come fare un figlio con lui, cosa che magari mi potrebbe fare orrore e lui non mi biasimerebbe per questo, dovrei solo fare la mamma in affitto, in pratica, e mi ha scelto perché sono una ragazzina fantastica e si fida solo di me, e insomma ormai al mondo non ha che me, ma se accetterò questa offerta pazzesca lui me ne sarà infinitamente e perpetuamente grato, e per dimostrarmelo mi darà un sacco di soldi perché ha venduto – cioè metterà all'asta tra poco, venderà – un quadro di Bacon che gli è rimasto senza che nessuno lo sapesse, e insomma mi darà circa due milioni di euro, questo se l'asta va così così perché se andasse bene sarebbero di più, e con questi soldi potrei naturalmente essere indipendente e rifarmi una vita dove voglio e uscire da questo terribile incubo che è la mia vita di ora, ecco, sarei una donna ricca, insomma piuttosto ricca, dipende dai sistemi di riferimento, però lui vuole sia molto chiaro che questo non implica che noi due si debba stare insieme, cioè io e lui, cioè fisicamente o comunque in nessun modo, dice che è un liberale montanelliano e mai si sognerebbe di imporre qualcosa a qualcuno, figurarsi a me, e soprattutto non devo pensare che lui si illuda di comprarmi con questa offerta dei soldi, non è così, in nessun modo e nella maniera più assoluta, sono libera sia di accettare sia di rifiutare, e se accetto posso naturalmente anche sposarmi, se voglio, e con chi mi pare, posso fare tutto quello che voglio, ripete, basta che partorisca un figlio suo, che lo cresca e lo educhi e lo faccia studiare, magari a Harvard se viene fuori sveglio e volonteroso, ma va bene anche in Italia purché si laurei in una facoltà seria e non in quelle cazzate nuove tipo Scienze Turistiche o dell'Intrattenimento o dell'Organizzazione di Eventi Accessori, e lui mi darà due milioni di euro, e forse di più se l'asta del quadro va bene, cosa molto probabile, ripete, però vorrebbe che decidessi subito, o almeno in poco tempo, in pochi giorni, cioè praticamente quasi subito perché è un uomo anziano e non ha più molto tempo e poi ha deciso che questa è l'ultima impresa, anzi, e sorride, l'ultima *intrapresa* della sua vita, e vorrebbe portarla in fondo. Poi si potrà riposare.

Rimane zitto a guardarmi, e sorride. Quando si accorge che più che riguardarlo non posso fare, dice, Non c'è problema, Cate, davvero, sta' tranquilla. Io comincio a sbattere le ciglia e a sentirmi la testa leggera, perché se questo non è un film, allora cos'è, e insomma faccio una cosa scema e svengo.

MINIMAL
(2003)

Senti bussare alla porta dell'ufficio e alzi gli occhi dal giornale, raggelato da un necrologio minimale: la foto di un ragazzo sorridente, la faccia rotonda, uno di quei rari e antichi sorrisi di pura allegria che raccontavano la fiducia nel futuro, il ciuffo lievemente alzato dal vento e dietro di lui una specie di distesa grigia che poteva essere il mare. Sotto la foto le date 1983-2003, la scritta AURELIO e nient'altro. Le lacrime ti accorrono subito agli occhi, stupide e non richieste. Fanculo, dici tra i denti, vaffanculo.

Ti schiarisci la voce, ti asciughi le lacrime con il dorso della mano chiedendoti perché lo fai tanto nessuno si accorge mai di quando piangi, e ringhi un *Avanti*. Dopo un secondo, il ragioniere affaccia tartarughescamente la testa dalla porta appena aperta e chiede a mezza voce se può disturbare per qualche secondo. C'è uno strano silenzio dietro di lui, sono solo le sei e mezzo e dovrebbe esserci ancora qualcuno in ufficio a rispondere al telefono, perder tempo su Internet, chiacchierare dei figli, insomma a fare quello che fanno i dipendenti quando nessuno li guarda, invece oltre la faccia occhialuta e inespressiva del giovane ragioniere c'è solo la luce accesa nel suo ufficio e questo strano, sorprendente silenzio. Annuisci, e mentre il ragioniere entra e si siede con attenzione dentro l'avvolgente poltrona Frau di pelle avorio riabbassi lo sguardo sul giornale, sul necrologio. Il ragazzo nella foto ha una maglietta bianca, e non può avere più di vent'anni. Vent'anni di vita, e ora sono vent'anni che è morto e i suoi genitori gli fanno pubblicare la foto sul giornale. Il prossimo anno Aurelio avrà passato più tempo da morto che da vivo. E te, Ivo? Alzi gli occhi irritato da questo pensiero importuno, convinto dell'assoluta inutilità di quel momento, di quella giornata, della tua vita.

"Dica, ragioniere."

È molto giovane, non sai quanti anni abbia ma dev'essere sui trenta. È il marito della figlia di un amico d'infanzia che pochi giorni fa ti ha detto che non vuole mai più avere a che fare con te, e con ragione. L'hai assunto in prova qualche anno fa ed è diventato ragioniere capo dopo che il povero Ciardi è morto e gli altri ragionieri sono scappati come daini, chi in pensione, chi in altre ditte tessili poi fallite, chi a tener cassa in un supermercato. È rimasto solo nell'ufficio. Ha un nome piuttosto comune, tipo Luca o Andrea, e un cognome col diminutivo, tipo Maggiolini o Bracciolini, che continui a dimenticare. Tiene la scrivania sempre in perfetto ordine, un gagliardetto della Juventus accanto al computer. È molto religioso.

"Con tutto il rispetto, Cavaliere, mi scusi ma avrei una domanda da farle, ecco... Posso?"

Ti togli gli occhiali e li posi lentamente sul tavolo sperando di comunicare così tutta la voglia che non hai di vederlo, di ascoltare quel che di minimo, micragnoso, misero ha da dire. Lo guardi e rilasci un respiro lento e tiepido sperando che scompaia davanti ai tuoi occhi, si smaterializzi lentamente insieme a tutta la fabbrica.

"Io naturalmente sono qui a rappresentare tutti i dipendenti, non sono qui di mia spontanea volontà... O meglio, sì, sono qui di mia spontanea volontà, ma non parlo per me solo, ecco, è che mi hanno chiesto di parlarle, Cavaliere... e io ho accettato, ma non la prenda come un'offesa personale, ecco, io rappresento tutti, è un po' come si dice, Ambasciator non porta pena... Ecco, io spero che lei non si arrabbi con me o che non pensi che io sia una mela marcia, insomma uno che crea problemi... un sobillatore, ecco, sì... Ecco, è che... Insomma è meglio se mi levo subito di tasca la patata bollente... Cavaliere, noi si voleva sapere da lei se nei tessuti ci crede ancora, e quindi se la ditta ha un futuro, insomma, perché in giro ci sono delle brutte voci... di maligni, certo, di persone cattive, ma... Ecco, poi perché io, ecco, io vedo le fatture che si fa e quelle che si riceve e... ecco da una specie di bilancio che ho fatto diciamo così artigianalmente, ecco, poco più di un conto della serva, insomma forse si è un po' sotto, Cavalier Ivo, e se considera che siamo a giugno, che è sempre stato il mese più liquido o uno dei mesi più liquidi, ecco, siamo anche piuttosto corti di liquidità, che tra l'altro è... cioè, è liquidità che abbiamo ottenuto grazie ad anticipi su fatture per quell'ordine grosso dall'America che poi, ecco, è andato perso, e parlando con il direttore della banca l'altro giorno è venuto fuori che dall'alto, insomma da Milano, è giunta la direttiva di stare molto attenti al tessile e soprattutto al tessile pratese, dico attenti in termini di stringere la borsa e anche di... insomma, forse anche in qualche caso di rientrare dagli impegni... e io allora ho fatto altri conti di cui naturalmente non ho parlato con nessuno ma, ecco, quei finanziamenti, dico quelli garantiti da lei personalmente, se dovessero essere non dico revocati ma se insomma la banca uno di questi giorni chiedesse appunto di rientrare io non so come l'azienda... Certo questo non ha niente a che vedere con il suo patrimonio personale che del resto io non conosco ma son sicuro sia di gran lunga superiore a qualsiasi impegno assunto... Ma, ecco... non dico questo per far intendere qualcosa di sbagliato, non mi fraintenda perché io e tutti gli altri dipendenti abbiamo una grande fiducia in lei, come sempre, qui c'è gente che è entrata in fabbrica a quattordici anni assunta da lei, ecco, solo che i tempi sono, ecco, molto molto difficili, lo sanno tutti, e mi è stato chiesto di farmi interprete... Insomma noi vorremmo essere rassicurati che lei ci crede sempre nel tessile e in questa ditta, Cavaliere, perché ci sono delle situazioni qui in fabbrica... ci sono persone con il mutuo della casa a metà, io e altri abbiamo dei bambini piccoli, che sono una cosa bella ma sono anche una grande spesa, e poi c'è chi ha degli altri problemi, ma questo naturalmente non c'entra, sono cose più personali, ma ecco io sono qui a nome di tutti i dipendenti solo per essere rassicurato, ecco..."

Rassicurato. Vuole essere rassicurato. Sorridi, vorresti essere beffardo ma evidentemente non ci riesci perché lui sta sorridendo di sollievo perché ha finito di dire quelle cose che non era sicuro di riuscire a dire. Te lo immagini di notte a provare il discorso davanti allo specchio, prima da solo, poi con la moglie accanto a dargli consigli furbi, a spingerlo. Scegli di mantenere il sorriso, di attendere che il suo orgoglio defluisca e il suo sorriso si spenga misero, che si renda conto di dov'è e di cosa ha detto. Scegli di lasciare che il lavoro di demolizione lo faccia il tuo ufficio, col pavimento di legno e le pareti candide e le poltrone di pelle Frau, le stampe di Morandi alle pareti, la scrivania enorme di legno lucido, la libreria ingombra di libri e cataloghi d'arte, il computer con lo schermo da venticinque pollici, la leggendaria penna stilografica Montblanc grossa come un sigaro che campeggia sulla scrivania, il tuo vestito di flanella grigia finissima cucito su misura da Giorgio Armani, la nuova Mercedes scintillante parcheggiata nel piazzale e visibile dal finestrone dietro di te, che per un effetto ottico sembra appoggiata sulla scrivania. Decidi che sia il peso di tutte queste cose tue ad appoggiarsi piano piano sulle spalle del ragioniere-capo Luca Maggiolini o Andrea Bruscolini o come si chiama, senza parlare, e infatti lui cessa di sorridere e si mette serio. Attendi un altro minuto, forse di più, poi allarghi il sorriso.

"Ragioniere, non c'è problema."

Lo vedi sparare un sorriso da gregario, felice di poter spezzare la tensione che hai creato. Una reazione elementare, la risposta a uno stimolo, una cosa più da cane che da uomo. Questa conversazione non ti interessa più.

"Grazie, dottore. Io il suo 'Non c'è problema' non l'avevo mai sentito, ma insomma, ecco, tutti me ne avevano sempre parlato come di una specie di assicurazione... ecco, sulla vita... È una parola leggendaria, la sua, qui a Prato, e io la ringrazio solo per averla potuta sentire questa volta, ancora grazie... Ora però c'è un'ultima cosa... Se lei potesse... se lei ora non avesse impegni, ecco, c'è una persona, che poi è un alto funzionario della banca, il dottor Falsettini, che da tanto mi chiede se è possibile incontrarla, e io dico che lei è sempre fuori, che non può, ma ora, ecco, mi piacerebbe che potesse anche lui ascoltare da lei che non c'è problema, perché negli ultimi giorni si è fatto più insistente nelle sue richieste d'incontro... Viene da Milano, tra l'altro... e vorrei che si convincesse così come mi sono convinto io... anche perché a metà luglio bisognerà per forza accendere un nuovo finanziamento, e di banche amiche ci è rimasta solo quella, certo per una scelta industriale, ma... ecco... e comunque di fatture da anticipare salvo buon fine non ce n'è quasi più e... ecco, insomma..."

"Va bene."

Annuisci. Concedi. Abbassi di nuovo lo sguardo sul giornale, sul necrologio, dove cerchi di distinguere una forma affusolata dietro Aurelio e ti chiedi se sia un lampione o l'albero slanciato di una qualche barca, forse un veliero antico, o un'antenna di quelle immense portacontainer che attraversano gli oceani e le acque nere profonde chilometri, infestate dai calamari giganti lunghi trenta metri e dal kraken.

"Facciamo la settimana prossima, quando vuole... No, diciamo lunedì in tarda mattinata, va bene?"

Noti, ma scegli di non curartene, il fatto che seppur in tono discorsivo gli hai fatto una domanda invece di dare un ordine, e non si deve mai far domande a un sottoposto, chiedere opinioni. Non va bene. Non esiste. Certo, non che abbia molta importanza, a questo punto. Decidi che dev'essere l'albero di una nave, che con ogni probabilità la foto è stata tagliata e magari ingrandita per magnificare il particolare del volto di Aurelio per la pubblicazione sul giornale, ma è difficile pensare che nella foto non ci sia stato altro, che sia un primo piano così stretto. Difficile che un fotografo non professionista si metta a scattare dei primi piani. Forse c'era qualcuno insieme a lui, e vorresti sapere chi, ti garberebbe andare a fondo, vedere tutta la foto. Forse c'era una ragazza, o un amico. Chi? Alzi lo sguardo e vedi che il ragioniere non si è mosso dalla poltrona e tiene lo sguardo in grembo, quasi si contorce dal nervosismo.

"Vede, Cavaliere... è che questo incontro è una cosa molto importante che io ho allontanato nel tempo molte volte, come le ho già detto, ma, ecco, forse è nel suo interesse, voglio dire nell'interesse della ditta, vedere questo funzionario, che mi ha chiamato molte volte per spiegarmi tutta l'urgenza e mi ha convinto... e... anche se è venerdì, ecco, lui... ecco, vorrebbe vederla ora perché considera questa una cosa della massima urgenza. È possibile?"

Alla fine hai capito, e se potessi vederti in uno specchio ti stupiresti di quanto il tuo sorriso voglia imitare quello di Aurelio, e ti chiederesti perché sorridi come un ragazzo morto a vent'anni, per quale maledetto motivo. Ma va bene. Va tutto bene. Non c'è problema. Sei sorpreso e anche un po' compiaciuto che il ragioniere, il ragionierino che prova i discorsi davanti allo specchio, il tifosino della Juve, ti abbia teso questa piccola trappola infantile insieme al direttorino di banca e al funzionarietto venuto da Milano. Un po' di novità, finalmente. Una piccola sfida. Bene.

"Sì, fallo entrare. Sta aspettando nel tuo ufficio, no? C'è la luce accesa..."

"Sì... Ecco, grazie, lo chiamo subito."

"È per questo che sono andati via tutti?"

Lo cogli a metà del movimento per uscire dalla stanza. Fai la domanda alla sua schiena. Lo vedi girarsi di scatto per rispondere, sbattere la fronte contro lo spigolo della porta e far finta di nulla nonostante gli sia impossibile non aggrottare le sopracciglia per il dolore. Ha urtato lo spigolo, deve far male.

"Sì... volevano darle un po' di privacy... E comunque avevano finito tutti, e non c'era poi tanto da fare, anche, ecco..."

Annuisci, e lui sgattaiola fuori dall'ufficio, lo senti dire qualcosa a bassa voce. Chiudi gli occhi e senti sulla faccia come un vento fresco, un odore di mare. È stata una giornata così bella, fresca e luminosa, tersa, promettente come quelle che ti struggevano quando eri giovane e ti facevano uscire ad annusare l'aria, i capelli ancora bagnati dalla doccia, la camicia bianca di bucato. Siamo all'inizio dell'estate, che può succedere di male?

Entra il funzionario, che non hai mai visto. È uno di quarant'anni, dall'accento con cui ti dà la buonasera pare milanese, comunque viene dal Nord. E diverso dagli scagnozzi con cui hai sempre avuto a che fare a Prato, molto diverso. Lo vedi subito da come si siede rigido, da come non sorride e non ti guarda negli occhi. Quando gli dai la mano la sua stretta è morbida e umida come mollica di pane, ma capisci subito che non è segno di debolezza. È che a lui non importa nulla di te. Non meriti nemmeno una stretta di mano da uomo, nemmeno una rapida passata del palmo sui pantaloni per asciugare il sudore. Ti dici che è la prima cosa spiacevole dell'incontro, e che ne verranno altre. Distogli lo sguardo e congedi con un cenno della testa il ragioniere che era rimasto sulla soglia. È deluso, voleva rimanere. Lo senti andarsene strascicando i piedi. Quando il rumore dei suoi passi si è finalmente allontanato il bancario dice:

"Cavaliere, le spiego in due parole la mia presenza qui. Il direttore di Prato davanti alla sua situazione ha alzato le mani, e allora la direzione centrale mi ha mandato appositamente da lei per sistemare le cose."

"Ah."

"Perché la situazione della sua azienda non è granché."

Non rispondi. Un bancario non ti ha mai parlato così.

"No, non è granché."

Tira fuori dei fogli dalla valigetta.

"Proprio per niente."

È il boia. L'hanno mandato per uccidere. Eppure è una di quelle persone vestite male che nella vita hai sempre preso in giro, sempre disprezzato. È vestito veramente malissimo, a casaccio. Ha una giacca a quadretti blu-grigi di lana pettinata, la camicia a righine bianche e celesti, la cravatta grigio-verde a disegni cashmere. Ha i pantaloni grigi di un grigio diverso da quello della giacca. È uno che spezza i vestiti, uno di quei mentecatti che si annodano la sciarpa sopra il colletto del cappotto. Ha i calzini blu, ma non blu scuro. È un blu chiaro, da cappotto da donna. Porta scarpe morbide. Mocassini, neri. Si vede che non gli interessa come si veste, tanto non sarà mai elegante e nemmeno distinto. Ha il volto affilato, le labbra sottili, i capelli pettinati all'indietro ma molto radi. È magro, di quella magrezza non voluta, mediocre. Mangia molto ma senza gusto, e non ingrassa. Ha la pelle verdastra perché di certo odia prendere il sole, odia lo sport. Le donne lo lasciano sempre, gli dicono che è arido, lo trattano male e lui non capisce perché. Eppure non ha pagato la cena? Non si è ricordato del compleanno? È uno di quelli che ha la madre come ideale di donna, che si fa dare i nomi dei vigili che gli fanno la multa e poi gli fa reclamo scritto, che conserva gli scontrini, che riga con le chiavi le macchine degli altri se gli sbarrano in qualche modo il passo. È un nemico formidabile, di quelli che non t'è mai riuscito di battere e perciò hai sempre voluto dalla tua parte come avvocato, commercialista, consulente. È uno che crede nelle regole e si incattivisce quando le vede calpestate solo perché se avesse il coraggio di farlo, le calpesterebbe per primo. Ti disprezza per la tua debolezza di oggi esattamente quanto ti avrebbe disprezzato quando eri forte, giacché considera i tuoi soldi e la tua posizione un regalo della fortuna, un lancio beffardo dei dadi celesti, e sempre pensa e penserà che quella fortuna e quei soldi che avevi dovevano toccare a lui, che avrebbe saputo bene come spenderli, non come te, che li hai finiti in cazzate. È di certo un appassionato di automobili e orologi. Può darsi che abbia fatto del modellismo e, almeno da ragazzo, collezionato francobolli. Alza gli occhi, due nocciole sbiadite, e per la prima volta ti guarda. Non ha nessuna paura di me.

"Che facciamo, Cavaliere?"

Accanto al necrologio di Aurelio c'è un articolo di cronaca dal titolo 'La moda italiana che non è più e quella che non è ancora'. Senza volere, leggi: *Con quello in corso (sempre che, incrociamo le dita, sia davvero l'ultimo!), i trimestri consecutivi che il sistema-moda italiano chiude con una flessione della produzione sono dieci. L'inedita persistenza del segno meno davanti alle batterie degli indicatori congiunturali sta ingenerando un diffuso timore che siamo a un punto di svolta nella straordinaria storia della moda italiana...*

"Allora, facciamo così. Le dico io cosa facciamo. Lei mi rientra personalmente per un milione e mezzo di euro, subito, entro questa settimana, e io le riconfiguro il debito in modo tale che l'azienda possa rialzare la testa. Le allungo i termini, e diciamo che il carico degli interessi annuali glielo porto a novecentomila euro, dal milione e sei che è oggi. Poi lei chiude due delle tre filature inutili che ha, due delle tre tessiture inutili, licenzia dai venti ai trenta operai del lanificio e si affida ai terzisti per tutta quella che è la produzione. Così riparte più leggero e ha una possibilità di salvare l'azienda. Che ne dice?"

... in valori correnti, negli ultimi tre anni il fatturato e le esportazioni dei settori tessile, maglieria e abbigliamento hanno perso oltre un miliardo e novecentomila euro...

"Vede, signor Falsettini..."

Senti che è vano raccontargli quello che gli stai per raccontare. Sei prigioniero delle parole che dirai, delle tue parole vecchie e dei tuoi pensieri vecchi, prigioniero del passato e di questo lavoro e di questa azienda e di questa vita.

"... lei è giovane ma io... anzi la mia ditta non nasce esattamente oggi, questo lo saprà, e di momenti complicati ne ha passati... Non voglio dire tanti, ma qualcuno sì, per esempio ai tempi della guerra di Corea non si dava via un metro di tessuto nemmeno a regalarlo, e anche quando c'era l'austerity fu dura, molto dura, mi creda..."

Lui stira un'espressione di stupore da avanspettacolo che ti sforzi di ignorare. La sua bocca diventa una O, strabuzza gli occhi, l'imbecille.

"Perché secondo lei l'inizio degli anni novanta fu facile? C'è stato lei a New York all'inizio del '91, quando il dollaro era a millecento lire e i negozi erano vuoti e i ristoranti erano vuoti e l'America aveva paura di essere comprata dai giapponesi? Lo sa che non volevano una pezza nemmeno a regalargliela? Vede, quello che si passa oggi non è che un momento un po' più difficile. Solo un momento. Una cosa transitoria, non so se mi spiego. La banca non deve preoccuparsi. Ne avete guadagnati tanti di soldi con me in questi quarant'anni di lavoro, non vi preoccupate. Fidatevi. Ne guadagnerete tanti altri."

Il bancario non si muove, continua a guardarti con gli occhi stretti. Hai tutta la sua attenzione. Aurelio ti guarda dal giornale, fiducioso, e accanto a lui c'è scritto: *La fiducia degli imprenditori, soprattutto pratesi, è sprofondata ai minimi storici...*

"Insomma, non posso svendere tutto perché ora, all'improvviso, non avete più fiducia nella mia azienda, no?"

C'è una pausa piuttosto lunga, durante la quale vi guardate negli occhi. Nessuno distoglie lo sguardo. Poi lui sorride.

"Presumo che questa sia la sua posizione, Barròcciai."

Devi esserti distratto per un secondo, perché quando lo guardi di nuovo, ti sta fissando. Non sorride più.

"Lei ne è sicuro, vero? Non ha altro da dirmi? Solo che dobbiamo avere fiducia in lei perché in passato ci ha fatto guadagnare tanti soldi? È questa la sua posizione?"

Annuisci, e mentre lui continua a guardarti come se tu non avessi ancora risposto senti di dover aggiungere qualcos'altro, e torni in te perché è te che stanno scannando, e ti farà male anche se non vuoi, anche se non ti interessa, anche se hai deciso che questa cosa non sta succedendo, e balbetti imbarazzato:

"Ma scusi, quale... Ma... come... quale altra dovrebbe essere? E poi io non posso... e soprattutto non voglio fare le cose che lei mi chiede. Non posso perché tre miliardi non li ho, e non voglio perché..."

Sorride di nuovo. Sorride!

"Ma perché non vuole, Cavaliere, se poi è cavaliere davvero... Mi dica, su..."

Snuda i denti, questo maledetto sicario.

"Mi dica perché non vuole... Ha qualche problema morale, forse?"

Abbassi lo sguardo sul giornale: ... *affiorano i sintomi di un morbo che appanna la creatività, smorza gli slanci, inibisce l'esplorazione di nuove strade, trasforma i simboli in un impercettibile rumore di fondo...*

"Come ha detto, scusi?"

"Barrocciai, mi pare distratto. Io al posto suo sarei più, come dire, più concentrato..."

Vuole farti infuriare. Controllati.

... segni forse epocali come la frenata dei consumi, la caduta dell'export, lo scivolone della produzione...

"Senta. Facciamo così. Le riassumo la situazione. La banca vuole che lei rientri. Subito. La sua azienda è fuori da ogni parametro, sia come redditività... si fa per dire, sia chiaro, perché di redditività non c'è n'è più da anni... sia soprattutto come prospettive future. La sua forza-lavoro è composta di... di persone, diciamo, non particolarmente brillanti. Diciamo di scalzacani, e voglio essere generoso. I migliori l'hanno già lasciata, e da tempo."

Su questo ha ragione. Ti viene quasi voglia di dirglielo.

"La sua ultima collezione... se si può chiamare collezione quel guazzabuglio di vecchi articoli di lana e nylon... a detta dei suoi stessi clienti era un vero disastro. Abbiamo fatto una piccola indagine. I suoi agenti la stanno mollando, Barrocciai, ovunque. Il prossimo anno non avrà neppure una minima penetrazione di mercato. Non venderà nulla, capisce?"

Ti manca il fiato. Allenti il colletto della camicia.

"Ma è così per tutti, dottore... Nessuno vende più nulla... Sono i cinesi che ci fanno una concorrenza sleale..."

"Non è così per tutti, Barrocciai, mi creda. Per molti ma non per tutti. È la sua azienda che è alla canna del gas."

Provi a deglutire ma non hai saliva. La lingua ti schiocca dentro la bocca. Solo un'altra volta hai fatto questi rumori, ma eri un ragazzino, a scuola, e c'era un'interrogazione. La *Divina Commedia*. Il Libero Arbitrio.

"Ma non è vero, il magazzino ha un grande valore. C'è il magazzino, scusi, ci sono lane pregiate, cashmere, angore, ci sono delle pezze bellissime in magazzino..."

"Barrocciai."

Ci caschi. Ti immobilizzi e lo guardi fisso negli occhi. Passa un secondo, un altro. Pendi dalle sue labbra. Sei il toro nell'arena, sanguini dalla bocca, allarghi le zampe per rimanere in piedi. Sei in attesa dell'*estoque*.

"Il suo magazzino vale zero."

Attende qualche secondo, poi unisce pollice e indice e te li mostra. Dal buco dello zero vedi uno di quei suoi occhi di serpente. Si sta divertendo.

"Zero. E gli operai che dice tanto di voler salvare, i suoi cari operai, sono molto preoccupati, Barrocciai. Si sono fatti sentire con noi tramite i sindacati, con un'azione piuttosto inusuale, direi, perché anche se non vogliono importunarla in un momento difficile, così hanno detto, non ci vedono chiaro per il loro TFR, e hanno ragione, perché nemmeno io ci vedo chiaro. Nessuno ci vede chiaro, eccetto forse, *forse*, lei. Come lo paga il TFR a tutta questa gente, Barrocciai?"

Il TFR? Non ho nemmeno più i soldi per il TFR?

"Ma come, io... il TFR... Ma non è già accantonato, il TFR?"

Mi guarda in silenzio per trenta secondi, ha un'espressione incredula. Poi scuote la testa, lentamente.

"Senta, glielo dico io cosa deve fare..."

Fa una pausa, e tu aspetti. È finita.

"Faccia un salto in Svizzera, sia gentile, e rimetta un po' di quattrini in azienda."

Improvvisa è la furia che ti ordina di saltargli al collo e stringere con ogni tua forza, l'indignazione per essere trattato così in casa tua quando ancora pochi anni fa il direttore generale di quella stessa banca ti telefonava da Milano per farti gli auguri di Natale, e insieme, però, gelida la certezza che abbia ragione, il continuo impulso a deglutire, la paura di perdere tutto, di esser messo di fronte a un futuro completamente sconosciuto. Cosa mi succederà se fallisco? E se non fallisco? Quanto posso ancora andare avanti a chiudere bilanci in perdita, a gonfiare un magazzino pieno di merce invendibile, a perdere a bocca di barile? E davvero gli operai, i miei operai, sono andati a piangere dai sindacati? Ah, se solo sapessi dire dove sono finiti tutti i soldi, se potessi sapere il posto preciso e andare lì a farmeli rendere, tutti...

"Perché se lei mi dice che lo fa, intendo di rientrare subito, se tra una settimana, diciamo, mi fa vedere una fideiussione bancaria o meglio ancora mi manda un bel bonifico, può anche darsi che ci creda e le dia un po' di tempo, ma sennò sono cazzi, Barrocciai..."

Ti guarda, e aspetta.

Immaginate un giramento di coglioni che dura quindici anni. Immaginate la vita come una sbarra di ferro, forte e lucente, e il giramento di coglioni come le braccia piegate dell'uomo più forte del mondo. Immaginate che dall'inizio del giramento di coglioni l'Uomo Più Forte del Mondo contragga i bicipiti delle sue braccia tatuate e non smetta mai. Mai: né di giorno né di notte, né a Natale né a Pasqua, né d'estate né d'inverno. Mai. E guardate cosa succede alla sbarra di ferro che è la Vostra Vita. Guardatela flettere impercettibilmente fin da subito, e ogni giorno un po' di più. Ascoltate il fruscio degli atomi che scivolano invisibili uno sull'altro concentrandosi alle estremità della sbarra: il passato e il futuro. Guardateli acquistare spessore, irrobustirsi. Il passato diventare un accumulo di ricordi non più certi, il futuro un affastellamento di aspettative – non sogni, non progetti, non ambizioni e aspirazioni e speranze, ma mediocri, meschine aspettative. E guardate il presente perdere forza, assottigliarsi fino a diventare una linea, una sola linea, senza più spessore.

Immaginate di vivere ogni giorno un tale deterioramento della vostra vita che a un certo punto non vi ricordate nemmeno più com'era prima del giramento di coglioni, quanta allegria immotivata, quanto entusiasmo, quanta speranza, autostima, fiducia granitica nel futuro, quanto ottimismo, quanta gioia e quanta felicità potevano esserci, e c'erano. Immaginate una melassa, o meglio un sudario che cala pian piano davanti ai vostri occhi e vi copre e vi isola. Un sudario bianco, così fine da poterci vedere attraverso eppure mai così impalpabile da sparire alla vista. E se sulle prime vi sembra quasi divertente, una specie di protezione, ben presto diventa soffocante, una finissima prigione, una sindone, e vi trovate a combattere per farlo sollevare, ma il massimo che riuscite a ottenere è di farlo rialzare per qualche ora – mai un giorno intero –, e in quest'ora cercate di dirvi che è così che si fa, che queste cose bisogna combatterle e c'è anche verso di vincerle. Basta impegnarsi. Basta volerlo. Non fate caso al fatto che questa microvittoria è dovuta a qualcosa di esterno, tipo una cena con i vostri amici, l'alcol, una donna che vi pare talentuosa e intelligente e sensibile, un bel film, la cocaina. Non pensate che non ce l'avete fatta da solo a sollevare il sudario, anche per poco tempo, o forse non ci volete pensare. Tanto è uguale. Poi andate a letto, e la mattina dopo vi svegliate sotto il sudario, ed è più bianco e più spesso di prima. Fate lo sforzo di ricordare cosa l'aveva fatto rialzare e andate a cercare quella cosa, o quella persona. Solo che la seconda volta funziona meno, e il sudario si solleva solo per qualche minuto. Per esempio, la donna non è proprio così talentuosa e intelligente, qualche cazzata la dice anche lei. Alla cena con i vostri amici qualcuno manca e comunque non è serata, e allora sentite e vedete il sudario calare di nuovo su di voi e vi sembra di non poter più respirare e non ci state e scalciate e chi vi sta più vicino prende i calci più forti e non telefona più, e poi anche se vi scusate s'è rotto qualcosa, e di amici e di cene non ce ne saranno più. Il film comincia bene ma a metà capite come andrà a finire, e non vi interessa più e vi dite che il cinema alla fine non è che *un prodotto*, una cosa fatta apposta per intrattenervi un paio d'ore da qualcuno che non vi conosce e non vi ha mai visto però è convinto di sapere cosa vi piace e cosa no perché tanto siete esattamente uguale a tutti gli altri, e allora cominciate a scuotere la testa, sbuffare, distrarvi e a un certo punto ne avete abbastanza e uscite, e appena usciti però è centomila volte peggio perché fuori dal cinema non c'è che la vostra vita. La cocaina invece fa alzare subito il sudario, di colpo, e finché dura è un grande aiuto, e vi dite che bisogna tenerne una scorta in casa e prenderla spesso, solo che tendete a fare cazzate, con la cocaina in corpo, trattate male gli amici e le donne e poi non dormite, e nel dormiveglia i pensieri nuotano per la stanza come carpe spettrali, senza direzione e controllo, avanti e indietro nel tempo, sempre uguali, sempre gli stessi, e sbattono le loro pinne fatte di rimpianti, urlano con le voci di vecchi amici, genitori, persone care perdute, e mostrano sempre futuri splendidi che non si sono avverati per colpa vostra. Rimane l'alcol, che funziona, sì, ma ogni volta di meno, e ogni volta vi ottunde di più, e vi fa strascicare le parole e i pensieri e vi rendete ridicoli e tardi, e dite cazzate e pensate cazzate, e insomma non è come prima. Non è mai come prima. Come quando avevate diciott'anni e il mondo era vostro.

Ogni tanto arrivano dei momenti di lucidità, nei quali vi dite che, sì, avete un problema, ma per quanto possa apparirvi tutto nero e senza speranza, ecco, *passerà*, perché vi è già successo prima, l'avete sempre avuto dentro di voi, il sudario, fin da ragazzino, lo conoscete e sapete che è possibile vincerlo e col tempo l'avete sempre vinto, e anche se non siete mai stati così male, e mai avete avuto un problema grosso come questo, sentite lo stesso che un giorno di sicuro passerà. Ma mentre prima questo pensiero vi ha sempre dato forza, ora riesce solo a riempirvi di rabbia, e vi chiedete perché se un giorno quest'orrore passerà, non può passare oggi, ora, subito? Perché devo soffrire così? Perché io? Perché *me*! E la rabbia vi invade e diventa voi. Siete solo rabbia. Digrignate i denti, vi strappate i capelli, ringhiate, spaccate le cose. Urlate. E quando la rabbia defluisce misera – perché tutto, nella vita, una volta raggiunto il suo picco, defluisce misero – vi guardate allo specchio e vi dite che questo è davvero il punto più basso, che peggio di così non è possibile stare, che siete allo stremo e non potete resistere un'ora di più, un minuto di più, e però poi non succede nulla, e anche se non fate altro che continuare a respirare, già così *resistete*, e la vostra condizione finisce per peggiorare dove non ritenevate possibile che potesse peggiorare, in modi che non pensavate possibili, e rimanete per giorni immobili a contemplare la catastrofe, la vostra catastrofe, quasi ammirati, e decidete che, poiché non parlate, non pensate, non vivete, allora tanto vale rimanere a letto a guardare il soffitto – e lo fate per giorni interi – e in testa vi rimane solo quella cosa strana e terribile che avete letto o sentito alla televisione, che alla natura non importa granché dell'estinzione delle specie. Per la natura un leone marino equivale a una zanzara. Se i leoni marini per qualche ragione non ce la fanno più a riprodursi e si estinguono, il loro posto sarà preso dalle mosche, o meglio dalle foche o da qualcos'altro. Non è che la natura preferisca gli oceani incontaminati o le montagne candide o il putridume degli acquitrini. Per la natura è uguale. Tenderà a sopravvivere, e sopravvivrà. Siamo noi uomini che teniamo all'estetica, che l'abbiamo inventata, che preferiamo le balene ai batteri perché sono più belle. E vi dite che forse stavolta è diverso, forse stavolta *non* passerà, e allora potete anche alzarvi dal letto perché tanto non cambia nulla, è come se foste sempre a letto, e iniziate ad andare in giro, e sorridete chiedendovi come sia possibile che nessuno si accorga di quanto state male, e cominciate a piangere, sempre più spesso, prima da soli, in camera da letto, in macchina, mentre fate la doccia, ma più spesso e più a lungo durante il bagno. Poi iniziate a farlo nelle sale d'aspetto, al cinema, al ristorante, in coda alla posta, mentre camminate per il centro, e anche se avete imparato a piangere molto discretamente, con una certa eleganza (niente singhiozzi, niente spalle tremolanti, niente voce rotta o occhi rossi, solo un flusso di lacrime trasparenti come cristallo che vi riga le guance e che rifiutate di asciugare e lasciate cadere sulla giacca, o a terra, o dove vanno a finire le lacrime prima di evaporare), vi pare impossibile che gli altri non se ne accorgano, che non vi dicano nulla, che non vi offrano nemmeno un fazzoletto di carta o una sola maledetta parola buona, e poi vi dite che forse alla fine una funzione ce l'avete anche voi, una sola ma importante, quella di piangere per tutti. Per tutto il mondo. Per tutta l'umanità del cazzo.

"Io soldi in Svizzera non ne ho più."

Ti guarda e stira le labbra nell'ultimo sorriso tagliente, ha sentito quello che voleva sentire. Rimette i fogli nella valigetta, la chiude, si alza, ti porge la mano.

"Arrivederci, Barrocciai, si sentiranno gli avvocati."

Con gli occhi improvvisamente gonfi di lacrime irrefrenabili, le gambe tremanti, la bocca secca, la lingua imbiancata dal fegato in panne da decenni, la mano automaticamente protesa a incontrare la sua, ti alzi in piedi e ti pisci addosso.

RUBIROSA

Viaggiamo da ore, ormai, in silenzio se non per questa donna con una voce incredibile che canta canzoni bellissime che non avevo mai sentito prima e Ivo chiama *la Mina*. Son tutte canzoni d'amore, tradimenti, sofferenze, innamoramenti, gente lasciata, tutte quelle antiche pene d'amore che oggi non si provano mica più, storie di quando le donne si mettevano le pellicce e soffrivano perché non si poteva divorziare e gli uomini sentivano le cose con un'altra forza, cioè soffrivano di più ma anche gioivano e godevano di più. Non lo so. Forse.

Il sole sta per tramontare. Per fortuna non fa freddo, perché quando Ivo ha provato a chiudere la capote, non c'è riuscito. C'è stato un rumore forte come di qualcosa di plastica che si rompeva, e poi il silenzio totale, e così ora *dobbiamo* viaggiare con la macchina aperta, come quei fanatici tedeschi con le sciarpe che sembra non abbiano mai freddo nella vita. Ivo non ricorda più la strada per la clinica. Mi pare non ricordi bene nemmeno *dove* è la clinica. Una volta mi dice dalle parti di Siena, poi che non è sicuro, poi dice che era sicurissimo che fosse Siena, ma potrebbe anche essere Lucca. Ogni tanto dormo. Tengo sempre il finestrino alzato, ma il vento mi carezza la faccia lo stesso. Per via della capote bloccata andiamo piano, mai sopra gli ottanta all'ora. Ho degli sbalzi d'umore pazzeschi. Dopo quella cosa che mi ha detto Ivo ho pianto tanto, poi mi sono sentita allegra e abbiamo scherzato sulle scarpe che ho deciso non mi voglio più mettere neanche d'inverno, come quei frati, poi ho dormito. Mi sono svegliata per via di un'inversione a U ma sono ancora stanchissima, e voglio solo stare raggomitolata sul sedile, anche perché non ce la faccio a guardare il tramonto e a pensare i pensieri che mi invadono a ogni tramonto. La Mina dice *Ti vorrei, a tenermi la mano che trema.* Ho reclinato completamente il sedile, ora è una specie di letto. Ogni tanto mi abbraccio le ginocchia e sto così per un po'. Mi pare sia una posizione comoda. Mi assalgono dei ricordi, ma non so se sono miei. Non voglio siano miei. Ho una confusione spaventosa in testa, faccio fatica a pensare. Chissà cosa mi hanno dato, per anni, in clinica. Mi verrà una crisi d'astinenza? Sento odori strani, rumori che non possono venire da dentro la macchina, e se chiudo gli occhi vengo come assorbita dentro a quel ricordo, ma è strano perché mi vedo, vedo il mio corpo muoversi dentro il ricordo come se fosse un video, un altro video, o un sogno, e sono sempre lì, un'immagine che posso solo guardare, e torno a casa dopo una litigata d'inferno con non so chi, in una discoteca orribile con le luci strobo, il fumo, la musica fortissima, la gente intorno, io che cado su un divano addosso a qualcuno che strilla, ci sono urla e bicchieri rotti, tutti urlano, e ho una ciocca di capelli di qualcuno in mano e mi rialzo e scappo e torno a casa verso la una, credo a piedi, è freddo, e mia madre non c'è perché è a giocare a carte, mio fratello era fuori con me ma l'ho lasciato in quella discoteca, mio padre dev'essere davanti alla televisione perché sento parlare di gol segnati in trasferta; non voglio vedere nessuno e vado dritta in camera mia, solo che prima di entrare sento un rumore e dalla porta socchiusa vedo mio padre che sta guardando il *video* al mio computer e si fa una sega e dice sottovoce, Ma guarda che troia, ma guarda che *troia.* Ha la schiena curva, è in piedi, il corpo scosso dal movimento della mano sinistra, i pantaloni abbassati al ginocchio, gli occhi fissi al video che scorre sul monitor, ma è piccolo piccolo, io sono minuscola, e deve piegarsi in avanti per vedere bene perché è un povero idiota mentecatto pieno di paroloni e di mille cazzate e bugiardo e falso e cattivo e stupido che non sa nemmeno allargare l'immagine sullo schermo. E si tira una sega *per minuti*, poi fa come uno sbuffo e viene sulla moquette di camera mia, ansima immobile per una decina di secondi e prende dei fazzoletti di carta dalla mia scrivania, ma io non tengo fazzoletti di carta sulla scrivania e quindi vuol dire che *se li è portati*, pulisce la moquette, appallottola i fazzoletti sporchi, se li infila nella tasca dei pantaloni che non si è ancora tirato su, poi finalmente se li tira su, si allaccia la cintura, va al computer, dice ancora una volta, Grandissima *troia*, e spegne tutto premendo l'interruttore centrale, come fanno gli incapaci. Cade il buio completo nella stanza e nel corridoio, e mentre esce mi passa accanto, vicinissimo, e io tremo e stringo in mano quella ciocca di capelli e non respiro e prego che non mi veda, e lui in qualche modo non mi vede e sparisce, e tutto ricomincia subito dopo, con me che sono in discoteca e cado addosso a qualcuno, la ciocca di capelli in mano, in un loop di orrore che è la mia testa, la mia vita, e poi però riesco ad aprire gli occhi e prendo fiato come se emergessi dal mare e sono di nuovo in macchina con Ivo, che continua a fare delle grandi inversioni a U e a chiedere indicazioni a passanti che scuotono la testa e allargano le braccia e gli dicono che di cliniche lì non ce ne sono e non ce ne sono mai state. Ringrazia sempre, Ivo, poi bestemmia tra i denti e riparte. Mi sforzo di non addormentarmi più e così mi concentro sul paesaggio. Si va su e giù per certe colline morbide che pur essendo verdi, di quel verde pisello che mettono nei pastelli dei bambini, in qualche modo mi sembrano anche aride. Cioè le piante sono verdi, ma le zolle di terra sono di quel giallo beige molto chiaro che si vede in televisione nei documentari sull'Africa. I nomi dei paesi qui intorno sono strani: POGI, CAPANNOLE, MONTEBENICHI, FRITTOLE. Nell'aria ci sono profumi fenomenali, che non sentivo da quando andavo in motorino. Ivo li sa riconoscere tutti, e cerca di insegnarmi a distinguere il tiglio – *forte e dolce e struggente come un film francese* – dalle ginestre e dai gelsomini e dalle magnolie – *che sanno di giocattoli* –, e dice che in mezzo agli odori del bosco spiccano la resina – *che sa di pittura e d'industria* – e il pitosforo. Non si spiega però l'odore di albicocche che sembra seguirlo da stamattina, a meno che non sia io a profumare d'albicocca, cosa che non mi pare, e lui dice, Il giudice sono io, ricordami di annusarti, dopo.

Passiamo accanto a dei vigneti dove ci sono un sacco di uomini a lavorare, molti a torso nudo, e noto le diverse gradazioni di nero delle schiene curve. A un certo punto ci sono dei lavori sulla strada, e un semaforo rosso di quelli provvisori ci obbliga a fermarci. Ivo spegne la macchina e la musica e si sente un bell'odore che definisco di *terra smossa e fiori* – Ivo annuisce e si complimenta e un canto che di certo non è italiano. Un canto dolce, ritmato, allegro. Africano di sicuro.

"Che fanno?"

"Stanno diradando l'uva."

"Che vuol dire?"

"Vuol dire che tagliano i grappoli d'uva più in alto sulla pianta."

"Cioè li buttano via?"

"Sì. Cioè no. Li lasciano a terra."

"Perché?"

"Perché l'uva che rimane diventa più buona."

"Ah. Davvero?"

"Sì."

"Perché?"

"Perché gli arriva più linfa, e perché è più vicina alla terra."

"Ah. E perché lavorano a quest'ora?"

"Non lo so. Forse perché è più fresco, o perché sono pagati a nero. Certo, i neri come li vuoi pagare? A nero, no?"

"Che vuol dire? È una cosa razzista?"

"No, macché razzista, è uno scherzo... È tutto uno scherzo perché tanto le pensioni non esistono più, e allora perché pagare i contributi?"

Ivo sorride e si stringe nelle spalle come se capissi quello che dice, cosa che non è. In cielo, tre nuvole gonfie si rincorrono lentissime. Il semaforo diventa verde. Nessuna macchina è passata in senso contrario e non abbiamo nemmeno una macchina dietro.

"Dicono che in Svezia se un semaforo si guasta e rimane bloccato sul rosso la gente non passa lo stesso. Ci vuole mezz'ora prima che passi il più audace. Quello con il cuore di leone."

Mi viene da ridere, e rido, e non smetto di ridere. Davvero, quant'era che non ridevo! Mi vengono in mente questi svedesi, una bella famigliola, tutti biondi, su una Volvo, ad aspettare buoni buoni senza arrabbiarsi, il marito che pensa ai fatti suoi, la moglie sistema i colletti delle camicie dei bambini; poi accendono la radio, sentono una canzone e quindi un'altra, fermi come paracarri. Non so cosa vuol dire, ma lo diceva mio nonno, *Fermi come paracarri*. Ivo mi guarda e sorride mentre continuo a ridere come quando ero bambina e se mi veniva la riderella non c'era verso di smettere, poteva andare avanti per mezz'ora o anche di più, e mentre rido dice che allora si fa come gli svedesi, si aspetta anche noi, e io, Sì, sì, si sta fermi come paracarri, e si ride tutti e due e poi gli suona il videotelefonino, lui guarda chi è, sbuffa, risponde e comincia a discutere con qualcuno di una *fettina*, che a quanto pare è stata buttata via. È una donna coi capelli tirati all'indietro, dal poco che posso vedere nello schermo. Somiglia un po' a Olivia di Braccio di Ferro, mi pare, ma invecchiata. Da come si altera, sono certa che si tratti di qualcosa in codice. Tipo dei soldi. Mentre parla, Ivo mi lancia uno sguardo infastidito, scuote la testa, si stringe nelle spalle. Poi rimane a lungo in ascolto, e la mia risata rallenta e si spegne. A un certo punto stende il braccio come per allontanare il più possibile da sé il videotelefonino e la donna. Sento la voce stridula di lei, ma non capisco cosa dice. Dopo un po' riavvicina l'apparecchio alla bocca, dice che ora deve proprio andare, poi ascolta per qualche altro secondo, dice, Sì, a domani, e chiude la comunicazione. Di colpo diventa serio, pensoso. Si massaggia le tempie, sospira, poi si volta di scatto verso di me.

"Ti posso dire un segreto?"

"Sì."

Continua a guardarmi e sbatte le palpebre come se stesse rivedendo qualcosa di lontano e piacevole, e volesse o dovesse finire di osservarlo prima di parlare. Sorride, abbassa gli occhi.

"No, lascia stare."

È arrossito, mentre dice questa cosa.

"No, dài, dimmelo..."

"No, meglio di no..."

Ancora mi guarda e non dice nulla. E ancora sorride, e ancora abbassa gli occhi. Si morde il labbro inferiore, come i bambini.

"No... lascia stare..."

"Dài, sono curiosa..."

"No, scusami..."

Guarda in avanti. Il semaforo ridiventa rosso.

"OK, come vuoi."

"Invece..."

"Sì?"

"Invece lo sai perché... perché a Parigi le pepiere, quelle grandi, le chiamano Rubirosa?"

"No, perché?"

"Perché... ecco... C'è un perché... Ma lo sai chi era Rubirosa?"

"No."

"Era un grande playboy sudamericano. Giocava a polo. Io l'ho conosciuto, una sera, a Parigi."

"Ah."

"Porfirio Rubirosa."

"Non so chi era, Ivo."

"Ah."

"Chi era?"

"Non fa niente, bambina. Lascia stare."

"E quella cosa delle pepiere?"

"Lascia stare anche quella."

"No, dài, Ivo, spiegamela, non ho capito..."

"Lascia stare, scusa, sono un imbecille."

Ha una microgoccia di sangue sul labbro, dove si è morso prima. Faccio per indicargliela, e Ivo fa finta di nulla e riparte con una gran sgommata, e per qualche ragione mi viene da ridere e sono sicura che se non trova la strada giusta ora, la troverà dopo. O domani. Non fa niente. Non ho neanche fame.

I KILLED LAURA PALMER

OK, allora la clinica non esiste più. C'è un piccolo cancello arrugginito chiuso da una catena, un vialetto con la ghiaia invaso dalle erbacce, una merda di cane in mezzo al vialetto, degli alberi così fronzuti che l'edificio dietro quasi non si vede. Un silenzio totale. Le foglie sono mosse da un vento lieve. È una veduta impressionista moderna. Ci vorrebbe Pissarro, che tra gli impressionisti mi è sempre piaciuto più di tutti con quelle mediocri vedute dall'alto di Parigi nei giorni di festa, la borghesia che prende possesso del mondo e sfoggia belle donne, discorsi leggeri, cagnolini, cavalli, carrozze...

Alla fine l'ho trovata. Ho dovuto staccarmi il cerotto, ma l'ho trovata. Mi sembrava di ricordare che fosse a Lucca e ci siamo anche andati, Cate che dormiva e io, ieri a Lucca, dove mi hanno preso per grullo. Alla fine ho anche chiesto al casellante dell'autostrada se sapeva qualcosa di questa clinica, ma lui mi ha guardato sospettoso e, visto che non ripartivo e c'era già un po' di fila dietro di me, mi ha detto bruscamente che era rumeno ed era appena arrivato in Italia e non sapeva nulla di nulla. Non so come ho fatto a ritrovare la strada dell'agriturismo, al buio e col freddo perché la capote del cazzo si è bloccata e non mi riesce più di chiuderla, neanche a mano, con i miei amici morti che camminavano lungo la strada e mi salutavano, i cinghiali che correvano accanto alla macchina, gli pterodattili che mi volavano sopra e facevano i loro versi. Devo ringraziare Cochi e Renato se non mi sono buttato da un viadotto.

Però stamattina l'ho trovata. Al primo colpo. Ho fatto la doccia, mi sono messo una camicia bianca, ho preso un caffè, mi sono concentrato e l'ho trovata. L'avevano costruita più come una casa colonica che come una clinica, per dare l'idea dell'assoluta segretezza e del lusso, nascosta in fondo a una strada vicinale che mi ricordavo sperduta tra i campi e invece ora è alla fine di uno sterrato con l'erba che cresce in mezzo e carezza il fondo della macchina, assalita da vigneti nani ad altissima densità piantati nel 2000 e adesso in abbandono eppure infinitamente più sani e rigogliosi ora che non vengono più diserbati all'inizio della primavera e irrorati ogni mese con antiparassitari nazisti.

Però la clinica non esiste più. Si chiamava *Solare*, c'è il nome su una targa d'acciaio tutta rigata, ora lo ricordo, e deve essere fallita da anni perché questo abbandono totale non si crea in pochi mesi. È chiusa, sprangata. Circondata da un silenzio vuoto che sembra volerla proteggere, come un cimitero. Forse l'unica cosa sarebbe andare a cercare quel dottore molto sveglio di cui non ricordo il cognome ma di sicuro era straniero tipo Gusmaier – ma non era Gusmaier –, quello che voleva aprire una clinica in Svizzera e mi chiese anche di entrare come socio al 50 per cento, come si chiamava?, perché forse ha tutto lui, il mio sperma gagliardo di cinquantenne e i pronuclei miei e di Elizabeth, forse se li è portati via in un frigoriferino speciale e li ha conservati da qualche parte perché era molto sveglio, quel dottore, e forse ha pensato che avrei potuto farmi vivo in futuro. C'eravamo anche scambiati i numeri di telefono. Ma ora come faccio a ritrovarlo? A chi chiedo? Dove vanno a finire le persone quando ci si perde di vista? Lontano, un raglio.

Caterina mi dice che le sembro un po' dimagrito, e che sto meglio.

"Certo, fai una dieta durissima, Ivo, non mangi quasi nulla, ma prima eri davvero troppo grasso."

Son cose belle.

Ricomincia a farmi male la pancia. Sono attaccato con le mani al cancello arrugginito, il volto appoggiato alle sbarre. Sento il freddo del ferro contro le guance e le tempie. Mi sento come quando nel dopoguerra usavo la trielina per sciogliere la colla delle palle da tennis e poi staccavo a mano la lana per riciclarla e venderla a chi la filava e la tesseva e la faceva diventare tessuto, perché di lana nuova non ce n'era e stracci nemmeno, e così mi ritrovai assuefatto alla trielina, praticamente un drogato, e ogni poco dovevo annusarla sennò mi venivano dei dolori simili a quelli che sento ora, e non riuscivo neanche a stare in piedi, neanche a pensare. Ecco, mi sento così.

E poi è arrivato il momento di farla finita con le cazzate e liberare questa ragazza dall'incombenza di stare dietro a un malato terminale vecchio che vuole un figlio da lei. Che stupidaggine, che follia. Devo riportarla a casa dei suoi, invece, perché dovrà per forza fare la pace e andarci d'accordo, prima o poi. E devo andare a Milano alla casa d'aste, consegnare il quadro e firmare perché i soldi della vendita vadano tutti a lei, figlio o non figlio, e poi tornare anch'io a casa dalla Deanna a morire con un minimo di dignità, o forse mi suiciderò in qualche modo spettacolare, magari con la macchina aperta, salterò da un viadotto della Firenze-Mare urlando qualcosa di memorabile, di definitivo.

Solo che è incredibile che debba morire, cazzo. È incredibile.

Sono molto stanco. Allontano la faccia dalle sbarre del cancello e mi volto verso di lei, che si guarda intorno e aspetta paziente e quasi divertita, di buonumore, ed è elegante anche nei cenci che porta, sembra la regina d'Inghilterra in visita ai boscimani, solo che è *ancora scalza*! È incredibile che ieri che non abbiamo fatto che girare in macchina, e non mi sia venuto in mente nemmeno una volta di comprarle le scarpe, e non solo le scarpe, anche dei vestiti, della biancheria, uno spazzolino e un dentifricio. Accidenti, non le ho comprato nulla. E lei non ha nulla. Ho promesso che l'avrei portata in giro per l'Italia in vacanza e le avrei comprato un sacco di cose e invece ha ancora addosso quegli stracci che aveva in clinica, e lei non ha detto nulla, nemmeno una parola, certo sono un imbecille, sono rincoglionito davvero, mi è passato di mente, sono un idiota, chissà cosa pensa di uno che la vuole far ingravidare da un contagocce, che le dice che ha un quadro che vale due milioni di euro e lo venderà per dare tutto a lei e poi non le compra nemmeno le scarpe, che figura di merda...

E invece Caterina si volta verso di me e mi sorride splendente di quella sua bellezza selvatica pre-chirurgia estetica, pre-piercing, pre-tatuaggi, pre-ogni cazzata: i capelli biondi-rossi sciolti sulle spalle e brillanti, i vecchi jeans di un blu perfetto e la maglietta nera stinta dal tempo con quella scritta incomprensibile I KILLED LAURA PALMER, il suo profumare d'albicocca. Sento qualcosa di diaccio che mi stringe il cuore e non lo molla.

"Ecco, come si fa con le scarpe, Caterina?"

"Perché?"

"Perché non puoi andare sempre in giro scalza."

"Perché no?"

Già, perché no?

"Non ti preoccupare per me, Ivo. Va tutto bene."

Sì, certo. Il dolore sale, e non mi sento più le gambe. Potrei cascare. Stringo forte le sbarre e le dico che vorrei fare un sonnellino all'ombra di quell'albero là, e se vuole può prendere la macchina e andare a mangiare qualcosa. Per non insospettirla le chiedo anche un panino al prosciutto per me. Vedrò dopo come buttarlo via.

"Crudo o cotto?"

"Crudo."

Cate fa un po' di storie perché non vuole lasciarmi solo, ma la convinco che è meglio così.

"Tanto tra poco torni, no? Non è che scappi e mi lasci qui, vero?"

Lei sorride, mi dà un bacino sulla guancia, mi scompiglia i cernecchi e si volta per andare verso la macchina. La guardo camminare e penso che potrebbe essere l'ultima volta che la vedo e allora la chiamo: lei si volta ed è bellissima, accidenti, e mi sorride. Mi sento pieno di felicità.

"Che cosa vuol dire la scritta sulla maglietta?"

"No, niente..."

"Come niente?"

La vista mi si annebbia per un attimo, poi torna normale.

"Caterina... lo sai... lo sai che non si devono mai portare magliette con scritte che non si... Insomma, che non si sa cosa vogliono dire? Sennò si fa come quello che andava in giro con un tatuaggio giapponese sul petto che lui credeva volesse dire *Io amo i miei figli*, invece il tatuatore gli aveva scritto *Io sono un testa di cazzo*."

"Davvero? È successo davvero?"

"Sì, a un mio amico... Mi sembra..."

"Ivo, io lo so cosa vuol dire la scritta, ma pensavo che non ti interessasse saperlo, perché è una cosa di cinema, e a te il cinema non piace tanto..."

"Come? No, non è vero che non mi piace..."

"È che una volta mi hai detto che il cinema deve servire solo a... Insomma, a divertirti per due ore, ecco... e che per te i film più belli sono i western..."

"Quando te l'ho detto?"

"In clinica, una volta."

"Ah."

Non le ho mai detto di *Serenata a Valle Chiara*, allora, il primo film che ho visto in vita mia, a dodici anni, *Sun Valley Serenade*, un film musicale con Sonia Henie e John Payne, e c'erano Glenn Miller che suonava con la sua band, i Nicholas Brothers, The Modernaires, le Peter Sisters che pesavano un quintale l'una, e io entravo nel cinema alle due e mezzo e uscivo alle sette tutti i giorni, e poi tornavo a casa in bicicletta e su per le salite di Vaiano canticchiavo le canzoni del film che avevo imparato a memoria, come sapevo a memoria tutte le parti di tutti gli attori e per me era tutto il mondo, quel film, a dodici anni, a Prato, con la guerra finita da poco e non c'era una strada asfaltata e non c'era una lira per farne due e...

"E comunque I KILLED LAURA PALMER è una cosa di un film, no, di una serie televisiva in cui moriva questa ragazza che si chiamava Laura Palmer e non si trovava l'assassino, e durò mesi e mesi questa cosa, finché uno esasperato fece questa maglietta che risolveva il problema."

"Ah. Ecco."

Il sole filtra tra i rami e la vedo in una specie di chiaroscuro; le foglie si muovono e la luce e l'ombra corrono sul suo volto, sul suo sorriso, sul suo corpo. Potrebbe scomparire, ora, e non mi stupirei. O potrei scomparire io. Ora glielo dico, che la amo.

"Cate?"

"Sì?"

"Non so se lo sai..."

"Cosa?"

"Una cosa importante..."

"Dimmi..."

"D'estate bisogna vestirsi di lino."

"Ah..."

"E... E devi provare le *escargots*, e a Portovenere i delfini mi passavano sotto la barca e parevano d'argento, e avevo un amico che si offendeva se nei negozi gli facevano lo sconto."

Il suo sorriso si allarga di un micron alla volta.

"Ecco."

Mi manda un bacio, sale in macchina e parte, giù per il viottolo. Da lontano i graffi e le ammaccature non si vedono, e Caterina sembra solo una donna molto bella e molto ricca su una Mercedes cabriolet d'epoca. Credo non sappia guidare tanto bene, perché la macchina parte beccheggiando, ma non è facile guidare a piedi nudi, e comunque non ha importanza. Nelle donne m'è sempre piaciuto che non sapessero guidare. Che grattassero a ingranare le marce, ogni tanto sfregassero le fiancate contro i muri, che salissero sui marciapiedi mentre parcheggiavano. Cose così.

Mi commuovo come un imbecille, ma per fortuna dura poco e lei non mi vede. Quando la macchina scompare dietro a una svolta, mi frugo in tasca e tiro fuori il cerotto. È veramente bellissimo. A guardarlo bene mi pare che il gel blu si muova. Mollo con attenzione il cancello e cammino fin sotto un cerro enorme, mi metto a sedere con la schiena contro il tronco, mi attacco il cerotto, chiudo gli occhi e aspetto che faccia effetto. È bello sapere che il dolore se ne andrà. Piano piano, ma se ne andrà. Forse ho fatto male a dirle in quel modo la faccenda del figlio, così di getto, all'improvviso, ma ormai l'ho fatto. Era una cazzata fin dall'inizio, forse, un colpo in cielo, ma tutte le imprese al principio sembrano cazzate. Deve passare un po' di tempo, perché sento un rumore molto vicino. Apro gli occhi e vedo un maiale che mi guarda, a una decina di metri. È enorme, rosa, la schiena irta di peli neri. È grosso come una Cinquecento. Sta immobile e mi guarda. Fiuta l'aria, muove le orecchie, fa queste cose minime da animale. Allungo la mano aperta verso di lui e gli dico, nel tono e col sorriso con cui salutavo i direttori di banca, i sindaci, i sottosegretari, i ministri:

"Ciao, maiale, buongiorno."

"Ivo, non c'è problema," risponde lui. Poi le cose si confondono un po', e io insomma scivolo da qualche parte.

UNA DONNA CANNONE
(1994)

Lontani, i preludi di Scriabin sono molati dal furioso raschiare del filippino contro la pietra serena della scalinata. Sono sul letto, immobile, la camicia aperta sul petto peloso, i capezzoli ancora umidi della saliva di Elizabeth, i pantaloni tirati giù fino alle caviglie perché abbiamo fatto l'amore all'improvviso e nella concitazione non ho fatto in tempo a toglierli e ora sono un cencio: le tasche rovesciate, la fibbia dorata della cintura di coccodrillo che pende oscena al di là della gamba destra e del ciglio del letto, la finissima flanella antracite spiegazzata oltre ogni possibilità di riutilizzo immediato.

Mi si è avvicinata mentre guardavamo svogliati la TV, i flûte pieni di spumante per l'aperitivo – rito che ha introdotto lei, e così ogni sera prima ancora di entrare in casa mi trovo davanti il filippino con la giacca bianca e il vassoio d'argento e lo spumante e le noccioline e le patatine, e ogni sera mi devo trattenere dal dargli una pedata nel culo e rovesciare ogni cosa – e con quello sguardo vitreo che le viene solo in quei momenti mi ha baciato e ha detto che voleva fare l'amore. È come se nella sua vita il sesso non esistesse finché non affiora all'improvviso per qualche sommovimento sotterraneo, tipo l'isola Ferdinandea, e allora deve farlo subito, nella sua posizione preferita, sopra di me, con un trasporto e un entusiasmo che presuppongono una mia erezione pressoché istantanea, e il fatto che Elizabeth non si sia mai posta il problema se io sia pronto o disponibile o d'accordo sul fare l'amore quando

viene voglia a lei e dia per scontato che basti solleticarmi
un po' per farmi rispondere con l'apparizione della Verga
d'Oro mi rende, devo dire, molto orgoglioso, e anche se di
recente ho dovuto portare quasi a zero il numero delle seghe,
ecco, ho deciso che ne vale la pena. Perché Elizabeth *viene*,
durante l'orgasmo tutti i muscoli le si irrigidiscono e diventa
dura come il ferro e lo sguardo le si sfalda e le dita dei piedi
avviano quella loro danza di piegarsi e allungarsi, e trattiene
il respiro, e so che nel momento culminante *vuole stare da
sola*, e allora non dico nulla e tolgo le mani dal suo corpo e la
guardo venire. È una cosa sua. Io vengo dopo, quasi sempre
in modi raffazzonati che sul momento mi sembrano un plus
rispetto alla normale trombata e invece sono solo i cascami
della convinzione adolescenziale che siano più eccitanti i
pompini o le seghe rispetto all'atto sessuale, e appena goduto
mi dispiace sempre un po' di non essere venuto dentro di
lei, sia perché il godimento è più breve sia perché sarebbe
un bel rifiuto testardo di arrendersi all'evidenza che di figli
nostri non ne avremo mai – e non si capisce per colpa di chi.
Non si sa nulla, si vive senza sapere nulla, sempre, cazzo.

La pancia e i fianchi hanno una temperatura più bassa di
quella del petto. È una sensazione sgradevole. Mi dà l'idea
che siano parti sacrificabili, amputabili. Parti già andate. Mi
hanno spiegato che è perché lì c'è il grasso e dentro il grasso non circola il sangue, ovviamente, e così mi garberebbe
toglierlo, questo grasso recente e furtivo, ma non sopporto
l'idea di mettermi a correre come un idiota lungo le tangen-
ziali oppure di andare in palestra a sfiancarmi, e ogni tanto
penso che sarebbe ganzo fare la liposuzione e togliere tutto
questo grasso in un'ora affrontando il problema direttamente,
senza perdere tempo – una scelta industriale, insomma –, e
poi però mi torna in mente Carlos, il grande terrorista che
fu preso proprio mentre si faceva una liposuzione, e allora

penso che la liposuzione porti male e mi convinco che non mi sdraierò mai nudo su un tavolo operatorio in attesa di farmi liposuggere, vittima delle battute dei dottori e delle infermiere, delle risatine, in una sala operatoria fredda e non perfettamente asettica, minore, tipo quelle dei veterinari.

Mi siedo sul letto, mi gratto forte la testa, prendo il telefono, faccio un numero.

"Pronto, Milena?"

"Pronto, chi è?"

"Sono Ivo."

"Ivo? Ciao, che fai? Dove sei? Ed Elizabeth, che fa?"

"È di là. Sta facendo la doccia. Alberto?"

"Dove vuoi che sia, al lavoro, come sempre."

"Domani venite, vero?"

"Certo."

"Rimanete anche a dormire, allora?"

"Se Alberto non cambia idea all'ultimo secondo, sì."

"Perché poi domenica mattina si va in motoscafo a Portovenere o a Portofino, dove volete."

"Sì."

"Ah, bene."

"Sì..."

"Sarà una giornata fantastica. Quasi estate. Tutto sole."

"Qui in casa nostra c'è un caldo impossibile, Ivo. È tutto il giorno che boccheggio."

Non posso evitare di immaginarla boccheggiare, Milena, la moglie di Alberto, la migliore amica di mia moglie, con gli occhi semichiusi, la pelle arrossata, le lentiggini impercettibili. Chissà perché, me la immagino con una specie di bandana rossa in testa, una maglietta bianca oversize con il collo a V, e nient'altro. E boccheggia. Il telefono già le riscalda l'orecchio, o viceversa.

"Qui è fresco."

"Sei fortunato."

"Sì..."

Entra nella stanza un soffio di vento fresco e alza le pagine della rivista aperta sul comodino, le fa frusciare. La sento respirare piano. Mi incanto ad ascoltarla respirare. Sta facendo qualcosa. Forse guarda la televisione.

"Senti Milena..."

Chiudo gli occhi, e subito mi accorgo dell'aritmia degli spari lontani. Vengono dal poligono della Polizia. Sparano su bersagli sagomati a forma d'uomo.

"Sì?"

Riapro gli occhi. È un momento molto bello. Potrebbe succedere di tutto, e non so come ci sono arrivato, a questo punto. Ero sul letto e ora sono al telefono con Milena. E lei mi ascolta. Dalla finestra della camera vedo la luce del tramonto filtrare tra i rami dei pini e tingerli di giallo. Ogni tanto viene riflessa da qualcosa, e scintilla. Dev'essere resina, o un oggetto luccicante rubato dalle gazze e poi lasciato lassù, a venti metri, imprendibile fino alla prossima giornata di vento e poi perduto per sempre. In cielo passa, piuttosto basso, un aereo che non lascia scia, non fa rumore.

"Che fai stasera?" dico molto velocemente, e mi metto una mano davanti agli occhi.

"Sono... a casa... come sempre... Perché?"

Verrà l'ora in cui li rimpiangeremo, i giorni passati in casa a non fare nulla.

"A casa? Ma dài, che ci fai a casa in una sera così?"

"Mi guardo un film in cassetta."

"Io ed Elizabeth stasera andiamo a sentire il concerto di De Gregori, al Metastasio."

"Ah, ganzo."

Milena ha i capelli biondi e le lentiggini lievi. È bella di una bellezza morbida e infantile, sembra una bambola. Da perderci la testa. Un giorno, al mare, per un equivoco la vidi nuda e lei mi disse di non dirlo a nessuno.

"Senti, Milena, ti sembrerebbe disdicevole se... ecco, se ti invitassi a cena fuori?"

"..."

"..."

"Io e te a cena insieme? La bella e la bestia? Il gigante e la bambina? King Kong e la bionda. Come si chiamava, Jessica Lange? A mangiare pesce? E saresti gentile e premuroso con me, un vero cavaliere?"

"Sì." Il cuore mi batte a mille. "Certo."

"E a Elizabeth lo diremmo, vero? Potremmo anche telefonarle dal ristorante..."

"Certo. Certamente. Anzi no."

"Perché no?"

"Perché..."

Sto scazzando, ho scazzato, sto facendo la più grande cazzata della mia vita perché Alberto è l'unica persona che stimo, è una freccia, mi fiderei anche di dargli in mano l'azienda e andare alle Bahamas, e non è detto che un giorno non lo faccia, e lui mi considera un grande e quando è morto suo padre mentre piangevamo tutti e due, abbracciati, gli ho detto che poteva e doveva chiamarmi per qualsiasi cosa avesse bisogno, a qualsiasi ora del giorno e della notte, sempre e comunque, ed ecco che invito a cena fuori sua moglie approfittando che lei si fida di me, e certo che ci verrebbe, non crede possibile che la voglia trombare e soprattutto che se volessi trombarla mi comporterei così, verrebbe senza problemi e si vestirebbe fica per farmi fare bella figura perché tanto crede di non avere nulla da temere, *perché potrebbe essere mia figlia*, e io andrei in tachicardia fin dal momento in cui la vedo e nella macchina si diffonde Shalimar, e a tavola comincerei a bere a grandi sorsate il vino migliore di quella carta e avvierei a parlare delle mie passioni artistiche, ragionerei di grandi pittori e dei loro quadri, le consiglierei visite ai musei, anzi la inviterei a venirci con me perché al mondo non c'è niente di più importante dell'arte, e nell'ebbra attesa che si prolunga tra il secondo e il dolce mi perderei e le confesserei che la amo e la amerò sempre – e non mentirei, sarebbe vero –, così succederebbe il più grande casino della storia e mi rovinerei la vita. Cosa che succederà comunque, prima o poi, in un modo o nell'altro.

"Perché la ragione dell'invito a cena..."

"Sì..."

"È che vorrei organizzare una grande festa a sorpresa per il compleanno di Elizabeth, e da solo non ce la faccio."

"Ah, sì... va bene. È una bella idea. Sì, starò zitta."

Ricordo che una volta, alla fine di una cena a casa nostra nella quale si era bevuto un po' troppo, durante una conversazione che non avrebbe giustificato un'uscita così, Milena disse che la cosa che più la eccitava era vedere due lesbiche che facevano l'amore. È strano, conclude, perché a me le donne non piacciono per nulla. Elizabeth disse che anche a lei le lesbiche facevano quell'effetto. E si dettero il cinque, ridendo. Mi sarò fatto un centinaio di seghe su questa cosa di Milena ed Elizabeth a letto insieme.

"Come si rimane, allora?"

Ho rimediato, ma sono deluso. Ho rovinato questa telefonata, l'ho disinnescata, e ora non ho voglia di prendere accordi. Sono goffo, e scemo. E non la tromberò mai.

"Ti richiamo io, lunedì pomeriggio. Sarai a casa?"

"Sono sempre a casa, in questi giorni."

"Allora ciao, Milena."

Lei fa un'altra pausa di pura distrazione, piuttosto lunga, come se avesse altro da dirmi. Decido di non chiederle cosa sta facendo, e rimango zitto anch'io. In attesa. Ah, se riuscissi a spezzare tutti i silenzi della mia vita con le parole giuste! Perché è solo nei libri che i silenzi vogliono dire qualcosa, nella vita non sono nulla, non valgono nulla. Sono vita non espressa. Valgono zero.

"Ciao, Ivo."

E riattacca. Passa qualche secondo, poi dico a voce alta:

"Forse era qualche ultimo invitato che era stato via in capo al mondo e non sapeva che la festa era finita."

"Eh?"

Elizabeth è già tornata in camera, avvolta in un grande accappatoio candido, i capelli gocciolanti. Mi avrà sentito, mi avrà visto telefonare?

"Cos'hai detto?"

"È una cosa del tuo amico Fitz."

"Ah... Invece io stavo pensando un'altra cosa... Che sono contentissima di essere americana, amore..."

"Sì?"

"Sì, perché alla fine in Italia le cose e le persone più interessanti e belle sono tutte già morte, no? Gli antichi romani, i Medici... non ti pare? Cioè, il vostro contributo alla storia del mondo l'avete già dato..."

La guardo frizionarsi i capelli con una forza che mi pare eccessiva; non ha paura che le cadano?

"Cos'è questo profumo di magnolia?"

"Cosa?"

"Ti sei fatta uno shampoo alla magnolia? Esiste uno shampoo alla magnolia? O una crema alla magnolia?"

"Ivo, non ti capisco."

"Lascia stare."

"Che stai facendo con il telefono in mano?"

"Ho chiamato l'ora esatta."

Mi guarda per un attimo, poi dice che dobbiamo fare in fretta sennò faremo tardi al concerto, e avvia a bombardarmi di microdomande sull'organizzazione della festa di domani a casa nostra a Forte dei Marmi (Il programma per l'orchestra lo scrivi te? Ti ricorderai di dire ai musicisti di fare solo pezzi ballabili? Gli anni sulla torta no, vero? Farò in tempo ad andare a prendere mia madre all'aeroporto di Pisa alle tre e poi andare dal pescivendolo a scegliere i branzini e gli scampi? Perché sennò chi potrebbe andare a prendere mia madre? E, anzi, il pesce non potresti andare tu a sceglierlo? Non è che perché sentono dall'accento che sono americana mi danno il pesce avariato? E poi, Ivo, dài, come mi vesto?), così decido di alzarmi dal letto, e dopo un'ora stiamo entrando al Teatro Metastasio, eleganti e improfumati, nervosi perché lei in macchina mi ha rimproverato per un ritardo che non esiste. L'ingresso è pieno di gente elegante e adulta, anche troppo per un concerto di De Gregori, ma forse per via del nome del teatro e del costo dei biglietti o del fatto che sarebbe stato lui solo sul palco con la chitarra e l'armonica, di ragazzi ce ne sono pochi, e stanno in disparte a ridacchiare e a guardarci con sospetto. Le signore sono raccolte al centro a intralciare il passo di chi, come me ed Elizabeth, arriva dopo. Accendo un sorriso fisso da burattino e mi faccio strada in mezzo a loro salutandole tutte, sfiorando quell'imponente e comica ostensione di metri di giri di perle, solitari scalati negli anni di dito in dito fino ad arrivare al mignolo perché anche le dita ingrassano, decine di Rolex d'oro, Baume & Mercier e Audemars Piguet, qualche Patek Philippe, un singolo mirabile Cartier Le Tonneau dal vetro stondato e fragilissimo che campeggia su un polso che mi sembra di riconoscere e svanisce subito.

Elizabeth mi sibila che sono tutti eleganti e lei sembra una stracciona per colpa mia, perché non l'ho fatta vestire bene e non le ho concesso nemmeno di mettere l'anello *del* diamante. La mollo agli squittii della moglie di un mio concorrente, nella mente e negli occhi solo la sublime delicatezza di quel polso, e mentre blatero qualcosa sui suoi orecchini di *peau d'ange* mi unisco confuso agli uomini in fila al guardaroba con le pellicce delle mogli sottobraccio, zitti e di cattivo umore, appena sbarbati e profumati di colonie tedesche, in qualche modo simili a una bandaccia di cacciatori canadesi inspiegabilmente eleganti.

Sono lì di malavoglia, i miei fratelli, le facce segnate di inesplicabili rughe da marinaio, le dita forti e piegate come rebbi di rastrello per via dei lavori umili fatti in gioventù, le Mercedes appena lavate parcheggiate con due ruote sul marciapiede per far prima ad arrivare a quel teatro dove non volevano andare, fieri dei loro completi di sartoria e dei mocassini artigianali, delle tre parole d'inglese imparate alla Berlitz nei lunghi dopocena d'inverno, delle sdegnose amanti fiorentine; forti delle voci roche per averle sforzate a urlare in tessitura cercando di soverchiare il battere dei telai, dell'orgoglio freschissimo di essere arrivati a passeggiare come i signori in Piccadilly Circus e in Place Vendôme, lo smoking addosso e il Cohiba tra le labbra, loro che erano partiti da ragazzini a fare la guardia a un telaio. Dai loro sguardi inermi e furibondi si vede che vorrebbero essere da un'altra parte, magari a Bussola Domani in compagnia di qualche altra donna a sentir cantare la Gloria Gaynor, invece che al Metastasio obbligati dal capriccio delle loro mogli vagamente innamorate di De Gregori, che coprono di gioielli ma non amano più anche perché li costringono all'obbedienza alle regole di facciata del sacro matrimonio, loro che con i soldi sentivano di essersi guadagnati anche il diritto di non ubbidire più a nessuno, nella vita, e così subiscono in cagnesco, e si vendicano con i falsi pomeriggi al golf e le cene di lavoro inventate e i week-end fuorivia durante i quali si sciolgono in commosse confessioni d'amore alle amanti che mentre escono di bocca già suonano false non solo alle amanti ma anche a loro stessi, anche a me, che sono come loro, uguale a loro, e per qualche attimo ci si zittisce tutti e ci si chiede quale sia, allora, la verità, qual è la vita che vogliamo davvero e con chi vorremmo viverla perché a cinquant'anni non c'è più tanto tempo, e mi prende come uno smarrimento, mi zittisco e cerco una finestra per guardare fuori come se stesse per arrivare qualcosa o qualcuno che aspetto da sempre, e sto per sciogliermi in un bel pianto sano quando invariabilmente l'amante si imbroncia a essere ignorata, avvia a lamentarsi che la trascuro e allora mi riscuoto, chiedo il conto e si finisce a letto nel più breve tempo possibile.

Come ogni americana che viene a vivere in Italia e si avvicina alla musica italiana, Elizabeth si era subito innamorata delle canzoni di Battisti e di De Gregori, e poiché un concerto di Battisti era come l'Atlantide, cominciò a insistere per andare a un concerto di De Gregori perché – diceva – il grande artista va visto in concerto, in America era una specie di legge, e lei ne aveva visti tantissimi fin da quando era ragazzina, i Grateful Dead, i Van Der Graaf Generator, i King Crimson, i Genesis, gli Yes, i Deep Purple, i Blue Oyster Cult, anche Springsteen al Giants Stadium con la E Street Band.

"Chi è quella donna bellissima che non ti leva gli occhi di dosso?" mi dice quando torno dalla fila al guardaroba, e indica Rosa che, sottobraccio a Brunero, sta salendo verso i palchi ma si volta a guardarmi approfittando del fatto che suo marito è già occupato a tenerla a braccetto e a salire le scale, e il suo cervello non è equipaggiato per notare una terza cosa, tanto meno un'impercettibile inclinazione del collo della moglie. È uno schianto. Vestita forse un po' troppo elegante, con un abito nero poco sotto il ginocchio, le scarpe coi tacchi a stiletto, i capelli corvini raccolti in uno chignon da cui escono dei lunghi riccioli che le incorniciano il volto, al polso il *tonneau* che le regalai, nessuno le darebbe i quarant'anni che ha. I nostri sguardi si incrociano, e dopo anni mi lancia un microsorriso triste che ricambio con un sorriso vero, un gesto della testa e la sillabazione di un Ciao, esagerando grandemente rispetto alla miseria dei nostri rapporti, ma pensando con ragione che ogni segnale equivocabile mi avrebbe fatto litigare con Elizabeth. Lei mi risponde con un sorriso prima sorpreso e poi triste, e si gira verso Brunero che deve averle detto una qualche piccolezza.

"È un'amica di tanto tempo fa, è la moglie di mio cugino Brunero."

"Chi? L'imbecille?"

A Elizabeth ho raccontato che Brunero è il Mio Nemico, che lui mi odia per antiche ragioni di famiglia, o meglio di sangue, tipicamente toscane, che un'americana non potrebbe mai capire fino in fondo. A lei questa cosa è piaciuta, le è sembrato il vero segno della differenza *culturale* tra di noi, perché Elizabeth Barney di Paterson, New Jersey, si considerava straniera in terra straniera, trapiantata per amore nelle lande che erano state di Lorenzo de' Medici e Leonardo da Vinci – e in una visione disneyana della Toscana che la faceva andare in giro per Firenze a cercare capolavori nascosti nelle chiesette, prendere l'aperitivo in Piazza della Signoria ogni volta che le era possibile, vedere almeno una volta all'anno il Palio, bere solo Chianti Classico e passare le estati sotto le tende dei bagni di Forte dei Marmi – snobbava l'attivismo calvinista di Prato, che considerava una perversione dell'antico indomabile spirito del toscano rinascimentale, ai suoi occhi incompatibile con il lavoro in fabbrica. Pensava che tutti i toscani dovessero essere un po' artisti, o comunque artigiani insuperabili, e si divertiva all'idea che ogni città odiasse la sua vicina con tutto il cuore, da secoli, per ragioni che si erano ormai perse nella notte dei tempi. Tutto questo le pareva anche vagamente avventuroso, e ogni volta che andavamo a Lucca, a Pistoia, a Pisa, e persino a Firenze, calcava inconsciamente il suo accento americano, come se avesse paura che un qualche riccioluto giovanotto in giustacuore le affondasse un pugnale nel fianco solo perché l'aveva riconosciuta moglie di un pratese e dunque pratese anche lei.

Saliamo verso il nostro palco, il migliore, quello *reale*. Ho appena il tempo di localizzare il palco di Brunero e vedere ancora una volta Rosa che mi guarda, quando le luci si abbassano e De Gregori entra in scena, si mette a sedere su una seggiola e comincia lo spettacolo. È un principe, dice Elizabeth, alto, magro, con la barba rossiccia da antico cavaliere. E in effetti c'è una sfumatura di nobiltà nella tristezza del suo portamento e nella povertà della scelta di presentarsi con la chitarra e l'armonica a bocca che me lo fa somigliare al mio grande idolo Bob Dylan, ascoltando le canzoni del quale ho imparato l'inglese, e sto per dirlo ma mi fermo subito perché a Elizabeth non lo posso nominare, Bob Dylan, per via di come tratta la sua cittadina in *Hurricane*, una delle mie canzoni preferite, in quel verso in cui dice più o meno che *a Paterson le cose vanno così, e se sei nero è meglio che non ti fai tanto vedere in giro, o ti troverai nei casini*. Avevamo già litigato una volta su quella canzone che lei aveva definito falsa e stupida, e io invece a dire che Rubin Carter era innocente, e lei, Come fai a saperlo, e io, pur sapendo che sarebbe sembrata una cazzata, Mi fido di Bob Dylan, ecco come fo a saperlo, e lei allora, Comunista!, e io, Ma che cazzo dici, scema, io sono un liberale e vaffanculo. Non ci parlammo per tre giorni.

Elizabeth me lo chiede a ogni attacco se quella che sta iniziando è ha donna cannone, la sua canzone preferita, quella che mi dedica alle radio libere chiamandomi in ufficio perché la senta, e la canticchia sempre in giro per la casa, e dopo una decina di canzoni belle anche se scarne, minimali, quasi tirate via, quasi cattive, soprattutto *Rimmel*, che è invece la mia canzone preferita – *Ora le tue labbra puoi spedirle a un indirizzo nuovo* – le dico che se la prossima non è *La donna cannone* prendo il coraggio a due mani e la chiedo a gran voce. Mi vergogno moltissimo di fare una cosa così, ma ci tengo che la senta, e voglio che sia felice, e poi siamo in un palco e non in platea, e pochi si accorgerebbero che sono stato io a urlare – io che in platea al Metastasio ho avuto un momento di gloria dieci anni prima quando Ella Fitzgerald è venuta a cantare a Prato e alla fine dello spettacolo ci sono stati applausi scroscianti di tutto il teatro in piedi e lanci di rose rosse sul palcoscenico, ed Ella è venuta avanti a salutare quelli che dalle prime file si sono spinti fin sotto il palcoscenico e questi pratesoni entusiasti le hanno stretto la mano con un gesto che mi è parso un po' troppo maschile, e così quando si è avvicinata a me le ho baciato la mano e gli applausi si sono moltiplicati e dai palchi è partito un 'Bravo Ivo!' che mi ha fatto venire un brivido lungo la schiena, e sono arrossito come un bambino.

Insomma, un'altra canzone finisce, e mentre De Gregori pizzica le corde con pochi tocchi distratti, senza guardare un pubblico che può solo intuire per via delle luci, solo sul palcoscenico e apparentemente disinteressato, lontanissimo da dov'è e da cosa sta facendo, forse disperato, proprio quando sto per vociare la mia richiesta col cuore che mi batte nelle tempie per via della stupida emozione che mi prende sempre quando devo fare qualcosa in pubblico, qualcun altro bercia, O Francesco, facci *La donna 'annone*, e subito dopo altre voci più discrete, sommesse, alcune femminili, dicono, Sì, sì, e c'è un applauso, e un'altra voce sguaiata spara, Sì, via, facci *La donna 'annone*, Francesco!, e diventa chiaro che tutti nel teatro siamo venuti per sentire *La donna cannone*, ed è un bel momento per me, un momento raro, perché allora non è vero che sono così diverso dalla gente, che non mi intendo mai con nessuno, che sono irrimediabilmente diverso e condannato a stare da solo. Sorrido, abbraccio Elizabeth e mi preparo a sentirla.

De Gregori smette di pizzicare le corde della chitarra, guarda scuro verso di noi come a voler fissare negli occhi chi ha osato berciare, ignora l'applauso fiducioso che scroscia dai palchi e dalla platea, china la testa e comincia un'altra canzone sconosciuta, e poi un'altra ancora, e ignora altre richieste più civili ma ormai fioche e sconfitte perché è ovvio che s'è incazzato, l'abbiamo fatto incazzare con quegli urli belluini, siamo stati degli imbecilli, dei maleducati, abbiamo *fatto i pratesi*. Poi il concerto finisce e *La donna cannone* non la canta, non torna nemmeno fuori per il bis, e nessuno protesta perché a Prato s'ha rispetto e paura dell'arte vera, soprattutto quando ci ignora e ci umilia, anzi è da quello che la si riconosce, e si esce zitti zitti dal teatro dicendoci però che, ecco, è sempre venerdì sera e non è così tardi e allora si potrebbe ancora andare a mangiare il pesce al Piranha, bere un po' di vino, stare con gli amici, parlare con le nostre donne – vivere, insomma.

Saliti in macchina devo calmare Elizabeth che è indignata con De Gregori perché non ha cantato *La donna cannone* e sibila furiosa che in America una cosa così non poteva succedere perché in fondo lui è l'artista e noi il suo pubblico di infelici che paga per andare a sentirlo cantare e allora doveva farci felici almeno per tre minuti, che cazzo gli costava, e io, che pure mi sento un po' ferito dalla storia che per lei sarei un infelice e soprattutto che *lei* si considera un'infelice, porca troia, con tutto quello che ho fatto per esaudire ogni suo desiderio anche il più stupido; io, che dentro di me la penso esattamente come lei perché è vero, via, gliel'abbiamo anche chiesta, *La donna cannone*, perché non ce l'ha cantata; io, ecco, invece mi inalbero e dico che prima di tutto infelice non sono e non può esserlo neanche lei, e poi di questa cosa che in America è tutto meglio, io che amo l'America e l'ho sempre amata, ne ho i coglioni pieni, e mi metto a parlare come un vero comunista, e mentre guido verso il ristorante le dico che non ha capito nulla, che in America è tutto falso, tutto finto, tutto fatto per i soldi, tutto in vendita, tutto un mercato, un mercimonio totale e assoluto – e lei, Che cazzo vuol dire, ora, *mercimonio?* – mentre in Italia si rispetta l'artista, e c'è una cosa che lei non ha ancora capito, e cioè che un cantante non è un juke-box, chissà quanti miliardi di volte De Gregori ha cantato *La donna cannone*, ne avrà le palle piene, no? E non è che se paghi il biglietto per andarlo a sentire lui diventa il tuo juke-box del cazzo ed è obbligato a cantare le canzoni che vuoi, ecco, non è così, non è in vendita, e sai perché? Perché è un artista, e a un artista bisogna dargli anche la libertà di avere i suoi giramenti di coglioni e i suoi lati oscuri e anche stronzi, e comunque rimane sempre un artista e per la sua arte va apprezzato comunque, guarda il Caravaggio, non conta com'è l'artista nella vita, ma quello che fa, ed Elizabeth a un certo punto della tirata smette di guardarmi, fissa lo sguardo davanti a sé e stringe le labbra, infantile e furibonda.

"Tu sei stato innamorato di quella donna."

E quando io, preso nel fervore del mio comunisteggiare, dico, Quale donna?, lei si gira verso di me e mi dà uno schiaffo, e io sbando ed evito per miracolo proprio la Mercedes 500 di Brunero uguale identica alla mia ferma in fila davanti a noi. E mentre manovro per tornare nella corsia giusta ed evitare un autobus che mi viene lentamente incontro muggendo, la guancia destra già mi si arrossa e Rosa mi guarda stupita dal finestrino, mentre nello stereo della macchina De Gregori finalmente comincia a cantare *La donna cannone* perché di nascosto avevo messo la cassetta per fare un piacere a lei, bestemmio e penso che questa cosa del matrimonio non durerà.

UN ELICOTTERO INVISIBILE

Ora saliamo su un elicottero invisibile. Siamo così bravi a pilotarlo da riuscire a tenerlo perfettamente immobile nell'aria, a venti metri d'altezza. Proviamo a immaginarli, venti metri. È una distanza doppia della piattaforma da cui si tuffano gli olimpionici. Un bel salto. Sì, ci sono quei messicani dai baffi stenti che si buttano dalla rupe di Acapulco, e quella è più alta, ma a noi venti metri bastano. Non vogliamo allontanarci troppo. Il nostro è un birotore immenso, di quelli militari, da trasporto, giallo, con la sola cabina e le pale, senza un corpo centrale perché lì ci va il carico. Una specie di vespa. Le gigantesche pale controrotanti creano un vento tiepido e gentile che agita capelli e vestiti. Ivo e Caterina chiudono gli occhi e non capiscono da dove venga quel vento improvviso, ma non importa. Siedono vicini, sulle scomode sdraio da stabilimento balneare che la signora dell'agriturismo ha comprato a una svendita e collocato al centro della terrazza, un goffo spiazzo col pavimento di cotto, sconnesso e sproporzionato al piccolo casale, di certo concepito per essere coperto in qualche modo fintamente provvisorio e trasformato in miniappartamenti al prossimo condono. Non se ne accorgono, ma il ritmo dei loro respiri è lo stesso. Il battito del cuore di Caterina è più rapido di quello di Ivo, ma non di molto. Nessuno dei due preferirebbe essere da un'altra parte.

Ora creiamo una coincidenza. Facciamo aprir loro gli occhi e puntare lo sguardo sulle mediocri colline coperte di antichi boschi e macchioni recenti, rovi furibondi dove prima c'erano vigne e stradine bianche che si intersecavano e portavano a chissà quale paesino immoto dal nome disarmonico, abitato da gente scontrosa come i figli negletti. La Toscana. Tutto è lento, silenzioso. C'è nell'aria una brillantezza, le rondini passano sopra di loro velocissime. Ivo e Caterina provano la stessa morbida sensazione di non aver più forza. Sono stanchi, molto stanchi, eppure stanno per partire per un lungo viaggio. Certo, non c'è fretta. Si può ancora indugiare qualche minuto. Nessuno ci corre dietro, pensa Ivo, abbracciato dal suo vestito troppo largo. I suoi cernecchi si agitano nel vento, e ha sentito il peso di ogni passo che l'ha portato fin lì. Annusa l'aria, più che respirare. Si sforza di riconoscere gli odori. L'erba, il pitosforo, il marcio del bosco, forse il fieno. Forse i fichi.

È quell'ora indefinita subito dopo il tramonto, quando il cielo stenta a consumare la luce che fino a poco prima lo infuocava e cominciano ad apparire flebili le prime stelle. A volte sono pianeti. È così stanco, Ivo. In tutto il giorno ha mangiato solo un po' di pastina in brodo, le stesse stelline che gli faceva la madre quando era bambino. Poi le ha vomitate ma, a detta di Caterina, forse non tutte. Gli è parso di dormire quasi tutto il pomeriggio, e c'è stato quel sogno in cui era ancora un fabbricante di tessuti all'inizio di una mostra, un *espositore*, in giacca e cravatta, e arrivavano tantissimi clienti, tutti vestiti di nero, accompagnati dalle amanti (o dagli amanti) che, fingendosi assistenti, dovevano tagliare i pezzettini di tessuto da attaccare sulle agende dei loro uomini/donne e ricopiare le caratteristiche degli articoli cercando di non far capire che non conoscevano le sigle delle composizioni e non avevano idea se il peso a metro di un tessuto si esprimeva in grammi o etti o chili, ma il loro giudizio era tenuto in gran conto perché ovunque nel mondo sono sempre le amanti (o gli amanti) a ricevere in regalo i capi d'abbigliamento più belli. Nel sogno la sua collezione andava bene, benissimo, e quando un cliente gli chiedeva un prezzo speciale per un ordine di centomila metri, lui si chinava felice sul computer portatile a pesare i decimi di euro di sconto che poteva fare, a danzare sul filo del fragile equilibrio tra l'ordine preso a un prezzo troppo basso e l'ordine perso per non aver concesso abbastanza al cliente, e in quegli attimi squisiti in cui si vince o si perde, nell'unico momento della vita in cui si era sempre sentito davvero imprenditore, la visione del sogno iniziava a tremolare come per qualche improvviso calore e si alzava e saliva fino al tetto dei grandi padiglioni nuovi in cui si svolgeva la fiera, e tutto sembrava rimpicciolire e perdere importanza e si sentiva solo il ringhio dell'aria condizionata e la furibonda attività laggiù diventava il lavorio delle formiche, e solo in quel momento Ivo si accorgeva che, a parte lui, erano tutti cinesi.

Sotto la giacca, il cotone della camicia lo carezza. Dentro i mocassini contrae senza accorgersi le dita dei piedi che ha sempre avuto praticamente prensili, tanto da riuscire a far ridere donne e amici alzando da terra mutande e calzini e calici di champagne tenendoli tra alluce e illice. Si chiede che stella sia quella proprio davanti a lui, che ha guardato accendersi man mano che il cielo scuriva, come se fosse la luce di un batiscafo che gli veniva incontro dalle profondità del cielo. Poco prima ha insistito con la signora per farsi dare il conto mentre Caterina era sotto la doccia. Temeva confusamente di non aver abbastanza soldi per pagare, e sarebbe stata la prima volta nella vita, ma Caterina non doveva accorgersene e lui in qualche modo avrebbe fatto. Ma la signora ha chiesto poco, e così dopo aver pagato gli sono rimasti centotré euro. Gli ultimi. Solo centotré euro, però son bastati: con tutta la paura, gli affanni, i fallimenti, con tutti gli incubi e i divorzi e i dormiveglia infernali e i castelli e le Ferrari e le amanti, ecco, vedi, Ivo, alla fine i soldi per campare ti son bastati.

Caterina chiude gli occhi e offre il volto e il collo al vento del nostro elicottero invisibile. Ha indosso una vecchia camicia azzurra di Ivo, le iniziali I.B. ricamate sul seno. La tiene fuori dai jeans, con le maniche rimboccate. È preoccupata per Ivo, per quell'indisposizione di stomaco che non gli vuole passare, e mangia e vomita come se il cibo gliel'avessero prestato. Ma di certo è una cosa che passerà. Non c'è da preoccuparsi. Continua a rivedere il video, oggi, *Italian Teen Bitch.avi*. È ovvio che all'inizio non vuole. Si copre con un grande cuscino a quadri scozzesi, nasconde la faccia. È nuda, sì, ma si capisce che prima si è spogliata, e poi è saltata fuori la telecamera. Dice, No, non voglio. Gli dice di mettere via la telecamera e lui allora comincia con quelle battute untuose, quelle luride preghiere dette con la voce da bambino: Dài amore, fallo per me. Dài tesoro, fallo per me, amore mio. Su, fatti vedere come sei bella, amore mio, amore mio. Tutte queste cazzate mentre gira intorno a lei seduta sul pavimento che si copre con il guanciale e ruota per non farsi riprendere, perché non vuole. All'inizio non vuole, è vero, e dice qualcosa che non si capisce, uno squittio nello stesso *baby talk* che usa lui, la lingua di quando si dicevano le loro cose di ragazzini, forse una preghiera perché la smetta e, certo, sarà così, ma lui lo prende come un incoraggiamento, perché zoomma. Zoomma sul suo volto nascosto dal cuscino, l'idiota, come se zoommando potesse perforarlo e riprenderla nuda mentre continua a dire di no e a scuotere la testa. Certo, fin qui è un gioco. Poi c'è uno stacco nel video e lei riappare illuminata dal suo sorriso speciale, quello della foto che sua madre teneva sul comodino, la foto di quando aveva cinque anni ed era al mare e giocava con i secchielli e le palette, la sua foto preferita perché è una bambina fantastica, allegra, con le lentiggini. Adesso si siede sul divano, è nuda e non si copre più, e lo guarda mentre appoggia la telecamera accesa sul mobile del salotto di casa dei suoi genitori ed entra in campo. È nudo anche lui, ha i calzini bianchi, e Caterina non ride di lui, non dice nulla, non fa nulla. Sorride. Aspetta.

Caterina ha un sussulto, apre gli occhi. Ecco, ora possiamo scattare la foto.

[*OMISSIS*]

OK. Allora i dottori mi chiamano, mi chiedono se sono una parente – la nipote? Dico di sì – e mi raccontano tutta la storia, che Ivo ha un [*omissis*] terminale, che quei cerotti alieni sono in pratica morfina, che il dosaggio dei cerotti è piuttosto alto e ora che hanno trovato il dosaggio giusto dovrebbe stare meglio, che la testata sul lavandino è stata forte ma di quella non c'è da preoccuparsi, ma è comunque un soggetto che ha bisogno di assistenza e non può essere lasciato solo, che è molto debole ma con qualche giorno di riposo e una flebo di ricostituente dovrebbe riprendere un po' di tono, che per alleviare la situazione dovrebbe avviare oggi stesso un ciclo di chemio, ma quando gliel'hanno detto lui ha risposto, Assolutamente no, e però se non fa la chemio in pratica non c'è nessun trattamento o cura da fargli e quindi appena sta meglio dovrebbe lasciare l'ospedale perché, insomma, è la legge, ecco. La nuova legge antisprechi, come l'hanno chiamata.

"Ah."

"Dalla sua reazione presumo che lei non sapesse niente, signorina... Sa, è una circostanza piuttosto frequente... Chi ha un [*omissis*] spesso lo rifiuta... Si rifiuta di averlo, lo cancella dalla sua vita..."

Un [*omissis*]?

"... perché non vuole essere compatito, e non vuole nemmeno sentirsi malato... È una cosa molto frequente, mi creda..."

Sento le pale di un elicottero, da qualche parte.

"... e lei non deve sentirsi offesa, o messa da parte, o peggio ancora inutile... anzi..."

"Come mi sento io non ha nessuna importanza."

Poi, dopo un battito di cuore:

"Quanto tempo ha?"

Questo dottore porta un camice bianco, gli occhialini, i capelli brizzolati pettinati all'indietro; ha quarant'anni, le occhiaie, i jeans che spuntano da sotto il camice e un tic che gli fa arricciare il naso ogni trenta secondi. È magro.

"È difficile da dire, signorina. Suo nonno ha un [*omissis*] molto aggressivo, uno della peggior specie, per così dire. Si chiama [*omissis*]. Le spiego perché a questo stadio non è curabile: perché la sua stessa natura e la sua estensione, diciamo così, ci impediscono di asportarlo chirurgicamente..."

"Che vuol dire?"

"Vuol dire che è troppo esteso per essere asportato chirurgicamente. È un po' ovunque, per così dire... Purtroppo si è diffuso, e inoltre è troppo rapido a riprodursi per essere, diciamo così, totalmente bruciato dalla chemio. È una delle forme peggiori, per così dire..."

"..."

"E in questi casi le probabilità di sopravvivenza nei cinque anni sono molto basse, ecco... Questo non voglio e non posso nascondergielo."

"Quanto basse?"

"Parlo di dati statistici, naturalmente, e di pazienti la cui malattia viene diagnosticata all'inizio..."

"Quanto basse?"

"Il 5 per cento, ma... signorina, purtroppo questo dato non... non si può applicare a suo nonno..."

"..."

"Suo nonno è... Purtroppo ormai è in fase terminale..."

"..."

"Non possiamo fare nulla, signorina, mi dispiace."

"..."

"..."

Il dottore fa una specie di sospiro tormentato, e capisco che dev'essere il suo modo di comunicare la partecipazione ai parenti. Penso a che lavoro di merda è questo, sempre in mezzo alla morte e alla gente che soffre e poi muore, e tocca a te dire le cose ai parenti. Come si fa a scegliere di fare il medico? Scuote la testa, si tormenta le mani. Forse è una persona allegra, forse a casa ha una famiglia che lo protegge e gli consente di lasciare fuori dalla porta l'orrore del suo lavoro, o forse vive solo perché ha il terrore di perdere le persone che ama, o alla fine si è abituato a vivere la propria vita circondato dalla morte e non gli fa più effetto, non gliene importa più nulla, o non glien'è mai importato. I dottori. Che bastardi.

"E... quanto gli rimane da vivere?"

"Signorina, è difficile da dire."

"Ci provi. Per favore."

"Io credo... È difficile da dire, ma certo non si parla di anni, ecco, si parla di mesi, e il [omissis] è molto esteso, veramente molto esteso... E insomma, signorina, si faccia coraggio perché potrebbe essere anche un mese, ecco, o persino meno."

Meno. Meno di un mese. Domani. Ora.

"E soffrirà?"

"No. Non soffrirà. Questo glielo posso assicurare. I patch transdermici che sta già usando gli tolgono il dolore. Vanno cambiati ogni tre giorni, e ci sono vari dosaggi, e se poi sente dolore anche con il patch basta aumentare il dosaggio. Comunque, come le ho già detto prima il dosaggio attuale è già abbastanza alto, e bisogna fare attenzione perché il fentanil..."

"Cosa?"

"Il fentanil, l'oppioide di sintesi che... Insomma il principio attivo del patch..."

"Non è morfina?"

"No, non è esattamente morfina. È molto più potente. E comunque volevo dire che il fentanil viene tollerato in modo diverso e imprevedibile da persona a persona. Si aspetti in questi giorni una sorta di decadimento, però. Sia fisico sia mentale. Non vorrà più mangiare, probabilmente, o mangerà molto poco. E può darsi che sia un po' confuso. Le è parso sonnolento? Parlava in modo sconnesso?"

Comincio a piangere come un'idiota. Scuoto la testa e piango.

"No. Non parla in modo sconnesso. Parlava, parla, in un modo meraviglioso..."

Non riesco più a dire nulla e piango, e lui rimane zitto e passa qualche minuto.

Fuori dalla finestra c'è una collina bellissima, tutta verde, e sulla collina si arrampicano le viti. Sono anche coltivate, si vede che qualche idiota fa il vino intorno all'ospedale, che è bellissimo e nuovo e vuoto e fatto di lunghi corridoi e vetro e silenzi e ha un eliporto e non sembra nemmeno italiano da quanto sono tutti gentili e sorridenti, e io questa cosa non la reggo, tutta questa bellezza inutile non mi conforta e non mi aiuta. Niente mi aiuta mai, però, a me. Niente.

"Certamente per lui è molto importante avere vicino una persona di famiglia. Lei lo sta aiutando molto, me l'ha anche detto..."

"..."

"..."

"E come succederà che muore?"

"Ecco... scivolerà pian piano in una sorta di torpore, cioè sarà sempre meno vigile, parlerà sempre meno... E poi,

227

ma questo non si può dire con esattezza assoluta, potrebbe anche addormentarsi e non svegliarsi più. Senza dolore, naturalmente, può esserne certa."

Alzo gli occhi a guardarlo e lo odio, perché è così e basta, e non c'è nulla da fare e bisognava fare qualcosa prima e non si è fatto, e lo so che mi sta per dire che devo essere forte. Vaffanculo lui e tutti i dottori, che cazzo ci stanno a fare al mondo se non riescono a salvare le persone?

"Signorina, sia forte."

"Forte una sega."

"Come?"

"Forte. Una. Sega. Il dottor Barrocciai può camminare? Può andarsene da questo posto di merda, subito?"

Apre la bocca al rallentatore, muto.

"Allora?"

"Sì... Sì, certo. Aspettiamo che finisca la flebo di ricostituente e poi può andare, sì... Come vuole..."

"Ecco, allora noi andiamo. Ditemi se devo firmare qualcosa."

"Va bene, come vuole, signorina Barrocciai."

Mi alzo. Lo guardo come se fosse colpa sua.

"Noi si va via."

MONTE BERNABEO

Quando mi sveglio la fronte non mi fa più male, fuori è notte, e sono di nuovo nell'agriturismo. Come ci sono arrivato non saprei dirlo. Di certo non ho camminato. Caterina è seduta su una poltrona accanto al mio letto, una poltrona che non ho mai visto, e guarda un film alla televisione. La osservo in silenzio per un po' mentre fissa assorta lo schermo, poi dev'esserci qualcosa di divertente e sorride. Finito il sorriso, si volta versò di me e vede che la sto guardando.

"Ciao, Ivo."

"Ciao."

"Come stai?"

"Be', non lo so. A dirtela tutta, non lo so."

"..."

"Caterina, scusa, potrei fare una telefonata in privato? Ti dispiace?"

Si alza di scatto, spegne il televisore, e dalla sua espressione contrita capisco che ora penserà di essermi stata troppo addosso in questi giorni, che magari tante altre volte volevo stare solo e lei non l'ha compreso, che non è per nulla una persona sensibile e non capisce le cose. Non voglio che lo pensi perché non è vero, ma ora non ce la faccio a spiegarglielo. Ci provo, cioè inspiro per parlare, ma mi accorgo che non ce la faccio, e posso solo fingere serenità, guardarla porgermi il mio videotelefonino, ascoltarla dire che sarà fuori dalla porta, se ho bisogno. Esce dalla camera in un vortice d'albicocca.

"Carmine?"

"Ivo! Oh, Ivo..."

"Buonasera, Carmine."

"Buonasera, Ivo. Come sta? Dov'è? Dove... Insomma, come sta? Perché chiamata solo audio? Si faccia vedere in faccia."

"Preferisco di no. Comunque sto abbastanza bene."

"Ah... Ivo, senti..."

"No, Carmine, senti te. Ti volevo dire una cosa molto importante. Ho bisogno di un grosso favore."

"Dica."

"Mi dai del tu o del lei? Deciditi..."

"È perché sono agitato, non me l'aspettavo questa telefonata..."

"Disturbo?"

"Macché disturbo... sono emozionato... Via, su, dica, dica..."

"Carmine, ho bisogno che mi porti il quadro."

"Sì."

"..."

"Ma dove? Dove sei? Dov'è? Madonna..."

"Sono a Monte Bernabeo."

"E dov'è codesto posto?"

"Vicino a Montevarchi."

"Ho capito. Devo partire subito?"

"Subito? No, che ore sono?"

"È l'una di notte, Cavaliere."

"L'una?"

"Sì, ma non c'è problema, Ivo. Se devo partire, parto."

"No, non importa. Domattina."

"Va bene. Però Ivo, scusa, posso parlare ora?"

"Sì."

"Ivo, c'è una cosa."

"Cosa?"

"Io... Insomma qui c'è un grande casino, Ivo. Sei su tutti i giornali."

"Perché?"

"Perché si dice che hai rapito una pornostar da una clinica psichiatrica e hai spaccato la testa a un'infermiera..."

"Eh?"

"Sì. E poi non so perché, ma mi hanno telefonato un sacco di persone, Ivo, vogliono tutti sapere di te. Insomma che succede, perché..."

"Cosa?"

"Perché... Insomma, ecco, tutti sanno anche della... Insomma, che lei non sta bene..."

"E come fanno a saperlo?"

"Perché la polizia e i carabinieri ti stanno cercando in tutta Italia, Ivo. Stasera c'era la tua foto al telegiornale, insieme a quella della tua amica pornostar..."

"Non è una pornostar, Carmine."

"Ci credo, ma l'ha detto il telegiornale. Comunque c'è una specie di caccia all'uomo, Ivo. La cercano. Stia nascosto."

"Ma non è possibile..."

"E il suo dottore, Augusto, ha chiamato i giornalisti e ha detto che lei è un uomo molto malato di cuore, e che non devono farle del male per nessuna ragione e nemmeno trattarla male, tipo metterle le manette o strattonarla, perché ogni emozione potrebbe esserle fatale..."

"Ah..."

"È stato bravo, mi sa... No, Ivo?"

"Sì..."

"Comunque tu hai fortuna perché oggi è successo un grande casino..."

"Che casino?"

"È scoppiata una rivolta nei centri d'accoglienza di tutta Italia... In contemporanea, capito? Organizzata. Anche per-

ché sono pieni zeppi di profughi, vivono come gli animali...
e la polizia è andata a picchiare, ci sono stati dei morti, e
allora sono nate delle dimostrazioni spontanee in tutta Italia...
Cortei di protesta, i centri sociali sono in fermento... Insomma
c'è casino e allora forse non la trovano... cioè non hanno il
tempo di cercarti... E poi volevo dire che mi hanno chiamato
in tanti: Sergio Vari da Bologna, e Sergio Farina, l'avvocato
Rossetti, il Magelli Alberto e lo Zanolla Sandro, Michele del
ristorante, il Patrizi Marco da Civita Castellana, il Guarducci
dalla Turchia, Diego e Pieraldo, anche la signora Elizabeth,
che era molto preoccupata e chiedeva se deve partire, e poi
anche la signora Rosa. Vogliono tutti sapere come sta. Io
gliel'ho detto che non sapevo nulla, ma si vede che loro si
immaginavano che lei, insomma te mi avresti telefonato..."

"..."

"Ha telefonato anche Brunero. Voleva sapere come stavi
davvero, e non ci ha creduto quando gli ho detto che non
sapevo nulla. Mi ha tenuto mezz'ora al telefono. Ivo?"

"Sì..."

"Dice che ti ha incontrato qualche giorno fa in Piazza
Mercatale... ma che non l'hai riconosciuto..."

"Sì..."

"Piangeva come un bambino. Alla fine ha detto che te, che
lei è sempre stato meglio di lui, in tutto. Anche nel [omissis].
Dice che ce n'ha uno anche lui. Ma piccino, benigno. Meno
importante, insomma. Dice che ti augura ogni bene."

"O non ero malato di cuore?"

"Eh?"

"Come fanno a sapere del [omissis], Carmine?"

"..."

"Eh, come fanno?"

"Ivo..."

"Ivo che?"

"Ivo, lo sanno."

"E come fanno a saperlo?"

"Ivo, lascia stare come hanno fatto. L'hanno saputo."

"L'hanno saputo perché gliel'hai detto te."

"..."

"Vero?"

"Ivo..."

"Cominci ora da vecchio a dirmi le cazzate?"

"Io non le dico le cazzate, non gliele ho mai dette!"

"E allora dimmi la verità!"

"Sì, gliel'ho detto io, perché tu sei sparito e io non potevo pensare che tu morivi da solo, ecco, capito... E forse qualcuno ti poteva rintracciare... perché s'è provato in mille modi, tutti... E io e Alberto poi... Ecco..."

"Alberto?"

"Sì, Alberto... Siamo anche stati alla clinica per vedere se t'era cascato qualcosa di tasca... un indizio... e se non si fa svelti a scappare chiamano la Polizia..."

"Va bene. Hai fatto bene. Non importa."

"..."

"Che piangi, bischero?"

"No, Ivo. Ho un raschiore alla gola."

"Sì, anch'io."

"Dev'essere il solito."

"Va bene, via, ora ti lascio. Ci si vede domani."

"Sì, ma dove? A Monte Bernabeo ho capito, ma dove?"

"Un po' fuori dal centro. Nell'agriturismo Gli Aironi."

"Ivo, io domani porto anche la Deanna."

"No."

"Invece sì, Ivo."

"Invece no."

"Ivo, è venuta qui a casa mia con un taxi e non è andata via fin quando non ho giurato su Dio."

"O da quando in qua un comunista giura su Dio..."

"A volte si giura su Dio anche noi. Mi ha fatto giurare che se sapevo dov'era la portavo da lei e... Insomma..."

"Insomma che?"

"Ecco, mi sembra anche giusto."

"..."

"Vero, Ivo? È giusto o no? Mi pare di sì..."

"Sì. Va bene, portala. Ciao."

"E anche il dottore. Augusto. Porto anche lui."

"Sì. Lui fai bene a portarlo."

"A domani, allora. Si parte presto."

"Ciao."

"Buonanotte, Ivo. Ah, ha bisogno di qualcosa?"

"No... anzi, sì... Di' alla Deanna di andare a comprare delle scarpe da donna bellissime... le più belle che trova... Aspetta... Caterina! Caterina!"

"Sì, Ivo?"

"Vieni. Che numero di piede hai?"

"Ma non importa..."

"Che numero hai?"

"Quaranta."

"Quaranta. Dille di comprare delle scarpe bellissime, ma da giorno, non da sera. Belle e comode. È importante. Non vi presentate senza le scarpe. E dei vestiti per lei. E un beauty pieno di cose da donna... Profumi, creme, trucchi..."

"Ma no, Ivo, non importa..."

"Va bene, Ivo. Allora buonanotte."

"Buonanotte."

Riattacco. Sono spossato. Chiudo gli occhi. Forse passa del tempo. Quando li riapro, Caterina è accanto a me, un computer in grembo.

"Ciao."

"Ciao."

"Come stai?"

"Meglio."

Il mio corpo è immobile, pesantissimo. Fuori dalla finestra c'è un buio spaventoso, neanche una stella. È la notte dei ladri. Non sarà tempo brutto, domani, spero. Non voglio morire con la pioggia.

"Lo sapevi che non dovevo chiamarmi Ivo?"

"No..."

"Dovevo chiamarmi Leone, come il nonno. Ivo era il nome del mio fratellino maggiore, che nacque di cinque chili e otto e morì dopo pochi giorni, di notte, non si sa di cosa, e i miei genitori non dissero nulla a nessuno, se lo misero nel letto tra di loro e lo vegliarono fino alla mattina."

"..."

"E un anno dopo, esattamente lo stesso giorno, nacqui io, di sei chili e cento, senza nemmeno un capello, e mi chiamarono Ivo."

"È una bella storia."

"E poi è vera. Conta molto di più se è vera."

"Sì."

"Lo sapevi questo?"

"Sì."

Mi viene in mente l'immagine di questo immenso camion a rimorchio che entra nel piazzale della ditta ed è pieno di *sandali*, che ricordo di aver ordinato, sì, ma non perché...

"Senti, Caterina..."

"..."

"Ecco, ormai s'è capito che devo morire, no?"

"..."

"Sì. Direi di sì. Anche se non rispondi..."

"..."

"Ti dirò che mi sembra ancora impossibile perché, ecco, come tutti credevo di essere immortale, ma si vede che non è così, ecco..."

"..."

"E siccome potrebbe anche essere tra poco, a questo punto ti vorrei chiedere un favore, Caterina, e cioè se... Ecco, se puoi restare ancora un po' con me, perché domattina arrivano mia sorella e Carmine, e non voglio rimanere solo con loro in quel momento... perché sono persone... Gli voglio bene ma sono persone del mio passato, invece te sei il mio presente, ecco, e anche il futuro, in un certo senso... Non so che cazzo dico, ma per piacere, non è che potresti rimanere con me finché muoio, eh? Perché sarebbe davvero un aiuto grande. Se non ti dispiace. Cioè se te la senti, ecco."

Lei si mette subito a piangere.

"Scusa, Cate... Cate? Caterina?"

"Sì?"

"È un sì o un no?"

"Sì. È un sì. Certo che è un sì, scemo."

"OK. Grazie. Grazie mille."

"Ti prego, non piangere, se puoi. Sforzati, impegnati, ma cerca di non piangere, per favore. Perché ti devo dire delle cose importanti e ho bisogno della tua attenzione. Ce la fai?"

"No, non ce la faccio. Ma ci provo. Dimmi."

Allungo la mano e le carezzo i capelli.

"No, volevo dire che... non è questa la cosa importante, solo che ci pensavo stanotte... Cioè che è incredibile questa cosa, però, incredibile davvero, e bastarda, perché prima che me lo dicessero che avevo il [omissis], ecco, io stavo bene, a parte il mal di pancia ogni tanto, ma roba che con una pasticca mi passava, capisci? E invece ho cominciato a stare male subito dopo che l'ho saputo, il giorno stesso. Ma male davvero. Roba da matti. Forse se non me lo dicevano, non mi veniva nemmeno, vaffanculo..."

Vorrei bere qualcosa di freddo, ora, la Lemonsoda che bevevo d'estate a Salina, mille anni fa, con la granita di limone tuffata dentro, appena uscita da quei frigoriferi americani giganti con le maniglie di ferro.

"Tanti anni fa, ho letto un racconto. Di Ray Bradbury, credo. C'era un bambino che aveva la mamma malata e aveva deciso che finché lui fosse riuscito a saltare in un certo modo sul marciapiede, o a correre più veloce della sua ombra, ora non ricordo bene ma era una cosa così, una bella cosa da bambino, la sua mamma non sarebbe morta. Poi una sera cade sul marciapiede e gli prende la paura che si sia spezzato l'incantesimo, allora si rialza disperato, torna a casa di corsa e il suo babbo lo abbraccia e gli dice che la mamma non c'è più, è volata in cielo, ecco."

Mentre dico queste parole lei si rimette a piangere, e mi sento proprio un imbecille. Che cazzo le sto dicendo. Devo parlare in un altro modo da ora in poi, dirle altre cose, perché non voglio che pianga per me. Provo a fare qualche urlaccio sfiatato, le dico di smetterla subito, anzi glielo ordino, ma mi viene da tossire e allora mi avvio a fare il buffone con dei colpi di tosse da pagliaccio e strabuzzo gli occhi, e pian piano Caterina smette, si asciuga le guance e si soffia il naso e va in bagno a lavarsi il viso, e quando torna mi sembra che si sia ripresa.

"Allora, bambina. Mi sa che a questo punto, visto come stanno andando le cose, ecco, anche questo figliolo ormai non si fa più, purtroppo, e così bisogna..."

"Peccato..."

Si pulisce il naso con la manica della felpa, come i bambini.

"Perché l'avrei fatto volentieri, un figlio con te, Ivo. Anche a letto. Insomma, nel modo normale."

"Ah. Grazie."

Sento che arrossisco, e allora esplodo un altro colpo di tosse da circo e tento di darmi un contegno ma per qualche ragione viene da piangere anche a me, povero vecchio bischero, e non deve succedere perché non c'è nulla di più penoso e deprimente e stupido di un vecchio che piange, e allora mi sforzo e contraggo i muscoli della faccia e alla fine riesco a non piangere. Rimango zitto per un po' a guardare il soffitto, tipo mummia, e quando mi sento meglio mi schiarisco la voce. Devo farla ridere, altroché.

"Ecco, Caterina... Anche se un'offerta come questa farebbe galvanizzare il membro a un santo... ecco..."

Sorride. Lo sapevo che 'galvanizzare' le sarebbe piaciuto.

"... domattina invece ci sono un po' di cose pratiche da sbrigare, tipo farsi mandare per fax i documenti per la vendita del quadro perché li devo firmare e voglio che i soldi li prenda tu lo stesso, e però quando nel futuro farai un figliolo con qualcuno, o una figliola, meglio ancora, ecco, mi piacerebbe che lo sentissi un po' anche mio, o mia: anzi facciamo così, appena ha diciott'anni vorrei che gli raccontassi tutta la storia, tutta la mia storia, del nonno Ivo, ecco... Però è una cazzata, questa, no, lascia stare, fai come ti pare... Scusa Caterina, davvero... Sono un cretino... Scusa, non piangere... Che scemo... E invece è davvero importante che tu vada a portare personalmente il quadro a Milano, è importantissimo, fatti accompagnare da Carmine e non ti fidare di nessun altro, vai di persona, daglielo, fatti rilasciare una ricevuta... E poi non dovrai fare altro che attendere il giorno dell'asta, controllare su Internet quanto ha fatto e aspettare i soldi, che ti consiglio di farti mandare in Svizzera..."

"In Svizzera?"

"Sì, in Svizzera. È meglio."

"E chi ce l'ha un conto in Svizzera?"

"Non c'è problema. Vai a Lugano, entri nella banca più grande che trovi e apri un conto. Fine. Ma quello che importa più di tutto è che tu lo porti presto il quadro, capito? Perché devono fotografarlo, includerlo nel catalogo, mostrarlo in giro per il mondo ai collezionisti di Bacon, ecco, tante cose, e insomma devi portarlo a Milano subito dopo... Ci siamo capiti, Cate? Senza perdere tanto tempo coi funerali, anche perché io voglio essere cremato, non sepolto nella terra, mi fa schifo... Ma lasciamo stare, tanto a queste cose ci penserà la Deanna..."

Lei mi guarda per una trentina di secondi, poi scuote la testa e rimane ferma e zitta per qualche attimo, gli occhi fissi sulla finestra nera. Penso che sto chiedendo troppo a questa ragazzina, le sto chiedendo tutto.

"Ah, un'altra cosa, Caterina. Importante. A un certo punto avrò bisogno di restare solo con Augusto, con il dottore. Devi trovare il modo di farmi stare da solo con lui per un po', senza nessuno."

Lei annuisce come fanno i bambini, muovendo un po' anche le spalle. Passa qualche secondo, o minuto.

"Senti, Ivo, io... con te ci sto, ecco, non ci sono problemi, non ti preoccupare... Non mi muovo, faccio il soldatino, e non ci sono problemi, solo che io non so che cosa fare... anche per via della tua religione: non so come fate, voi... se c'è qualcosa di... non so, di speciale, se devo chiamare qualcuno, tipo un... non lo so, un rabbino?"

Ecco.

"E poi... Oh, cazzo, come faccio a dirlo... Io non ho mai... Insomma non mi è mai, ecco, morto nessuno... e non sono nemmeno mai andata a... Non l'ho mai nemmeno visto, un morto, non... Ecco... hai capito, Ivo, dimmi cosa devo fare... Poi... ti devo coprire la faccia con un lenzuolo bianco?"

Mi viene da ridere, c'è poco da fare, perché lei l'ha detto seria, e rido, rido davvero, forte, e dopo un primo momento di incertezza sorride anche lei, e poi ride, mi viene dietro, e si ride tutti e due, e io lo faccio anche, di mettermi il lenzuolo sul volto, e poi da sotto il lenzuolo dico, UUUHHHH, e lo scosto di scatto e faccio una smorfia cretina e dico, Ah, sono il morto vivente, e si ride, insomma, per un bel po', finché non si smette e si rimane tutti e due ansimanti a dirci, Scemo, e, Scema, e fuori dalla finestra, lo giuro su Dio, passa una stella cadente.

"Ivo, ascolta. Ti devo dire un'altra cosa. È... È una cosa molto importante. Io ho visto il telegiornale, stasera, e..."

"Lo so. So tutto."

"Ecco, e... Ecco... non è giusto."

"Non importa..."

"Ecco, allora prima di tutto ora io telefono ai giornali e dico che non mi hai rapito..."

"No, lascia stare..."

"No, non lascio stare, perché importa. Importa tantissimo. Ti volevo dire che sei veramente un gran signore perché non mi hai mai chiesto nulla su questa cosa della pornostar, e volevi anche fare un figlio con me, e insomma mi tieni in considerazione come nessuno ha mai fatto, e mi hai portato via dalla clinica e io ti devo ringraziare mille volte, ecco, però è importante che tu sappia che io non sono una pornostar, ecco, per nulla, io sono una ragazza normale che ha fatto una cazzata, ma non è colpa mia se il video l'hanno visto tutti, e chiunque lo può vedere anche ora e forse lo si vedrà per sempre, e quindi io sono marchiata, capisci, e siccome tu sei forse l'unica persona al mondo che non l'ha visto e non sa nulla e non mi ha chiesto nulla, ecco, io ora vorrei fartelo vedere. L'ho scaricato sul portatile della signora, giù, mentre telefonavi, e ce l'ho qui pronto. Lo devi vedere perché ho capito che non mi posso nascondere e che ormai sono questa qui, o meglio, anche questa persona, e questa cosa qui, e in qualche modo la devo accettare. Non so come farò, ma ho capito che la devo accettare. Ecco, guarda, per farti capire, in questo momento solo su KazaaLite, che è un programma di scambio di file, ci sono 250.453 file *Italian Bitch.avi* disponibili, cioè *Ragazzina Italiana Puttana*, e sono io, però tieni conto che in Asia è mattina quindi mancano tutti i cinesi e i giapponesi, e sono milioni, e poi tutte le altre decine di migliaia di file con il titolo inglese appena diverso, tipo *Italian Teen Fucked, Italian Teen Raped, Italian Princess Teen*, non c'è bisogno che traduca, no?, e poi le altre migliaia con i titoli in italiano, in francese, in tedesco, in russo, in arabo, in olandese, in spagnolo, e sono sempre io, ecco, e faccio l'amore con quello che al tempo era il mio ragazzo perché da scema completa gli feci riprendere tutto con una telecamerina e quando poi lo lasciai lui per vendicarsi mise tutto in rete, ed è diventato un video di grande successo, ecco, pare che io sia diventata una specie di star in America e in Giappone e in Cina, e ho letto che in Africa c'è una specie di culto, tipo dei templi nelle foreste, ma sono sicura che è una cazzata. E comunque è per questa cosa del video che sono finita in clinica, ecco, e ci sarebbe finito chiunque, vorrei vedere, e però non sarei mai uscita di lì se non fosse stato per te, e ti ringrazierò sempre per questo, ecco... anche se non mi hai ancora comprato le scarpe."

Mi volto a guardarla e lei sorride.

"Non importa, Ivo, scherzavo. Però ho pensato che davvero non è onesto se non lo vedi, perché dopo che l'hai visto forse anche tu non mi vorrai più come tutti gli altri, e io non voglio inculare nessuno, ecco. Lo vuoi vedere?"

Mi guarda incerta e sbatte le palpebre mentre aspetta che dica qualcosa. Devo raccontarle della piazzata con gli infermieri, della camicia di forza, dell'isolamento? Di come urlai che era la vittima più sola dell'universo, e cosa fareste voi se il vostro momento più intimo fosse esposto a tutti, eh, che fareste, merdaioli? Dei cazzotti che riavviai a mulinare subito dopo che mi tolsero la camicia di forza, di come vociai che era la più grande ingiustizia del mondo ed era una vergogna che nessuno si fosse sentito in dovere di difenderla ed era uno schifo che fosse stata dimenticata in una clinica e fatta campare a pasticche per anni! Bastardi e segaioli, urlai, tutti voi che vi pare di trombare se vi fate una sega davanti alla televisione! E devo dirle – *ora* – delle decine di seghe che mi sono fatto poi a rivedere il video proiettato sulle mie palpebre chiuse, nelle notti infinite della clinica? Che conosco a memoria quel suo culo sublime e quei capelli lunghissimi biondi come il sole che deve essersi tagliata subito dopo, e i riflessi meravigliosi che lanciavano mentre lei si muoveva impalata dal cazzo del suo fidanzatino coi calzini bianchi? E dello zoom sulla sua fica con prima uno, poi due, poi tre dita dentro. Quanto tempo era che non vedevo la fica di una diciottenne così da vicino! E dell'innocenza di quel pompino lunghissimo, lento, sorridente, misurato, la cosa più porca e al tempo stesso più pulita del mondo, più candida. Posso parlarle, ora, dell'emozione tremolante che provo ogni volta che le sto accanto, delle gambe molli e dei brividi, di come per quanto mi morda a sangue le labbra non riesca mai a guardarla senza desiderarla, Caterina, senza vederla col cazzo del suo ragazzo in bocca, in ginocchio su quel divano di pelle, e sognare che fosse il mio?

"Perché il mondo è un posto di merda, pieno di teste di cazzo, Ivo, eccetto te, e io non ti voglio deludere, ecco, non ti voglio nascondere nulla, e allora lo devi vedere. Lo vuoi vedere?"

"Caterina..."

"Sì."

"Bambina mia, ascoltami."

"Sì."

"Lasciamo stare. Non lo voglio vedere. Non importa."

Lei apre la bocca come per dire qualcosa, poi abbassa gli occhi e rimane zitta, confusa. Si stringe nelle spalle, sorride. Mi si avvicina e mi dà un bacino sulla fronte, e a sentirmela così vicina, così calda, il suo odore, mi si galvanizza davvero il cazzo, povero me, e mi piacerebbe avere la voce di Gassman, ruggire che va tutto bene – ed è per questo che voglio darti tutti i soldi, bambina, per questo sono venuto a prenderti, perché sei la mia bambola e a settant'anni sono innamorato di te e non posso farci nulla, e se l'avessi un'anima la venderei subito al diavolo per tornare ad averne quaranta, una Ferrari spider sotto il culo e scappare via con te a duecento all'ora, passare accanto alla Polizia, rallentare bestemmiando, farsi affiancare dalla volante con i lampeggianti accesi e vedere quei ragazzi con la barba di due giorni che guardano me, guardano te, capiscono, mi sorridono e mi fanno segno di andare, di accelerare, io che posso, di *correre*, cazzo, io che sono vivo, e scalo marcia, faccio ringhiare il motore e accelero davvero sulle quattro corsie tra Bologna e Reggio, fino a duecentocinquanta, duecentosettanta, duecentonovanta, fino a trecento all'ora, più veloce del vento, dei futuristi, di ogni cosa.

DEANNA
(2004)

"Buongiorno, Deanna."

"O te, che ci fai sulla porta?"

"Posso entrare?"

"Mah, veramente stavo uscendo."

"Allora non posso entrare?"

"Va bene... Per una volta che ti degni di venirmi a trovare... entra pure."

"Grazie. O che fumi di prima mattina?"

"Fumo quando mi pare."

"Ma di prima mattina è una cosa obbrobriosa."

"Allora? Dimmi, Ivo, dimmi che c'è."

"Deanna, sono venuto perché ti devo dire una cosa importante."

"Sì, ma ora non posso."

"È importante."

"T'ho detto che non posso, Ivo. Devo uscire."

"Che vai a fare?"

"Vo a farmi i capelli."

"Aspetta. Prima ti devo dire una cosa."

"Se faccio tardi, mi salta l'appuntamento."

"È una cosa importante, mettiamoci a sedere."

"Uffa."

"Come, uffa?"

"Uffa. Uffa. Mi fai fare tardi."

"Ma è una cosa importante!"

"E allora dimmela, se è importante."

"Non ci mettiamo a sedere?"

"Cioè mi devo togliere il cappotto?"

"Sì."

"Allora andiamo in salotto."

"Sì."

"Ecco. Che c'è?"

"Allora... Non so da dove cominciare."

"Ivo, allora?"

"Sì. Allora. È successa una cosa."

"Che cosa?"

"È successa una cosa alla ditta."

"Come?"

"Sì. È successa una cosa alla ditta."

"Cosa è successo?"

"Deanna. La ditta..."

"..."

"La ditta..."

"Che?"

"Deanna, la ditta non c'è più."

"Come, non c'è più?"

"Non..."

"Perché non c'è più, che vuol dire non c'è più?"

"È..."

"È cosa?"

"Deanna..."

"No, Deanna nulla, cosa?"

"..."

"Oh, allora?"

"Deanna, la ditta è... Insomma, era da tanto tempo che non andava più bene."

"Ivo..."

"Sì, lo sapevi questo, te l'avevo detto."

"No, non mi hai mai detto nulla."

"No, io te l'avevo detto."

"No, Ivo. Qualche anno fa, poco prima di Natale, e me lo ricordo benissimo perché passai delle bruttissime feste e andai anche in chiesa a pregare per l'azienda, mi dicesti che i tessuti da cappotti si vendevano male e che avresti cambiato tutto. Me lo ricordo come se fosse ora, mi dicesti che i tedeschi avevano sbagliato a buttare giù il Muro perché quelli dell'Est non compravano cappotti ma auto usate e stereo, lo ricordo benissimo perché mi sembrò una stupidaggine, e poi da quel giorno non mi hai più detto nulla."

"Deanna..."

"No, Ivo, tu da quel giorno non mi hai più detto nulla, mai, e siccome non mi hai più detto nulla, io ho pensato che fosse tutto a posto, Ivo, eh, scusa..."

"Ma Deanna..."

"Mi hai sempre tenuta da parte, non mi hai mai detto nulla."

"Aspetta."

"No, aspetta te. Aspetta *te*. Io mi sono sempre rimessa a te per le cose della ditta."

"..."

"Tanto io lo sapevo che un giorno... L'ho sempre saputo."

"..."

"Allora che vuol dire che la ditta non c'è più? L'hai venduta?"

"No, macché venduta. Chi la vuole?"

"Perché no? È una delle ditte più vecchie di Prato, una delle più importanti, ha sempre guadagnato."

"Comunque no."

"No cosa?"

"No, non l'ho venduta."

"E allora che hai fatto?"

"…"

"Non avrai chiuso la ditta del babbo!"

"Non è la ditta del babbo. La ditta del babbo fu chiusa nel '60, quando aprii la mia."

"Sì, ma con lo stesso nome."

"Per forza, ma che c'entra?"

"C'entra. Con lo stesso nome, perché già a quei tempi che era tutto più piccolo, il nome Barrocciai era un nome importante a Prato. Davanti al babbo si toglievano il cappello. Era un uomo di rispetto, lui."

"Ma che vuol dire questo?"

"Vuol dire che la ditta è una cosa della famiglia, che c'è il nostro nome sopra... E il nome è una cosa sacra, Ivo."

"Sì, lo so."

"Ecco, se lo sai ora voglio sapere cosa è successo alla ditta, basta con queste mezze parole... Oh mamma mia, mi sento male."

"Deanna, non fare scenate."

"Io non fo nessuna scenata, ma mi è entrato il mal di testa, ecco, mi è entrato il mal di testa, e se ora non prendo un cachet mi rimane fino a stasera. Dimmi che è successo alla ditta, Ivo. Non mi dire che l'hai chiusa e che il nostro nome è nel fango, Ivo. Non mi dire questo."

"Deanna..."

"Non me lo dire, non mi far vergognare di fronte a tutta la città, Ivo."

"Io..."

"Allora?"

"Deanna, non l'ho chiusa."

"E allora... che hai fatto? Hai portato tutte le macchine in Cina come quelli più furbi di te?"

"Veramente in Cina le macchine non le ha portate nessun pratese..."

"Sì che l'hanno portate, perché da loro la manodopera costa meno. C'è scritto su tutti i giornali... Non lo sapevi?"

"..."

"C'è chi ci ha pensato a queste cose, in passato. Ora finalmente ti sei deciso anche te? Ti sei svegliato?"

"Deanna, scusa, fammi parlare."

"Sì, io ti fo parlare, ma te parla. Stai lì a guardarti le scarpe e non dici nulla. Parla allora, parla."

"Deanna, la ditta va male. Molto male."

"..."

"Sì. Purtroppo."

"Purtroppo un corno. Va male perché non è diretta bene."

"Ma..."

"L'ha sempre detto, Brunero."

"Come? Quel mentecatto si permette..."

"Quel mentecatto si è sistemato per sé e per la sua famiglia."

"Sì, ma come ha fatto a sistemarsi?"

"Non lo so e non lo voglio sapere. Ma lui ora sta bene, capito? E poi, perché la ditta non va bene? A Prato ci sono ancora tante ditte che vanno bene, sai? Io li leggo i giornali."

"Non è vero, non va bene nessuno, è una tragedia, Deanna. Non credere ai giornali. È una tragedia, è cambiato tutto, da un giorno all'altro è cambiato tutto... Allora, dopo tanto tempo che andava male, e io non ti volevo dire nulla per non farti stare in pensiero, per non farti soffrire e mi tenevo tutto dentro, ecco, io ora ti voglio dire, no, non voglio, ma devo dirti, che... insomma... che la ditta è fallita."

"..."

"..."

"Come?"

"Deanna..."

"Come?"

"Deanna, non piangere."

"No, io piango quanto mi pare."

"..."

"Non è possibile. Non è possibile."

"..."

"La ditta del babbo..."

"..."

"Io lo sapevo che andava a finire così... Sei sempre stato superbo, sempre il più bravo, e ora guarda come sei finito, guarda: nel fango, nella disgrazia, nel disonore, e mi ci hai portato anche me."

"No..."

"Invece sì, invece sì. Invece sì."

"..."

"Tu sei un disgraziato, Ivo, tu sei sempre stato un disgraziato, uno scialacquatore, un debosciato, un puttaniere..."

"..."

"Guarda, guarda dove siamo finiti... Che disgrazia..."

"Deanna, non piangere."

"No, io piango, piango perché sono una vecchia, una povera vecchia, e ora mi toccherà andare in un ospizio a vivere i miei ultimi giorni, a vivere una vecchiaia di povertà..."

"Ma no, macché ospizio, tu hai la pensione, Deanna, per te non c'è problema. Hai una bella pensione, hai una casa tua, nessuno ti verrà a chiedere nulla. Sei a posto, tu."

"No!"

"No, un corno. Tu sei a posto."

"No, io non sono a posto! Io mi vergogno! Mi vergogno di te, e non avrò più il coraggio di mettere piede fuori di casa."

"No, aspetta..."

"Non sai cosa diranno di noi! La gente sono iene. Iene!"

"E te lasciala dire."

"Te non sai come mi guarderanno da domani! Tanto l'ho sempre saputo! L'ho sempre saputo che alla fine sarebbe andato tutto a rotoli, disgraziato!"

"Ma che dici!"

"Falliti! Falliti! Meglio ammazzarsi che fallire! Disgraziato! Delinquente! E ora che succederà? Che vuol dire fallire? Non hai pagato la gente? Gli operai? Ora verranno a cercarci a casa, coi bastoni! Io l'ho visto succedere, quand'ero ragazzina... A un fallito gli operai gli hanno dato le bastonate!"

"Macché..."

"Macché? Te ne accorgerai, quelli sono tutti comunisti, ci odiano, suoneranno il campanello ed entreranno in casa e ti romperanno i denti e picchieranno anche a me e prenderanno tutti i soldi e i libretti... Oh mamma mia, bisogna che vada subito in banca! I gioielli della mamma! I quadri di Rosai! Delinquente!"

"Deanna, per piacere.."

"Macché per piacere e per piacere, tu hai disonorato il nostro nome! Disgraziato! Puttaniere! Come hai fatto! Dove sono andati a finire tutti i soldi, eh? Non eri il più ricco di Prato, te, dove sono andati a finire tutti i soldi?"

"Ora basta."

"No, basta lo dico io. Con le puttane tu li hai finiti, con le puttane! Mai una donna per bene hai avuto accanto, tutte puttane che ti hanno finito i soldi... Quell'americana maledetta che è andata via con i miliardi, puttana maledetta, e te imbecille, disgraziato... Oddio mi sento male..."

"Deanna, sta' calma, via..."

"Mi sento male... Vai via, non ti voglio più vedere."

"..."

"Disgraziato! Scialacquatore!"

"Ma Deanna, che la ditta andava male lo sapevi."

"No, io non lo sapevo. IO NON LO SAPEVO!"

"Ma scusa, che non avevo più la casa lo sapevi, no?"

"Sapevo che avevi venduto la casa, sì, ma credevo che tu l'avessi fatto perché era troppo grossa per un uomo solo, e poi non mi hai detto mai nulla, Ivo, mai nulla!"

"E che non cambio la macchina da dieci anni te n'eri accorta, no?"

"Sì, ma..."

"Che non mi compro un vestito da cinque anni te n'eri accorta, no? Che non ti faccio più i regali di Natale che ti facevo prima te n'eri accorta, no?"

"Ma che c'entra..."

"Che non ti regalo più le case come questa o come quella al mare te n'eri accorta, no?"

"Che vuoi dire?"

"Voglio dire... VOGLIO DIRE CHE QUI SI È CAMPATO ALLE MIE SPALLE PER TANTI DI QUEGLI ANNI CHE UN MINIMO DI RISPETTO NEL MOMENTO DEL BISOGNO PENSO DI MERITAR-MELO! E UN PO' DI SOSTEGNO ANCHE, SANT'IDDIO!"

"Ma senti questo serpente cosa va a trovare..."

"Come?"

"... questo serpente che ha fatto i miliardi con la ditta del babbo, la ditta da cui mi ha buttato fuori con un tozzo di pane, e poi li ha spesi tutti con le puttane e ora vuole il rispetto. Se tu mi hai regalato questa casa è perché ti sentivi in colpa per avermi preso miliardi, capito? Perché quando è morto il babbo ti sei preso anche la mia parte! Tutto hai preso! Tutto! La mamma lo diceva sempre, Stai attenta a tuo fratello, quello non fa mai nulla per nulla."

"La mamma?"

"Sì, la mamma lo diceva sempre che tu mi avevi sacrificato."

"SACRIFICATO? SACRIFICATOOOO?"

"Sì, perché te ti sei preso la ditta e mi hai dato cento milioni."

"Come?"

"Sì. È vero, è vero."

"Ma lo sai quanti erano cento milioni all'epoca? Era un miliardo di ora, o grulla, o imbecille, che cazzo dici! LA DITTA QUANDO L'HO PRESA VALEVA DUE LIRE BUCATE E IO L'HO FATTA CRESCERE CON IL SUDORE E IL LAVORO E TI HO ANCHE SEGNATA COME DIPENDENTE IN TUTTI QUESTI ANNI SENZA CHE TU ABBIA MAI LAVORATO UN GIORNO E TI HO ANCHE PAGATO I CONTRIBUTI PER TRENT'ANNI E ORA SE TU SEI IN PENSIONE È GRAZIE A ME, E LA CASA TE L'HO REGALATA IO E POI ANCHE UN MILIARDO T'HO DATO, MADONNA D'UNA MADONNA!"

"Non bestemmiare, blasfemo!"

"Io bestemmio quanto mi pare!"

"Sì, bravo, bestemmia! Fallito! Ateo!"

"Che tu eri scema lo sapevo, ma un serpente in questo modo, no!"

"No, serpente sei tu."

"Ti potesse sentire il babbo a trattarmi così nel momento del bisogno."

"Lascialo stare il babbo, riposi in pace, pover'uomo... Ringrazio solo Iddio che non sia vissuto abbastanza per vedere questo sfacelo."

"Iddio non esiste, imbecille!"

"Vattene via! Via da casa mia, ateo! Via! Via! Non ti voglio più vedere, vai viaaaa!"

"Deanna..."

"Questo disastro..."

"Deanna, mi sento male..."

"No, io mi sento male, no te..."

"Deanna..."

"Ivo, icché c'è?"

"Aiuto... Deanna, muoio..."

"Ivo, Ivo! O mamma, Carmela chiama l'ambulanza...
Mamma mia, chiama l'ambulanza subito. Madonnina, soc-
correteci. Ave Maria piena di grazia, Ivo! Ivo! Carmela,
Carmela, chiama subito l'ambulanza! Ivo, Ivo, rispondimi!
Rispondimi!"

Ecco, l'alba di giunchiglia.

NON MOLLARE MAI

Quando apro gli occhi è giorno, mattina credo. Dev'essere finito l'effetto del cerotto, perché comincio a sentire una fitta. Forte. Profonda. Caterina dorme sulla poltrona accanto al letto, e mi dispiace svegliarla, ma devo. Ma quando provo a chiamarla, per qualche ragione non mi viene fuori la voce. Mi schiarisco la gola, provo ancora a sfiatare un *Caterina* e adesso la voce mi arriva, piano ma mi viene fuori, lei si sveglia, mi guarda e mi fa, Che c'è, Ivo, e poi, Scusami, avevo chiuso gli occhi. Le chiedo di staccarmi il cerotto vecchio e di mettermene un altro, per favore, perché non voglio sentire dolore. Non voglio sentire dolore *più*, cazzo. Lei va in bagno, torna con la scatola, la apre e però, improvvisamente, devo pisciare. Devo assolutamente pisciare ora. Sto per farmela addosso. Provo ad alzarmi, e lei viene verso di me e dice che è meglio se sto a letto. Ma io, Cate, devo andare in bagno, e lei, Ti accompagno, e io, No, devo andare da solo, ce la faccio, ti prego non mi aiutare, bisogna che vada in bagno da solo, lasciami provare, se casco mi aiuti a tirarmi su, va bene? Tu aiutami solo a infilarmi il mio accappatoio bianco del Mark appena sono in piedi, per favore. Riesco a mettermi a sedere sul letto, la fronte mézza di sudore. Le sorrido, annuisco, e senza davvero volere mi do una spinta con le gambe, e sono in piedi! Barcollo un po' ma sono in piedi! Comincio a sudare e ver'Iddio non ho mai sudato così in vita mia, nemmeno in sauna, le gocce di sudore mi scivolano dalla fronte sul naso, dove si fermano un po' e poi cadono a terra. Una dopo l'altra ruscellano giù, ma sono in piedi! Lei mi aiuta a infilarmi l'accappatoio sopra il pigiama di seta che non ricordo di essermi messo, provo a camminare e ci riesco. Ci riesco. Strascico i piedi per non perdere mai il contatto con il pavimento. Ansimo, ma cammino. Mi scappa una scoreggia che non riesco a trattenere e spero con tutto il cuore che Caterina non la senta, ma non mi fermo, non mi posso fermare. Arrivo fino alla porta del bagno, la apro, e sto per chiudermi dentro a chiave quando penso che è meglio di no, allora chiudo la porta e basta. Non riesco a parlare, faccio ancora qualche passo fino alla tazza. Mi ci siedo sopra – mi ci lascio cadere, più che altro – e riesco appena ad abbassarmi i pantaloni del pigiama che inizio immediatamente a pisciare, ed è una sensazione fantastica, diversa da ogni altra che ho provato in vita mia; è come se mi sciogliessi, se mi liberassi di tutto, e mentre piscio inizio anche a cacare con un'altra scoreggia, stavolta lunga e sonora e sfatta, e caco e piscio contemporaneamente liquidi di uguale densità e odore e colore, ed è un gran pulirsi. Mi sento puro. Pronto. Perché è chiaro che non succederà un'altra volta. Sono pezzi di me quelli che se ne sono andati. Pezzi che puzzano. Premo il bottone dello sciacquone senza avere il coraggio di guardare, poi riesco ad accucciarmi sul bidet e ansimando mi lavo con una scrupolosità e un'attenzione che mai ho usato, con la saponettina quadrata di quest'agrituri- smo vuoto, sciacquettando e insaponando tutte le mie parti basse, rinfrescandole, e devono passare minuti perché a un certo punto, mentre mi asciugo minuziosamente usando uno dopo l'altro tutti gli asciugamani del bagno, Caterina mi chiama per sapere se va tutto bene. Sarebbe bello poter fare la doccia, fresca e non fredda, una lunghissima doccia, e lavarmi con il bagnoschiuma all'olio essenziale di menta che

mi regalava Elizabeth, strofinarmi la pelle con quel meraviglioso guanto di crine che comprai da giovane in Finlandia
per sentirmi davvero *pulito*. Caterina mi chiama ancora, e
dalla voce capisco che è lì dietro la porta, preoccupata, e sta
per entrare, cosa assolutamente impossibile. Le dico che va
tutto bene, di non entrare, per favore, e mi volto per uscire.
Il pavimento è costellato di buffe impronte umide dei miei
piedi: il tallone ellittico, le dita sfumate ma comunque ben
distinguibili, tutte e cinque. Strano che ci sia tutta quella
distanza tra tallone e dita. Mi sembra troppa. Incrocio per un
attimo lo sguardo di qualcuno nello specchio. È uno magro,
con le occhiaie, la barba lunga, un accappatoio bianco. Poi
vedo sul ripiano del lavandino, perfettamente allineato al
rasoio, il mio pennello da barba di pelo di tasso. Non so da
dove sia venuto fuori, ma è qui. Lo prendo, sfioro il manico
in corno di cervo, accarezzo l'incisione delle mie iniziali, e
decido che mi farò la barba come me la sono sempre fatta
tutte le mattine, da quando avevo diciassette anni. Apro
l'acqua calda e aspetto che riempia il lavandino mentre il
vapore appanna misericordiosamente lo specchio. Immergo
il pennello nell'acqua calda, lo scuoto, e quando lo guardo il
pelo è brillante, splendido, vivo, pare capace di scrollarsi
l'acqua di dosso da solo. Seppure lievemente ingiallito all'at-
taccatura del manico, dopo un centimetro ridiventa del suo
originario beige martora per poi scurirsi sulle punte, dove
raggiunge un marrone che è esattamente il colore della terra
smossa col muso dai cinghiali, d'inverno. Lo incappello del
bianco industriale della schiuma da barba e mi ricordo che
quando ero andato a comprarlo a Milano mi avevano detto
quanto il pennello di pelo di tasso di montagna costasse di
più rispetto a quello di tasso di pianura, un'enormità, e mi
ero messo a ridere ma l'anziano bottegaio, una specie di
Geppetto, mi aveva inventato che per proteggere l'animale

dal maggior freddo il pelo del tasso di montagna doveva essere più morbido e caldo del pelo del tasso di pianura, e a sentire una cazzata così bella e così simile alle mie ne avevo comprati due, di pennelli di tasso di montagna, uno per me e uno per Delfo. Mi insapono il volto e mi rado con attenzione, lentamente, finché il rasoio non scorre senza rumore sulla pelle. Poi agguanto il dopobarba – le ultime gocce di una vecchia bottiglietta di Eau Sauvage –, ne raccolgo un po' nell'incavo della mano e mi carezzo le guance, il mento, la gola. Che guance ferme e morbide e rosa avevo da ragazzino, e che faccia sempre sorridente! Prendo il profumo, sempre Eau Sauvage, ma spray, e lo spruzzo tante volte nell'aria per nascondere gli odori. Me lo spruzzo sul collo, sul petto, anche sotto le ascelle, sull'accappatoio, ed è una bella sensazione, il fresco, il sentore di agrumi; chiudo gli occhi e sono ancora negli spogliatoi del Tennis Roma, al mare, ed Elizabeth mi aspetta per andare a cena in un ristorante sulla spiaggia; poi li riapro, mi volto verso la porta, la apro e coi primi passi torna quello strano sudore, ma ormai mi sa che ce la faccio. Cate mi viene incontro ma scuoto la testa, ce la faccio da solo, ma ogni passo è difficile, ora. Ogni passo è *più* difficile, e non so come possa non perdere l'equilibrio. Ripeto dentro di me il canto dei tifosi del Prato, *Non mollare mai*, *Non mollare mai*, *Non mollare mai*, *Non mollare mai*. Invece mollerò di sicuro, cadrò e mi farò male. Mi romperò un femore come tutti i vecchi, e non mi opereranno perché tanto morirò prima e comunque non reggerei l'anestesia. Vaffanculo, non devo cadere. Stringo i denti, lo sguardo confuso dal sudore – ma perché, perché sudo così? – e finalmente mi sembra di aver raggiunto il punto oltre il quale se cado, cado sul letto. Ma ora non basta. Voglio rimettermi a letto da solo. Gli ultimi due passettini li faccio strusciando il polpaccio destro contro il materasso, così non c'è verso che cada. Poi mi metto a sedere sul letto. Ce l'ho fatta. Sorrido. Alzo il pollice. Mi è sempre piaciuto il gesto di alzare il pollice. Mi dà l'idea di qualcosa di riuscito e aeronautico. Caterina mi aiuta a togliermi l'accappatoio, a sdraiarmi sul letto. Mi copre. Mi asciuga il sudore sulla fronte con un asciugamano che non so da dove venga e spero non sia uno di quelli con cui mi sono asciugato il culo, ma anche se fosse, ormai...

Sorrido, perché il respiro si calmerà e sarà come se non l'avessi fatta, la mia ultima pisciata. Ma l'ho fatta, cazzo. L'ho fatta. E da solo. Poi c'è stato un sogno in cui tenevo abbracciata una donna sconosciuta, con i capelli neri, molto morbida e intelligente, capiva tutto di me e mentre stavamo abbracciati a un certo punto mi chiamava *Mio Signore*. Caterina è seduta sul letto accanto a me, mi prende la mano e mi chiede se per piacere la posso toccare. Ci terrebbe tanto. E io, Toccare dove? Toccare dove gli uomini toccano le donne, fa lei, e io penso tante cose tutte insieme, ma le dico di no, Grazie, mi piacerebbe tanto, ma ora non posso, e lei, No, Ivo, ti prego, e io, No, bambina, non me lo chiedere, non me la sento, davvero, e lei, Toccami solo il seno, le tette, le puppe, come le chiami te, toccami il seno, Ivo, e io, No, non posso. E lei, Dài, una volta sola, e la guardo e risplende e giuro su Dio che la sposerei subito se entrasse un prete nella stanza. Dài, va tutto bene, toccami Ivo, e mentre scuoto la testa piano penso che forse a questo punto lo posso anche fare visto che, ormai, altri seni non ne toccherò, e smetto di scuotere la testa e la guardo e lei mi prende le dita e se le fa scivolare sotto la maglietta e si china verso di me finché la mia mano – la mano destra, quella con cui ho fatto tutte le cose più importanti della mia vita – si chiude intorno a una tetta, una tetta soda, morbida, una tetta calda, pulsante, la tetta perfetta di una giovane donna, la cosa più bella del mondo, e non riesco a non cercare il capezzolo e a sfiorarlo tra pollice e indice, ed è un capezzolo che mi cresce lievemente tra le dita, caldo, e il mio pensiero vola ad altre tette, altre donne, albe, tramonti, lacrime e promesse, il mare scintillante e calmo, le nuvole, il cielo, e quando riapro gli occhi che non ricordavo d'aver chiuso ho ancora in mano una tetta di Caterina, il cazzo sordo e immobile, la mano che tra un attimo comincerà a sudare, e la ritraggo, e sono sfinito, e lei è accanto a me e la ringrazio e le chiedo se, ecco, se non sembra anche a lei che le cose stiano cominciando a essere strane, bambina mia, molto strane. Caterina mi fa una carezza e mi domanda come sto. Le chiedo di nuovo se mi può togliere il cerotto e attaccarmene due invece di uno. Ivo, guarda, qui c'è scritto che due cerotti insieme non si possono attaccare. È pericoloso. E io, Sì, davvero? E che mi può succedere, di terribile? Mi verrà la nausea? Vomiterò? E lei fa una pausa, guarda i cerotti, poi me. Certo, nulla, Ivo, dice, e li toglie dal loro involucro, si piega su di me, e mentre mi attacca il primo ricordo che è meglio non attaccarne due, per qualche ragione non va bene. Ma perché?

1991
(FILUMENA)

"No."

"Sì."

"E di chi è?"

"Non lo so."

"COME NON LO SO! DI CHI È?"

"Non lo so, Ivo, non urlare."

"No, io urlo. CHE VUOL DIRE NON LO SO?"

"Vuol dire che non lo so."

"Che vuol dire... Che è questa cazzata da Filumena Marturano? DI CHI È?"

"Io non lo so, Ivo. Non lo so..."

"MA COME, COME?"

"... perché quel giorno... Insomma, in quei giorni, perché più o meno credo di aver capito quando... Ecco..."

"Allora?"

"Ecco..."

"COSA?"

"Io sono stata con tutti e due."

"Come?"

"Sì, perché è stato di sicuro quando ero a fare la settimana bianca a Madonna di Campiglio e tu sei venuto e poi sei andato via il pomeriggio, nella tormenta, quando stava arrivando Brunero..."

"Ah, sì, eh?"

"Come... Che vuoi dire?"

"Ah, sì, eh?"

"Cosa?"

"ALLORA TU ANDAVI CON TUTTI E DUE, EH? CIOÈ TU ANDAVI PRIMA CON ME E POI CON LUI? E QUANTE VOLTE TU SEI VENUTA DA ME DOPO ESSERTI FATTA TROMBARE DA LUI, EH? DIMMELO!"

"Ahia, Ivo, lasciami."

"ALMENO TI LAVAVI LA FICA?"

"Ivo, smettila..."

"NO, DIMMELO. PRIMA O DOPO? TROIA!"

"..."

"DIMMELO!"

"Non lo so, non lo so. Lasciami, mi fai male..."

"E SMETTI DI PIANGERE!"

"..."

"..."

"Sì, ora smetto."

"..."

"Ma Ivo, scusa..."

"Vattene. Vattene via. Troia."

"Ivo..."

"Vattene, non ti voglio più vedere. Sei una puttana."

"Ivo, che dici..."

"Vattene, sei una puttana, vattene, VATTENE!"

"Sei cattivo."

"..."

"E stronzo."

"..."

"Perché forse sono una puttana davvero, ma sono la tua puttana, e solo la tua."

"Ma senti..."

"Sono la tua donna, Ivo. Tua e di nessun altro. E tu lo sai."

"Ah, sì, eh?"

"Sì. Sono sposata con lui, ma sono la tua donna."

"…"
"…"
"Gesù e Dio e la Madonna della Madonna d'Iddio…"

"Ivo, senti. Sposiamoci. Sposami, Ivo. Io divorzio domattina, anzi stasera. Tu sposami, e io e te staremo sempre insieme, con il nostro bambino."

"Ma senti… senti che coraggio…"

"Perché? È la soluzione migliore…"

"E se il bambino è suo, eh, che succede?"

"Ma…"

"NO, DIMMELO, E SE POI IL BAMBINO È SUO? DIVENTO BECCO PRIMA ANCORA DI SPOSARTI, LO CAPISCI?"

"…"

"O Dio d'un Dio d'un Dio…"

"E allora? Che si fa, Ivo?"

"Che si fa? Nulla si fa."

"Come, nulla?"

"Nulla. Torni a casa, annunci la buona novella, come si dice, ti fai fare un sacco di feste, poi ti gonfi, partorisci e fai la mamma. Ecco cosa fai. E allatti."

"E te? Cosa fai, te?"

"Io? IO? COSA DEVO FARE, IO?"

"Sì, te…"

"Non lo so, non lo so cosa devo fare io…"

"Ma… e se il bambino è tuo, invece?"

"E chi lo dice? Come si fa a saperlo?"

"Non lo so, ma ci deve essere un modo…"

"No, non c'è un modo."

"Ma sì, con le analisi del sangue…"

"No, non c'è verso, via…"

"Ma come no…"

"…"

"Ivo…"

"Perché se poi mi somiglia, somiglia anche a Brunero. Il bambino non avrà problemi, se non glieli crei te... Il bambino va lasciato fuori da tutto..."

"Sì, certo, ma io?"

"Te l'ho detto, Rosa."

"Ma come... No..."

"Invece sì. Fuori dai coglioni."

"No."

"Vai. Non ci vedremo mai più."

"Non ci credo che parli sul serio, non è possibile..."

"Certo che è possibile..."

"E allora perché piangi, Ivo?"

"Io non piango! Va' via, puttana!"

"Ivo, ti prego..."

"Basta. Va' via. Non c'è altro modo. E poi io non ti ho mai amato. Ti trombavo e basta. Vaffanculo."

"No, vaffanculo te."

"Ciao. Fuori!"

"Tu... tu... SEI UN MOSTRO! SEI UN BASTARDO! MI FAI SCHI-FO!"

"Sì, certo..."

"TI ODIERÒ PER TUTTA LA VITA... E... NON TI SALUTERÒ MAI PIÙ... SEI... SEI UNA MERDA!"

"Sì, certo."

"IO... IO NON CREDEVO CHE TU FOSSI COSÌ, che tu mi parlassi così, mai avrei creduto.. Che scema sono stata, che stupida. Vaffanculo, Ivo, vaffanculo, vaffanculo..."

"È meglio così. Per te e per tutti."

"Non mi vedrai mai più."

"Sopravvivrò."

"..."

"Ahia! AHIA."

"Bastardo!"

"Ohiohi."

"Te lo sei meritato."

"Mi hai rotto il naso!"

"…"

"Cazzo, mi hai rotto il naso. Guarda, sanguino."

"Mi dispiace, Ivo, scusa…"

"Macché scusa e scusa, va' via!"

"Ti sta bene, vaffanculo…"

"Il naso. Ooooh."

"…"

"Cazzo, che male."

"Senti molto male davvero?"

"Te che dici?"

"Vuoi che ti porti all'ospedale?"

"No, mi faccio venire a prendere da Carmine"

"Se vuoi, ti porto io."

"Boh, non lo so."

"Allora?"

"Non lo so cosa è meglio fare, Rosa. Non lo so."

OH

"Augusto, ciao."

"Oh, Ivo, ciao."

"Augusto, ma dove siete? Io... Forse mi sa che ci siamo."

"Come? No, aspetta, Ivo, siamo vicinissimi. Stiamo arrivando."

"Ah, va bene..."

"..."

"Allora vi aspetto per morire."

"No, Ivo, scusa... volevo dire..."

"No, davvero, son cose belle."

"Io..."

"Passami Carmine."

"Sì, Ivo."

"Bisogna che tu trovi il nome e l'indirizzo di questo ragazzo del video, sai... Del video di Caterina... hai capito..."

"Sì..."

"E poi tu chiami Camputaro, sai il figliolo di coso... Come si chiamava?"

"Chìe? Il tessitore?"

"Sì. E gli dai il nome e l'indirizzo e gli dici che è un favore che gli chiede Ivo il Barrocciai."

"Ho capito."

"Va bene?"

"Sì. Non ho capito, ma va bene."

"Ripassami Augusto."

"Ivo?"

"Allora io aspetto voi."

"Ivo, dài..."

"Cristo, fate svelto."

PEPITE
(1944)

C'è questo sole incredibile e i tetti dei vagoni fermi sui
binari della ferrovia scintillano come il mare d'estate e io e
Brunero in camiciola, pantaloni corti e sandali camminiamo
lungo il greto asciutto del Bardena alla ricerca delle pepite
d'oro che il fiume deve per forza aver portato via dalle montagne. Perché devi sapere che intorno ai vulcani, Brunero, c'è
sempre sempre l'oro, e noi oggi bisogna andare zitti zitti a
cercare le pepite senza dire nulla a nessuno, e se le troviamo
bisogna promettere di non aprire bocca con nessuno, muti
come pesci anche in casa, sennò a Narnali comincia la *corsa
all'oro*, capito?

Per filtrare l'acqua inesistente del Bardena Brunero si era
arrischiato a portare la padella forata che sua madre usava
per cuocere le castagne d'inverno, e aveva una gran paura
di essere scoperto. Ma se nel Bardena non c'è acqua perché
si porta la padella, Ivo? Perché si fa così a trovare l'oro nei
fiumi, e se poi è rimasta qualche pozza e le pepite sono proprio
lì e noi non si è portata la padella, eh? Eravamo già d'accordo
su quante ne avremmo tenute per noi e quante ne avremmo
date ai nostri babbi, di pepite, e di chi sarebbe stata se ne
avessimo trovata una sola. Mia perché l'idea era stata mia.

È un caldo davvero tremendo, le cicale cantano, non si
sente altro, e a un certo momento Brunero si mette a sedere
sui ciottoli, col fiatone. Di pepite nel Bardena non ce n'è,
Ivo, sennò le avevamo già trovate, ed è meglio se si torna

a casa perché se la mia mamma s'accorge che ho preso la padella, son cinghiate sulle cosce. Io continuo a camminare in tondo e gli dico che non si deve perdere d'animo e che a questo punto di sicuro ne troveremo una. Perché quando proprio non se ne può più di una cosa, allora vuole dire che si è vicini, Brunero, credimi, è così, la vita è così. Gli dico di Colombo e dei suoi marinai e dell'America che trovarono quando ormai non ne potevano più di stare in mare sulle caravelle e volevano tornare indietro, che bisogna essere testardi e non dar retta a nessuno e fidarsi solo di se stessi, ma Brunero piagnucola che gli è venuta una vescica sotto a un piede e che vuole tornare e dell'America non gliene importa nulla perché tanto l'hanno già scoperta, no? Mi si sono seccate le labbra e sono bagnato di sudore e non ce la faccio più, ma gli dico che non si deve abbandonare l'impresa ora. Non siamo bambine, noi. Mi guardo intorno e non vedo che arbusti stenti, lucertole, il muro di pietra dell'argine, una vecchia spola. Mi inginocchio e comincio a frugare tra i ciottoli. È un caldo da bestie. È dopo pranzo. Sono tutti a letto. Brunero dice, E poi siamo due bischeri, Ivo, perché di oro nel Bardena non ce n'era sennò l'avrebbe trovato qualcun altro, invece di lavorare ai telai. Non gli rispondo, e forse è meglio se va via, perché mi sa che porta sculo e appena rimango solo la pepita la trovo di sicuro, ma da solo non mi garba stare, non m'è mai garbato, e allora gli dico ancora che ormai manca poco, e cerco sotto i ciottoli ma non trovo che altri ciottoli, e una goccia di sudore mi cade dalla fronte e finisce su un sasso e fa una macchia scura ed è la prima volta in vita mia che sudo a gocce, e poi sento un rumore lontano e alzo gli occhi e vedo un puntino nero molto vicino al sole, e quel puntino si ingrandisce e diventa una specie di rombo e poi di colpo è *un aereo*, un aereo in picchiata che si abbassa e supera di poco il campanile della chiesa di Narnali e punta dritto verso la ferrovia e fa questo rumore sputacchiante e gorgogliante e grasso e avvia a sparare contro i vagoni del treno tedesco che stava fermo sui binari da settimane. Si sentono forte i colpi delle pallottole che colpiscono il treno, *stun stun stun*, e poi il rumore cambia e colpiscono anche la terra dei campi e il pollaio del Calabresi e i sassi del guado, e vedo Brunero che si butta a terra contro l'argine e sbatte il naso su una pietra e urla, Ahi, e io sono in ginocchio sul greto asciutto e bianco e senz'oro del Bardena e vedo le pallottole conficcarsi nella terra tra i sassi davanti a me e alzare le nuvolette di polvere tutte uguali: fischiano e sibilano e urlano, e Brunero non smette di strillare e poi improvvisamente c'è un silenzio assoluto e ho il sole in faccia e non vedo nulla e gli dico, Che c'è, Brunero, che c'è, che c'è, che c'è?

UN VESTITO DI CHANEL

Quando apro gli occhi c'è la Deanna in piedi accanto al letto. Ha gli occhi gonfi, i capelli tirati indietro, un vestito di Chanel che le ho regalato mille anni fa, e si morde le labbra.

"Zefiro torna sempre, Deanna."

Mi dà un lento bacio sulla fronte e mi scompiglia i capelli con un gesto tremante, poi esce dalla stanza quasi di corsa, la mano destra davanti alla bocca.

ADELANTE

Mi sveglio e non so se è giorno o notte. Comunque non parlo più. Faccio dei versi tipo cane. Questa non ci voleva. Ho già detto tutto quello che volevo dire?

Augusto fa, Come hai detto?

Caterina, Che c'è, Ivo?

La Deanna, Dimmi.

Caterina, Non capisco, Ivo. Vuoi bere?

Scuoto la testa e faccio – piuttosto chiaramente mi pare – il segno che voglio scrivere.

La Deanna, Vuoi andare in bagno?

Augusto, Senti dolore?

Tutti guardano prima lui, poi me. Scuoto la testa con decisione. Cazzo.

Caterina, Vuoi vedere le scarpe che mi hanno portato? Sono bellissime, guarda.

E mi fa vedere delle scarpe veramente molto belle, un incrocio tra una scarpa sportiva e una da passeggio, di pelle. Di sicuro sono molto costose. Alzo il pollice verso la Deanna. Poi rifaccio segno che vorrei scrivere. Cioè unisco pollice e indice e muovo la mano da sinistra a destra. Cazzo, si capisce, no?

Carmine, Ivo, che c'è?

Caterina, Cosa vuoi?

Carmine, Ho capito, vuole vedere il quadro.

Il quadro. Certo. Annuisco. C'è un po' di trambusto – si alzano contemporaneamente in tre e poi non vedo nessuno

272

per un po'. Mi svegliano delle gran martellate sul muro, sento la Deanna che rimprovera Carmine per il chiasso, e poi mi mettono un cuscino dietro la schiena e mi ritrovo assiso nel letto, come un re.

Carmine, Che va bene così?

Sul muro davanti al letto c'è il mio Bacon. Non lo vedo da dieci anni, forse di più, da quando lo affidai a Carmine perché lo nascondesse. È piccolino, poco più di trenta centimetri per trenta, però mi sembra diverso da come lo ricordavo. Mi sforzo di guardarlo bene. Su uno sfondo bianco sporco c'è la faccia di un uomo con un colletto bianco, sfumata, martoriata, con gli occhi vuoti, come se il pittore avesse deciso di cancellarla e ci avesse passato sopra uno strofinaccio e poi avesse cambiato idea – cosa che successe davvero, questo lo ricordo –, i capelli castani corti già molto arretrati sulla fronte, un mezzo sorriso spettrale, una camicia bianca da industriale con un abbozzo di cravatta, e sotto a tutto una striscia del rosa più falso del mondo, e mi arriva la freccia avvelenata di Bacon e finalmente capisco che sono io, quello, ma io *ora*, sul letto di morte, ecco perché non mi riconoscevo quando mi dette il quadro e mi disse che era il mio ritratto, stronzo bastardo, ed è una cosa terribile e ovvia, e non c'è niente che posso fare perché tutto quello che doveva succedere è già successo, tutto è andato, finito e non si può più riaccomodare, e mi sento smarrito e solo come mai in vita mia, ho un brivido di freddo e devo distogliere gli occhi dal quadro perché non sopporto più di guardarlo e forse sto per piangere, perché questa cosa è durissima da sopportare, troppo dura, troppo cattiva, non me la merito, e poi ora, cazzo... Ma poi, ecco, non piango, e il momento passa, inspiro, espiro, azzardo una specie di sorriso a Caterina e lei mi risorride e tutto perde importanza, mi dico che alla fine è solo un quadro, non è la vita, è solo un quadro dipinto da un uomo cattivo che è morto prima di me, e non

273

l'ho inculato, e con quella napoletana pazza e bellissima coi capelli neri come le piume dei corvi che beveva più di me siamo usciti in strada ridendo nel grigio di quell'alba londinese e abbiamo camminato per ore e parlato, col quadro ancora fresco sottobraccio, e ci siamo salutati davanti al Dorchester in mezzo ai turisti e ai bambini e alla gente in giacca e cravatta che ormai andava a lavorare, infinitamente distanti da noi, da me e Rita che andava in sposa quel giorno stesso a un cretino ricchissimo e non l'ho più vista né sentita. E il quadro ora *lo vendo*, e con quei soldi salvo la vita a una persona. A una *donna*. E bellissima. E vaffanculo.

Carmine, Che va bene così?

Annuisco e mi sforzo di fare meglio il segno che voglio scrivere; provo a tenere fermo il polso e muovere in un arco la mano col pollice e l'indice uniti. Gesù, come fanno a non capire? Voglio scrivere.

Deanna, Che vuoi, Ivo?

Voglio scrivere. Scrivere.

Deanna, Che ha detto?

Augusto, Non capisco che gesto sia.

Caterina, Vuoi scrivere, Ivo?

Sbuffo. Annuisco. Con le labbra sillabo, Ton-ti.

Deanna, Come?

Per fortuna mi arrivano carta, penna e un libro rilegato per appoggiarmi. Un libro? Non c'erano libri in camera. Lo guardo. È la Bibbia. Guardo fisso la Deanna, prendo il libro e lo lascio cadere a terra. Spero di essere stato chiaro. Poi inizio a scrivere, ma è difficile. Ho sempre avuto una calligrafia di merda, tra l'altro:

IL QUADRO VA PORTATO A MILANO, CARMINE. VERRÀ VENDUTO ALL'ASTA E I SOLDI ANDRANNO TUTTI A CATERINA. OCCUPATENE TE. ACCOMPAGNALA

E DALLE ASSISTENZA, PER FAVORE. ALTRO DA
LASCIARE NON HO. LA MACCHINA LA DO ANCHE
QUELLA A CATERINA. GUARDA SE TI RIESCE DI
RIACCOMODARE LA CAPOTE.

Firmo e porgo il biglietto alla Deanna, che lo legge a voce alta e per qualche ragione comunque legata alla sua stronzaggine invece di *Caterina* legge *Carolina*, ma quando grugnisco si corregge, annuisce, si stropiccia gli occhi.

Quando finisce di leggere c'è un silenzio lungo. Praticamente ho fatto testamento, e se ne sono accorti tutti prima di me perché tengono gli occhi fissi a terra. La Deanna tira su col naso. Faccio cenno che voglio un altro foglio, e scrivo:

ADELANTE, ADELANTE,
C'È UN UOMO AL VOLANTE.

E loro lo studiano, seri. Un po' si potrà scherzare, no?

VIA DELLE SERVE SMARRITE

Elizabeth è appena entrata in camera, e io e la Svetli siamo sul letto e le ho appena detto che lei non è una moglie ma una majorette.

"Che cazzo vuol dire, ora, questa cosa?"

"Vuol dire che te sei una donna per quando le cose vanno bene, Elizabeth. Sei una donna per... per quando c'è da festeggiare, per le feste, via, non per la vita di tutti i giorni... Tu non mi capisci, Elizabeth. Mi ami, forse, ma non mi capisci, ecco. Non mi hai mai capito. Quando c'è un problema... No, nemmeno, quando faccio una cosa che non ti garba... Perché tu non ti poni mai il problema di capire perché l'ho fatta, non ti chiedi la ragione che sta dietro a una piccola debolezza, anche se magari è sbagliata, sì, lo ammetto, ma non è questo il problema... E allora, o ti incazzi a bestia come ora, non senza ragione ma con magari metà ragione, o fai la majorette e ignori il problema e dici che mi ami e mi fai le feste. Come i cani, come le majorette. Tiri in aria il bastone, balletti e sorridi. Ecco cosa fai."

Elizabeth urla, prende un portacenere di alabastro senza svuotarlo dei tre mozziconi macchiati di rossetto che ci sono dentro e me lo tira, mi colpisce il labbro e me lo spacca. Cado all'indietro sul letto, le gambe non mi reggono più, il sangue zampilla dal labbro, macchia le lenzuola, i cuscini, la camicia; macchia Elizabeth con tre gocce disposte a triangolo sulla camicetta di seta, all'altezza del cuore; macchia il cuscino che la Svetli si è portata a protezione del petto in quel gesto femminile che si vede sempre nei film e mai nella vita; macchia la fronte della Svetli, la testata del letto, la parete bianca a stucco dell'appartamento di Via delle Serve Smarrite; mi inzuppa le mani che inutilmente accorrono a fermare l'emorragia, il petto peloso, lo stomaco prominente; mi macchia anche il cazzo. Rimango qualche secondo immobile con la faccia affondata in un cuscino e la testa che mi gira a vortice, infinitamente ubriaco. Poi alzo la testa e c'è mia moglie in piedi accanto al letto, immobile e tremante, e vedo che l'istinto della majorette si scatena dentro di lei e le suggerisce che ora la punizione è stata data, il sangue ha lavato l'offesa e i conti sono pari: è tutto finito e può ridiventare mia moglie e anche se non potrà mai passare sopra a quello che sta vedendo ora, *never ever*, mai amarmi come mi amava prima, proprio in nome dell'amore che rimane può però smettere quel tremito e cominciare a piangere, urlare, disperarsi, sfogarsi, offendermi, anche picchiarmi – insomma fare quello che fanno le mogli tradite che vogliono rimanere. Forse sta per avvicinarsi a controllare cosa mi ha fatto con quel portacenere che tra l'altro, speriamo non se ne accorga, è un regalo di nozze di suo cugino Peter.

Però la Svetli si muove, si alza dal letto per vestirsi e fuggire, svanire, e quando Elizabeth la guarda e vede la sostanza stessa del tradimento, ecco, è troppo per lei. Vederla in piedi, quasi uno e ottanta d'armonia, nuda, ventenne, una ninfa con le lentiggini sul naso, sfacciatamente trionfante d'energia e giovinezza, solo un po' ingoffata dalle tette bioniche che ho finanziato io: una grande fica giovane che balletta muta sulle gambe perfette alla ricerca di una mutandina che purtroppo trova e si infila attirando così l'attenzione sulla sua morbida, delicata passerina senza peli, il *luogo* del tradimento, ed è una mutandina impossibile da indossare per una moglie, minuscola, nera, trasparente eppure ricamata, è un tanga, un triangolo davanti e un filo dietro, fatto di quel pizzo impalpabile che esiste al mondo solo e apposta per carezzare le fiche delle amanti, ed è troppo per Elizabeth, perché si ricorda di tutte le volte che mi aveva chiesto se poteva farmi piacere se lei si rifaceva le tette e avevo sempre risposto di no perché le tette grosse non mi sono mai piaciute e poi non sono per niente una cosa fine; se mi piacevano le ragazzine giovani e avevo sempre detto di no perché a vent'anni una ragazza è ancora più bambina che donna e a me piacciono le donne vere; se avevo mai pensato di farle le corna e avevo sorriso, scosso la testa e detto che chi ha in casa una bottiglia di Dom Perignon non va a cercarsi il prosecco; se almeno una volta dopo il matrimonio mi ero sentito perlomeno attratto da un'altra donna e avevo detto di no perché ero follemente, follemente innamorato di lei: tutte le stupide bugie vuote che gli uomini dicono alle mogli perché sanno che la verità distrugge i matrimoni, e il mio come gli altri poteva sopravvivere solo dentro un bozzolo di smancerie ed esagerate premure e promesse e dichiarazioni e viaggi da sogno e cene nei migliori ristoranti del mondo e bottiglie di vino che costavano come utilitarie e camere d'albergo di duecento metri quadri e diamanti *internally flawless*, riscaldato da un amore da parrocchia che mi ero impegnato a fingere sempre, ogni giorno, candido e smodato, per coprire il fatto che non l'amavo e non l'avevo mai amata, e alla mia età era meglio, più conveniente, ecco, stare con lei piuttosto che da solo. E lei che credeva fossi un re, che al mio falso amore aveva risposto con la sua vera lealtà e il suo vero amore, che nemmeno per un attimo si era posta il problema di tutte le Svetli di questo mondo perché tanto Ivo, il suo Ivo, di Svetli ne aveva già avute, tante, tutte, per anni, e se si era sposato con lei era perché l'amava, ecco, lei, Elizabeth, capisce in un attimo che al suo uomo ovviamente piacciono le tette grosse e le ragazzine, e certo che aveva pensato di farle le corna e certo che si era sentito attratto da un'altra donna, certo, naturalmente, per forza, che scema, che imbecille, e allora urla un'altra volta, ed è un urlo di pura rabbia, alto e breve, che fa trasalire e perdere l'equilibrio e cadere la Svetli come nei fumetti di Charlie Brown quando la ragazzina urla e Charlie Brown e il cane e quello con la coperta, tutti insomma, cadono a terra. Mi alzo dal letto perché da quell'urlo non può venire niente di buono, e qualcosa devo fare anche se sono ubriaco e nudo e sanguinante ed è già tanto se riesco a reggermi in piedi, così con la bocca asciutta provo a biascicare qualcosa tipo, Elizabeth, aspetta, e lei abbassa gli occhi e si irrigidisce tutta come un'asse di legno, stringe i pugni ed emette un gemito brevissimo, una cosa da bambina disperata, e mi intenerisce all'infinito e sto per andare ad abbracciarla ma lei si volta e si avvia verso la porta con quei suoi rapidi incazzatissimi passettini. E provo a inseguirla ma riesco a fare un solo passo tremolante e lei è già alla porta, che apre di scatto e richiude fortissimo. Sento i suoi passi allontanarsi giù per le scale e mi chiedo se devo uscire sul pianerottolo in quello stato, magari anche inseguirla in strada, fare la vera piazzata. Afferro la maniglia della porta, la ruoto, e poi decido di no. Non la rincorro nudo per Firenze. Non mi inginocchio davanti a lei. Non mi inginocchierò mai, per nessuno e niente al mondo, e vaffanculo. Se n'è andata. Fine. Lascio la maniglia, barcollo fino alla finestra e la vedo camminare in strada tutta impettita, con la mano destra che artiglia la borsetta e la sinistra ad asciugarsi le lacrime sotto un paio di occhiali neri che dev'essersi infilata prima di uscire dal palazzo. Non si volta mai. Gira l'angolo e non la vedo più. Incredibile. Avevo sempre pensato che non mi avrebbe mai scoperto e che un giorno sarei dovuto andare a dirle che era finita. Mi ero anche preparato il discorso. E ora invece non c'è più bisogno di lasciarla, Elizabeth, vedi, Ivo?

Qualcuno dice, Io a questo punto vado, e naturalmente è la Svetli, perfettamente rivestita e in ordine, e sorride senza voler sorridere davvero, un miracolo di gioventù ed eleganza e discrezione e allegria e disponibilità, con un preavviso di ventiquattro ore, mai problematica, mai nervosa e incazzata, mai incantata a fissare il mare fuori dalla finestra per ore con le guance rigate di lacrime perché le ho risposto male, mai veramente conquistabile e mai veramente mia, distante e bellissima come l'Antartide – e capisco che da ora in poi, finché avrò soldi e fortuna, mi toccheranno donne come lei, e sennò andrà peggio.

Si avvicina e sento il suo profumo troppo speziato, glielo dico, ma lei non sa cosa vuol dire speziato. Non mi bacia perché anche se sono una persona *molto brillante e molto benestante*, come mi aveva appena detto poco prima che Elizabeth irrompesse nella camera come l'Angelo Vendicatore, ora, ecco, le cose sono un po' diverse ed è combattuta tra la sua etica del lavoro e lo schifo insuperabile che prova per me e tutti quelli come me e le nostre vite miserabili, così dopo qualche secondo di silenzio e un lungo sorriso vacuo decide per un bacino con la mano, si volta e se ne va.

È domenica pomeriggio, presto.

L'IMMENSA SCHIERA

"Che dice?"

"Sta dicendo qualcosa."

"Ivo, che c'è?"

"Ivo, dimmi..."

"Non..."

"Sembra quasi..."

"Ma... canticchia?"

"Macché..."

"No."

"Sì."

"Dev'essere un effetto della morfina..."

"Sì, per forza, che discorsi..."

"Canta qualcosa lo stesso..."

"Ivo, che c'è?"

"Canta. Sta cantando."

"Che cosa canta?"

"Ivo, cosa canti?"

"Aspetta..."

"Ivo?"

"Ma sì..."

"Che cosa canta?"

"Io l'ho riconosciuta."

"Ti sbagli, Carmine."

"No, io l'ho riconosciuta."

"Non dovete dare peso a queste cose... In questo momento il cervello di Ivo va a ruota libera..."

"Ivo, su, calmati..."

"Più che pensieri sono libere associazioni..."

"No, ascoltate... Non c'è verso di sbagliare... 'Avanti popolo, alla riscossa'... Che capisco bene, Ivo?"

"A me non sembra..."

"Come no... 'Bandiera rossa, bandiera rossa... Avanti popolo, alla riscossa, bandiera rossa trionferà!'"

"Ragazzi..."

"Che cos'è questa canzone?"

"Come, cos'è? È *Bandiera rossa.*"

"Non mi sembra..."

"Sentilo... 'Bandiera rossa la trionferà, bandiera rossa la trionferà, bandiera rossa la trionferà, evviva il comunismo e la libertà!'"

"Guarda, muove un dito."

"Il comunismo?"

"'Degli sfruttati l'immensa schiera, la pura innalzi rossa bandiera, o proletari alla riscossa, bandiera rossa trionferà!'"

"'Vogliamo fabbriche, vogliamo terra...'"

"Carmine, scusa, anche te..."

"Gli vo dietro, Deanna, gli vo semplicemente dietro... gli do voce, a Ivo... 'Ma senza guerra, ma senza guerra, vogliamo fabbriche, vogliamo terra, bandiera rossa trionferà!'"

"Ivo, su, ora basta..."

"E anche te, Carmine, basta!"

"'Non più nemici, non più frontiere, sono i confini rosse bandiere, o comunisti alla riscossa, bandiera rossa trionferà!'"

"Ivo..."

"Sorride."

"'Bandiera rossa la trionferà, bandiera rossa la trionferà, bandiera rossa la trionferà, evviva il comunismo e la libertà!'"

"Sia chiaro... Ivo comunista non è mai stato e non lo sarà mai..."

"Sarà... Mi pare che ricominci, però..."

"Ivo, su, ora basta..."

"Muove quel ditino come un direttore d'orchestra..."

"Ivo..."

"Via, vuole che si canti tutti..."

"Io non canto davvero."

"Su, Caterina... Dottore..."

"Dài, Carmine..."

"Non è in sé..."

"A me pare Von Karajan, con quel ditino, vero, Ivo?... Guardate, sorride..."

"Vi piglia in giro... Gli è sempre garbato farmi rabbia... e dissacrare... Come quella volta che si vestì da prete e disse messa a San Baronto..."

"Come?"

"Non la sapevi questa, eh?"

"Disse messa?"

"E come fece?"

"Si mise d'accordo con quella suora..."

"Quale suora?"

"Io c'ero."

"Quale suora? Quella delle donazioni?"

"Sì, quella... E prese in giro una cinquantina di persone. Di fedeli."

"E come fece? Sapeva dire messa?"

"Mio fratello sapeva fare tutto."

"'Avanti popolo...'"

"E fu bravo?"

"Mah... sì... Dicono di sì..."

"Io c'ero. Fu bravissimo. Dette anche la comunione. E poi prese accordi per sposare due di lì... due mezzi montanari... la settimana dopo."

"E li sposò?"

"No, macché..."

"Ho anche il filmino, a casa."

"Mi piacerebbe vederlo..."

"Certo, signorina..."

"'O proletari, alla riscossa, bandiera rossa trionferà...'"

"Quindi non date retta a quello che dice ora..."

"Lesse l'Ecclesiaste."

"Chi?"

"Gli è sempre piaciuto."

"Senti come canta..."

"Non canta, mugola. Non gli si potrebbe dare qualcosa per farlo stare più tranquillo?"

"Mah, Deanna..."

"Per non farlo delirare."

"Quello che lo tiene tranquillo forse lo fa delirare, però. Vero, dottore?"

"Sì, signorina."

"Macché delirare e delirare..."

"Quel dito mi fa schiantare dal ridere..."

"Ivo? Vuoi che si canti tutti?"

"Ma guarda questo..."

"È sicuramente la morfina."

"'Bandiera rossa la trionferà...'"

"Chiamatemi quando ha finito."

"Deanna, aspetta, non fare così..."

"Guarda, ride..."

"Bischero..."

"Fa segno che vuole scrivere."

"Tieni, Ivo."

"Un po' ci vuole..."

"Che ha scritto?"

"Non si capisce."

"Fammi provare..."

"Non si legge niente, Carmine."

"..."

"Ivo?"

"Ha chiuso gli occhi."

"Dorme."

"Su, andiamo. Lasciamolo tranquillo. Venga, signorina."

"No. Io rimango con lui. Gliel'ho promesso."

"Ma se ha bisogno di riposare..."

"Mi ha chiesto di stare con lui, Deanna, e io gliel'ho promesso. Devo stare sempre con lui."

"..."

"Sta' tranquilla. È tutto a posto."

"Ma..."

"Deanna, non c'è problema."

"..."

"Vieni, Deanna..."

"Caterina, vuoi qualcosa da mangiare?"

"Un panino al prosciutto."

"Te lo porto subito."

"Grazie."

"Scusa, ma quel quadro... che valore può avere?"

"Ivo dice due milioni di euro."

"Come?"

"Anche di più, dice."

"Come?"

"Sì. Anche di più."

AUGUSTO

"Ivo, a Caterina era sembrato che tu mi volessi parlare da solo."

"..."

"Bene. Dimmi."

"..."

"Vuoi provare a scrivere?"

"..."

"Aspetta... fammi mettere gli occhiali."

"..."

Augusto che quel giorno mi aveva fatto dire dalla signorina di accomodarmi in sala d'attesa io che in trent'anni non avevo mai aspettato nemmeno un minuto...

"Ivo, non ci leggo."

"..."

"Ivo, me lo devi far capire chiaramente, non voglio sbagliare, capisci? Non posso sbagliare. Riprova a scrivere."

"..."

"Ivo, mi dispiace, non ci leggo. No, Ivo, calmo, Ivo!"

"..."

E mentre passavo i miei ultimi momenti di pace in piedi a guardare il poster del quadro di Kandinsky in sala d'aspetto i sublimi cerchi verdi e gialli e bianchi si sovrapponevano e si intersecavano su un fondo verde scuro che di certo è lo spazio infinito e lui stava nascosto e protetto dietro la porta chiusa con quelle orrende analisi sulla scrivania e gli occhi lucidi e lo sguardo sulle pareti bianche come ossa del Castello dell'Imperatore...

"Non ti arrabbiare... Puoi muovere le palpebre? Sì. OK."

"..."

"Allora, Ivo... cosa vuoi esattamente?"

"..."

"Vuoi che... Ivo, senti dolore?"

"..."

"Vuoi che ti dia della morfina in fiale? Perché ha un effetto... Insomma, in fiale è più forte dei cerotti... e se... Ma devi dirmi di sì chiaramente."

"..."

E quando trovò il coraggio e mi disse quanto mi rimaneva più o meno quanti giorni provai subito a convertire quel numero in ore per farlo sembrare di più e pensai ecco allora finalmente posso fare quello che mi pare e me ne stupii perché credevo di aver sempre fatto come mi pareva e anzi di aver sempre lottato contro tutti proprio per poter fare come mi pareva e invece scoprivo di essermi sempre considerato un servo dentro un servo della reputazione dei quattrini dell'idea che gli altri avevano di me della fabbrica e degli operai del lavoro e mi dissi che nei pochi giorni che mi rimanevano da vivere avrei fatto tutto quello che non avevo mai fatto nella vita ma mentre si formava questo pensiero da ragazzino avviava già a sfaldarsi agli angoli e disfarsi in tanti coriandolini colorati perché ecco non mi veniva in mente nessuna cosa che mi piaceva e che non avessi già fatto e poi con quali quattrini...

"Sbatti le palpebre se vuoi dire di sì."

"..."

"OK. Quanta ne vuoi?"

"..."

"Aspetta, calmo, aspetta. Ivo..."

"..."

"Ivo, ti spiego. A questo punto con una fiala avrai una dose tipo quella dei cerotti. Ti calmerà il dolore e andrai avanti."

"..."

E lui si alzò tutto grave dalla scrivania e mi chiese di alzarmi dalla poltrona da paziente per farmi sedere su un divano inglese antico e mi domandò se mi sentivo bene e allora mi venne da ridere e gli detti una pacca sulle spalle come Porthos perché era davvero una grandissima e sublime cazzata...

"OK. Ho capito."

"..."

"Con due fiale la dose è... è più forte, naturalmente. Perderai conoscenza, e può anche darsi che tu, ecco, che non la riacquisti più... Ivo... capisci? Cioè non potrai più comunicare... nemmeno così..."

"..."

"..."

"..."

"Quindi se decidi per due dev'essere chiaro..."

"..."

E poi il trillo del telefono nello studio e Augusto l'aveva fatto squillare sperando che smettesse e siccome non smetteva si era alzato e aveva risposto seccato Chi è? e poi si era acquietato e mi aveva guardato e non era riuscito a non mettersi a prendere accordi per far eseguire il tagliando alla macchina e decidere per quello stesso giorno nel primo pomeriggio alle tre...

"Come? Scusa, non ho capito."

"..."

"Tre? Ecco... Tre è ancora più forte, Ivo."

"..."

"..."

"..."

"Sì."

"..."

"..."

"..."

PHILADELPHIA

"... è bello anche prima, *Philadelphia*, con tutte quelle cose incomprensibili da avvocati, ma diventa veramente fantastico quando si vede Denzel Washington seduto nel suo studio disordinato e un po' sudicio che dice, Non la bevo, avvocato, e rifiuta l'incarico che Tom Hanks gli ha chiesto di prendere. Non ci vedo una causa, dice, e però i suoi occhi dicono che invece prenderà l'incarico, e da lì in poi non si può non rimanere attaccati al film, e ho fatto le tre di notte per vederlo tutto, mentre dormivi, anche perché la scena dopo è quella con Tom Hanks che esce in strada col cappello di lana, smarrito e solo e malato e disperato perché crede che nessuno lo aiuterà a far causa al suo ex studio legale gigante, ed è poi la stessa immagine che c'è nel video della canzone *Streets of Philadelphia* di Springsteen, non so se te la ricordi. Ti piace Springsteen?"

C'è questa cosa strana e nuova, le parole di lei mi sembrano colorate. Cioè le escono di bocca e si colorano. Di rosso, di blu. Si colorano.

"... le scene del processo, perché i personaggi sono fantastici, soprattutto Denzel Washington che nel film, cioè all'inizio del film, è uno che odia i finocchi perché è un maschio nero sposato e con una bambina piccola, un tradizionalista vero, ma anche tutti gli altri personaggi sono ganzi: i vecchi avvocati che pur stimandolo l'hanno mandato via dallo studio per paura che li contagiasse di una malattia mortale: perché alla fine di questo si tratta, tutto il film parla di questo, ecco, cioè di quello che tu non hai, Ivo, e non sai quanto ti ammiro per questo, della paura di... Sì, di morire..."

Il suo profumo d'albicocca.

"... l'avvocatessa che ha beccato l'AIDS per una trasfusione eppure dice di essere vicina a Tom Hanks, comunque l'abbia preso, e quell'odiosa, stronzissima avvocato donna che si batte contro Denzel, Banderas con gli occhi da coniglio in trappola, e il ragazzo nero col pallone da football in mano che cerca di imbroccare Denzel Washington al supermercato perché proprio come tutti quelli che odiano i finocchi, anche lui pensa che un avvocato che difende un finocchio sia automaticamente finocchio. Ti è mai capitato di essere imbroccato da un finocchio, Ivo? Sì, di certo, ma ti è mai venuto un pensiero tipo omosex?"

Cerco con tutte le mie forze di dire di no in qualche modo.

"OK. Ho capito. E poi la moglie di Denzel a cui tutta questa storia dei finocchi non garba per nulla, ma niente e nessuno la staccherà da suo marito. Sì, insomma tutti i personaggi sono perfetti, e reali, e sono bravissimi anche gli attori e il regista. Tutti. È un grande film, *Philadelphia*, anche perché quando Tom Hanks muore fuori scena, cioè noi non lo vediamo morire perché grazie a una delicatezza del regista o dello sceneggiatore o di chi lo ha deciso, nel film non si vede né il funerale né il momento in cui Denzel lo viene a sapere. C'è solo una telefonata nella notte, sua moglie allunga un braccio nel buio della camera, prende il telefono, guarda suo marito e dice solo, È Miguel."

Miguel son sempre mi.

"... e Denzel si siede sul letto, prende il telefono e si passa all'inquadratura di un palazzo, in una giornata grigia, arrivano delle auto, si entra nell'appartamento di Tom Hanks e c'è una festa, quella festa dopo il funerale di una persona che fanno in America e ogni volta mi dico che non è possibile, non esiste che si faccia una festa dopo un funerale, ma ecco che sono tutti lì a bere, e tanti sorridono e mangiano e bevono, e ci sono anche dei bambini, e c'è una musica bellissima e nemmeno tanto triste, e arrivano anche due vecchi dall'aria spagnola che poi sono i genitori di Banderas ed essendo latini però piangono mentre lo abbracciano, ma non è questa la cosa più struggente, Ivo, la cosa più struggente è quando la macchina da presa che prima girava tra gli ospiti si avvicina a un televisore, e sullo schermo ci sono le immagini catturate tanti anni prima da una cinepresa, e si vede una mamma e i suoi bambini vestiti come negli anni cinquanta che fanno le cose che fanno le mamme e i bambini nelle vecchie riprese, si inseguono e si tolgono e si infilano cappotti e salgono e scendono da macchine enormi e ridono e sono felici e fanno castelli di sabbia, finché a un certo punto arriva un altro bambino di quattro o cinque anni che somiglia tantissimo a Tom Hanks e si capisce subito che è lui perché è uguale identico, e sorride alla cinepresa, e anche a me, ecco, ed è il momento in cui mi sono commossa di più, davvero. E se non sto attenta mi commuovo ancora..."

Ci sono delle minuscole luci nell'aria della camera, tipo lucciole o stelle. Pulsano. Sono a New York, sfiorato da un vento tiepido come sul ponte di un transatlantico, la mia vita ormai risolta e spiegata, un'ineguagliabile sensazione di pienezza, di certezza, di comprensione, c'è una festa sul tetto di un palazzo a Soho, sotto le Torri Gemelle illuminate, da quanto sono belle viene voglia di essere King Kong per arrampicarvisi, e lei arriva alla festa sottobraccio a questo pittore fallito e quando la vedo mi salta il cuore in gola e penso subito che è la donna adatta a me, alta, bionda, magra ed elegante, piuttosto bella ma non una di quelle troppo belle, un po' impaurita, ringrazia tutti per ogni cosa, sorride timida.

Me la faccio presentare e le dico subito che è bellissima anche se non è vero al 100 per cento, e lei fa questa cosa fantastica di arrossire, e si fa vento con le mani, e mi accorgo di quanto mi siano mancati quei gesti antichi e spiritosi in tutte le donne inutili che ho avuto prima di lei, e ci mettiamo a parlare e sento subito che capisce, cioè che è esattamente uguale a me e *mi capisce*, e chissà dov'era stata fino a quel momento, quanti giorni, quanti anni avevamo buttato via senza conoscerci, parlarci, innamorarci, e io capisco lei, le parole che dice, il modo in cui piega la testa quando sorride, gli sguardi brevi e intensi verso le Torri come se non riuscisse a smettere di guardarle, e la immagino mentre sceglie come vestirsi per la festa, seduta sul letto a sperare che la sua vita possa ancora cambiare e tornare a essere quell'accecante girandola di cose belle che era ai tempi dell'università, perché non le sembra possibile che a trentacinque anni non ci sia qualcos'altro e qualcun altro in serbo per lei, un uomo che la prenda per mano e le consenta di saltare d'un solo balzo tutti i tremori di corteggiamenti complicati come allunaggi. Le dico della fortuna dei miei trent'anni di lavoro e dell'incredibile privilegio di essere un industriale pratese, di mia madre e di mio padre e di mia sorella, tre persone meravigliose, della ditta, anche di qualcuna delle donne che ho avuto, perché tanto è chiaro che ormai la mia donna è lei, l'ho trovata. Parlo per un'ora, due, e lei sorride divertita da questo pazzo italiano cinquantenne che vuol raccontare anche di quando durante la sua prima e unica lezione di karatè sparò una scoreggia nel silenzio assoluto durante i piegamenti e nessuno rise o disse nulla, rimase solo la scoreggia sospesa nell'aria. Siamo sotto le Torri, praticamente, io e lei, da soli perché in qualche modo tutti gli altri spariscono, e anche se sembrano vicinissime sono lontane qualche chilometro, e non è vero che sono belle: sono grandi, sì, sono fredde, sono incommensurabili, sono un sogno realizzato, azzardate e goffe e un po' comiche come tutti i sogni avverati, ma se l'alternativa è non farle, le cose, non fare le torri e le ditte e le imprese e non provare nemmeno a realizzare i sogni, allora che si vive a fare?

Caterina è circonfusa del blu di Klein e se la morfina è così, allora è una cosa fantastica, da prendere di certo, e volo sopra le onde immense della Viareggio-Bastia-Viareggio nello strepito dei motori mentre urlo di paura e di gioia perché forse sto per morire ma forse no, e il cazzo mi si galvanizza e inspiro a pieni polmoni l'odore meraviglioso e assassino della benzina e il cielo è immobile sopra di me, e poi è il tramonto di un giorno molto caldo di mille anni fa, guido lentamente per una strada sterrata una Studebaker bianca e sono quel personaggio superminore del *Grande Gatsby* che compare solo per qualche riga e solo alla fine, per un attimo, che non ha nome né volto, lo sconosciuto che dopo settimane dalla morte di Gatsby una sera spinge la sua macchina fino al cancello della villa spenta alla ricerca della festa e dopo aver atteso un po', se ne va deluso – dice Fitz che 'forse era qualche ultimo invitato che era stato via in capo al mondo e non sapeva che la festa era finita' –, ed è lui la persona che ho sempre voluto essere, l'ultimo, quello che sopravvive per raccontare la storia, e sono appena arrivato a Parigi, al George V, un venerdì sera, ceniamo a ostriche e champagne, io e la Rosa, mentre Brunero pensa che è a Lourdes con la Misericordia, e lei è di una bellezza che fa male, e siccome mentre passavamo il pomeriggio chiusi in camera a fare l'amore le avevo detto che ero stato diverse volte al Crazy Horse e lo spettacolo era bellissimo, lei mi aveva chiesto se ce la portavo, al Crazy Horse, perché ne aveva sentito tanto parlare e poi voleva vedere se quelle donne erano davvero più belle di lei, e così dopo cena si esce dall'albergo, si fa due passi al fresco dell'Avenue George V e si entra al Crazy Horse, e insomma il mondo è mio, mi faccio accompagnare a un bel tavolo centrale davanti al palco e Rosa mi chiede subito un sacco di cose sullo spettacolo, le ragazze da dove entrano, cosa cantano, le spiego tutto e ci divertiamo a leggere i nomi fantasmagorici delle ragazze, Lobby Metaphor, Maia Matamorosa, Bora Sterling, Nora Parabellum, Charlie Commando, Rita Xenon. Poi comincia *Copacabana* e le racconto la storia della canzone, di Lola che era una bellissima ballerina di cha-cha-cha che portava piume gialle tra i capelli, e mentre tentava di diventare una star Tony la guardava da dietro il bancone del bar del Copacabana che era poi il loro locale, il posto più bello a nord dell'Avana, e lavoravano fino all'alba e si amavano e non era possibile avere di più dalla vita, finché una sera arrivò Rico col suo anello col diamante, vide Lola ballare e si innamorò e la chiamò al suo tavolo e si spinse troppo in là, e Tony si infuriò e saltò il bancone e volarono cazzotti e sedie e ci fu un colpo di pistola, e poi la canzone fa un salto di trent'anni e Lola è sempre lì al Copacabana, solo che ora non balla più, e non è diventata una star, e il Copa è una discoteca come le altre, ma lei ci va ogni sera, e si mette gli stessi vestiti di trent'anni prima e beve fino a sbronzarsi perché ormai ha perso la sua gioventù e ha perso il suo Tony e ha perso anche la testa, e a raccontarla è una storia triste ma il ritmo è allegro e trascinante, e dico a Rosa che anche se tutte le cose della vita finiscono per essere tristi, a lungo andare, però vanno sempre raccontate con allegria e con entusiasmo, e così quando il cameriere viene a prendere l'ordinazione sono distratto e comunque gli dico, Champagne, anche perché il francese non lo so e non l'ho mai voluto imparare, e dopo tre minuti lui torna con un gran viso di culo, porta due coppette di champagne e mi dice, *Cent francs, s'il vous plaît*, perché vuole che paghi subito, come i poveracci, come quelli che non si vogliono nei locali e allora vanno subito scoraggiati, mandati via, perché son bastardi, i francesi, son teste di cazzo, e Rosa mi guarda con gli occhi sbarrati perché da quello che le avevo detto si aspettava che fossi una specie di *habitué*, che venisse il padrone del locale a salutarmi e magari notasse la sua bellezza e le proponesse su due piedi di diventare una delle ragazze del Crazy Horse, e lei potesse schernirsi e rifiutare e tenere questo complimento come il più caro di tutta la sua vita, il punto più alto raggiunto dalla sua bellezza, una cosa da raccontare da vecchia a una nipotina se ne avesse avuta una molto intelligente e molto sveglia. Poteva essere una donna semplice, la Rosa, ma era bellissima davvero, e anche se l'avevano fatta studiare ragioneria e andare a messa ogni domenica e votare democristiano tutta la vita e non era mai uscita da Prato se non per andare a Viareggio d'estate, ecco, lo sapeva che la vita vera era molto diversa dalla sua, che si era sposata a ventidue anni con il ragazzo con cui era sempre stata fidanzata e che aveva scelto praticamente a caso a una festa, a quindici anni, per fare una ripicca a me che mi ero messo a ballare un lento con la sua migliore amica, e insomma questo cameriere francese del cazzo rimane lì in piedi a guardarmi e ad aspettare che paghi, e allora mi infurio dentro, ma riesco a contenermi e gli faccio, in inglese, *One bottle of Dom Perignon*, e senza avere il coraggio di guardare Rosa tengo lo sguardo fisso su di lui che va al bar e torna, e quando mi porta scodinzolante la bottiglia di Dom Perignon nel secchiello del ghiaccio, la stappa e fa per versarla in due flûte che ha portato capovolti nel ghiaccio, io gli dico di no e gli faccio segno di versare tutto lo champagne nel secchiello, lui non capisce e fa una di quelle smorfie imbecilli da mimo dei francesi e allora chiedo alla Rosa di dire a quel cretino di versare tutto il Dom Perignon nel secchiello. Lei mi guarda un po' impaurita da quell'azzardo, ma fissandomi negli occhi dice al cameriere di versare tutto il Dom Perignon nel secchiello, subito, e il cameriere allora mi lancia uno sguardo molto diverso, abbassa gli occhi e versa tutto lo champagne nel secchiello, poi quando ha finito gli dico, *Another bottle of Dom Perignon*, e lui fa una sorta di inchino, dice *Oui, monsieur*, e va a prenderla strascicando i piedi, e a questo punto lei mi guarda con uno sguardo nuovo e luminoso e quando mi dice, Bravo Ivo, hai fatto bene, mi sento ribollire perché, ma come, uno porta la sua ragazza in un locale e perché ti sentono parlare italiano ti trattano da pellaio? E poi, a me? Cos'ho io che non va? Sono vestito benissimo e Rosa è una bomba, vestita di nero è una vera bomba, capelli mori lunghi lisci, bella come il sole, e te che sei un cameriere francese del cazzo mi tratti di merda? Perché noi pratesi non siamo mai garbati a nessuno, non ci hanno mai voluti, cazzo, nemmeno a Firenze, e a Milano non ne parliamo nemmeno, e insomma ero un miliardario eppure mi discriminavano come i negri in America negli anni sessanta quando non potevano entrare in certi locali, come Rubin Carter, e mi sento pieno di un giusto furore democratico e quando l'idiota porta la seconda bottiglia gli dico che anche quella può versarla tutta nel secchiello del ghiaccio che intanto era già bello pieno di schiuma, anzi, no, gli faccio portare un altro secchiello vuoto, gli dico di versare lì tutta la seconda boccia e ne chiedo una terza, la terza bottiglia di Dom Perignon, e mentre si inchina e si allontana per andare a prenderla allora finalmente mi distendo un po', e anche Rosa, e le strizzo l'occhio perché ormai è passata: il cameriere stronzo, il Crazy Horse, Parigi e tutta la Francia del cazzo ormai li ho messi a posto, mi è costato un occhio della testa ma li ho messi a posto, vaffanculo, va tutto bene, il mondo è di nuovo mio e sto cominciando a rilassarmi

quando dal tavolo accanto al mio Jean-Paul Belmondo, che
doveva essere arrivato da poco perché non l'avevo visto, alza
il calice verso di me, dice, *Pazzo italiano*, e beve alla mia
salute, e accanto a lui c'è Ilie Nastase che alza il calice anche
lui, e Carlos Monzon con una giacca bianca, abbracciato alla
moglie di Delon, e la Rosa sgrana gli occhi e dice, Ivo, conosci Belmondo?, e io allora non resisto, le sorrido e le faccio,
No, io non lo conosco, ma si vede che lui conosce me!, e poi
al tavolo arriva il direttore del Crazy Horse con la terza
bottiglia di Dom, e in un italiano perfetto mi dice, Mi perdoni, Cavalier Barrocciai, ma questa, come le altre, vorrei
offrirgliela io, ed è una persona gentile, sorride, capisce, e
io gli dico che lo perdono, ma a una condizione, che faccia
cantare *Copacabana* per me e la mia regina dalla più bella
delle sue ragazze, e lui batte le mani, dice due o tre cose ed
ecco che entra sul palcoscenico questa ragazza fenomenale
che canta *Copacabana*, la primadonna, Lobby Metaphor, e
la Rosa mi dice, Sono più bella io, ed è vero, e da quel
momento in poi la serata andò alla grande, ecco.

Si finì tutti a fare casino nel castello di un amico nobile di
Belmondo che provò a trombare la Rosa ma non ci riuscì, e
anzi ci mancò un amen che nella baraonda io non trombassi
la sua fidanzata che era una fica spaziale, mi pare svedese,
ma avrei dovuto lasciare la Rosa sola con lui e non mi fidai,
e mentre si tornava a Parigi nella Rolls di qualcuno, all'alba,
sugli Champs-Elysées, avvolti da un impossibile profumo di
rose e gardenie e benzina e, sì, albicocche, la Rosa mi disse
che mi amava perdutamente, mi aveva sempre amato e mi
avrebbe amato in eterno. Qualsiasi cosa succedesse.

Et de hoc satis.

Devo ringraziare Marco Gasparini, Carmine Schiavo, Sergio Vari, Domenico Procacci & Laura Paolucci, Alessandro Soldi, Andrea Balestri, Ugo Marchetti, Mario Becagli, Emilio Tempestini, Sergio Farina, Antonio Lo Turco, Corrado Rossetti, Alberto Magelli e Sandro Zanolla, Tony Topazio, Sergio & Beba Fissi, Toni Belloni, Giulio Mayer, Giampaolo Cosmai, Marco & Guya Patrizi, Alberto Gatti, Fabio Bernabei, Piero Alvigini, Nicola Tempestini, Sandro Veronesi, Sergio Perroni, Alvaro Nesi, Marino Gramigni, Renato Cecchi.

Mio padre e mia madre.

Sergio Carpini.

Elisabetta.

Carlotta, Ettore e Angelica.

Anna.

INDICE

Finito di stampare nel mese di settembre 2023 presso
Poligrafici Il Borgo S.r.l.- Bologna (BO)

Printed in Italy

Graham Webster 2001

GW00454957

Jerome K Jerome

A Critical Biography

Jerome K Jerome

A Critical Biography

Joseph Connolly

Orbis Publishing
London

TO
THE VERY DEAR AND WELL-BELOVED

Friend

OF MY PROSPEROUS AND EVIL DAYS—

TO THE FRIEND
WHO, THOUGH, IN THE EARLY STAGES OF OUR ACQUAINTANCESHIP,
DID OFTTIMES DISAGREE WITH ME, HAS SINCE BECOME
TO BE MY VERY WARMEST COMRADE—

TO THE FRIEND
WHO, HOWEVER OFTEN I MAY PUT HIM OUT, NEVER (NOW)
UPSETS ME IN REVENGE—

TO THE FRIEND
WHO, TREATED WITH MARKED COLDNESS BY ALL THE FEMALE
MEMBERS OF MY HOUSEHOLD, AND REGARDED WITH SUSPICION
BY MY VERY DOG, NEVERTHELESS, SEEMS DAY BY DAY
TO BE MORE DRAWN BY ME, AND, IN RETURN, TO
MORE AND MORE IMPREGNATE ME WITH THE
ODOUR OF HIS FRIENDSHIP—

TO THE FRIEND
WHO NEVER TELLS ME OF MY FAULTS, NEVER WANTS TO BORROW
MONEY, AND NEVER TALKS ABOUT HIMSELF—

TO THE COMPANION OF MY IDLE HOURS,
THE SOOTHER OF MY SORROWS,
THE CONFIDANT OF MY JOYS AND HOPES—
MY OLDEST AND STRONGEST

Pipe,

THIS LITTLE VOLUME
IS
GRATEFULLY AND AFFECTIONATELY
DEDICATED.

(from the first edition of The Idle Thoughts of an Idle Fellow)

AND ALSO TO MY MOTHER

Printed and bound in Great Britain at The Pitman Press, Bath
ISBN 0-85613-349-3

Contents

Foreword

Although the name of Jerome K Jerome is a famous one, and *Three Men in a Boat* among the very best known books, there has been only one previous biography, and that published in 1928, the year following Jerome's death. The book, by Alfred Moss, took the form of a flattering memoir, and by its nature was in no sense critical.

This present work, fifty-five years on, is the first to explore all aspects of the life and times of Jerome, and each of his works – over forty of them – is examined. I have had access to previously unpublished letters, diaries and memoirs, although regrettably the bulk of the Jerome papers were destroyed after his death.

The man is viewed in relation to his work (which could be both funny and tragic), also in relation to his friends – friends such as J M Barrie, H G Wells, Conan Doyle, Israel Zangwill, W W Jacobs and others. Jerome, it will be seen, was never quite so stern as might be expected of a Victorian of Puritan stock, though nor were his attitudes as whimsical as may be concluded from a reading of his best-known work. Jerome was a man of paradox and inconsistencies, though always loyal and hardworking; a rounded man, escaping his background. His was not a 'rags-to riches' story only in that he never acceded to any great wealth; all other elements of such a tale may be found here, however. Self-educated, a vigorous campaigner for the causes in which he believed, he was a kind-hearted and prolific writer, a pacifist and a man who craved adventure, a liberal, a prude, and father of a quite new style of humour. And the harder he worked, the greater his struggles, the more he would relish being seen as merely 'The Idle Fellow'.

Acknowledgements

I am particularly indebted to the Central Library, Walsall, and to the resident archivist Mrs Marylin Lewis, who afforded me every opportunity for research into the considerable Jerome collection. I should like to thank *The Times*, the London Library, Oxford University, the National Book League and the National Portrait Gallery for their assistance in various capacities. My appreciation is also due to several individuals – Christopher Wade, Harford Montgomery Hyde, and Stephen Adamson, for his editing work.

Chapter 1

Roots

What an extraordinary name! His father had quite a deal to do with it, as might be expected, for this gentleman was called Jerome Clapp Jerome: Clapp, it should be noted, with a 'C'. His life will be slightly investigated shortly, but it is noteworthy and sufficient to state at the present that he became a minister (clerical) and for this purpose he seems to have enjoyed dropping his surname altogether, which enabled him to be known to his congregation as the Rev. Jerome Clapp. It is not known why his surname echoed his christian name, and the reason as to why this man's parents chose to assault him with the Clapp quite defies supposition. However, he was to have his revenge, for when one of his own sons was born, the christian and surnames followed on, as was customary in Victorian households, and these were punctuated with 'Klapka'. Not a whimsical variation of the inimitable Clapp, as it evolves, but a homage to a contemporary Hungarian general called George Klapka. By way of partial justice, however, the entire nomenclature was soon to be contracted into the snappy and rather appealing 'JKJ'. Later in his life, journalists were to dub him 'Arry K' Arry', as if the situation was not already sufficiently fraught. Klapka, then, it was to be – but what is not at all known is that this name was an afterthought, for the homage to the Hungarian general (who was, at the time, writing his memoirs while staying in the Jerome household) was decided upon months after the birth of little Jerome, whose birth certificate states plainly, and quite as one would have expected, 'Jerome Clapp Jerome'. As the registration was implemented well over a month after the birth, we may only assume that the awe in which the Jeromes held Klapka was at least considerable. Indeed, the man does sound singular, for not only was he a general writing his autobiography, but he was also only twenty-eight years old.

But more of Jerome *père*. He was born a Londoner in 1807 and was, as JKJ tells us, 'of Puritan stock', the truth of this becoming clearer as his life progressed. He seems to have been born into a fairly regular well-to-do middle-class family, and attended Merchant Taylors' school. However he never subsequently seems to have been quite certain of what to do with his life, and he dabbled in many subjects. The first signs of this predilection came along very early, when during training to become an architect, he felt a pull towards the Nonconformist Church. He was still in his teens, and hence to plump for preaching as a career was a quite remarkable step – a step, however, of which at the time he felt awe-inspiringly positive, and for which he was prepared in part by an establishment known as the Rothwell Nonconformist Academy, in Northamptonshire. One is pleased to relate his success in this sphere, for although he did not pursue his inclination as far as ordination, he was possessed of a natural and forceful flair for public speaking. Although never a full-time minister of the Church, he was to preach regularly for most of his life. While he preached, he also found a use for his modicum of training in architecture. He was not untalented in this field either, for soon he was designing chapels, and, as they were built, preaching in them. He seems to have been quite extraordinarily popular, for even as a very young man, tributes and accolades were bestowed upon him, one of which later found its way into the hands of his son. This was a silver salver, engraved with this inscription: 'Presented to the Reverend Jerome Clapp Jerome by the congregation of the Independent Chapel, Marlborough, June 1828'. He had designed the chapel himself, and the date puts his age at twenty-one. Five years later, a large bible was given to him by the 'Ladies of the Congregation' of his next venture, Cirencester.

It was through his preaching that Jerome Senior came to meet, and marry, Marguerite Jones, the daughter of a Swansea solicitor. They were married in 1838 and early in 1840 they moved to Appledore in Devon. The Reverend Clapp had actually gone there in order to farm, but it might be enquired how a still young and not over-rich minister could suddenly up and farm, and here one discovers Marguerite's contribution. Her father had recently died and his estate had passed on to Marguerite; there was no fortune, but the indications are that a considerable amount of money – some thousands of pounds – was now available. With this, something might certainly be achieved. Mr and Mrs Jerome agreed that farming was both pure and fruitful, and hence the removal to Devon. Farming, however, still seems to have afforded Jerome Senior the time to become the minister at the Appledore Congregational Church, and to preach there as well as in their nearest town, Bideford. He even published a hymn-book for the use of his flock.

The ministry and business were going well, and Mrs Jerome's investment would have seemed to be secure. A rather fine house was built on the land, and the Jeromes were prospering. There is no record of Jerome Clapp's designing the house, though he did expend a little energy upon its christening – one feels that if he had already predetermined that the building should be named after some famous literary figure, he did not take overlong in deciding upon 'Milton'.

It remains uncertain, of course, as to whether the Jeromes had thus found their *métier,* and that there they would have remained, preaching and tilling the land. Such an idyll is at least unlikely, for Jerome Senior was given to moving around, and not only for the reason that spreading the Word, of necessity, required this. What is sure is that their next move was a bad one. Very little information exists upon the matter, but it appears that some itinerant miner suggested to Jerome that his farmland might conceal a rich vein of silver, and Jerome saw no reason to suppose otherwise. The upshot of a few preliminary explorations was that pits were sunk at various points all over the fields, at the expense of Marguerite's dwindling estate. After very thorough investigation of the seams, however, silver was found to be quite conspicuous by its total absence. In his memoirs, *My Life and Times,* JKJ states drily and without comment with reference to his father's venture, that 'he started a stone quarry'. It is uncertain whether irony is intended – it seems doubtful – though it is possible that 'stone quarry' could even at the time have been a face-saving cloak for the whole débâcle. One thing was sure: although stone was doubtless in more plentiful supply than silver, the quarrying of it failed to prove a financial triumph. A great deal of money was lost, and the Jeromes moved on. However, Parson Clapp – as he was now called – had had quite a precedent in land-owning around Bideford, and more information about this – and about that superb middle name – is given by Alfred Moss, JKJ's eventual biographer: 'Jerome Clapp Jerome's second name was given him after one Clapa, a Dane, who lived in the neighbourhood of Bideford, Devonshire, about the year AD 1000. Clapa owned property there, and some years ago relics were discovered near a ruined tower which proved beyond all doubt that the said Clapa was the founder of the Jerome house.'

This time, the Jeromes went north, to Walsall in Staffordshire, which was rapidly becoming famous through coal. The coal business was booming. Everywhere, all around, fortunes were being made from coal. It is a grave portent, then, that Jerome Senior saw fit to become a partner in an iron works.

His vocational activities, on the other hand, were vaulting from strength to strength. His son was later of the opinion that if only he had stayed with preaching the family and the man himself would have known true peace, although he did not blame his father for repeatedly trying to succeed in his alternative ambition – that of making his fortune, albeit with the help of his wife's collateral. She, however, was never less than a staunch supporter; it seems that the bond between them was a strong one, though of course Marguerite was not blind to her husband's shortcomings. In his strengths and talents, though, she saw a reflection of the man she loved. As was traditional for the time and consistent with her calling, she backed him totally and without question, which under the approaching circumstances was unfortunate for a little caution and foresight might have saved them.

Walsall had not been selected quite at random. A ministry had been offered to Jerome, and he attacked the job with all due zeal. As his powers of oratory were remarkable, the congregation grew – so much so that a new church had to be built. Jerome Senior was the architect, and suggested the name 'Ephrata'. The authorities thanked him for his suggestion, and settled for the more prosaic 'Congregational Church'.

It was then 1858, and the Jeromes had been in Walsall for four years. Things began to go wrong. Parson Clapp was not offered a permanent pulpit in the new church, and his partnership in the iron works was at best only surviving. He might well have decided that it was once more time to move on, but instead he took a fresh look at coal. As JKJ said in his memoirs: 'It was the beginning of the coal boom in Staffordshire, and fortunes were being made all round him, even by quite good men.' He sank a couple of pits on land overlooking Cannock Chase. It was an expensive business, and more and more difficulties were being encountered at every step – shifting sand and underground water being just two of them. Money was required, and then more.

Marguerite looked on, and gave plenty of encouragement. Her husband, she knew, was a good and hardworking man, and they had God on their side. Anxiety might just have tinged the aspirations of both, however, for on 2 May 1859 Marguerite gave birth to a son.

Chapter 2

Luther

And so JKJ was born in Walsall, in an eighteenth-century house on the corner of Bradford Street. The impression might have been received that he was the firstborn; this was not the case, however, for in fact the Jeromes had lost no time in beginning a family, and JKJ was their fourth child. Their first son was born in 1855; he – like the house – was named Milton, and he bore the middle name Melancthon. (Jerome Senior waited for the birth of his second son before passing on the patronym.) Milton was preceded by two daughters – Paulina and Blandina – and lastly came Jerome Junior. The three previous children were born when times were relatively good, but at the birth of the last child the clouds were gathering. Money was vanishing at an alarming rate into Mr Jerome's holes in the ground, and this addition to the family came at a worrying time. Shafts number 9 and 10 belonged to Mr Jerome, and they were not doing well. In contrast, all around the Conduit Colliery, as it was known, other sinkings were spewing forth mountains of profitable coal. With Jerome's pits, though, the very drilling was proving to be an ever-increasing impossibility. While there was still money, they pressed on, for their faith and hope seemed boundless. However, there seems to have been an air of foreboding within the family, for when finally Jerome had to concede defeat, the news was not received as a thunderbolt. The seeds of inevitability had now been sown, and the pattern was set. A rather Hardyesque turn of events had evolved, and neither was it lacking the attendant twists of irony, for when Jerome sold out to a man named Holcroft – already profitably operating other mines on the site – the amount of money and work to be spent on the shaft proved minimal, and very soon numbers 9 and 10 were as successful as the rest. But of course, too late. Neither can it have brought much solace to the family that the mine was still known locally as 'Jerome Pit', and indeed retained this name until the entire Conduit Colliery closed in 1949. Only a few hundred pounds were salvaged from this disaster, and Jerome Senior was ruined. He decided that it was time to move.

A much smaller house was taken at Stourbridge, JKJ at this time being only one year old. The family was now to be divided, for Jerome Senior saw that the money situation was desperate, and vowed that London was the only place where more might be made. A fair deal was needed, for as well as the four children Jerome's sister had moved in with the family, and even in times of hardship a servant had to be kept, for the sake of appearances. This was quite a burden for one man to bear, and the guilty knowledge that it was the loss of his wife's money that had brought the family to this state might also have played some part in his decision to go to the capital alone, only to send for his family when he could properly restore to them a better life. Although it was true that he passed over to them every single penny he could afford, and even then a little more, this still did not amount to a great deal, and possibly Jerome had no wish to observe such penury at first hand.

This time wholesale ironmongery was his chosen business, and extremely modest premises were taken in Limehouse. He kept up no appearances, lived quite alone, and stayed alive on just five shillings a week. This was his final and supreme effort, and he preached no more.

It seems very cruel that the next event should be the death of the Jerome's eldest son Milton. He was six years old, and died of the croup. Marguerite Jerome was distracted with grief, and her husband – now bowed very low – worked on. Two years had passed since his departure from Stourbridge, and in his letters home he talked in a rather evasive way about the ironmongery business, and of his dwelling in Poplar, which he described as 'a corner house with a garden'. The truth was a little less delightful. The business was foundering badly, and on the verge of collapse; the rather pretty-sounding house was, in fact, a dingy hole in a poverty-stricken quarter of the city. Of all of this – and of the fact that Jerome Senior was hovering uneasily at subsistence level – Marguerite was unaware, until a well-meaning friend acquainted her of the truth. The lady then had no hesitation. She packed up almost immediately, and the whole family moved to London to be with the head of the household; if there were troubles, she averred, they would be borne together. In *My Life and Times* JKJ recalled the move: 'It is with our journey up to London, when I was four years old, that my memory takes shape. I remember the train and the fields and houses that ran away from me; and the great echoing cave at the end of it all – Paddington Station, I suppose.'

Thus began a very grim childhood. At the very outset of London life JKJ was fairly oblivious of most things, due to his extreme youth, and possibly to the novelty of the whole escapade. But as he got older he discovered a place which he hated and feared – a place which, nonetheless, was his home. A rather sad and chilling glimpse into this period is given in his autobiography:

> . . . about the East End of London there is a menace, a haunting terror that is to found nowhere else. The awful silence of its weary streets. The ashen faces, with their lifeless eyes that rise out of the shadows and are lost. It was these surroundings in which I passed my childhood that gave to me, I suppose, my melancholy, brooding disposition. I can see the humorous side of things and enjoy the fun when it comes; but look where I will, there seems to me always more sadness than joy in life. Of all this at the time I was, of course, unconscious. The only trouble of which I was aware was that of being persecuted by the street boys. There would go up a savage shout if, by ill luck, I happened to be sighted. It was not so much the blows as the jeers and taunts that I fled from, spurted by mad terror. My mother explained to me that it was because I was a gentleman.

This genteel and affectionate assuagement cannot have carried a great deal of reassurance at the time, but he adapted as well as he could, soon developing the art of doubling around corners and running like the blazes.

Nonetheless, as JKJ himself was always aware, this awful childhood taught him a great deal about how people feel, and he never forgot the plight of the underdog. In this way, and with the worsening state in which his father found himself, Jerome's childhood is comparable with that of Dickens, although where Dickens would address his fiction towards righting the evils of society, Jerome tended more to lament and philosophize, sometimes too often veering towards the frankly sentimental. His memory and observation of suffering and privation, however, was to give his humour more than a tinge of truth and to lend considerable power to his serious work.

Life passed in Poplar as well as it might, the poverty and wretchedness accepted. The poverty itself, of course, was only ever relative to their previous mode of living, and JKJ later went to considerable pains to assure those interested that his mother always took scrupulous care with cleanliness, presentability and suchlike, and seems to have attached great importance to retaining the public image of being passably, and not at all too shabbily, genteel. JKJ's sisters always wore gloves whenever they went out, and numbered among their accomplishments singing and playing their very own semi-grand piano. His father owned a silk hat, and his mother kept real lace and silk dresses for the very best occasions, which seemed never quite to occur. The food was not of the most nourishing, but it did the young Jerome no harm; indeed, he rather enjoyed his 'bread and sop', golden syrup and, of course, the ubiquitous bread and dripping. 'Meat and pudding', however, never failed to appear on Sundays. Mrs Jerome was clearly a very conscientious wife and mother under trying circumstances, though perhaps a little too deeply committed to things religious. *Foxe's Book of Martyrs* was prescribed reading for JKJ although he later found rather distasteful this enforced dwelling upon the ritual of torture. Doubtless it was supposed to purge the soul, or make the young lad fear the devil; it certainly made him think. As he says in his memoirs: 'When I was a boy, a material Hell was still by most pious folks accepted as a fact. The suffering caused to an imaginative child can hardly be exaggerated. It caused me to hate God, and later on, when my growing intelligence rejected the conception as an absurdity, to despise the religion that had taught it.'

JKJ had the very greatest respect for his mother, and he soon came to realize the depth of her sufferings, conveyed vividly by the pathetic entries in her diary. Even the very few happy records are filtered through a sad gauze of despair, although the events which she chiefly records are reason enough for despondency. The ironmongery business eventually collapsed, and Mrs Jerome wrote: 'Dear Jerome' – senior – 'has accepted a situation at Mr Rumble's. A hundred a year from nine till eight. Feeling very low and sad.' At this point, their one remaining servant had finally to go. A few days later, the diary reads: 'Jerome had his watch stolen. An elegant gold lever with his crest engraved that I gave him on our wedding day. Oh, how mysterious are God's dealings with us!' It is possible that the watch had been pawned in order to buy food; were this the case, Mrs Jerome would never have known.

And there seemed to be little light. A very severe winter brought them even lower, for along with a drop in the temperature, there came the inevitable rise in the price of fuel. Even when recording this clearly very major worry, Marguerite draws upon her piety: 'Coals have risen eight shillings a ton. It is a fearful prospect. I have asked the Lord to remove it.'

A little practical help arrived when Jerome was five or six, though from a very dubious quarter. An old and wealthy gentleman by the name of Wood discussed with Mr Jerome some rather grandiose scheme concerning a railway, or even the building of a railway. Why such a plan should concern a hundred-a-year employee of Mr Rumble is an intriguing question, until one learns that the ferrying of communications between Wood and Jerome was carried out by the latter's young and pretty daughter, Blandina, accompanied by her little brother, J KJ. The old gentleman Wood, whom J KJ describes from memory as possessing a 'a bald shiny head and fat fingers', lived in Stoke Newington, and visits there became more and more frequent. The course of a typical afternoon is recorded by J KJ:

> . . . there would be talking and writing, followed by a sumptuous tea. Afterwards, taking my sister's hand in his fat fingers, he would tuck her arm through his and lead her out into the garden, leaving me supplied with picture books and sweets. My sister would come back laden with grapes and peaches, a present for Mama. And whenever the weather was doubtful we were sent home in the deep-cushioned carriage with its prancing horses.

The journeys to Stoke Newington became an increasingly regular feature of the Jerome way of life, and talk of the 'railway' grew. However, it would seem that the young Blandina failed to fulfil old Wood's expectations, for one afternoon she 'came back out of the garden empty-handed, and with a frightened look in her eyes. She would not ride home in the carriage.'

Mrs Jerome lamented to her diary that the 'railway' was not to happen. Either the lady was so eager for her husband to recapture his former status that she was blind to all else – and in particular to the fact that Mr Wood was far and away more interested in the go-between than in any projected railway – or else she was so naive as to suspect no base motives of anyone, and especially not from such a man as Mr Wood.

Blandina and her elder sister Paulina then took various positions as governesses, some such posts involving living away from home, much to the distress of their mother. Paulina, the eldest, fell dangerously ill about this time, and for the first time Mrs Jerome's faith was felt to tremble. 'Gracious Father,' she wrote, 'sustain me that I may never distrust Thee, though wave follow wave in overwhelming succession'. The illness did not develop tragically, however, and Paulina herself went on to become a wife, and a mother of seven children.

At the time of her malaise, however, J KJ was about six years old, and he seems to have spent his time alternating between being frightened of the East End and frightened of religion. He had given up taking sugar in his tea, he recalled later, and the twopence thus saved was solemnly donated to 'The

Ragged School in Threecolt Street'. This deeply pious act delighted the six-year-old's mother, and she doubtless renewed her exhortations to read again *Foxe's Book of Martyrs,* in order to place in perspective a juvenile pining after sweetness. This sounds miserable enough for any young lad, but things must have been worse when his parents started calling him 'Luther'. The reason they called him Luther, according to his father, was in order to differentiate between this gentleman and JKJ, though why Jerome Senior might ever have suffered the delusion that he was talking to himself while actually engaged in addressing his son remains unrecorded, as does the reasoning behind the man's reluctance to christen the boy 'Luther' (or something else) in the very first place, thus side-stepping the entire nuisance.

Life remained dreary for JKJ, despite the fact that the presents for his sixth birthday smacked of the escapist. As his mother's diary records: 'May 2nd, 1865. Dear little Luther's birthday. Six years old. Gave him a dove. Papa gave him *Robinson Crusoe.'* Neither of which he seems to have had an awful lot of time for, as by now he was busy being terrified by the concept of the Unforgivable Sin. Clearly, this was talked of to such an extent that a fearful impression had formed in the young boy's mind. Jerome very amusingly records the awful moment when he believed that he and the Unforgivable Sin had finally collided:

> I lived in terror of blundering into it. One day – I forget what led to it
> – I called my Aunt Fan a bloody fool. She was deaf and didn't hear
> it. But all that night I lay tossing on my bed. It had come to me that
> this was the Unforgivable Sin, though even at the time, and small
> though I was, I could not help reflecting that if this were really so,
> there must in the Parish of Poplar be many unforgivable sinners.
> My mother, in the morning, relieved my mind as to its being the
> particular Unforgivable Sin, but took it gravely enough notwith-
> standing, and kneeling side by side in the grey dawn, we prayed for
> forgiveness.

This was the pattern that life had assumed, but it would appear over the next two years that existence became somewhat easier for the family, for they took on a girl again, and a much discussed visit to Appledore actually came about. There is even a record of Jerome Senior delivering a lecture; his wife's diary entry concerning this, however, quite pre-empts Pooter: 'Papa made a beautiful speech. Caught cold coming home.'

The holiday in Appledore was quite an event, though Mr Jerome was not to accompany the party. The family had not been there for nearly twelve years. Mrs Jerome, her daughters and JKJ stayed in the old house 'Milton', where her first son had died. She never forgot him. Each year, on his birthday, Mrs Jerome confided to her diary that she was now one more year nearer meeting him again.

For JKJ the trip was a revelation, for he could not remember ever having seen the countryside. The holiday was a great success, but Poplar seemed even grimmer upon their return. In consolation, the life literary began to rumble within JKJ: 'I was getting together material for a story of which I myself would be the hero.' All this was a deadly secret, however, and he had breathed a word of it to no one except his Aunt Fan – who must have redeemed her earlier reputation of being a bloody fool, but who was still, presumably, quite deaf.

Although these few high spots stood proud in Jerome's later memories of pre-school childhood, he never forgot the blacker side. Indeed, he seemed strangely fascinated by the terror and loathing he had for the East End, and for the shabbiness of his own dark house. Years later he confessed that 'sometimes, when in the neighbourhood of the City, I jump upon an East Ham 'bus and, getting off at Stainsby Road, creep to the corner and peep round at it'. One of the results of his childhood was that he could never see any virtue in poverty as a way of life – indeed, it sickened him – even if he did not rank the pursuit of wealth particularly highly either. He sums up life in the following way, demonstrating that at least the best of his parents' attitude had had its effect: 'Life is giving, not getting... it is the work that is the joy, not the wages; the game, not the score. Life is doing, not having. It is to gain the peak the climber strives, not to possess.'

Optimism, he felt, could only spring from blackness, though he thought it necessary to return periodically to this blackness, both in his books and in a more tangible way, on the East Ham bus. By keeping in touch with his origins, he felt he retained a hold upon some sort of reality. The prologue to his autobiographical novel *Paul Kelver* opens thus:

> At the corner of a long, straight brick-built street in the far East End of London – one of those lifeless streets made of two drab walls upon which the level lines, formed by the precisely even window-sills and doorsteps, stretch in weary perspective from end to end, suggesting petrified diagrams proving dead problems – stands a house that ever draws me to it; so that often, when least conscious of my footsteps, I awake to find myself hurrying through noisy, crowded thoroughfares, where flaring naptha lamps illumine fierce, patient, leaden-coloured faces; through dim-lit empty streets, where monstrous shadows come and go upon the close-drawn blinds; through narrow, noisome streets, where the gutters swarm with children, and each ever-open doorway vomits riot; past reeking corners, and across waste places, till at last I reach the dreary goal of my memory-driven desire; and, coming to a halt beside the broken railings, find rest.

In 1869 this chapter of his childhood closed, for at the age of nearly ten JKJ had passed the necessary test in order to gain admission to the Philological School in Lisson Grove, Jerome's first – and, as it evolved, his only – place of formal education. According to his mother, loyal lady, the test was passed with no less than 'flying colours', the pertinent diary entry concluding: 'I must stop calling him Baby.'

Chapter 3

Unwillingly to School

The Jeromes, of course, could not afford to educate their son, and although the education he eventually did receive was less than superb, it almost certainly would never have come about at all, had not W E Forster's Education Bill very recently become law. This enabled a child who passed a given test to be entitled a brand of, albeit rather late, formal tuition. Mr and Mrs Jerome were quite determined that their son should benefit from this, and so off he went to Lisson Grove in January 1869.

As the family lived in Poplar the schooling entailed the most daunting journeys to and from Marylebone every single weekday. J K J was young, it is true, and in his autobiography he does rather make it all sound quite an adventure; nonetheless, such a journey twice a day in all weathers could only remain fun for so long. The procedure was that J K J would breakfast at 6.30 in the morning, and then walk for fifteen minutes from the house to Poplar station, where he would catch the 7.15 train. He had to change at Dalston Junction, and the second train would take him to Chalk Farm. From there he walked by Primrose Hill and across Regent's Park to Baker Street, although occasionally he was fortunate enough to hitch an illicit ride on the rear axle of a carriage. At least it must have been a more aesthetically pleasing journey than it would be today, as this little piece of topography shows: 'Primrose Hill then was on the outskirts of London, and behind it lay cottages and fields. I remember a sign-post pointing out a foot-path to Child's Hill and the village of Finchley.'

In fine weather, and if all went well, he reached the school just before nine o' clock, and stayed there until three, whereupon the whole pilgrimage would be reversed and, with timing and luck, he would arrive home again by five. Homework, he said, often kept him up until ten or eleven in the evening. On the whole, Jerome found formal education resistible.

Just to add to his troubles, it seems that he was greeted with a fresh bout of ragging – particularly when his angelic little schoolmates discovered that he was born 'up north'. They tended to hit him, while not engaged in tweaking one or both of his ears. By now, though, Jerome knew the road, and by most accounts he hit back, thereby keeping down the trouble to a tolerable minimum. He defended his being a Northerner, although he did not even remember Walsall.

Like most young boys, he churned his way through the terms, in order to reach the holidays at the other end. His season ticket for the trams and buses allowed him to wander all over London, and this he tended to do more than most other things, largely to escape Poplar for as long as he could. His memory of the areas around London over a hundred years ago reads today like an impossible idyll: 'They hunted the deer round Highgate in those days... Hampstead was a pleasant country town, connected with London by a three-horse 'bus. A foot-path led from Swiss Cottage, through Corn Fields, to Church Row.' This foot-path very soon after became Fitzjohn's Avenue. Also at Hampstead, Jerome tells us that 'a pleasant country road, following a winding stream, led to the little town of Hendon.'

According to his recollections – and he is quite adamant about this – Jerome was already positive that he wanted to become a writer, which for a ten-year-old, who had just discovered school, was quite an ambition. Paul Kelver – the title character in Jerome's autobiographical novel – voices his own aspirations and doubts in the retelling of a daydream:

> Immediately I was a famous author. All men praised me, for of reviewers and their density I, in those days, knew nothing. Poetry, fiction, history. I wrote them all; and all men read and wondered. Only here was a crumpled rose leaf in the pillow on which I laid my swelling head; penmanship was vexation to me, and spelling puzzled me, so that I wrote with sorrow and many blots and scratchings out. Almost I put aside the idea of becoming an author.

Also around this time, as if to put a seal on the matter, Jerome was fairly convinced that he had encountered Charles Dickens in Victoria Park in Hackney. It is a pleasing idea, and the sympathy that the great man might have felt for a boy such as Jerome may be imagined. JKJ does qualify the recollection, however, by adding that the man in the park – if not Dickens – was 'certainly most marvellously like the photographs'. The reconstruction in *Paul Kelver* Jerome terms 'fairly truthful'. It is very romantic, certainly, but appealing in that the sense of adolescent wonder is well conveyed; also revealed are many of Jerome's ideas upon writing for its own sake, and his views upon the job of an author.

Kelver and the anonymous gentleman have been idling for some minutes; the young boy announces his literary ambitions:

> 'I am going to be an author when I grow up, and write books.'
> He took my hand in his and shook it gravely, and then returned it to me. 'I, too, am a writer of books,' he said.

The man then quizzes young Paul as to his tastes, which are shown to include Scott, Dumas, Hugo, Marlowe and de Quincey. Then the boy says:

> 'I want to learn to write very, very well indeed... then I'll be able to earn heaps of money.'
> He smiled. 'So you don't believe in art for art's sake, Paul?'
> I was puzzled. 'What does that mean?' I asked.
> 'It means in our case, Paul,' he answered, 'writing books for the pleasure of writing books, without thinking of any reward – without desiring either money or fame.'
> It was a new idea to me. 'Do many authors do that?' I asked.
> He laughed outright this time. It was a delightful laugh. It rang

17

through the quiet park, awaking echoes; and caught by it, I laughed with him.

'Hush!' he said, and he glanced round with a whimsical expression of fear, lest we might have been overheard. 'Between ourselves, Paul,' he continued, drawing me more closely towards him and whispering, 'I don't think any of us do; we talk about it. But I'll tell you this, Paul, it is a trade secret, and you must remember it. No man ever made money or fame but by writing his very best. It may not be as good as somebody else's best, but it is his best. Remember that, Paul.'

I promised I would.

'And you must not think merely of the money and the fame, Paul,' he added the next moment, speaking more seriously. 'Money and fame are very good things, and only hypocrites pretend to despise them. But if you write books thinking only of money you will be disappointed. It is earned easier in other ways. Tell me, that is not your only idea?'

I pondered. 'Mamma says it is a very noble calling, authorship,' I remembered. 'And that anyone ought to be very proud and glad to be able to write books, because they give people happiness, and make them forget things; and that one ought to be very good if one is going to be an author, so as to be worthy to help and teach others.'

This was quite a recollection for a ten-year-old, but Jerome admitted that he had adapted the incident for a novel. The philosophy, we may infer, is Jerome's own, though it does stand up equally well for Dickens. Even the rather theatrical delivery is consistent with what we know of the man, so the whole thing appears just tenable. There is more. The gentleman – yet anonymous, it will be remembered – seeks some information:

'And what do you think of Mr Dickens?' he asked. But he did not seem very interested in the subject. He had picked up a few small stones, and was throwing them carefully into the water.

'I like him very much,' I answered; 'he makes you laugh.'

'Not always?' he asked. He stopped his stone-throwing and turned sharply towards me.

'Oh, no, not always,' I admitted; 'but I like the funny bits best. I like so much where Mr Pickwick –'

'Oh, damn Mr Pickwick!' he said.

'Don't you like him?' I asked.

'Oh yes, I like him well enough – or used to,' he replied. 'I'm a bit tired of him, that's all. Does your Mamma like Mr – Mr Dickens?'

'Not the funny parts,' I explained to him. 'She thinks he is occasionally –'

'I know,' he interrupted, rather irritably I thought, 'a trifle vulgar.'

It surprised me that he should have guessed her exact words.

'I don't think mamma has much sense of humour,' I explained to him. 'Sometimes she doesn't even see papa's jokes.'

At that he laughed again. 'But she likes the other parts,' he enquired, 'the parts where Mr Dickens isn't – vulgar?'

'Oh yes,' I answered. 'She says he can be so beautiful and tender when he likes.' . . . [And soon, Paul Kelver has to take his leave.]

'You have never asked me my name, Paul,' he reminded me.

'Oh, haven't I?' I answered.

'No, Paul,' he replied, 'and that makes me think of your future with hope. You are an egotist, Paul; and that is the beginning of all art.'

And after that, he would not tell me his name. 'Perhaps next time we meet,' he said. 'Good-bye, Paul. Good luck to you!'

And, as might be gathered, they never did meet again.

Life pursued its rather poor and monotonous course after that episode. Jerome Senior was still failing, and his wife continued to record in her diary the ills that beset them. Amidst the gloom, JKJ recalls a few glimpses of home life that smack of a Cratchit-like and meagre cosiness – such as the buying of cooked pigs' trotters at three-halfpence a piece, and hurrying home with them and a baked potato – but he does not glorify the situation, nor, mercifully, does he try to persuade anyone that on this humble fare they dined as regally as kings, for he was not in the least convinced that this was the case.

The following year, his eldest sister Paulina married a gentleman named Robert Shorland, and the remainder of the family finally moved from Poplar. This proved to be one of the rare high spots in Jerome's early life, for the move was to Colney Hatch, which – despite its lunatic undertone – was just the place he needed. As he said: 'It was little more than a country village in those days, with round about it fields and woods. London was four miles off, by way of Wood Green and Hornsey, with its quaint street and ivy-covered church: and so on till you came to the deer park at Holloway.'

The country air maddened him like wine, and he decided to become a demon: when not poaching fruit, he was generally found to be attempting to reduce the local wildlife population to more manageable proportions. He had discovered the sling, though in later years the humanitarian Jerome rushed to assure us: 'We aimed at birds and cats. Fortunately, we rarely hit them; but were more successful with windows.' The general decline in his behaviour Jerome attributes to the influence of the 'bad set' into which he had fallen, which included 'the Wesleyan Minister's two sons, and also the only child of the church organist'.

He pressed on with school, but reading was now the overall preoccupation. He was not very attentive during the formal lessons, resenting as he did their intrusion into his reading time. Jerome made light of his tendency to daydream in a later article for a magazine called *Home Chimes*. While doubtless lost in a world of fame, fortune, and *Ivanhoe*, the young Jerome would become aware of a question suspended in the classroom air:

19

'Me, sir?' I would reply bewilderedly, with the usual schoolboy air of injured innocence.

'Yes, sir; you, sir. Well, what is it?'

'What is it, sir?' (Pause). 'Me, sir?' (desperately) 'Samson, sir.'

'Samson! Samson! What about Samson?'

'He was the wisest man that ever lived, sir.'

'And you are the biggest idiot. Go down to the bottom, sir, and write "Solomon was a wise man, Samson was a strong man, and I am an ass" two hundred times.'

In reality, though, Jerome did not find his schooldays amusing. He saw the system as useless and foolish, his particular school seeming less inclined to draw out of the pupil, and more to cramming him full of unusable fact; otherwise it would rely heavily upon the stupefaction of repetitive boredom as a device whereby peace might at least be secured for the staff. The only good thing Jerome had to say of the school was rather negative: they did not employ corporal punishment. Of this Jerome forever had an abhorrence, and a deep suspicion towards its adherents.

In the same article Jerome stated that 'Education is the most important thing in the world, and most mismanaged.' He seemed unable to discuss the point for any length of time, however, for the whole subject moved him to fury. It was the particular brand of quasi-education which he received, though – rather than the lack of it – which made him resentful and irate. He concluded the topic, shortly: 'It makes me too angry, thinking about it... What a boy learns in six years at school, he could, with the aid of an intelligent bookseller, learn at home in six months.' A large statement, and one which will not only be endorsed by intelligent booksellers everywhere, but also one which does seem to have been borne out in Jerome's own particular case.

Just a year before his schooldays were done, his father suffered a heart disease, and died in his bed. It was a blow from which Mrs Jerome never fully recovered, although on the actual day of her husband's demise she composed herself adequately in order to make a dignified and pious statement in her diary: 'The Lord called him home this morning at half past nine o'clock. A momentary summons, and he has gone to receive the reward of his labourings and sufferings of so many years.'

JKJ was stricken with grief, of course, but he seems too to have been smitten with wonder and even, in some way, encouraged. In *Paul Kelver* Jerome records the death of this boy's father thus: 'I looked up into my father's face, and the peace that shone from it slid into my soul and gave me strength.' For, although only twelve years old, Jerome knew that he was now to be the man in the family.

And he wondered at the very dying. Gazing at his father in death, the thought came to him that this man looked not at all old; too young to be cold. It was then that he made a moving and rather surreal discovery, for he perceived for the first time that his father's familiar thick, black, wavy hair was just a wig, now hung crooked upon his cold dead skull.

Chapter 4

Greasepaint

> Looking back, it is easy enough to regard one's early struggles from a humorous point of view. One knows the story; it all ended happily. But at the time there is no means of telling whether one's biography is going to be comedy or tragedy. There were moments when I felt confident it was going to be the latter.

So says Paul Kelver, and it is clear that Jerome, too, felt this acutely, and with reason.

Jerome Senior's popularity was such that while sick with hopelessness and despair, he had taken a short, recuperative holiday in Cheddar, thanks to several of his friends, who had clubbed together fifty pounds in order to give the family a brief reprieve. One more friend now came forward in order to help the dead man's son, by securing for him a job with the London and North-Western Railway at Euston Station. JKJ was pleased to get it, as jobs for unqualified fourteen-year-olds hardly abounded. Even at this time, however (the year was 1873), the wage of ten shillings per week was not regarded as munificent. Indeed, were it not for the considerable amount of overtime he worked, the family could not have lived.

There were now only three in the Jerome household, for Aunt Fan had also recently died. Paulina, of course, was living away with her husband, and so there remained JKJ, his mother and Blandina, sporadically employed as a governess. Her occasional income helped, for even though Jerome was making sometimes six or seven shillings a week on top of his basic ten, expenses were high. He illustrates the problems of a famished young clerk at midday in London:

> Lunches were my chief difficulty. There were, of course, coffee shops, where one quaffed one's cocoa at a penny the half pint; and 'doorsteps' – thick slices of bread smeared plentifully with a yellow grease supposed to be butter – were a halfpenny each. But if one went further, one ran into money. A haddock was fivepence. Irish stew or beefsteak pudding, sixpence. One could hardly get away under ninepence, and then there was a penny for the waitress.

Rarely wishing to squander half his income on such a gastronomic extravaganza, Jerome usually lunched in a 'shop in the Hampstead Road where they sold meat pies for twopence and fruit pies for a penny, so that for threepence I often got a tasty if not too satisfying lunch'.

He had not enjoyed school, and neither did he enjoy being a clerk. Sitting at a desk doing what he was told was not his idea of how life should be spent. He wanted to be a writer. Little stories and thoughts were now crowding his brain, and he jotted down scraps of overheard dialogue. His mother never discouraged these fancies, but owing to the plight of the family, she must have lived in dread of his throwing up the clerkship. For his part, Jerome had no thought of this, for he fully realized the vital nature of his few shillings per week.

At this time, however, he was beginning to be lured by the lights of the theatre; the world of plays and actors was exercising a fascination, and this quite horrified Mrs Jerome. To her way of thinking, the stage, quite simply, was 'the gate to Hell'. She feared it, and thought it ungodly. One evening Blandina had been invited to see a play, and her mother had very grave misgivings as to whether this would be seemly, or even if it might not forever destroy the young girl's reputation. Blandina must have been quite persuasive, however, for eventually she had her way, and left J KJ with his mother to await her return. Jerome was agog with excitement at the very thought, Mrs Jerome very much less so. He recalls in his autobiography: 'After my sister was gone, my mother sat pretending to read, but every now and then she would clasp her hands, and I knew that her eyes bent down over the book, were closed in prayer.' Blandina came back at midnight and enthralled Jerome for two full hours, recounting every detail until he was on fire. Even his mother came to the naive concession that it could not be as evil as she had supposed if it occasioned so much pleasure.

This was the beginning of Jerome's love for the stage. He accompanied Blandina a few times after this and, when not clerking, he began writing snatches of chat which would one day, he hoped, form themselves into a play of his own. However, these sallies to the theatre were short-lived, for soon Blandina took up a resident position in the north of England and Jerome lived alone with his mother.

By now he was fifteen, but the boredom of his job and the poverty of his existence were already beginning to crush him. His silent ambitions were soaring, while all around he saw only stagnation, and prospect of little more. However, he was about to be jerked into a new and premature consciousness, for one evening, while he was alone in the house with his mother – very quietly, and quite without warning – she died. Paul Kelver, too, suffered this early tragedy: 'I lay beside her, my head upon her breast, as I used to when a little boy. And when the morning came I was alone.'

Grief came close to destroying Jerome, but this was very soon superseded by the fear of loneliness. Although he had seen more of life and ugliness than most boys of his age, London still frightened him. Nevertheless, he had to earn his living and he had to find digs in the city proper. He was on his own, and he felt afraid.

The young Jerome was confused and lost for many, many months after the death of his mother. He could not apply concentration to his work at Euston, but so menial was his job there, little was required. There followed a succession of miserable rooms in London, largely in the area of Camden Town, for Jerome kept moving digs with the simple belief that the next room could not possibly be worse than the last. At one of the houses in which he stayed a man was found hanged in an adjacent room. Jerome had thought he had heard strange and muffled sounds the night before, but it did not do to enquire of one's neighbours.

There existed friends of the family, Jerome tells us, and also relatives in London who would have been glad to help him, but he felt too ashamed to ask. He relived this period of desolation through the eyes of Paul Kelver:

> Were it because of its mere material hardships that to this day I think of that period of my life with a shudder, I should not here confess to it. I was alone. I knew not a living soul to whom I dared speak who cared to speak to me. For those twelve months after my mother's death, I lived alone, thought alone, felt alone. In the morning, during the busy day, it was possible to bear; but in the evenings the sense of desolation gripped me like a physical pain.

Loneliness and misery were constant, even at Christmas. He received invitations, it was true, and in his later years he perceived that these had been sent out with only the best intentions. At the time, however, he was so acutely aware of his poverty and of his helplessness that he had read into the invitations either patronage or charity, and he formally and immediately declined them, citing 'prior engagements'. When Christmas Day actually arrived, he suffered an agony of regret and loneliness and, taking advantage of his occasional free railway passes, he impulsively caught a train to Liverpool because that was where the train was going. In his autobiography Jerome tells us of his Christmas dinner:

> A chill sleet was falling. I found a coffee shop open in a street near the docks, and dined there off roast beef and a whity brown composition that they called plum pudding. Only one other table was occupied: the one farthest from the door. A man and woman sat there who talked continuously in whispers with their heads close together: it was too dark to see their faces. It appeared from the next day's papers that an old man had been murdered in a lonely inn on the Yorkshire wolds; and that a man and a woman had been arrested at Liverpool. There was nothing to support it, but the idea clung to me that I had dined with them on Christmas Day.

Such was the timbre of his thoughts. He continued to be a clerk, and he continued to move around London, exchanging one ugly and miserable room for another. *Paul Kelver* describes the process of taking rented accommodation, albeit viewing it in a light and very Jeromian way. The room on offer was the third floor, back:

> The landlady opens the door for me, but remains herself on the landing. She is a stout lady, and does not wish to dwarf the apartment by comparison. The arrangement here does not allow of your ignoring the bed. It is the life and soul of the room, and it

declines to efface itself. Its only possible rival is the washstand, straw-coloured; with staring white basin and jug, together with other appurtenances. It glares defiantly from its corner. 'I know I'm small,' it seems to say, 'but I'm very useful; and I won't be ignored.' The remaining furniture consists of a couple of chairs – there is no hypocrisy about them – they are not easy, and they do not pretend to be easy; a small chest of light-painted drawers before the window, with white china handles, upon which is a tiny looking-glass; and occupying the entire remaining space, after allowing three square feet for the tenant, when he arrives, an attenuated four-legged table apparently home-made. The only ornament in the room is, suspended above the fireplace, a funeral card, framed in beer corks. As the corpse introduced by the ancient Egyptians into their banquets, it is hung there perhaps to remind the occupant of the apartment that the luxuries and allurements of life have their end; or maybe it consoles him in despondent moments with the reflection that after all he may be worse off.

And so in such rooms Jerome continued to live, filing papers for a living, living off cheap pies, and yearning for company. He was extremely shy, and after work he tended to scurry back to the room he loathed in order to escape the streets that he feared. He still wanted desperately to be a writer, but how does one become such a thing? He was forced to content himself with jotting down scraps as well as he could, while devoting his spare hours both to reading and, more divertingly, to cultivating vice within him. For Jerome had perceived that the majority of strong men currently admired were vice-ridden to the point of quite nauseating corruption, and so he tried to cast aside his Puritan upbringing in order to assume as many bad habits as a young clerk could reasonably be expected to stand. In these endeavours, he had only varying success; Jerome's adolescent definition of vice was copious indulgence in nicotine and alcohol, punctuated by rather painfully awful attempts at seducing the odd member of the opposite sex.

The art of smoking he acquired without a great deal of trouble, although he found the habit less noxious if pursued out of doors as the fresh air assisted in reducing the foulness of the whole operation. He persevered, and gradually came to smoke a whole cigarette without appearing too unhappy or ill.

The question of drink was not quite so straightforward. He began with claret, which must be quite an unusual starting point. It cost twopence halfpenny per glass, and he drank it with his eyes shut, 'the after results suggesting to me,' he recalled, 'that the wine St Paul recommended to Timothy for his stomach's sake must have been of another vintage.' Apart from being unpleasant, Jerome was soon to make the discovery that this particular vice was, in common with most of the others, expensive. Not to be outdone, he transferred his affiliation to a thick, black porter at threepence the pint. This, he said, 'was nastier, if anything, than the claret; but one gulped it down, and so got it over the quicker'.

Greasepaint

In moderation, Jerome later came to appreciate alcohol – as he did tobacco – although by his own understanding of the word he remained temperate. Never forgetting the ugly and sometimes violently drunken scenes that he had witnessed as a child in Poplar, he was always very critical of over-indulgence, though neither did he see the path towards a splendid life as leading through campaigns for abolition.

As for the third vice, Jerome's efforts with the ladies quite deter scrutiny. His overwhelming shyness and lack of confidence combined to utterly defeat him before he had even begun, a fact which, on the whole, he tended to find rather trying. The social climate in the 1870s was such that one simply did not meet young ladies except through introductions, and although Jerome's way of life did not lend itself to such niceties or contacts, even had such opportunities arisen he would almost surely have ducked them. He was over-conscious of himself as well as of his rather too comfortable clothes, and lack of money and standing. As to the sort of ladies a gentleman alone might meet in the evening, they were not the kind Jerome would care to; and anyway, he could not afford them.

He would therefore take recourse in falling in love in the middle of Oxford Street, several times a day. He would catch the lady's eye, blush crimson to the roots of his hair, and stand there holding his hat in the manner of a tailor's dummy. The lady, if she had noticed him, would decline to notice him. Occasionally, mauve to the collar, he would summon up every fibre of bravery, and speak. Had they not met somewhere before, he wanted to know – though he enquired almost inaudibly. The lady felt Sure He Had Made A Mistake, and Jerome would 'shrink back scarlet into the shadows', there to contemplate the relative attractions of a self-inflicted death. He never underestimated the kaleidoscope of pain that constitutes growing and, although he found humour in retrospect, he was as well aware as anyone that none of it seemed remotely amusing at the time. He seems to have been rather bothered by what were termed the 'physical urges', although there was no outlet for them. Such a state of repression was not uncommon, of course, but in addition he still seems to have been suffering the jibes of other, and older, people. He wrote the following in his memoirs of the period, '*not*', he tells us, 'as a prude': 'Knowing how hard put to it a young man is to keep his thoughts from being obsessed by sexual lust, to the detriment of his body and his mind, I would that all men of good feeling treated this deep mystery of our nature with more reverence.' And neither would the state of literature in the latter half of the twentieth century have pleased him, for he was to write in the 1920s with reference to his attitude: 'writers of our stories should harp less upon sexuality; though at present there appears no sign of their doing so'.

Excitement, it will be seen, was not a great feature of his life after his mother's death. However, one night in his lodgings, he was awoken by the commotion of the Camden Town Theatre burning to the ground. All the locals rushed from their beds to the scene and watched spellbound as the white flames lit the sky; Jerome observed drily: 'It was the first time the inhabitants of Camden Town had shown any interest in the place.' The incident was to have

25

a lasting effect on Jerome, for it recalled to his mind the pioneering spirit of a young man whom he had met at Euston a year before; this fellow had abandoned office work for good, in favour of treading the boards at the very theatre now blazing. Jerome, too, now vowed that he would become an actor.

However, he was still very conscious of his need for relative security, and his background would not allow him to throw up immediately a sound, if deadly, job. He had been moved to the advertising department at Euston, and as this work involved travelling around London checking on the presence and correctness of posters and time-tables, he found that it was perfectly possible to time his day as he liked, which enabled him to attend rehearsals in the afternoon 'without anybody knowing or', his conscience adds, 'caring'. With this disposition of his time he joined a rather second-rate repertory company, rehearsing when he could, but only having to perform in the evenings. Initially, the main point of the venture was the ten extra shillings per week, but soon he began to get a taste for the thing. His first book, *On the Stage – and Off,* he subtitled 'The Brief Career of a Would-be Actor', and from it one derives much of the feel of his entrée into the theatre. The book is the classic Jeromian mix of pathos and humour and opens thus: 'There comes a time in everyone's life when he feels he was born to be an actor . . . he burns with a desire to show them how the thing's done . . . this sort of thing generally takes a man when he is about nineteen, and lasts till he is nearly twenty.'

It certainly took Jerome. Before telling us of the inevitable and seedy backstage reality of such a company, he recorded his emotions upon securing his very first part – consisting as it did of three lines spoken from the midst of a crowd.

> I did not walk back to my lodgings, I skipped back. I burst open the door and went up the stairs like a whirlwind, but I was too excited to stop indoors. I went and had a dinner at a first-class restaurant, the bill for which considerably lessened my slender means. 'Never mind,' I thought, 'what are a few shillings when I shall soon be earning my hundreds of pounds!' I went to the theatre, but I don't know what theatre it was, or what was the play, and don't think I knew at the time. I did notice the acting a little, but only to fancy how much better I could play each part myself.

It was the first part of many, for there was no such luxury as type-casting – Jerome played every conceivable role in the popular plays of the time, both male and female. It seems to have been a very enjoyable period, during which he shed at least some of his shyness. The company was proving quite successful, and after a year Jerome's wage had risen by about a pound a week. The workload was now telling, however, and his clerking – quite apart from being time-consuming and relatively unremunerative – was now seeming more boring than ever. The job at Euston had to go.

This marks Jerome's severance from the traditional middle-class securities and direction. He was now very much on his own, but he was determined to make a go of it. His confidence was much greater than when he had first entered the acting profession, for then he had been appalled by the fact that a play was to go on after only five rehearsals, while a lady veteran of the troupe was disgusted by the very same provision, though for the opposite reason. She was of the opinion that five rehearsals erred severely on the side of excess, for the play had not the slightest hope of running as many nights. On another occasion, three rehearsals were similarly derided by their First Old Man, who grumbled: 'What do they think we are, a pack of sanguinary amateurs?' All this, though, had been during Jerome's days of innocence.

Next he joined a travelling company. He seems to have managed this quite easily, for he says, 'I only answered one advertisement, and was engaged at once; but this, no doubt, was owing to my having taken the precaution, when applying, of enclosing my photograph.' The company played mainly around the fringes of London and the provinces, for 'then, as now, the West End to those without money or influence, was a closed door'. Jerome was ready for anything, which was just as well, for he later claimed to have played every part in *Hamlet* with the exception of Ophelia. The money was tolerable – the weekly wage ranging from one pound to fifty shillings – but rascally managers abounded. When the box-office was good, the actors were paid; otherwise, the manager would be gone. Jerome grew very philosophical about this, and the whole troupe came to accept it, and even to expect it, as part of the job. Whenever the company was deserted in this way, he recalled, the actors 'would get back to their homes as best they could. Often they would have to tramp, begging their way by the roadside. Nobody complained: everyone was used to it. Sometimes a woman would cry. But even that was rare.'

The life, then, was far from glamorous, but it proved irresistible to most of the actors. Very often they would sleep in the dressing rooms, or even on the stage – providing they could run to bribing the doorkeeper. Jerome stuck to it, partially, perhaps, in order not to waste his self-imposed training, for he was now quite a dab hand at making-up, and was progressing well in the art of elocution. Making-up he found quite central to the whole business of acting; for Jerome, the smell of grease-paint very much had something to do with it. He could not *feel* a part, he said, unless he looked it.

In the realms of enunciation and voice-production he went even further – to Hampstead Heath, to be precise. He got up inordinately early so as to be quite alone there. Only then could he feel unashamed and let it rip, for the sound of his own voice still rather embarrassed him, and he was sure it could do little for others. On his second morning there he delivered the oration of Antony over the body of Caesar with professional vigour and was just about to launch into some other equally noble and stirring speech, when in his own words, 'I heard a loud whisper come from furze bushes close behind me: "Ain't it proper, Liza! Joe, you run and tell 'Melia to bring Johnny!" I did not wait for Johnny. I left that spot at the rate of six miles an hour. When I got to Camden Town I looked behind me, cautiously. No crowd appeared to be following me, and I felt relieved, but I did not practise on Hampstead Heath again.'

The uncertain life continued, the unscrupulous managers appearing – and, more to the point, disappearing – with increasing frequency. The whole troupe does appear to have been quite incurably optimistic, however, and Jerome defended the squalid existence by adding incidentally: 'Now and then, one struck a decent company and then one lived bravely, sleeping in beds, and eating rabbit pie on Saturday.' The only device that enabled them to continue living, however, was that of pawning their semi-valuables. Most of the actors' possessions eventually found their way into the pawnshops, and they were only occasionally redeemed. The situation worsened until eventually Jerome was hocked to the limit, and the latest manager had run off with the takings. This was the end. Jerome concluded *On the Stage – and Off* thus:

> I went back to the dressing-room, gathered my things into a bundle, and came down again with it. The others were standing about the stage, talking low, with a weary, listless air. I passed through them without a word, and reached the stage door. It was one of those doors that shut with a spring. I pulled it open and held it back with my foot, while I stood there on the threshold for a moment, looking out at the night. Then I turned my coat collar up and stepped into the street: the stage door closed behind me with a bang and a click, and I have never opened another one since.

Jerome had few regrets, though, and he sums up his time on the stage in his autobiography: 'Though I say it myself, I think I would have made a good actor. Could I have lived on laughter and applause, I would have gone on. I certainly got plenty of experience.'

And equally certainly, he got nothing more. He had been touring for two years when he found himself back in London, penniless, hungry, and hunting out a doss for the night. He was nineteen years old.

Chapter 5

The Hard Way

Jerome was destitute. He carried his few belongings around with him, and most nights he slept out. Although he was not unused to this, it was altogether a more fraught affair in London than in the provinces, for one had to avoid the police. He had sold all the clothes he possessed, save those that he now wore constantly, and from the sale of these and of his remaining few trinkets he managed to raise about thirty shillings; on wet nights, ninepence of this would have to be sprung on a dosshouse. These were vile places. The inmate clutched every vestige to him at night, and so distrustful was he of his fellow dosser that he hardly dared sleep at all. The better places supplied blankets.

Clearly, Jerome was in dire need of employment, for he could sink no lower; neither, however, could he apply for any position appearing the way he did. It is hard to imagine what might have become of him at this moment in his life had he not quite by chance run across a man whom he used to know as a youngster, in Colney Hatch. This man too had fallen on hard times, but he was just maintaining subsistence level by 'penny-a-lining' – a sort of jobbing journalism, whereby one would dash all over London covering this or that, usually rather trivial, event, and then rush one's copy back to the newsdesk. For this the payment was, to be accurate, three-halfpence a line. The old acquaintance took Jerome around and taught him the ropes – a singularly Christian gesture, for 'penny-a-lining' was a very cut-throat and competitive business. Jerome was grateful, eager and desperate, and he quickly assimilated the idea. His sole ambition now was to escape the streets and the dosshouses, for here – quite apart from the loathsome horror – he had discovered one more area in which the weaker suffered. In such a place, because everyone was poor, physical supremacy was all; the old and the frail were quite literally elbowed out of the way if anything was on offer in the nature of food or warmth. Jerome observed the misery and the cruelty, and he vowed to get out; once more the truth of pain was engraved upon him. As he said later, while discussing this theme: 'Literary gents have always been much given to writing about the underworld. I quite agree there must be humour, pathos and even romance to be found there; but you need to be outside it to discover its attractions. It was a jungle sort of existence.'

So desperate was he that in the first few weeks of 'journalism' he was covering more fires and fêtes, attending more courts and shows, than any other young penny-a-liner in the business. Before long, his income was back to the ten shillings a week which he had been earning at Euston over three years earlier. His first action was to secure a room, 'furnished with a bed, a table and a chair, which also served for a washstand, together with a jug and basin. But after the dosshouse it was luxury.'

This was really the first time that Jerome had written anything at all. At

29

the beginning he had no thoughts whatsoever on style, but he soon came to see that, as quite often several penny-a-liners would be covering the same event, something special had to be written into his piece to ensure the sub-editor's choosing it, for otherwise he would not get paid. Jerome elected for humour, and found that this was indeed given 'preference over more sober, and possibly more truthful records'. At least he was now writing, and the faint beginnings of a Jeromian style had the chance to emerge. His income rose to two and sometimes even three pounds a week, but by then he was getting tired of the life. More or less solvent again, he began searching for some other form of employment that did not entail quite so much running around. And anyway, penny-a-lining did not at all accord with his idea of being a writer. What he needed now was something altogether more leisurely, relatively remunerative, and requiring no qualifications whatsoever. He became a schoolmaster.

This was long before the days when degrees and diplomas were of the essence – particularly so if the school could not afford to be over-selective, as the Clapham Boys' Public Day School Co. Ltd clearly could not. English and mathematics had been Jerome's brief, but he found himself muddling through most of the other subjects as well, learning what he had to teach seconds before the lesson was to be delivered. He even did what he could with swimming, gymnastics and, yes, deportment. He was in charge of the plate in church on Sundays, and he was required to wear a top hat. Jerome sums up: 'I stuck it for a term.' Some time later, a friend who had just heard of Jerome's brief venture into academics, asked him how he got on. 'Not at all, old boy,' he replied. 'Nor did the boys.'

In order to make a living in penny-a-lining, Jerome had found it necessary to learn a sort of shorthand. He mugged up on this now, and began answering advertisements for secretarial posts. Apparently, a London friend could have arranged for him to be employed by the free-thinking Herbert Spencer (appositely, the originator of the phrase 'survival of the fittest'), but JKJ declined the job out of consideration for his sisters' still very narrow views. He had been writing them 'lying letters from no address' over the years, announcing his inordinate success as 'an actor', and then as a 'journalist'. Apparently he felt, perhaps over-sensitively, that coming so close after these confessions – for this is the light in which his sisters would have viewed such occupations – the pronouncement that he was now to become the secretary to so notorious an avant-garde philosopher and sociologist would have been altogether too much for them to bear. Whether or not there were other reasons in addition, Jerome did not take up the post. Instead he was employed by an illiterate builder.

The builder could not read, and his mastery of writing did not even extend to the ability to sign his name. However, he seems to have been possessed of the most superhuman memory, and kept mental tally of every single business transaction he had ever made. Jerome tried to teach him the folly of his ways. This was not the method, he tried to reason, in which commerce ought to be conducted. The old builder was sympathetic for a while – even rather indulged him – but eventually he gave his young employee a few weeks' advance wages and, as Jerome recalls, 'assuring me of his continued friendship, begged me as a personal favour to take myself off'. Never one to ignore a hint, Jerome went.

There followed a succession of short-lived jobs of quite a varied nature. None of them appealed to Jerome overmuch, but he met new people, and stored up all that he encountered. Each job too supplied him with enough money to live fairly comfortably, and to pursue his reading and writing. In his spare time he wrote plays, essays and stories, most of which stayed in the drawer. He pursued a voracious reading programme, for apart from the pleasure he derived from the books, he saw them as his only chance of education, together with his fine eye and ear for all that went on around him. At the start of the 1890s Jerome was asked for a list of his favourite authors and books, but it is apposite to quote it here, for his taste changed almost not at all throughout his life. It was with the following, in Jerome's order, that he armed himself:

> Carlyle, George Eliot, Dickens, Tennyson, Scott, Charles Kingsley, Stevenson, Daudet, Sartor Resartus (Carlyle), French Revolution (Carlyle), Middlemarch (Eliot), The Bible, Huckleberry Finn (Twain), Life of Christ, Dr Jekyll & Mr Hyde (Stevenson), David Copperfield (Dickens), Story of an African Farm (Olive Schreiner).

And his poet of the moment was Longfellow. None of which is faintly surprising, although of course his affection for such books as *Huckleberry Finn* and *David Copperfield* speaks of far more than mere literary appreciation.

And in between getting down such sterling stuff, and penning his own, Jerome worked; at least the pursuit made possible daily escape from his rather cramped digs in Whitfield Street, a thoroughfare hard by Tottenham Court Road. His next job was with a firm of commission agents, the idea being that members of the farther Empire – notably India – would file orders for multifarious good things, whereupon the agents would select, pack and despatch the total requirement. Jerome gives us a little inside knowledge into the workings of such an organization: 'The idea suggested in our advertisement was that we possessed a staff of expert buyers, rich in knowledge and experience; but I did most of it.'

But not for too long. Jerome drifted into a firm of parliamentary agents, and later on to a solicitor, learning a little more about human behaviour along the way. But none of it really satisfied him, because as much as ever Jerome wanted to be a writer. And it was not for want of trying that he had not yet become one, for reams of paper had been covered with his literary endeavours, and the best of them he had begun to send out to selected journals.

In an essay entitled 'My First Book' Jerome relives the agonies of the rejected contributor, living and dying for the fortunes of a personified sheaf of manuscript which:

> journeyed a ceaseless round from newspaper to newspaper, from magazine to magazine, returning always soiled and limp to Whitfield

Street, still further darkening the ill-lit room as he entered. Some would keep him for a month, making one indignant at the waste of precious time. Others would send him back by the next post, insulting me by their indecent haste. Many, in returning him, would thank me for having given them the privilege and pleasure of reading him, and I would curse them for hypocrites. Others would reject him with no pretence at regret, and I would marvel at their rudeness.

I hated the dismal little 'slavey' who, twice a week, on an average, would bring him up to me. If she smiled as she handed me the packet, I fancied she was jeering at me. If she looked sad, as she more often did, poor little overworked slut, I thought she was pitying me. I shunned the postman if I saw him in the street, sure that he guessed my shame.

Jerome remembered the pain, and in his autobiography he wondered 'if the smart journalists who make fun in the comic papers of the rejected contributor have ever been themselves through that torture-chamber'.

Unfortunately for Jerome, he was of that nature which is constantly setting itself targets, and then having to suffer the considerable agony of not immediately striking them. If he had been completely happy at Euston, or as a teacher, or even as a solicitor's clerk, none of this pain and frustration would have arisen. But Jerome very much needed to become a published author, and the only way was to write, submit, and be rejected, until one day it would be different.

And, as in all the very best tales of endeavour, that day came. On seeing his own first effort in print Jerome must have felt like Paul Kelver, who said, 'The hundred best books! I have waded through them all; they have never charmed me as that one short story in that now forgotten journal.'

JKJ records his first success in his memoirs, the intervening years serving to cool the excitement of the moment:

> I had tried short stories, essays, satires. One – but one only – a sad thing about a maiden who had given her life for love and been turned into a waterfall, and over the writing of which I had nearly broken my heart, had been accepted by a paper called *The Lamp*. It died soon afterwards.

Chapter 6

'Arry K 'Arry

Although this little romance had now gained the distinction of print, Jerome was conscious of yet being very far from his goal. He still worked as a clerk in the solicitors' firm, and he still sent out articles to journals, though they had again resumed their rather annoying habit of coming right back to him. He grew tired of reading and re-reading his one and only sally into print in his dog-eared copy of *The Lamp*, and once more he began to despair.

His landlady suggested that it might be more economical for him were he to share with a similarly impoverished young bank clerk who lived across the landing. It was probably not just the financial saving that induced Jerome to take up the suggestion, for he felt that he might be becoming a little too introspective and that some company would serve no harm. The bank clerk was called George Wingrave, and although the two had occasionally encountered each other on the stairs, they had not – in time-honoured British tradition – exchanged a word. Now, however, as they were sharing the same room, it seemed quite reasonable to chat, and a pretty strong friendship quickly ensued. They were very different people; Wingrave was no dreamer (bank clerks rarely are) but he did have a sound, down-to-earth business sense which was of help to Jerome when later he came to wrangle with curmudgeonly editors over terms for either this or that. Later on in the friendship they would go on cycling trips and boating holidays on the Thames, but for the moment they merely got on with their lives. They did not encroach upon one another, but it appears that at times Jerome found the room a little too cramped, and his favoured venue for writing and the pursuit of literature generally became Portland Place; not in one of the houses, but in the street itself. As he said: 'I liked its spacious dignity' – the Wingrave/Jerome room not being over-strong in either department. He would stroll along at night, thinking out deathless sentences and polishing the well-turned phrase; at each lamp-post he stopped and jotted them down. When he gained the end of the street, he turned around and repeated the process. The police soon came to observe this intense young man making cryptic notes night after night in the midst of some noted ambassadorial residences, and they became suspicious. In his autobiography Jerome spins out the yarn by assuring us that he soon dissuaded the law of their surmise of criminal intent, and went on to share with them his most recent gems; if the policemen were amused, then he adjudged his night's work worthwhile.

The result of all this fevered industry, which would be carried on into the night by candlelight, was a series of essays about the stage. Jerome had now arrived at the conclusion that *The Lamp's* acceptance of his Arthurian romance had been no more than a lucky chance; he had been writing the same sort of thing ever since, and the literary editors of London had been having a field day throwing it all right back at him. So this, clearly, was not what was required; it seemed logical, then, to realign the direction of his prose, and to draw on experience. Wisely deciding that anecdotes concerning a clerk's life at Euston Station would hardly make the editors sit up and think, Jerome began writing about his years in the theatre; the style was to shift as well, for he remembered now that it was the touch of humour that had gained him a living while 'penny-a-lining'. Funny essays, truthful essays, sad essays – and all with that hint of whimsical individuality that marked Jerome. After he had completed a little more than a few, he began to send them out. This time, he felt, it would be different. This time, they would not come back.

They came back, of course. This rather surprised Jerome, for it seemed to him that his writings were really rather suitable for the magazines of the day. The journals tended to be either tabloid or book-sized in format, the mainstay of each being a serial by as big a name as could be captured, and supported by a galaxy of stories, articles and essays. As is known, the primary outlet for these magazines was the railway bookstall, and as rail travel formed so vital an aspect of everyday life, and the paper-covered book had not yet been tried, a healthy circulation was assured for most of the publications – this going some way to explain why there were so very many. Jerome, like all the young would-be writers of the day, took comfort in the proliferation of journals; someone, he thought, must want his stuff. The first magazine to find the essays resistible was *The Argosy*. This was at the time edited by Mrs Henry Wood, a successful novelist made famous by *East Lynne*, published over twenty years earlier. In practice, however, Jerome learned that 'the real editor was a little fat gentleman named Peters. He ran also *The Girls' Own Paper*, for which he wrote a weekly letter signed "Aunt Fanny", giving quite good advice upon love, marriage, the complexion and how to preserve it, how to dress as a lady on fifteen pounds a year – all such-like things useful for girls to know. A kindly old bachelor.' Kindly or not, he rejected Jerome's essays.

The magazine *Temple Bar*, in Jerome's own words, 'next had a chance of securing it'. The magazine was edited by George Augustus Sala who liked the articles – as editors writing back to failed contributors invariably do – but naturally enough he did not want to buy them; he feared that the pieces were not quite the sort of thing that could be savoured by all the family, this cautious judgment constituting fairly blatant evidence that he had not taken the trouble to read them.

Jerome began to feel twingeing doubts: maybe this new approach to writing was not the way at all. He toyed with forgetting the whole idea, but by way of a very last throw he sent them to *Tinsley's Magazine*, and waited. He did not have to wait long. *Tinsley's* liked them, and sent them back.

Wondering now why he had ever expended so much energy in producing such contaminated articles in the first place, Jerome was busy undergoing all the savage emotions that tend to sneak into the breast of authors whose writing nobody wants. A new penny paper had recently started up called *The Play*, and as Jerome's articles were all exclusively concerned with the theatre, he risked another stamp. The editor's letter came back fast enough, as they generally did, and it read as follows: 'Dear Sir, I like your articles very much.

34

Can you call on me tomorrow morning before twelve? Yours truly, W Aylmer Gowing, Editor, *The Play*.'

It was evening when Jerome received the letter. He read it a few times, turned off the light, and settled down to eight hours of insomnia. The next morning he was at the editorial offices of *The Play* far too early, and he recalls that Aylmer Gowing – himself a retired actor – proved to be the first editor who actually seemed pleased at his arrival, and Jerome was for once not made to feel that a resemblance between himself and a particularly noxious strain of woodworm was strong and remarkable. Gowing reiterated his appreciation of the essays, and then 'he asked me what I wanted for the serial rights. I was only too willing to let him have them for nothing, upon which he shook hands with me again, and gave me a five-pound note. It was the first time I had ever possessed a five-pound note.'

JKJ went away shrouded in a pink mist of delight. He could not actually bring himself to spend the fiver, and it remained in its pristine state in a tin box, until a little more money began to trickle in later, whereupon he dug it out and, bursting with authorial pride, invested rather appositely in a Georgian bureau, bought from a secondhand furniture shop in Goodge Street. Even in the 1880s five pounds for a Georgian bureau seemed eminently reasonable, but even if the attribution of period was a little shaky, the bureau evidently was not, for it remained Jerome's desk for his lifetime (sentiment, however, overruled his practical side, for much later in his life he referred to the desk as 'an inconvenient piece of furniture').

Serials in journals were quite the norm in late Victorian times, and the more successful examples were usually put out in book form later. This was now Jerome's consuming ambition, for without a published book one was not, he averred, a writer. His room-mate George Wingrave was a great encouragement. He had always known that a magazine would take the pieces, he said, and the publishers of London would now be knocking each other down for the privilege of putting the stuff between covers. Aylmer Gowing agreed, and so did all of Jerome's more recent acquaintances, whom he had met through contributing to *The Play*. Unfortunately, none of these people was a publisher. One or two tried to compensate for this deficiency by giving Jerome the all-important letters of introduction, so really the thing seemed as good as done. Jerome supplies a cameo of how it really was:

> Publishers were just as dense as editors had been. From most of them I gathered that the making of books was a pernicious and unprofitable occupation for everybody concerned. Some thought the book might prove successful if I paid the expense of publication. But, upon my explaining my financial position, were less impressed with its merits.

Jerome was undeterred. He visited almost every publishing house in London, bearing his folio of introductory letters, and copies of *The Play*. Some editors would see him after a very long wait, and then bid him good-day. Others would keep him waiting quite as long, and then not see him at all. Just as when he had been touting the original essays, he had started at the top and worked his way downwards, so when all the most prestigious publishers had pronounced Jerome unsuitable for their lists, he eventually found sympathy with a Mr Tuer of Field & Tuer, who thought the essays very amusing. Indeed, like Aylmer Gowing, he found them 'as good as *Punch*', though Jerome adds in deadpan parentheses, 'he meant it complimentary'.

Mr Tuer offered to publish the book, provided that Jerome made a free gift of the copyright. This meant that he would receive an author's fee and then no more at all, no matter how high the sales of the book. This was a fairly common safeguard for publishers of first-time authors, though it was fairer than at first it appears, for although it is true that if the book proved a runaway best-seller, the author would gain far less than his proportionate entitlement on a royalty basis, so is it also true that if publication resulted in a disastrous failure, the author would have received his fee, and the publisher would bear the total loss. Jerome was not delighted with the deal, but the thought of seeing his name on the cover of a book proved too much for him – and anyway, there was really nowhere else to take the things. Ten years later, Jerome reviewed the outcome:

> The English are not a book-buying people. Out of every hundred publications hardly more than one obtains a sale of over a thousand, and, in the case of an unknown writer, with no personal friends on the Press, it is surprising how few copies sometimes *can* be sold.
>
> I am happy to think that in this instance, however, nobody suffered. The book was, as the phrase goes, well received by the public, who were possibly attracted to it by its subject, a perennially popular one. Some of the papers praised it, others dismissed it as utter rubbish; and then, fifteen months later, on reviewing my next book, regretted that a young man who had written such a capital first book should have followed it up by so wretched a second.

The critics were never kind to Jerome, and this bruised him from the first. He was branded a 'humourist', but somehow it was made clear that this was intended not at all as an epithet of unreserved praise. Later, he was dubbed the father of 'the new humour' which, like all innovation, was suspect. As he states in his autobiography, still suffering from pique:

> I think I may claim to have been, for the first twenty years of my career, the best abused author in England. *Punch* invariably referred to me as ''Arry K 'Arry', and would then proceed to solemnly lecture me on the sin of mistaking vulgarity for humour and impertinence for wit. As for *The National Observer*, the Jackdaw of Rheims himself was not more cursed than was I, week in, week out, by W S Henley and his superior young men. I ought, of course, to have felt complimented; but at the time I took it all quite seriously, and it hurt.

And not only at the time. Jerome always nursed his resentment for the treatment which he had received, and never had any time for savage or clever criticism such as that meted out by the likes of Henley, who was at the time a very influential critic and, in a lesser capacity, a poet. Some years later, Henley compiled a *Slang Dictionary,* though for the time being contented himself with castigating Jerome for his gall to think of using it. When J K J himself became an editor, he was always careful to exercise the strictest control in the direction of literary criticism, never allowing the view to exceed the bounds of a purely literary evaluation. At the time of his being a mere writer, however, it was soon to become clear from the mounting sales of each new publication that the public was growing to love him, and this, of course – in the eyes of the critics – made it even worse; for now he was branded 'popular'. 'Max Beerbohm', Jerome recalls, 'was always very angry with me. *The Standard* spoke of me as a menace to English letters; and *The Morning Post* as an example of the sad results to be expected from the over-education of the lower orders.' It was also suggested that an appreciation of the works of Jerome K Jerome was a clear demonstration of philistinism in a man.

Strong stuff, but at the moment of publication of his first book the over-educated Jerome knew of none of it, and neither would he have cared. The pink-wrapped volume was on the bookstalls, and his name was on the cover: '"Jerome K Jerome" – the K very big followed by a small J, so that in many quarters the author is spoken of as Jerome Kjerome.'

Despite a modest initial print order the copies sold readily, and the publication of *On the Stage – and Off* terrifically enthused him. Although he was still very much a part-time writer – in that he was not only a solicitor's clerk, but was now quite seriously contemplating studying law as an alternative profession – Jerome was hard at work upon another series of essays, this time upon quite diverse topics, which he thought of as 'Idle Thoughts'. He was also writing a play, but although the path was now appearing smoother, Jerome did not in any way delude himself into believing that he had 'arrived'; the real battle, he knew, had hardly begun.

Chapter 7

The Thinker

The year was now 1885, and Jerome and George Wingrave had moved from their cramped little room off Tottenham Court Road, and had taken a cramped little room near the British Museum, in Tavistock Place. Jerome had confided in George his Life's Ambitions: to edit a successful journal, to write a successful play, and to write a successful book; he then tacked on that he also wanted to become a Member of Parliament. Wingrave must have been a very easy-going sort of a fellow, for he continued to bestow upon his friend every support. In Wingrave's eyes, Jerome could succeed at anything to which he might choose to set his hand, and although he was still a completely unknown essayist for a small magazine, Jerome's aspirations appeared wild to neither of them.

As a first step Jerome had sent the first of his 'Idle Thoughts' essays to F W Robinson, who had recently begun a journal called *Home Chimes*. This magazine had quickly become very popular, possibly due to its very informal approach; it actually printed very entertaining stuff. Robinson liked the essay, and commissioned a series at a guinea a time. Jerome now found himself among fellow contributors such as Mark Twain and Algernon Charles Swinburne, as well as with other writers of promise as young as himself, notably J M Barrie.

We learn from Barrie's 'When a Man's Single' that he had been undergoing experiences in the journalistic world precisely parallel to those of Jerome. He had come to London from Scotland in order to find literary fame and it is mildly surprising that Jerome and he had not encountered each other before, so similar was their apprenticeship. A friendship began between them, as they discovered more and more in common, particularly in their approach to literature. Jerome was twenty-six, and Barrie a year younger.

In *The Common Reader*, Virginia Woolf said of the Victorian essayists: 'They wrote at greater length than is now usual, and they wrote for a public that had not only time to sit down to its magazine seriously, but a high, if peculiarly Victorian, standard of culture by which to judge it.' Quite so, though when the lady wrote this, she was quite possibly not thinking of Jerome's two sections of *Home Chimes*, for he was now contributing not only his 'Idle Thoughts', but was also the mainstay of the 'Gossips' Corner'. And very informed journalism it was, not at all blind to the finer things in life, such as:

ART

I looked in at the Grosvenor the other day, and studied my Millais. Do not be frightened by dear 'N or M' (as the case may be) I am not an art critic. I am too fond of pictures to be that. I am not going to drive you mad with unity and composition, and brushwork and pigment, and atmosphere, and tones and equation, and lines. My views on art I generally express by saying: 'Oh, here's a jolly nice picture,' or 'I don't think much of this one,' or 'The nose stands out well, doesn't it?' or 'Why, it isn't a bit like a cow, you know.' I think Millais is an awfully good artist. I like his pictures because I *can* like them. Millais one can admire without being 'artistic'.

This sort of mock-philistinism blew through Victorian letters like a breeze, and people found that they enjoyed reading it. Jerome was aware that such a style was commercial and clever, but the views were very close to his own, nonetheless. He knew a good thing, it was true, though with art, as with wine, he found it difficult to divorce from the expression of such appreciation an undertone of pretentiousness; better, then, to play it down.

Art, also, was the subject of a much-vaunted letter to *The Times*. Jerome had confided in Barrie that he was determined that *The Times* should publish one of his letters, and it was just a question of writing it. Barrie disagreed. *The Times* would print no such letter because Jerome was single. The whole theory is expounded thus:

> 'I've been studying the matter,' (said Barrie). 'I've noticed that *The Times* makes a speciality of parents. You are not a parent. You can't sign yourself "Paterfamilias", or "Father of Seven" – not yet. You're not even "An Anxious Mother". You're not fit to write to *The Times*. Go away. Go away and get married. Beget children. Then come and see me again, and I'll advise you.'

But Jerome too had been thinking it out. All he had to do, he was convinced, was to await the opening of the Royal Academy Summer Exhibition. *The Times* would then be sure to print some letter of outrage over some or other dubious exhibit, penned by just such a parent as Barrie spoke of; Jerome could then reply to that letter.

The Exhibition opened, and *The Times* duly trumpeted the blast of horror that erupted from a decent, Victorian lady. Jerome acted like lightning, and on 23 May 1885 the following was inserted in the hallowed columns:

> Sir, – I quite agree with your correspondent, 'A British Matron', that the human form is a disgrace to decency, and that it ought never to be seen in its natural state.
>
> But, 'A British Matron' does not go far enough, in my humble judgment. She censures the painters who merely copy Nature. It is God Almighty who is to blame in this matter for having created such an indelicate object.
>
> I am, Sir, your obedient servant, Jerome K. Jerome.

Meanwhile, Jerome was gaining currency, if not too much money. The 'Corner' and the 'Idle Thoughts' had become the star features of *Home Chimes*, and in 1886 Mr Tuer of Field & Tuer was pleased to publish the essays in book form. This publication really marked the beginning of Jerome's success, for by now his name was not wholly unknown, and the book sold, in Jerome's term, 'like hot cakes'. Tuer realized Jerome's sales potential, and he bound the book in a very pale lemon cloth, which stood out well from the more customary dark greens and browns of the time. The cover read: 'The Idle Thoughts of an Idle Fellow: A Book for an Idle Holiday. Jerome K. Jerome. 2/6.' After the sale of a thousand copies, the words 'Second Edition' were added to the cover. When the sale of two thousand was reached, 'Third Edition' was printed boldly. This ingenious and curious device persisted, and before very long the book world was talking of little other than Jerome's new book, now in its 'twelfth' edition! The sales, for the time, were quite extraordinary, and it is not hard to understand why. Jerome was writing essays of the *right* length – not so short that they might be disregarded as trifles, nor so long as to lose the reader's interest – with the *right* amount of humorous content, retaining a modicum of philosophy and remaining this side of farcical; he chose topics that were immediately interesting, and never deep; human is the word, and enjoyable. The 'Idle' theme is initiated by the page-long dedication to Jerome's pipe – 'The friend who never tells me of my faults, never wants to borrow money, and never talks about himself – to the companion of my idle hours, the soother of my sorrows, the confidant of my joys and hopes' – and the preface, in which he seeks not to delude: 'What readers ask now-a-days in a book is that it should improve, instruct and elevate. This book wouldn't elevate a cow.' All this, it must be remembered, was many years before *The Diary of a Nobody,* and when P G Wodehouse was five years old; the Victorians had never seen anything remotely like it.

'On Being Hard Up' is the first essay in the book. It commences: 'It is a most remarkable thing. I sat down with the full intention of writing something clever and original; but for the life of me I can't think of anything clever and original – at least, not at this moment. The only thing I can think about now is being hard up.' The essay has humour, certainly, but Jerome's own past was still very much within him:

> There have been a good many funny things said and written about hardupishness, but the reality is not funny, for all that. It is not funny to have to haggle over pennies. It isn't funny to be thought mean and stingy. It isn't funny to be shabby, and to be ashamed of your address. No, there is nothing at all funny in poverty – to the poor. It is hell upon earth to a sensitive man.

On the subject, Jerome seems incapable of balance, for the reader is taken very quickly from the picture of a young idler temporarily embarrassed to all the squalor and misery of utter poverty. Nonetheless, the essay rallies round, and closes upon a heartfelt request for a fiver, to be sent care of Mr Tuer, for which Jerome offers his I O U as security. There is no record of any takers.

The essays progress through 'On Being in the Blues' ('I can enjoy feeling melancholy, and there is a good deal of satisfaction about being thoroughly miserable'), 'On Vanity and Vanities' ('Women are terribly vain. So are men –

more so, if possible. So are children, particularly children') and on to 'The Weather', 'Cats and Dogs', 'On Being Shy', 'Babies', 'Eating and Drinking', 'Dress and Deportment', and 'Getting On in the World' ('Not exactly the sort of thing for an idle fellow to think about, is it?').

The public loved all of it because it was real; the critics disliked the colloquialisms, probably the very essence of the 'reality', and were generally of the opinion that although the essays were quite a nice blend of lightness and sentiment, they tended towards the vulgar. Either way, the 'new humour' was here, and already there were stirrings of parody and pastiche – and, more notably, sincere imitation. The Jeromian style had become that of commercial journalism.

Such fame as he had, though, was decidedly in excess of any fortune. Jerome was still a solicitor's clerk from ten till six each day. 'I would buy a chop or a steak on my way home and have it fried with my tea. The London lodging-housekeeper has but one culinary utensil – a frying-pan. Everything goes into it, and everything comes out of it tasting the same. Then, the table cleared, I would get to my writing.' And quite apart from his essays, his play-writing had now produced a result. He had a one-act comedy called *Barbara* which he dearly wanted to see performed, but in lieu of this event Jerome contracted the 'first-night habit'. Playgoing became his major recreation, although he was still reading some law.

At this time, in 1886, Queen Victoria's Golden Jubilee was fast approaching, and the literary temperature, too, was feverish. Hardy's *The Mayor of Casterbridge* had just been published, and was soon to be followed up with *The Woodlanders*. Stevenson had published both *Dr Jekyll and Mr Hyde* and *Kidnapped* that year, and London was months away from meeting Mr Sherlock Holmes in *A Study in Scarlet*. Conan Doyle, too, was a young writer in town, he and Jerome having been born in the same year. Although JKJ was excited by the future, and was well aware of greatness in others, one feels he knew his limitations. Greatness at this time was less of a goal than popular success, as for this he was quite determined. He worked on with essays, articles and dialogue, deferring for now the time when he would strive for a full-length work, and possibly even the creation of memorable characters – one of the hallmarks, in his opinion, of a fine novel.

Jerome was working and thinking hard, though the key essay in his *Idle Thoughts* book is, naturally enough, 'On Being Idle'; although he greatly enjoyed the cognomen of 'idler', however, his definitions were strict: 'There are plenty of lazy people and plenty of slow-coaches, but a genuine idler is a rarity. He is not a man who slouches about with his hands in his pockets. On the contrary, his most startling characteristic is that he is always intensely busy.'

Chapter 8

Dramatic Breakthrough

The theatre became of increasing importance to Jerome, and he and George Wingrave would see new plays whenever they got the chance. Booking – even for first nights – does not seem to have been the norm in Jerome's theatre-going experiences; there were other ways of securing a decent seat: 'With experience, some of us learned the trick of squirming our way past the crowd by keeping to the wall. The queue system had not yet been imported. It came from Paris. We despised the Frenchies for submitting to it.'

'First-nighting' was a popular hobby, shared by quite a few like-minded young men about town. After a while they began to nod to one another at this première or that, and upon one occasion a conversation was struck up between Wingrave and Jerome on the one hand, and one more enthusiast. – Carl Hentschel – on the other. He went back with them to their rooms on several occasions after that; books and theatre were discussed, and many pipes smoked.

This proved to be one more strong friendship for Jerome, and the trio formed the nucleus of a series of theatre-goers' clubs, beginning with the Old Vagabond Club, and developing into the Playgoers Club. Other members included Philip Bourke Marston, a young blind poet, and Coulson Kernahan – both of them contributors to *Home Chimes*. These two men also became loyal friends of Jerome, the club congregating either in Philip Marston's rooms in Euston, or else in a coffee house in Holywell Street – a street, incidentally, renowned as the centre of London's pornographic book trade, such ill-fame continuing until the road was eventually demolished to make way for the Aldwych. There is no record of whether Jerome was aware of this state of affairs, but as an alert young man about town, it seems unlikely that the news had failed to reach him. Despite his Puritan upbringing, it seems likely that he knew and did not care, though quite why Holywell Street was singled out for the excellence of its coffee house in the seat of such teeming rivalry remains a faintly tantalizing question. However, the man who preceded Jerome in the presidency was possibly the one who established the venue – Addison Bright, who later went on to become one of the very first theatrical agents; he was to handle the affairs of many playwrights of the day, including Jerome. The idea was then a new one, the current practice being that actors and writers would deal direct with the management.

This was the method now used by Jerome to market his first play, though a little influence still went a long way; he used a slight acquaintance with the actress Rose Norreys in order that he might at least be sure of *Barbara* being read. It was a comedy – a one-acter that would run only twenty minutes – and Jerome was as anxious as a father. Miss Norreys liked the play, took it direct to Charles Hawtrey, the actor-manager, and, according to Jerome, stood over him until he had finished the reading. Hawtrey, fortunately for him, also liked the play, and wrote to Jerome asking him to call the following Tuesday at twelve o' clock noon. And to make no mistake about it, he underlined 'noon'. Consequently on the appointed day Jerome arrived at the Globe Theatre at 11.40 a.m. Hawtrey, the doorman said, was not in. Jerome replied airily that this did not matter for he, Jerome, was early. He sat down to wait. He waited three-and-a-half hours.

'I'm so sorry,' said Hawtrey upon his arrival. 'I thought it was Monday.'

Although Hawtrey had made a fair deal of money upon a few occasions, he was never very good at handling it, more than once finding himself in the Bankruptcy Courts, where he came to be known as 'the late Mr Charles'. Jerome remarks in addition: 'but he was always so charming . . . that one generally forgave him'. This picture of an endearing and eccentric old codger does not quite square, however, when it is realized that while Jerome was now twenty-seven years old, Hawtrey was a senile twenty-eight. Anyway, he told Jerome that he liked *Barbara* immensely, and that he would like to produce it at the Globe. The Globe was doubtless grateful that Hawtrey's brother George was in charge of the financial side of things, and Jerome was now despatched to this alternative Hawtrey, so that terms might be discussed. The affable Charles had advised Jerome thus: 'He will want you to sell it outright. Take my tip and don't do it.' And sure enough, George did, and Jerome didn't. The hundred pounds offered was tempting, though eventually resisted. This proved a wise decision, for although today the play is completely unknown, at the time it ran on and off for years.

Jerome, inspirited as always by success, proceeded to write another play, *Sunset* – or, more accurately, to adapt Tennyson's 'The Two Sisters' for the stage; this was performed at the Comedy Theatre. *Idle Thoughts* was still selling well – 'I was getting a royalty of twopence-halfpenny a copy, and dreamed of a fur coat' – the Playgoers Club thrived, and Jerome still found time to jot down one or two letters to *The Times*.

One of these concerned cruelty to animals, a matter with which Jerome was becoming increasingly incensed, as he did with any oppression of the helpless. Published on 31 December 1885 the letter ran thus:

> Can no one be made responsible for the gross cruelty that is daily inflicted upon London horses? I suppose a vestry (which, like a corporation, has no soul to be damned and no body to be kicked) cannot be punished for its brutal supineness; but is there no official whose humanity and sense of duty might be quickened by a weeks' hard labour or a fine? In this damp, foggy weather the oily slime known as London mud lies an inch deep on every thoroughfare, and over its slippery treacherous surface the tortured horses have to fight and struggle with their heavy loads. The sight of these brave, patient, willing creatures panting and straining at their traces, their muscles stretched to the utmost tension, their every nerve twitching with terror and pain, and their gentle eyes so full of trouble, is a disgrace to a Christian people.

A few cartloads of gravel sprinkled over the streets would remove the daily horror from our midst. I do not ask that this should be done for the sake of humanity. That would be idle to expect. But the injury caused to valuable animals must be considerable, and, in the sacred name of property, I plead that their sufferings may be relieved.

This forceful letter is interesting for the many facets of Jerome's character that it betrays. It is the sort of letter that Victorian gentlemen found embarrassing; even some today would hesitate to put their names to it. The adjective-ridden outpouring was almost shrill, and things were said here that simply were not discussed. Jerome had a conscience at a time when a display of emotion was unseemly. He even puts forward a solution to the problem of the London mud – a solution so simple, and yet one which he must have known would never be taken up. The hint of radicalism in his advocacy of 'hard labour' as a punishment is more than balanced by the cynical plea to Mammon at the end of the letter, a show of his unashamed stirrings of socialism. His whole idea of Christianity, too, is summed up in the letter, for by now he saw this as a philosophy of caring and ethics, and quite divorced from the fear, hypocrisy and superstitions of any conventional religion. The feeling in the outburst is very real, and not merely the 'outraged' observation of a Londoner. This letter, clearly, was no mere contrivance to penetrate the correspondence columns of *The Times*. This time, he meant it.

By now the theatre had very much taken over from journalism, and Jerome's next endeavour in this direction was *Fennel* – another adaptation, this time from François Coppée's *Le Luthier de Crémone*. It was a sort of epic romance, well stocked with breast-beating oaths and repeated avowals of eternal devotion from all and sundry. It was not quite on a par with *Romeo and Juliet*, but this, one gathers, was the sort of impression that was intended. Alan Aynesworth was the leading man in this production at the Novelty Theatre, and Jerome was very pleased with the choice, for Aynesworth was apparently 'a fine, dashing good-looking young fellow', just as the author had decreed he should be. He played a character called Sandro, a romantic lover, and all through the rehearsals he was magnificent, but on the first night, when Jerome was calmly trembling in the wings, it became clear to him that Aynesworth had contracted stage-fright. He was gibbering badly. By the time he reached his long soliloquy Aynesworth had gone blank and had difficulty in maintaining an upright position. Jerome had been particularly proud of this speech, taking great care with his meticulous and self-taught French to render Coppée's poetry into good English blank verse. Aynesworth's memory, however, had deserted him, and he shook like a leaf. Jerome hardly dared look through the fingers of an agonized hand, in anticipation of the blighted Aynesworth's drying up. Which he failed to do. He went on, and on, making up most of it as he went. Jerome recalls: 'Bits of it, here and there, were mine; most of it his own; a good deal of it verses and quotations that, I take it, he had learned at his mother's knee.' Jerome was stage-shouting to everyone and anyone to stop him, 'but he would finish, and threw such fervour into the last few laps, that at the end he received a fine round of applause. "Sorry I forgot the exact lines," he said to me as he came off. "But I was determined not to let you down.'"

There is no record of whether Jerome's own plays were discussed by the Playgoers Club – possibly they were, on evenings when JKJ found it impossible to attend – but the club prospered, and it was through one of the founder members, one Heneage Mandell, that Jerome found himself working upon another series of essays concerning the stage. Mandell worked for a printing company, and had persuaded them to start up a new paper called *The Playgoer*. For this, Jerome wrote a series of unsigned articles under the umbrella title 'Stageland'. Each essay was a humorous excursion into the habits and attitudes of the standard stage characters – the Hero, the Villain, the Adventuress, and so on. They gained quite a reputation in *The Playgoer*, and as usual, Jerome began thinking about book publication. No one, however, was very keen, for the entire series amounted to only fourteen very brief essays which would make a slim and – in the view of publishers – rather unprofitable book. It seems that Jerome did not pursue the point with any vigour, but he did recruit the services of a twenty-five-year-old artist called Bernard Partridge, who illustrated each of the essays in a strong and distinctive style, soon to be familiar in the pages of *Punch*. Then the two men published the book at their own expense and initiative.

The essays themselves underline the rather grim state of the stage in the 1880s, for the fact that each cliché character was so quickly recognized by the reader demonstrated clearly the current and pressing need for new life in the theatre. Wilde was as yet unknown, and Shaw's first play was four years away – Shaw at the time contenting himself with being wittily rude about other people's efforts in his role as drama critic. Jerome's cameos of stock characters were seen to be a very amusing indictment of the present stalemate. Of the Stage Hero, Jerome says that he 'never has any work to do. He is always hanging about, and getting into trouble. His chief aim in life is to be accused of crimes he never committed, and if he can muddle things up with a corpse, in some complicated way, so as to get himself reasonably mistaken for the murderer, he feels his day has not been wasted.' He is also given to 'bullyragging the villain' who 'wears a clean collar and smokes a cigarette; that is how we know he is a villain'. He also wears a top hat, and a moustache which he is given to twirling, and although the Stage Heroine 'hates him and insults him to an extent that is really quite unladylike', his love for her is 'sublime in its stead-fastness'. For her own part, the Heroine 'is always in trouble – and don't she let you know it too . . . We all have our troubles, but the Stage Heroine never has anything else. If she only got one afternoon a week off from trouble, or had her Sundays free, it would be something . . . She weeps a good deal during the course of her troubles, which, we suppose, is only natural enough, poor woman. But it is depressing from the point of view of the audience, and we almost wish, before the evening is out, that she had not got quite so much trouble. It is over the child that she does most of her weeping. The child has a damp time of it, altogether.'

45

The catalogue continues with the Comic Man, who 'follows the hero all over the world. This is rough on the hero. What makes him so gone on the hero is that, when they were boys together, the hero used to knock him down and kick him. The comic man remembers this with a glow of pride, when he is grown up; and it makes him love the hero and determine to devote his life to him.'

The Stage Lawyer is 'very old, and very long, and very thin. He has white hair. He dresses in the costume of the last generation but seven . . . His favourite remark is "Ah!"' The other characters, quite as painstakingly perceived, are the Adventuress, the Servant Girl, the Peasants ('so clean'), the Good Old Man, the Irishman ('He says "Shure", and "Bedad", and, in moments of exultation "Beghorra". That is all the Irish he knows.'), the Detective, and the Sailor, who 'does suffer so with his trousers'. In his autobiography, Jerome said of these: 'They were well known characters. All now are gone. If Partridge and myself helped to hasten their end, I am sorry. They were better – more human, more understandable – than many of the new puppets who have taken their place.' This was rather a strange and inconsistent summing-up, for the original sketches went to great lengths to illustrate and satirize how completely divorced from reality these dummies were, but perhaps it was prompted by Jerome's later lack of sympathy for the 'new puppets'. Jerome was also a little premature in writing their obituary, for many made a return quite regularly.

The book was a little more than moderately successful, and the collaboration with Bernard Partridge, who shared a studio with fellow 'Playgoer' Addison Bright, evolved into quite a strong friendship, though this was marred some years later by an error of judgment on the part of Jerome, to which he afterwards owned. It appears that Bernard Partridge ('one of the handsomest men in London') was something of an actor as well as an artist, and as such was billed to play the part of a journalist in *The Prude's Progress*, a play which Jerome had written with Eden Philpotts. George Hawtrey, however, drew Jerome aside, and put his view that the play stood to make everyone's fortune, provided Partridge was dropped from the cast. It was not that he was bad, it was just that he was 'not right'. Jerome had been of the opinion that Partridge would have played the character 'to perfection'. Unfortunately – and Jerome made no excuse for his action – he listened to the advice. 'To cut a sad story short, I put it to Partridge, and, of course, he agreed. But he never forgave me; and I have always felt ashamed with myself for having done it.' In his memoirs, Jerome thus concludes the unhappy affair: 'I content myself, here, with saying that he was right and I was wrong.'

At the time of *Stageland*, however, all was sweet between them. The whole business of publishing absorbed Jerome, though the injustices of the Copyright Law (or lack of it) were just beginning to irritate. This subject, along with the antics of critics, proved to be a recurrent theme. The copyright business, though, prevented Jerome from ever becoming a rich man, for in England *Idle Thoughts* had now sold about 15,000 copies, for which he had received £150; but here was the rub: 'America did me the compliment of pirating the book, and there it sold by the hundred thousand. I reckon my first and worst misfortune in life was being born six years too soon: or, to put it the other way round, that America's conscience, on the subject of literary copyright, awoke in her bosom six years too late for me.'

It will be gathered from this that by 1892 the transatlantic situation was improved, though even this was too late for several more of Jerome's works, including his most famous. The business of unauthorized translations was also soon to move him to a quiet and articulate fury, though for now he contented himself with these comments in *The Times* on 14 October 1887, correcting an eminent author's assumptions with regard to the American situation. It is clear that Jerome had already studied the question in some depth:

> Mr Rider Haggard is wrong in believing that 'copyright can be extended to the citizens of any (foreign) country by a simple Order of Her Majesty in Council'. It can only be extended to the citizens of those countries that secure reciprocal protection to British Authors (7 and 8 Vic., clause 14), and I, for one, am glad that this is so. It is useless appealing to honour and justice in this world. Selfishness is the only thing that can be worked upon. No assistance (as by prior publication in this country) ought to be afforded to the American author whatever, and then we should quickly have them and their publishers stumping the States with invocations for honest laws.
>
> As things stand at present, it would be best for a popular author to take up his residence in the United States as a naturalized American subject, and then by the prior publication dodge he would secure both copyrights.

Or otherwise, any book by an English author first published in England becomes fair game for the Americans. This letter to *The Times* is a direct result of his indignation over the pirating of *Idle Thoughts of an Idle Fellow*. With Jerome, this question was very much one of principle. Certainly, he would not have turned down the large amounts of money payable from American publication, for he saw this as his justly earned due. Not only was he receiving nothing, however, but the American publishers were making a small fortune from his work; this he regarded as the ultimate dishonesty, and he commenced a vigorous campaign in opposition to this iniquity, for the protection of himself as well as of his fellow authors – not many of whom, incidentally, seemed to have been much bothered one way or the other, viewing the whole situation as a fact of life. Jerome, however, seems to have been the victim of ignorance, for there was a method of avoiding this situation, provided that it was done prior to publication of the work; this was to arrange precisely simultaneous publication in England and America, which automatically secured for the writer copyright in both countries. This tactic was employed by Oscar Wilde and others, but it seems unlikely that Jerome at the time under debate had sufficient literary prestige to accomplish such an arrangement, even assuming that he was aware of its feasibility.

Some years earlier, the financial aspect might have been paramount, but now Jerome was no longer poor. However, he was still a clerk in the daytime, although the recent death of his boss had curtailed Jerome's plans of studying for the bar, as this man had been his chief encouragement; in this capacity he earned twenty-five shillings per week. About another pound a week was coming in from *Idle Thoughts* – in small, and occasional, lump sums – and he received about a guinea for each of his essays. This, though in no sense largesse, was more than enough to keep a young man's head above water. Jerome's personal library was fairly meagre, however – much to his regret – as books for the people were only affordable if they were the shilling, half-crown, and three-and-sixpenny publications, sold mainly on the railway book-stalls. Full-blown three-decker novels (by such as Hardy or George Eliot) still cost the staggering sum of thirty-one and six, or half-a-guinea per volume. These were bought only by a very rich élite, or else by the circulating libraries. On the brighter side, a decent French-bottled claret might have been had for a pound the case, oysters were under a shilling a dozen, and the fare for a return trip to Brighton – that essential periodic breather for Metropolitan man – was four shillings. One could, then, live quite decently.

And Jerome did, in his way. Cosy evenings were quite the norm. George Wingrave and Carl Hentschel would be typical company, with possibly J M Barrie or one or two others dropping in. There is no doubt that this is the way that Jerome liked to spend an evening: good company, good tobacco and cigars, good wine and whisky. The tradition goes as far back as Johnson, and in late nineteenth-century London it would appear to have reached its zenith. Conan Doyle celebrated it in the opening of almost every Holmes story, and Barrie positively glorified it with *My Lady Nicotine* – a fanfare of essays about smoking and cosy male camaraderie, published in the *St James's Gazette*, and later in book form by Hodder & Stoughton. The book is wholly Jeromian in content and style; it is just the sort of thing the 'Playgoers' would have approved of. It enters all the strange and mystical delights of the Art of Smoking, and celebrates above all the supremacy of 'The Arcadia Smoking Mixture': 'One need only put his head in at my door to realize that tobaccos are of two kinds, the Arcadia and others. No one who smokes the Arcadia would ever attempt to describe its delights, for his pipe would be certain to go out.' It will be seen from the titles of the essays – 'My Pipes', 'My Tobacco-Pouch', 'My Smoking Table', 'The Romance of a Pipe Cleaner', and 'How Heroes Smoke', to name a few – that these are very much written by a man, for men. This is the key; the best sort of man was a man's man. Jerome seemed to share this view. Women were either delightful and pretty young things, there to be wooed by a gallant, silly things in twos who found it impossible to select a fabric without reducing the vendor to despair, or else they simply got in the way of a man's business. Unless, of course, they were wives. Wives became 'saintly' the moment the ink was dry on the marriage certificate. They became alabaster princesses who could do no wrong; they were wise, and they indulged the boyish follies of their husbands with kindly toleration and fondness. They seemed, as a class, rather boring, though no one said so.

Dramatic Breakthrough

One of Jerome's *Idle Thoughts* is entitled 'On Being in Love'. He is discussing the decline of man's ardour as the years advance, and says: 'Alas, alas! e'er thirty, he has joined the ranks of the sneerers. It is not his fault. Our passions, both the good and the bad, cease with our blushes. We do not hate, nor grieve, nor joy, nor despair in our thirties like we did in our teens. Disappointment does not suggest suicide, and we quaff success without intoxication.' This was written when Jerome was twenty-five, at a time when there is no record of his having been out with any female to whom he was unrelated. Worldly wisdom – or a prophetically clear image of it – came soon and easily to the Victorian young man.

But the sands upon which the bachelor brotherhood was founded were shifting. Jerome was now engaged in producing his first full-length play – a four-acter (as was the current style) called *Woodbarrow Farm*. It was to be performed at the Comedy Theatre, and quite a cast had been assembled, including Frederick Harrison, who later became a manager. Bernard Partridge had been cast at a late moment for the hero's part – a complete reversal of the situation that was soon to arise and cause a rift. The play proved to be quite successful with the public, though one or two of the critics leapt upon the truth that some of the characters bore a remarkable resemblance to those so ably parodied in *Stageland*. Jerome soon took the play on tour, and was quite happy to have just contracted an actress named Mary Ansell to play one of the leading roles. It was then that Jerome received an urgent request from Barrie, who was also producing a new play, for which he desperately needed a leading lady. 'He didn't want much. She was to be young, beautiful, quite charming, a genius for preference, and able to flirt. The combination was not so common in those days. I could think of no one except Miss Ansell.'

Barrie was a good friend, and Jerome realized too that the role in Barrie's play would do far more for Mary Ansell in the way of furthering her career. Jerome cancelled her contract, and sent her over. She must have proved to be everything Barrie required, and a little more, for the next time he and Jerome encountered, Mary Ansell was introduced to him as Barrie's wife. A fruitless and rather void marriage, as it turned out; Barrie soon set about changing the very qualities in Mary Ansell that he had first divined; he later wondered at his ever marrying, finding far more fulfilment in his Kensington Gardens 'lost boys', and the first lady of his life, nicotine.

Marriage, though, was seen to be one of the rungs on the ladder; even the most clubbable gentleman went for it eventually. And neither had Jerome been completely negligent in this area, for he had been quietly – in between pipes – courting a young lady. He was also clerking and writing a good deal, so he possibly could not have afforded the thing all the attention that he felt it deserved. However, as he said in 'On Being in Love', 'love is like the measles; we all have to go through it. Also like the measles, we take it only once.' Many might demur at that sentiment, but Jerome evidently believed it, and it seems to have been true in his own particular case. Anyway, having contracted this particular disease, he determined to go through with the thing, and in 1888 he married Georgina Henrietta Stanley at St Luke's Church, Chelsea. Although

49

Jerome's diverse interests had brought him into a great deal more social contact than formerly, there is no record of his having been intimate with any other young lady prior to Georgina (or, indeed, afterwards), nor is it clear how they met. It must surely have been through some perfectly correct introduction, for it is impossible that Georgina had any association whatever with the stage or the world of journalism. She was the daughter of a Spaniard, one George Nesza, a lieutenant in the army, while her mother was Irish. At the time of Georgina's marriage to Jerome, however, both parents were dead. She seems to have been a quiet and very devoted lady, and it appears more than possible that Jerome perceived in her many of his mother's qualities.

George Wingrave concentrated hard upon his role of best man, and also upon being quite appalled by the whole caper. He did not really believe it was happening. He was delighted for Jerome's happiness, and all the rest of it, and he said as much in his speech, but amongst all this there seems to have been a slight undercurrent of pique, and certainly much amazement. The newly married couple took a flat in Chelsea Gardens, and George commenced missing his dear old friend; after all, they had lived in the same room for many years. One recalls the frisson caused by Dr Watson's marriage; it pre-empts the atmosphere caused by Bertie Wooster, discussing with Jeeves one or other of his engagements. Jerome's marriage had about it the element of divorce.

Georgina was, by all accounts, a very quiet and 'saintly' woman. What is not popularly known, however, is that at the time of her espousal to Jerome she had a five-year-old daughter from a former marriage. The girl had been named Georgina, but was known within the family by her middle name, Elsie. At no time at all throughout Jerome's memoirs of this period does he ever make mention of the previous marriage, and nor does any of his contemporaries. It would be quite in character for Jerome to have married a woman in a predicament because of this very state, rather than despite it, for then he would become the buttress – a prospect that never displeased him. The fact that he chooses not to mention the situation, however, suggests otherwise, although this silence could have been in consideration of Georgina's feelings. It is not even clear whether Jerome was or was not instrumental in the divorce of Georgina from her first husband, Marris, as it is impossible to ascertain for how long the two had been living separately prior to the advent of JKJ. It is certain, though, that it was Georgina's full and sole intention to marry Jerome as soon as she was free do do so, for the divorce itself – filed as it was by Georgina – became absolute on the 12 June 1888, and she was married to Jerome just nine days later, when both were twenty-nine years old.

From the outset of their marriage, there was always a woman to care for the child, and little Elsie seems to have intruded not at all in the day-to-day life of the Jeromes. She did not accompany them on their brief honeymoon, understandably, though neither does she seem to have accompanied them at any other time. Or, if this were not the case, her presence was never mentioned.

For Georgina's part, she never seems to have got over her love for and gratitude to Jerome for having made her his wife, and, quite simply, she set about dedicating her life to him. Jerome was still writing essays, but he had now given up his job at the solicitor's, in favour of devoting himself to full-time writing, and was encouraged in this by his wife. As he says in his memoirs of the period: 'She is half Irish, and has a strain of recklessness.'

After a while, for one reason and another, Jerome felt he needed a holiday. And possibly pursuant of his new life as a *real* writer, it was decided that this should be a holiday not at all in any way innovative, but the like of which he had had a few times before – a pull up the Thames, with male company and pipes. Jerome asked old George Wingrave whether he was interested, and George jumped at the idea; Carl Hentschel was to make up the party to three.

The Thames holiday was to be a fairly lengthy, methodical and thorough affair. And upon this occasion, Jerome had decided to make notes, for he thought there might possibly be a book in it.

Chapter 9

To Say Nothing of the Dog

'Three, I have always found, makes good company. Two grows monotonous, and four or over breaks up into groups.'

Nonetheless, three did prove to be quite a crowd. The idea was that in the early spring of 1889 this trio of eminently respectable pillars of the middle-class community should take a boat at Kingston, thenceforth to float wherever fancy might take them – which very nearly turned out to be Oxford and back. The book Jerome had in mind was to be called *The Story of the Thames*, a history, with one or two anecdotes; however, this is not the book that developed.

There was much preparation to be done before the trip could get under way. Jerome was very big on preparation. The three met one evening to plan the thing out, and to decide when best they could jettison their jobs, for George Wingrave was by now the manager of a bank, and Carl Hentschel was very actively engaged in his father's photography business – his father being the very Hentschel who perfected the technique of photo-etching, the process by which photographs could be printed in newspapers. Jerome was now freelance, it was true, but he was also married, and therefore diplomatic timing became an issue; the Thames trip, of course, was to be work and by no means play.

All three had been up the river before, and none was as inexperienced as the eventual narrative would lead the reader to believe. Something of the earlier boating ventures can be learnt from *Three Men in a Boat* itself, the anecdotes, of course, only very slightly coloured. To say this invokes the same ironic tone as employed by Jerome himself during the course of the preface of the book. 'Its pages', he says, 'form the record of events that really happened. All that has been done is to colour them; and for this, no extra charge has been made. George and Harris and Montmorency are not poetic ideals, but things of flesh and blood – especially George, who weighs about twelve stone.' With this preface, and by means of the use of the first person and diary-like mode of writing, Jerome seeks to impress upon us the veracity of the incidents, and he continues to do so throughout the narrative. And, up to a point, it is so. Wingrave, Hentschel and Jerome really did go up the river, several times, and doubtless many amusing occurrences befell them. *Three Men in a Boat* is an amalgam of all these – although very largely the story of the present trip – together with a very goodly portion indeed of the exaggerations and inventions of the raconteur. It is difficult – one might say impossible – to disentangle the real from the imaginary.

Accepting, then, that the work is fiction loosely based on fact it is suitable to chart the course of the real expedition of 1889 with the aid of the adventures of the (semi-fictional) three men – George (Wingrave), Harris (Hentschel), and 'J' – for as the author himself tells us yet again, and this time in his much later autobiography, 'Now I come to think of it, the book really was a history. I did

52

not have to imagine or invent. . . I just put down the things that happened.'

We have said nothing of the dog; Montmorency was the only wholly fictional character in the book, for Jerome had had no pet since his school-days, when he had enthusiastically cosseted a water-rat – which, he tells us in his memoirs (with as much seriousness as one chooses to accept) 'next to my mother I loved more than anybody in the world'.

First their previous boating exploits. As a lad, 'J' (Jerome, as near as damn it) 'devoted three months to rafting . . . but it does not give you style. It was not till I came to the Thames that I got style. My style of rowing is very much admired now. People say it is so quaint.' George first tried this rowing business at the more mature age of sixteen, when he was briefly one of an eight. The attempt could not be termed successful – indeed, for George it proved to be just one blessed thing after another. The culmination came when the boat 'passed under Kew Bridge, broadside, at the rate of eight miles an hour. . . George, on recovering his seat, tried to help. . . but, on dropping his oar into the water, it immediately, to his intense surprise, disappeared under the boat, and nearly took him with it. And the "cox" threw both rudder lines overboard and burst into tears.'

J had done a bit of punting too, though neither did this prove to be as glorious as it might have done, due to punter and pole contriving to quite dissociate themselves from punt, this rift precipitating a sad and watery end. The current trip, however, would not be like that. It would be ordered, dignified, and significant: a suitable background for historical research.

It was 'arranged to start on the following Saturday from Kingston. Harris and I would go down in the morning, and take the boat up to Chertsey, and George, who would not be able to get away from the City till the afternoon (George goes to sleep at a bank from ten to four each day, except Saturdays, when they wake him up and put him outside at two) would meet us there.'

The unresolved question, however, was whether to camp out, or sleep at inns. J tells us in his engagingly slangy way that 'George and I were for camping out. We said it would be so wild and free, so patriarchal like.' He goes on to paint a more specific picture of how it would be – a gently romantic picture, chock-a-block with 'quiet nooks', 'Night's ghostly army', 'frugal suppers' and 'pipes', to say nothing of the silver arms of the moon. To which Harris rejoined: 'How about when it rained?' As J explains, 'you can never rouse Harris. There is no poetry about Harris.'

However, George and J are reluctantly forced to agree that there is at least a modicum of wisdom in the philistinism of Harris. J recalls that 'camping out in rainy weather is not pleasant', and proceeds to tell us why:

> It is evening. You are wet through, and there is a good two inches of
> water in the boat, and all the things are damp. You find a place on
> the banks that is not quite so puddly as other places you have seen,
> and you land and lug out the tent, and two of you proceed to fix it.
>
> It is soaked and heavy, and it flops about, and tumbles down on
> you, and clings round your head and makes you mad. The rain is

pouring steadily down all the time. It is difficult enough to fix a tent in dry weather; in wet, the task becomes herculean. Instead of helping you, it seems to you that the other man is simply playing the fool. Just as you get your side beautifully fixed, he gives it a hoist from his end, and spoils it all.

At this point the invectives ensue; the two men are getting wetter, while the tent gets nowhere. 'Meanwhile the third man, who has been bailing out the boat, and who has spilled the water down his sleeve, and who has been cursing away to himself steadily for the last ten minutes, wants to know what the thundering blazes you're playing at, and why the blarmed tent isn't up yet.' Eventually, the tent rises, but the worst is to come: 'your tobacco is damp, and you cannot smoke. Luckily you have a bottle of the stuff that cheers and inebriates if' – Jerome adds with typical rectitude – 'taken in proper quantity.'

By morning, of course, the tent has blown off into hell, and the campers struggle up, muddy trampled wrecks. 'You are all three speechless, owing to having caught severe colds in the night; you also feel very quarrelsome, and you swear at each other in hoarse whispers during the whole of breakfast time.'

In the light of this exposition, it was decided that the three would camp out only in fine weather – and then in a hooped boat – while electing for hotels and similar in the exceeding unlikely event of inclemency. The thing to do now, of course, was to discuss what they should actually take. However, 'Harris said he'd had enough oratory for one night,' and confided in the other two that he had discovered a little place nearby purveying a whisky worthy of the name. There was still, though, much to talk over, and therefore 'the assembly put on its hats and went out'.

The following day, the business resumed. George was all for making a list, which put J in mind of his old Uncle Podger. Uncle Podger was an insufferable old fellow with a leaning towards the supervisory – a trait inherited by J, not to say Jerome. It seems likely that the fictitious Uncle Podger is an incarnation of the more infuriating side of his creator, for Jerome identifies wholly with the man's hopelessness and obsessions, and always appears to enjoy the joke hugely. Uncle Podger, though, did tend towards the extreme; he literally could not put a nail in the wall without involving the wrath and tears of his entire family, not to mention the fate of the wall. The anecdote concerning this gentleman that most illuminates his character in relation to the present circumstance, however, is to be found in *Three Men on the Bummel* – the chronicles of a later trip, this time on bicycles, involving the same three heroes. The correct method of planning the necessities for a trip, J, George and Harris were agreed, was to get them all down on paper; Uncle Podger was also of this opinion – indeed, he pioneered the whole scheme:

'Always before beginning to pack,' my uncle would say, 'make a list.'
He was a methodical man.
'Take a piece of paper' – he always began at the beginning – 'put down on it everything you can possibly require; then go over it and

see that it contains nothing you can possibly do without. Imagine yourself in bed; what have you got on? Very well, put it down – together with a change. You get up; what do you do? Wash yourself; what do you wash yourself with? Soap; put down soap. Go on till you have finished. Then take your clothes. Begin at your feet; what do you wear on your feet? Boots, shoes, socks; put them down. Work up until you get to your head. What else do you want besides clothes? A little brandy; put it down. A corkscrew; put it down. Put down everything, then you don't forget anything.'

That is the plan he always pursued himself. The list made, he would go over it carefully, as he always advised, to see that he had forgotten nothing. Then he would go over it again and strike out everything it was possible to dispense with. Then he would lose the list.

This is more or less the procedure adopted. J, wise man, urged the necessity of travelling light. Quite apart from the practical side of such a policy, there was room for allegory, too, and the Jeromian philosophy emerged: everything apart from the (almost) strictly necessary was lumber, which in life includes 'big houses', 'useless servants', 'swell friends', 'expensive entertainments that no one enjoys', 'formalities and fashions', 'pretence and ostentation', and 'oh, heaviest, maddest lumber of all! The dread of what will my neighbour think.' J urges everyone to throw overboard such lumber, that the frail craft might then float easier, and proceeds to tell us the right way to live, the advice remaining just this side of cant due to the humorous postscript:

Throw the lumber over, man! Let your boat of life be light, packed with only what you need – a homely home and simple pleasures, one or two friends, worth the name, someone to love and someone to love you, a cat, a dog, and a pipe or two, enough to eat and enough to wear, and a little more than enough to drink; for thirst is a dangerous thing.

The discussion between the three at present, however, was rather less high-flown, for George was muttering about socks and under-things, and then announced that 'two suits of flannel would be sufficient as we could wash them ourselves in the river, when they got dirty. We asked him if he had ever tried washing flannels in the river, and he replied: "No, not exactly himself like; but he knew some fellows who had, and it was easy enough;" and Harris and I were weak enough to fancy he knew what he was talking about, and that three respectable young men, without position or influence, and with no experience in washing, could really clean their own shirts and trousers in the river Thames with a bit of soap.'

They chatted about food and drink after this – meat, eggs, pies and the rest of it. And some whisky. 'We didn't take beer or wine. They are a mistake up the river. They make you feel sleepy and heavy.' The next day, all the stuff was gathered together in a pile; all that remained to be done was to cram it into a 'Gladstone and a couple of hampers'. J, like his Uncle Podger, rather prided himself on packing. He regarded it as one of the many things he could do really well. 'I impressed the fact upon George and Harris and told them that they had better leave the whole matter entirely to me. They fell into the suggestion with a readiness that had something uncanny about it. George put on a pipe and spread himself over the easy chair, and Harris cocked his legs on the table and lit a cigar.' Which was not what J had intended at all; they were to bustle about, while he instructed, cajoled and edified. This was his generous way, as he expounds in this classic confession of an 'idler': 'I can't sit still and see another man slaving and working. I want to get up and superintend, and walk round with my hands in my pockets, and tell him what to do. It is my energetic nature. I can't help it.' George and Harris were having none of this, however, and so there was no help for it; J set to. The job was a lengthy one, but finally it was done, and so was J. The bags were strapped, and not before time.

'Ain't you going to put the boots in?' said Harris.
And I looked round, and found I had forgotten them. That's just like Harris. He couldn't have said a word until I'd got the bag shut and strapped, of course. And George laughed – one of those irritating, senseless, chuckle-headed, crack-jawed laughs of his. They do make me so wild.'

Tempers were thinning. The boots were packed, and the bags re-strapped. Then they were opened once more to check upon the presence or otherwise of a toothbrush, and again to extract a tobacco-pouch. 'When I had finished, George asked if the soap was in. I said I didn't care a hang whether the soap was in or whether it wasn't.' It was that sort of evening. George and Harris now assaulted the hampers, contriving unspeakable feats with tomatoes, strawberry jam and butter. By ten minutes to one, on the morning of their departure, the packing was done. They debated whether to get up at six or seven, settled on six thirty, and overslept till nine. J and Harris were first to regain consciousness, though George snored on. The idler reappears: 'I don't know why it should be, I am sure, but the sight of another man asleep in bed when I am up, maddens me.' George, therefore, was roused, and none too gently. He had to go to the City that morning, but decided that there was still time for breakfast, over which he 'got hold of the paper and read us out the boating fatalities, and the weather forecast, which latter prophesied "rain, cold, wet to fine" (whatever more than usually ghastly thing in weather that might be), "occasional local thunderstorms, east wind, with general depression over the Midland Counties (London and Channel). Bar. falling."' The whole thing maddened J, and it seems that the science or otherwise of meteorology has since improved not at all.

Quite apart from being funny this fit of petulance has also the power to involve the common man with the trials of the hero – who is, of course (and this is the point), no hero at all. Then as now, the reader enjoyed acknowledging his acquaintance with everyday horrors, and Jerome now catalogues another, proving that many irritations of the period are still very familiar. George eventually staggered away to the bank, while J and Harris spent a long, long time awaiting a hackney. 'At last an empty cab turned up (it is a street where, as a rule, and when they are not wanted, empty cabs pass at the rate of three a minute, and hang about and get in your way).' The plan was to take the cab to Waterloo for a train to Kingston, and then a boat to pastures new. All was to be plain, as it were, sailing.

'We got to Waterloo at eleven, and asked where the eleven five started from. Of course nobody knew; nobody at Waterloo ever does know where a train is going to start from, or where a train when it does start is going to, or anything about it.' J and Harris asked everyone in sight, and they were all quite vague. Eventually they approached the driver of a train, and asked whether he was indeed the eleven-five for Kingston. 'He said he couldn't be certain of course, but that he rather thought he was. Anyhow, if he wasn't the eleven five for Kingston, he said he was pretty confident he was the nine thirty-two for Virginia Water, or the ten a.m. express for the Isle of Wight, or somewhere in that direction, and we should all know when we got there. We slipped half-a-crown into his hand, and begged him to be the eleven five for Kingston.'

The driver took the point, to say nothing of the two-and-six, and before long the two travellers were safely delivered to Kingston by what turned out to be the Exeter Mail. The boat was waiting at the bridge, and 'with Harris at the sculls and I at the tiller-lines, and Montmorency, unhappy and deeply suspicious, in the prow, out we shot on to the waters which, for a fortnight, were to be our home'.

And this was the moment, it might be expected, when *The Story of the Thames* would begin to form. J would have to keep his eyes well open in order to miss no historic monument, to observe and record each twist of the river. This was apparently the initial plan, as Jerome makes clear in his autobiography:

> I did not intend to write a funny book, at first. I did not know I was a humourist. I never have been sure about it. In the middle ages, I should probably have gone about preaching and got myself burnt or hanged. There was to be 'humorous relief', but the book was to have been 'The Story of the Thames', its scenery and history. Somehow it would not come. I was just back from my honeymoon, and had the feeling that all the world's troubles were over. About the 'humorous relief' I had no difficulty. I decided to write the 'humorous relief' first – get it off my chest, so to speak. After which, in sober frame of mind, I could tackle the scenery and history. I never got there. It seemed to be all 'humorous relief'. By grim determination I succeeded, before the end, in writing a dozen or so slabs of history and working them in, one to each chapter, and F W Robinson, who was publishing the book serially in *Home Chimes* promptly slung them out, the most of them.

It is actually very doubtful whether this is a completely frank account of the genesis of *Three Men in a Boat*, for it seems inconceivable that Jerome should contemplate following up the success of his *Idle Thoughts* with a history book, and equally unlikely that so lively a journal as *Home Chimes* should be eager to serialize it. It is more probable that the 'slabs of history' were worked in in order to help the very episodic and anecdotal nature of the book, in that Jerome may have been of the opinion that book publication would demand these rather dull bits, in order to paper over the joins between instalments. Either way, F W Robinson was justified in slinging them out, for even those pieces of history that remain sit rather unhappily among the more human predicaments of the three protagonists. Already we learn that Kingston was once called 'Kyningeston', and that Saxon 'kinges' were crowned there, and that it is picturesque. The reader tends to react to all this much in the way that Harris might: in such context, the news fails to rivet. Nonetheless, this is an inconsequential flaw in a comic masterpiece, for although there is the occasional platitudinous philosophy amongst the more usual comic insight (an unscintillating example being: 'Each person has what he doesn't want, and other people have what he does want'), there is wit and humour in abundance, each anecdote and event building upon the last, all told in such a way as to raise actual laughter on even the umpteenth reading. Understated exaggeration and sheer absurdity are two of the keys, in addition to the humour that the British always seem to perceive in the spectacle of others making complete asses of themselves, and suffering all manner of discomfort; or maybe the reader mildly identifies. In any case, the book has endured generations, so if Jerome really was uncertain as to whether or not he was a humorist, the world seems quite decided upon the matter.

And meanwhile, the boat. The boat was now cruising towards the point where Harris and J were to pick up George, the interim allowing J to prove remarkably – though unconsciously – prophetic regarding the world of the collector. The habit of collecting, naturally enough, came under Jerome's umbrella of lumber-gathering, though his ironic claims for the future interest in quite commonplace bric-a-brac of the 1880s erred only on the side of conservatism. Antiques of three or four hundred years ago, J thinks, are only revered for their age. 'Will it be the same in the future? Will the prized treasures of today always be the cheap trifle of the day before? Will rows of our willow-pattern dinner plates be ranged above the chimney-pieces of the great in the years 2000 and odd?' J's bedroom boasted a white china dog with black spots: 'Its head is painfully erect, and its expression is amiability carried to the verge of imbecility. I do not admire it myself. Considered as a work of art, I may say it irritates me.' Everyone around J rather agreed with this summing-up, a good deal of the general loathing being attributable, J believed, to the everyday nature of the article. These dogs were all over the place, but to a future generation this would not be the case. 'In 2288 people will gush over it. The making of such dogs will have become a lost art. Our descendants will wonder how we did it, and say how clever we were. We shall be referred to lovingly as "those grand old artists that flourished in the nineteenth century, and produced those china dogs".'

To Say Nothing of the Dog

Had J known it, here was foresight of quite Wellsian proportions, and despite the oh-so-heavy irony, the prophecy proved to be quite correct, though over three hundred years earlier than J had imagined. He went further: 'Travellers from Japan will buy up all the "Presents from Ramsgate", and "Souvenirs of Margate", that may have escaped destruction, and take them back to Jedo as ancient English curios.' Yes indeed; and J would have been jolted from his musings to have known the prices soon to be paid for such pieces of Goss and other commemorative china. Instead, he was jolted by Harris, who at this moment 'threw away the sculls, got up and left his seat, and sat on his back, and stuck his legs in the air. Montmorency howled, and turned a somersault, and the top hamper jumped up, and all the things came out.'

The reason for this quite extraordinary behaviour was that J, quite wrapped up in his tender thoughts of gew-gaws, had quite forgotten that he was steering, with the consequence that the boat 'had got mixed up a good deal with the tow-path'.

Harris huffed, but J took the tow-line and soon they were drifting by the old walls of Hampton Court. It reminded Harris of his experiences in the maze. He hardly knew why he had gone in. 'He had studied it up in a map, and it was so simple that it seemed foolish – hardly worth the twopence charged for admission.' The thing to do, of course, was simply to keep turning right. Harris and his cousin (for he had been with his cousin) 'met some people after they had got inside, who said they had been there for three-quarters of an hour, and had had about enough of it. Harris told them they could follow him if they liked... They picked up various other people who wanted to get it over, as they went along, until they had absorbed all the persons in the maze. People who had given up all hopes of ever getting either in or out, or of ever seeing their home and friends again, plucked up courage, at the sight of Harris and his party, and joined the procession, blessing him.' The entourage rambled along, but the journey was beginning to seem a long one. Confidence in Harris was waning, and it plummeted to a new low when they passed the half of a penny bun that most of them recognized from several laps previous. Harris refused to believe them. The theory was simple enough: keep turning right. He soon modified the idea, and led the crowd back to the entrance, to commence afresh. There was distinct danger of a mob scene when, ten minutes later, Harris succeeded only in taking them all back to the centre. Harris consulted the map, and with new vigour, he set off again. 'And three minutes later they were back in the centre again. After that they simply couldn't get anywhere else. Whatever way they turned brought them back to the middle. It became so regular at length, that some of the people stopped there, and waited for the others to take a walk round, and come back to them. Harris drew out his map again, after a while, but the sight of it only infuriated the mob, and they told him to go and curl his hair with it. Harris said that he couldn't help feeling that, to a certain extent, he had become unpopular.' They all became hysterical at this point, and started shrieking for the keeper. He came in to help them, and got lost, for he was only young. One of his seniors rescued the party eventually, and Harris remembers the whole incident only with fondness. He 'said he thought it was a very fine maze, so far as he was a judge; and we agreed that we would try to get George to go into it, on our way back'.

Harris's memories took them through Moulsey Lock, and George arrived – making up the full complement of three, to say nothing of the dog. J, however, was not at all delighted with this particular banker's appearance. 'The blazer is loud,' J thought, though he was too polite to say so. Harris was prey to no such reserve, however, and piped up that 'as an object to hang over a flower-bed in early spring to frighten the birds away, he should respect it; but that, considered as an article of dress for any human being, except a Margate nigger, it made him ill. George got huffy', but was soon to carry through the minstrel theme by producing a banjo – though luckily for himself he did not select this particular moment to do so. J, like many young men of his generation, was quite opinionated about clothes: 'I always like a little red in my things – red and black. You know my hair is a sort of golden brown, rather a pretty shade I've been told, and a dark red matches it beautifully.' Maritime plumage, though, was not confined to the male sex, and this J knew: 'Girls, also, don't look half bad in a boat, if prettily dressed.' J was a fair man, a just man.

They lunched under the willows at Kempton Park, and then the boat drifted on, J laying on his 'slabs of history' with a trowel: 'You pass Oatlands Park on the right bank here. It is a famous old place.' 'At "Conway Stakes" – the first bend above Walton Bridge – was fought a battle between Caesar and Cassivelaunus.' 'Halliford and Shepperton are both pretty little spots where they touch the river; but there is nothing remarkable about either of them.' All very educational, no doubt, but one feels that some 'humorous relief' was now much needed. George produced his banjo at this point, which caused Montmorency to 'set up a furious barking', and Harris to roar. J contented himself with shrieking. All were unaware that George could play the banjo, but he quickly assured them: 'It's very easy, they tell me; and I've got the instruction book!'

The plan was to pull on to Magna Carta island, and spend the first night there. However, the towing and rowing were by now reducing the three men to shreds, and they soon began to feel that they could after all survive without reaching the island – indeed, that 'a bit of water between a coal-barge and a gas-works would have quite satisfied us for that night'. They tied up, and set about their sleeping arrangements. The boat was one of those where hoops are inserted along its length, over which is stretched a canvas, the whole rather resembling a covered wagon, and forming a cylindrical and cosy floating tent. 'We took up the hoops, and began to drop them into the sockets placed for them. You would not imagine this to be dangerous work; but, looking back now, the wonder to me is that any of us are alive to tell the tale. First, they would not fit into their sockets at all, and we had to jump on them, and kick them, and hammer at them with the boat-hook; and when they were in, it turned out that they were the wrong hoops for those particular sockets, and they had to come out again.' They sorted them out eventually, and then George and Harris, unbeknown to J on the other side of the boat, became hopelessly entangled with the canvas covering, to the point where it threatened to wrestle the very life from them. J patiently awaited an end to this foolishness, though he did give careful attention to George's muffled plea when it came.

'Give us a hand here, can't you, you cuckoo; standing there like a stuffed mummy, when you see we are both being suffocated, you dummy!'

It was a beast of a business, but finally the boat was covered, and the supper served. At last, a touch of the vaunted serenity was achieved: 'We lit our pipes, and sat, looking out on the quiet night, and talked.'

The talking done, the three settled down for their first night on the water. 'We turned in at ten that night, and I thought I should sleep well, being tired; but I didn't. As a rule, I undress and put my head on the pillow, and then somebody bangs at the door and says it is half past eight; but, to-night, everything seemed against me; the novelty of it all, the hardness of the boat, the cramped position (I was lying with my feet under the seat, and my head on another), the sound of the lapping water round the boat, and the wind among the branches, kept me restless and disturbed.' J got up eventually, 'slipped on what clothes I could find about – some of my own, some of George's and Harris's – and crept under the canvas on to the bank.' And being Jerome, a sentimental and sort of poetic eulogy of darkness emerged, the night embarrassingly personified as a calm and matriarchal healer, 'Like some great loving mother' who 'gently lays her hand upon our fevered head, and turns our little tear-stained face up to hers, and smiles, and though she does not speak, we know what she would say, and lay our hot-flushed cheek against her bosom, and the pain is gone.'

Despite his troublous night, J was awake at six, and so was George. A resolve had been taken the previous evening to go for an early morning dip; the idea seemed a good deal less appealing at dawn, but J being J, he was rather reluctant to give in – or, at least, to be seen to give in. 'I did not relish the plunge. There might be snags about, or weeds, I thought. I meant to compromise matters by going down to the edge and just throwing the water over myself.' Though so cautious an attitude might not have been deemed necessary were the strong point of English dawns their roseate warmth and splendour. 'It was bitterly cold. The wind cut like a knife. I thought I would not throw the water over myself after all. I would go back into the boat and dress; and I turned to do so; and as I turned, the silly branch gave way, and I and the towel went in together with a tremendous splash, and I was out mid-stream with a gallon of Thames water inside me before I knew what had happened.'

J clambered back on to the boat, and commenced dressing. At least Harris and George had been impressed with his pluck at going in, so it was not a total waste. Harris was to cook his famous scrambled eggs for breakfast – 'people who had once tasted his scrambled eggs, so we gathered from his conversation, never cared for any other food afterwards, but pined away and died when they could not get them' – but the preprandial happenings were not yet done.

I was very cold when I got back into the boat, and, in my hurry to get my shirt on, I accidentally jerked it into the water. It made me awfully wild, especially as Geoge burst out laughing. I could not see anything to laugh at, and I told George so, and he only laughed the more. I never saw a man laugh so much. I quite lost my temper with him at last, and I pointed out to him what a drivelling maniac of an imbecile idiot he was; but he only roared the louder. And then, just as I was landing the shirt, I noticed that it was not my shirt at all, but George's which I had mistaken for mine; whereupon the humour of the thing struck me for the first time, and *I* began to laugh. And the more I looked from George's wet shirt to George, roaring with laughter, the more I was amused, and I laughed so much that I had to let the shirt fall back into the water again.

This hilarious duet kept up for a time, until J was finally able to stutter out to George the facts of the situation. 'I never saw a man's face change from lively to severe so suddenly in all my life before.' George leapt, called J a good many names, and set to with the hitcher in the water. 'I tried to make him see the fun of the thing,' laments J, 'but I could not. George is very dense at seeing a joke sometimes.'

Next, it is breakfast, and eager eyes turn towards Harris.

He had some trouble in breaking the eggs – or rather not so much in breaking them exactly as in getting them into the frying-pan when broken, and keeping them off his trousers, and preventing them from running up his sleeve, but he fixed some half-a-dozen into the pan at last, and then squatted down by the side of the stove and chivvied them about with a fork.

It seemed harassing work, so far as George and I could judge. Whenever he went near the pan he burned himself, and then he would drop everything and dance round the stove, flicking his fingers about and cursing the things. Indeed, every time George and I looked round at him he was sure to be performing this feat. We thought at first that it was a necessary part of the culinary arrangements.

George and J were rapt indeed. Montmorency also became interested, though this curiosity was rewarded only with a scalded nose, the resultant cavortings abetting the general carnival feel. Ballet aside, though, 'the result was not altogether the success that Harris had anticipated. There seemed so little to show for the business. Six eggs had gone into the frying-pan, and all that came out was a teaspoonful of burnt and unappealing-looking mess.' Neither George nor J said anything, though, and Harris for his part was of the firm opinion that 'it was the fault of the frying-pan'.

The journey progressed and, upon passing Datchet, J remembered their last visit when the three had decided that a civilized night in a good-class hotel would not have come amiss. This resolved, they set off to find the ideal place. Unfortunately, they had selected the Saturday before the August Bank Holiday, and despite their being 'tired and hungry', all three were quite determined that the selected hotel should be nothing less than perfect. The first hotel was rejected by J because, although it was a pretty place and had clematis and creeper about the porch, there was no honeysuckle, and J had rather set his heart on honeysuckle. The next place was also deemed unworthy, as 'Harris did not like the look of a man who was leaning against the front door'. Upon discovering that these were the only two hotels in Datchet, however, they returned to the first, and requested three beds. The landlord expressed his regrets, and the demand was modified to two. There were, it transpired, no beds at all – indeed, three people were already sleeping on the billiard table. The story was the same, needless to say, at the other hotel; the landlady told them that they were 'the fourteenth party she had turned away within the last hour and a half. As for our meek suggestions of stables, billiard room, or coal cellars, she laughed them all to scorn; all these nooks had been snatched up long ago.' The three men grew desperate. There was, the landlady told them – though she did not recommend it, mind – a beershop half a mile down the road, if the gentlemen did not mind roughing it. The gentlemen did not mind roughing it. The estimate of half-a-mile's distance seemed out by several hundred per cent, but there was worse to come, for when they arrived 'the people at the beershop were rude. They merely laughed at us. There were only three beds in the whole house, and they had seven single gentlemen and two married couples sleeping there already.' There they learned of a room in the grocer's, next to the very first hotel they had tried (the one without the honeysuckle). 'The grocer's was full. An old woman we met in the shop then kindly took us along with her for a quarter of a mile to a lady friend of hers who occasionally let rooms to gentlemen. The old woman walked very slowly, and we were twenty minutes getting to her lady friend's. She enlivened the journey by describing to us, as we trailed along, the various pains she had in her back.

'Her lady friend's rooms were let. From there we were recommended to No. 27. No. 27 was full, and sent to us No. 32, and No. 32 was full.

'Then we went back to the high road, and Harris sat down on the hamper and said he would go no further. He said it seemed a quiet spot, and he would like to die there.' And neither did the others at the time find his aspiration unduly morose; all three were more or less prepared to deliver themselves unto the infinite, and probably would have done so, had not rescue arrived in the form of a small boy with a can of beer in one hand – the beer itself being secondary to the fact that his mother, he informed them, had a room to spare.

> We fell upon his neck there in the moonlight and blessed him, and it would have made a very beautiful picture if the boy himself had not been so overpowered by our emotion as to be unable to sustain himself under it, and sunk to the ground, letting us all down on top of him. Harris was so overcome with joy that he fainted, and had to seize the boy's beer can and half empty it before he could recover consciousness, and then he started off at a run, and left George and me to bring on the luggage.

And this boundless gratitude persisted, even when it became known that Harris was to have the little boy's bed, which was two feet shorter than Harris, and that J and George were to share a 2 ft 6 in. truckle bed, within which they managed to remain for the duration of the night by means of tying themselves together with a sheet. They were tired, and sleep quickly came – despite the fact that they had supped on five pounds of hot bacon, a jam tart, and two pots of tea.

This time, however, 'nothing exciting happened' on their journey through Datchet. Which was almost true, for although the famous incident with the tin of pineapple chunks may hardly be described as one of thrilling rapture, neither did it accomplish a great deal in the way of calming any one of them. It appears that their cold collation for that day had proved wanting for the lack of mustard – the lack itself more than the commodity's inherent piquancy contributing to its desirability – but they all rallied round at the sight of the pineapple tin. But of course, no opener. 'Harris tried to open the tin with a pocket-knife, and broke the knife and cut himself badly; George tried a pair of scissors, and the scissors flew up and nearly put his eye out.' J had a go with the spiky end of the hitcher, this endeavour resulting in a broken teacup and nothing more. Then the three of them became rather hysterical. Sharp stones and masts featured a good deal in their frantic efforts to open the tin. George was nearly brained, and surely would have been killed outright had it not been for his boater. 'Harris got off with merely a flesh wound.' J then bent the tin against the mast until he was a spent man, whereupon Harris took over.

> We beat it out flat; we beat it back square; we battered it into every form known to geometry – but we could not make a hole in it. Then George went at it, and knocked it into a shape, so strange, so weird, so unearthly in its wild hideousness, that he got frightened and threw away the mast. Then we all three sat round it on the grass and looked at it.
>
> There was one great dent across the top that had the appearance of a mocking grin, and it drove us furious, so that Harris rushed at the thing, and caught it up, and flung it far into the middle of the river, and as it sank we hurled our curses at it, and we got into the boat and rowed away from the spot, and never paused till we reached Maidenhead.

In the book this provides a satisfying and satisfactory end to the incident, but whenever the story is adapted to film, the cameras invariably play upon the waters at this juncture, so that we, the audience, may witness the final cruelty of the pineapple chunks, now transformed into rings, floating to the surface, one by one. Jerome himself – though seldom averse to the absurd – clearly adjudged this to be going too far. In either form, though, the incident remains a prime example of another staple Jeromian humorous device: that of the wilful conspiracy of inanimate objects against the mere and negligible human being. Against such implacable odds, no one could win; it is a wonder only that our intrepid sailors even tried.

They went through Maidenhead quickly, and J tells us why: he does not at all like the place. He goes further, at the risk of alienating local readers, and in one of his acrimonious passages, analyses the utter vileness of this rather innocuous riverside town: 'Maidenhead itself is too snobby to be pleasant. It is the haunt of the river swell and his overdressed female companion. It is the town of showy hotels, patronised chiefly by dudes and ballet girls... the heroine of the three-volume novel always dines there when she goes out on the spree with somebody else's husband.'

They pulled on to Cookham, which J found altogether much more acceptable, though not so nice as Marlow, which he thought 'one of the pleasantest river centres'. Unfortunately, he goes on to one of his rather unhappy 'slabs of history', for apparently Marlow's 'quaint nooks' are 'standing arches in the shattered bridge of Time, over which our fancy travels back to the days when Marlow Manor owned Saxon Algar for its lord, ere conquering William seized it to give to Queen Matilda, ere it passed to the Earls of Warwick or to worldly-wise Lord Paget, the councillor of four successive sovereigns'.

The passage sits there rather uneasily on the page, and it is possible to sense Jerome's own embarrassment at its presence, which for some reason he deemed seemly at the time. The gist, however, was that J liked Marlow. At Hambledon Lock, a rather dreadful incident was recalled, and all because of a cup of tea. They were in quest of fresh water to boil the kettle, and this rather straightforward element was proving elusive. They persevered, however, for they remembered the one time when they had been so eager for tea, in their endearingly British way, that they boiled up Thames water for the purpose. They were just settling down to the tea when they saw coming down towards them 'on the sluggish current, a dog. It was one of the quietest and peacefulest dogs I have ever seen. I never met a dog who seemed more contented – more easy in its mind. It was floating dreamily on its back, with its four legs stuck up straight into the air. It was what I should call a full-bodied dog, with a well-developed chest. On he came, serene, dignified, and calm, until he was abreast of our boat, and there, among the rushes, he eased up, and settled down cosily for the evening.

'George said he didn't want any tea, and emptied his cup into the water. Harris did not feel thirsty, either, and followed suit.' And J? What of J's tea? 'I had drunk half mine, but I wished I had not.' George, however, was reassuring, being of the opinion that J had a very good chance of escaping typhoid altogether, or at least that he should know in about a fortnight whether he had it or not. In the event, as is clear, J lived to tell the tale.

They drifted on through Wargrave and Shiplake, to Sonning – 'the most fairy-like little nook on the whole river'. The best places, to J's way of thinking, tended to be nooks. They put up here, and Harris – doubtless eager to make up for the egg débâcle – volunteered to concoct a real Irish stew. This was generally thought to be an inspired idea, and the three set to it without delay. There was much to-ing and fro-ing with regard to the ingredients, though they settled for ten potatoes, a cabbage, half a peck of peas, half a pork pie, a bit of cold boiled bacon, a tin of potted salmon, two eggs, and a whole lot more besides. Montmorency's contribution of a dead water-rat was rejected by George on grounds of lack of precedent, though Harris was all for putting it in, for 'if you never try a new thing,' he expostulated, 'how can you tell what it's like?' J's opinion remains unrecorded. Anyway, the water-rat did not go in, though the resultant mélange still failed to agree with Harris, for after supper he was irritable and would not go ashore to Henley with George and J. 'He said he should have a glass of whisky and a pipe, and fix things up for the night. We were to shout when we returned, and he would row over from the island and fetch us.'

The evening passed pleasantly enough, but 'it was a dismal night, coldish, with a thin rain falling', and George and J by eleven o' clock were eager to be snug inside the boat. But they had an awful time locating the right island in the dark, let alone the boat itself, and soon it was past midnight. 'The rain was coming down fast now, and evidently meant to last. We were wet to the skin, cold and miserable.' It seemed a hopeless situation, but the writer in J worked round it: 'Just when we had given up all hope – yes, I know that is always the time that things do happen in novels and tales; but I can't help it. I resolved when I began to write this book, that I would be strictly truthful in all things; and so I will be, even if I have to employ hackneyed phrases for the purpose.'

And so the boat is located, no-one is surprised to know, with the help of Montmorency's barking. George and J bellowed and shrieked at Harris for ages before he slowly rowed his way across. According to his own account, it seemed that he had been having a pitched battle with either eighteen swans, or thirty-two, he could not remember which. Harris seemed decidedly distracted, and when on the boat, George and J found that they could not locate the whisky which they deemed the one vital ingredient for a toddy sorely needed. 'We examined Harris as to what he had done with it; but he did not seem to know what we meant by "whisky", or what we were talking about at all.' And the nuisance Harris was not done yet, for during the night he would insist upon 'wandering about the boat with the lantern, looking for his clothes. He seemed to be worrying about his clothes all night'.

> Twice he routed up George and myself to see if we were lying on his trousers. George got quite wild the second time.
> 'What the thunder do you want your trousers for, in the middle of the night?' he asked indignantly. 'Why don't you lie down and go to sleep?'
> I found him in trouble the next time I awoke because he could not find his socks; and my last hazy remembrance is of being rolled over on my side, and of hearing Harris muttering something about its being an extraordinary thing where his umbrella could have got to.

The next morning was necessarily strained, though at the request of Harris, a general quiet was maintained. Soon they pressed on towards Reading; a low opinion of this town is recorded – not so bitter as that of Maidenhead, but very dismissive nonetheless.

The misery did not last too long, however, for 'the river becomes very lovely from a little above Reading. The railway rather spoils it near Tilehurst, but from Mapledurham to Streatley it is glorious.' And at this idyllic spot, Jerome chooses to insert a very singular incident – one so singular that it really has to be true, for no writer could have borne to omit it. Nonetheless, it rather jars in its lighthearted setting, and foreshadows Jerome's later novel writing:

> I had not been pulling for more than a minute or so, when George noticed something black floating on the water, and we drew up to it. George leant over as we neared it, and laid hold of it. And then he drew back with a cry, and a blanched face.
>
> It was the dead body of a woman. It lay very lightly on the water, and the face was sweet and calm. It was not a beautiful face; it was too prematurely aged-looking, too thin and drawn, to be that; but it was a gentle, lovable face, in spite of its stamp of pinch and poverty, and upon it was that look of restful peace that comes to the faces of the sick sometimes when at last the pain has left them.

The old Jeromian train of thought was in progress, for poverty suggested a sort of dignity to Jerome, and recalled to him his parents' quiet struggle. He never glorified the poor, nor, as he said, saw any virtue in poverty *per se*, but he felt – and, indeed, he had experienced – that because the near-destitute had to try so hard to maintain a level accepted by others as quite ordinary, a mean sort of nobility was afforded them, and they became respectable through their pain. He weaves a fancy around this floating corpse as having fallen through the hardness of others, although first he states the facts of the case, which he later found out to be true: 'It was the old, old vulgar tragedy. She had loved and been deceived – or had deceived herself. Anyhow, she had sinned – some of us do now and then – and her family and friends, naturally shocked and indignant, had closed their doors against her.' From this he goes on to picture the poor woman's last few hours, and moralizes freely about one he sees as the most pious of suicides. This extraordinary passage interrupts the flow of a jaunty narrative as few other passages could manage. The surreal element is then properly compounded with the sentence directly following, which reads: 'Goring on the left bank and Streatley on the right are both or either charming places to stay at for a few days.'

Quite as if nothing had happened. Perhaps this is a display of shock tactics, effect being realized by unexpected juxtaposition; or perhaps not. What is certainly true is that the discovery of this deceased young woman cruising down the river put none of them off the idea of washing their clothes in the water. It was not a success. The clothes were transformed from the 'very, very dirty', but barely wearable, into the quite unspeakable. Professionalism was clearly needed. 'The washerwoman at Streatley said she felt she owed it to herself to charge us just three times the usual prices for that wash. She said it had not been like washing, it had been more in the nature of excavating. We paid the bill without a murmur.'

They left Streatley, and spent the night at Culham. Then they sailed on through flower-decked locks, without which 'the Thames would not be the fairyland it is', and so to Wallingford. J quite likes Wallingford – indeed, in later years Jerome came to live both here and in Marlow – and the place earned a mandatory chunk of history, as did the next town, Dorchester. Now the pace was fairly cracking, as the target of Oxford loomed large. The mood of the oarsmen was shifting, though; possibly they had been afloat long enough. They passed through Abingdon ('a typical country town of the smaller order – quiet, eminently respectable, clean, and desperately dull'), and then to Iffley. 'Between Iffley and Oxford is the most difficult bit of the river I know,' said J. The currents, it would seem, do not make for the sweetest ride, and the tempers of the three already rather jaded travellers grew a little thinner.

> I don't know why it should be, but every body is always so exceptionally irritable on the river. Little mishaps that you would hardly notice on dry land, drive you nearly frantic with rage, when they occur on the water. When Harris or George makes an ass of himself on dry land, I smile indulgently; when they behave in a chuckle-head way on the river, I use the most blood-curdling language to them. Whenever another boat gets in my way, I feel I want to take an oar and kill all the people in it.

They reached Oxford notwithstanding, and spent 'two very pleasant days there', but on the third day the weather changed, and they began their homeward journey 'in the midst of a steady drizzle'. This had a very dispiriting effect upon the crew, leading J to laud sunlight as 'the life-blood of Nature'. Nature now verged upon the anaemic, however, and J grew very melancholy indeed, as they pulled through the river, 'chill and weary, with the ceaseless raindrops falling on its brown and sluggish waters, with the sound as of a woman, weeping low in some dark chamber'. Soaked with tears, Harris and J rowed on, while George stoically 'stuck to the umbrella'. Following a grey afternoon, they pulled up for the night 'a little below Day's Lock'.

The fact is, George, Harris and J were all urban young men used from birth to the metropolis; civilization was very big with them. The more congenial aspects of London were exercising a draw, as they crouched below Day's Lock that evening. 'I cannot honestly say that we had a merry evening. The rain poured down with a quiet persistency. Everything in the boat was damp and clammy. Supper was not a success. Cold veal pie, when you don't feel hungry, is apt to cloy. I felt I wanted whitebait and a cutlet; Harris babbled of soles and white-sauce, and passed the remains of his pie to Montmorency, who declined it, and, apparently insulted by the offer, went over and sat at the other end of the boat by himself.'

They did not give up, though; they made several attempts at jollification. Cards were played for a bit, and then they had a chat about diseases. They even resorted to the very desperate measure of urging George to sing a comic song – to the accompaniment of his banjo. Merry, though, failed to be made. Indeed, the song proved the breaking point. 'Harris sobbed like a little child, and the dog howled till I thought his heart or his jaw must surely break.' And neither did they sleep well. 'The second day was exactly like the first. The rain continued to pour down, and we sat, wrapped up in our mackintoshes, underneath the canvas, and drifted slowly down.'

"'It's only two days more,'' said Harris, ''and we are young and strong. We may get over it all right after all.''' And George and J concurred. 'On one point we were all agreed, and that was that, come what might, we would go through with this job to the bitter end. We had come out for a fortnight's enjoyment on the river, and a fortnight's enjoyment on the river we meant to have. If it killed us!'

And alack, it almost did. They drifted back through Goring and docked at Pangbourne. They sat and reviewed the prospect of the evening, which would consist of walking about the village in the pouring rain till bed-time. And strangely, the draw seemed resistible. A good show, they imagined, might be showing at the Alhambra that night. A good supper might follow at a London restaurant, the name of which Jerome is markedly careful not to advertise. It was a shame, therefore, that they had resolved to stick with the boat for another two days. "'If we *hadn't* made up our minds to contract our certain deaths in this bally old coffin,'' observed George, casting a glance of intense malevolence over the boat, ''it might be worth while to mention that there's a train leaves Pangbourne, I know, soon after five, which would just land us in town in comfortable time to get a chop, and then go on to the place you mentioned afterwards.'''

But, of course, they were Englishmen, and an Englishman's word – it may hardly need repeating – is his bond. 'Twenty minutes later, three figures, followed by a shame-faced looking dog, might have been seen creeping stealthily from the boat-house at the "Swan", towards the railway station, dressed in the following neither neat or gaudy costume:

'Black leather shoes, dirty; suit of boating flannels, very dirty; brown felt hat, much battered; mackintosh, very wet; umbrella.'

And so the Thames was done with. They reached Paddington at seven, had a light meal at the intriguingly anonymous restaurant, arranged a supper for later, and went on to the Alhambra, where their 'fine bronzed countenances' and singular attire were the cause of a not so minor sensation.

> We adjourned soon after the first ballet, and wended our way back to the restaurant, where supper was already awaiting us.
>
> I must confess to enjoying that supper. For about ten days we seemed to have been living, more or less, on nothing but cold meat, cake, and bread and jam. It had been a simple, a nutritious diet; but there had been nothing exciting about it, and the odour of Burgundy, and the smell of the French sauces, and the sight of clean napkins and long loaves, knocked as a very welcome visitor at the door of our inner man.

They supped well. Outside, the lamps of London glistened in the rain. Harris thought the time right for a toast. Indeed, the moment begged for it.

"'Well,' said Harris, reaching his hand out for his glass, ''we have had a pleasant trip, and my hearty thanks for it to old Father Thames – but I think we did well to chuck it when we did. Here's to Three Men well out of a Boat!'''

Chapter 10

The Making of a Classic

Mrs Jerome had been biding her time in the flat in Chelsea Gardens. Although a somewhat handsome flat – five rooms and fourteen shillings a week – the lady was doubtless pleased to see her husband. However, for Jerome, there was work to be done. One receives the distinct impression that he fairly bounded up the ninety-seven steps to their flat, and set to immediately. Soon, the chapters were appearing in *Home Chimes*, and it became clear from the correspondence and from the steadily rising circulation that the public liked what they were reading.

In addition to the historical bits, the editor F W Robinson also disliked the working title, which was still *The Story of the Thames*, and he insisted from the first that Jerome think up another. 'Half-way through I hit upon *Three Men in a Boat*, because nothing else seemed right.'

It was printed in chapters more or less as he wrote them, and even before he had finished the story he was attending to the business of book publication. Public opinion of the episodes thus far encouraged him, and he approached the affair with confidence, selecting Arrowsmith, the Bristol publisher, as his first try. Their three-and-sixpenny novels were gaining renown, and the firm was soon to publish Anthony Hope's *The Prisoner of Zenda*. Jerome's own *Three Men in a Boat* was followed two years later by George and Weedon Grossmith's *The Diary of a Nobody*, these two comic classics ensuring for decades the firm's solvency. Although Arrowsmith's records were destroyed during the Blitz, there remains extant the complete correspondence between JKJ and J W Arrowsmith concerning *Three Men in a Boat*, none of which has ever been previously published. All the Jerome letters were written from 104 Chelsea Gardens, S.W.

24.2.89

Dear Sir,

You may recognise my name as author of *Idle Thoughts* a book of humorous essays now selling its 15th 1000 – I have also written my only other book – *On the Stage and Off* which sold splendidly.

I am now running in *Home Chimes* a series of entirely humorous papers entitled

Three Men in a Boat

(To say nothing of the Dog)

a book I have great hopes of, seeing how it has gone in the Mag: and for which I wish to find a good Publisher.

It is, I hope, humorous – about size of *Vice Versa* – would sell for 3/6 – Would you care to entertain it. Please let me know soon and I will send it you down.

Yours truly,
(Sgd.) Jerome K Jerome.

Please return enclosed 2 letters. They are just 2 straws shewing the wind.

February 25 1889

Dear Sir,

Of course I recognise your name. Will you kindly let me see what you propose that we should publish together: if it is verse, I am afraid of it: verse does not pay. Bye the bye, reading your note again I see it is not verse.

Do you propose to try a shilling book or 3/6 as before. Perhaps you will let me hear on this point.

I daresay you know my terms? If not I may say that I pay 2d (twopence) per copy on all 1/- books sold.

Yours faithfully,

(signed) J W ARROWSMITH

27.2.89

Dear Sir,

Thanks for your letter. I send you by this post as much of the sketch as is finished.

Three more chaps: will follow (they are not written yet) but you will be able to judge sufficiently of the whole I think from what is done. I say nothing more on the matter now until you have read the sketches, except that I hope we shall do business together.

Very truly yours,

(Sgd.) Jerome K Jerome.

March 5th 1889

Dear Sir,

I have read the copy you have sent me with much pleasure and think it ought to do well in the holiday months. I shall be quite willing to work it with you upon the terms I quoted in my last. It would of course be a shilling book, at least that is my idea: if it should happen to 'catch on' it ought to run up to a big edition and if it should go to 30,000 you would receive £250. Could I publish it about July? How much more have you to send to complete the book? I have marked in some cases where it will look better to cut up some of your long paragraphs into shorter ones: a solid paragraph on a page frightens people, but small paragraphs help to lighten the appearance.

I am not sure, either, whether it would not be better, where you interpolate a story between the narrative to place a white top and bottom, but about this we can decide later on.

Yours faithfully,

For J W ARROWSMITH

Mar. 11/89.

Dear Sir,

Thanks for yours of the 5th which I find on my return to London. Glad you like it – 3 more chaps: are to come and all could be ready by the end of April. I quite agree with you as to breaking it up more.

But I don't like a 1/- edition, at least not to begin with. It doesn't give a proper profit to either Publisher or Author. Another thing is I am better known to the say, 3/6 public than I am to the 1/-. The 1/- public only take a book that is a rage, a 3/6 public know an author and look for him. I'm sure we could get a good sale at 3/6, and then come down to a 1/- issue after. The 2 classes of buyers are so distinct. I had some splendid notices for a 1/- book some years ago – and all who read it were enthusiastic over it, yet it never reached ½ the sale of my next at 2/6.

This one will be quite as big as *Vice Versa* – which sold for 6/- – and I would suggest having it humorously illustrated by small blocks among the letterpress. I could obtain these from well known artists – including Neville and Bernard Partridge – at almost a nominal cost as I could say I was providing that part myself, and I could also obtain the blocks at a very low figure, Carl Hentschel one of the biggest firms in Fleet Street being an old friend of mine. All this would brighten and make the book attractive. My name is well known to the book world and I am sure at 3/6 both you and I would do much better.

Yours very truly,
(Sgd.) Jerome K Jerome

(Only the second sheet of the following letter survives)

March 14th 1889

. . . It happens that Partridge is doing some pictures for me for a book by Andrew Lang and I have no doubt he would be glad to do this book.

I should be glad if you would kindly see him and then tell him your ideas and I daresay he will give me his terms: the drawings had better be wash and then I can send them to Vienna for reproduction.

Yours faithfully,
(signed) J W ARROWSMITH

March 16/89.

My Dear Sir,

Glad you agree with me about the book. Partridge fears that he is too busy to undertake the *whole* of the work but is going to let me know how many he can do and price.

How many do you think there should be. I was thinking of a small sketch for cover-frontispiece – and from 60-70 small sketches to go with letterpress. Frederics, a fairly good man, I think (he would do a sample) would do 30 sketches – large and small together for £5.

I have nearly finished and you could have all by the end of April. This would be good time for the holiday season and Smith & Co. I think could give it a good display as they must know my name very well having sold my previous two books very well.

What terms do you think fair between us. You bringing out the book and paying me a royalty on each copy sold, such royalty to be increased after the sale of, say, 10,000. A/cs. 3 monthly.

Very truly yours,
(Sgd.) Jerome K Jerome.

March 18th 1889

My Dear Sir,

If Partridge is too busy do you not think it would be well for Frederics to do all the pictures? If you are content I am sure I shall be. He could go on at once then and I could get the blocks ready. Let him do the 60 and I will pay the £10: they had better be so drawn as to be reproduced by the process.

As to terms between you and myself: would you be content if I paid you 5d (fivepence) per copy on all sold up to 10,000 and then 6d per copy above that number, book to sell at 3/6.

Yours faithfully,
(signed) J W ARROWSMITH

19 Mar. '89

My Dear Sir,

Thanks for yours of 18th. I will get Frederics to do a sketch and send it you.

I should not like to take anything less than 2d in the 1/-; that is 7d per copy on the 3/6 issue as that is the price I know I can get from a London House. I am anxious to bring it out through you as I know yours is for energy and push – I suppose the leading firm now.

My idea is therefore 7d per copy to 10,000, and after that 8d. If you can see your way to this the matter might be considered as settled.

Faithfully yours,
(Sgd.) Jerome K Jerome.

73

Arrowsmith evidently wanted Jerome as much as Jerome wished to be published by Arrowsmith, for a few days later JKJ wrote the following from Chelsea Gardens:

> My Dear Sir,
> Very pleased indeed that we are going to do business together. Hope this, the first, won't be the last occasion.
> Shall I begin preparing for the press – breaking the pass. up a little more, also breaking it up into chaps?
> Do you believe in headings to the chaps?
> Yours very truly,
> (Sgd.) Jerome K Jerome.

Seemingly Arrowsmith did approve of chapter headings, and these took the form of diary-like snippets. Frederics did all the illustrations, and Jerome added a preface, the latter half of which runs thus:

> Other works may excel this in depth of thought and knowledge of human nature: other books may rival it in originality and size; but, for hopeless and incurable veracity, nothing yet discovered can surpass it. This, more than all its other charms, will, it is felt, make the volume precious in the eye of the earnest reader; and will lend additional weight to the lesson that the story teaches.

The book was published in the summer of 1889, when Jerome was just thirty. The dark green volume landed on the desks of the literary editors, and possibly because the author's name was not completely unknown, or because the work had already gained some sort of reputation through its serial publication, they noticed it. But not in the way Jerome would have liked. They were alternately haughty and condescending, pompous and cruel, uncomprehending and dismissive; in short, the critics hated it. 'One might have imagined – to read some of them –' JKJ recalled in his memoirs, 'that the British Empire was in danger.'

The very first review to appear was in the *Saturday Review* of 5 October 1889. It was unsigned, as was quite the common journalistic practice. It is a long review, and the book seems to have quite thrown the reviewer off balance. 'To tell the truth,' he says, 'we hardly know what to make of *Three Men in a Boat*, of which we have no desire to make much, either good or ill'. He then continues to make quite ill of it at some considerable length, while tacking on the occasional askance compliment. Searching for some hook or other upon which to hang the review, the critic quotes the preface, and makes great play of the fact that what ensues, as the author says, is indeed a true story. 'On the whole, after reading *Three Men in a Boat*, we come to the conclusion that this is not intended for irony. These are what French novelists call 'documents'; this is a genuine relation of a passage in the lives of actual people . . . Let not Mr Jerome think us unkind in making a few reflections on his volume from this point of view. It is the only point of view from which it appears to us to be interesting; and if we do not consider it as 'documents' we shall not consider it at all.'

The reviewer rallies round from this fit of dudgeon in order to lay into the language. He does not discuss the humour, just the 'vulgarity' of the language, which he defines as 'colloquial clerk's English of the year 1889' – which, of course, it is; the reviewer, however, sees no virtue in this:

> An example taken at random: 'She was nuts on public-houses was England's Virgin Queen. There's scarcely a pub of any attractions within ten miles of London that she does not seem to have looked in at, or stopped at, or slept in, some time or another. I wonder now, supposing Harris, say, turned over a new leaf, and became a great and good man, and got to be Prime Minister, and died, if they would put signs over the public-houses that he had patronised. "Harris had a glass of bitter in this house"; "Harris had two of Scotch cold here in the summer of '88"; "Harris was chucked from here in December 1886."'

The reviewer delivers his verdict: 'This is not funny, of course; to do Mr Jerome justice it is not intended to be particularly funny; but it is intensely colloquial.' The critic believed the above quoted passage to be quite incomprehensible to anyone but a young Londoner, though 'for the future student of late Victorian slang, *Three Men in a Boat* will be invaluable, if he is able to understand it.' It is conceded, however, that the book is a 'tour de force in fun of a certain kind,' and that 'the book's only serious fault is that the life it describes and the humour that it records are poor and limited and decidedly vulgar,' but that it left 'us' with 'a sigh on our lips, at the narrowness and poverty of the life it only too faithfully reflects'. And neither did he like Frederics' illustrations, which 'are not less modern or faithful or incongruous'. He sums up the future fate of the prose and artwork thus: 'How droll and old-fashioned both will seem before the twentieth century opens!' Well quite; but that was to be half its charm, if only the reviewer had seen it. However, the blame was not entirely his – it is difficult to spot a classic. He need not have been quite so damning as he was in the following sentence, though, this statement going a very long way in compounding Jerome's contempt for the cruelty of critics: 'That it was worth doing, we do not say: indeed, we have a very decided opinion that it was not.'

The *Saturday Review* villain was not alone in his views. The 'Baron de Bookworm' – the cloaked reviewer in that acme of British humour, *Punch* – agreed wholeheartedly. He was ill when he read the book, and came to the conclusion that it merely imitated the American concept of what humour ought to be, that it was written in a low and vulgar slang, and that he did not find it as funny as *The Pickwick Papers*. The style was contemptuously defined as being that of the 'new humour', the term of opprobrium – for as such was it intended – which was to remain with Jerome for a very long time.

The Great British Public, on the other hand, could not get enough of it.

They took *Three Men in a Boat* to their hearts, and did the decent thing by buying it up in very large quantities, causing Arrowsmith the publisher to remark in later years: 'I can't imagine what becomes of all the copies of that book I issue. I often think the public must eat them.' The books were certainly devoured and inwardly digested, for it became quite the indoor sport of 1889 to quote extracts to one another, and to read aloud passages at soirées until either the audience or the stout party of narrator could no longer delay a collapse. And of course the public loved it for the very reasons that the critics loathed it: it was modern, vulgar, of the people, and written in the very way, as the *Saturday Review* indicated, in which people spoke. And the public could recollect no other book like it: it was new, and very, very fresh. Quite apart from the style, the characters were found to be human to the point of near-total deficiency. They were vain, selfish, prey to all the weaknesses and, on the whole, pretty useless at most things; the self-deprecating English, therefore, identified wholly. The anecdotes were of an everyday nature, though told with a true narrator's style, and the relish of a humorist. A really funny book was as rare then as it always is, and the public valued it. The entire concept of a holiday of which a good deal was spent immersed in some abysmal misery or other was so absolutely likable and familiar; that the holiday ended early, in the rain and with relief was sheer perfection: it was a very English book.

None of which, of course, remotely explains its enormous success abroad. Before very long, it had been translated into many languages, including Russian – where its success was quite inordinate, this translation outselling all others bar the German. In France, the book was entitled *Trois hommes dans un bateau*, quite as one might expect, while Denmark offered *Tre Maud I em Baad*, and Portugal *Tres Inglises No Estrangeiro*. There was later a South African edition, *Drie Swape op De Rivier*, and even an Irish one – *Triur Fear I Mbad*. All of which might lead one to infer that by now Jerome was a very rich man; not so. The Arrowsmith royalties were tumbling in, of course, but this proved to be the total revenue, for, although the sales in America were phenomenal, running eventually to over a million, like *Idle Thoughts* the book was pirated. Apart from a later small annual *ex gratia* payment from the subsequent American publisher, Jerome received not a penny from the entire edition.

The same situation applied to pirated translations of his books in many other countries – the hopelessness of the renderings angering Jerome quite as much as the lack of due royalty. The Russians seem to have been the most culpable, provoking Jerome in 1902 to write a long letter to *The Times*, which they printed under the heading 'Literary Piracy in Russia'. He opens by owning to a certain pride in the fact that Russia had shown such interest in his work, and goes on to qualify thus: 'Of late my gratification has been considerably marred, however, by my powerlessness to prevent the issue of unauthorised translations, which, so I am assured by my Russian friends, are at the best garbled and incorrect, and at the worst more or less original concoctions, of the merits or demerits of which I am entirely innocent, but which, nonetheless, are sold labelled with my name.'

In England, however, *Three Men in a Boat* established Jerome permanently, and – as with Conan Doyle's Sherlock Holmes – he was to spend a considerable part of his life living down the reputation of the book, and trying for his later writing to be taken seriously. He was never, of course, ashamed of the book, for he well recognized its merits, though he did come to rather resent its severe intrusion into every aspect of his writing career thereafter, for hardly any review of a future work would fail to mention that it was penned 'by the author of . . .' – much to Mr Arrowsmith's delight, if not to that of Mr Jerome.

To sum up, it was a gentle and ironic book, much given to digression, and yet written in a very tight and economical style. Its success depends largely upon the adroit alternation of exaggeration and understatement which – as V S Pritchett put it – 'runs like a rheumatism through English humour'. The book never went out of print. It has been filmed three times – once in 1920, during Jerome's lifetime, again in 1933, and once more in 1956, by which time the English edition had sold three million copies, and was still selling at the rate of fifteen thousand a year. It became a 'Penguin', of course, and it was added – appropriately enough – to the 'Everyman' library. In very recent times appreciation was shown by Tom Stoppard, who adapted it for television. As Jerome said in a preface for a later edition: 'So much for testimonials. It remains only to explain the merits justifying such an extraordinary success. I am quite unable to do so.' Indeed, he could hardly recall having written it: 'I remember only feeling very young and absurdly pleased with myself for reasons that concern only myself. It was summer time, and London is so beautiful in summer. It lay beneath my window a fairy city veiled in golden mist, for I worked in a room high above the chimney pots; and at night the lights shone far beneath me, so that I looked down as into an Aladdin's cave of jewels. It was during those summer months I wrote this book; it seemed the only thing to do.'

Chapter 11

The Pilgrim

> I like work; it fascinates me. I can sit and look at it for hours. I love
> to keep it by me; the idea of getting rid of it nearly breaks my heart.

Thus J, the idler in *Three Men in a Boat*. The truth is, Jerome did get rid of
it, but only that it might be replaced with more. A less inert idler never lived.

A few months before the appearance of *Three Men in a Boat,* his play
Sunset was published, as was *A Handbook for Would-be Dramatic Authors.*
This actually came out anonymously as being by 'a dramatist', and although
Jerome never owned to the work, it was generally believed at the time, and
seems fairly certain now, that he was in fact the author; the period is right, and
prose style bears his stamp. Jerome worked on. He had no idea of resting upon
his latest and hugest success, though neither did he wish merely to repeat the
same formula. He stayed in Chelsea and concentrated on two more plays and a
series of stories.

One of the most intriguing questions posed at this stage of his career does
not concern the volume of his output, however, but its particular quality. How
was it that Jerome could write so very well? How did he evolve his style? For
the style is undeniably his strength, as certainly up till now he had had nothing
new to say, and neither did he yet intend his writings to convey any sort of
message. The incidents in *Three Men in a Boat* derive strength from their very
ordinariness; most, if not all, of the inconveniences had been described before.
The point was the way in which he wrote it. He was a very good storyteller and
he was able to make some inevitable disaster or other seem very fresh and
funny. This was his style.

Jerome was always determined to write, and the deficiencies in his
background which might have quite defeated a man with a weaker drive – or a
lack of humour – contributed to Jerome's own brand of success, for he felt
compelled to read everything, constantly, and to listen to people. He would
listen to people in every sense possible – not only with interest to a reasoned
argument, or close attention to a man from whom Jerome believed he could
learn, but also in the manner of merely keeping his ears well open – always
remaining very aware of how people actually spoke. He listened, as novelists
will always say they do, to people on buses; he listened to politicians delivering
speeches; he listened to parents admonishing their offspring, and to deferential
flunkeys and pompous self-made men. When Jerome wrote dialogue, it was not
mere Victorian prose contained within inverted commas, but a faithful and
often affectionate evocation of how people were. Things in life, he soon
discovered, went wrong, and he described them, together with people's
reactions. Jerome's style was built upon his intelligence, his need to know, his
reading, and his unashamed eavesdropping. For the rest we have his sense of

humour, and his sincere emotion. These are the reasons that the people loved his writing so much – they saw themselves reflected in it. Nor did they merely imagine this, for the prose was actually fashioned upon them. The slang that critics would have had one believe Jerome himself invented, was only a coloured reproduction of the manner in which ordinary people conveyed to one another their ideas.

Despite the popular success of *Three Men in a Boat* Jerome was concentrating fairly heavily on writing for the stage, though his plays were causing no great sensation, and were hardly reviewed. Few, at this time, achieved long runs, but Jerome's heart seemed still to be very much in sympathy with the theatre, for during 1888 he had had no less than four plays produced – one or two of them only curtain-raisers, it is true – and two more followed in 1890; *New Lamps for Old* and *Ruth*. A good deal of this year, however, was spent abroad, for Jerome had the idea firmly entrenched in his mind that he wanted to visit Oberammergau, for the Passion Play. He had, apparently, nursed this ambition for some years, but now he foresaw a book in the business as well. Once more, he was to be accompanied not by his wife, but by two more fellows – though a different pair to those of the notorious boat-trip, who were doubtless still recovering from the experience.

The absence of his wife might seem strange, for the Jeromes had been married only a year, and it would be easy to draw wrong conclusions. Mrs Jerome was an extremely self-effacing woman who, while encouraging her husband in his every endeavour, shrank from any sort of reflected limelight, perhaps in part because of her little girl. Nor was Jerome interested in 'society' for its own sake and hence the two seem to have been admirably suited in this respect. No doubt because of her retiring nature we learn little of Georgina's character from any contemporary accounts. Alfred Moss, an acquaintance of Jerome in his later days, implies in his hagiography of the author that Mrs Jerome was little less than a saint; but then, he saw Jerome's mother, too, as destined for canonization – and, indeed, most other people who touched JKJ's life in any way whatever. Jerome himself was viewed as one short step below God, and so the Moss biography, as a guide to personality, may hardly be deemed reliable.

The truth is that the Jeromes were quite as happy as any young Victorian couple of the time, and in common with such couples observed a strict application of the definition of roles – strict, in that they were instinctively not traversed, rather than rigidly enforced. Jerome was 'the man of the house', the 'breadwinner', 'the master', and all the rest of it, and Mrs Jerome was Mrs Jerome. She attended with diligence to all the household duties and servants, always (one learns) looked presentable, and was ever prepared to entertain her husband's guests whenever female company was deemed appropriate – which was seldom, for the strength of the male pipe-smoking, book-writing fraternity was yet quite undiminished. George Wingrave really need not have worried; it would take more than such an interruption as marriage to disturb so long-standing an institution as that.

Researching books, then, along with foreign travel, were very much within the male domain, and so the trip was planned accordingly. One more factor which may or may not have played some part in Mrs Jerome's absence is the fact that travel in 1890 was not so comfortable an affair as it was later to become. Jerome described it: 'One went to Ober–Ammergau then in post-chaise, and there was only one hotel in the village. One lodged with the peasants and shared their fare.'

Three Men in a Post-Chaise, however, never materialized, for Eden Philpotts, who was to have been one of the three travellers, was forced to drop out through some illness or other, leaving only one Walter Helmore (an insurance broker) to accompany Jerome. The trip proved a success, and was duly described in *The Diary of a Pilgrimage.*

This book is not really written in diary-form, although each chapter is headed with the date of the entry. It follows somewhat the formula of *Three Men in a Boat* – particularly at the beginning – though the tale develops into a more serious work as the narrative works its way up to the Passion Play itself. Jerome's current admirers, however, would have been far more delighted with the preamble and the events enacted during the journey, as this was the sort of stuff for which once more they had handed over to Mr Arrowsmith 3/6d of their hard-earned money. The second chapter, it will come as no surprise, deals with the question of luggage. As it became generally known that this German trip was in the offing, Jerome (the book is written in the first person) was variously and solemnly instructed by everybody not even to consider departing without packing all of the following: plenty of warm clothing (this advice from a friend whose friend 'had gone up there some years ago, and had not taken enough warm things with him, and had caught a chill there, and had come home and died'), a calico suit and a sunshade (for the heat), soap (in case one had not enough German to ask for some), towels, blankets and pillows (Germans being possessed of none, excepting a few designed with dwarfs in mind), and 'a box of cigars and some tobacco' – this last advice, would one not know it, coming from George. J's sister-in-law went further. She 'came in later on in the evening (she is a thoughtful girl), and brought a box with her about the size of a tea-chest'.

> She said: 'Now, you slip that in your bag; you'll be glad of that. There's everything there for making yourself a cup of tea.' She said that they did not understand tea in Germany, but that with that I should be independent of them. She opened the case, and explained its contents to me. It certainly was a wonderfully complete arrangement. It contained a little caddy full of tea, a little bottle of milk, a box of sugar, a bottle of methylated spirit, a box of butter, and a tin of biscuits: also, a stove, a kettle, a teapot, two cups, two saucers, two plates, two knives, and two spoons. If there had only been a bed in it, one need not have bothered about hotels at all.

He takes hardly any of it, in the end. The story continues with his getting up very early on the day of departure, while remaining hazy as to his reasoning, for they were not due to leave until eight o' clock in the evening. There are bores in their carriage on the train, and the Channel crossing was, to say the minimum, rough. J might have borne up, but for the joint aromas of a fellow voyager's cigar and the ship's engine room. Jerome's conversational account is well accompanied by G G Fraser's illustrations – particularly those pertaining to the problems encountered with the German notion of what a bed should be, J mistaking the undersized truckle for a pin-cushion. There were also language difficulties, which came to a head when J finds himself quite unable to convey to a 'stoical Teuton' waiter that he desires an omelette *aux fines herbes,* French apparently having no meaning for the man. J consults the phrase book, and puts his finger on a deficiency that has troubled all travellers then and since. 'There were lengthy and passionate "conversations with a laundress" about articles that I blush to remember', and twenty pages were devoted to a similar chat with a shoemaker. J observes: 'I could have gone to a German shoemaker with this book and have talked the man's head off.' This, however, did not help him in his quest for a savoury omelette. He thumbs on. 'There were two pages of watery chatter "on meeting a friend in the street" – "Good morning, sir (or madam)" – "I wish you a Merry Christmas" – "How is your mother?" As if a man who hardly knows enough German to keep body and soul together would want to go about asking after the health of a foreign person's mother. There were also "conversations in the railway carriage", conversations between travelling lunatics, apparently, and dialogues "during the passage" – "How do you feel now?" "Pretty well as yet; but I cannot say how long it will last" – "Oh, what waves! I now feel very unwell and shall go below. Ask for a basin for me." Imagine a person who felt like that wanting to know the German for it.'

The idea of an omelette had been more or less abandoned by now, but J delved on grimly to the end. All patience with the little volume was finally lost when he reached an appendix of 'German proverbs and "idiomatic phrases", by which latter would appear to be meant in all languages, "phrases for the use of idiots": – "A sparrow in the hand is better than a pigeon on the roof" – "Time brings roses" – "The eagle does not catch flies" – "One should not buy a cat in a sack", – as if there were a large class of consumers who habitually did purchase their cats in that way.'

Indeed, it was not easy being an Englishman abroad. J, however, does not come out of it appearing unduly jingoistic, for he states that 'the English-speaking people one meets with on the Continent are, taken as a whole, a most disagreeable contingent'. One more reason why he chooses to travel only in the company of men follows on, with this quite heated tirade against the female: 'The women are the most objectionable. Foreigners undoubtedly see the very poorest specimens of the female kind we Anglo-Saxons have to show. The average female English or American tourist is rude and self-assertive, while, at the same time, ridiculously helpless and awkward. She is intensely selfish, and utterly inconsiderate of others; everlastingly complaining, and, in herself, drearily uninteresting.' And, what is worse, she is accompanied by 'the usual miserable-looking man, who has had all the life talked out of him', with whom, it is clear, Jerome had no wish to be identified.

The onslaught continues for nearly two pages, and some more of Jerome's views on the class structure emerge; plus his constant loathing of pretence:

There are many women in the world who are in every way much better than angels. They are gentle and gracious, and generous and kind, and unselfish and good, in spite of temptations and trials to which mere angels are never subjected. And there are also many women in the world who, under the clothes, and not infrequently under the title of a lady, wear the heart of an underbred snob. Having no natural dignity, they think to supply its place with arrogance. They mistake noisy bounce for self-possession, and supercilious rudeness as the sign of superiority. They encourage themselves in sleepy stupidity under the impression that they are acquiring aristocratic 'repose'.

Of course, such affectations have never been the sole domain of women, but it is women in particular who draw Jerome's anger, for he sees their very idleness as vile and parasitic, and their presence (the presence, that is, of such 'ladies' as he has been discussing) as useless. Jerome's brand of socialism has been ruefully summed up earlier in the book: one day, society 'will arrive at perfect wisdom, and will pay each man according to his deserts. But do not be alarmed. This will not happen in our time.'

The Teutonic woman, on the other hand, Jerome believed to be a different matter. His rather patronizing view of them seems very chauvinistic today, and one feels that the modern German woman might not thank him for it. 'The German women are not beautiful,' asserts Jerome, 'but they are lovable and sweet.' He continues, and it gets progressively worse: 'They are broad-breasted and broad-hipped, like the mothers of big sons should be. They do not seem to trouble themselves about their "rights", but appear to be very contented and happy even without votes. The men treat them with courtesy and tenderness, but with none of that exaggerated deference that one sees among more petticoat-ridden nations. The Germans are women lovers, not women worshippers; and they are not worried by any doubts as to which sex shall rule the State, and which stop at home and mind the children. The German women are not politicians and mayors and county councillors; they are house-wives.' This was intended in no sense to be derogatory, and is quite surprising coming from Jerome, for he seems to be saying that the woman who does not think is happier, and that it is good that she should be so. Also, he is comparing the everyday German countrywoman with the English *nouveau riche* society hen; not surprisingly, the German emerges as the more noble. Jerome's double standard is very visible here, for although the intellectual in him should despise women for being complacent over their subjection, it is the Victorian paterfamilias who makes himself heard.

In the light of more recent events in history, Jerome's further opinions upon the German nation read rather ironically today: 'The Germans are a big, square-shouldered, deep-chested race' – due, no doubt, to their broad-breasted and broad-hipped mothers – and 'like all big things, they are easy-going and good-tempered.' 'A German has no anti-nature notions as to its being wicked for him to enjoy life, and still more criminal for him to let anybody else

82

enjoy theirs.' 'They are a simple, earnest, homely, genuine people,' thought Jerome. His closing statement is rather more unwittingly prophetic: 'The Germans... believe in themselves, and respect themselves. The world for them is not played out. Their country to them is still the "Fatherland". They look straight before them like a people who see a great future in front of them, and are not afraid to go forward to fulfil it.'

In short, the trip instilled in Jerome a liking and admiration for the German people that were to remain with him, although he does mention that 'they do not laugh much', but even this is qualified by the observation that 'when they do, they laugh deep down'. He seems to have found a Spartan strength and lack of fuss in the Germans which greatly pleased him. Germany reciprocated his feelings later on by fêting him as an author, and even forming a club in his name, though Jerome did not become aware of his popularity in this country until he returned again some years after in order to research *Three Men on the Bummel*.

The Passion Play itself considerably moved him, and he treats the subject with great seriousness, and even reverence. His was no blind faith, though neither was he oblivious of the theatre of Christianity, of which the Passion Play was a literal example. The play worked for Jerome; it conveyed its message, and therefore it was valid:

Few believing Christians among the vast audience but must have passed out from that strange playhouse with their belief and love strengthened. The God of the Christian, for his sake, became a man, and lived and suffered and died as a man; and, as a man, living, suffering, dying among other men, he had that day seen him... The Unbeliever, also, passes out into the village street full of food for thought. The rude sermon preached in this hillside temple has shown to him, clearer than he could have seen before, the secret wherein lies the strength of Christianity; the reason why, of all the faiths that Nature has taught to her children to help them in their need, to satisfy the hunger of their souls, this faith, born by the Sea of Galilee, has spread the farthest over the world, and struck its note the deepest into human life. Not by his doctrines, not even by his promises, has Christ laid hold upon the hearts of men, but by the story of his life.

But amongst the serious stuff, readers who gleefully identified with the follies and weaknesses of the three heroes on the boat had one more treat in store: the story of Jerome's appreciation of art in the German gallery.

As for pictures and sculptures, I am thoroughly tired of them. The greatest art critic living could not dislike pictures and sculptures more than I do at this moment. We began by spending a whole morning in each gallery. We examined each picture critically, and argued with each other about its 'form' and 'colour' and 'treatment' and 'perspective' and 'texture' and 'atmosphere'. I generally said it was flat, and B. [Walter Helmore] that it was out of drawing. A stranger overhearing our discussions would have imagined that we knew something about painting. We would stand in front of a canvas for ten minutes, drinking it in. We would walk round it, so as to get the proper light upon it and to better realise the artist's aim. We would back away from it on to the toes of the people behind, until we reached the correct 'distance', and then sit down and shade our eyes, and criticize it from there; and then we would go up and put our noses against it, and examine the workmanship in detail.

This is how we used to look at pictures in the early stages of our Munich art studies. Now we use picture galleries to practise spurts in.

I did a hundred yards this morning through the old Pantechnicon in twenty-two and a half seconds, which, for fair heel and toe walking, I consider very creditable. B. took five-eighths of a second longer for the same distance; but then he dawdled to look at a Raphael.

The Diary of a Pilgrimage was published in 1891, and the critics and public reacted quite how one might have expected. The critics picked up such passages as that quoted above as evidence of Jerome's persistent philistinism and vulgarity, symptomatic of the new humour, cheapening an otherwise tolerable book. The public, on the other hand, if they regretted anything, regretted the fact that Jerome had seen fit to be so serious so often, concerning such subjects as religion or politics. The book sold very well notwithstanding – upwards of 5000 in the first year. It bore a prominent advert for *Three Men in a Boat* on the inside front cover, and represented excellent value, for not only were there 'upwards of one hundred and twenty illustrations' but also 'six splendid essays'. These were of the *Idle Thoughts* genre, one of them being a pretty deep study on the subject of 'Tea-Kettles'.

It has been said that before Jerome's trip to Germany he had been working on some stories. These proved to be a departure for him, and were published later the same year. The book was called *Told After Supper,* and it consisted of a series of ghost stories, each supposed to have been related after supper by a half-drunk and well-fed narrator. The publisher this time was the Leadenhall Press – the new title for Jerome's first publisher, Field & Tuer. The book therefore carries advertisements for *On the Stage – and Off* and *Idle Thoughts of an Idle Fellow* as being 'Amongst the best of Mr Jerome's books'. They are, of course, more or less his only books, with the notable exception of Arrowsmith's *Three Men in a Boat,* which for some reason Leadenhall omitted to mention.

Told After Supper was attractively produced for the Christmas market, printed in large royal blue type on pale blue paper, this novelty, predictably, being abhorred by the likes of *Punch.* The binding was a bright, seasonal red, and boasted '96 or 97 illustrations by Kenneth M Skeaping'. This off-handedness was found to be amusing by most people; should the information be found in any way rewarding, the exact number of illustrations present was ninety-six unless one includes a strange sort of heiroglyph, in which case there would be ninety-seven.

And so, during 1891 Jerome had published two books. This was not, however, to be the pattern of things, for an opportunity now arose for which, one feels, he had in some way been waiting. Increasingly, Jerome was discovering that he had things to say; there were many inequalities and wrongs which he perceived in society, as well as much worthy of derision and laughter. These he needed to speak about, and although more and more of his opinions were creeping into the text of his books, the process was neither sufficiently elastic nor immediate. The answer would appear to have been a return to journalism, though this time on a very different footing from that of before. Jerome was now a 'name', and his views had a very good chance of being read and, who knows, even acted upon. A young man named Robert Barr, who had already some experience in the business of publishing periodicals, wanted to start a new monthly journal, and it soon became known within literary circles that he was seeking an editor. He wanted a 'name' – for this would get the magazine noticed and encourage circulation – but the name had to be one to which the public could be expected to respond. The choice was between Jerome K Jerome and another writer 'recognized', as JKJ says, 'as a new force'. Barr's quandary is outlined in *My Life and Times:* 'He wanted a popular name and, at first, was undecided between Kipling and myself. He chose me – as, speaking somewhat bitterly, he later on confessed to me – thinking I should be the easier to "manage". He had not liked the look of Kipling's jaw.'

Jerome was asked by Barr whether he was interested in the post. Jerome replied that he was interested. Barr further enquired as to whether Jerome had any ideas for the name of the projected journal. And to this Jerome replied that he rather thought he had: they would call it *The Idler.*

Chapter 12

Idling

> Robert Barr grieveth that there is no making of new books and
> magazines in these days.

This mock lament was set up in Gothick type, and it subtitled 'The Idler's
Club' – the first of the editorials, in which the journal's existence was justified.
Or, sort of justified; the truth was, of course, that the 1890s saw a new
magazine emerging almost every week. It was a veritable growth industry,
though approached very much in the manner of today's record business, on the
principle that if enough of the things were released, some, at least, would hit.
Many new journals limped on to only a second or third issue, while a few were
successful. Any first issue, then, was a gamble, and so Jerome and Barr took
great care that their first issue would be exceptional. A mass of talent was
assembled for the book-sized fat journal which, it was decided, would sell at
sixpence. Nonetheless, justification of yet another magazine was still difficult,
and so Jerome, in the course of the editorial, took the statesmanlike course of
conveying his message in a heavily ironic tone, rather in the manner in which he
customarily denied that his books served any useful purpose whatever.

> But look at our bookstalls today! Almost nothing on them. Here is a
> great reading population crying out for printed matter, and yet
> nobody seems to pay any attention to the appeal. Think what an
> opportunity the recent festive holiday season might have supplied
> to an enterprising publisher, yet no-one seems to have thought of
> bringing out a Christmas number! It could easily have been done.
> All that would have been needed would have been a few stories by
> somebody on any subject except that of Christmas; and, if the
> publisher had wanted to indulge in a special freak of originality, he
> might have given away a coloured plate – something startling and
> new, as, for instance, a picture of a child and a dog. It is deplorable
> that none of these things were thought of; but, never mind, you
> wait. We'll get out a Christmas number ourselves at the end of the
> year, just to show the possibilities of the idea.

This rather clever peroration states quite clearly that *The Idler* was to be
different from all those other magazines on the news-stands, by the simple
device of satirizing the hackneyed and predictable format and approach of its
existing competitors. The editorial appeared at the rear of the journal, an act
which demonstrated a remarkable display of confidence, for instead of touting
the glories to come, the joint editors were pleased to allow the reader to make
up his own mind. Their confidence, of course, was not misplaced, for the

magazine opened with a full-page sepia frontispiece portrait of Mark Twain, puffing on his corn-cob, to introduce the first instalment of a new Twain serial, 'The American Claimant'. And not only did the journal refuse to rest upon this very notable laurel, but it crammed alongside articles by Andrew Lang, James Payn, Israel Zangwill, Oliver Wendell Holmes, Bret Harte, and Jerome himself.

The magazine, it was clear, was not *Punch*, though neither did it lack any. A serious note was injected with a poem by Philip Bourke Marston, the young blind poet and member of the original Old Vagabond Club, who had recently died and for whose talent Jerome had had a great respect. Altogether it was well and copiously illustrated in the style of the day, making it quite similar in appearance to *The Strand*, and the first issue contained an ingenious array of composite photographs of prominent figures such as Gladstone, Balfour and Salisbury, where the features of one would be merged with the hair and whiskers of another, the resultant assemblage being entitled 'Choice Blends'. This allusion to tobacco is carried right through the inaugural issue, for apart from the picture of Twain with his corn-cob, there is an interview with the great man. One large passage of this concerns 'The Lady Nicotine', the main information elicited being that in addition to his devotion to corn-cobs (a love shared by Kipling – and one, incidentally, not easily acquired, for each pipe had to be broken in by some menial or other before it became smokable), his annual cigar allowance was three thousand – or, eight or nine a day. The Lang article is entitled 'Enchanted Cigarettes', although it concerns literary endeavour and not hashish. The illustration over 'The Idler's Club' corner depicts a rear view of five idle young men, slumped in club armchairs before a roaring fire, and wreathed in pipe and cigar smoke. In effect the magazine was a gentleman's club – with all the exclusivity that this implied – though yet obtainable by all at only sixpence per month. The closing piece was always 'The Idler's Club' by JKJ, and it soon became *the* feature of the magazine. Even the very first one rambled on in a delightful manner for a dozen pages, eventually winding up with chat about Valentine cards, the moral being:'Yes, it is always the best policy to speak the truth – unless, of course, you are an exceptionally good liar.'

The first issue of *The Idler* had appeared in February 1892, and it sold extremely well. The next issue in March fulfilled the hopes of the readers and the claims of its editors, for in addition to the continuation of the Mark Twain serial, the leading feature was 'Variety Chatter' by JKJ, and Eden Philpotts and Arthur Conan Doyle were added to the contributors. The magazine went from strength to strength, and before the year was out a series by Jerome called 'Novel Notes' was also being run as well as Kipling's essay on his 'Departmental Ditties', the presence of his contributions demonstrating that there was no ill feeling over his having failed to secure the editorship.

The formula, then, was found to work, and Jerome did little to change it, except for 'The Idler's Club'. The chauvinistic depiction heading the column began to be used only intermittently, and then was finally dropped. This paved the way for worse things: women began to contribute to the feature. The really bad offenders were pseudonymous, as with 'A Lady' and 'Angelina'. 'Angelina' actually disapproved of smoking, for heaven's sake, whereupon Zangwill quite properly announced that he, for one, disapproved of 'Angelina', and would be pleased if this lady would desist from substituting tea for his whisky while she was about it. Nothing, clearly, was sacred.

There were 'Idler at Homes', however, which were weekly meetings of literati, and these did much to compensate for so unwarranted a female intrusion. All sorts of men would turn up to these soirées, usually held at *The Idler* offices in Arundel Street, just off the Strand. H G Wells, Conan Doyle, J M Barrie and scores of lesser lights were quite regular visitors, and Jerome's social circle broadened considerably, although he was still very much the private family man at home.

Jerome very much enjoyed the company of quick, literary men, not only for the quality of their work but also for their attitudes towards this work, and for their capacities. The person he seemed to find the most overwhelming in this way was the twenty-eight year old H G Wells, who seemed to manufacture energy in a private generator. None of this was due solely to his youth, for as he grew older, so his pace increased, as illustrated by Jerome:

> He writes a new book while most people are reading his last; throws off a history of the world while the average schoolboy is learning his dates; and invents a new religion in less time than it must have taken his godparents to teach him his prayers. He has a table by his bedside; and if the spirit moves him will get up in the middle of the night, make himself a cup of coffee, write a chapter or so, and then go to sleep again. During intervals between his more serious work, he will contest a Parliamentary election or conduct a conference for educational reform. How Wells carries all his electricity without wearing out the casing and causing a short circuit in his brain is a scientific mystery.

For himself, Jerome says: 'I once wrote two thousand words in a single day; and it took me the rest of the week to recover.' Not true, of course, but like all the best idlers, Jerome would hate to have been thought industrious. Indeed, he was exceedingly proud of his ability to sleep, for despite the evening gatherings, he was no man for late hours. Coulson Kernahan was one of the original 'Vagabonds', and he recalls one of those early evenings with Jerome and Philip Bourke Marston, who did not appear to need sleep at all:

> Jerome K Jerome once gave a jolly little supper-party at 33 Tavistock Place. It was a great success, and went with a swing from the first, but 'J', as most of us called him, cannot, or could not then, stand late hours. Seeing between one and two that he was dead-tired, I suggested that if I said goodnight (or rather good morning), it would be a hint to the others to go. Yawning so prodigiously that his head and himself threatened to part company, Jerome replied sadly, 'It's no use, old man. Phil Marston felt the whisky-decanter just now, and gave it a shake to satisfy himself that there is plenty in

it, and heard me tell C N Williamson not to spare the cigars, as there were plenty in the box. So long as there is a drink or a smoke left, and so long as he can persuade some other fellow that it's still early, he won't go home.' Nor did he.

And Kernahan adds a rider to this, in different context. 'Jerome is, or was, when I knew him well and met him often, a wonderful man to sleep. "I put my head on the pillow," he said once, "and then someone knocks at the door, and says – your shaving water, sir." – indeed, Kernahan's memory is almost a straight quotation from *Three Men in a Boat*; J K J, meanwhile, would marvel at the industry of others and, as an editor, spurred them on to even greater achievement:

> Conan Doyle used to be another tremendous worker. He would sit at a small desk in a corner of his own drawing-room, writing a story, while a dozen people round him were talking and laughing. He preferred it to being alone in his study. Sometimes, without looking up from his work, he would make a remark, showing he must have been listening to our conversation; but his pen had never ceased moving. Barrie had the same gift. He was a reporter on a provincial newspaper in his early days, and while waiting for orders amid the babel and confusion of the press room, he would curl himself up on a chair and, quite undisturbed, peg away at something dreamy and poetic.

Jerome was not so revealing about his own *modus operandi* but we do have an account by a secretary whom he employed rather later on:

> He usually commenced work about ten o'clock a.m. . . . . every detail was carefully considered. It was his peculiarity that he liked his letters to be answered in handwriting instead of typewriting. When the time came to commence his creative work, he would walk up and down the study floor with his hands behind his back and dictate with marvellous ease page after page of humour and pathos. He would occasionally refer to his shorthand notes, and he would often re-arrange the ornaments on the mantelpiece while dictating.

All very meticulous, and a fairly stock portrait of the writer at home. It was rarely like this, however, for Jerome actually preferred to be in a room by himself, for he was always conscious of anyone watching him. The picture the secretary painted was anyway far too prosaic and pious. Jerome's own view of a similar morning's work was rather different:

> The girl [secretary] becomes a sort of conscience; after a time you get ashamed of yourself, muddling about the room and trying to look as if you were thinking. She yawns, has pins and needles, begs

your pardon every five minutes – was under the impression that you said something. A girl who knows her business can, without opening her mouth, bully a man into working.

And so could an editor, as is shown by the following letter:

My Dear Doyle, I want something very strong to follow my 'Novel Notes', which will end about February. Now what do you say to giving yourself a rest for awhile now, and then taking up for me a complete series of six or eight stories to commence in March and run straight away? This would give you plenty of time. You could have three or four ready by February. Then we could advertise this series, and make it the feature of the magazine. The two tales we have, we could use up between this and Christmas.

Let me know at once as to this, and if possible let us have a chat over it. I have been trying to get away, but have not been able to spare an hour.

Kindest regards,
yours ever, JKJ.

A masterly blend of urgency and diplomacy, this latter being very necessary, for *The Idler* was by no means Doyle's primary outlet. As he says himself in his *Memories and Adventures*: 'I was not unfaithful to *The Strand*, but there were some contributions which they did not need, and with these I established my connection with *The Idler*.' It was clear, then, that Conan Doyle did not care to be commissioned or pinned down in the way that Jerome would have wished, and a series by him did not follow 'Novel Notes', although the occasional article from his pen continued to appear. This did not, however, stop the two becoming quite firm friends, and soon Jerome was to go on holiday to Norway with him and his sister, Connie.

'Doyle was always full of superfluous energy. He started to learn Norwegian on the boat. He got on so well that he became conceited; and one day, at a little rest house up among the mountains, he lost his head.' The situation was, it would seem, that they had travelled up to the mountains in two stoljas – 'a tiny carriage only just big enough for one person, drawn by a pony about the size of a Newfoundland dog, but marvellous sturdy'. Doyle got chatting in Norwegian to a young soldier, and Jerome was rapt with admiration. Eager to know the gist of the conversation, Jerome asked Doyle to reveal all after the soldier had left. Doyle said that they had merely chatted 'about the weather and the state of the roads', and very little more. It transpired, however, that Doyle had rather magnanimously given away a pony – lent by a friend – and another was not to be had within ten miles. Jerome recalls that 'for the rest of the trip Doyle talked less Norwegian'.

JKJ too was to provide a little drama in those mountains, for Conan Doyle remembers years later in a letter that Jerome 'was never happy if we went to a rock or a waterfall until he had perched himself on the most dangerous pinnacle'. Shades of Holmes and Moriarty. Jerome himself blamed this sort of compulsion on his 'shameful old ancestors' Norse blood', referring, no doubt, to good old Clapa, the Dane.

Jerome took his role as co-editor of *The Idler* immensely seriously. He wrote many encouraging letters such as that to Doyle, and ensured that there was a camaraderie and unified sense of purpose between the contributors, the 'At Homes' doing much to help this along. He would quite commonly devote sixteen hours of the day to the magazine, and made a great point of personally vetting each of the contributions, as well as scanning those unsolicited, for like all editors he had an eye out for fresh talent. Had his own early attempts not met with such indifference, if not open contempt, it is possible that Jerome might have wearied of this task, for an awful lot of illiterate rubbish was sent to him for consideration, dog-eared from perusals by other men of power. After a very long day, and half-a-dozen unreadable manuscripts, it can become tempting to assume that the remaining score or so must be quite as bad, and make for the rejection slips, but Jerome's sense of justice – and his quest for new material – pressed him on.

Quite apart from unsuitable writings, Jerome was bombarded with begging letters, more or less pleading with him to print the enclosed, as everyone else had turned it down, and the writer was hungry. 'Friends' would ask him to do favours for 'friends' of theirs, the underlying suggestion being that writing was a soft option and easy money. Jerome talked of this aspect of editorship in his autobiography:

> Editorial experience has taught me that the test of a manuscript lies in its first twenty lines. If a writer could say nothing in those first twenty lines to arrest my attention, it was not worth while continuing. I am speaking of the unknown author; but I would myself apply the argument all round. By adopting this method, I was able to give personal consideration to every manuscript sent in to me. The accompanying letter I took care, after a time not to read. So often the real story was there. Everything had been tried: everything had failed: this was their last chance. The sole support of widowed mother – of small crippled brother, could I not see my way? Struggling tradesmen on the verge of bankruptcy who had heard that Rudyard Kipling received a hundred pounds for a short story – would be willing to take less. Wives of little clerks, dreaming of new curtains. Would-be bridegrooms, wishing to add to their income: photograph of proposed bride enclosed, to be returned. Humbug, many of them; but trouble enough in the world to render it probable that the majority were genuine.

In Jerome's view the pursuit of literature should be the initial and ultimate goal, with just payment for the best possible work a necessary concomitant to living. He plodded on through the manuscripts, therefore, in order to find someone possessed of such dedication in addition to the requisite talent.

And one weekend, he was successful. Jerome himself recalls that particular Saturday afternoon:

> I had stayed behind by myself on purpose to tackle a huge pile of manuscripts. I had worked through nearly half of them, finding nothing. I had grown disheartened, physically weary. The walls of the room seemed to be fading away. Suddenly I heard a laugh and, startled, I looked round. There was no-one in the room but myself. I took up the manuscript lying before me, some dozen pages of fine close writing.
>
> I read it through a second time, and wrote to 'WW Jacobs, Esq.' to come and see me. Then I bundled the remaining manuscripts into a drawer; and went home, feeling I had done a good afternoon's work.

Jacobs duly arrived, and he soon became a contributor to *The Idler*, as well as a friend to Jerome. And at last, Jerome had found a true idler – a man who constantly spoke of lethargy and simple habits, but who was in fact a man of quality who got things done. Jacobs' method of working was not at all like that of Doyle, Wells and Barrie, and Jerome gives us an accented version of it:

> From shining examples of industry and steadfastness I – being a lazy man myself – find it a comfort to turn my thoughts away to WW Jacobs. He has told me himself that often he will spend (the word is his own) an entire morning constructing a single sentence. If he writes a 4000-word story in a month, he feels he has earned a holiday; and the reason that he does not always take it is that he is generally too tired.

As to Jacobs' aspirations and high ideals, Jerome tells us that 'all he wants to make him happy is a pipe, two Scotch whiskies a day, and a game of bowls three afternoons a week'. The idler, par excellence. He lived to be eighty years old, wrote hundreds of short stories – mainly humorous and concerned with the sea – and he was a good friend to Jerome to the end.

Jerome's series of essays which had been appearing under the umbrella title of 'Novel Notes' was published by the Leadenhall Press in 1893. The dedication ran: 'To Big-Hearted, Big-Souled, Big-Bodied Friend Conan Doyle' – who, of course, was very big too with *The Strand*, and he still failed to come up with the desired series to follow his editor's 'Novel Notes'. Jerome had been pondering this problem, for he knew that whatever followed had to be strong, and it needed some thinking about. Possibly prompted by the mass of new material from young hopefuls that landed upon his desk every day, he hit upon the idea of persuading a gaggle of already successful writers to each contribute an essay – one to be published each month – under the blanket title 'My First Book'. Thus the three-pipe problem was solved at a stroke; the idea proved to be inspired, for Jerome had hit upon the truth that next to reading a man's latest work the public shared an insatiable desire to know how that man began, how he 'broke in'. The series ran for well over a year, and it proved extremely popular with subscribers; this is not altogether surprising, for among the more notable contributors there were – aside from JKJ himself, telling us about *On the Stage – and Off* – Hall Caine, George R Sims, Rudyard Kipling, Arthur Conan Doyle, Rider Haggard, RM Ballantyne, Israel Zangwill, Marie Corelli, Bret Harte, and Robert Louis Stevenson. It is doubtful whether *The Idler* needed a seal of approval, for even after its first year the *Review of Reviews* was of the opinion that '*The Strand* has got a formidable rival *The Idler*'; if such seal was needed, however, this series provided it. Jerome K Jerome could now rest well assured that he was the co-editor of a very successful magazine.

The work that Jerome was putting into *The Idler* was so intense that he had no time to write anything other than pieces destined for its pages, so the stage was temporarily laid aside, but nonetheless he continued to publish books. *Novel Notes* was followed by the collection of essays entitled *My First Book*, which he edited and introduced. This was published by Chatto & Windus in 1894, and in the same year McClure & Co. brought out *John Ingerfield and Other Stories*. This very small and sober green volume signalled a new direction for Jerome, for although all the stories had previously been published in *The Idler*, only a couple of them were in a humorous vein. He braced himself for reaction by writing a very straight and rather acid preface addressed 'To The Gentle Reader; also To The Gentle Critic', pleading that the whole work should not be taken as humour:

> I wish distinctly to state that 'John Ingerfield', 'The Woman of the Soeter', and 'Silhouettes', are not intended to be amusing. The two other items – 'Variety Patter' and 'The Lease of the Cross Keys' – I give over to the critics of the new humour to rend as they will; but 'John Ingerfield', 'The Woman of Soeter' and 'Silhouettes', I repeat, I should be glad if they would judge from some other stand-point than that of humour, new or old.

In his new position of relative power, Jerome was recognizing, if not encouraging, the very first stirrings to become a 'serious' writer. The stories in *John Ingerfield* were no more than good, and proved not at all as popular as his lighter writing, but Jerome regarded it as an important step to have published them in hard covers. He did not want to cease humorous writing – indeed, it is doubtful whether he was capable of stopping – but he felt that very soon he might have what he felt to be very important things to say, and when they were eventually voiced, he wanted them to be heard.

The hours in his day were well accounted for. He was a very successful writer, and a fine editor to his friends. Towards the end of 1893, however, he began to feel that the format of *The Idler* although achieving quite what it was designed for, was too tight to allow him to express himself in the way he sometimes wished. There was also the fact that he was only the joint editor, and therefore decisions of policy had to be taken in conjunction with Robert Barr. The solution, of course, was not to alter *The Idler*, but to start up a completely new magazine, to run concurrently with *The Idler*, and of which the sole proprietor and editor would be Jerome K Jerome.

Chapter 13

The Chief

Chelsea, Jerome decided, was too urban. 'Friends of ours lived in St John's Wood, and possessed gardens, some even growing roses and spring onions; and their boastings made us envious.' Another friend was given to shooting rabbits in the garden of his 'little place' off the Avenue Road. Jerome now felt that the time had come for him too to aspire to St John's Wood, and settle for 'an old-fashioned house behind a high wall in Alpha Place . . . a pleasant house with a long dining-room, and a big drawing-room looking out upon a quiet garden'.

About the time of this move Jerome and his wife were becoming more and more friendly with Israel Zangwill. Zangwill was not quite thirty at this time, and was involved with his 'Ghetto' books – *Children of the Ghetto, Ghetto Tragedies,* etc. – for like many Jewish writers he was primarily, if not wholly, concerned with Judaica. Like Jerome, though, he was branded with the title 'new humorist' for his journalistic work – and with good reason, for as Jerome tells us, it was Zangwill who discovered the English Shakespeare. 'Shakespeares were being discovered everywhere just then. J T Grein, the dramatic critic, had discovered a Dutch Shakespeare, and another critic, not to be outdone, had dug one up in Belgium. In the end, every country in Europe was found to possess a Shakespeare, except England. Zangwill did not see why England should be left out, and discovered one in Brixton.' And neither did Zangwill have any time for this theory of attribution of authorship to Bacon, although he did agree that all those famous old plays were not in fact written by William Shakespeare, but by another gentleman of the same name.

In Jerome's opinion, though, Zangwill did not give over enough time to this sort of witty and inventive writing, of which he was supremely capable, and far too much to the question of Jewry. The two had a common sympathy for the underdog, though later Zangwill was to confess to Jerome that he believed he had wasted half his life on Zionism. In his autobiography Jerome expounded his own view on this issue of growing political importance:

> I never liked to say so to him, but it always seemed to me that the danger threatening Zionism was that it might be realised. Jerusalem was the Vision Splendid of the Jewish race – the Pillar of Fire that had guided their footsteps across the centuries of shame and persecution. So long as it remained a dream, no Jew so poor, so hunted, so despised, but hugged to his breast his hidden birthright – his great inheritance to be passed on to his children. Who in God's name wanted a third-rate provincial town on a branch of the Baghdad railway? Most certainly not the Zionists. Their Jerusalem was and must of necessity always have remained in the clouds – their Promised Land the other side of the horizon. When the British

Government presented Palestine to the Jews, it shattered the last hope of Israel. All that remains to be done now, is to invite contracts for the rebuilding of the Temple.

It is clear, however, that at the time discussions of this nature did not take place between Jerome and Zangwill, for it remained a highly sensitive issue. Jerome confined himself to the admiration of Zangwill's literary endeavours, and received similar encouragement in return for the new magazine that Jerome was now assembling. JKJ sums up the man's character: 'Zangwill is, and always has been a strong personality. You either like him immensely or want to hit him with a club.' Jerome, fortunately, liked him immensely, and recruited him as a writer for this latest journal. Anti-semitism had no place in Jerome's way of thinking. He judged each man on his merits, while remaining aware of the attitudes and prejudices of society, which in due course he would like to correct.

In 1893, while still attending to the business of *The Idler,* as well as writing for it, Jerome's main energies were devoted to his newest venture. The magazine was to be a weekly – not a monthly like *The Idler* – it was to sell at twopence, and the whole tone was to be more immediate, its range more encompassing. Jerome christened it *To-Day.*

'I had the plan in my mind of a new weekly paper that should be a combination of magazine and journal. I put my own money into it, and got together the rest.' Dudley Hardy designed a poster, the young lady depicted becoming known as 'The Yellow Girl', and this artist also worked on illustrations for the paper, as did a host of others including Phil May and even Aubrey Beardsley, although *To-Day* was very different from Beardsley's own *Yellow Book,* which was to make its debut the following year. Jerome and his followers were always much more down to earth than the aesthetes; given a green carnation, Jerome would have been quite at a loss as to what to do with it. Indeed, he was one of the critics of another new journal launched in 1894, *The Chameleon.* This was edited by John Francis Bloxham, and contained contributions by Oscar Wilde and Lord Alfred Douglas. Few of the reviewers cared for it, and Jerome drew attention to 'the undesirable nature of some of the contents'. *The Chameleon* was to have been a thrice-yearly, but the first issue proved also to be the last.

Great care and thought were given to the assembly of *To-Day.* It was to be tabloid format, and the layout of serials, regular features and one-offs had to be just right. Among the regular features were 'The Bookmarker' and 'The Diary of a Bookseller' – devoted to notices of the latest publications – and 'The Bauble Shop', which told of the week's goings-on in Parliament. 'Private Views' criticized the art galleries, while 'Club Chatter' discussed gentlemen's clubs, and actually contained little hints and stylistic tips on the finer points of male fashion. There was a token women's page as well, written by 'Penelope', a page of jokes, mostly old even at that time (and hence entitled 'Under the Chestnut Tree'), and two more columns, the titles of which are positively nostalgic: 'Stageland', a weekly interview with a theatrical celebrity, the first of whom was Mrs Patrick Campbell, and 'Idle Ideas', a series of one-line thoughts and aphorisms, signed by Phinlay Grenelg – possibly an anagram for some private joke or other, and written by JKJ. The paper also ran political comment in its leaders, financial advice, theatre criticism, topical articles, and even a sports column. The idea was to merge the very best features of a successful magazine such as *The Idler*, with those of a newspaper. Jerome was aware, however, that no matter how varied the paper might be, or what good value it offered, it would stand or fall by its literary content. A serial was considered essential to lead the reader on to the subsequent issue, and the first issue of *To-Day*, which appeared on 11 November 1893, ran the first instalment of RL Stevenson's *Ebb-Tide*. Of *To-Day* Jerome concluded: 'Though I say it who shouldn't, it was a wonderful two-pennyworth.'

The public evidently agreed, and the first issue went well – though not as well as it might have done, Jerome believed, for the printers had fallen rather short of the ideal. Among other things, an autograph letter from Gladstone was so indistinct as to become unreadable, and a portrait photograph of Coulson Kernahan, JKJ's old Vagabond Club friend, depicted him as nothing so much as a crazed and smudgy murderer. Kernahan contemplated suing, he said, for 'defamation of countenance', but by this time Jerome was already suing the printers. Kernahan takes up the story a few months later, when Jerome came to call upon him:

> 'Do you remember that portrait of you which I had published in the first number of *To-Day*?' he asked.
>
> With some bitterness I replied that I was not so accustomed to being held up to public execration, as a cross between a burglar and a blackmailer, as entirely to have forgotten the incident; and that if I were given the chance of having an alleged portrait of myself again published in *To-Day*, or having my portrait pasted up, with a description of my personal appearance, outside the police stations of the country, as among the 'Wanteds', I preferred the police stations to the periodical as less damaging to one's reputation.
>
> Jerome seemed pleased instead of penitent, judging by his comment which was 'Good!'
>
> 'May I ask why?' I enquired coldly.
>
> 'It is this way,' he said. 'The public will always buy the first number of a new paper, if only from curiosity to see what it is like. If the contents are fresh and interesting, the printing good, the illustrations well-produced, the public will buy the second and the following numbers, and will go on buying regularly. If the first number is bad, the contents poor, the printing indistinct, the pictures smudgy, the public feels that it has been "had", and never looks at another number of the same paper. In fact it is easier to start and to make a success with an entirely new venture than to live down the impression left in the public mind by a bad first number.

'So there is a double law-suit on. I am suing the printers for the injury done to my paper by what I contend was the bad printing of my first number; and they are suing me for the printing bill, which I have refused to pay until I am compensated for the damages sustained by their printing. If, when my case comes on, you will go into the witness box and repeat (you can leave out the bad language) what you said to me about the reproduction of your portrait, it should weigh with the judge and jury.'

While one remains convinced that Jerome would never have spoken in so long-winded and prosaic a manner, Kernahan does appear to have recorded the facts. He did testify at the hearing, but his memory of the result is at fault, for he claims that Jerome lost his case. This is not so. The jury were of the opinion that the printers had failed to provide the best work, as was evident from a glance at the first issue, but that this had not in any significant way marred the success of the paper. They awarded JKJ one farthing in damages, and one grudgingly sees their point, for by the time the case came to court the reputation of the magazine was climbing, the circulation was rising, and the list of contributors had considerably enlarged to include Conan Doyle, Barry Pain, George Moore, Anthony Hope, Richard le Gallienne, Rudyard Kipling, George Gissing, Ambrose Bierce, Bret Harte, and even Thomas Hardy, whom Jerome considered as the very finest of novelists and who contributed a story for the supplement for November 1894.

To-Day prospered. The advice to would-be contributors was quite stern: 'The Editor will be pleased to consider interesting articles and short stories. In every case the MS must be type-written on one side of the paper only. No contribution will be read unless this condition is complied with, or returned, if unsuitable, unless accompanied by a stamped addressed envelope.' *To-Day* was standing no nonsense, for *To-Day* knew its status; as the space-selling puff in the Classifieds read: 'IF you have anything *really good* to advertise, try *To-Day* and *The Idler*, edited by Jerome K Jerome. Advertisers should send for booklet: "What they say about *To-Day*."' There is no mention of Robert Barr, one notes, as joint editor of *The Idler*, the reason being that by mid-1894, Barr had withdrawn from the active side of affairs, while remaining the proprietor. Jerome was now the sole editor of the two magazines, and they were very secure in terms of both quality and circulation, *To-Day* having begun to be renowned for the toughness and outspokenness of its editorials, in which Jerome hit out against any injustice to man or beast, at home or abroad.

The move to Alpha Place in St John's Wood seems to have heralded the shift away from literary gatherings in offices and clubs, and into the family home. Many of the literary men of the day were entertained there, to the great delight of their cook, who spurred the Jeromes on to ever-more ambitious dinner parties so that she might exercise her talents. Mrs Jerome, too, now seemed to enjoy the company of this coterie of writers. 'When friends came,' Jerome says, 'my wife liked to receive them in the hall – she was a slip of a young thing then – standing on the bottom stair – to make herself seem taller.'

She got on particularly well with J M Barrie, and they often discussed birds and animals, two of their mutual interests. That Barrie approved of Georgina Jerome is implicit, for in those days it was quite a feat to make him talk at all. 'Barrie could easily be the most silent man I have ever met. Sometimes he would sit through the whole of a dinner without ever speaking. Then, when all but the last one or two guests had gone – or even later – he would put his hands behind his back and bummeling up and down the room, talk for maybe an hour straight on end.' However, it was clearly small-talk which totally defeated him, as is seen in Jerome's recollection of one particularly vibrant evening:

> Once a beautiful but nervous young lady was handed over to his care. With the 'sole-au-gratin', Barrie broke the silence:
> 'Have you ever been to Egypt?'
> The young lady was too startled to answer immediately. It was necessary for her to collect herself. While waiting for the 'entrée', she turned to him.
> 'No,' she answered.
> Barrie made no comment. He went on with his dinner. At the end of the chicken 'en casserole', curiosity overcoming her awe, she turned to him again.
> 'Have you?' she asked.
> A far-away expression came into Barrie's great deep eyes.
> 'No,' he answered.
> After that they both lapsed into silence.

W S Gilbert was also a visitor, and of a different kind. Jerome remembers him as 'a good talker. A strain of bitterness developed in him later, but in the 'nineties he was genial.' And among other guests at Alpha Place there were also H G Wells – 'a shy, diffident young man' – Rider Haggard – 'a somewhat solemn gentleman' – and George Gissing, 'with his nervous hands and his deep voice'.

The whole of Alpha Place was soon demolished to make way for a new railway line, and Jerome climbed the final rung by moving from St John's Wood to Mayfair – 'a little house, one of a row at the end of a cul-de-sac overlooking Hyde Park'. He could not yet think of embarking upon a full-length prose work, for he was still writing stories for *The Idler* and *To-Day*, though now he again turned his thoughts to the stage, and set to on a major play.

But at this time it was still the role of successful editor that Jerome most enjoyed, and in his memoirs he confesses to the following: '"The Chief" they used to call me. "Is the Chief in?" they would ask of the young lady in the outer office. Just a convention, but always it gave me a little thrill of pride when I overheard it.'

Chapter 14

Libel

His editing and the court case kept Jerome busy upwards of fourteen hours a day in the mid-1890s, although he did somehow fit in a nationwide lecture tour in 1895 and return to playwriting in the same year. Jerome collaborated with Eden Philpotts on the first of his new forays into the theatre, *The Prude's Progress,* which came to the stage in the following manner:

> I read it one evening to a little Jew gentleman, a friend of Fanny Brough's, at his chambers in Piccadilly. 'Read it to him after dinner,' she had counselled me. Dear, sentimental, fat old gentleman how he cried over the pathetic parts! At the end, he shook me by both hands, and wrote me an agreement then and there. He left the business arrangements to me, and I took the Comedy Theatre and gathered together a company regardless of expense.

It was over this play, it might be remembered, that Jerome and Bernard Partridge fell out, for on the advice of George Hawtrey, the producer, Partridge was replaced with another actor at the very last moment. Hawtrey was of the opinion that the play would make Jerome and Philpotts a fortune, and he did not want anything to stand in the way of this end. No fortune was made, however; as Jerome says, 'If I had had a better play, I would have made a fortune. As it was I came out with a profit.' The play ran at the Comedy for six months, its comparative success being in some part due to what Jerome had learned from Bram Stoker concerning the art of mounting a play. Bram Stoker was then a theatrical manager and biographer of Henry Irving, though two years later his life, among others, was to be transformed by the publication of *Dracula*. Jerome recalls his tuition:

> Bram Stoker, Henry Irving's manager, put me up to the art of 'papering'. It was almost the rule then for plays to hang fire at first. The house had to be 'dressed', as the saying was. Generally, this was done by handing out each morning a bundle of passes to the bill-poster for distribution. The deserving poor came in for, perhaps, more than their share. Evening dress, so far as the stalls and dress circle were concerned, was indispensable; but the term is necessarily elastic in the case of female attire, and often the appearance of the house would be irresistibly suggestive of Mrs Jarley's waxworks. Bram Stoker, in those early years when he was building up the Lyceum, took pains. With a *Burke's Peerage* at his elbow, he would confine his complementary admissions to Mayfair and Kensington, together with, maybe, the park end of Bayswater. It

was rarely that his invitation was declined. The Lyceum floor would blaze with jewels, and the line of waiting carriages extend to Covent Garden. I followed the same plan, and kept *The Morning Post* busy recording the nobility and gentry that, the previous evening, had honoured the Comedy Theatre with their gracious presence.'

Jerome saw this as a fair and amusing ruse to ensure as long a run as possible, while having little respect for the overdressed patrons, who came for the sake of fashion and cared little for plays. It got the theatre noticed, however, and tickets sold briskly to those who did care, for *The Prude's Progress* was a good play, favourably noticed in the *Saturday Review* by no less a critic than Bernard Shaw. It was witty, and chock-full of morals, in many ways pre-empting the Shavian philosophy. In the same week Shaw had attended two plays by Sardou, which he hated, and these he reviewed in the same column before turning to JKJ:

> It is an unspeakable relief to get away from Sardou to Mr Jerome K Jerome, whose *Prude's Progress* is much better than its name. Happy is the nation that has no history, and happy the play that has no criticism in this column. *The Prude's Progress* is a shrewd, goodnatured, clever cockney play (Mr Jerome will not think me foolish enough to use cockney as a term of disparagement), interesting and amusing all through, with pleasantly credible characters, and pleasantly incredible incidents, ending happily but not fatuously; so that there is no sense of facts shirked on the one hand nor of problems stage-solved on the other. The play, from which, thanks to its unattractive name, not much was expected, won its way and was very favourably received.

Despite Shaw's lack of sympathy for the title, he was quite soon to echo it with his *Plays for Puritans*.

Inspirited by this success – and in no way daunted by writing for and editing his two journals, the court case and other such business – Jerome launched into another play, and this time on his own. Jerome had a very high opinion of Eden Philpotts – indeed, an extraordinarily exalted opinion, for as a novelist he believed him to be second only to Hardy. Working together, however, was a different matter; as he said, 'collaboration, generally speaking, is a mistake. Like on the old tandem bicycle, each man thinks he is doing all the work.'

The text of *The Prude's Progress* was published by Chatto & Windus while Jerome was working upon his next stage work, *The Rise of Dick Halward*. This had its first night on 19 October 1895 at the Garrick Theatre. One of the first reviews to appear was in *The Times,* and it was quick to spot a large measure of Jerome's sentimentality, and the plot's utter dependence upon coincidence; but on the whole they rather liked what they saw:

> Those who feel oppressed by the pervading gloom of the advanced drama of the day, with its predilection for the note of interrogation

– and they must be many – will turn with pleasure to such a story as Mr Jerome K Jerome tells in *The Rise of Dick Halward,* a story in which there is nothing morbid or unwholesome, where heart counts for more than head, and where the old-fashioned note is sounded that 'honesty is the best policy' with only the variation of a new key.

The review continues in this vein, and is as innocuous as the play itself. Few, then, were prepared for Bernard Shaw's review when it was published in the *Saturday Review* a few days later. He went to enormous lengths to tear the play into little pieces, and to pour scorn upon whatever was left.

With every possible disposition to tolerate all views of life on the stage, I cannot quite keep my patience with the pessimism of Mr Jerome K Jerome and his school. . .your maudlin pessimist who, like Jerome K Jerome, says, 'We are all hopeless scoundrels; so let us be kind and gentle to one another': him I find it hard to bear.

The philosophy that *The Times* found clean and wholesome Shaw saw to be weak and despicable. Shaw, of course, was a champion of Ibsen – at that time anathema to the popular playwright, as well as to most of the general public. *The Times* said, 'Mr Jerome is no believer in the bad tastes or the bad smells so much relished by the Ibsenite. He does not think it the business of the dramatist to look after the drains.' And *The Times,* clearly, approved of this attitude; Shaw did not share such squeamishness over the insanitary: 'Ibsen might have been a rich man today if he had taken that view of things,' he said. Indeed, the philosophy and stagecraft of *Halward* Shaw thought so very frail that he was quite unsurprised when the play 'collapses like a punctured tyre'. 'Perhaps, however, it is only fair,' he said, 'that it should bring dramatic authors money; for it will assuredly not bring them anything else.' Shaw's contempt was for Jerome's sympathy with a spineless or inferior person, for finding a certain nobility in a repentant sinner, whereas Shaw finds infamous the contention that 'the baser a man is, the more intensely human and sympathetic he is'. The nicest thing that he found to say was that 'the play passes the time'. He concluded: 'It is as much inferior to *The Prude's Progress* as that play, I hope, will prove to Mr Jerome's next.'

In fairness, the play is nowhere near as bad as Shaw said it was, although neither is it by any means a masterpiece. The point was that its ideas travelled in a quite contrary direction to that in which Shaw believed the contemporary theatre should go, and where he was soon to lead it. 'Shaw is one of the kindest men,' said Jerome, 'but has no tenderness.' It is arguable as to the extent of the influence wielded by this untender review, but the play was not successful. It ran a very short time, and other reviewers – while not as barbed as Shaw – nonetheless agreed that it was a greatly inferior piece to its predecessor.

Having produced these two plays in one year, Jerome appeared to have assuaged his recurrent theatrical itch for the time, and once more he turned his full attention to the two magazines. He was contributing a long series of essays to *To-Day* under the title 'Characterscapes', and these were collected and published in 1897 as *Sketches in Lavender, Blue and Green*. In addition to the powerful leaders, however – which continued to speak out against foreign atrocities and such eternal subjects for the caring Englishman as cruelty to animals – it was the business column which was attracting increasing attention.

Entitled 'In the City', the column was not written by Jerome, as he did not have that kind of specialized knowledge, although as editor he accepted full responsibility for what was said. The column replied to financial enquiries – usually relating to the buying and selling of stocks – and also gave tips. More importantly, though, it would keep the investors up to date with the latest happenings in various companies, alerting them to takeovers, union strife and the like. And if the practice of any company was seen to be in any way underhand or unethical, the salient facts would be brought out into the open. On one occasion its crusading spirit brought Jerome a strange visitor, a Mr Barney Barnato – a businessman from South Africa. He was of the opinion that *To-Day* had said rather too much about his Johannesburg company. Barnato was not the gentleman's real name, for he was in fact the son of an East End Jew named Isaacs. He had emigrated to South Africa with his brother, where both had made a huge fortune from diamonds under the umbrella of the Johannesburg Consolidated Investment Company. *To-Day* had intimated that such companies would be only marginally less rich if they felt inclined to pay slightly more than starvation wages to the black men who actually had to mine the gems from the core of the earth. Jerome recreated his subsequent interview with the gentleman in *My Life and Times:*

"'I've read your article," he said. He seemed to be under the impression I had written it myself. "There are one or two points about which you are mistaken."'

Mr Barnato then slid across a few hand-written notes, indicating what he would like said in a future issue, together with an uncrossed cheque for £100. Jerome returned the cheque, and dropped the notes into the bin. Barnato remained unruffled, and altered the cheque to £200. Jerome gave it back.

"'How much do you want?" he asked. He was so good-tempered about it that I could not help laughing. I explained that it was not done – not in London.

'There came again a twinkle into those small sly eyes.

"'Sorry," he said. "No offence." He held out a grubby hand.'

Whether or not this sort of thing was 'done' in London must remain debatable during an era when lesser magazines were forever putting their full weight behind some organization or other. The message was that it was not done by *To-Day*. The magazine said only what it believed, and it did not hold its punches.

The outspokenness of the magazine, however – and in particular that of the 'In the City' column – was to prove its eventual undoing, and bring disaster to its editor.

One receives the impression that the incident involving Mr Barnato was not isolated. Quite a number of (Jerome hints) foreign businessmen had attempted to bribe the magazine into publishing a retraction, or else in order to persuade the editor to dissuade his journalists from being quite so investigative. Almost always, the criticisms were justified, and the City benefited from the exposures. Very occasionally, factual sources had been in error, resulting in a slightly misleading article, and sometimes the case was overstated. In such instances, brief apologies were printed, and it appears that upon one or two occasions, small out-of-court settlements were paid to claimants. However, the fury of one apparently maligned entrepreneur was not to be so subtly abated.

A Leeds company promoter named Samson Fox took out a libel action following a particularly virulent attack. The case that ensued was very long, very time-consuming, extremely dull, and hopelessly complicated. 'It resolved itself' says Jerome, 'into an argument as to whether domestic gas could be made out of water.'

It is not at all by accident that one receives the impression that Jerome himself understood quite as little of the case as might a modern researcher, as it must always be borne in mind that the very nature of the matter was totally alien to his manner of thought. JKJ had little grasp of business, and no sympathy with its brutal, and more familiar aspect. The fact of the matter was, however, that Jerome – as proprietor and editor of *To-Day* – was solely responsible for any comment made within its pages. The bare facts of the case itself are as follows: the alleged libels against the plaintiff (Samson Fox) contained charges of having induced the public to subscribe the capital of the Leeds Forge Company and of several water-gas companies by gross and deliberate misrepresentations. He was also accused of having fleeced the public of a sum of £46,000, which he had given, strange as it appears, to the Royal College of Music. A galaxy of legal talent was assembled for the fray, Mr Fox seeing fit to commission no less than four silks to present his case, headed by Sir Edward Clarke, Q.C. Jerome and *To-Day* mustered three, the chief protagonist being a Sir Frank Lockwood, Q.C. The joust commenced upon All Fools' Day, 1897.

Jerome felt confident that the case would be thrown out of court briefly and cursorily, but this was not the way it was to be. Examinations and cross-examinations carried on for weeks, and it was not until early May that a verdict was reached. On the seventh day of the month, to quote the law report in *The Times*, 'the jury found a verdict for the plaintiff of one farthing. The learned judge on that occasion reserved the question of costs.' The learned judge in this case was Baron Pollock, and upon the following Tuesday this outstanding question was to be resolved. Again, to quote the report, 'Sir Frank Lockwood today asked his lordship to deprive the plaintiff of his costs, and to order that he should pay the costs of the defendants. He assumed that the jury thought that some insignificant portions of the libels were unjustified, and therefore awarded the plaintiff a contemptible sum.'

Baron Pollock announced in his summing-up that 'the action had taken a longer time than any other action for libel that he could recollect, and his recollection went back over fifty years'. As to whom should bear the cost, the learned gentleman seemed unable to decide; the case seems to have been singular in many ways. Jerome himself says, 'I have the satisfaction of boasting that it was the longest case, and one of the most expensive, ever heard in the

Court of Queen's Bench.' It was this expense, though, that proved to be the killing, for eventually each party was ordered to pay his own costs. Samson Fox's share came to eleven thousand pounds, and that of Jerome to nine thousand. The briefs, as usual, had for weeks been urging ahead their respective clients, assuring each that a win was a certainty; as it evolved, everybody lost – except, of course, counsel. Fox and Jerome shook hands after the case. 'He informed me that he was going back to Leeds to strangle his solicitors; and hoped I would do the same by mine.' For Fox, it was all a damned nuisance; for Jerome it spelt disaster. Even the choking of lawyers would not help. 'It seemed to me,' said Jerome, 'too late.'

At this time, a four-bedroomed house in the very finest area of London could be had for five or six hundred pounds. This gives some idea of the enormity of Jerome's financial obligations. There was no possible way to raise even a proportion of the money, other than to sell out all his financial interest in both *The Idler* and *To-Day;* the rest would have to be paid off gradually. Jerome had been relying more and more upon the continuing success of his two magazines, and quite apart from his strong feelings for them and their contributors, the blow could hardly have come at a worse moment in his life, as he was now a father for the first time, his wife having just given birth to a girl, Rowena.

When the financial disaster occurred his wife and baby daughter were away in the country. Jerome was grateful for this, for he was not eager to infect them with his misery, nor did he feel inclined to sympathy. *To-Day* inserted the following brief passage:

MR SAMSON FOX AND 'TO-DAY'

Our space does not permit us to give a full report of the proceedings in this case, and we do not think it fair to quote piecemeal, but those of our friends who wish to have a full account of the proceedings will find excellent reports in our contemporaries, the *Leeds Mercury* and the *Yorkshire Post.*

And friends there were. A 'million-farthing' scheme was mooted to help out Jerome, but he discouraged the idea. He always saw *To-Day* as a one-man paper, and he had always laid great emphasis upon being responsible for what was written in it; the present obligation he saw as being wholly his. Jerome had enjoyed journalism, and he had positively lived for the work involved in his ambition of being a successful editor. All this, he now saw, was over.

On the evening of the verdict, Jerome was alone. 'I dined by myself at a restaurant in Soho, and afterwards went to the theatre; but I recall a dull, aching sensation in the neighbourhood of my stomach, and an obstinate dryness of the throat.'

One of the aphorisms that Jerome had penned for the 'Idle Ideas' column of *To-Day* ran as follows: 'Men must go up, go down, or go out.' This he believed, and he knew that the crisis, as soon as he could assimilate it, would have to be dealt with. In his memoirs he says, 'a big catastrophe has, at first, a numbing effect. Realisation comes later.'

Jerome was now nearly forty, and he had to think again.

Chapter 15

Beginning Again

Samson Fox survived the court case, as such people do, and he even went on to become a Parliamentary candidate – ironically enough, for Jerome's town of birth, Walsall. He did not live, however, to contest the seat. Jerome himself was in financial ruins, and he never quite forgave his solicitors for their advice to press on relentlessly. He had wished to defend the reputation of his journal, but not at the expense of losing it altogether, along with its sister paper, *The Idler*. The rankle lingered, but even this he managed to translate into humour in one of the essays contained in his next book. The essay is called 'On the Inadvisability of Following Advice', wherein Jerome 'quotes' the following words spoken to a would-be litigant by 'an old gentleman whose profession it was to give legal advice, and excellent legal advice he always gave'.

> My dear sir, if a villian stopped me in the street and demanded of me my watch and chain, I should refuse to give it to him. If he thereupon said, "Then I shall take it from you by brute force," I should, old as I am, I feel convinced, reply to him, "Come on." But if, on the other hand, he were to say to me, "Very well, then I shall take proceedings against you in the Court of Queen's Bench to compel you to give it up to me," I should at once take it from my pocket, press it into his hand, and beg him to say no more about the matter. And I should consider I was getting off cheaply.

This humour has about it the sour twang of experience and the rather disillusioned flavour runs through all the essays in the book. That this was now a period for reflection is displayed in the title *The Second Thoughts of an Idle Fellow*, for it demonstrates more than the fact that here was a sequel to his first and celebrated *Idle Thoughts*. The essays in that book were fresh and vital, and the ideas discussed were those which occurred for the very first time to a young mind. This second collection of essays – all of which had already appeared in the pages of *The Idler* – saw Jerome rethinking and re-evaluating life, but coming to no very definite conclusion, save that of inconclusiveness.

Not that humour was lacking; there is a lot to laugh at in these essays, although the reader is laughing with Jerome in a rather middle-aged, world-wise sort of way, at follies now outside themselves. Man, the message seems to be, does not change, and this is found to be at once whimsical and deplorable. The titles of the essays are as attractive as ever, though: 'On the Exceptional Merit Attaching to the Things We Meant to Do', 'On the Delights and Benefits of Slavery', 'On the Motherliness of Man', 'On the Preparation and Employment of Love-Philtres', 'On the Care and Management of Women', and so on. Jerome, at the age of forty, had quite a lot to say about women, and most of it is complimentary. He chides them, it is true, for the usual reasons – being slaves to fashion, unpunctual, and incapable of making decisions – but their multi-faceted personalities seem to have struck him afresh. He was of the age that he referred to as his prime (though those younger, he was quick to see, would call middle-aged), and he was firmly established with a wife and daughter – indeed, two daughters. Never before, though, have we heard him eulogize to such an extent over the sheer attractiveness of women. His announcement, teetering upon the lascivious, runs thus:

> I like tall women and short, dark women and fair, merry women and grave.
> Do not blame me, Ladies, the fault lies with you. Every right-thinking man is an universal lover; how could it be otherwise? You are so diverse, yet each so charming of your kind; and a man's heart is large. You have no idea, fair Reader, how large a man's heart is: that is his trouble – sometimes yours.

A tentative bid for youth and freedom is discernible here – and keenly, albeit cloaked in a mock-oratorical style. The idea of suppression was abhorrent to Jerome, and he had an artist's eye; more and more, it would seem, he was becoming aware of pretty women all around him, and it would have been foolish to deny the pleasure this gave him. It is extremely doubtful whether he would ever have contemplated any sort of infidelity – his fame, his contentment with marriage, and the lingering puritanism within him would have made this impossible – but there would appear to be no doubt that the gazing upon these women, as well as meeting them socially and through his stage work, afforded him a great delight, and he indulged it quite liberally. In print, he could have as many flirtations as he wished, and he proceeded to do just that. When he later came to write novels, he discovered that this device enabled him to fall in love all over again, but for the moment he found contentment in the very number and array of women all around him; it was a youthful attitude, but there was an even deeper intensity, and certainly more insight into his rather electric impulses, now crystallizing into a sexual fascination. And why not? As he says, 'May I not admire the darling tulip, because I love also the modest lily?' Society's reply, though, he knew – to say nothing of that of Lily – was no, emphatically not. Jerome would merely look, though, and write about it.

Despite his financial problems Jerome was a happy man, in the traditionally middle-class definition of that state, which inferred that as one had all the things to which man might aspire – wife, children, house, job and so forth – one had no right to a rather poetic discontent. He heartily concurred with this during his finer moments; he was very much the family man, and writing was his work, but occasionally one may detect the pain of the artist. What is even more noticeable from *Second Thoughts of an Idle Fellow* is that the timbre of his writing was now beginning to alter. He had not abandoned humour, of course, and nor was he ashamed of it. He found increasingly, however, that there were some thoughts within him to be expressed, some morals to be drawn, that simply could not be accomplished through the medium of humour; the humour that remained was not cynical, but it had lost a little zest, its place being assumed by sometimes quite considerable wisdom. And neither did he feel any more that each essay must close in a lighter vein, or with the climax of a joke; rather that it should be thought-provoking, or even poignant. The philosophies he expounds are neither new nor earth-shaking, but once more his skill as a writer comes strongly into play, for the way in which these truisms are imparted might lead the reader at least to think again of their wisdom. One, albeit slightly mawkish, example occurs at the end of 'On the Care and Management of Women', where Jerome and a few other passers-by are laughing at the undeniably comic spectacle of an exceedingly tiddly lady who, in her inebriated state, is 'dancing' with a policeman. Then, the sight of a child's face beneath the gas lamp stayed him.

> Her look was so full of terror that I tried to comfort her.
> 'It's only a drunken woman,' I said; 'he's not going to hurt her.'
> 'Please, sir,' was the answer, 'it's my mother.'
> Our joke is generally another's pain. The man who sits down on the tin-tack rarely joins in the laugh.

This last comment is just rescued from the status of a Christmas cracker motto by following on as it does after the hurt child – the hurt child being a not under-used means in the Victorian age of delivering a message. The use of this device, however, leaves Jerome quite unabashed, as is amplified in the closing lines of another essay in the book, 'On the Minding of Other People's Business': 'I have lived long enough to doubt whether sentiment has not its legitimate place in the economy of life.' This rather grandfatherly style is a feature of the essays, too, and not at all the style expected today from a writer of only forty; he is also much given to addressing the 'Dear Reader', the 'Fair Reader', and so on, while the essay 'On the Nobility of Ourselves' closes in a burst of positively evangelical prayer. It is clear, then, that the writer of these *Second Thoughts* is an older, wiser man than he who penned the original *Idle Thoughts* of ten years earlier, and this is quite the message that Jerome wished to convey: he was rather proud of his maturity, and through his paternal attitude he sought to guide, though not to preach.

Pure humour is here too, of course, the funniest essay being 'On the Inadvisability of Following Advice' which, quite apart from the legal advice already quoted, describes an irate gentleman's encounter with an obstinate slot-machine, and a superb narration concerning a hopelessly drunk cart-horse, quite in the vein of *Three Men in a Boat*.

Possibly due to the familiar-sounding title of this volume, the book sold well and quite quickly reprinted. The earnings from this were very welcome, and it was fortunate for Jerome that he had built up a small but very sound backlist of books, none of which was likely to go out of print, and these provided a steady income. It was still largely due to the continuing sales of *Three Men in a Boat*, however, that Jerome managed to keep himself and his family in some sort of style. It had taken time to sell out his main interests in the two magazines, and the business was not yet done. A reduction in living standards contributed a little towards the debt, and a proportion of his royalties went direct to the Crown. It is therefore fortunate, if not life-saving, that because of *Three Men in a Boat* in particular he was not only solvent but still very much in demand as a publishable author. Although he was now quite apart from both *To-Day* and *The Idler*, he took a fatherly interest in their welfare, and he was pleased to see that they appeared to be prospering still. As he was now a freelance writer once more, and by no means as affluent as formerly, he left his Mayfair address and took his family to live in Wallingford, on the Thames, for which he had formed quite an affection since passing through it during the course of a certain boat trip. However, he still did not begin a major prose work, but turned his attention once more to the theatre, although his fame in this sphere remained far from great, as this anecdote reveals:

> A lady, on one occasion, asked me why I did not write a play.
> 'I am sure, Mr Jerome,' she continued, with a bright, encouraging smile, 'that you could write a play.'
> I told her I had written nine: that six of them had been produced, that three of them had been successful both in England and in America, that one of them was still running at the Comedy Theatre and approaching its two hundredth night.
> Her eyebrows went up in amazement.
> 'Dear me,' she said, 'you do surprise me.'

After writing two farces, *Biarritz* and *The MacHaggis*, neither of which made much impression, Jerome's next venture was *Miss Hobbs*, a play set in America, and very much concerned with womanhood – the liberated sort, and the type that men believed ought to be tamed. Possibly in some measure due to the criticism of Shaw, this play of Jerome's shows a sort of Ibsenite influence – notably *The Doll's House* – and it raises themes that Shaw himself was to explore more thoroughly in his own plays in years to come. It was first produced at the Lyceum in New York in September 1899, due to the success of his own adaptation of *John Ingerfield* which had appeared there earlier in the year, and it transferred soon after to the Duke of York's Theatre in London. In both countries the play proved to be Jerome's greatest stage success to date, and he was not at all sorry to learn that quite apart from aesthetic considerations and the respectable notices it looked like earning him quite a deal of money.

Its original title was to have been *The Kissing of Kate*, though despite the change to the more modern *Miss Hobbs*, critics were not slow to perceive the allusions to Katherine and Petruchio of *The Taming of the Shrew*. Largely, however, the play was concerned with 'the new woman', Miss Hobbs herself – a militantly liberated lady who sets about converting two young girls to her own ideologies, these girls soon becoming duly dissatisfied with their respective young men. As was said in a contemporary critique of the New York production:

The piece has been described as a modern *Taming of the Shrew*. But Miss Hobbs, although she expresses her peculiar views in an uncompromising manner at every opportunity, is by no means a shrew. She is merely a woman with a mission. Brought up by an aunt who had had two husbands, both 'wrong-'uns', we learn during the play the general depravity of man has been dinned into the girl's head to such an extent that when she grows up she feels herself called upon to save her sex from a condition which she considers worse than slavery, namely marriage.

To counterbalance this attitude, there is a character named Miss Abbey who is in favour of the concept of marriage, though it must be said that she is a spinster. Another character, however, rebukes the servant Charles for covering his livery, which he does for the reason that he does not wish to be identified as a slave. 'We are all slaves, Charles, of one kind or another,' she says, adding, as she turns her wedding-ring around her finger, 'you wear your livery, I mine.' There is also a healthy helping of chauvinism to jolly along this four-act comedy, for the character with the very male name of Wolff Kingseal sees such women as Miss Hobbs as a challenge and a quarry. He is given such provocative lines as 'There's only one way to tame a woman. Make love to her.' His friend suggests that he does not know the 'new woman', to which Wolff rejoins 'Oh! But I know the old, and I guess the same recipe will do for both. There will only be a little difference in the cooking.' Wolff very nearly succeeds in his endeavour towards the end of the play, but, as everyone is gratified to witness, not quite. 'Damn!' he says, as the curtain falls. The play ends in harmony, however, but Miss Hobbs remains unvanquished.

The play was well-made in the classic sense, and tightly written. It was a literary achievement as well as a popular, critical and financial success. New York critics were very complimentary, although, despite Wolff's saying 'I guess . . . ' in the piece of dialogue quoted above, the feeling was that Jerome had not gone far enough in his employment of Americanisms: 'The play's chief fault is that, written by an Englishman, the scene has been placed in this country, and no apparent effort has been made to do away with typical English expressions in the lines.' Nonetheless, this anonymous critic thought the play a 'thoroughly delightful offering in lighter vein . . . it has real literary quality, too, no end of keen wit which Mr Jerome knows so well how to use'.

When the play was produced in London in December once more it won very good notices. 'The first function of a comedy is to hold the attention and to tickle the imagination.' This dubious definition was delivered by a London critic, who went on to assure everyone that '*Miss Hobbs* fulfils that requirement'. The review continued, 'Based upon a thoroughly natural and human idea, it became more attractive as it progressed. The third act escaped the rocks which always seem to threaten dramatists at that particular point, and the finale was so tactfully and tastefully managed that the curtain fell upon a pretty and engaging picture, with calls for Mr Jerome, and congratulations for everybody.' And so JKJ accepted the curtain calls, and his success.

As he was no longer an editor, or even a journalist, and as it appeared that at this moment he still had no desire to write a novel or a sustained prose work, it would seem logical in the light of these stage successes to have put all his efforts into playwrighting at the expense of all else. In the event, he was more or less to abandon drama for nine years.

Money, or the lack of it, was not now such a problem as it had been, and Jerome felt that the pressure was decreasing. He spent a time at Wallingford with his wife and young daughter, and there they entertained old friends. Now that Jerome was no longer at the hub of his journalistic empire, his literary circle had contracted somewhat, but the old diehards still came around. Queen Victoria had only recently celebrated her Diamond Jubilee, but there was now a freshness in the air, for they were only months away from the dawning of the twentieth century. George Wingrave, Carl Hentschel, and J K J were all in agreement that as they stood upon the threshold of a new age – not only in the literal sense of its being nearly 1900, but also on account of the fact that they were now three men in their forties, and not the striped blazered young swells of former years – something quite new was called for. Why did they not, one of them wanted to know, all go off on a trip? No one could say. It seemed a good, and original idea.

'What about the river?' suggested Harris. 'We have had some pleasant times on that.'

George pulled in silence on his cigar, and I cracked another nut.

'The river is not what it used to be,' said I: 'I don't know what, but there's a something – a dampness – about the river air that always starts my lumbago.'

'It's the same with me,' said George. 'I don't know how it is, but I can never sleep in the neighbourhood of the river. I spent a week at Joe's place in the spring, and every night I woke up at seven o' clock and never got a wink afterwards.'

'I merely suggested it,' observed Harris. 'Personally, I don't think it good for me either; it touches my gout.'

And so the three veterans set to thinking of some alternative which might offer just a degree more comfort, while remaining not over-luxurious, this precaution obviating such encumbrances as wives and children who would otherwise wish to accompany the party; Harris and J – the married ones – had quite a lot to say later on about the repressive and darker side of wedded bliss.

As the evening wore on, though, it seemed that no better idea was forthcoming. The three were at a loss, when suddenly inspiration dawned.

'I have it!' exclaimed Harris; 'a bicycle tour!'

George looked doubtful. 'There's a lot of uphill about a bicycle tour,' said he, 'and the wind is against you.'

'So there is downhill, and the wind behind you,' said Harris.

'I've never noticed it,' said George.

'You won't think of anything better than a bicycle tour,' persisted Harris.

I was inclined to agree with him.

'And I'll tell you where,' continued he; 'through the Black Forest.'

And so it was, according to the semi-fictional account of the venture that eventually emerged, that Jerome K Jerome, George Wingrave, and Carl Hentschel decided upon a 'bummel' through Germany, on bicycles.

Chapter 16

Bummelling

Jerome enjoyed going abroad, and not least for the reason that every trip afforded him the opportunity of packing: it was still his consuming hobby. Over the years, he had made a few brief sallies into Europe – the very first in the days of his clerkship, when he and a fellow drone had 'saved up all one winter, and at Easter we took a trip to Antwerp. We went by steamer from London Bridge: a return fare, including meals, twenty-six shillings.' The short holiday proved memorable, if only for its freshness; in his autobiography, Jerome waxes nostalgic over it: 'I would not care to live the whole of my youth over again; but I would like to take that trip once more, with the clock just where it was then.'

France, too, he visited from time to time – a weekend in Boulogne, or else a rather longer stay in Paris. In his own words, 'I became an habitué of the Continent. I discovered that with a smattering of the language, enabling one to venture off the beaten tracks, one could spend a holiday abroad much cheaper than in England. Ten shillings a day could be made to cover everything.' The 'smattering', though, he was later to hold in contempt, and even the modest cost that he quotes was not, of course, as economical as it may now appear, for at the period under discussion, he was earning not very much more than that sum each week. The trips, then, were very few and far between, but he does seem to have enjoyed them inordinately.

It is not really surprising that Germany was settled upon as the venue for this latest and largest excursion, and it is unlikely that the suggestion was wholly that of 'Harris'. Germany was still the country – other than England – that Jerome loved best, while France, it would seem, he could take or leave: 'Paris is a much over-rated city, and half the Louvre ought to be cleared out and sent to a rummage sale.'

The other two thought that George's unease at the thought of all that uphill bicycling was a preposterous objection, on the grounds that when on tandem he declined to pedal at all. J and Harris decided upon alternating riding with George, as both were blowed if they were going to carry him all the way. The real problem with J and Harris, however – George was still a bachelor – was how to break the news of this trip to their wives. The worry that this causes is considerable, the point being that neither is quite the man to *tell* his wife anything, whereas requesting permission smacked of the base, and also carried the not at all unlikely possibility of being refused. The thing to do was to engineer the whole business so that the suggestion of a three-man holiday emanated from the wives themselves. And this is what 'Ethelberta' – J's wife – was supposed to say:

Believe me, a highly strung brain such as yours demands occasional relaxation from the strains of domestic surroundings. Forget for a little while that children want music lessons, and boats, and bicycles, with tincture of rhubarb three times a day; forget there are such things in life as cooks, and house decorators, and next-door dogs, and butcher's bills. Go away to some green corner of the earth, where all is new and strange to you, where your over-wrought mind will gather peace and fresh ideas. Go away for a space and give me time to miss you, and to reflect upon your goodness and virtue, which, continually present with me, I may, human-like, be apt to forget, as one, through use, grows indifferent to the blessing of the sun and the beauty of the moon. Go away, and come back refreshed in mind and body, a bright, better man – if that be possible – than you went away.

Yes indeed, that – according to J – was precisely what she should have said, but how rarely do wives live up to one's grander expectations. J's plan had been to let her see that he was a trifle irritable, due to overwork. Ethelberta did not notice that he was a trifle irritable, for to her he appeared no more and no less irritable than was usual, although if he were indeed a shade more so, then this she attributed not to overwork, but to over-indulgence in Harris's whisky. J, clearly, was not getting across; eventually, he resorted to the following snippet of histrionics: 'This aching monotony of life, these days of peaceful, uneventful felicity, they appal one.'

J continued to prod around in this direction for quite some time, and then Ethelberta voiced her thoughts which were a little different from those in the speech that J had mapped out for her.

'You don't know how I long,' said Ethelberta, 'to get away occasionally, even from you; but I know it can never be, so I do not brood upon it.'

I had never heard Ethelberta speak like this before; it astonished and grieved me beyond measure.

'That's not a very kind remark to make,' I said, 'not a wifely remark.'

'I know it isn't,' she replied; 'that is why I have never said it before. You men can never understand,' continued Ethelberta, 'that however fond a woman may be of a man, there are times when he palls upon her. You don't know how I long to be able sometimes to put on my bonnet and go out, with nobody to ask me where I am going, how long I am going to be, and when I shall be back. You don't know how I sometimes long to order a dinner that I should like and the children would like, but at the sight of which you would put on your hat and be off to the Club. You don't know how much I feel inclined sometimes to invite some women here that I like, and that I know you don't; to go and see the people *I* want to see, to go to bed when *I* am tired, and get up when *I* feel I want to get up. Two people living together are bound to be continually sacrificing their own desires to the other one. It is sometimes a good thing to slacken the strain a bit.'

J, in common with most Victorian husbands, was 'hurt and indignant'. He later came to see, of course, that his wife merely shared his own way of thinking, and therefore the desired end was already in sight.

'Very well, Ethelberta,' I replied, 'it shall be as you wish. If you desire a holiday from my presence, you shall enjoy it; but if it be not an impertinent curiosity on the part of a husband, I should like to know what you propose doing in my absence?'

'We shall take that house at Folkestone,' answered Ethelberta, 'and I'll go down there with Kate. And if you want to do Clara Harris a good turn,' added Ethelberta, 'you'll persuade Harris to go with you, and then Clara can join us. We three used to have some very jolly times together before you men ever came along, and it would be just delightful to renew them. Do you think,' continued Ethelberta, 'that you could persuade Mr Harris to go with you?'

I said I would try.

'There's a dear boy,' said Ethelberta; 'try hard. You might get George to join you.'

I replied that there was not much advantage in George's coming, seeing he was a bachelor, and that, therefore, nobody would be much benefited by his absence. But a woman never understands satire. Ethelberta merely remarked that it would look unkind leaving him behind. I promised to put it to him.

The plan, then, had more or less gone as J had hoped, though it left him with much to ponder. Harris, for his part, had had no trouble at all, but the price exacted for his freedom was high. Mrs Harris wanted a new bathroom installed, a new kitchen stove, and a new piano; as she had been so sweet about Harris's trip, he did not see how he could argue. J informed him that he could add to the tally the part-rental of a house at Folkestone.

Harris and J were seated in their Club at the time, and they reflected upon this and that during the space of a while. Then George bounded in, and asked them whether they had managed it. They bristled at the term. The time had come, they felt, to explain things to George. 'We have mentioned to our wives that we are going. Naturally, they are grieved; they would prefer to come with us; failing that, they would have us remain with them. But we have explained to them our wishes on the subject, and – there's an end of the matter.'

The humbled husband who is proud and strong only in his wife's absence has long been one of the staple ingredients of English humour, but the whole interlude does also illustrate that Jerome was very aware of the need for occasional freedom, and it is clear that exchanges such as those between J and Ethelberta would not have rung true in *Three Men in a Boat*, when Jerome was newly married, nor could he then have conjured them from nothing. Such prose had been suggested by a dozen years of cohabitation, and a soupçon of fatherhood. The humour, then, is very much that of an older man.

'When shall we start?' said George.
'So far as I am concerned,' replied Harris, 'the sooner the better.'
His idea, I fancy, was to get away before Mrs H. thought of other things. We fixed the following Wednesday.

And the route upon which they fixed was to Hamburg, by boat, and then to see Berlin and Dresden, before working their way to the Black Forest, through Nuremberg and Stuttgart. The book, *Three Men on the Bummel,* was published during the same year as the holiday took place – 1900. It was written very quickly, though there is no hint of the slapdash; the spontaneity is there, together with a lot of energy and humour.

Jerome had learned from his boat trip, for on the 'bummel' there is very little history, and 'no scenery. This is not laziness on my part; it is self-control. Nothing is easier to write than scenery; nothing more difficult and unnecessary to read.' And he defends this opinion by implying that modern technology is to blame: 'To the average man, who has seen a dozen oil paintings, a thousand pictures in illustrated journals, and a couple of panoramas of Niagara, the word-painting of a waterfall is tedious.'

Nonetheless, the book is lively – much more so than his last German travel-inspired tale, *The Diary of a Pilgrimage,* even if it does not have quite the freshness of *Three Men in a Boat.* All the anecdotes are here, however, and digression is freely indulged: the three do not arrive in Germany until page 127. *Three Men in a Boat* had concerned the Thames, and the British public could therefore identify in every way, for most would have been familiar with at least one or two of the towns mentioned. Few readers, however, would have visited Germany, and sympathy with Germany in England has never been total. Jerome, on the other hand, had by no means abandoned his minor career of touting the German people and rhapsodizing over various delights which the country had to offer. The message that comes across is that, if the reader at the end of the book is not quite as in love with all things Teutonic as is Jerome himself, then such apathy may only be a display of stubbornness, and utterly in spite of the author's most strenuous efforts. As to criticizing the German people, this is the closest Jerome came: 'The worst that can be said against them is that they have their failings. They themselves do not know this; they consider themselves perfect, which is foolish of them.'

Germany, then, appealed, and Jerome was enjoying himself. This is exemplified in a letter that he wrote to Coulson Kernahan: 'My dear Jack, Thanks for your letter and the papers. At present I am not worrying about anything, but am holidaying through the Black Forest with two old friends, and forgetting everything but sleeping, resting, and laughing...'

The German hills, the German trees and the German people all delighted him, and even the language failed to pose much of a problem. As Jerome recalled, 'a professor of languages I met at Freiburg estimated the entire vocabulary of the Black Forest peasant at three hundred words. Of course, if you want to argue, more study is needful; but for all the essentials of a quiet life, a working knowledge of twenty verbs and a hundred nouns, together with just a handful of adjectives and pronouns, can be made to serve.'

The business of language is one on which Jerome holds quite strong views. At several stages during the book he discusses the attitudes of various countries – notably Germany and England – to the learning of foreign tongues, and England is found greatly wanting; Germany, predictably, is not. In fairness, there is a great deal of justice in what Jerome avers, some of his argument being positively Shavian not only in its mode of exposition, but also in its forcefulness.

J, Harris and George bicycled like the dickens. They put up at the local inns, ate the local food, and took care not to ignore the local beer. They tramped up mountains – one such sally provoking the energetic George to enquire, 'Talking of nature, which should you say was the nearest way down?' They chatted with the Germans, with the aid of J's hundred nouns, and all in all, enjoyed quite a 'Bummel'.

'What is a "Bummel"?' asked George at the end of the book. 'How would you translate it?'

> 'A "Bummel",' I explained, 'I should describe as a journey, long or short, without an end; the only thing regulating it being the necessity of getting back within a given time to the point from which we started. Sometimes it is through busy streets, and sometimes through the fields and lanes; sometimes we can be spared for a few hours, and sometimes for a few days. But long or short, but here or there, our thoughts are ever in the running of the sand. We nod and smile to many as we pass; with some we stop and talk awhile; and with a few we walk a little way. We have been much interested, and often a little tired. But on the whole we have had a pleasant time, and are sorry when 'tis over.'

And from this Parable of Life was taken the title of the ensuing book, though the United States of America was quite unimpressed with the whole of this eulogistic exposition, and opted for the clearer – if also, dare one say, more pedestrian – *Three Men on Wheels*.

The trip had certainly served to reinforce Jerome's affection for Germany, and on the strength of it he decided that as soon as he could, he would live there for a couple of years, in order to see absolutely everything. The Fatherland's future, he thought, was full of hope: 'the German nation is still young, and its maturity is of importance to the world. They are a good people, a lovable people, who should help much to make the world better.'

One is gratified to turn to George's reaction. His view of the German people is straightforward, rather huffy, and altogether more satisfyingly *English*: '"They have their points," said George; "but their tobacco is a national sin. I'm going to bed."'

Chapter 17

Abroad

Towards the end of 1900 Jerome took his family to Dresden, the intention being to live there for as long as two years.

'Taking summer and winter together, Dresden is perhaps the most comfortable town to live in of all Europe.' This was Jerome's opinion at the end of his life, when he had seen enough of Europe to make the judgment reasonable. The use of the word 'comfortable' is rather interesting in its late context, and suggests that by then middle age had come to reinforce well-established middle-class inclinations. He goes on to enthuse in a way redolent of the talk of later expatriates: 'Quite a large English colony lived there. We had a club; and a church of our own, with debt and organ fund just like at home.' And even in the early 1900s, at the time of his sojourn in Dresden, Jerome – as might now be crystal – liked Germany; more pertinent yet, Germany liked Jerome.

Cynics suggested that JKJ's affection for the country was conditioned in large part, if not wholly, by its disproportionate appreciation of his literary efforts – appreciation certainly far higher than that ever accorded him in England. In justice to Jerome, it seems that he took to the place from the very start, and certainly before his work or his name ever came to be known there. *Three Men on the Bummel*, indeed, was a huge success with the German people; it was rare that a book by an Englishman should speak of them so glowingly. In Jerome, the Germans felt they had at last found a foreign writer who *understood* them. The publication of the book in Germany led to a rediscovery of Jerome's earlier works, and before long several plays were running at major theatres, and *Three Men in a Boat* had also been elevated to the pinnacle previously and exclusively occupied by the *Bummel*. As to the *Bummel* itself, it had become a set text in the schools, and Jerome had been pleased to receive a special messenger sent by King Albert of Saxony, conveying His Majesty's appreciation of and respect for the work. (Although Saxony had joined the North German Confederation and her army came under Prussian control after the Franco-Prussian war in 1870, it remained a separate kingdom, of which Dresden was the capital.) Soon after this royal testimony a number of young men formed themselves into The Jeromian Club, their declared object being 'to read and study the writings of Mr Jerome K Jerome'. All very heady stuff, and it would be absurd to suggest that Jerome was unaffected by it. He was affected most deeply, and read the honours as being proof, if such were needed, that he had not misjudged the intelligence of the German people: it was clear that they also understood him.

Possibly for the first time, Jerome felt that he was a 'proper' writer. The labour had become very workmanlike – and, it cannot be denied, the money was still vitally necessary, as may be seen from a letter at this time to Coulson Kernahan: 'Can you tell me if *To-Day* is dead yet? If not, will you send me over a copy? The *To-Day*'s creditors are coming down on us. I do not expect to be free from this business till I die.'

To-Day had not died, but it had rather lost its touch. Jerome had created the paper, and it was just not the same without him. Circulation declined, though it hobbled along for some years yet.

This debt seemed to be the only cloud on Jerome's horizon at the time, however, for he and his family quickly established themselves into German society, Jerome very early on taking formal lessons in the language. His tutor was a Professor Gutheim, the two having a great mutual regard. The alliance deepened into a friendship, and endured the remainder of Jerome's life, and beyond – for the Professor gave a good many talks on German radio after his friend's death, and was also the author of a number of short literary appreci-ations. One of his broadcasts contained the following tribute: 'I am still, after long years, grateful for the stimulating hours which I spent in his company and for the clever and dry-humoured conversations which I enjoyed with him.' However, we do not learn in which language these conversations were conducted.

Amid these scenes of national adulation, what was Jerome actually doing, apart from blushing a fair deal, and fielding the more extravagant bouquets? Well, naturally enough for so revered an author, he was writing a book – or, to be more accurate, two books. One was to be a fairly slender volume, *The Observations of Henry*, comprising short stories interlinked by the 'Henry' of the title, which was duly published in 1901. His real labour, though, was a long and serious novel, very largely based upon his own childhood and youth. It was to be quite different, Jerome vowed, from anything else he had written to date, and far more 'important'. One suspects that the degree of 'importance' was seen in terms of the distance he could place between it and the popular light essays of old. He was tired of being pilloried for his vulgarity and his alleged penchant for the trivial. He wanted to be a popular author, it was true, but not if this very popularity was constantly to be levelled at him as one more loaded criticism. This novel would, he realized, emerge as either the beginnings of a new literary career, or else as merely the end of his old one. It was a gamble, in one sense, but he felt mightily confident as a result of his German admirers. And neither had he been forgotten in England; *Three Men on the Bummel* was still selling well, and the public was eager for more. But the public was eager for more of the same, whereas the critics, he feared, would only oblige with their yawns and sneers; even at the risk of alienating his public, and maybe in the end the critics too, Jerome doggedly pursued this new line. The novel absorbed nearly all his energies, and he attacked the work with a fervour consistent with his personal involvement, and with what he considered to be the crucial nature of the entire endeavour.

When he was working, his concentration was total, but he was also being wooed by the pleasures of Dresden, all of which were made quite available to Jerome and his family, now that they had acquired such status. Dresden, Jerome thought, was a *gemütliche* town. He went to the opera a good deal, and although he records little concerning the quality or otherwise of the productions, he has nothing but praise for the fact that the seats were cheap, that one did not have to dress formally in order to occupy them, that one could reach the theatre by tramcar which deposited one outside the door and not 'in the mud a quarter of a mile away', and that ladies were forbidden to wear large hats in the stalls. This would appear to have been one of the greatest features of all, for one gathers that upon too many occasions in London the lack of such a rule had necessitated Jerome's nervously tapping female shoulders and whispering apologetic requests to that end.

And he went further in his praise of the city. The streets were clean, for the scattering of litter was forbidden by law (in England, at this time, it was not). All in all, the strict laws administered to the 'kindly, simple folk' of Germany seemed to bestow a great deal of pleasure upon Jerome. His respectability was showing to a marked degree.

He enjoyed German beer, finding its pale coolness a refreshing change from its English counterpart; on one or two occasions, he imbibed a stein or two more than was strictly necessary in the interests of refreshment, and as a consequence experienced great difficulty in standing up. Having attained the perpendicular, however, he found – it seems strange to record – not the slightest hardship in resuming his initial and sedentary position. Jerome excused these occasional lapses, going so far as to shift the blame wholly on to the beer itself, which he describes as having been 'seductive', which, of course, is typical of all things blonde.

As to alternative recreations, the following anecdote from his autobiography serves well to illustrate an everyday incident:

> There was good skating at Dresden in the winter. Every night the lake in the Grosser Garten would be swept and flooded. In the afternoon a military band would play, and there was a comfortable restaurant in which one took one's tea and cakes. The Crown Princess would generally be there. She was a lovely woman. She mingled freely with the people, and was popular with all classes, except her own. She saw me waltzing one day, and sent for me; and after that I skated with her.

The hint of intrigue that might be read into the above is unfounded, although it is true that Crown Princess Louise seemed possessed of quite a strange reputation, and did not always behave in the manner expected of the highest family. Such predilections on her part Jerome excuses in the manner one does when one supports the accused, and particularly when the accused wields influence: 'She was a born Bohemian, with, perhaps, the artist's love of notoriety'; Jerome was eager to point out that there was 'no need to believe all the stories that were told against her'. Just two years after Jerome's visit, and a couple of months after King Albert's death, this lady eloped with the tutor of one of her children, this final and insuperably scandalous act culminating in her divorce and ostracism. But whether one believed the stories – which were largely of a lascivious or similarly interesting nature – or whether one did not, it certainly did not do to repeat them, or, indeed, to be associated with them in any way whatsoever. To incur the wrath of the Saxon court was to suffer the fate of an Irish doctor living at the time in Dresden who, it was alleged, was concerned in some propagation of slander against the Princess. He 'was given forty-eight hours to clear out of Dresden, taking all his belongings, including his family, with him. He was in good practice there, and it ruined him. It transpired afterward that he was guiltless of all; except maybe of having talked too much.'

Jerome's chief concern, of course, remained with his writing. His popularity grew in Germany, and spread to other parts of Europe, while he learned from English journals that the critics back home continued to pile on scorn, or else affect indifference. It is interesting to view Jerome's reputation abroad in the light of that of other English writers of the time. Zangwill, Jerome says, 'was known everywhere in literary circles . . . Shaw had not yet got there. Wells was popular in France, and Oscar Wilde was famous.' Also well read were Kipling, Stevenson, Haggard, Philpotts and, of course, Jerome himself. He took the opinions of the English and continental critics philosophically: 'If it be true that the opinion of the foreigner is the verdict of posterity, said I to myself, I may come to be quite a swell dead author.' Despite the convolutions, one may sympathize with the sentiment.

The reception of his novel, he knew, could alter the situation. Jerome was confident of his writing, though now nervous of public reaction; and neither did he wish to endanger his hard-won reputation as a humorist, but, as he said in another letter to Coulson Kernahan: 'I must try and do something a little worthier.' He was bracing himself for reaction. The letter concludes: 'My work for some time to come will be of a much more serious kind. The old longing *to say something* – which has not troubled me for the last few years – is growing on me again; but, of course, in this road I shall have the fight all over again.'

Chapter 18

The Novelist

Jerome was scrupulously neat and workmanlike in the way in which he set about the job in hand. He did not go to the lengths of Trollope, say, who would write a precise number of words at the same time each day, but in his tidy and well-ordered room Jerome would turn out a respectable quantity of writing each morning, or afternoon. He smoked a good deal as he worked – usually cigars, though not of the best quality, which he reserved for the evenings. He wrote in a small, precise longhand, and was always totally absorbed in his current creation. Even the deceptively glib and idle essays were dwelt upon and constructed with great seriousness of purpose and deliberation. *Paul Kelver,* however, required more concentration, he thought, than anything else that had gone before. It was to be serious, as he had said, and it involved long, introspective studies into his own past.

A great deal of *Paul Kelver* was written while the Jeromes were still living in Germany, but by the time Jerome was coming to the end, the planned two years were almost done and, despite his Teutonic passions, Jerome was missing England. Upon his return, he bought a house in the Thames Valley at Wallingford named 'Goulds Grove', and it was here that the work was to be completed. The book, an account of the childhood and early struggles of a writer, was published late in 1902 and, as has been seen by the extensive quotation in the earlier part of this book, Jerome drew heavily upon his own childhood and adolescent experiences. But, because the book was a novel, he always allowed himself the freedom inherent in this art form, and the story quite often departs from the autobiographical whenever Jerome deemed such departure to be advantageous to the general pace and balance of the narrative. For instance, Kelver nearly married a barmaid, while Jerome, patently, did not.

The work of Charles Dickens was never far from Jerome's mind during the writing of this book, and echoes of *David Copperfield* abound. Although the book seldom approaches comparable heights, there is a great deal of good writing and insight, together with touches of humour not unworthy of Dickens himself. Today, the book appears slightly maudlin, the sentiment too touching, but this was not the case at the time of publication; indeed, most of the reviews praised the book for stopping short of just this very indulgence. Some of Paul Kelver's judgments – though very Jeromian and pertinent to the times – seem intolerable today, an apposite example being the following description of a husband:

A man who could never rest quite content unless his wife were by his side, who twenty times a day would call from his office door, 'Maggie, are you doing anything important? I want to talk to you'...
Of a wife I should have said that she was a woman whose eyes were

ever love-lit when resting on her man, who was glad when he was
and troubled when he was not.

Which, like many evocations of marital bliss of the period, comes over
more as a description of the relationship between mother and son, rather than
that of wife and husband. The view is endorsed elsewhere in the book, where it
is stated, 'God made women weak to teach us men to be tender.' The female
sex, then, was here only as an adjunct to the male; all of which might lead one to
believe that Jerome, true to the times, liked women to be staid and usual,
and might have settled for men being much the same. Not so. The paradox of
Jerome was that against such esteem for the norm, he was constantly lauding
the comic and off-beat – though only, one suspects, from a distance. Again, in
Paul Kelver, he says, 'an ounce of originality is worth a ton of convention.
Little tin ladies and gentlemen all made to pattern, one can find them everywhere!' But then, no-one has said that writers have to be consistent.

However, *Paul Kelver* remains a very readable novel. At the
time, it was seen as a great novel – and in particular, to Jerome's great satisfaction, by the critics. He had achieved the critical acclaim he yearned for. The
review in *The Times Literary Supplement* encapsulated almost all critical opinion
at the time:

No contemporary writer has been more persistently underrated
by the critics than Mr Jerome K Jerome. The authorship of *Three
Men in a Boat* has been a millstone round his neck; and he has been
alternatively derided for grinning through a horse-collar, and cen-
sured for not confining himself to that humble branch of the literary
art. He has been labelled 'new humourist' by superior persons who
forgot that novelty is no disadvantage to a joke, and would not see
that the merits of *Three Men in a Boat* resided not merely in its
rollicking fun, but also in its shrewd observation of a certain habit of
mind and type of character; while his serious work has generally
been received with rather supercilious prejudice. He had, therefore, undeniably, a reputation to live down, and in literature, in
these days, it is much more difficult to live down a reputation than
to make one. Let us hasten to add that, so far as that reputation was
a bad one, *Paul Kelver* ought to kill it at a blow. *Paul Kelver* is
autobiographical in form, purporting to give the writer's recollections of his childhood and early manhood. To what extent Mr
Jerome has drawn upon personal experience for the scenes and
circumstances of his story, it is of course, no part of our business to
conjecture. Their actual truth would neither add to nor detract
from their artistic truth; they have the true ring, and that suffices.
The psychology, on the other hand, is quite obviously not invented
but remembered, as the psychology of child-life always must be
when it is done convincingly and well. For children could not
confess their secrets if they would, and would not if they could, so

122

that those who cannot read them in their own hearts have no chance to find them out. Mr Jerome has remembered childhood, and has recorded his memories with the touch of the true artist. He looks back as it were through a veil which blurs the outlines; but what he sees is not a blur but a picture. The child at once puzzled and hurt by its environment has not been better rendered in any recent work of fiction. So far as our recollection goes, the only recent novels which challenge comparison with it in this regard are *The Beth Book* and *The Story of an African Farm;* and it seems to us less morbid and more human than either of them. Indeed, for a comparison that could be sustained one must, in our opinion, convoke the masterpieces – it recalls, though it does not rank with, the books which chronicle the childhood of David Copperfield and Paul Dombey. The latter chapters which tell of Paul Kelver's early struggles as an actor and a journalist are not perhaps quite as good. But it is this part of the book which proves that Mr Jerome has lost none of his old power of compelling laughter, though he exercises it with more moderation and restraint than heretofore. The mis-adventures of the hero, when, through circumstances out of his control, he found himself engaged to be married to a barmaid, and was taken by her to be introduced to her family, constitute a comedy which occasionally crosses the border line of farce. This interlude, however, is only what the dramatists call 'comic relief'. Humour throughout the book is kept subordinate to sentiment, and the sentiment is never over-strained or maudlin. The book is a remarkably good book – a book which places its author in a rank far above the many popular entertainers of literature.

It would appear, then, that having received such overwhelming acclaim for the book that he had most wanted to write, his future as as novelist was assured, for in addition to the praise from the reviewers – and maybe even because of it – the book was selling very well; the public too seemed to take to this new side of Jerome. The decision to embark immediately upon another novel would seem to have been obvious, but Jerome tells us that this was not to be the way of it. The following rueful observation is extracted from his memoirs:

> I ought, of course to have gone on. I might have become an established novelist – even a best seller. Who knows? But having 'got there', so to speak, my desire was to get away. I went back to the writing of plays. It was the same at the beginning of me. My history repeats itself. Having won success as a humourist I immed-iately became serious. I have a kink in my brain, I suppose. I can't help it.

This is Jerome at his most likeable and self-deprecatory, though the bald statement is misleading. It is true that he turned his attention to the thought of writing plays, and it may be that he was working out a series of plots, but it was some years before his next play appeared. During the year following *Paul Kelver* an interesting volume of essays was published, and in tone these were a blend of the old style 'Idle' essays, and his new, more serious work. This is explained by the fact that the book was already nearly complete when *Paul Kelver* was published, and it seems likely that Jerome – uncertain of the reception of *Kelver* – was playing safe with the sequel. The new book, *Tea Table Talk,* had an amiably Jeromian title, though it is a much tighter volume of essays than those previously published, for the themes are interlinked, and he dealt with rather more important and topical issues, albeit in a comfortable and readable manner which actually serves to put across his points quite forcibly. This book, however – the publishers were adamant – would not appear to be 'serious', or anything else so totally unsaleable. Indeed, although Jerome's name appeared upon the spine together with the title, as was usual, the decorated cover bore an illustration of a cup and saucer, the following words: 'Tea Table Talk. By the Author of Three Men in a Boat,' and nothing else whatever. And as if to reassert their point, Hutchinson chose as the frontispiece the depiction of two ladies and a gentleman at their ease in a punt.

All this was no more than a strategem to sell the book. The public, Hutchinson knew, still favoured the old-style Jerome over all, but this marketing approach did not please J KJ, for after years of vilification by the critics, he had now tasted the sweetness of favour, and he did not care to lose it. Although he had always either openly loathed his critics, or else had affected contempt and indifference towards them, these reactions were reserved for the writers of adverse critiques only: good reviews counted for something.

He need not have feared. The critics did not now renew their attack upon him; instead the book was almost ignored, although it contains a great deal of good material, and the tenor of the prose serves well to illustrate his transitional period. It is a book of semi-idle philosophy, a pleasant afternoon's chat about the vagaries of the human animal between six characters: 'The Girton Girl', 'The Old Maid' and 'The Woman of the World' all speaking for the ladies, while 'The Minor Poet', 'The Philosopher', and 'I' took up the male side. 'I', it should surprise no-one, is a sort of humorist, who is no stranger to the worlds of playwriting and journalism. They talk of love:

> 'To be told that you are loved,' said the Girton Girl, 'is only the beginning of the theorem – its proposition, so to speak.'
>
> 'Or the argument of the poem,' murmured the Old Maid.
>
> 'The interest,' continued the Girton Girl, 'lies in proving it – why does he love me?'
>
> 'I asked a man that once,' said the Woman of the World. 'He said it was because he couldn't help it. It seemed such a foolish answer – the sort of thing your housemaid always tells you when she breaks your favourite teapot. And yet, I suppose it was as sensible as any other.'
>
> 'More so,' commented the Philosopher. 'It is the only possible explanation.'

'I wish,' said the Minor Poet, 'it were a question one could ask of people without offence; I so often long to put it. Why do men marry viragoes, pimply girls with incipient moustaches? Why do beautiful heiresses choose thick-lipped little men who bully them? Why are old bachelors, generally speaking, sympathetic kind-hearted men; and old maids, so many of them, sweet-looking and amiable?'

'I think,' said the Old Maid, 'that perhaps –' But there she stopped.

'Pray go on,' said the Philosopher. 'I shall be so interested to have your views.'

'It was nothing, really,' said the Old Maid; 'I have forgotten.'

Tea Table Talk is a witty and friendly little book, and one which would certainly have appealed to the Philosopher, who at one point during the work defines successful literature: 'A book that really interests us makes us forget that we are reading. Just as the most delightful conversation is when nobody in particular appears to be talking.'

Chapter 19

The Politician

By 1904 Jerome seems to have recovered all his old composure, as well as his confidence. He now regarded the *The Idler* and *To-Day* as being firmly in the past, and apart from a few old friends – Hall Caine, Barrie, Jacobs, Conan Doyle, George Wingrave and one or two others – he had no contact whatsoever with his old journalistic days. His time became divided between writing and paying no small attention to a couple of fairly recent interests – politics and sport – as well as one abiding favourite, travel.

Having always felt strongly about injustice and oppression Jerome found himself making speeches from various platforms, and each major political party tended to claim him as their own. He adhered to each only briefly, for his ideas were never totally in accord with any one faction. He preached fairness, equality, and justice – though at the same time he had no taste for a state where individualism was threatened. He supported any policy that coincided with his own idealism, but then grew discouraged by its intrinsic unworkability. He was closer to being a Liberal of the day than anything else – indeed, he was once approached by the party with a view to his representing them in Parliament – but while the views and strengths of the various parties shifted with time, and catered to popular opinion while electioneering, those of Jerome remained firm. For this reason he felt he could not bind himself to any one of them. Generally speaking, he gave speeches when he was invited to, rarely feeling quite so moved as to organize a rally himself. He accepted invitations to speak, of course, only for those causes which most concerned him, but never in a barrel-thumping way. Often, profound and sincere points would be clothed in humour, usually in order to throw into relief man's more damaging absurdities. There is no doubt at all that Jerome enjoyed the public platform, which may be seen as his sole inheritance from his father. Later in his life he very concisely summed up his political views in a speech delivered in the town of his birth, Walsall:

> Now that I am one of you, and that you may know all about me, and that nothing may be hid, I ought perhaps to confess to you my politics – not an unimportant matter in a fellow citizen. I am happy to say that I have been at various times in complete agreement with the political opinions of every one of you.
>
> I commenced as a Radical. It was your Radical who was then the bogey of respectable society. The comic paper generally represented him as something between a half-starved Guy Fawkes and an extraordinary gorilla.
>
> I reformed. I became a true-blue Conservative. I forget what converted me. It may have been the Liberal press. From Toryism I passed on naturally to Socialism, and joined the Fabians in company

with Wells and Shaw. With them, I grew tired of Fabianism... still seeking my ideal, I might have joined the Labour Party, but that with the years there has come to me the reflection that the future of mankind does not depend upon any party, but upon natural laws, shaping us to their ends quite independently of governments and politics.

At the age of forty-five, however, he had not yet reached this philosophical conclusion, and at no time during his life did he feel so glib about politics as is suggested in this characteristically underplayed speech. He was busily engaged at the time, as is illustrated by this representative letter written from Wallingford to one more anonymous canvasser of his support for her cause: 'it is very unfortunate, I should much like to assist the cause and indeed feel somewhat ashamed of myself for not doing so – but some of my spare time of late has been taken up with political work – and I have made all arrangements to be abroad at the date you mention. Hoping you will not attribute my refusing to any want of enthusiasm, I am, with all sincere good wishes, Yours very truly, Jerome K Jerome.'

This was a sincere letter, as he says, and not merely a placating extrication. Jerome received many such overtures, the majority of which concerned causes to which he was deeply committed, such as the abolition of cruelty to animals, or the support of the downtrodden. Unless he was to abandon writing altogether, however, and join a major political party, he could not possibly actively propound all of these beliefs.

During 1904, he was very busy not only with politics and writing, but also with his other passion, travel.

The winter found him in Brussels, together with his wife and daughter. Despite the change of scene the usual procedures and routines were adhered to with regard to Jerome's work, while he and his wife would acquaint themselves in their spare time with the local customs, one or two of which, Jerome tells us, were somewhat quaint. They lived amongst the large English colony present in Belgium at the time, and as is common with newcomers, they were visited by the well-meaning Belgians; this proved to be a social problem of a rather delicate nature:

An added trouble besetting the newly arrived is the habit among Brussels tradesmen of calling and leaving their cards. There is nothing on the card to indicate the nature of the compliment. Just the gentleman's name and address. My wife and I made a list. None of their ladies had accompanied them, so far as we could tell; but maybe that was a custom of the country. On Sunday afternoon we started on a round. The first people we called on lived over a grocer's shop. They were extremely affable; and yet we had a feeling that, for some reason, they had hardly been expecting us. It was so pronounced that we could not shake it off. My wife thought it might be that they were Sabbatarians; and apologised for our having come on a Sunday. But it was not that. Indeed, they were emphatic that Sunday was the most convenient day we could have chosen; and hoped, if we ever thought of calling upon them again, that it would be on a Sunday. They offered to make us tea; but we explained that we had other calls to make and at the end of the correct twenty minutes we departed.

The next people on our list lived over a boot shop. 'The International Shoe Emporium'. Their door was round a corner in a side street. Monsieur was asleep, but Madame soon had him awake; and later the children came down and the eldest girl played the piano. We did not stop long, and they did not press us. Madame said it was more than kind of us to have come, and was visibly affected. The entire family came to the door with us, and the children waved their handkerchiefs till we had turned the corner.

'If you want to finish that list,' I said to my wife, 'you take a cab. I'm going home. I never have cared for this society business.'

'We will do one more,' said my wife. 'At least we will see where they live.'

It turned out to be a confectioner's. The name was over the door. It was the third name on our list. The shop was still open.

'We'll have some tea here,' said my wife.

It seemed a good idea. They gave us very good tea with some quite delicious cream buns. We stayed there half an hour.

'Do we leave cards or pay the bill?' I asked my wife.

'Well, if the former,' explained my wife, 'we shall have to ask them to dinner.'

There is a vein of snobbery in most of us. I decided to pay the bill.

None of which, of course, actually occurred. It is fortunate for the reader, however, that Jerome constantly spiked his autobiography with such amusing fancies, for thereby was avoided the inclination toward egomania, which he believed scarred so many memoirs. The truth was that Jerome was as much fêted in Belgium as he had been in Germany, and he was treated as a regal celebrity.

He would take long walks, usually during the afternoon, plotting sentences and chapter endings in his head. His wife and daughter were always careful to keep well out of his way during these solitary rambles, and they made themselves equally scarce when he returned to the house. This was his time for smoking immoderately, and transferring his ideas into shorthand notes, which would be worked up into prose the following morning.

The book that emerged from these efforts was, despite his protestations on finishing *Paul Kelver*, a novel called *Tommy and Co.* It concerns a young waif, uncertain even as to her (as it evolves) sex, though the seven chapters are constructed so that they could be read separately as stories in their own right. Indeed, it was reviewed in *The Times Literary Supplement* as a book of short stories, and patronizingly at that. It was not the review that Jerome needed to follow up *Kelver*, for although it is by no means hostile, it reads at best as a pat upon the head, concluding in a rather condescending way: 'we are glad that it all ends happily; and so are sorry to lay down an unexacting and amusing book, capital companion for an hour or so on a hot afternoon'. The verdict is not really unfair; for the work is only an entertainment. Once more, though, it seemed that Jerome was at a watershed.

The Jerome family came home from Brussels, with every sign of having enjoyed their stay. Mention of the 'family', however, gives rise to a dark spot, and one clouded in mystery.

There is no evidence at all as to whether Georgina Jerome's first daughter had accompanied them on their Belgian trip, but this is not at all unusual, for nowhere in Jerome's *My Life and Times* or in Alfred Moss's biography is even her existence recorded, save Jerome's single allusion to his 'eldest girl', and Moss's solitary reference to the grave of Jerome's stepdaughter. It is strange that so liberal-minded a man as Jerome seems to have gone to such lengths to keep Elsie so firmly in the background, and it remains a point of conjecture for whose sake this course was followed.

We have seen that Mrs Jerome looked upon her role as being a staunch and largely silent support to her husband, and their daughter Rowena was doubtless encouraged to behave in a similar manner. Such reticence upon the part of everyone concerned makes it impossible to divine even whether Elsie lived with the family; it seems extremely likely that at as early an age as possible, she moved away. Again, there is no record of whether this had any effect on Jerome, for on reading his memoirs – and, indeed, anything else by or about him – one carries away the conviction that the girl never existed; and further, that this is quite how it should have been.

She never bore Jerome's name in full, but only the initial 'J' – after 'Elsie' and before her surname. She had married Thomas Riggs-Miller in 1905, although nothing is known of this man, save that he was a farmer, and they had no children. Indeed, were Elsie not buried in the family graveyard at Ewelme, Oxfordshire, even these facts of her existence might never have come to light. No reference has been made in print to the girl that even goes so far as to mention her name. She died at Ridge End, Marlow, in 1921, and Jerome was present at the death. Granular kidney and pleurisy coma were the stated causes; she was thirty-eight years old. One cannot hazard at what sort of life she led; it ended abruptly, and amidst silence.

Chapter 20

American Wives

Jerome's fame was spreading. America now began again to take great interest in his work, for since the pirated *Three Men* books, this country had been less than enthralled by the author's output, particularly as now it had to pay for the right to print it. At this time, though, as Jerome grew older, and word spread from Europe of his 'quality' as a writer, the United States considered that it was the moment to reconsider this attitude. And one publisher even went to the lengths of commissioning a volume of essays.

There is no evidence, however, that any of this delighted Jerome. Indeed, he had become more sober in his attitude to all things. His was not at all the case of the lighthearted writer who brooded upon terrible thoughts in privacy, but nonetheless it seems clear that Jerome the man was not so carefree and *laisser-faire* in matters that affected him (even slightly) as a reader of his essays might conclude.

Such matters as oversleeping, or being owed money, or rudeness in others – all great fodder for the 'idler' – now irritated Jerome. He was intolerant of inefficiency, and he intensely disliked being put out, delayed or thwarted in any way. He very often refused to give autographs, on one occasion delivering a lecture to an admirer who had purposely called upon him. Why, Jerome wanted to know, did this young man require his signature on the title page of one of his books? Did it improve the book? Did he wish to sell it? To none of which did the startled fellow have a ready answer. Upon this occasion, albeit grudgingly, Jerome did eventually sign.

Human folly, treated with philosophical amusement and almost affection in his books, failed to delight him in private life. Once more he was becoming aware of the cruelties and injustices of the world, and tended to divide humanity into three groups: the unspeakable tyrants who precipitated such pain, the quiet and diligent workers who got on with a worthwhile and honest job, and finally, the fools. Latterly, the fools were not much less despised than the despots.

Nevertheless, it must be understood that Jerome was not a hypocrite, despite his apparently callous attitude towards Elsie. He retained his sense of humour, and he did feel compassionately for the downtrodden, though he felt more equipped to give help from a distance. Causes he found more worthy of sympathy than individual instances. Neither was he inclined to brood in public; all contemporary records testify to his excellent ability to socialize, and the wit was always ready at the dinner table. He continued to enjoy wine and whisky, pipes and cigars quite liberally, although he remained contemptuous of those who, in his opinion, over-indulged in any of these pleasures, thus transforming them into addictive vices. Though to qualify even this, he could still feel great pity for a man so afflicted, and he might even have striven to help. The limits of behaviour were quite clearly defined in his own mind, though, and he did not care to witness anyone at all overstepping them.

None of which, in 1904, was particularly unusual. Jerome was now an Edwardian in his middle forties, his Socialist conscience tugging at his Tory attitudes towards respectability, with neither faction winning the war. It was a sort of agony that he lived with every day, and one gains the impression that he would have felt enormously relieved if he could have been able to commit himself one way or the other. As he said himself, he grew 'tired' of the Fabians, and he still pilloried the 'conventional, upright citizen' – a part he found himself playing uncomfortably often. If he had a doctrine, it was one of sanity; this remains the one message in all his writings. He continued to explore human idiosyncrasy very much in the way that he always had, but now he felt armed with the experience of years, and the questions he posed became more pertinent. He was anxious to be a social reformer, though he did not care to be seen as one. Hence, the old style of his essays carried on – he continued to make his points in the language of humour – but now more than occasionally this humour would be juxtaposed with pain; the effect was heightened, and the topics became more heartfelt. Sometimes the lighter approach was dropped altogether.

The book of essays appeared in America late in the year, under the title *American Wives and Others*. It was thought obligatory to include the word 'American' in the title, or else how – the publisher, Stokes, wanted to know – could they possibly sell the book? And in Britain there was of course a similar and more familiar attitude, for when a selection of the essays was published there the following year – each bearing an altered title (see Bibliography) – the book was called *Idle Ideas in 1905*. On this particular occasion, however, the stock regurgitation was out of order, for although there is a smattering of more or less 'idle' essays – such as 'Do We Lie a-Bed Too Late?' – many of the themes treated reflect Jerome's new approach, and they relate to international and delicate matters. Jerome demonstrates a great deal of insight in many of these essays, and some of his more ludicrous prophecies have come true.

He opens the book boldly with the essay 'American Wives à la Mode', the first sentence of which runs, 'I am glad that I am not an American husband.' Jerome goes on to explain this by suggesting that the wives have a tendency to flirt while travelling in Europe, and that an ominous number of them become widows.

So far, so idle. The humour continues, but Jerome begins to put forward his ideas. Another essay, 'American Professors and Progress', opens thus:

> I am told that American professors are 'mourning the lack of ideals' at Columbia University – possibly also at other universities scattered through the United States. If it be any consolation to these mourning American professors I can assure them that they do not mourn alone. I live not far from Oxford, and enjoy the advantage of occasionally listening to the Jeremiads of English university professors. More than once a German professor has

done me the honour to employ me as an object on which to sharpen
his English. He also has mourned similar lack of ideals at Heidelberg,
at Bonn. Youth is youth all the world over; it has its own ideals;
they are not those of the university professor. The explanation is
tolerably simple: Youth is young, and the university professor,
generally speaking, is middle-aged.

Elegant and underplayed attacks upon bigotry, racialism and capitalism
were to make an appearance in an essay called 'The Chinaman'. The following
ironical extracts discuss the introduction of Chinese labour into South Africa,
for the purpose of working the gold mines:

> The introduction of the Chinese into South Africa will be the saving
> of that country. The noble Chinese will afford an object-lesson to
> the poor white man, displaying to him the virtues of sobriety, thrift
> and humility. I also gather that it will be of inestimable benefit to the
> noble Chinese himself. The Christian missionary will get hold of
> him in bulk, so to speak, and involve him with the higher theology.
> It appears to be one of those rare cases where everybody is
> benefited at the expense of nobody. It is always a pity to let these
> rare opportunities slip by.
>
> According to his friends the mine-owner sets his face against
> the idea of white labour for two reasons. First and foremost, it is
> not nice work; the mine-owner hates the thought of his beloved
> white brother toiling in the mines. It is not right that the noble white
> man should demean himself by such work. Secondly, white labour
> is too expensive.

In pursuance of this theme, Jerome writes in another essay of the 'Yellow
Peril':

> The present trouble in the East would never have occurred but for
> the white man's enthusiasm for bearing other people's burdens.
> What we call the yellow danger is the fear that the yellow man may
> before long request us, so far as he is concerned, to put his
> particular burden down. It may occur to him that, seeing it is his
> property, he would just as soon carry it himself.

The themes of the essays, then, are more than ever before concerned
with politics. There is relief, in the form of such as the following example of
literary foresight; Jerome is discussing the synopsis of a novel, supplied during
the course of a review: 'My fear is lest this sort of thing shall lead to a demand
on the part of the public for condensed novels. What busy man is going to spend
a week of evenings reading a book when a nice kind sub-editor is prepared in
five minutes to tell him what it is all about!'

And Jerome finds time to renew his tirade upon the silly young lady of fashion, voicing his opinion that vanity and the beauty business have now reached such a peak of sophistication that 'it means that the girl who declines to be a dream of loveliness does so out of obstinacy'.

The bright young thing comes in for more in a story entitled 'Exasperated Hero and Heroine', which does not appear in the English edition of the book. This exclusion can only have pleased the London critics, for the young lady under discussion has now become very American indeed, as may be seen from part of her denouncement of the sort of girl who appears in novels:

> She makes me feel real bad. If I don't think of her I feel pleased with myself and good; but when I read about her – well, I'm crazy. I would not mind her being smart, sometimes – we can all of us say the right thing now and then. This girl says them straight away, all the time. She don't have to dig for them, even.

The essay that carries the biggest political impact, however, is called 'Russians as I Know Them'. Jerome had visited Russia once, more than ten years previously, and only very briefly, but he was intrigued. In this essay he paints a dark picture of foreboding. The titles of all the essays in the book were changed for the English edition, though the revision in this particular case sets the ominous tone of what is to come far better than does the original and rather bland title. In *Idle Ideas in 1905* the essay appears as 'Creatures That One Day Shall be Men'. Although Jerome had had little experience of the people or the country, his political perception is evident, and he commits it to the page with a power and conviction new to any of his writings. Of the Russians he says:

> They strike the stranger as a child-like people, but you are possessed with a haunting sense of ugly traits beneath. The workers – slaves it would be almost more just to call them – allow themselves to be driven with the uncomplaining patience of intelligent animals. Yet every educated Russian you talk to on the subject knows that revolution is coming. But he talks to you about it with the door shut, for no man in Russia can be sure that his own servants are not police spies.

One Russian official told Jerome:

> 'It is gathering... these are times when I almost smell blood in the air. I am an old man and may escape it, but my children will have to suffer – suffer as children do for the sins of their fathers. We have made brute beasts of the people, and as brute beasts they will come down upon us, cruel and undiscriminating; right and wrong indifferently going down before them. But it has to be. It is needed.'

Jerome then delivers the following:

> The men who today are working for revolution in Russia number among their ranks statesmen, soldiers, delicately nurtured women,

133

rich landowners, prosperous tradesmen, students familiar with the lessons of history. They have no misconceptions concerning the blind Frankenstein into which they are breathing life. He will crush them – they know it; but with them he will crush the injustice and stupidity they have grown to hate better than they love themselves. The Russian peasant, when he rises, will prove more terrible, more pitiless than were the men of 1790. He is less intelligent, more brutal. They sing a wild, sad song, these Russian cattle, the while they work. They sing it in chorus on the quays while hauling the cargo, they sing it in the factory, they chant it on the weary, endless steppes, reaping the corn they may not eat... When you ask a Russian to translate it for you, he shrugs his shoulders. 'Oh, it means,' he says, 'that their time will come some day!' It is a sad, pathetic, haunting refrain. They sing it in the drawing-rooms of Moscow and St Petersburg, and somehow the light talk and laughter die away, and a hush, like a chill breath, enters by the closed door and passes through. It is a curious song, like the wailing of a tired wind, and one day it will sweep over the land heralding terror.

Once more, Jerome had been gripped by that 'old feeling of wanting to *say* something'. He had not at all reacted to Russia as he had to Germany, but now he found himself at once attracted and repelled by the people and their country. Russia exercised a raw fascination upon Jerome, and he determined to go back.

Chapter 21

The Russian Bear

Despite Jerome's very regular excursions abroad, by the first few years of the century he seems to have become very much a part of country village life. He travelled from Goulds Grove into London rarely, and only then when it was absolutely necessary – usually for some discussion over an up-coming play. He enjoyed being a member of a tightly knit community, and he often spoke highly of the villagers' openness and honesty. These villagers were not above raising an eyebrow, though, when Mr and Mrs Jerome took to their tandem; on the very first occasion, the sight precipitated hardly less than a rustic sensation.

In 1904 Blandina, Jerome's eldest sister, had died at the age of fifty-five. Jerome had had little contact with her during her lifetime, but he seemed determined that at least in death she would be close to him, for she was buried in the beautiful churchyard at Ewelme, Oxfordshire, where eventually the whole of the Jerome family would come to rest.

Goulds Grove is a pleasant, though undistinguished, family house on the western slopes of the Chilterns, overlooking the Thames. One notable feature was a summer house in the garden, much of which was built by Jerome himself. More and more often he abandoned his study in order to write in this outhouse; the primitive aspect, as well as the solitary, appealed to him. The floor of this outhouse was extraordinary for it was wholly composed of chicken-leg bones. Jerome enjoyed slotting them in. There is no record of how he came across the necessary poultry graveyard, and one shrinks from imagining a fowl massacre of unprecedented dimensions. It seems more likely that the bones were gathered over the years, and the floor gradually took form. Possibly kind neighbours were not averse to pooling the odd skeleton, in order to help the thing along. Sadly or otherwise, by the mid-1950s, the entire summer house had declined into a ruin, bones and all.

Jerome soon went back to Russia, and on his return he discovered that there was not one country, but two. This did not surprise him, of course, for he well knew that everywhere in the world people of some sort of distinction were treated in a very different manner to the hoi polloi. A Madame Jarintzoff had been translating Jerome's work into Russian, and putting his name about in all the right places. He was to be the guest of this lady, and of her husband, an army general. In addition, Jerome was mightily encouraged to discover, Madame Jarintzoff had offered her services as an interpreter. The result of all this effort prior to Jerome's arrival was to ensure that his coming did not pass unnoticed, and Jerome later recalled the scene:

> The Russians are a demonstrative people. On stepping out of the train at St Petersburg, I found a deputation waiting to receive me. The moment they spotted me, the whole gang swooped down on

me with a roar. A bearded giant snatched me up in his arms and kissed me on both cheeks; and then light-heartedly threw me to the man behind him, who caught me only just in time. They all kissed me. There seemed to be about a hundred of them: it may have been less. They would have started all over again, if Madame Jarintzoff had not rushed in among them and scattered them. Since then, my sympathies have always been with the baby. I knew it was affection; but in another moment I should have burst out crying.

During another train journey, however, Jerome witnessed the alternative side of Russian hospitality, which 'to the man without rubles in his pocket . . . is not so gracious'. In his essay 'Russians as I Know Them', Jerome recalls the episode, which had a chill and lasting effect upon him:

A miserable object was being badgered by half-a-dozen men in uniform, he – his lean face puckered up into a snarl – returning them snappish answers: the whole scene suggesting some half-starved mongrel worried by schoolboys. A slight informality had been discovered in his passport, so a fellow traveller with whom I had made friends informed me. He had no rubles in his pocket, and in consequence they were sending him back to St Petersburg – some eighteen hours' journey, in a carriage that an English magistrate would fine a butcher for transporting oxen in. It seemed a good joke to Russian officialdom; they would drop in every now and then, look at him, as he sat crouched in a corner of the waiting-room, and pass out again, laughing.

The horror for Jerome was in witnessing the change that had come over the oppressed victim: 'The snarl had died from his face; a dull, listless indifference had taken its place – the look one sees on the face of a beaten dog, after the beating is over, when it is lying very still, its great eyes staring into nothingness, and one wonders whether it is thinking.'

To beat down a man's resistance, and transform it into passive toleration was in Jerome's view one of the most heinous crimes man could inflict upon his fellow, and he puts across well the poignancy of the situation, although incurring the danger that the English reader, at least, might feel more sympathy for the analogous beaten dog than for any subdued Russian.

And so once more Jerome had to balance his feelings; he was a respected author, and as such was accorded special treatment, which he enjoyed. The injustices around him would keep asserting themselves, however, and increasingly in his writings the humour takes second place to the pain and philosophy. At times, a comic interlude is included in an essay merely as passing relief; sometimes it is dispensed with altogether. Jerome was famous in Russia largely on account of *Three Men in a Boat*, but that book had been published not much less than twenty years earlier, and its author was now a different man. Still, however, he did not seem sufficiently confident always to voice what was within him. Despite his convictions, he could still become the 'idler' when the occasion demanded; and during his sallies abroad, it rather often did.

Jerome in public behaved as was expected of him; in private, he worked on a new collection of stories, and surveyed the Russian scene. His visit seems to have been an unqualified success, for an even larger gang of well-wishers turned up at St Petersburg station to see him off, whereupon he was presented with a little dog.

The dog was a special breed of fox-terrier, much used in Russia at the time for bear-baiting, eleven weeks old and nine inches long. His name, in honour of the city of his birth, was Peter, and he was, according to Jerome, 'an affectionate little beggar, in his cranky way'. He was pure white, blue-eyed, and – in the opinion of Georgina – eminently worthy of a physical demonstration of affection. 'Before I could warn her, my wife stooped to kiss him. Fortunately, she was quick, and saved her nose by a hair's breadth.' The little dog grew up to be 'quite the smallest and the fiercest animal that I have ever lived with'.

The problem immediately following the presentation was what to do with him. Jerome was just about to board the train for Berlin – for he was once more visiting Germany before his return to England – and it was strictly forbidden for dogs to travel on the railway. A friend assured him that he need not worry: all he needed was a few rubles. Jerome acceded to the advice, and the ensuing events are recorded with humour in an essay:

> I tipped the station-master, and I tipped the guard, and started, pleased with myself. But I had not anticipated what was in store for me. The news that an Englishman with a dog in a basket and rubles in his pocket must have been telegraphed all down the line. At almost every stopping-place, some enormous official, generally wearing a sword and a helmet, boarded the train. At first these fellows terrified me. I took them for field-marshals at least. When they saw the dog their astonishment was boundless. Visions of Siberia crossed my mind. Anxious and trembling, I gave the first one a gold piece. He shook me warmly by the hand. I thought he was going to kiss me. If I had offered him my cheek I am sure he would have done so. With the next one I felt less apprehensive. For a couple of rubles he blessed me – so I gathered – and, commending me to the care of the Almighty, departed. Before I had reached the German frontier I was giving away the equivalent of English six-pences to men with the bearing and carriage of major-generals: and to see their faces brighten up and to receive their heartfelt benedictions was well worth the money.

Jerome was not quite so amused as the above might suggest. He records the fact that 'corruption appears to be so general throughout the whole of Russia that all classes have come to accept it as part of the established order of things'.

Corruption and oppression had no place in Jerome's utopia, and hence his instinctive horror of Russia. He had been extremely well treated, and he had made many friends – exchanging Christmas cards and the like with some of them for years to come. Nonetheless, his observations of the ordinary Russian had been acute:

> The Russian worker reads no newspaper, has no club, yet all things seemed to be known to him. There is a prison on the banks of the Neva, in St Petersburg. They say such things are done with now, but up till very recently there existed a small cell therein, below the level of the ice, and prisoners placed there would be found missing a day or two afterwards, nothing ever again known of them, except, perhaps to the fishes of the Baltic. They talk of all these things among themselves: the sleigh-drivers around their charcoal fire; the field workers going and coming through the grey light; the factory workers, their whispers deadened by the rattle of the looms.

With this knowledge set against the hospitality he had received from his friends, it is unsurprising that Jerome felt confusion. 'I ought to like Russia better than I do,' he said.

Chapter 22

The Passing of the Idler

Back in Oxfordshire, Jerome laid out a croquet lawn. He used to play a fair deal of tennis in his youth, but now at the age of forty-eight he deemed croquet a more fitting leisure activity. Not that he was any good at it; he had once discovered the game while suffering from a broken ankle, and although the ankle recovered, his game never did. Nonetheless, he would play with Israel Zangwill and H G Wells – neither of whom, Jerome tells us, was any good either. The point became academic after a while, for a herd of bullocks from the adjacent farm would periodically feel it incumbent upon them to invade the lawn and charge the players. No one was gored, it is true, but the general consensus was that this sort of thing tended rather to put an Englishman off his stroke, and so both the game and the lawn were, not without relief, abandoned. Jerome slumped further into middle-age by contenting himself with listening for the nightingale, which occasionally obliged with a song. The Jerome family was happy enough – to say nothing of the dog, who eventually did make the journey back to England.

Several projects were in the air, those most imminent being the publication of two volumes of stories, one quite close upon the heels of the other. The first was entitled *The Passing of the Third Floor Back*. This was also the title of the lead story in the book, and Jerome was already working upon a dramatic treatment of the tale which he hoped to stage the following year.

The volume contained six stories, each longer than usual and altogether more substantial and tightly plotted. The openings are tantalizing, and their promise is borne out. One of the best stories, 'The Philosopher's Joke', opens thus: 'Myself, I do not believe this story. Six persons are persuaded of its truth; and the hope of these six is to convince themselves it was an hallucination.'

The story centres around the drinking of a miraculous liquid by three couples, who awake to discover that they have all experienced the same dream, though none feels sure that he or she has actually slept. It deals, as do two further stories in the collection, with the supernatural, an area of increasing interest to Jerome and to such contemporaries as Barrie; it seems that J K J had contracted Barrie's habit of constantly applying the question 'what if . . .?' to some fairly regular incident, and allowing the creative powers of the author to take over.

The third story of the supernatural was called 'The Soul of Nicholas Snyders', and this too concerns a magic potion and, like 'The Passing of the Third Floor Back', was later worked up into a play. The whole formed an interesting volume, and Jerome himself saw that the potential of many of the ideas had not been exploited to the full, and hence the translations to the stage. The stories teetered upon the edge of real quality and seriousness, but Jerome still seemed reluctant wholly to commit his writing to the depths which he felt within him. Humour is sparse, and usually dispensable, though the wit and philosophy had considerable power. The reviewer in *The Times Literary Supplement* seemed to sense a great deal of this, and the review contains – along with the mandatory griping over the Jeromian style – a considerable degree of insight:

> Far the best of these stories . . . is the first ('The Passing of the Third Floor Back') which is touched so firmly, so lightly, with such admirable reticence and so much power of suggestion as to make us wish that Mr Jerome's better, or real, literary self were more often with him. No amount of inspiration, it seems, can purify his style, or rid it of the parasitic scraps of smartness and the clichés without which it would no longer be easy; but this story can carry them all.

The review goes on to speak in mixed terms of one or two more of the stories, and then sums up more or less precisely the feelings of Jerome at this stage of his career. Either the reviewer had his finger directly upon the pulse of the Jeromian oeuvre, or else he was personally known to him; but being in the *T.L.S.*, of course, the review is unsigned. It concludes:

> The book as a whole strikes strangely. It seems the work of a man of great cleverness, some fancy, and a shrewd humour; but one who has never tried his hardest to find out what is in him, and who speaks too often easily from the surface through ignorance or fear of what the depths may contain. We believe that the depths are there.

The publication of the second book, *The Angel and the Author – and Others*, was largely met with apathy and a genuine disappointment. It made the position even worse, for here the profound and witty philosophy had been diluted into a string of unoriginal truisms, while much of the volume consisted of reprinted material from *Idle Ideas in 1905*. The humour is reinforced, however, and it is very much a return to the vein of *Three Men in a Boat*, complete with difficulties over languages, suitcases, and much else besides. Read today, the book could easily be considered to be among Jerome's best, for the humour is of the type that Jerome had made his own. It is hard to believe, however, that this book was published nearly twenty years after *Three Men*, and it was a singular act on the part of Jerome to bring out such a book at this juncture. This time, the *T.L.S.* review was dismissive and crushing, though it could not have told Jerome anything he did not already know.

Jerome needed to be taught no lessons; he already knew that the style of the book belonged to his past. He used to scorn the critics for attacking the way in which he wrote. In those days he had enjoyed the style, and had believed in it. Now, very different feelings were burning within him, and yet whenever he produced a work of profundity, he would weaken it with a relapse into the old, out-of-place, whimsicality. *The Angel and the Author*, though, was the last. With that book, the 'idler' died.

Later in the year, the play of *The Passing of the Third Floor Back* was to open, and the public found that Jerome had at last committed himself, although even this commitment failed to please the critics, but at least for reasons other than the usual.

Before the play came to be completed, however, Jerome embarked upon another great adventure. Perhaps because he was tiring of Europe, though more likely to compound his transatlantic successes, he went to America for the first time.

Chapter 23

The Stranger

'Sooner or later, it occurs to the English literary man that there is money to be made out of lecturing in America.'

And this was one of the – admittedly major – reasons why Jerome found himself sailing there in early 1908. In the view of the campus lecture circuit, Englishness was a fine trait in an author, and one who had written what was fast becoming established as a modern classic was seen to be quite ideal.

An essential element of the lecture tour was that anyone interested should be made well aware in advance that such an event was about to take place, and the gentlemen of the American press played up admirably. Jerome had been in the United States only a few hours when they descended upon him, not unlike a plague of well-intentioned locusts. How, they wanted to know, did Jerome like America? Thus far, he replied, he liked it very well. There were other things in addition that they were eager to learn, as Jerome himself recalls:

> I told them how the American woman struck me – or rather how I felt sure she was going to strike me when I saw her; and gave them (by request) my opinion of Christopher Columbus, the American drama, President Roosevelt and Elizabeth B Parker. Who Elizabeth B Parker was I never discovered to this day; but that, I take it, is my fault. I gathered her to be one of America's then leading idols (they don't last long); and said that one of my objects in coming to America was to meet her. This seemed to give general satisfaction, and we parted friends.

Quite a tour had been arranged for Jerome, although, as was to be expected, it was rather too grand and ambitious. It was to take in every single state and to include Canada – five readings per week, each lasting one hour and twenty minutes, being the basis of the gruelling schedule. 'I showed my wife the list,' says Jerome. 'She said nothing at the time, but went about behind my back, and got round my agents. Among them, they decided that, to avoid a funeral, I had best have help.' This help arrived in the form of an actor named Charles Battell Loomis, who was to carry out most of the actual readings while Jerome could be seen and periodically orate. Indeed, some of the halls in which he performed were so huge that only the first few rows could hear a word, but this seemed to bother no one, for the esteemed author was undeniably in their midst, and this appeared to suffice. Such an affable arrangement failed to please Sarah Bernhardt, however, when Jerome encountered her at one of the venues, for she maintained that she was an artist to be watched, listened to, and appreciated. Bernhardt, for her part, was not going to be made into a show; she made her excuses and left. Jerome stayed, and rather enjoyed it.

He had embarked upon this first tour on his own, and, although he quite often went away without his family, it was very rare that he should be accompanied by no one at all. The decision proved to be a mistake: 'Never in my life have I felt so lost and lonesome as during my first days in New York. Everything was so strange, so appallingly "foreign". I had never been outside Europe before. Never, so it seemed to me, would I be able to adapt myself to the ways and customs of the country.' After a couple of weeks Jerome felt it was time to summon company, and he cabled his wife. 'She, gallant little lady, came to my help.'

Some of the hotels in which the Jeromes were booked to stay were palatial, but others were less so, such as one in Pittsburgh where Mrs Jerome had been enchanted by the little black kittens cavorting all over the floor of the lounge. By way of justification it must be said that the lighting was poor, but it transpired that the kittens were rats. Mrs Jerome no longer wondered at their shyness, but was, on balance, grateful for it.

'To the European, what America suffers from is there being too much of it,' said Jerome. Undaunted, he and his wife busily set about covering the larger part, with J KJ and Loomis reading as they went. Jerome marvelled at the skyscrapers while missing chimneys; he wondered at the fact that commerce dominated the Manhattan skyline and not religion as in other cities. He objected to the implication that all his protestations to the effect that he *preferred* to walk were translated as meaning that he could not run to the necessary cab or streetcar fare. He was awed by the country, certainly, and occasionally he was impressed. California he found beautiful, although most of the other states seemed to him rather too large and rather too flat.

In each locale the press attended to their duties with nothing less than assiduousness, as well as a little licence. Over a period of seven months, Jerome was variously described as 'a bald-headed elderly gentleman, with a wistful smile'; 'a curly-haired athletic Englishman, remarkable for his youthful appearance'; 'a rickety cigarette-smoking neurotic'; and 'a typical John Bull'. All of which, at one time or another, he felt himself to be, so he let it pass.

When recalling his American tours, Jerome tended to play down the reception that was nationally accorded him, and in his memoirs of the period he characteristically dwelt upon the amusing and everyday – whether real, coloured, or totally imaginary. There is no doubt, however, that Jerome was fêted in a lordly manner, quite as he had been in Europe. Indeed, upon one occasion he was invited to meet President Roosevelt. It transpired that some relative of the President had only recently written to the great man, urging him to read Jerome. As a consequence – though this is probably not wholly unrelated to the amount of attention that J KJ was receiving in the press – Roosevelt was in the middle of reading a Jerome book when the author called. Jerome does not tell us much about his meeting with the President, except that he found the man 'boyish' and that 'you were bound to like him if he wanted you to'. Jerome adds as a rider to this memory that his wife 'has still the gloves in which she shook hands with him [Roosevelt]. They lie in her treasure box, tied with a ribbon and labelled.' This rather Pooterish admission is recorded with no apparent irony, and so one may assume that the middle class in Jerome approved of the gesture.

Reading and lecturing were not the only work in which he was engaged. Before leaving London the publisher John Murray had encouraged him in his plan to turn *The Passing of the Third Floor Back* into a play. Jerome was working upon some preliminary dialogue, although he thought he would only carry through the idea if he could persuade a certain American actor who had impressed him – one David Warfield – to take the leading role. Warfield had been performing in a huge hit, *The Music Master,* for the past three years, and was extremely popular and busy, but Jerome's agent, Miss Marbury, had contacted David Belasco, Warfield's manager, in New York. Belasco and Jerome discussed the project in a Pullman car travelling between Washington and New York, and the American impresario, though hesitant as to how the frankly religious theme might be received by the public, was on the whole taken with the idea.

Upon this verbal understanding, Jerome soon wound up his tour and returned to England in order to start work. The visit to America had been a great success, and he had already agreed to make a return trip at some unspecified time in the near future. In summing up this introduction to the United States Jerome arrived at the conclusion that 'the most impressive thing in America is New York', though one receives the idea that he felt this only despite his efforts to the contrary, for New York, as was plain, had been designed to impress, and it rather irked him to succumb to the obvious. He was not, however, to be caught twice; he goes on: 'Niagara disappointed me. I had some trouble in finding it. The tram conductor promised to let me know when we came to the proper turning, but forgot.'

By the time Jerome returned to the calm of the Chilterns, he was extremely enthusiastic to get to work on *The Passing of the Third Floor Back,* even though 'it was not an easy play to write: one had to feel it rather than think it'. He was working on nothing else whatever at the time, although he had by now arranged to return to New York that very same year in order to produce an earlier and minor play, *Sylvia of the Letters.* He determined to have *The Passing* finished by this time so that he could confront Belasco with the completed text, and so it was that one autumn evening he found himself back in New York – in Belasco's own theatre – reading the play to both Belasco and David Warfield. 'Afterwards we adjourned to Warfield's club for supper. It was about three o'clock in the morning, and the only thing we could get was cold beef and pickles. They were both impressed by the play, and we found ourselves talking in whispers.' The play was, quite simply, a risk. It was a parable, and although it oozed well-intentioned piety, it might, thought the backers, be seen by the public to be blasphemous – or worse, boring. In fact, it is neither of these, but the play was very different from any of Jerome's earlier work, and, indeed, from anything else currently on the stage.

The Passing of the Third Floor Back was constructed in three acts, in the form of a prologue, a play, and an epilogue. The action takes place in the communal lounge of a boarding-house, the unusual set being constructed around an imaginary fireplace to the fore of the stage. Thus, most of the actors are facing stage front during most of the play. The characters in the prologue are listed as A Satyr, A Coward, A Bully, A Shrew, A Hussy, A Rogue, A Cad, A Cat, A Snob, A Slut, A Cheat and A Passer-by. As the act unfolds, the audience is invited to attribute the correspondingly unsavoury qualities to their rightful characters, who refer to each other by their actual and quite straight-forward names, such as Mrs Sharpe – the landlady – Joey Wright – the ex-bookmaker – and so on. None, it will be seen, is pleasant. The parlourmaid is sluttish, the landlady waters the milk and marks the level of the candles. A major and his wife, constantly at odds themselves, are trying to marry off their daughter to the ostentatious man of the turf, solely for the sake of his money. Jape Samuels ('a Jew of the most objectionable type, now oily, now aggressive') is trying to sell a barren silver mine to anyone who will take it on, while a Mrs de Hooley ('Dooley', according to the maid) attempts to place herself upon a level higher than everyone else by affecting contacts and relatives in society. Another lady in her forties contents herself with trying to appear eighteen, and failing badly. A thoroughly worthless lot, who between them ensure that spite and animosity are constantly in the air. Enter the Passer-by – known in the text only as The Stranger. He is heralded by music and an increase of light filtering through the fanlight of the room, and his influence is at once assuaging and peaceful.

In the second act ('The Play') the characters are each confronted in turn by The Stranger, though the play is very cleverly constructed with its exits and manoeuvres so as to disguise most of the device, and to avoid any tedium. All have a vague recollection of having met him before, and all succumb to his calming influence. He becomes the 'better self' of every character in turn, and holds up a mirror to the way they are. Through shame and realization their finer traits – the moral being that everyone has them – come to the fore, while those hitherto displayed sink back into the recesses of their character. They treat each other with a new respect, and the second act closes with Stasia, the maid, seeming upon the point of identifying The Stranger – known in this act as 'The Third Floor Back', the room in the house which he has rented. He interrupts her, saying he is only 'a fellow lodger'.

In the epilogue, the parties have become such as An Old Bachelor, A Husband and Wife, and The Lady of the House, while The Stranger has become A Friend. This final act consolidates the relationships between the characters, and each has mended his or her wicked ways. When The Stranger satisfies himself that this state has come about, he prepares to leave the house. The maid Stasia, a chirpy cockney girl, has become subdued and almost worshipful of The Stranger, and she seems frightened by the knowledge of whom she thinks he might be. Very close to the end of the play, she says, 'You must go?', to which The Stranger replies, 'I also am a servant. I have my work.' The stage directions at the very close – following the departure of The Stranger – set the seal upon the play, and one may see how the scene could be handled by an actress of sensitivity, leaving little doubt, one would think, as to what the play was 'about'.

Through the fanlight steals the sunshine. It lies, a beam of light, across the room. Turning, she sees it. She goes to it. Her arms stretched out each side of her, she raises her face so that the sunlight, bathing her face, kisses her parted lips. So she stands a while, her face framed in the light. Then she takes up again the folded cloth, goes with it through the folding doors. And the face that passes out is the face of one to whom Love itself has spoken.

Communion indeed. It is a morality play and a parable, which yet contrives to be entertaining. The writing is precise, unflamboyant, and almost determinedly lacking the wit and glibness characteristic of much of Jerome's work. The dialogue for The Stranger is spare and unemotional, and yet patently intrinsic to the success or failure of the play. Jerome was aware very early on that the actor who played this very taxing role would, or would not, carry the entire evening. The character could very easily become sickly, or even dull, though Jerome was of the opinion that David Warfield 'would have made the character win through tenderness and appeal'. Warfield was never to have the chance of trying, however, for Belasco was still not convinced that the play would make money. It was, after all, religious, and any character that came so close to representing Jesus Christ could be misconstrued by the public. As a delaying tactic Belasco suggested to Jerome that he return to England and contact an artist known to him named Percy Anderson. Anderson would make a few sketches for set and costumes and, if Belasco liked them, the play would go on.

Jerome, perhaps himself unsure of the play's potential, complied with the idea, and it was while Anderson was at work on the drawings in his Folkestone studio that he was visited by a friend, the famous actor Johnson Forbes-Robertson. Forbes-Robertson approved of the sketches, and Anderson showed him the play for which they were intended. Soon after this Jerome received a letter from the actor expressing interest in the work and requesting Jerome to contact him should negotiations with Belasco founder. Within days of this Belasco contacted Jerome from New York: the play, he had decided, might come too close to the sensibilities of too many people, and he doubted whether anyway it would prove a sound commercial proposition. Jerome made an appointment to meet Forbes-Robertson at his house in Bedford Square.

Johnson Forbes-Robertson's wife Gertrude Elliott was as well known to the public of the time as he, for her beauty as much as for her acting skills. They often appeared in plays together, and Jerome was now counting upon her interest also, for he had in mind for her the main female role, that of Stasia, the maid. The three settled down in the drawing-room and Jerome commenced reading the play, though accounts vary as to its reception. Jerome himself records that Forbes-Robertson was 'nervous', while his wife – as is often the way – 'swept all doubts aside and ended the matter'. Many years later Forbes-Robertson averred in a letter that he had been 'deeply impressed with the theme of this play' on the very first reading. Upon another occasion, during an after-dinner speech, he said: 'I remember the afternoon Jerome read it to me and my wife. I saw my wife's eyes fill with tears. My eyes, also, were wet.' It seems certain that a good deal of hindsight and just a pinch of histrionics have been brought into play with these recollections, just in the way that past tutors of great men always recall in them early and clear indications of genius, but never seemed over-given to congratulating the lads at the time. Whatever its initial reception from Forbes-Robertson, his wife was sure that they must do the play. And so they did it. Jerome repaid her faith with his memory of her eventual portrayal of Stasia: 'I was afraid, at first, that her beauty and her grace would hamper her; but she overcame these drawbacks and, even at rehearsal, invested the little slut with a spirituality that at times transfigured her.'

With the backing of the Forbes-Robertsons secured other actors were very quickly forthcoming, and soon Jerome 'got together as perfect a cast as I think any play has ever had'. Some doubt clearly lingered with the company as to the play's chance of success, however, for they did not open in London but in Harrogate, with the possibility of transferring to the capital if all went well. Even Gertrude Elliot, who was always unstinting in her praise of the work, saw it as a play which *ought* to be performed, rather than one which would make money. The wisdom of the whole venture was now about to be tested by the people of Harrogate.

The people of Harrogate were not impressed. This, however, was not wholly their fault, for once more the shadow of Jerome's former self was thrown up before them. The play was announced as having been written by none other than the author of *Three Men in a Boat*, and consequently the audience had spent the three acts straining to locate something comical. One or two kind souls ventured a laugh here and there, but the general view was that the play seemed to be a farce that had failed. Even the *Harrogate Herald* reviewer seemed rather perplexed by the whole affair, and settled for a prosaic quasi-résumé of the plot. Jerome's own postscript to the evening unemotionally records the fact that 'the Robertsons and myself partook of a melancholy supper'.

This reaction did not augur well for a play which had always been viewed with caution. It was booked now to transfer to Blackpool, and upon this occasion Jerome did not accompany the cast. Later that night, he received the following telegram from Forbes-Robertson: 'It's all right. Blackpool understands it and loves it.' Jerome, however, was doubtful; he even suspected that the wire had been despatched only in consideration of his own feelings. But it transpired that it was the truth. The audience had reacted quite as they should have done, and the play was being spoken about as not so much a work of drama as an 'experience'. Tales drifted down to London of how, after the performance, the usual scrum in the foyer had been replaced by a welter of politeness. People, it would seem, were encountering their 'better selves' through the auspices of the play, and they rather liked what they saw. No one was seriously claiming that the play could improve either people or the world, but it would appear that the audience came out thinking, which is all that Jerome would have asked of them.

During September of the same year, 1908, the play transferred to the

St James's Theatre, London, Jerome declined to attend the first night, although his wife was present. He had been bruised before at first nights, and he did not care to run the risk again. In his autobiography he encapsulates his defence of this stand: 'The argument is that if an author is willing to be applauded, he must not object to being hissed. It may be logic, but it isn't sense: as well say that because a man does not mind being patted on the back, he ought not to object to being kicked.'

The play had a very strong cast, and Forbes-Robertson played the part of The Stranger 'with dignity and compelling force'. Jerome tells us of the audience's reaction, according to his wife's recollection: 'The curtain fell to dead silence which lasted so long that everybody thought the play must be a failure, and my wife began to cry. And suddenly the cheering came and my wife dried her eyes.'

An exceeding uncommon close to any first night; this seems to have been the strange power of the play – it was different, and people reacted to it in a singular way. The people, but not the critics, who, almost to a man, loathed it.

Punch was quite mild: the play 'lacked variety'. Other journals criticized it upon the grounds that it was not funny, while the critics of the more sophisticated papers – well understanding the play – deplored it. Notable among those was Max Beerbohm in the *Saturday Review*. He thought it a prime example of 'twaddle and vulgarity', a 'vilely stupid' play, written by 'a tenth-rate writer'. And, clearly in order to wound, he added: 'Well, I suppose blasphemy pays,' – this last because all the while these terrible reviews were appearing, the theatre was filled to capacity for every performance, and the box-office was being inundated with requests for advance bookings. As usual, the critics were furious that a work intended for the people should be enjoyed by them, and moreover that the reviews were being ignored.

The play soon proved to be a vast success, and it did indeed make quite a lot of money for Jerome as well as for Forbes-Robertson. It became something of a *cause célèbre*, and for the first time since *Three Men in a Boat* Jerome had a work upon which everyone in London held a view. For each clergyman who denounced it, another was quoting it in his sermon. In the face of the appalling reviews the play became the most successful of the season.

It is interesting to attempt to analyse this success. Today, the play reads as unusual, clever, competent and satisfying – but not great. It appealed very strongly to the audiences of the time, however, because it brought conscience to the fore; the people could emerge from a place of entertainment chastened and improved, lost in thought, and – yes – entertained as well. Who, everyone wished to learn from Jerome's own lips, was The Stranger? He never gave a direct answer, for he said he wished people to form their own conclusions. He wanted the audience to ask themselves whether the events in the play could possibly occur in the light of a 'second coming'. He had wished men and women to see themselves in the shadow of one who was great without patronage, and selflessly generous. And this appears to have been precisely the effect, if not as long-lasting as the idealist might have wished. Jerome reports the following words from a Chinaman who had seen the play when it was brought to the

Orient: 'Had I been intending to do this night an evil deed,' he said, 'I could not have done it. I should have had to put it off, until tomorrow.'

Jerome does, however, tell of an actual incident which had inspired the creation of The Stranger.

> I followed a stooping figure down a foggy street, pausing every now and then to glance up at a door. I did not see his face. It was his clothes that worried me. There was nothing out of the way about them. I could not make out why it was they seemed remarkable. I lost him at the corner where the fog hung thick, and found myself wondering what he would have looked like if he had turned round and I had seen his face. I could not get him out of my mind, wandering about the winter streets, and gradually he grew out of those curious clothes of his.

Jerome had certainly achieved success in transferring the mystery and intrigue of the character to the sensibilities of the theatre-going public. Wherever the play went it was a success, and Forbes-Robertson found himself in the part of The Stranger more or less constantly for the next seven years. Nonetheless, the stoic Robertson was very unsure as to what the play's reception might be in America. Once more he was ridden over by a woman – this time by Maxime Elliott, his wife's sister, who happened to own a theatre in New York to which she insisted he transfer himself and the play without further delay. The Elliotts were shrewd judges of a play's prospects, for in New York, as elsewhere, the success was total.

The Passing of the Third Floor Back was revived constantly over the next twenty years – once in a gaol, more than once in a church – as well as by repertory companies up and down the country. Jerome's daughter, Rowena, took the part of Stasia in one production, Jerome later loyally recording in his memoirs that she and Gertrude Elliott were 'the best Stasias I have ever seen'. The play was filmed twice – once in 1918, and once in the 1930s after Jerome's death. It remains the only one of his plays in print.

Jerome was proud of the work, and he was pleased, if not a little surprised, that so great a success should have come to him at this point in his life. He took the themes of the play seriously, for these attitudes towards kindness, respect and honour represented the closest he ever came to a formal religion, but he by no means regarded himself as some latter-day and self-appointed Moses figure, bringing to the people the word of God. His sense of proportion was retained, as always. He was very much amused, for instance, when shortly following the success of the play he was invited by the writer W T Stead to his house in Smith Square, that he and an assembled group of literati might hear 'the gospel according to St Jerome'.

Indeed, just so that a sense of proportion might be retained, he had subtitled the play *An Idle Fancy*.

Chapter 24

Winter Sports

By the time of his dramatic success Jerome was almost fifty years old. A success such as that he had just attained made the onslaught of another decade easier to bear, though he had been rehearsing for middle age for many years now. His pipes – and latterly cigarettes – became more dear to him, and he continued to make much of the comforts of home, which remained for the present Goulds Grove. He still did not care for entertaining in the fashionable sense, however, and continued to see only his closest friends – sometimes Zangwill, Wells or Barrie, but more usually George Wingrave – or his own wife. He was seen to be very good company and, as George was always delighted to know, to keep exceedingly good cigars. According to Jerome, these two qualities in a man went a very long way.

During the discussions as to the future of *The Third Floor Back* – in the days when it was uncertain whether it was to be performed at all – Jerome had been quietly working upon another play, *Fanny and the Servant Problem*. This was a very different work indeed – a traditionally constructed comedy in four acts. It is possible that Jerome was preparing this play as a standby in the event of *The Passing* never being staged or else failing. But, as the situation was, theatre managers were very eager for yet another Jerome play, and *Fanny* opened at the Aldwych while *The Third Floor Back* was still showing at the St James's.

The play was a very simple and appealing comedy, subtitled by Jerome *A Quite Possible Play*. The plot centred around the sort of situation that later would have appealed to P G Wodehouse. A young peer marries a chorus girl and takes her back to the ancestral home. There she discovers a flock of twenty-three servants, each one of them related to her; indeed, every relative she has in the world, except for her mother and father, is employed in the great house. The parts are played out, with neither Fanny nor her uncle, Bennett the butler, relishing the situation. The whole of Fanny's chorus line arrives on a surprise visit at one point, which so upsets Bennett that he says he will serve them only very much below stairs. Fanny insists they be allowed to be entertained in the usual way, and having attained this end, she then, with awe-inspiring panache, dismisses the entire household, having written them a large and compensatory cheque. She confesses her secret to her rather ineffectual husband at this point, whereupon he and his appalling aunts – there are plenty of aunts – settle down to trying to run the house themselves; being aristocrats, they are not good at it. Fanny is ready to depart, if her husband, Lord Bantock, should wish it. By this time, however, everyone concerned – her husband, her uncle, the aunts *et al.* – is so impressed with her courage, honesty, and sheer capability that each is willing to revert to the status quo, with Fanny as the new and accepted Lady Bantock in sole charge of the entire household.

Once more, the success or otherwise of the play depends upon the actress in the title role, for Fanny is on stage constantly. Jerome had originally written the play for Marie Tempest, but she was wholly committed by the time the work was ready. The part went to Fanny Ward, her name being merely a happy coincidence and not in any way connected with the title of the play, as was supposed at the time.

Fanny and the Servant Problem is an amusing play, but the dialogue – and this is true of the bulk of Jerome's dramatic writing – is never as witty nor as wholly successful as is his humorous prose. However, the play was written by the celebrated playwright Jerome K Jerome, and overlapping the spectacularly successful *Third Floor Back* as it did, promoters and cast alike had very high hopes for it. But Jerome wrote in a private letter to a friend:

> Fanny must have been awful on 1st night from the mere test of time. It ought to have played exactly 20 mins. shorter. I was pretty mad. Some of them seemed to think Bennett's prayer meeting was the whole play (of course I'm not saying this for print). Next week I'll have it down to be given at 9. Between ourselves, it ought to have had another week's rehearsal… But it's going very different now and there is the possibility of its accomplishing the miracle, a comedy succeeding at the Aldwych.

But this was not to be. The critics, as Jerome by now expected of them, kindly panned it; they thought it at best only mildly diverting, and hardly worth the journey into the West End. Initially, however, it went well, for London was eager to see the new Jerome play, as had been expected. Perhaps because of the very success of *The Passing,* however, interest soon flagged.

The play folded, but Fanny Ward – who seems to have been a rather enterprising young lady – still had great faith in it, and personally supervised its transfer to America. This act was inspired by the fact that she herself was American, and she thus felt herself qualified to aver that the play could not possibly fail there, so essentially was it concerned with the English snob system and featuring as it did not only a butler, but a Lord. It was her opinion that it would fare even better if the title were changed to *Lady Bantock;* this, she believed, would render the entire package irresistible. The change was duly made, and Fanny Ward proved to be a good judge of theatrical caprice. *The Passing of the Third Floor Back* had been breaking all records at the Garrick Theatre, Chicago – so much so that Forbes-Robertson had been persuaded to take it on a nationwide tour. America, it seemed, could stand any amount of variety, for *Fanny* too they welcomed to their theatres, for in their view there could be no such thing as a Jerome play too many; so popular was *Fanny,* indeed, that it was adapted into a musical, and ran a further four seasons. Its failure in London seems to have been the exception, for the play also proved very successful throughout most of Europe. Certainly it reads as one of Jerome's freshest, and one of the most likely candidates for a modern revival.

Theatre was again Jerome's chief interest, and he had been working hard

151

at it throughout the year. As the winter approached he decided that a time in Switzerland with his wife would prove to be relaxing. He proposed to idle. There were, however, one or two ideas for plays he intended to work upon, and he also brought along a work in progress, a humorous novel.

He had been to Switzerland before, but only very briefly as an adjunct to one of the German trips. 'We tried to winter once in Lausanne,' he says, 'but Swiss town life holds few attractions.' It would appear that the people with whom he found himself upon this occasion tended to be rich, or old, or ill, or dying, and occasionally all four. The highlight of the night life was a round of bridge, but 'in the middle of a game your partner would break off to give an imitation of the sort of spasms that had happened in the night. It was difficult at times to remember what were trumps.' He does add, tantalizingly, that 'young girls would lure you into a corner', but it transpires that their sole motive in doing so was to secure an audience for the vile catalogue of their bowel dysfunctions. Altogether Jerome was for the more energetic sort of Alpine holiday, though he was not without his reservations. He highly recommended winter sports, 'but were I to have my time over again, I would not leave it quite so late. Back somersaults and the splits are exercises less painfully acquired in youth... but having regard to all the dangers that a skier is bound to face, the marvel is that so few accidents occur; and even were they umpteen times as frequent, I should still advise the average youngster to chance it.' Sporting words but, notwithstanding, Jerome tends to dwell solely upon mishap and disaster during these recollections of the Alps, quite to the extent of putting off the average youngster for life. Hall Caine, who was there, assured him that a walk in the snow would be a harmless thing: the result was that they sank up to their necks, and remained so until dusk. 'We might have been buried alive,' said Jerome. 'Once,' he goes on, 'I came upon a man sitting upon the edge of a precipice over which his skis were projecting. He dared not move. He had plunged his arms into the snow behind him and was hoping it would not give way.' At various other times, Jerome fell into a snowdrift and lost his skis – 'I watched them sliding gracefully down the valley. They seemed to be getting on better without me' – and was rescued quite by chance; upon another occasion, he came close to being pulled into a crevasse by a friend, who admittedly intended no such act. In the company of the same man, he had seen a hotel keeper crying with grief, for he had just witnessed three young Italians ski off a slope and into a precipice. Their bodies were discovered some days later.

Thus ran Jerome's preoccupations, though he was not at all blind to the potential exhilaration of the sport, and he evokes a fine feeling of excitement in the following sensational depiction of what was known as 'the jump':

> The signal is given to go, and the skier gently moves forward, skis straight, side by side, with the knees just bent. The hard beaten track grows steeper. The pine trees glide past him, swifter and swifter. Suddenly the trees divide: the track heads straight as an arrow to – nothing. And then that glorious leap into sheer space

152

with arms outstretched and head thrown back. I wonder how long it seems to him until the earth comes rushing up to meet him, and he is flying through the cheering crowd towards the flagstaff.

Conan Doyle had been a great skier, and had more than once tried to persuade Jerome to have a try. Doyle, indeed, was – according to Jerome – the man responsible for introducing the sport to Switzerland, for formerly it had been confined to Norway. Despite the mishaps – and the fact that he regretted never becoming superb – Jerome did not regret having accepted the challenge. He did, however, prefer skating, for he knew he was rather good at it, but when either skiing or skating he was given to pique over the fact that he never seemed to be photographed at his best. 'As a rule, beauty does not appeal to the snap-shotter. I noticed, in my early skiing days, that whenever I did anything graceful the Kodak crowd was always looking the other way. When I was lying on my back with my feet in the air, the first thing I always saw when I recovered my senses was a complete circle of Kodaks pointing straight at me.'

The holiday, one may be sure, was not so unrelieved a chain of accident and humiliation as he would have his admirers believe. Jerome was well known in Switzerland, as elsewhere, and as a consequence he was treated with the usual respect and granted whatever facilities he required; and being a writer, privacy was the most called-upon, for he was always careful to attend to his craft. He worked rather hard, when not romping in the snow, and by the time he returned to England, his novel was complete. It bore the very modern and unusual title *They and I,* and was published late in 1909. Indeed, the book was rather modern in most ways, and an oddity in the Jerome canon. A very lightly written and sympathetic book, it deals humorously with the events following a family's move from the town to the country. The father of the house bears little resemblance to anybody one can think of, except that this is a man in his mid-fifties, and the author of humorous books. The incidents are amusing, and typical in as much as they deal with nuisances such as a herd of cows waking the incorrigible townies at dawn, or the family's attempts to unblock the chimney using a little gunpowder, as had been recommended to them by a local sage or incendiary. However, the book is not so full-bloodedly farcical as *Three Men in a Boat,* nor, it must be said, as funny. The children feature a good deal, and much of the best writing concerns the disagreements between their parents and themselves, as each, when in a good mood, struggles to understand the viewpoint of the other.

The book was not widely reviewed, and the sales were only moderate. In his younger days, Jerome probably would have published the story episodically in a journal, and one feels that the whole might have considerably gained from this dissection, for then every chapter would have been under pressure to stand up in its own right.

The Passing was still running in London, and Jerome found that he was primarily known and referred to now as a playwright. His thoughts lay still very much in that direction, for although he had in his mind at least two pressing ideas for stage productions, he was planning no more prose for the present, but he had resumed contributing (in a small way) the occasional piece of commissioned journalism.

Although Jerome was devoting much of his energy to the theatre, no play was to emerge for another two years. He seemed to be enjoying comparative leisure for the first time in his life, and when he was not travelling, he was discovering the joys of the motor-car. Jerome had always been inclined towards any device which transported one elsewhere, and in his time he had considerably indulged himself in the pleasures of bicycles, horses, trains and, of course, boats. The motor-car, however, was something really new and exciting; its potential seemed limitless.

He did not like himself for liking cars. A feeling within him told him he should not. They were modern, noisy and troublesome; they frightened horses and people and they would in time, he knew, destroy both the towns and the countryside. Nonetheless, he rather enjoyed driving them.

Jerome's favourite transport had been the horse-drawn tandem, compared with which driving a coach, he thought, was restful. It was quite as different as driving a sports car or a 'family saloon'. The tandem was more responsive, and also more dangerous. More than once his horses bolted, or the cart would capsize – on one occasion breaking Jerome's ankle. Of all his horses over the years, his favourite had been called Pat, and this creature's end was indirectly occasioned by the new technology: 'Poor Pat! I had to shoot him when the motors came. He had never let anything pass him on the road, before, and one day, on the Henley Fair Mile, he ran his last race. He was only a few days short of twenty then: though you wouldn't have thought it. He had had a good time.'

In the winter of 1909 he was back in Switzerland, and yet another speedy sport was added to his repertoire: tobogganing. As was to be expected, though, Jerome had very definite views about what constituted a pleasant run, and also upon the sort of thing that was to be avoided. To glide down a prepared run he thought very boring indeed, likening the business to a children's slide. He adhered to the Chinaman's description of it: 'Swish. Then walk a milee.' The bob-sleigh, however, was quite another matter: he found this exciting to watch, but regarded the sport as very much one for spectators. He, for one, was not so tired of life that he wished to give it a try. The sort of tobogganing that Jerome enjoyed fell somewhere between the two – it was not without its thrills, but there was more than a sportsman's chance that one would complete the run and live. He describes the process in classically Jeromian manner: the freshness of the venture is well conveyed, and the endeavour ends cosily.

> The best use to make of the ordinary toboggan is to take it out for an afternoon's run down the valley. One walks a little, here and there, where the wood is on the level. In the Gasthaus of the scattered village, one halts to drink a glass of beer, and to smoke. One glides through pine-woods, looking down upon the foaming torrent far below. It is good sport dodging the woodcutter's sledges. The horses watch you out of their quiet eyes, and jingle their bells as you pass. The children, coming out of school, bar your

way. You shake your fist at them and plunge on headlong. You
know that, at the last moment, they will leap aside. But you must
be prepared for snowballs. You overtake stout farmers' wives,
seated upright with their basket of eggs between their knees; and
exchange a grave 'Grüss Gott'. And so on till you reach the sleepy
town at the gateway of the valley. There you take coffee, with
perhaps a glass of schnapps. Then home in the little bustling train,
crowded with chatty peasant folk; and maybe, if your seat is near
the stove, you fall asleep.

Jerome was staying with Rudyard Kipling at Engelburg. Kipling had
brought along his entire family, and Jerome was accompanied as usual by his
wife and Rowena. Privacy proved to be the great problem, for Kipling was
even more famous in Europe than Jerome, as, although he was only forty-five,
he had already published *The Jungle Book, Stalky & Co., Kim,* and the *Just So
Stories.* He had been awarded the Nobel prize for literature only two years
before. Two such celebrities in one small resort tended to go to the heads of
the locals and tourists alike, for wherever the pair might venture, 'the Kodak
fiends followed in their hundreds'. Jerome thought this rather a shame from
Kipling's point of view, for he was not at all adept in skiing or skating, and soon
became rather self-conscious of learning, for whenever he made a false move,
he was once more made aware of the circle of spectators around him.

Engelburg, it seems, was not in the same class as St Moritz for winter
sports, and quite often the weather and conditions dictated that the sportsmen
remained indoors. Political debates were encouraged in the hotel, and occasionally became overheated. Jerome later recollected: 'I suppose I was the
only man in the hotel who was not a Die-hard Conservative,' which means that
the debates came down to Jerome defending the underdog and preaching for
justice and fairness in the face of the entire most right-wing faction of the Tory
party, of which Kipling, of course, was at the very least a staunch supporter.
'Kipling himself was always courteous,' recalls Jerome, 'but not all the peppery
old colonels and fierce old ladies from Bath were.' And of course it was this
very brand of thoughtless and anti-intellectual Toryism that Jerome most
loathed. To relieve the rather charged atmosphere – everyone was, after all,
on holiday – the Kiplings and the Jeromes got up some amateur theatricals,
involving another family, the Hornungs – Mrs Hornung being Conan Doyle's
sister, Connie. Jerome had not encountered Mrs Kipling since the early *Idler*
days. 'She was still a beautiful woman,' he remembers, but he could not ignore
evidence of time passing almost unseen; he adds as a statement of fact, 'but her
hair was white.'

The theatricals themselves seem to have been enjoyed by everyone
concerned: 'Kipling's boy and girl were there. They were jolly children. Young
Kipling was a suffragette and little Miss Kipling played a costermonger's
Donah. Kipling himself combined the parts of scene shifter and call-boy.'

The holiday did not prove to be one of the most outstanding of Jerome's
life, and he was not desperate when it came to an end. Back in England, he was

155

putting together the notes for another new play and enjoying the countryside.

Jerome was not so much of a countryman, however, that he indulged in the traditional rural ritual of slaughter. He was moved to utter fury by evidence of cruelty to any living thing, and the following attack is really very restrained, compared with some of his outbursts:

'Riding to hounds would be good sport, if it were not for the fox. So long as the gallant little fellow is running for his life, excitement, one may hope, deadens his fear and pain. But the digging him out is cold-blooded cruelty. He ought to have his chance. How men and women, calling themselves sportsmen, can defend the custom passes my understanding.' The matter transcended reason, however, and Jerome betrays his revulsion: 'It is not', he says, 'clean.'

The usual defences put forward in favour of blood sports never cut any ice with Jerome. That foxes and birds were or were not pests to the farmer was nothing, so far as he could see, to do with the case. Hunting and shooting, Jerome knew, were perpetuated by the people who enjoyed it. That man could actually enjoy such a thing revolted him, and edged him towards despair for the human race. He despises man for his carnage, and pities the creatures that must suffer in order to satisfy the appetite. Man's appetite for food, however – as opposed to slaughter – Jerome well recognized, and he perceived the truth that 'if we all had to be our own butchers, vegetarianism would be less unpopular'. What deeply disturbed him, however, was the fact that 'there would still remain a goodly number to whom the cutting of a pig's throat would afford enjoyment'. It was the sort of perversion that he did not care to dwell upon in depth. He states unequivocally, 'Killing has never attracted me.'

The new play had a very topical theme which lent it considerable power at the time, though the rationale has now, of course, dated. Called *The Master of Mrs Chilvers*, it concerned the emergence of the women's movement into political life, and the struggles caused between a couple when the wife of an M.P. wishes to stand in an election. The theme is treated with humour, but many of Jerome's contemporary views were to emerge. There was to be a very large cast of nearly twenty, and so it was thought that the sooner work upon the production began, the better. Rowena Jerome, it was decided, was to have one of the smaller roles, and Jerome and Miss Marbury set about the business of finding a producer and a cast.

The script, subtitled *An Improbable Comedy, Imagined by Jerome K Jerome*, had aroused considerable interest straight away. The play was likened to Jerome's own *Miss Hobbs*, although *Chilvers* treated the themes in a far more thorough manner, and was altogether a better made play. The Shavian theme appealed to producers, and so soon the thing was under way.

Rehearsals are trying periods. Everybody seems to be wearing their nerves outside their skin. The question whether the actor should take three steps to the right, and pause with his left hand on the back of chair, centre, before proposing to the heroine; or whether he should do it from the hearthrug, with his left elbow on the mantelpiece, may threaten the friendship of a lifetime. The author wants him to do it from the hearthrug – is convinced that from there and there only can he convey to the heroine the depth and sincerity of his passion. The producer is positive that a true gentleman would walk round the top of the table and do it from behind a chair. The actor comes to the rescue. He 'feels' he can do it only from the left hand bottom corner of the table.

'Oh well if you feel as strongly about it as all that, my dear boy,' says the producer, 'that ends it. It's you who've got to play the part.'

'Do you know,' says the author, 'I think he's right? It does seem to come better from there.'

The rehearsal proceeds. Five minutes later, the argument whether a father would curse his child before or after she has taken off her hat provides a new crisis.

Problems not much less absurd than these arose with every new production, and by now Jerome was well used to them. In fact, he rather enjoyed the whole business, and always felt very satisfied when all the efforts of cast, producer, and author culminated in the finished product. In the case of *The Master of Mrs Chilvers*, this day arrived on 26 April 1911, when the curtain went up at the Royalty Theatre. The playscript was published the same year by T Fisher Unwin, who included a frontispiece bearing a photograph of JKJ, together with a facsimile signature. One learns quite a deal about the characters from this text, for Jerome supplies witty, thumbnail sketches of the attitudes and biases of those who feature most prominently, as in the following examples:

Geoffrey Chilvers, M.P. A loving husband, and (would-be) affectionate father. Like many other good men, he is in sympathy with the Women's Movement: 'not thinking it is coming in his time'.

Annys Chilvers: A loving wife, and (would-be) affectionate mother. Many thousands of years have gone into her making. A generation ago, she would have been the ideal woman: the ideal helpmeet. But new ideas are stirring in her blood, a new ideal of womanhood is forcing itself upon her.

Phoebe Mogton: The new girl, thinking more of politics than of boys. But that will probably pass.

Mrs Mountcalm-Villiers: She was getting tired of flirting. The Woman's Movement has arrived just at the right moment.

Dorian St Herbert: He is interested in all things, the Woman's Movement included.

Ben Lamb, M.P.: As a student of woman, he admits to being in the infants' class.

The M.P. husband is a supporter of the independence of women, but is he not also master in his own house? In the event, Mrs Chilvers wins the necessary support, but later (unobserved) she witnesses an example of the sort of good work practised by her husband in a professional capacity, and of which he informs no one. This moves her to pity for him in his defeat, and the new realization that he is so fine in his rightful role leads her to renounce politics and to devote herself to the business of being a mother and a loving wife. This outcome might have been seen to be less than delightful by the emancipated females in the audience, and so Jerome has Annys Chilvers make it clear to her husband that her renunciation of the political podium is only a temporary one, and she makes him agree to continue fighting with all his will in the cause of Equality for Women. Annys is an alert and shrewd woman who perceives precisely the meaning of equality. At one point during the play she asks of a rather less aware member of the organization, 'What do *you* under-stand is the true meaning of the woman's movement?', to which the lady answers: 'The dragging down of man from his position of supremacy. What else can it mean?'; and Annys Chilvers supplies her own definition, by way of reply: 'Something much better,' she avers. 'The lifting up of woman to be his partner.'

Another intriguing matter raised was the question of whether the equality of women would signal the downfall of chivalry: would the traditional indications of courtesy deteriorate into a nonsense? Indeed, one event in the play concerns a woman who, needing help for her son, turns not to Annys Chilvers for all her feminism and strength of logic, but to her husband; she asks him to pity a poor woman in need, and he, being male, complies.

The humour is derived from the language, as usual, and also from the spectacle of men and women in unfamiliar roles. The men are forced to defend their positions in the face of a female onslaught. On account of both this topicality, and of the renown of the author, the play was accorded quite a deal of attention. It was regarded as being a fine evening's entertainment, and it achieved a respectable run. Here was no greatly vaunted successor to *The Passing,* then, but it did escape the rather swift and ignominious fate of *Fanny and the Servant Problem.* This contented Jerome.

During the next year or so Jerome K Jerome – dare one say it? – idled. He walked with his favourite dog, Max, he drove around the Chilterns, and he took a couple of brief holidays abroad, one of them to Germany. He was writing some essays, and planning two more plays, but he still had no plans for another book.

Although only in his early fifties Jerome was beginning to seem just a little eccentric in appearance. He had never been an avid follower of fashion, electing rather to wear more or less whatever anyone else of his age or class was wearing. Now, however, he was displaying a marked reluctance to change the style in any way. His suits were cut in quite the same manner as they had always been, with the jacket buttoning high at the front and the trousers very slim. The shirt collars were high, hard and unyielding, with the tie displaying the stud. He no longer affected the moustache of his youth, but his hairstyle was just the same – parted softly in the middle, though now quite grey. He gave way to gusset-sided boots only for the sake of convenience. By no means outlandishly old-fashioned in his dress, he was just sufficiently dated in appearance to occasion notice; and since his absorption into the country, he had taken to wearing checks which he would, from time to time, bring to town. This was unusual, to say the least, but he was forgiven on the grounds that he was 'an artist'. None of this constituted conscious sartorial affectation, it should be noted. Quite simply, he saw nothing wrong with the style he wore, and had neither the energy nor the interest to pursue any other.

Coupled with his recent lack of production, the assumption might be drawn that Jerome was slumping into a permanent state of middle-aged inertia. Not at all. One play was now nearing completion, and soon a second lecturing tour of America was due. He was quite looking forward to this, as he had not visited the country for over four years, and he was anxious to see anything he had missed. Just before his departure, W W Jacobs and Pett Ridge got up a dinner at the Garrick Club to say 'au revoir to Jerome K Jerome'. This gesture touched him greatly, particularly so when he saw who had made the effort to be there. The guest list included Arthur Conan Doyle, H G Wells, Will Owen, John Hassall – the artist famed for having averred that 'Skegness is so Bracing' – J M Barrie, Israel Zangwill, Carl Hentschel and, of course, the third man, George Wingrave. The talk, as might be expected, harked back a good deal to the old days. One receives the impression that upon that evening, they cannot have seemed so very far away.

Chapter 25

American Style

'American hospitality is proverbial. If I had taken the trouble to arrange matters beforehand, I could have travelled all over America without once putting up at an hotel. Had I known what they were like, I would have made the effort.'

Not that there was a lack of luxury; the appurtenances of many of the hotels put them on a level with the great palaces of Europe. It was just that Jerome felt that the service and the cuisine were not quite on a par. As he put it, 'often I have thought how gladly I would exchange all the Parian marble in my bathroom, all the silver fittings in my dressing-room, for a steak I could cut with a knife'. Although not a gourmet, he did like plenty of good food, soundly cooked. Most dishes were found to be too hot or too cold, or too daunting. The despair which overwhelmed him at the onset of every meal was equalled only by his wonder that it should be so; after all, it was not like this at the Garrick. He had learned from the Immigration Bureau that over four thousand professional cooks arrived in America each year, though what happened to them after docking Jerome saw to be one of the great unsolved mysteries of the century. 'They can't all', he supposed, 'become film stars.'

Hotels in large cities, he thought, erred upon the side of grandeur. The proprietors and staff of those in smaller towns, on the other hand, took the casual approach to altogether unacceptable limits. Jerome highlights an instance.

He had travelled from New York to Albany, where he was due to deliver a reading at eight o'clock that very same evening. His plan was to miss lunch, dine early, and then quietly await the hour of the performance; but the plan proved more straightforward in theory than in practice, as Jerome was soon to discover. The dining room he found to be void of any human presence, as was the case with the entire ground floor of the hotel. Then he saw a man sitting in a rocking-chair, and reading a newspaper.

'I beg your pardon,' I said. 'But are you the hotel clerk?'

'Yup,' he grunted and went on reading.

'I am sorry to disturb you,' I continued, 'but I want the head waiter.'

'What do you want him for?' he said. 'Friend of yours?'

Jerome explained that far from the man being a friend, he was anxious merely to make his acquaintance – and then only to the rather prosaic end of ordering dinner. The clerk gazed at the foreigner with real pity. It was not necessary for Jerome to order dinner, the man explained, for it would be ready at half-past-six. Jerome returned that that was all very well, but he, for his part, required the meal at that very moment – a little after four – whereupon the clerk, having assured himself that his hearing was not playing tricks upon

160

him, more or less instructed Jerome to cease his silliness. Dinner, he repeated, was served at six-thirty. 'You run along and take a look round the town,' he said. 'Interesting city.' And Jerome had no choice whatever but to take the man's advice. Two hours later, he returned – moody, and very hungry; Albany was not, he records with dudgeon, an interesting city.

In compensation the menu braced him, for it 'contained, so far as I could judge, every delicacy in and out of season'. He ordered an hors d'oeuvre of caviare and, because he had never before tried it, clam soup. The waiter, 'who apparently had mislaid his coat', did not glide away in order to fill the order, but made it clear that Jerome was expected to decide upon the entire meal immediately. Not wishing to antagonize the man, Jerome resumed his perusal of the menu, and decided to follow the caviare and the soup with crisp whitebait, broiled ham with truffles, peas in butter, lamb cutlet with tomatoes, asparagus, and wing of chicken. He would round off with a caramel ice-cream, dessert (various) and, of course, some coffee.

> 'That all?' asked the coatless young gentleman.
> I thought he meant to be sarcastic, and put a touch of asperity
> into my tone.
> 'That is the order,' I said.

The waiter was away rather a long time. When he returned, he was bearing a vast butler's tray which he set down on the table. What followed may be told only by Jerome himself, for the situation was fast becoming one which could easily have been experienced by either J, Harris or even George:

> There was everything on it – everything I had ordered, beginning with the caviare and ending with the coffee. All the things (except the soup and the coffee) were in little white saucers, all the same size. The whole thing suggested a dolls' tea party. The soup was in a little white pot with a handle. That also might have been part of the furnishings of a doll's house. One drank it out of the pot – about a tablespoon altogether. There were six whitebait and one shrimp. Thirteen peas. Three ends of asparagus. Five grapes and four nuts (assorted). Two square inches of ham, but no truffle: the thing I took to be a truffle turned out to be a dead fly. The lamb cutlet I could not place. I fancy they must have given me the wrong end. The tomato I lost trying to cut it. It rolled off the table and I hadn't the heart to follow it up. For some reason or another they had fried the chicken. I did my best, but had to put it back. It didn't look any different. I wondered afterwards what happened to it.
>
> I suppose it was not having had any lunch. If I had been by myself, I'd have put my head down on the tray and have cried. But three or four other men were feeding near me and I pulled myself together. I started with the coffee. It was still lukewarm. It seemed a pity to let it get quite cold. The caviare did not appeal to me. It may have been the smell. After the coffee, I tackled the ice-cream,

which by that time was already half-melted. I stole a glance at my companions. None of them were bothering about a knife. They were just picking up things with a fork, first from one saucer and then from another. Somehow they suggested the idea of mechanical chickens. But it seemed the simplest plan and I followed their example.

Not for the first time, Jerome was to confess, 'I never got used to it.' And nor, one surmises, would he have wished to. The explanation for this singular style of service was that Americans – unlike Europeans – had no time for the formal mode of dining. Jerome found this explanation less than satisfactory, for most Americans around him seemed to pass their days in rocking-chairs, smoking and spitting.

He continued his tour of the States, visiting Virginia, Florida, California – whose beauty he admitted – while still remaining chiefly impressed by New York. 'New York is America epitomized: fierce, tireless, blatant if you will, but great. Nature stands abashed before it. The sea crawls round it, dwarfed, insignificant. Trees, like waving grasses, spring from its crevices. The clouds are rent upon its pinnacles.'

New York, however – and, indeed, the whole of America – was only a façade. More and more Jerome was perceiving cracks in the apparently faultless face that America presented to the visitor, and he was beginning to feel that he could remain silent no longer. On his first trip, he had either treated a situation with humour – as with the dining incident – or else he had said nothing at all. Now, however, he smelled vast wells of hypocrisy and cruelty – two of the most abhorred vices – and he felt he had to speak out. He had observed the national obsession with money. One businessman with whom he stayed had, following a successful day's dealing, deposited $5000 in his daughter's bank account. His daughter was twelve, had her own cheque-book, and received a paternal kiss upon displaying that she well knew in which shares to invest her five thousand. He had observed, in Sioux Falls, the American divorce trade: 'The hotels were filled with gorgeous ladies waiting their turn, many of them accompanied by "brothers". It was a merry crowd. Three ladies, a mother and her two daughters, the younger just seventeen, sat at the table next to us and were friendly. The mother had been divorced before, but the two girls were new to it. They expected to be through by the end of the week.'

None of this much moved Jerome one way or the other: he merely recorded it, as writers do. Neither was he in the least troubled when he encountered some Elders, who were allowed to have more than one wife. It was only when a bigot raised his head that Jerome felt anger, such as on one occasion when the same journalist who had two nights earlier introduced to Jerome his mistress (the man's wife being out of town) wrote a fierce leader in his paper demanding the immediate extradition of Maxim Gorky, who was then also engaged upon a lecturing tour, on the grounds that the lady with whom he was travelling was not his legal wife. America, said the journalist (who referred to Gorky's lady as a 'concubine'), must not be so contaminated. Jerome found this sort of behaviour vile, but not at all unusual. But even this paled before what he saw to be America's greatest sin – her treatment of the black.

All through the South, the horrific vogue for lynching had been following Jerome. The pattern was almost always the same: one or two blacks were summarily hanged, without trial, for having in some way interfered with a white woman. The meaning of 'interference' was elastic, in order to speed the process of despatch. The allegations were generally found, *after* the hanging, to have been fabricated.

Finally, at Chattanooga, Jerome could tolerate his own silence no longer. 'After my reading I asked for permission to speak on a matter about which my conscience was troubling me. I didn't wait to get it, but went straight on.' Even for a famous and invited guest, it was a courageous act, and only the passion within Jerome impelled him to carry on speaking, despite the chill and distinctly uninviting atmosphere.

> At home on political platforms, I have often experienced the sensation of stirring up opposition. But this was something different. I do not suggest it was anything more than fancy, but it seemed to me that I could actually visualise the anger of my audience. It looked like a dull, copper-coloured cloud, hovering just above their heads, and growing in size. I sat down amid silence. It was quite a time before anybody moved. And then they all got up at the same moment, and turned towards the door.

Jerome was shaken, and his wife had turned pale, for he had omitted to tell her anything of his intention. The fame of the speaker protected him that night, but Jerome was to interpret the reception generously, for upon the basis of one or two members of the audience having furtively thanked him on his way out, he was led to aver: 'I cannot help thinking that, if the tens of thousands of decent American men and women to whom this thing must be their country's shame would take their courage in both hands and speak their mind, America might be cleansed from this foul sin.' Jerome had written this of the year 1913, but in 1926 when his autobiography was published, he was moved to make his strongest ever statement in print. It is deliberately forceful, necessarily sickening, and sensational only in that it seeks to shock into action. The statement received a great deal of attention and came to be the basis of a widespread political platform. Jerome never regretted setting it down in print:

> The treatment of the negro in America calls to Heaven for redress. I have sat with men who, amid vile jokes and laughter, told of 'Buck Niggers' being slowly roasted alive; told how they screamed and writhed and prayed; how their eyes rolled inwards as the flames crept up till nothing could be seen but two white balls. They burn mere boys alive, and sometimes women. These things are organised by the town's 'leading citizens'. Well-dressed women crowd to the show, children are lifted up upon their fathers' shoulders. The Law, represented by grinning policemen, stands idly by. Preachers

from their pulpit glorify these things, and tell their congregation that God approves. The Southern Press roars its encouragement. Hangings, shootings would be terrible enough. These burnings, these slow grillings of living men, chained down to iron bedsteads; these tearings of live quivering flesh with red-hot pincers can be done only to glut some hideous lust of cruelty. The excuse generally given is an insult to human intelligence. Even if true, it would be no excuse. In the majority of cases, it is not even pretended. The history of the Spanish Inquisition unrolls no greater shame upon the human race. The auto da fe, at least, was not planned for the purpose of amusing a mob. In the face of this gigantic horror, the lesser sufferings of the negro race in America may look insignificant. But there must be tens of thousands of educated, cultured men cursed with the touch of the tar-brush to whom life must be one long tragedy. Shunned, hated, despised, they have not the rights of a dog. From no white man dare they even defend the honour of their women. I have seen them waiting at ticket-offices, the gibe and butt of the crowd, not venturing to approach till the last white man was served. I have known a woman in the pains of childbirth made to travel in the cattle wagon. For no injury at the hands of any white man is there any redress. American justice is not colour blind. Will the wrong never end?

Alas, not in Jerome's lifetime. He well realized, and he kept repeating, that the majority of the nation was upright and decent, but the taint of this evil could not be wholly escaped by any American citizen. He deplored the wrong-headed, right-wing thinking whereby the more 'respectable' a Southerner, the more inclined he was to the persecution of the 'inferior races'. In summing up his attitudes towards the American people, however, Jerome tries hard for magnanimity, to live and let live. He tries, but he cannot help but betray a hint of contempt:

I have been about a good deal in America. My business has necessitated my spending much time in smoking-cars and hotel lounges. My curiosity has always prompted me to find out all I could about my fellow human beings wherever I have happened to be. I maintain that the American man, taking him class for class and individual for individual, is no worse than any of the rest of us.

And he concludes: 'I will ask his permission to leave it at that.'

Chapter 26

The Gamble

Nineteen-thirteen was the year that saw much of Jerome's jottings and thoughts concerning the stage finally come to fruition. In January *Esther Castways* opened at the Prince of Wales' Theatre, but did not stay there for long. Once more, Jerome had written the play for the actress Marie Tempest, and upon this occasion she actually came to appear in it, although looking back upon her career, she later decided that this appearance was one she could well have done without. The problem arose due to Marie Tempest's image – in Jerome's words, 'a great actress pinned down to frocks and frivolity'. Like many successful comedy actresses, she yearned for a serious play so that she could demonstrate her versatility. One of Jerome's plays, therefore, she had turned down on the grounds that it was funny, and for another – *Fanny and the Servant Problem* – she had not been available. *Esther Castways* seemed to be perfect, however – a fairly serious play with a social conscience, timed to have its first night at a moment convenient to Miss Tempest. The rest of the cast was soon assembled, and once more this was to include Rowena Jerome. There are no contemporary accounts of Rowena's prowess on the boards, save those of Jerome, which one takes to be less than objective. She seems to have hurled herself into the parts with an enthusiasm disproportionate to her only competent renderings. No one suggested that she was bad, although neither were any other dramatists or producers queuing up for her services. Rowena was one of her father's greatest admirers, however, and there is no doubt at all that she worked hard in order to provide of her best.

According to Jerome, Marie Tempest was very fine indeed in the part of Esther Castways, and it is true that after the curtain she received a standing ovation. 'But, of course,' Jerome ruefully records, 'the swells wouldn't have it.' By 'swells', he means the critics and the intellectuals. Miss Tempest was criticized in the press for taking a role so outside that which the public had come to expect of her; the play itself was received mildly. Admittedly, its plot did not seem one calculated to rock a London audience to its foundations, dealing as it did with an American mill town and the political reforms currently underway there. On the other hand, this setting cannot have been wholly to blame for the play's failure, for its run in the United States proved to be quite as short. The consensus seemed to be that Jerome K Jerome had in his time written some fine, diverting and entertaining plays; *Esther Castways* was not one of them.

For Jerome's part, one receives the impression that he was quite relieved to be done with it, for backstage the Tempest rather tended to live up to her name. Rehearsals had not been a placid business, for there was something about the personality of J K J to which the actress failed to warm. From his own account Jerome went not at all out of his way to alter this situation, even to the point of rather perversely fanning the flames: 'I wore a red suit. I rather fancied it myself; but somehow it maddened her; and I was obstinate and wouldn't change it, though she offered to buy it off me that she might burn it.'

Jerome's dramatic reputation was salvaged a couple of months later, when *The Passing of the Third Floor Back*, after a brief respite, came back on the stage, this time at Drury Lane. The initial success was repeated, and, while Jerome was gratified, he felt he could not rest upon the laurels of this achievement for ever but would have to follow it up with another play. This came later in the same year – *Robina in Search of a Husband*. It was an adaptation of one of the stories published in *Observations of Henry* (1901) called 'The Wooing of Tom Sleight's Wife'. To add to the complexity of its provenance, the story had already been adapted into a play in 1906 by an American named Eugene Presbrey, when it had achieved a respectable run in New York under the title *Susan in Search of a Husband*.

The confusion really begins, however, with the plot, as is revealed by the précis in *The Times* review which, given the nature of the work, is really as concise as it could be:

> Robina was a minx, with a fortune, who changed names and clothes for a week with Kate, the inn chambermaid, just to test the affection of Lord Rathbone, who had followed her to the inn, as she guessed with matrimonial intent. But she guessed wrong. Lord Rathbone had come to the inn in search of his wife, whom, for reasons which it would be tedious to narrate, he had left at the church door; and of course his wife was Kate, the chambermaid, now masquerading as Robina. Kate recognised her husband at once, but he, being of the duller sex, took names for realities and was much distressed to find that the supposed Kate (really Robina) was the sort of woman whom, wife or no wife, he could never love, while the supposed Robina (really Kate) was just the sort of woman he could – and straightaway did. Behold then the young husband enamoured of his own wife, while thinking her a stranger, and steeling himself against this love in order to 'do his duty by' his supposed wife; behold also, the real wife delighted both with his love and with his noble devotion to duty, and the pretended wife vexed at the failure of her little stratagem. Fortunately, an 'old flame' of Robina's appears on the scene, to divert her affections into a new channel, and all – after some subsidiary complications afforded by an American cousin of Kate's and a blundering village policeman – ends in the usual happy fashion.

Having encapsulated the enterprise so manfully, *The Times* reviewer seems quite spent for comment. The character he singles out as being the most 'droll' is the 'love-lorn solicitor', who fails to feature in his résumé. Rowena, who played Robina, apparently exhibited 'an engaging liveliness', but on the whole, the play was no more than 'rather mild, wholly harmless, and frankly artificial fun'.

The Gamble

The play, in fact, was written for Christmas audiences, and therefore Jerome cannot have been too upset by this review. Indeed, it seemed to be just what London needed at the time, for it did well throughout the season, and ran some small way into the new year at its venue in the Vaudeville theatre.

During the production, Jerome had been writing one more play. It did not matter to him that some achieved healthy runs while others came off almost immediately, and he was as enchanted by drama as he had been in his very early acting days. The new venture was to be a four-act comedy, drawing upon Jerome's considerable knowledge of Germany. Special music and songs had been commissioned, and it seemed as if the production might prove a highly original success.

A lighthearted and joyful play, *The Great Gamble* had its first night at the Haymarket, and the reviewer at *The Times* rather liked it:

> On a Teutonic hill-top, amid tall pines and tall beakers of lager and flowing rivulets of Rhenish wines, and student songs exploding at regular intervals 'off' – your familiar 'Old Heidelberg' atmosphere, in fact – Mr Jerome offers you a blend, or rather a juxtaposition of sentiment and fun... That is to say, the sentiment is now without a touch of silliness, and the fun contributed by five men on a mountain has a family likeness to the fun of three men in a boat.

This was the first time that Jerome's classic had been alluded to during a criticism of a play, and it augured well. The music, it seemed, was very catchy, and the concept of the production extremely unusual. It was most unfortunate, however, that Jerome had not drawn upon this Teutonic fund rather earlier in his career. A vast amount of work and planning had gone into *The Great Gamble*, but it was destined to die. 'For a solid month we rehearsed that play without a suspicion that the Chancelleries of Europe were one and all making their secret preparations to render it a failure.'

Weeks after the curtain rose Britain declared war upon Germany. *The Great Gamble* was lost.

Chapter 27

Signing On

'I can remember as if it were yesterday how grieved and sorrowful he was on that fateful August morning. He knew Germany well, and realised what so many did not, that it would be a long and bitter struggle.'

So says Jerome's secretary, who was again guilty of sanctifying her employer, and confusing memory with hindsight. Jerome's feelings concerning the war were very complex, though of the onset he says: 'I heard of our declaration of war against Germany with cheerful satisfaction. The animal in me rejoiced. It was going to be the biggest war in history . . . If I had been anywhere near the age limit I should have enlisted . . . Of course, not a soul dreamt the war was going to last more than a few months. Had we known, it might have been a different story.'

This is by no means how Jerome thought throughout the course of the war, but these honest admissions form the bases of his emotions at the beginning. The view was shared by everyone he knew:

> I was at a country tennis tournament the day we declared war on Germany. Young men and maidens, grey-moustached veterans, pale-faced curates, dear old ladies: one and all expressed relief and thankfulness... it was the same whichever way you looked. Railway porters, cabmen, workmen riding home upon their bicycles, farm labourers eating their bread and cheese beside the hedge: they had the faces of men to whom good tidings had come.

Jerome partly justifies his initial reaction by recalling how all through his boyhood he had been aching, as boys will, for a really good war. He had had visions of appearing magnificent in a coloured uniform – 'the advantages of making soldiers look like mud had not then been discovered' – and coming home a hero. And like other Englishmen he rebelled against any upstart foreigner – even a German – tampering with the Empire; anyone who did so would have to be taught a lesson and be put in his place. 'The newspapers had roped in most of us literary gents to write them special articles upon the war. The appalling nonsense we poured out, during those hysterical first weeks, must have made the angels weep and all the little devils hold their sides with laughter.'

Jerome's being a pillar of this particular establishment did not last, however, for more and more he perceived in Britain what he had dreaded – a hatred of the German people. His knowledge of the country made him quite firm on the point that the German people were quite distinct from German militarism, which he despised as he had its Russian counterpart. But what he could not get down was the manner in which the press consistently came to regard all

Germans as vile and cruel. Jerome had witnessed a similar situation in Britain many years before: 'In a speech at the Vagabonds' Club, I suggested that God, for some unrevealed purpose of His own, had fashioned even Boers, and was denounced the next morning in the Press for blasphemy.' He was being similarly pilloried now for having the temerity to suggest that even Germans might after all be human.

'This attempt to make them out a nation of fiends seemed to me as silly as it was wicked. It was not clean fighting. Of course, I got myself into trouble with the Press; while a select number of ladies and gentlemen did me the honour to send me threatening letters.' The same sort of people, no doubt, who now began to make life difficult for Germans resident in England. Carl Hentschel was one such, and he recalled the episode as having been unnerving and unpleasant in the extreme.

Jerome had dared to doubt the truth of the tales of atrocities that daily were filling the newspapers. At first, there had been no animosity towards the German people, but Jerome believed that as it became clear that the war would not, in fact, be over by autumn, so some stimulus was needed to ensure from Britain sustained and prolonged effort in the interests of the cause. 'What surer drug', Jerome asks, 'than Hate?'

He wished now to dissociate himself from friends such as Kipling, who was openly denouncing all Germans as 'The Foe', and Wells, who had pronounced the struggle, to great acclaim, 'The Holy War'. Kipling topped this by christening it 'the greatest game of all'. In Jerome's view, the country came near to losing its senses, and he was saddened and surprised by the attitudes of his literary friends, and following their frenzied outbursts, he was never so easy with them again.

Jerome had not been dismayed at the onset of war, for he had seen the cold German military machine at work; 'I hated the stupidity, the cruelty of the thing. I thought we were going to free the German people from the Juggernaut of their own creation. And then make friends with them.' This was not to be the pattern of things, and Jerome began to suffer increasingly – not least as a result of his own ineffectuality. In the face of this, he was a strange choice on the part of the British Government to join up with a party visiting America in 1915, its purpose being to make the citizens of the United States aware of English feeling and to divine their own. Jerome's fame and popularity in America were a major factor in his selection, and he was quite eager to accept, as he was finding the climate in England oppressive, and the news of the rising toll of British and German dead was crushing his spirit. He went to America in the hope that he might be able to do something.

While on the ship he encountered a deputation, commissioned by the United States, now returning from Belgium where they had investigated the veracity or otherwise of the stories of German atrocities. Their conclusion was that 'nineteen-twentieths' of the stories were not true, and while this report was published in America, it was never allowed to be seen in England. The one-twentieth remaining does not seem to have disturbed Jerome, and his defiant disbelief in the stories does remain illogical, for while he admits to the cruelty of the German war machine, he will permit no credence to evidence of its having been implemented.

By this time, though, Jerome was made to feel uncomfortable for the very fact that he had visited Germany – even at a time long before this country had ever been described as 'The Foe' – and he was advised not to mention his German friends. He saw this enforced silence as a treachery to people who had been kind to him, and it made him bitter. By now he merely wanted to see peace; he wanted an end to the killing, at any price. For this reason, he later came to resent American intervention in the war, although this view too was misunderstood as Jerome fast became thought of as 'pro-German'. 'But for America,' he said, 'the war would have ended in stalemate. All Europe would have been convinced of the futility of war. "Peace without Victory" – the only peace containing any possibility of permanence – would have resulted.'

At the time of his visit America had not the slightest intention of coming into the war. Jerome found the general feeling to be 'if anything, pro-German, tempered in the East by traditional sentiment for France. I failed to unearth any enthusiasm for England, in spite of my having been commissioned to discover it. I have sometimes wondered if England and America really do love one another as much as our journalists and politicians say they do.'

Jerome was granted an interview with President Wilson, and having discussed literature and the arts for some time, Jerome finally managed to elicit a view upon the war. The President became very animated, and gave Jerome many reasons for his country's sustained neutrality. Knowing what Jerome knew of politicians, he might have divined that it was only a matter of time before America was in the war. 'We have in America,' said the President, 'twenty million people of German descent. Almost as many Irish. In New York State alone there are more Italians than in Rome. We have more Scandinavians than there are in Sweden. Here, side by side, dwell Czechs, Roumanians, Slavs, Poles and Dutchmen. We also have some Jews. We have solved the problem of living together without wanting to cut one another's throats. You will have to learn to do the same in Europe. We shall have to teach you.'

If Jerome was tempted to mention the black, he managed to restrain himself. As an interviewer, his job was merely to record whatever arrogant polemic a president or anyone else chose to mouth, and then to publish it for the digestion of others.

This feeling of helplessness persisted upon his return to England, where he made an unsuccessful attempt to alter the course of the war. In America, he had met a group of important German businessmen and bankers who confided in him that German opinion was that the country had taken on a deal too much in this war, and that they believed that a peace conference could easily be arranged in some neutral city such as Washington D.C. Jerome relayed this information to the British Government, but nothing whatever came of it. The feeling was still very alive that the Hun had to be taught a lesson, and that Britain was the country to do it.

Finally, Jerome could stand his own inertia no longer. He volunteered for service. He felt that if he could be of no use in England, then at least he had to be at the centre of things. Of course, he was refused due to his age, and so once more he had to settle down to watching other men.

'I felt ashamed of myself, sitting in safety at my desk, writing articles encouraging them, at so much a thousand words.' As well as the shame, however, there were also unquenchable stirrings of excitement; once more the ambiguities in his character are evident: he abhorred the war, as has been seen, yet he earnestly desired to be of use. He would have liked his passions to have ceased there, but mingled with such noble aspirations there was a wholly youthful lust 'to see the real thing'. He rejected an offer to become a member of the Home Guard, waxing scornful about old men guarding the Crystal Palace or helping to man the Embankment. He offered his services as an entertainer overseas, thinking to draw on his experiences as raconteur in America, but the War Office saw this as a thinly veiled excuse to gather material for a book. According to the man at the War Office, 'half the British Army were making notes for future books'. Rather dismissively, he offered Jerome a job in the Clothing Department at Pimlico.

This hardly satisfied Jerome's increasing need for adventure. 'Here was the biggest thing in history taking place within earshot. At Greenwich, when the wind was in the right direction, one could hear the guns.' As insular hysteria still raged in Britain, Jerome conceded that it would also 'be a relief to get away, if only for a time, from the hinterland heroes with their shrieking and their cursing'.

He persevered in his quest, but all doors seemed to be shut. He was on the point of despair, when one afternoon he met an old solicitor friend in Bond Street. This gentleman, whom Jerome knew to be more or less his own age, was resplendent in a khaki and blue uniform, complete with sword-belt and even brass buttons. Jerome pleaded with the man to make him a part of this seemingly impossible enterprise. At first the solicitor seemed reluctant, but eventually he pressed an address into Jerome's hand and vanished into a respectful crowd.

The address was that of a representative of the French Embassy, where a courteous gentleman explained the situation to Jerome. It seemed that 'the French Army was less encumbered than our own with hide-bound regulations. Age, so long as it was not accompanied by decrepitude, was no drawback to the driving of a motor ambulance. I passed the necessary tests for driving and repairs, and signed on.'

Chapter 28

The Front

During the time between Jerome's acceptance into the French Ambulance Unit and his actual departure, he found himself delving back into his 1893 collection, *Novel Notes,* and reworking some of the themes. 'The Dancing Partner' had been a complete story in *Novel Notes* – a very successful sally into the field of horror and suspense, which has since found its way into several anthologies of crime stories. This was the sort of thing he now felt inclined to repeat, and the following snatch of dream, recounted in *Novel Notes,* was to provide the inspiration: 'I dreamt I saw a woman's face among a throng. It is an evil face, but there is a strange beauty in it. I see it come and go, moving in and out among the shadows. The flickering gleams thrown by street lamps flash down upon it, showing the wonder of its evil fairness.'

This he worked up into a very Holmesian murder story, entitled 'The Street of the Blank Wall'. Once more it proved a successful departure for Jerome, so much so that it is unfortunate he did not see fit to write more in this vein. Although the eventual collection of stories when published in America bore the title *The Street of the Blank Wall,* in England the book was called *Malvina of Brittany.* This story – along with most of the others in the collection – does not measure up to the murder story, and as a result, the book as a whole tends to be weakened.

But at the time of publication in 1916 Jerome could think of almost nothing else but the war. He was even beginning to read the highly coloured accounts of action at the front and, moreover, believing them. Intellectually, he well knew that the pieces had been expressly created for home consumption in an effort to whip up a new wave of patriotism, but emotionally Jerome responded. Although he acknowledged the absurdity, he was aching to be there – and, yes, to see action.

His wife had tried to dissuade Jerome from the venture, but she soon abandoned the cause, for she saw that her husband had rarely been so set upon a thing in his life. After a few months, then, Jerome – now a fifty-six-year-old French soldier – was sailing from Southampton on a ship crammed with troops. Two men in particular formed his companions – a certain Mr Springs-Rice, the brother of the English Ambassador in America, and the head of the French Ambulance Unit, D L Oliver. Also aboard the ship were three new vans, destined for the front.

Jerome was in very high spirits. German submarines, they knew, were close by, but this did not affect the party at all. All the soldiers had been instructed to place inflated life-jackets around their necks, and Jerome later recalled the situation with a flippancy that testified to his mood: 'It gave us an Elizabethan touch. One man with a pointed beard, an officer of Engineers, we called Shakespeare. Except for his legs, he looked like Shakespeare.'

The Front

After sailing some considerable way to France the alarm was raised that a German submarine had broken through the cordon of defence. The ship returned with all speed to Southampton, and the following night the procedure was repeated. None of this took the edge off Jerome's excitement. He and Springs-Rice were very eager indeed to reach the front. Oliver did not share in this anticipation, however, for he had been there before.

On this occasion, the crossing was successful, and the ship docked at Le Havre without mishap; years later Jerome was to fill in for us a little of the local countryside, the interlude having every appearance of having been lifted directly from *Three Men in a Boat:*

> The cross-country roads in France are designed upon the principle of the Maze at Hampton Court. Every now and then you came back to the same village. To find your way through them, the best plan is to disregard the sign-posts and trust to prayer. Oliver had been there before, but even with that, we lost our way a dozen times. The first night we reached Caudebec, a delightful medieval town hardly changed by so much as a stone from the days of Joan of Arc, when Warwick held it for the English. If it hadn't been for the war, I would have stopped there for a day or two.

The holiday atmosphere was short-lived. By the time they reached Vitry, they found that they had caught up with the war. The villages here had been razed to rubble. 'The Quakers were already there. But for the Quakers, I doubt if Christianity would have survived this particular war.' The unit pressed on into the night, Jerome driving his own ambulance through cratered tracks with no lights to guide him. The idea was never to lose sight of the vehicle in front, but after some hours Jerome could see or hear nothing at all. He was lost, and the two other ambulances were gone.

He had known that the destination had been Bar-le-Duc, but he found this knowledge to be of meagre use when stranded in the middle of the black French countryside. He followed a rutted track which eventually led to a town called Revigny. The town was half-ruined, and crammed to capacity with English and French troops. Trains roared into the little station to disgorge yet more. There was one poor hotel in the place, and this had been set aside for officers; Jerome gained admission upon the strength of the insignia on his uniform, of which no one could make head nor tail. The hotel was too horribly overcrowded, and the conditions might have put Jerome in mind of the less salubrious American hostelries: 'The cockroaches were having a bad time. They fell into the soups and stews, and no one took the trouble to rescue them.' Jerome found this provender less than desirable: 'I secured some ham and a bottle of wine; and slept in my own ambulance on one of the stretchers.' At dawn, Jerome drove on, eventually hitting Bar-le-Duc more by luck than by judgment. He soon ran into Oliver, who had put out a red alert for 'a lost Englishman'. Oliver had the power, he said, to have Jerome court-martialled; on this occasion, however, he would let it pass.

The final destination was reached late that same day – a village called Rarecourt, twenty miles from Verdun. The unit, called Convoy Ten, consisted of about twenty Britons, either young people who had failed their medicals, or over-age and willing types such as Jerome. His official cognomen was Ambulance Driver Nine. The lack of prestige accorded by such a title was more than compensated by Jerome's devout gratitude for the fact that he, at least, was not in charge. He felt for Oliver, having to keep in order a group of largely elderly Englishmen, 'a few of whom did not always remember the difference between modern warfare and a Piccadilly club'.

The army rations at this time were quite good and plentiful, and there were always enough meat and vegetables. Other things could be bought, and packages from England almost always got through, though rarely intact: 'The parcel from home was the great event of the week. Often, it had been opened. We had to thank God for what was left. Out of every three boxes of cigarettes that my wife sent me, I reckon I got one.'

One's billet was largely a matter of luck. Jerome moved up from a tent – 'in fine weather it was cool and airy. At other times the wind swept through it, and the rain leaked in, churning the floor into mud' – to a granary, and then to the house of a peasant and his wife.

Although Jerome was not consciously planning any book at all, there was material about that no writer could ignore: 'They never took their clothes off. The old man would kick off his shoes, hang up his coat, and disappear with a grunt into a hole in the wall. His wife would undo hidden laces and buttons and give herself a shake, put her shoes by the stove, blow out the lamp, and roll into another hole opposite.'

The weather worsened, and the fighting intensified. The two major problems became securing dry wood for fires, and trying to stem the all-engulfing sea of mud. 'It was our Primus stoves that saved us. Each man's Primus was his vestal fire. We kept them burning day and night: cooked by them, dried out clothes, and thawed our feet before going to bed. Mud was our curse. The rain never ceased. We lived in mud.'

And the nature of Jerome's work turned ugly, for now they were only a few hundred yards from the front line, and an increasing stream of wounded would arrive at Convoy Ten, having passed through the Field Dressing Station. The wounded men 'were brought to us on stretchers; or came limping to us, twisting their faces as they walked'. Jerome witnessed some appalling injuries inflicted upon very young men; he knew of the dysentery rife at the front line; he had heard of young soldiers manning their trenches, only to drown in the mud.

'So long as we were within call we could wander at will, creep to where the barbed wire ended, and look out upon the mud beyond. Black, silent, still, like some petrified river piercing the forest: floating on it, here and there, white bones, a man's boot (the sole uppermost), a horse's head (the eyes missing). Among the trees the other side, the stone shelters where the German sentries watched.' Jerome was face to face with war; the excitement was gone.

It was the night call that we dreaded. We had to drive without lights: through the dense forest, up and down steep, narrow ways with sudden turns and hairpin bends – one had to trust to memory: and down below, in the valley, were the white mists into which one strained one's eyes till it felt as if they were dropping out of their sockets. We had to hasten all we dared, the lives of men behind us depending on time... There ought at times to have been a moon, according to the almanac: but to that land of ceaseless rain she rarely came. It was nerve-racking work. The only thing to do was not to think about it till the moment came. It is the advice that is given, I understand, to men waiting to be hanged.

Jerome's Graves-like memories of the trenches continue. After such a journey, he would return to his mud-swamped billet:

One takes off one's boots, and tunic, blows out the candle and turns in. A rat drops from somewhere on to the table, becomes immovable. By the light of the smouldering logs, we look at one another... Ambulance Driver Nine turns his head to the wall. Suddenly he is up again. A footstep is stumbling along the wooden gangway. It is coming nearer. He holds his breath. The gods be praised, it passes. With a sigh of relief, he lies down again, and closes his eyes.

The next moment – or so it seems to him – a light is flashing in his eyes. A bearded, blue-coated figure is standing over him. Ambulance to start immediately!... Ambulance Driver Nine struggles half-consciously into his clothes and follows up the steps. Pierre, the aide, is already grinding away at the starting handle, and becoming exhausted. One brushes him aside and takes one's turn, and with the twentieth swing – or thereabouts – the car answers with a sudden roar, as of some great drowsy animal awakened from its slumbers.

The supplies are loaded on to the ambulance, and it thunders into the dark. The rocky road becomes increasingly rough and cratered, and Jerome fights to control the bucking vehicle.

Is it a road, or are they lost? Every minute the car seems as if it were about to stand on its head. Ambulance Driver Nine recalls grim stories of the mess-room: of nights spent beside a mud-locked car, listening to groans and whispered prayers: of cars overturned, their load of dying men mingled on a ghastly heap of writhing limbs, from which the bandages have come undone. In spite of the damp, chill night, a cold sweat breaks out all over him... The mist that fills the valley grows whiter and whiter. It is like a damp sheet, wrapped round his head. Shadows move towards him, and vanish; but whether they were men or trees or houses he cannot tell.

175

Dark, wet days merged with the night. Jerome slept when he could, and ate what there was. Rations were very low, but worse was to come. The Convoy was to be moved up the line from Rarccourt to Verdun itself. 'It was in ruins then. From some of the houses merely the front wall had fallen, leaving the rooms intact, just as one sees them in an open doll's house: two chairs drawn close together near the hearth, the crucifix upon the wall, a child's toy upon the floor. In a shop were two canaries in their cage, starved to death, a little heap of feathers that fell to pieces when I touched them.'

Life had become a matter of survival. 'From rain the weather had turned to frost. Often the thermometer would register forty degrees below zero... Starting the cars was horse's work. We wrapped our engines up in rugs at night and kept a lamp burning under the bonnet.' In the midst of the frozen mud and the ever more terrible wounds that daily confronted Jerome he would observe man's reaction to circumstance. As the fighting at the front consumed more and more ammunition, so the Hague and Geneva Conventions were of necessity flouted: most ambulances doubled as armouries. 'The Germans were accused of dropping shells on to the hospitals. So they did. How could they help it? The ammunition park was one side of the railway head and the hospital the other.' Ambulance drivers were ordered to take officers on a tour of inspection – an act strictly forbidden by all the rules of war. 'Springs-Rice bluntly refused: but not all of us had his courage.'

In the wood there was a hospital for wounded animals. It gratified Jerome that even amid such appalling conditions the men could still consider these things. One inmate was a donkey who wore the Croix de Guerre: 'His driver had been killed and he had gone on by himself, with a broken leg, and had brought his load of letters and parcels safely up to the trenches.' As to the little birds who had lost the use of their wings due to the extreme cold, their fate depended upon the soldier who discovered them. Some men would bring them scraps of food, others would cook them to eke out their own dwindling rations. 'It wasn't worth the trouble,' says Jerome. 'There was nothing on them.' Rats were the common enemy. They ate anything – including clothes – and spoiled whatever they left. Soldiers came to hate mud and rats far more than Germans. They would douse the rats with petrol, and set fire to them. But there always seemed to be more.

No woman or child was ever seen, so far forward was Jerome stationed, and the occasional English cigarette or tot of rum made the day worth living through. The rum 'was kind to us, and warmed our feet'. A rueful comment on materialism is recorded too, when Jerome recalls a Major who had furnished his dug-out with fine pieces of Louis Quatorze: 'they had been lying about the fields when he got there'.

Jerome had worked hard, and well, but the strain was now beginning to tell on him. He was fifty-seven, and he felt every year and a few more. Among all the other terrors, the noise of the guns affected Jerome acutely. 'Sometimes the order would be given for an "all-out" on both sides, and then the effect was distinctly terrifying... the entire horizon would be ablaze with flash-lights, stars and rockets, signalling orders to the batteries. Towards dawn the tumult would die down; and one could go to bed. One had no brain for any but the very lightest literature. Small books printed on soft paper, the leaves of which could be torn out easily were the most popular. We played a sort of bridge, and counted the days to our leave.' Among the reading matter were the Paris newspapers, which informed the soldiers how gay and confident they were. But 'the illustrations in the newspapers, depicting all the fun of the trenches, had lost for me their interest'.

Jerome realized by the end of the winter that he could no longer cope with the work. He was too old, and too sickened by what he had seen. He no longer had any feelings of excitement and he no longer saw the war as any kind of adventure at all. He did not hate Germans, but he hated politicians. Among their sins he numbered the glorification of serving in the Army: 'Compared with modern soldiering,' said Jerome, 'a street-scavenger's job is an exhilarating occupation, a rat-catcher's work more in keeping with the instincts of a gentleman.' He liked the German people, and he liked the English people; he could never forgive the politicians for forcing them to kill each other. 'A pity the common soldiers could not have been left to make the peace. There might have been no need for Leagues of Nations.' He was ashamed too of his fellow writers for fanning the flames of this Great War. 'Those who talk about war being a game', he said, 'ought to be made to go out and play it.'

Jerome returned to England, and took a smaller house very close to Goulds Grove, called Monks Corner. 'When he came home,' wrote his secretary, 'the old Jerome was gone. In his place was a stranger. He was a broken man.' Although this is a severe overstatement of the situation, it is true that he was deeply saddened by what he had seen of war, and its apparent endlessness. His doctor – George Wingrave's brother – warned him that his heart had been mildly affected by the severe work and conditions. Jerome was advised not to think of the war, and he said he would not. In reality, he could think of nothing else. He learned with despair that both the young Kipling boy and Connie Doyle's son – the two with whom the Jeromes had holidayed in Switzerland – had gone off in triumph to the war, and neither had returned. He dwelt upon all the other English and German people he knew and loved, and whom he would never see again.

Jerome did not live to see the Second World War, but he had little doubt that such a horror would occur. Such was the reason for his despair. Jerome always saw that the claim that the 1914 – 18 war was the 'War to end War' was a nonsense. To his pain, he understood mankind, which he proclaimed to be a 'race of low intelligence, and evil instincts'. 'War will go down before the gradual growth of reason,' he said. 'The movement has not yet begun.'

Chapter 29

Back

On his return, Jerome joined a small band of like-minded men 'in defiance of the Press and of the Mob', and regularly made speeches making an appeal for a reasonable peace. Prolonged killing, the speakers averred, was unreasonable to men of intelligence, and an affront to humanity. Although the group of men included some notable figures, such as Ramsay Macdonald and John Drinkwater, as well as several peers, scant attention was paid them by the public. The press, however, was wholehearted in its denunciation of the entire movement, and upon this occasion Jerome was to discover that people listened to newspapers far more attentively than they would to any individual. At the time, the organization had been powerless to fight against this journalistic tirade, but at least in his autobiography Jerome was to have the satisfaction of recording how Lord Lansdowne had recently rallied to his cause and 'Lord Northcliffe, who died not long afterwards of a lingering brain disease, suggested he must be suffering from senile decay.'

Jerome K Jerome was still very much a writer and the war had little or no effect upon his work. He did not dwell unduly upon suffering, nor was he moved to write a book about his experiences. Apart from his memories of France set down at the appropriate point in his autobiography, he hardly wrote of it at all. Within months of returning home from the front he was at work dramatizing one of the *Malvina of Brittany* stories, 'His Evening Out'. This became the play *Cook,* and it had its first night at the Kingsway Theatre in August 1917. It was a four-act comedy, once more concerning the consequences of mistaken identity and the contrast between gentry and servants, but this time no messages were being delivered and Jerome did not fall into the trap of sentimentality. *Cook* was simply a light, fresh comedy, for which the critics were grateful. They liked it very much indeed. 'I have never written anything', said Jerome, 'that has won for me such unstinted praise. I could hardly believe my eyes when I opened the papers the next morning... favourable mention was made even of the author. We all thought we were in for a record run, and I ordered a new dress suit.'

But despite the reviews the record run was not to be; almost perversely, the public refused to be guided by the first really good notices accorded to a play by Jerome K Jerome. The experience 'proved to me, I am sorry to say, that the power of the critics to make or mar a play is negligible' However, the play transferred to America under its original title of *The Celebrity,* and there it was more successful. ('I called it *The Celebrity,*' explained Jerome, 'and if I had originally called it *Cook,* my manager would have wanted to call it *The Celebrity*'.) It also did well in Europe, after the war, but once more in London it was *The Passing of the Third Floor Back* that came to the rescue. A new production was mounted at the Coliseum, a fortnight later transferring to the Playhouse. All the people who had merely heard of the play now went along to see it for themselves, but it seems to have been viewed as the sort of play that improved with each performance as many admirers were reputed to have returned almost weekly.

Partly upon the advice of his doctor, and partly in order to placate his wife, Jerome lived rather quietly at Monks Corner for the next eighteen months. He was not ill, but he owned even to himself that he did not feel as strong as he had done prior to the war. Dr Wingrave had suggested that Jerome should not ride any more, and that he should be chauffeured rather than drive a car himself. Jerome did not take this advice, for he still motored merely for the joy of the thing, and rarely aimed for any particular destination. However, due to his various commitments with publishers and producers, he began to discuss with his wife the possibility of their removing to London on a permanent basis in order to obviate the difficulties of travelling. Neither much relished giving up the calm and seclusion of Oxfordshire, but the advantages of so doing were clear. On the other hand, one of the things Jerome treasured about living in the country was his relative inaccessibility. He had mellowed in recent years in his attitudes to admirers and autograph hunters, but he still disliked the idea of their coming to his door. Letters, however, he dealt with courteously, though he was always at a loss as to how to deal with the begging kind. Jerome's attitude to charity was never quite defined. There are records and letters of his giving very generously to causes in which he believed, and also – to a lesser extent – to individuals known to him. This was always done, where possible, anonymously. He disliked being known as a philanthropist, not least because of his awareness of the existence of a large contingent of unscrupulous and professional beggars who soon rooted out and descended upon such figures, and he might have found himself for emotional reasons giving in to requests that he knew to be bogus. Neither was he by any means as rich as people seemed to imagine, for although a great deal of money had been made from *Three Men in a Boat* and *The Passing of the Third Floor Back* Jerome was still paying off his vast legal debts. The end of this commitment, however, was in sight and so he continued to do what he could, without being open-handed. If he could help the world at all, Jerome knew that it would be in some way other than financial.

He had now begun to write what may be described as a novel, but progress seemed slow. There were very many ideas and thoughts which he wanted to distil into this book, and he and his wife decided that a change of scene would aid the process. They took a house in Bath for the season, where Jerome completed *All Roads Lead to Calvary*.

The title tells one a great deal about the sort of book it is. The review in *The Times Literary Supplement* tells us more:

> In *All Roads Lead to Calvary* (Hutchinson 6s 9d net) Mr Jerome follows the too fashionable custom. He has used the material for several good lectures (and it may be added for more than one sermon) in order to make an indifferent novel... The characters are little more than mouthpieces in a succession of symposia, now on how women can put the world right, now on journalism, now on

politics, now on religion, and now on war, for the last symposium takes place in an advance hospital on the French front. One must accept the book for what it is, a collection of Mr Jerome's views on the world as he has seen it during the past eight years, and admit that whatever one may think of it as a novel, it would have made a very good lecture.

This is fair criticism. Jerome was possibly over-anxious to incorporate every philosophy under the sun, and as a result the narrative suffers. The material itself, however, displays wit and wisdom and the well-trodden Jeromian paths are presented in a new light. Jerome now spoke for the older generation, however, as is exemplified in the reviewer's defence of the writer's perception: 'Mr Jerome is much shrewder, clearer-sighted, and more broad-minded than very many of the impatient young people who would dismiss him as an incorrigible sentimentalist.' Here is a sharp reminder that such writers as Kipling, Barrie, Wells – and particularly Jerome – were being regarded as old men, writing for the old world. Even the great Hardy was being scorned by the up-and-coming post-war generation. Virginia Woolf had already published *The Voyage Out* and *Night and Day*. D H Lawrence had published *Sons and Lovers* and *Women in Love* was just about to appear. Joyce, Pound and Eliot – whose *Prufrock* had made its debut two years earlier – were beginning to receive notice. It is fortunate for Jerome and his generation that the literary establishment – and this in effect meant the review page – was still controlled by his contemporaries; had this not been so, the treatment meted out to the whole of the 'old school' would have been derisive and quite dismissive. After the war, the writers of the eighteen-nineties seemed to the young aggressive stylists to wish merely to carry on where they had left off. This, the thrusting breed was determined, they should not be allowed to do. The breakthrough of the new writing, however, was not immediately felt, for Kipling and Co. were in no conspicuous hurry to make way. The older writers tended to praise each other privately and in print, as with the following testimony to Barrie, written by Jerome in 1920:

> The great asset of Barrie to the English Stage lies in his being able to get sentiment over the London footlights. Most of us have tried it, and most of us have failed. But for Barrie the present day Drama would be given over entirely to cynicism and brutality. Barrie alone has the genius to force the public to listen to kindliness, tenderness and pity. What the stage will be like when he is gone I dread to think. My prayer is that the catastrophe may not occur in my time.

Jerome's prayer was answered, for Barrie was to survive him by more than a decade; but the effect of the sentiment behind this eulogy is that, although it was heartfelt and sincere, to the minds of the new wave of writers and critics it marked the end for J M Barrie. In the twenties, it was felt, his particular brand of artifice was no longer required. Jerome in particular was seen to be primarily a writer of polemic; the youth, as is the way of youth, did not wish to be lectured. They wished to be stirred, and to be made conscious of themselves and their emotions – emotions deeper, they believed, than the writers to date had ever suggested could exist. However, the middle-aged establishment – consisting of the very people, publishers were prone to remind one, who actually *bought* books – was still very much behind Jerome and his generation, and regardless of reviews, Jerome's work was almost always subscribed in at least respectable numbers.

Jerome himself, who had never been over-concerned with fashion, continued working in the noblest tradition. He was now back in Oxfordshire, though in a smaller, rented house, for the move to London had been decided upon, and would in a short while transpire. He was not so out of touch, however, that he failed to notice the revolution in the arts that was taking place around him. More and more, people were talking about the motion picture. A year earlier, a much condensed and, by all accounts, rather unsatisfactory film version of *The Passing of the Third Floor Back* had been produced. No records at all exist of the production, and it is extremely doubtful whether it was ever released. As a popular author, however, he was now being approached by the film-makers, in common with many other writers, and he tended to respond with alacrity. At the time of the following letter (autumn 1919), he was toying with a dramatization of a story that had first appeared in 1907:

I now enclose you the first scenario of the First Act of *Nicholas Snyders*. I do not want to spend further time on this until I know Maude's opinion. The first act gives him the key, and unless he is quite pleased with this first act I am sure it will be a waste of time going on. Will you see him and let me know.

The reply, it would seem, was encouraging, for in Jerome's next letter, written the following month, he seems quite consumed by the very aura of cinema:

I note you are sending *Snyders* on to Maude. I cannot find *The Rise of Dick Halward*. I also send you *Tommy & Co.* in a rough copy (the only one I have). I also send you, on chance, a play called *The Russian Vagabond*, written many years ago. It would make a good film, and might at the present moment be interesting. Also I send you the story and scenario of a music-play I was going to write with Humperdinck (composer of *Hansel and Gretel*). It strikes me this might make a film. Let me hear from you when you have glanced through them. On looking through *Tommy & Co* I am doubtful of its uses. But one never knows. *Woodbarrow Farm* I take it you have got from French.

Due to Jerome's telegraphic style of correspondence it might be useful to explain that 'French' refers to the publishers of play-scripts, and not to the language. There are no records of *The Russian Vagabond* ever having been performed, and nor was it to emerge as a film. Indeed, despite Jerome's evident enthusiasm, none of his suggestions came to anything.

Having taken up the idea of dramatizing 'The Soul of Nicholas Snyders', however, Jerome was loth to abandon it, even though he worked on the project very slowly and at the same time was plotting a new novel. Almost in defiance of the critics and the young, this was to be quite as polemical as *All Roads Lead to Calvary.*

Jerome worked rather less hard than he was used to; his wife had insisted that he take care of himself, and he had reached the age where he saw little reason to argue.. He was still very much in demand as a celebrity, and particularly so in America, which now offered him the chance of a third lecture tour. His wife would not hear of it; for his own part, Jerome was not over-enthusiastic to venture transatlantic once more either, not least on account of the recently instituted Prohibition. He stayed in Oxfordshire, awaiting his move to London, eventually settling for Earl's Court.

He was now approached by a resident of the town of his birth, Walsall. Alfred Moss, Jerome's future biographer, was preparing an anthology of 'Walsall Poetry', and would Jerome, he enquired, care to contribute? The request rather puzzled J KJ, for he had never in his life written any verse. He was quite at a loss as to why they should have thought of him. The reason was, of course, that Jerome was the only writer of note having any connection whatsoever with Walsall, and so by way of apologizing for not being a poet, he agreed to write a foreword for the book. This task was not wholly congenial to Jerome, for it reads uneasily; he was amidst strange territory, and when in such a situation, his writing tended to be overblown, as it did in this case. In the event he stopped little short of suggesting that the future of the world lay in the hands of the Walsall poets. The resurgence of this town into his life gave him other things to think of, however, for the past was always a source of deep fascination and comfort to Jerome. He determined for the first time in over fifty years to visit the place of his birth. He was the guest of Mr and Mrs Arthur Brockhurst – Mr Brockhurst being a councillor, a J.P., and everything else one might expect. Jerome was much interested to meet a man called Edward Holden (by now knighted) who had known Jerome's father in the days when the pits were worked. Jerome revisited the house in which he was born, even going to the length of commissioning a photograph of the building.

The visit had without doubt touched Jerome, though it was more than mere nostalgia that had prompted the trip, for at the age of sixty-two, he had decided that the time was ripe to gather material for his memoirs. In a sense, he had been rehearsing for this role of white-haired diarist throughout his life. Even during their late twenties the likes of Barrie and himself had been so very good at it. Jerome was still capable of experiencing excitement, and the vital still drew him; for the moment, though, reflections through pipe-smoke suited him well. And if such were recalled by the calm of one's fireside, then this was so much to the good.

Chapter 30

His Life and Times

The move to Earl's Court meant that Jerome was living in London again for the first time since his youth. In fact, he rather disliked Earl's Court, and gave Chelsea another try, close to where he had written *Three Men in a Boat,* one of the delights being that he was still able to walk down to the edge of the Thames during the afternoons and evenings. Neither was Marlow forgotten, for he still spent the odd weekend there whenever he had the chance. It seems that the Thames itself was the attraction, as he explained in his memoirs: 'Most of my life I have dwelt in the neighbourhood of the river. I thank Old Father Thames for many happy days. We spent our honeymoon, my wife and I, in a little boat. I knew the river well, its deep pools, and hidden ways, its quiet backwaters, its sleepy towns and villages.'

The novel progressed, and Jerome continued to assemble material for his autobiography, though in no very workmanlike manner. He did not feel hurried to write this particular book, for he always had the rather poetic idea that it should be his last.

The social life of the Jeromes accelerated, for many of their old friends were still living in London. As usual, Jerome turned down many more invitations than he accepted, but he saw much more of his old friend George Wingrave. This gentleman now resided in St John's Wood, and this gave rise to minor political problems, for, as neither was quite the young boatman he was, something of a debate usually ensued as to which party should make the trek from St John's Wood to Chelsea, or *vice versa.* Generally, Jerome – who was not above pleading ill-health when it suited him – was the one to stay put. He remained, however, a stout host; his claret and cigars, George was pleased to note, were as good as always. George partook of them as only a close friend dared.

The novel, which turned out to be Jerome's last, was published in 1923. It was called *Anthony John,* and not only the title recalls *Paul Kelver,* for this too is the chronicle of a young man making his way in the world. It would appear that Jerome's researches into his own past had a considerable influence on this novel, for it is set in an industrial city, in the North of England however, although the boy Anthony John did not leave this environment in order to make something of himself, but continued fighting on his home ground. Once more, life is seen in terms of being a battle for survival, as is exemplified in Anthony John's surname, 'Strong'nth'arm'. Many of the experiences are grim, and the family falls upon hard times – indeed, the first part of the book constantly recalls *Paul Kelver,* even in the quality of the writing. Once more, however, the book is marred by Jerome's endeavouring to say too much. He conveys well his own attitudes to religion, but the book is burdened with rather careful and obvious homilies and philosophies which are overworked and often repeated. In content the book attempts too to straddle several generations in an over-ambitious effort to be seen as a great work.

In a sense Jerome's current writings were guided by more than merely the author's desire to put before the public the best work possible. He was being polemical almost in defiance of everybody. He wanted to say things, and at this stage in his life, no second and prudent thoughts were going to stop him. He was becoming a little old, and a little stubborn. One feels that if he was thought of as old-fashioned, he would have been a little glad.

He now resumed work upon the dramatization of 'The Soul of Nicholas Snyders', which he had set aside for over four years. He also maintained regular contact with Walsall, corresponding in particular with Alfred Moss and Councillor Brockhurst. This gentleman was delighted that work upon Jerome's autobiography progressed, and he felt honoured by the prominence which the town of Walsall would doubtless receive. In 1924 he invited Jerome to speak in Walsall, and once more to be his guest. Despite uncertain health during the past few months Jerome acceded to this request, albeit against the advice of his wife, but the event was destined not to take place. Jerome explained why in this letter:

I am very grieved and disappointed but what I feared might happen has happened. I have been feeling much better all the summer but now I am having a setback and my doctor will not hear of my risking the slightest excitement and public speaking, which always does excite me, is out of the question. This is the first time in my life I have failed to keep an engagement and I feel sore about it. Please ask everybody to forgive me. It was a thing I had been looking forward to. I hope I shall not put you all to great inconvenience. I would risk the thing myself but my wife won't give way.

Very soon after this, a combination of circumstances dictated the Jeromes' removal from Chelsea to Hampstead. His doctor had suggested that the air upon the heights would benefit Jerome, but the house finally decided upon was not in Hampstead Village at all, but in Belsize Park, rather nearer to Swiss Cottage – this fact alone delighting George Wingrave, who found the little journey a joy. One other factor instrumental in the move was that a fairly recent acquaintance, the artist Philip de Laszlo, had offered to paint Jerome's portrait. He had not been painted since he was in his twenties – by Solomon J Solomon, if you will believe it – and Jerome rather liked the idea. De Laszlo's studio was in Fitzjohn's Avenue, Hampstead, and as the job was to take some time it was felt that some of the distance between them had better be closed.

The move to Hampstead pleased Jerome, for although he was no longer in sight of his beloved Thames, he found the Heath a very acceptable substitute. His dog, in fact, altogether preferred it, as there is little a healthy hound can do with a river, whereas a heath offers boundless opportunities. St Peter's Church, in Belsize Square, rather appealed to Jerome, and he attended services there whenever he felt inclined.

This was the pattern life assumed for the next couple of years. He visited de Laszlo's studio, saw quite as much of George Wingrave as in the old days, and made very good use of the Heath. He was aware, though, that he was not altogether well, and so took care not to over-exert himself. He pursued the 'Snyders' play, but the great consuming interest of his life had now become his memoirs. The scope of the book grew, and he looked forward to working on it with Rowena, who had now become his secretary.

A small town in East Anglia by the name of Dunwich had been suggested to Jerome as an ideal spot for peace and beauty, and one summer the family holidayed there. Jerome liked the place very much indeed, and thereafter it became a regular thing for the Jeromes to spend the summer there. They lodged with a lady named Mrs Scarlett, and Jerome was later to learn that the room she had set aside for his study had been used for the same purpose some years earlier by Edward Fitzgerald who had translated *The Rubaiyat of Omar Khayam* in it. According to Mrs Scarlett Jerome's routine was hard and alarmingly strict for one not in the pink of health, and particularly so when one considers that Jerome was, after all, on holiday. He would rise at 6.30 a.m., and pausing only for a cup of tea and nothing else, he would walk his dog around the countryside for two whole hours. At 8.30 he returned to breakfast, and the remainder of the day was taken up with reading and writing. Nor did he yet regard himself as being too old to take up the banner for a worthy cause. The King had recently expressed the opinion that the country lanes of England were falling into disrepute due to litter and carelessness, and Jerome concurred. Much to the amazement of his family and of the locals, he went to the trouble of organizing a rally, a crusade for cleanliness in the countryside. Such was the power of his cause that no one actually saw fit to turn up, but undeterred, for the next few mornings Jerome was observed stalking the lanes alone, armed with a pointed stick, and wreaking appalling vengeance upon any stray litter that dared to cross his path.

It was a period of consolidation. *A Miscellany of Sense and Nonsense* had recently been brought out by his very early publisher, Arrowsmith. The book was very ably illustrated by Will Owen, and contained extracts from most of Jerome's better-known books, mainly, of course, the two *Three Men* books and the *Idle Thoughts*. It is a striking testimony to the episodic nature of Jerome's writing that his novels (there were pieces from *Paul Kelver,* among others) could be excerpted with such ease. The de Laszlo portrait was now finished, and the National Portrait Gallery had expressed interest in the result. In the interim, Jerome decided to use the picture as a frontispiece to *My Life and Times,* which was published in 1926.

Jerome had enjoyed writing this book more than any other for many years, and this vitality constantly emerges in the text. It is a very entertaining memoir, and an illuminating one. As is the way with autobiography, it is quite as interesting to dwell upon what has been omitted, notably personal and domestic detail, as that which has been given prominence. There is no attempt at chronology, Jerome having split his life into its component activities; so we have chapters headed 'Trials of a Dramatist', 'I Become an Editor', 'The

Author Abroad', and so on. Much of the flavour may be had from the extracts quoted in this present work. It rambled, digression was rife, and hence the charm. *My Life and Times* is probably Jerome's most enjoyable book, other than *Three Men in a Boat.*

He was generally kind to friends within the text, and they responded warmly to the book's publication. The frontispiece afforded most people the first sight of the de Laszlo portrait, and the reaction was favourable. Jerome liked it very much, although the positioning of the hand lends him an uncharacteristically effeminate air, which went unremarked at the time.

My Life and Times was well received, but none of the reviews could match that from the *Staffordshire Chronicle.* This was written by that most loyal admirer Alfred Moss, and in his zeal to convey to an agog county that here was little less than the greatest book on earth, Moss becomes slightly comical. He delights local readers by stating that 'Jerome K Jerome showed excellent judgment in choosing Walsall as his birthplace.' This statement, of course, was not intended to be taken with utter seriousness, but the rest of the review most undoubtedly was. 'Jerome had the advantage of excellent and Godfearing parents' said Moss, and then went on to compare Jerome's characters with Hamlet and Pickwick. 'There is no way of accounting for Jerome,' said Moss, 'without using the word genius,' for his books had 'made him a household word throughout the English-speaking world'. Moss rounds off triumphantly as if to rebuke those reviewers who of late had suggested that Jerome's insights were now a little homespun and even occasionally trite: 'While psychologists fumble for the key, Jerome throws open the door!'

It would be safe to assume that Moss approved of the book under review, and that he quite adored its author. The tone used here runs throughout the biography that he was later to write of his hero, very much to the detriment of the work, for although the book is little more than a précis of Jerome's *My Life and Times,* all the elegance and wit of the original are missing. The prose style is staccato, the factual information very dully recorded; the eulogies of Jerome and all that touched him are positively embarrassing, and eventually ridiculous. Moss was a sincere man, clearly, and as his daughter later recorded, her father's biography of JKJ had been a 'labour of love'. The love is there in abundance; a shame, then, that the work remained quite so laboured.

At the present time, however, Moss was contemplating no such work, for although of late Jerome had been subject to a series of mild, but nonetheless worrying, heart tremors, he was only sixty-seven, and there seemed no reason why he should not soldier on for ever. Jerome's tenacity was doubted by no one.

After the publication of *My Life and Times* Walsall had been anxious to honour Jerome in some way or another, and Alfred Moss was one of those concerned in council discussions upon the issue. A complimentary dinner was decided upon, and Alfred Moss's daughter issued the invitation in October 1926. By December, however, the town council of Walsall had decided that they could do better than merely a dinner, and elected to confer upon Jerome the Freedom of the Borough. JKJ sent his thanks to the Town Clerk: 'Please convey my sincere thanks to the Walsall Town Council. I accept the honour they have conferred upon me with great pleasure and some pride: which I trust, under the circumstances, is not sinful.'

A while later the Town Clerk wrote again to finalize the arrangements and also enquired as to Jerome's continuing health in light of a recent newspaper report. Jerome replied:

> I thank you for yours of the 6th. I have made a note of the date (Thursday Feb. 17th). Beyond my wife and daughter I have some hesitation in suggesting any other invitations. My Walsall friends I shall meet there and it might be putting a tax upon many others to ask them to undertake the journey.
>
> My 'heart attack' was only temporary. I get them now and then if I do too much and last week 2 or 3 things came crowding in together so that on Saturday I had to cancel my engagement to give away prizes at Croydon. That is how the matter reached the press. I shall make no engagements for some time before 17th so as to run no risk.

Thus, 17 February 1927 became the most splendid day for Walsall. Pits and factories were closed for the occasion, and the work of months was to reach its culmination. The Mayor brought out his silk hat and his gold chain, and the Town Hall was stiff with aldermen and councillors. It was the beginning of what the local press were to christen 'Jerome Day'.

Chapter 31

At the End of the Day

There were several tasks to be completed prior to Jerome's arrival in Walsall, not least of these being the erection of a plaque upon his birthplace, the design and illumination of an 'Honorary Freedom' scroll, and the manufacture of a leather case in which it was to be presented. Walsall was known for its tanneries, and leather therefore was deemed appropriate. There was also the printing of the menu for the complimentary dinner to be arranged, and, as most of these niceties were to bear the date of the prospective ceremony, Walsall was devout in its hopes that there should be no setback on their part, nor upon that of J KJ.

All went well. A vast crowd of people turned out into the streets to watch the mini-procession to Jerome's birthplace, where the plaque was to be unveiled. The main parties present were the Mayor, the Deputy Mayor, the Town Clerk, Mr and Mrs Jerome, and W W Jacobs, who had agreed to act in an approximation to the role of best man. The occasion called for some sort of oral tribute from the Mayor, and the Mayor was not about to disappoint anyone.

'In unveiling this artistic tablet,' he said, 'which marks the birthplace of one of Walsall's most eminent sons, I should like to say what special pleasure it gives me to do so, in the happy circumstances, that this tablet has been placed in its position during the lifetime and in the presence of him whom it commemorates.'

This was the tip of the iceberg, the Mayor seeing fit to go on in similar vein for quite some time, closing upon an exceedingly high aspiration:

'May this tablet, commemorating one who in spite of early struggles has risen to high position by sheer ability and determination, be an inspiration to the youth of today and of the coming days to use their talents for the best and highest aims in life and an encouragement to all with high ideals to steadfastly pursue them, realizing that they are bound to receive their reward.'

The Mayor concluded his speech at the presentation of the scroll with praise for Jerome's writings, and also for his goodness as a man. The accolade was heartfelt, and Jerome was touched and grateful. Part of his generous speech of acceptance ran as follows:

'Many of my literary friends are knights and baronets, others have received degrees of honour from the hands of Chancellors of Universities, and heads of Royal Societies. But I am the only literary man who has received his honour from the people. This Freedom of the Borough, it is the people's knighthood. I take it you have conferred upon me the Knighthood of Walsall, and I shall always be proud of my spurs.'

And true to these Tory-Socialist sentiments, Jerome spent much of the afternoon meeting the ordinary people of Walsall, whose knight he now saw himself to be. It is quite likely that he signed more autographs that afternoon than during the whole of the rest of his literary life.

At the End of the Day

The day wore on, and soon it was time for the Complimentary Dinner. This would appear to have been a fairly exhausting affair – as a glance at the menu reveals – if only in view of the Toast List. Indeed the whole episode might well have been the subject of one of his Idle essays.

The Mayor, still in fine form, would start off with a toast to the King, whereupon the signal was given to strike up the National Anthem. Councillor D E Parry (Deputy Mayor) was then due to toast 'Our New Freeman', after which Jerome himself would be called upon to make a speech. There were a couple more toasts after that, and two more speeches – one of them by W W Jacobs. In between, of course, there was to be food and drink, and if the bill of fare lacked inspiration and élan, certainly no one would rise from the table feeling that he could just manage that little bit more.

The 'Sardine Delicatesse' was to be followed by Celery Soup and Mock Turtle Soup (this more in the interests of economy than conservation). Fried Halibut and Hollandaise Sauce came next, swiftly followed by Salmi of Pheasant with Peas. After a suitable pause, Roast Beef and Horse Radish Sauce was served, to the accompaniment of both Boiled and Baked Potatoes, to say nothing of the Brussels Sprouts. The 'Noisette Pudding' would ideally leave room for the Apricot Soufflé, and if one chose to precede one's coffee with a little 'Iced Nesselrode', this was quite in order.

During the course of the courses, the ex-Mayor drew attention to the fact that Stratford-on-Avon was known for its associations with one Shakespeare. 'What', he wanted to know, 'would Walsall be without Jerome K Jerome?' To which no one cared to vouchsafe an answer.

The toasts and speeches continued apace, and these were aided and abetted at intervals by Mr T W North at the piano, accompanying Mr J Yates and Miss Margaret Harrison, each of whom sang a song. And nor did this exhaust the fund of diversion, for the Vicar was yet to recite a poem. The poem is the most excruciating piece of doggerel, actually printed on the menu card, its authorship wisely anonymous. Even given the emotion of the occasion, it is hard to excuse, though naturally enough, it merits reprinting:

> Little drops of ink,
> Patterned on a page,
> Make us pause to think:
> Move to joy or rage.
>
> They can change our view –
> Darkness into light:
> Make for me or you
> Midday seem as night.
>
> *But the best of all*
> *Cheer us on our way;*
> *Joyousness instal...*
> Thank you – JKJ!

It was fortunate that W W Jacobs was present. His speech raised the tone, injected humour, and established the occasion on a footing of affection and style. The abyss of mawkishness was temporarily avoided.

'The rewards of literature', said Jacobs, 'are very unequal. One man gets a tablet stuck on a house in which he says he was born, the freedom of a famous town is conferred upon him in a beautiful casket I should like to have stolen, and a public dinner is given in his honour. Another man has to act as a sort of best man, carrying his train, so to speak, and whispering in his ear not to look quite so self-conscious and try to appear as though freedoms and public dinners in his honour were matters of everyday occurrence. The rewards are unequal. As I say, one man writes about *Three Men in a Boat* and lives in affluence; another man writes about boats of all sorts, and crews consisting of hundreds of people and has to borrow money to pay his super-tax.'

By this time, people were laughing in a relaxed sort of way, as people ought to at dinners of this nature. Even when the time came for Jacobs to pay the customary closing tribute to the guest of honour, he did not make the mistake of changing gear and succumbing to the gauche. The tribute remains fulsome and sincere, though both the raillery and the humour are preserved:

'I am very pleased to come to take part in this honour to Jerome K Jerome, who is a clever man. I have always had a great respect for his intelligence since he took my stories thirty years ago, and asked for more. He is one of the best men I know. A lot of people say so, and he himself has never denied it. He has never tried to. I know a great deal in favour of him, but have never heard anything against him. Whether that is due to my carelessness or to his carelessness I will not say!'

Jerome's own speech was light and short, though he was genuinely overcome with emotion at the outset. The spectacle of so much effort on his behalf had numbed him into humility, but he sensed that this was not the way to continue. He delivered a good deal of impromptu and largely imagined anecdotes, mainly concerned with *Three Men* and *The Passing*, though the speech had the right balance of humour and sentiment expected of him.

Jerome had enjoyed his day at Walsall, though it completely exhausted him. His wife had been extremely proud, and was treated quite as royally as Jerome himself, but she had been constantly aware of her husband's condition, and was always alert for signs of over-exertion. Jerome needed a few days to recover from the excitement, but he suffered no apparent ill-effects.

Jerome stayed quietly in Belsize Park for the next couple of months, not planning a new book but getting *The Soul of Nicholas Snyders* ready for production. His thoughts were of mortality, though he was neither ill nor depressed, save for the occasional irritation caused him by his affected heart which he felt limited his capacities. He saw people less frequently, though this was not due to his becoming anything approaching a recluse, and nor was it because his thoughts were wholly directed within; company tired him, and therefore his wife tended to discourage it. When he did share an evening with friends, however, the conversation tended to veer towards 'God' and the meaning of this word, for only recently was Jerome's conception becoming clearer. He had entitled the final chapter in his autobiography 'Looking Forward', though, characteristically, the larger part of it was devoted to looking quite the other way. Here were not merely the nostalgic and clouded ramblings of an old man, however, but an attempt to understand his present feelings by contrasting them with those he experienced as a child. They are set down in a deliberately simplistic way, for this was how the unfolding phenomenon struck him, and also because he wanted to be understood by the men and women who merely 'felt', as well as those who could intellectualize.

> As it had been presented to me – as to this day it is still taught to Youth – it was this. God the omniscient, the omnipotent Creator of all things, had made man in His own image, and had placed him in a garden, in the centre of which grew the tree of the knowledge of good and evil. The fruit of this particular tree man was forbidden to eat. Even as a child, I had never been able to understand what the tree was doing there. God had planted this garden Himself, had meant it for man's dwelling-place. It seemed to me it could have been put there for no other purpose than to be a perpetual temptation to poor Adam, to say nothing of Eve. To add to their difficulties, a serpent – which likewise God had made and placed in the garden – was allowed to come and talk to Eve and to persuade her. God must have known of this serpent and that it was very subtle. It seemed to me that God might, at least, have warned them. Man, evidently a simple soul, easily beguiled, listened to the cunning words of the serpent and ate the forbidden fruit. God's astonishment on discovering that he had done so, I was never able to entirely credit.
>
> For this one act of disobedience, Adam – and not only Adam but all his descendants, myself included – had been condemned by God to everlasting perdition.

And even when mankind was saved by the device of God's sacrificing his only son there was perplexity, for 'why God, who was all-powerful and could do anything, had not chosen some simpler and more humane method was never explained to me; and the question I felt was too awful to be uttered aloud. Even as it was, not all mankind were to be saved, but only those who "believed". If you didn't believe the story you were still to be damned.'

Jerome then recounts the fears and horrors that were inflicted upon him by doubt:

> As a child, my difficulty was that I was never quite sure whether I believed it or not. That I made every effort in my power to believe it, goes without saying. My not believing would break my mother's heart: that I knew. Added to which, it meant going to Hell. From many a fiery pulpit, I have heard vivid and detailed descriptions of Hell. The haunting horror of it was ever present in my mind. Face

downwards on my pillow, I would repeat 'I do believe', over and over again: ending by screaming it out aloud, sometimes, in case God had not heard my smothered whisperings. For periods, I would be confident that I had conquered – that I really did believe: there could be no doubt about it. And then the fear would come to me that, after all, I was only pretending to believe; and that God saw through me and knew I didn't. I dared not open my mouth. To ask questions would be to confess my disbelief. I tried not to think about it. But the thoughts would come. It was the Devil tempting me, I told myself. But neither prayers nor fasting drove him away. And as the years passed by he became more persistent.

And if Hell and the Devil caused the young Jerome deep anxiety, their counterparts did nothing to dispel it:

It was a queer place this Heaven of my people. It rather frightened me. Gold entered a good deal into the composition of it. You wore a golden crown, and you played upon a golden harp, and God sat in the centre of it – I pictured it a bare, endless plain – high up on a golden throne; and everybody praised Him: there was nothing else to do. My mother explained that it was symbolism. All it meant was that we should be for ever with the Lord, and that He would take away all pain. But it was the ever-and-everness of it that kept me awake of nights. A thousand years – ten thousand – a million! I would try to count them. And still one would be no nearer to the end. And God would always be there with His eyes upon one. There would never be any getting away by oneself, to think.

'Was there', Jerome asked, 'a God?':

This God of Abraham, Isaac and Jacob, what had I to do with him? This God who made blunders and 'repented' them: who 'grieved' at the result of his own work – would destroy what he had made. This God of punishment and curses. This 'jealous' God, so clamorous for his meed of praise or worship. His sacrifices and burnt offerings, his blood of lambs and goats. This God with a pretty taste in upholstery. This Designer of curtains and of candlesticks, so insistent on his shittim wood and gold. This God of battles, this God of vengeances and massacres. This God who kept a Hell for his own children. This God of blood and cruelty!

Thus the nucleus of Jerome's strongest ever denunciation of formal religion and hypocrisy, superstition and fear. 'This', he said of the monster, 'was not God. This was a creature man had made in his own image.'

God, in Jerome's view, was within every man. The only true religion was God speaking directly to man, through his conscience, and his sense of moral law. The man who lied to himself, then, was denying God. And in this sense, God was always with us. The direct communion appealed to Jerome – 'the voice of God, requiring no interpreter. That, one could believe.'

This philosophy reflects Jerome's puritan ideals, and demands that a man be strong, for weakness and over-indulgence become tantamount to blasphemy at best, if not outright paganism. 'The battle of life is a battle not for, but against self,' said Jerome. 'It is not our sins that will drag us down, but our want of will to fight them.' The only element of doctrine for which Jerome could feel was that of Jesus Christ – though not as the son of God, for there could be no help for man in the example of Christ's life if he were of God. But 'Christ himself I could have loved. I doubt if any human being has ever read or heard his story without coming to love him – certainly no child... from his sufferings I could learn courage. From his victory I could gather hope... the Christ spirit is in all men.' This was the view he exemplified in *The Passing of the Third Floor Back*.

As to the horror of eternal bliss in the hereafter, Jerome sincerely hoped that it was a myth. 'Work', he said. 'is the only explanation of existence. Happiness is not our goal, either in this world or the next. The joy of labour, the joy of giving, are the wages of God.'

Jerome continued on his way of being passably cheerful in public and increasingly ruminative when alone. The spring of 1927 was a fine one, and the family decided to spend a time in Devon. Rowena had never married, and she still lived with her parents in Belsize Park; although her influence with Jerome was always strong, neither she, nor her mother, nor Dr Wingrave could dissuade Jerome from motoring down. Spring in Devon, he thought, was made for motoring.

As part of the itinerary they were due to visit Mary Kernahan-Harris at Ashburton for a day, but that morning Jerome suffered a sudden, mild, heart attack. A doctor was summoned immediately, though by then Jerome was already nearly recovered. He rested for the remainder of the day, and the following morning the family went to Ashburton as arranged. On this occasion, Jerome agreed not to drive, and they took the country bus. The day, and the remainder of the holiday passed well, with Jerome walking a good deal as usual.

By the end of May a few weeks had elapsed since his last attack and there had been no recurrence whatsoever. The Devon air, he proclaimed, had done him good, and he insisted upon driving back to London. By this time, his wife had learned to drive, but Jerome would not hear of it. He derived much more pleasure from driving a car than from being a passenger.

The weather remained fine, and they soon reached Cheltenham. From here, Jerome for some reason took it into his head to drive to Northampton, where it was decided that they should stay at the Angel Hotel, before pressing on the following morning.

He suffered a paralytic stroke in the middle of the night. A local doctor, as well as Jerome's own, was immediately summoned. He was found to have undergone a cerebral haemorrhage, and was straightway transferred to a private ward in the Northampton General Hospital.

He was there for two weeks. He could not move, and could not speak.

He recognized everyone who came to see him, and he felt no pain. Those who knew Jerome well would have been gratified by the knowledge of his understanding of life. A man left to his own thoughts for such a time would need to be equipped to deal with them.

A while earlier, Jerome had written in a private letter:

> I always found myself when a young man the difficulty of accepting a religion that seemed to knock all the adventure out of life. It is at the bottom of the call that War makes to Youth. It is a big adventure. It seems to me that now even more than when he lived Christ stands for the last great adventure. All other things have been fought for, died for, Democracy, Socialism, Parliamentarianism. Now for the last great adventure.

Jerome K Jerome died in hospital on 14 June 1927. He was sixty-eight years old.

Chapter 32

Last Words

Jerome's body was brought back to London and the funeral service took place three days after his death at the Golders Green Crematorium, with a memorial service being simultaneously conducted in the church at Walsall. His ashes were interred at Ewelme in Oxfordshire, where he had always wished to be buried.

Georgina and Rowena Jerome attended the cremation, and with great fortitude they managed to contain any outward demonstration of grief, for which Jerome would have admired them. Among the mourners were Carl Hentschel and George Wingrave, the two old boatmen. The scriptural text upon his gravestone reads: 'For we are labourers together with God'. Jerome had made a will only three months before his death, appointing Georgina as his sole executrix. There were no extraordinary bequests, and when the will came to be proved in August 1927 the estate was put at five thousand four hundred and seventy-eight pounds, sixteen shillings and elevenpence. That he left so much, in terms of 1927, testifies not only to Jerome's abhorrence of profligacy but also to the earning power of his work, for by this time the debts incurred by his disastrous court case had been cleared.

Later in the year *The Soul of Nicholas Snyders* opened at the Everyman Theatre. It was Jerome's last work, and as such it received a fair deal of attention, but it was accorded only a short run. London, it would seem, had outgrown the writings of Jerome and of his contemporaries, for now even more changes were in the air. This was the year which saw Hemingway's *Men without Women*, Virginia Woolf published *To the Lighthouse*, and much was being made of a new German book – Herman Hesse's *Steppenwolf*. Within months London was to be rocked by Radclyffe Hall's *The Well of Loneliness*, and was to be introduced to a new sort of humour in Evelyn Waugh's *Decline and Fall*. The intelligentsia were discussing D H Lawrence's *Lady Chatterley's Lover*, privately printed in Florence, and the people were quite speechless over Al Jolson's *The Jazz Singer* – the very first talking picture – and Walt Disney's *Plane Crazy*, their introduction to Mickey Mouse. It was, as the press was fond of informing a nation, a new era. As to *Nicholas Snyders*, *The Times* could only yawn: 'Probably it was too much to expect that this vein of fantasy can yield much profit nowadays. Such a great deal, after all, has already been written about the soul.'

The spirit of Jerome was kept alive, however. *The Passing of the Third Floor Back* was performed in St Paul's Church, Covent Garden in 1928, and a new production was mounted for Christmas at the Everyman Theatre. This proved to be so successful that it was revived yet again the following year. And in 1928 Selwyn and Blount published Alfred Moss's biography.

It seems that Moss had been planning the book for some time, and he set to very soon after Jerome's death. It had been announced that he was to write the book in co-operation with Mrs Jerome, but this cannot have been the case, for the finished work contained no information at all that is not in Jerome's own memoirs. Moss wrote to everyone who knew Jerome, but he does not seem to have met with much assistance. Barrie wrote back: 'His' – Jerome's – 'own book covers the ground so well and is so admirable that you will find it difficult I fear to obtain much new material that is worth while.' And Barrie, for one, was not offering any.

It is true that Jerome's *My Life and Times* lives up to its title, but it lacks the chronology, completeness and personal detail that could have made it more rounded, and none of this Moss provides. *My Life and Times,* being auto-biographical, is necessarily subjective, but in Moss's book there is no view of Jerome that is not wholly flattering, and Jerome and all his kind come across as unthinking and kindly saints. The book seems to have been prepared for publication in a great hurry, for although during the spring of 1928 Moss was writing to Jerome's acquaintances for information, the book was in print only a few months later. Even during the closing stages, Moss was having difficulty finding someone to write the introduction. Eden Philpotts wrote in reply to Moss's letter: 'I knew him very slightly indeed and our relations were not such that I feel myself to be the right and proper man to introduce your book. It occurs to me that Coulson Kernahan or Burgin might better do the work, though I feel very sure that your biography can well stand alone.'

Moss seemed less sure, and approached Coulson Kernahan, who did provide a rather diverting foreword. The book was received quite well, and particularly so by the Walsall press. Moss was sent a lot of congratulatory letters, and letters of thanks from those to whom he had sent an autographed copy.

The biography was not Moss's only genuflexion to the shrine of Jerome, for by 1930 he was giving talks on the great man to the Walsall Rotary Club, and persuading the council to try to secure for the town a painting of Jerome. The de Laszlo portrait was still in the possession of Mrs Jerome, and the National Portrait Gallery remained interested in its eventual acquisition. De Laszlo himself, however, came forward with the offer to supervise a copy, which he said could be achieved for the nominal sum of fifty pounds. To Walsall in 1930, however, fifty pounds was not so nominal, and Alfred Moss came up with the idea of mounting a production of *The Passing of the Third Floor Back* in order to raise funds. This play, much to the town's shame, had never before been performed in Walsall, and consequently the idea found favour. To quote the minutes: 'Mr D E Parry seconded the resolution moved by Mr Sidney Smith for the purchase of the replica and the production of the play.'

This concluded, all that remained was for the redoubtable Moss to confirm the arrangement for the fifty-pound copy with de Laszlo. This he did less than succinctly over two pages of close hand-written verbiage, the letter concluding thus:

Thanking you in advance for the favour of your reply

Last Words

I am
Dear Sir
Yours faithfully,
Alfred Moss
Hon. Sec.
P.S. Does £50 include a frame?

Georgina Jerome lived on in Belsize Park for another eight years. Rowena died in the mid-sixties – and there is now no surviving member of this branch of the Jerome family. *Three Men in a Boat* remained in print and sold well throughout the Second World War, and up to the present day. *The Passing of the Third Floor Back* has often been revived, although mainly by amateur companies and schools.

The name of Jerome K Jerome was again to spring before the public in 1959, when Walsall celebrated the centenary of his birth. London too had noticed the year, and two new editions of *Three Men* had been published to celebrate. Jerome was the subject of quite a few reappraisals in the better journals, Rowena Jerome was quoted in a brief and spectacularly uninformative interview with Kenneth Allsop, and much was written by the usual people, informing a world that without *Three Men in a Boat* (and, of course, *The Diary of a Nobody)* their bedside tables were unfurnished.

Walsall, however, decided to do the job properly. The head librarian of the town had, in the *TLS* and in the *Sunday Times,* announced his intentions to mount an exhibition, and despatched a large number of requests for help to anyone he thought might be able to provide it. Most individuals and institutions responded admirably, Arrowsmith supplying the original illustrations from *Three Men in a Boat.*

An interesting aspect of the exhibition was the very large response it elicited from the public. Many people had nothing whatever to contribute to the event, but merely wrote in to say how much they had enjoyed Jerome's books, such correspondence actually continuing for some years afterwards. The existence of a hitherto unknown club was unearthed:

> ... the origin of the name is that we wanted a name with a difference.
> I particularly wanted to keep the numbers down to a dozen or so
> really keen Jeromians, who would be prepared to travel a consider-
> able distance if necessary for our annual dinner to be held in a
> Thames Valley pub visited by Jerome. Also, it happened to be the
> 13th January ('61). So it came to be called the 'Jerome XII or XIII
> Club' with a touch of the same humour in *Told After Supper,* which
> has '96 or 97 illustrations'.

That over thirty years after his death a club of 'really keen Jeromians' could be formed would greatly have gratified JKJ. He was never one to claim greatness, but he did wonder, as authors do, whether after his death he would be remembered, and whether he would be read. Within the realms of English

197

Literature, Jerome was never sure of his standing, and even now it is hard to clarify. He was no Dickens, but he shared his campaigning spirit. In his later work, he strove to draw attention to the evils of the world, though he recognized that his effect upon them was non-existent. Jerome had a voice – indeed, this was one of the major reasons why he continued to write – but it was not the voice of a lion. His philosophies were wise, but they remained parochial; they appealed to the sort of person who had already half-formulated his own, but was too inarticulate or inconclusive to express them as Jerome had done. And yet, no one of conscience could disagree with any of his nobler aspirations. Jerome remains known today only for *Three Men in a Boat;* even *The Third Floor Back* has passed. But he is remembered as one of a rare breed: the author of a deathless humorous book. This knowledge pleased him, as it would any writer, but there remains little doubt that he would instantly have traded this accolade for that of having written a book that had changed men's thinking. He did not write for money, and rarely from artistic compulsion; after his initial popular successes, Jerome wrote because he wanted 'to *say* something'. As has been seen, he spoke out on many occasions, but as the years advanced, he perceived that people were not listening with adequate attention; or maybe he was just not speaking loudly enough. Greatness, then – by his own definition – had eluded him.

His youthful ambitions, however, were amply realized. He had become in turn a successful novelist, editor, and dramatist, and, as has been seen, he might well have become a Member of Parliament, had he so chosen. His influence upon modern lighter writing may now be seen to be greater than previously supposed, for although it would be presumptuous to suggest that Jerome had been Wodehouse's guiding spirit, many of Wodehouse's beloved devices may be traced back directly to the mannerisms of the 'new humour'. Certainly Jerome's influence upon popular journalism was profound, and the deliberately idle and casual approach has persisted to this day. Nonetheless it is true that during his lifetime, Jerome looked with hope to the higher reception of his work in Europe. Although he recorded the ambition glibly in his memoirs, he really did hope to become 'quite a swell dead author'.

The name Jerome K Jerome is a famous one, and *Three Men in a Boat* approaches its centenary; in this sense, Jerome may be said to have reached his goal. 'Dickens' warned Paul Kelver never to attempt 'somebody else's best', and Jerome was never guilty of it: his achievements were all his own, and ultimately, this knowledge would have satisfied him.

'God will find work for us,' he said, 'according to our strength.'

A Complete Bibliography of the First Editions of Jerome K Jerome

Including some relevant later editions, miscellaneous writings, and works concerning Jerome K Jerome.

1 **On the Stage — and Off**, Field & Tuer, 1885
A series of humorous dramatic sketches, loosely woven into a narrative. Following the success of *Idle Thoughts of an Idle Fellow*, Field & Tuer (by now The Leadenhall Press) reissued the book in a larger format, with one hundred illustrations by Kenneth M Skeaping. First edition 4" × 3", in pink wrappers. Illustrated edition in tobacco-brown boards.

2 **Barbara**, Lacy, 1886
A one-act play.

3 **The Idle Thoughts of an Idle Fellow,** Field & Tuer, 1886
A collection of essays in pale yellow boards. The first edition bears the price on the cover (2/6), but no mention of 'edition' or 'nth thousand'. The book is undated. (Contents: On Being Hard Up; On Being in the Blues; On Vanity and Vanities; On Getting On in the World; On Being Idle; On Being in Love; On the Weather; On Cats and Dogs; On Being Shy; On Babies; On Eating and Drinking; On Furnished Apartments; On Dress and Deportment; On Memory)

4 **Sunset**, Fitzgerald, 1888
A play. The book is undated.

5 **Fennel**, French, 1888
A play. The book is undated.

6 **Woodbarrow Farm**, French, 1888
A play. The book is undated.

7 **Stage-Land**, Chatto & Windus, 1889
A series of satirical observations bound in apple-green cloth with red lettering, but a plain spine. Illustrations by Bernard Partridge. (Contents: Hero; Villain; Heroine; Comic Man; Lawyer; Adventuress; Servant Girl; Child; Comic Lovers; Peasants; Good Old Man; Irishman; Detective; Sailor)

8 **Three Men in a Boat**, Arrowsmith, 1889
The famous novel, bound in Thames-green cloth, the front cover bearing a silhouette and black lettering, while the spine is lettered in gold. Subsequent issues may easily be mistaken for the very first edition, as superficially all are similar. The basic distinction remains that the publisher's address at the foot of the title page should read 'Quay Street' and *not* '11 Quay Street'. The heading over the advertisements on the front fixed endpaper, however, should read 'J W Arrowsmith, Bristol' and *not* '11 Quay Street, Bristol'. Questions have been raised as to the relevance of inverted ornamental capitals opening chapters, but the above two points remain the only really reliable guides. The book is illustrated by A Fredrics, and the title page bears the date of publication.

9 **Told After Supper**, Leadenhall Press, 1891
Ghost stories, bound in bright red cloth, and printed on pale blue paper, containing '96 or 97 illustrations' by Kenneth M. Skeaping. (Contents: How the Stories Came

to be Told; Teddy Biffles' Story – Johnson and Emily, or the Faithful Ghost; Interlude – the Doctor's Story; Mr Coombes's Story – The Haunted Mill, or, the Ruined Home; Interlude; My Uncle's Story – The Ghost of the Blue Chamber; A Personal Explanation; My Own Story)

10 The Diary of a Pilgrimage, Arrowsmith, 1891

A novel based upon an actual journey, bound in buff cloth, and one volume in 'Arrowsmith's Three-and-Sixpenny Series'. 'With upwards of one hundred and twenty illustrations' by G G Fraser. The first edition carries no mention of 'edition' on the front cover, and six essays are included with the main text. (Contents: Diary of a Pilgrimage; Evergreens; Clocks; Tea-Kettles; A Pathetic Story; The New Utopia; Dreams)

11 Novel Notes, Leadenhall Press, 1893

As the title suggests, a series of ideas, loosely worked into a consecutive narrative. Bound in mustard cloth, the front cover bearing a monogram which, due to the singular typography, reads 'JKJ'. 'With illustrations by J Gulich, A S Boyd, Hal Hurst, Louis Wain, Geo. Hutchinson, Miss Hammond, J Greig, and others'.

12 John Ingerfield and Other Stories, McClure & Co, 1894

A volume of stories. The book is unusually small (6½" × 4"), and bound in mid-green cloth. There are several half-tone illustrations throughout the book, though the artist is uncredited. (Contents: In Remembrance of John Ingerfield, and of Anne, His Wife; The Woman of the Saeter; Variety Patter; Silhouettes; The Lease of the 'Cross Keys')

13 My First Book, Chatto & Windus, 1894

A volume edited by, and contributed to, by J K J. It is bound in blue cloth and *not* red, as is the later (1897) edition, which is easily and often mistaken for the first. The decorated cover is ruled in the fashion of notepaper, and bears a quill and inkpot. (Contents of contributors chronicling the experiences of their first book: Walter Besant; James Payn; W Clark Russell; Grant Allen; Hall Caine; George R Sims; Rudyard Kipling; A Conan Doyle; M E Braddon; F W Robinson; H Rider Haggard; R M Ballantyne; I Zangwill; Morley Roberts; David Christie Murray; Marie Corelli; Jerome K Jerome; John Strange Winter; Bret Harte; 'Q'; Robert Buchanan; Robert Louis Stevenson)

14 The Prude's Progress, Chatto & Windus, 1895

A play, bound in semi-stiff grey wrappers.

15 Sketches in Lavender, Blue and Green, Longman, 1897

A volume of variously-hued sketches, bound in mid-blue, and entitled as follows. (Contents: Reginald Blake, Financier and Cad; An Item of Fashionable Intelligence; Blasé Billy; The Choice of Cyril Harjohn; The Materialisation of Charles and Mivanway; Portrait of a Lady; The Man Who Would Manage; The Man Who Lived for Others; A Man of Habit; The Absent-Minded Man; A Charming Woman; Whibley's Spirit; The Man Who Went Wrong; The Hobby Rider; The Man Who Did Not Believe in Luck; Dick Dunkerman's Cat; The Minor Poet's Story; The Degeneration of Thomas Henry; The City of the Sea; Driftwood)

16 The Second Thoughts of an Idle Fellow, Hurst & Blackett, 1898

An unillustrated volume of essays, bound in olive cloth lettered in black on the front cover, and in gold on the spine. (Contents: On the Art of Making Up One's Mind; On the Disadvantage of Not Getting What One Wants; On the Exceptional Merit Attaching to the Things We Meant to Do; On the Preparation and Employment of

Love-Philtres; On the Delights and Benefits of Slavery; On the Care and Management of Women; On the Minding of Other People's Business; On the Time Wasted in Looking Before One Leaps; On the Nobility of Ourselves; On the Motherliness of Man; On the Inadvisability of Following Advice; On the Playing of Marches at the Funerals of Marionettes)

17 Three Men on The Bummel, Arrowsmith, 1900
A novel based upon a cycling trip, and published during the same year in America by Stokes under the title *Three Men on Wheels*. The English edition is bound in a rich red cloth, and the front cover bears typography and decoration in pink. The spine is lettered in gold, and carries the information that the volume is 'Vol. XXXVI' in Arrowsmith's Three-and-Sixpenny Series. The illustrator is L Raven Hill.

18 The Observations of Henry, Arrowsmith, 1901
A volume of stories, mostly reprinted, bound in river-green cloth. (Contents: The Ghost of the Marchioness of Appleford; The Uses and Abuses of Joseph; The Surprise of Mr Milberry; The Probation of James Wrench; The Wooing of Tom Sleight's Wife; Evergreens; Clocks; Tea-Kettles; A Pathetic Story; Dreams)

19 Miss Hobbs, French, 1902
A play, bound in semi-stiff grey wrappers.

20 Paul Kelver, Hutchinson, 1902
An autobiographical novel, bound in navy blue cloth, the front cover bearing a gold rectangular lozenge, lettered in white.

21 Tea Table Talk, Hutchinson, 1903
An amiable, anecdotal and philosophical discourse, containing essays, stories and thoughts. It is bound in mid-blue cloth, the cover bearing the depiction of a cup and saucer, and typography, in white. 'With illustrations on Plate Paper by Fred Pegram'.

22 Tommy and Co, Hutchinson, 1904
A novel, bound in royal blue cloth, the front cover bordered in white and lettered in gold. A preliminary page to the half-title carries an advertisement for the sixth edition of *Paul Kelver*.

23 American Wives and Others, Stokes, 1904
A volume of stories published only in America. The pictorial boards are cream, and decorated in blue, black and white, and the book is illustrated by George McManus. (Contents: American Wives à la Mode; On Being Introduced; The New Fashion in Literature; On Drilling an Army; Russians As I Know Them; Babies and Birds; That Terrible Fiscal Question; The American Girl's Etiquette; Gold Braid and Its Effects; American Professors and Progress; Men, Women, and Carnivals; The Chinaman; Red-Hot Stoves I Have Met; Beauty by the Bottle; Riddle of the Servant Girl; Wagneristic Stage Manners; The Exasperated Hero; The Maculated Heroine; The Land of the Happy Dutch; Sport-Stricken Mortals; The Yellow Mask; Dawn o' Day in the Big Cities; Goodness That Grates on Us; The Amenities of Cheerful Lying; Writers I Have Known)

24 Idle Ideas in 1905, Hurst & Blackett, 1905
A volume of essays, bound in yellow cloth and lettered in red on the front cover, and in gold on the spine. (Contents: Are We As Interesting as We Think We Are?; Should Women Be Beautiful?; When is the Best Time to be Merry?; Do We Lie A-bed Too Late?; Should Married Men Play Golf?; Are Early Marriages A Mistake?; Do Writers Write Too Much? Should Soldiers be Polite?; Ought Stories to be True?;

Creatures That One Day Shall be Men; How to be Happy through Little; Should We Say What We Think, or Think What We Say?; Is the American Husband Made Entirely of Stained Glass?; Does the Young Man Know Everything Worth Knowing?; How Many Charms Hath Music, Would You Say?; The White Man's Burden! Need it be so Heavy?; Why Didn't He Marry the Girl?; What Mrs Wilkins Thought About It; Shall We be Ruined by Chinese Cheap Labour?; How to Solve the Servant Problem; Why We Hate the Foreigner)

25 The Passing of the Third Floor Back, Hurst & Blackett, 1907
A volume of stories bound in green cloth, ruled and lettered in a lighter green. (Contents: The Passing of the Third Floor Back; The Philosopher's Joke; The Soul of Nicholas Snyders, or the Miser of Zandam; Mrs Korner Sins Her Mercies; The Cost of Kindness; The Love of Ulrich Nebendahl)

26 The Angel and the Author – and Others, Hurst & Blackett, 1908
Rust cloth lettered in black on the front cover and in gold on the spine. It appears that sheets from the first edition were later cropped and issued in a cheaper black binding, lettered in white. In all other respects, the two issues are the same.

27 They and I, Hutchinson, 1909
A novel, bound in red cloth, the front cover and the spine lettered in gold.

28 Fanny and the Servant Problem, Lacy, 1909
A play, bound in green cloth, and lettered in black.

29 The Passing of the Third Floor Back, Hurst & Blackett, 1910
The play, bound in royal blue cloth, and lettered in turquoise.

30 The Master of Mrs Chilvers, T Fisher Unwin, 1911
A play, published in the 'Plays of To-Day and To-Morrow' series. Bound in blue cloth, with a red, green and gold art nouveau decorated cover.

31 Robina in Search of a Husband, Lacy, 1914
A play, bound in green wrappers.

32 Malvina of Brittany, Cassell, 1916
A novelette and stories bound in blue cloth, blind stamped on the front cover, and lettered in gold on the spine. Published in America as *The Street of the Blank Wall and Other Stories*. (Contents: Malvina of Brittany; The Street of the Blank Wall; His Evening Out; The Lesson; Sylvia of the Letters; The Fawn Gloves)

33 All Roads Lead to Calvary, Hutchinson, 1919
Novel bound in red cloth, lettered black on the spine only.

34 Anthony John, Cassell, 1923
Subtitled *A Biography*, it is a novel, bound in tan cloth, and lettered in black on the front cover and on the spine.

35 A Miscellany of Sense and Nonsense, Arrowsmith, 1923
Subtitled *From the Writings of Jerome K Jerome, Selected by The Author with Many Apologies*. Bound in off-white cloth, and titled within brown lozenges on cover and spine. 'With Forty-Three illustrations by Will Owen'. (Extracts are taken from the following books: Three Men in a Boat; Three Men on the Bummel; Novel Notes; Idle Thoughts of an Idle Fellow; Sketches in Lavender, Blue and Green; Observations of Henry; Diary of a Pilgrimage; Paul Kelver; Malvina of Brittany; Second Thoughts of an

Idle Fellow; The Angel and the Author; Idle Ideas in 1905; Tea Table Talk; They and I;
All Roads Lead to Calvary; John Ingerfield)

36 The Celebrity, Hodder & Stoughton, 1926
A play, bound in red cloth, and lettered in black on the spine.

37 My Life and Times, Hodder & Stoughton, 1926
The autobiography, bound in royal blue cloth, lettered gold on spine, and containing
a coloured frontispiece of the de Laszlo portrait of J K J.

38 The Soul of Nicholas Snyders, Hodder & Stoughton, 1927
A play, bound in red cloth, and lettered in black on the spine.

In addition to the above, the following works should be noted:

39 Playwriting: A Handbook for Would-be Dramatic Authors
This booklet, published by the Stage Office in 1888 by 'a Dramatist' is almost
certainly by J K J as has been reasonably established by Arnott and Robinson in their
English Theatrical Literature, 1559-1900, *A Bibliography*.

40 K, Arrowsmith, 1892
The story 'K' was published by a writer cloaked beneath the pseudonym 'McK'.
Jerome never owned to having written the piece, but a letter written to Arrowsmith
and auctioned by Sotheby's in 1968 revealed that McK was no other than J K J. It
appears that the story was to have been entitled 'Weeds', and it is not at all certain
that any copies went on sale.

Periodicals

Although J K J contributed to many leading periodicals of the day, it is his own journals
that are of key interest to collectors and researchers.

The Idler
A monthly magazine founded by Robert Barr in 1892, and edited by J K J. The magazine
ran until October 1911, though Jerome's editorship ceased in 1898.

To-Day
A weekly paper founded by J K J in 1893. It survived until July 1905, when it merged with
London Opinion. Jerome was presiding editor from its inception until 1898.

Many of Jerome's essays have been anthologized, but the following two pieces appeared
thus for the very first time:

Humours of Cycling, Bowden, 1897
Jerome contributes an essay entitled 'Women on Wheels'. The volume was reissued in
1905 by Chatto & Windus.

Songs from the Heart of England: An Anthology of Walsall Poetry, T Fisher Unwin, 1920
Jerome contributed a short foreword to this anthology, compiled by Alfred Moss.

Works on Jerome

Only the following biographical or critical works have been published:

1   Olaf E Bossom, **Slang and Cant in Jerome K Jerome's Works**, Heffer, 1911

2   Alfred Moss, **Jerome K Jerome,**Selwyn & Blount, 1928

3   Walter Gutkess, **Jerome K Jerome. Seine Personlichkeit und Literarische Bedeuting**, Biedermann, 1930

4   Magnus Wolfensberger, **Jerome K Jerome. Sein Literarisches Werk**, Zürich, 1953

5   Robert G Logan, **Jerome K Jerome: A Concise Bibliography**, Walsall Libraries, 1971

6   Ruth Marie Faurot, **Jerome K Jerome**, Twayne, 1974
    An American critical thesis, not published in Great Britain.

Index